Nina MacKay

Double Crush

Doppelgänger-Agentur

Nina MacKay

Double Crush

DOPPELGÄNGER-AGENTUR

Band 1

Ravensburger

1 3 5 4 2

Originalausgabe

Dieses Werk wurde vermittelt durch
die Literarische Agentur Thomas Schlück GmbH, 30161 Hannover.

Umschlaggestaltung: Andrea Janas unter Verwendung
von Fotos von Shutterstock (© sergio34, © popovartem.com, © Vik Y)

Inhaltslektorat: Tamara Reisinger,
www.tamara-reisinger.de
Stillektorat: Svenja Kopfmann

Printed in Germany

ISBN 978-3-473-58626-4

ravensburger.com

FÜR TAMARA R., ERSTE IHRES NAMENS,
KÖNIGIN DER DOCTOR WHO-
ANSPIELUNGEN, BEZWINGERIN DER
LOGIKFEHLER. JEDER SOLLTE EINE
LEKTORIN WIE DICH HABEN ♡

PLAYLIST

Das Besondere an dieser Playlist ist, dass man sie in Endlosschleife beim Lesen hören kann oder auch jeden Track einzeln zum jeweiligen Kapitel. Track 1 passt perfekt zur Stimmung von Kapitel 1 und so weiter. Viel Spaß damit! ☺

1 Celesy, Dinah Smith • *Ready To Go* (Kollys Lieblingssong)
2 Kiiara • *Gold* (Suttons Lieblingssong)
3 AS IT IS • *I Miss 2003*
4 With Confidence • *What You Make It*
5 Simple Plan, Derick Whibley • *Ruin My Life*
6 MKTO • *Good Bye Song* (Sawyers Lieblingssong)
7 Landon Austin • *The Older You Get, The Less You Cry*
8 Fly By Midnight • *Tomorrow*
9 Machine Gun Kelly, Bring Me The Horizon • *Maybe*
10 Cody Francis • *Building Chemistry*
11 DJ Aristocat • *2 Me*
12 Jane & The Boy • *Save Myself*
13 MKTO • *American Dream* (Violas Lieblingssong)
14 Sleepy Fish • *Witch Hat*
15 Ruth B. • *Dandelions*
16 Landon Austin, Aubrey Toone • *Little Did I Know*
17 Landon Austin • *Armor*

18 Blink-182 • What's My Age Again
19 Loving Caliber • *It Should Have Been You*
20 Christine Smit • *Get Over You Again*
21 Landon Austin • *I Quit Drinking* (Raes Lieblingssong)
22 StreamBeats Originals • *Kill It Anyway*
23 Loving Caliber • *Call Me Out*
24 Loving Caliber • *27* (Calebs Lieblingssong)
25 Kiiara • *Brightside*
26 James Flamestar • *Stardrops*
27 Maybe • *Damned If We Do*
28 Loving Caliber • *The One Who Saves Me*
29 Loveless • *Haunting Me* (Lincolns Lieblingssong)
30 JEREMIAS • *Blaue Augen*
31 Senses Fail • *Double Cross*
32 Houses On The Hill • *Just Do It* (Shys Lieblingssong)
33 Houses On The Hill, Le June • *Let It All Out On Me*
34 Landon Austin • *Our Song*
35 Loving Caliber • *We Were Meant To Be*
36 Loving Caliber • *Bedroom*
37 Till I Fall • *Downshift* (Graesons Lieblingssong)
38 Bring Me The Horizon • STraNgeRs
39 Till I Fall • *Keep Trying* (Biggys Lieblingssong)
40 Miracle Of Sound • *Digital Shadow 2014*
41 John T. Graham, Michael Stenmark •
Today Is A Good Day To Live
42 Vacancy, Mia Pfirrmann • *Seven You*
43 Sigrid, Bring Me The Horizon • *Bad Life*
44 Shawn Mendes • *When You're Gone*
45 Bring Me The Horizon • *DiE4u*
46 Malik Harris • *Rockstars*
47 Blink-182 • *First Date*

1 Kolly

ALLES IM LEBEN HAT SEINEN PREIS, HEISST ES. NUR WAS WIE VIEL KOSTET, DAS SAGEN SIE EINEM NICHT.

Draußen vor dem Gerichtsgebäude erwartete mich anstelle der Pressemeute, die ich mir in allen Farben und mit Blitzlichtgewitter ausgemalt hatte, nur Sawyer. Sawyer war immer zur Stelle.

»Wie ist es gelaufen?« Mit den Händen in den Hosentaschen seiner Jeans blinzelte er mich erwartungsvoll an, während ich noch meiner Anwältin zum Abschied winkte.

Ich blies mir eine Haarsträhne aus dem Gesicht. Es auszusprechen, fühlte sich fast schlimmer an, als es vom Richter zu hören. Also schwieg ich ein paar Sekunden und schaute Sawyer stattdessen dabei zu, wie er an seiner Lederkette mit der Schildkröte herumspielte. Schräg hinter ihm hatte die Justitia auf ihrem Steinpodest ihr Schwert erhoben, dessen Schatten direkt in meine Richtung wies.

Unter uns erklomm eine ganze Familie die Steinstufen zur Höhle der bissigen Staatsanwälte, und ich nutzte die Ablenkung, um Sawyer noch nicht antworten zu müssen. Alle von ihnen hatten dunkle Haare, in denen sich die Sonne brach, und waren mit dichten Augenbrauen gesegnet. Wie eine dunkle Welle – und erstaunlich geschmeidig – pflügten sie über die Stufen. Hinter der Großfamilie entdeckte ich tatsächlich zwei Paparazzi, die ihnen nachjagten. Kein gänzlich ungewohnter Anblick in L.A. Mein Blick huschte erneut zu der steinernen Justitia mit ihrer Augenbinde, dem Schwert und der

Waage am Ende der Treppe. Alles in mir fühlte sich taub an. Als hätte mir der Richter den Sinn des Lebens gestohlen. Das Einzige, für das ich morgens aufstand.

Die Celebrity-Familie hatte uns mittlerweile fast erreicht. Sicherlich irgendein Reality-Sternchen, das ich schon irgendwann mal über einen Bildschirm hatte flimmern sehen und das nun vermutlich irgendwen verklagte oder selbst verklagt wurde und den Gerichtsspaß samt Familienanhang durchzog. Bloß in echt erkannte man sie ja nie. Die Frau mit der Glitzer-Sonnenbrille, die ganz offensichtlich die Clanchefin sein musste, geriet neben mir ins Straucheln.

»Vorsicht!« Automatisch streckte ich beide Hände aus, um sie zu stützen. Dadurch sank sie nur ein Stück ein, statt kopfüber auf die Stufen zu knallen. Ich lächelte sie an. »Das war knapp.«

Die goldenen Ohrringe schwankten, als sich die Frau, die mit absoluter Sicherheit ein Hollywoodstar sein musste, aufrichtete. Aus der Nähe war es eindeutig. Eine A Plus. Eigentlich hatte ich ein ebenso freundliches Lächeln und vielleicht sogar ein Dankeschön erwartet, doch im nächsten Moment zogen sich ihre tiefdunklen Augenbrauen zusammen. Kaum einen Wimpernschlag später stieß sie mich unfreundlich von sich weg. »Steh nicht so dumm im Weg rum. Mach Platz!«

Autsch. Passierte das gerade tatsächlich? Mein Knöchel knackte, als ich so elegant wie ein Seehund in Slow-Motion zur Seite taumelte und seitlich auf der Steintreppe aufprallte. Noch im selben Moment schoss ein heißglühender Schmerz durch meinen Hüftknochen. Na super.

»Das … das waren die Kasobians, oder?« Sawyer half mir auf, starrte dabei jedoch in Richtung Gerichtseingang, wo sich eben die dunkelhaarige Meute samt Paparazzi hineindrückte.

»Die Sterne sind also heute wirklich gegen mich«, stellte ich fest, zog dann den Haargummi aus meinem Pferdeschwanz, der sich sowieso schon halb gelöst hatte. Autsch. Es dauerte einen Moment, bis der Schmerz in meiner Hüfte verebbte. Bloß schien es meinen Knöchel härter getroffen zu haben. »Sogar dieses Hollywoodsternchen.«

»Ach, Kolly … und das, obwohl du sicher auf ein Selfie mit den Kasobians gehofft hast. Chance vertan.« Sawyer sah mich mit so viel gespieltem Mitleid an, dass ich einfach lachen musste.

»Genau. Für meinen Insta-Fame.« Ich ging leicht in die Knie, was mein Knöchel nur unter Protest hinnahm. »Das hätte zwanzig Millionen Likes gegeben. Wie konnte ich das verpassen?« Aber im Prinzip hatte Sawyer recht, wenn auch auf einer anderen Ebene. Warum bloß war mir keine eloquente Erwiderung eingefallen, als sie mich von sich gestoßen hatte? Wahrscheinlich würde mir der beste Konter aller Zeiten erst heute Abend im Bett wie eine Neon-Reklametafel ins Gesicht leuchten. Wie immer.

Sawyer strich sich durch die Seite seiner braunen Haare, die er etwas wuscheliger trug als zu unseren Schulzeiten. Seine gelockten Ponyfransen hatten seine Augenbrauen schon seit März verschluckt. Ganz und gar. »Komm schon, hack dich einfach in ihr Instagram-Profil, lösch alle Bilder und lade stattdessen eine neunteilige Anleitung zum Anlegen eines Gurkenbeets hoch. Easy peasy, lemon squeezy.«

Ich sog die Unterlippe hinter meine Vorderzähne. Es war Zeit, die Bombe platzen zu lassen. »Ich werde diesen Sommer gar nichts mehr hacken oder programmieren können. Noch nicht mal einen klitzekleinen Code schreiben, laut dem Jugendrichter. Dafür aber einhundert Sozialstunden ableisten.«

»Nein!« Sawyer riss die Augen auf. »Und wer hackt sich jetzt ins Collegenetzwerk und trägt die Noten für meine Hausarbeit ein?«

»Ich schon mal nicht, tut mir leid.« Bedauernd hob ich beide Schultern. Dabei wusste Sawyer ganz genau, dass sich meine Antwort auf diese Frage sowieso jedes Mal auf *gemein* reimte. Selbst ohne diese Geiselhaft meines Programmiertalents durch das Gericht von L.A.

Unsägliche Worte wie »Terrorverdacht« waren im Gerichtssaal gefallen … »Sie werden mir sogar den Sommer über ein Tracking-Armband verpassen. Mit einem eingebauten Jammer. Damit sie jeden meiner Schritte online nachvollziehen können.« Oder besser gesagt: blockieren konnten.

»Ach, hör auf zu jammern. Für mich ist das viel schlimmer als für dich, Kolly. Wie konntest du mir das antun?« Sawyers Gesichtsausdruck brachte mich nun doch wieder zum Lächeln. Wie er da auf seinem Schildkröten-Anhänger herumkaute.

Meine Finger wanderten zu meiner eigenen Halskette, an der ein Mini-Zauberwürfel hing. Genau das Richtige für Situationen wie diese, in der ich meine Hände beschäftigen musste. Aber wir würden diesen kleinen Rückschlag beide überstehen. Glücklicherweise war ich in meinem IT-Studium meinen Kursen weit voraus und musste somit den Sommer über nichts lernen oder programmieren.

»Brauchst du eine Papiertüte oder vielleicht diese neue Entspannungs-App mit den Delfinen und der Gänseblümchenwiese? Die darf ich vermutlich gerade noch so runterladen.« Beim Gedanken an die letzten Worte des Richters schnaubte ich.

»Nein, Kolly, im Ernst, das mit dem Tracking-Armband ist ein Scherz, oder? Ich meine, sie haben dich doch als Heranwachsende verurteilt? Du wirst erst im Herbst einundzwanzig. Niemand bekommt so eine harte Strafe, bloß weil er sich kurz mal in einen Regierungscomputer gehackt hat, um herauszufinden, ob die Mitarbeiterinnen und Mitarbeiter dieser rechten Krawallpartei auf einen Link in einer Fake-Mail klicken würden.« Sawyer schüttelte seinen braunen Wuschelhaarkopf.

Am liebsten hätte ich eine Hand ausgestreckt, um an seinen Spitzen zu zwirbeln.

»Hörst du dir eigentlich selbst beim Reden zu?« Ich schob meine Kapuze über die Träger meines Rucksacks und begann humpelnd den Abstieg. Mein Knöchel schmerzte immer noch so sehr, dass ich krampfhaft die Lippen aufeinanderpresste. »Aber es war schon geil, oder? Ein angemessener Gegenschlag auf ihren Antrag, die Ehe für alle abzuschaffen. Stell dir vor, wie doof sie geschaut haben, als sämtliche ihrer Webseiten auf einen Schlag wegen zu viel Traffic zusammengebrochen sind. Und nicht zu vergessen: all die schwarzen Seiten, die ihre Faxgeräte ausgespuckt haben, bis der Toner leer war, sozusagen als Zugabe.«

Grinsend blies Sawyer die Backen auf. »Wer ist auch so rückständig, hat keine ordentliche Firewall und sendet einen Großteil der Dokumente per Fax aus Angst vor Infiltration?«

Nach ein paar Schritten ließ der Schmerz in meinem Knöchel ein wenig nach. »So schnell werden die keine Anträge und Widersprüche mehr gegen aktuelle Gesetze faxen.« Ich hielt Sawyer eine Faust hin, und er drückte seine dagegen.

»Egal, wie hacke du bist, Kolly ist Hacker!«

»Hacktivisten!«

Sawyer liebte dieses Ritual zwischen uns, und ich würde es so lange durchziehen, wie es ihm Freude bereitete.

»Weißt du, ich hab bereits einen Plan, wie ich dieses Tracking-Armband austrickse.«

»Ja?« Zweifelnd sah Sawyer zu mir auf und warf dann einen Blick zurück auf Justitia. »Hältst du das für eine gute Idee?«

»Allerdings. Irgendwie hab ich mich bisher überall vorbeigemogelt.« Und das galt nicht nur für Firewalls. »Aber jetzt ist erst mal Zeit für einen Kaffee«, beschloss ich für uns beide, bevor mein bester Freund, der mehr der kreative Ideengeber als ein Hacker war, sich noch total überschätzte und mir gut gemeinte Ratschläge erteilte. »Ich lade dich ein.«

»Das, was du Kaffee nennst, ist mehr Sahne und Karamellsirup, was praktisch jede Kaffeebohne auf dem Kontinent beleidigt und dann auch noch so teuer ist wie ein ganzes Reihenhaus in West-Adams, aber gut. Ich trinke einen Kaffee und du dein heißes Flavor-Wasser mit Sahne.«

Gespielt empört boxte ich ihm in die Seite, woraufhin mein Knöchel vehement protestierte, doch ich ignorierte den Schmerz. »Seit du begriffen hast, dass ich mich nicht mehr in dein Smartphone hacken kann, bekommst du ein ganz neues Selbstbewusstsein, oder?«

Sawyer kickte einen Stein aus dem Weg, als wir durch den Minipark am Gericht schlenderten. »Also wirst du den ganzen Sommer bis zum Semesterstart in der Double-Agentur deiner Mom rumsitzen, ohne programmieren zu können?«

»Jap. Wie letzten Sommer auch. Aber dieses Mal wird mich Mom keine Sekunde aus den Augen lassen. Immerhin zahlt sie gut, und ich brauche die Kohle, um zukünftig meine Spuren im Netz besser verwischen zu können. Mom hat übrigens mehr als entsetzt auf meine Vorladung zur Anhörung heute reagiert. Dazu kommen Sozialstunden in einer Katzenauffangstation, die mir aufgebrummt wurden.«

Schon allein beim Gedanken an Ognito Inc., Moms Firma, sank mein Herz. Wenn sie einfach weiter in einem normalen Büro mit Mindestlohn gearbeitet hätte, würden wir noch heute in der Wohnung neben Sawyer wohnen. Dann wäre es kein Problem, mich mit ihm zu treffen. Bloß mit dem Sommerjob und den Auflagen … Immerhin hatte meine jetzige Nachbarschaft auf dem Sunset Strip ein paar Vorteile – wie eine deutlich geringere Kriminalitätsrate, als es in West-Adams der Fall war. Aber selbst das hätte ich in Kauf genommen, wenn ich dafür weiterhin meine komplette Freizeit mit Sawyer in unserem alten Garten hinter dem Haus hätte verbringen können. Wie noch vor vier Jahren.

»Aber nicht mal in der Agentur meiner Mom werden sie mich an einen PC lassen. Zieh dir das rein, ich soll keine Datenbanken mehr pflegen wie letztes Jahr oder Caleb bei seinen Doubles assistieren, sondern selbst Ausbilderin für diese Möchtegern-Promis werden. Sechs Tage die Woche! Wie schräg ist das denn?«

Es spielte jedenfalls meiner Mutter in die Karten, die mich sogar samstags arbeiten lassen wollte. Kein Zweifel, meine Mom hatte geahnt, wie meine Anhörung vor Gericht ausgehen würde.

Sawyer wischte seine Handflächen an der Hose trocken. Sein Blick war erst auf den Boden gerichtet, flatterte aber wieder zu mir. Und genau in diesem Augenblick schwor ich mir eine Sache: Egal, wie viel Arbeit in diesem Sommer auf mich wartete, ich würde es irgendwie schaffen, mich so oft wie möglich mit Sawyer zu treffen.

Sawyers Finger glitten über den Jade-Schildkröten-Anhänger. »Ernsthaft? Du und die Doppelgänger anlernen? Na, ich hoffe für dich, du bekommst nicht die Fake-Kasobians zugeteilt.«

Das würde bedeuten, ich müsste auch das ein oder andere Treffen mit den echten Kasobians durchstehen. Oder noch schlimmer: eine arrogante Band und deren Doubles betreuen. Die wären echt mein Endgegner. Nachdem ich einem Hundehaufen ausgewichen war, verzog ich das Gesicht. »Gott bewahre.«

2

Holly

WENN MAN EINEM HOLLYWOODSTAR ERKLÄRT, DASS NICHT ALLES, WAS GLÄNZT, GOLD IST, TRÖSTEN SIE SICH VERMUTLICH DAMIT, DASS ES JA NOCH DIAMANTEN GIBT.

»Mom, ich bin wirklich krank.« So gut es ging, versuchte ich, ein überzeugendes Husten auszustoßen.

Meine Mutter, die in ihrem dunkelblauen Kostüm, der Spitzenbluse und der schicken Kurzhaarfrisur heute selbst wie ein Double von Lady Diana aussah, blickte nicht mal von ihrem Tablet auf. »Sicher, Käse-Spätzchen.« Andererseits wirkte sie mit ihren nach vorn gesunkenen Schultern ganz und gar nicht königlich.

»Okay, einen Versuch war's wert.« Ergeben schob ich mich auf dem Bauch über die Küchentheke und stibitzte Moms Croissant. »Aber du zahlst das Mittagessen.«

Mom schwieg, zupfte lediglich ein langes braunes Haar von ihrem Blazer. Meins.

Okay. So zerstreut hatte ich Mom lange nicht mehr gesehen. Ob das an mir lag? Bloß trug mir Mom nie etwas nach, und wir hatten einen Sommerplan für mich erstellt, der sie zufriedengestellt hatte.

Ich atmete den Duft von Kaffeebohnen ein, der in der Luft hing, und kippte dann meinen supersüßen Karamell-Cappuccino hinunter.

Mom seufzte.

Warum seufzte sie eigentlich heute so viel? Mit hochgezogenen

Augenbrauen warf ich einen Blick auf die Nachrichtenmeldungen auf ihrem Tablet. Mit ihrem korallenrot lackiertem Fingernagel tippte sie immer wieder auf einer Überschrift herum, als könnte die Meldung dadurch umspringen.

Privatjet von Tim Mercury zerstört – zahlreiche Proteste gegen Hollywood. Promis in Gefahr?

Oh, das … Ich ließ die Reste von Moms Croissant zurück auf den Teller fallen, las die Meldung ein zweites Mal. War das nicht schon der vierte Anschlag auf das Eigentum eines Prominenten in der letzten Zeit? Irgendwer hatte da etwas gegen VIPs mit übertrieben hohen Gagen, das war kaum zu leugnen.

»Was bedeutet das für dich und die Firma?« Mit zwei Fingern versuchte ich, das Band des Trackerpads von meiner Haut zu lösen. Das Ding sah aus wie ein Fitnessarmband. Sie hatten es mir am Freitag auf der Wache ein bisschen zu eng angelegt. Ich konnte es kaum einen Fingerbreit nach oben schieben. Und dieser verfluchte Jammer darin sendete zu allem Überfluss ein Störsignal, wenn ich mich bei einem Computer anmelden wollte. Ich musste mich zuerst am Armband mit einem Code, den mir eine App schickte, verifizieren, und ab da verfolgte mich der Arm des Gesetzes im Internet. Googlen und harmloses Surfen war erlaubt. Programmieren nicht. Absolut lächerlich. Selbstverständlich würde es jeden Versuch, die Einschränkung zu umgehen, sofort petzen. Zudem konnten sie mich dadurch wie einen Pizzalieferanten orten, der als rot blinkender Punkt über die Straßen von Los Angeles flitzte. Ich konnte den Tag kaum erwarten, an dem sie es mir abnehmen würden … oder an dem ich eine Lösung fand, das Teil zu überlisten wie damals Moms Schloss an der Süßigkeitenschublade …

Obwohl sie mit den Gedanken sichtlich weit weg war, drehte sich

Mom endlich zu mir um. »Was das für uns bedeutet? Erhöhte Sicherheitsvorkehrungen. Und vermutlich wird es mehr Kundenanfragen geben als je zuvor. In Zeiten wie diesen wird jeder Star, der sich in Kalifornien aufhält, ein Double anfordern.«

So richtig glücklich sah sie bei dem Gedanken nicht aus. Obwohl mehr Kunden hieß, dass die Agentur schwarze Zahlen schrieb. Etwas, das wir dringend gebrauchen konnten.

Mit den Fingerspitzen tupfte ich Croissantkrümel von der weißen Marmorplatte. Irgendwas stimmte ganz gewaltig nicht. Oder lag es an der Tatsache, dass es vermutlich nicht mehr lange dauern würde, bis einer dieser Schilderschwenker und Protest-Schreier ihren Klienten ins Gesicht boxen würde? Unschön, aber wahr. Schließlich führte meine Mutter eine erfolgreiche Agentur, in der Prominente ein und aus gingen, um Doubles für sich zu buchen. Mittlerweile hatte sie ihre Mitarbeiter auf fünfzehn aufgestockt, und obwohl dieser fürchterliche Dexter Teilhaber der Agentur war, führte Mom sie praktisch im Alleingang. Dexter konnte man eh vergessen. Früher war er vielleicht mal eine große Nummer gewesen, aber heute steuerte er lediglich seine Promi-Kontakte bei und rührte ansonsten keinen Finger. Die eigentliche Arbeit überließ er stets Mom.

Da stellte sich doch die Frage, was für ein Problem eine Powerfrau wie meine Mom so aus der Spur bringen konnte?

Ich schluckte den Rest Krümel hinunter, der wie Kaugummi an meinem Gaumen geklebt hatte und im Abgang kitzelte. Mein Blick glitt über die Headlines der nächsten Beiträge.

Nach Offenlegung von Filmgagen von Rey Reynalds fordern Filmfans, die Stars härter zu besteuern.

Fans rufen nach horrenden Konzertticket-Preissteigerungen im ganzen Land zu Boykotts von Bands auf.

Entführungsversuch Jack Russell-Powder – konnte gerade so verhindert werden.

Jap, offensichtlich war niemand mehr sicher.

Mom griff sich die Autoschlüssel. »Lass uns aufbrechen.« Sie massierte sich die Schläfen, während sie ihr Tablet in die Handtasche gleiten ließ.

Ein paar Tage später blätterte ich in der Agentur die Akte auf meinem Schreibtisch durch. Zwei riesige Karamell-Cappuccinos waren nötig gewesen, um mich dazu zu motivieren, überhaupt damit anzufangen – dabei hatte ich eine Weile mit Bria in der Küche gequatscht, um nicht anfangen zu müssen. Jetzt beobachtete ich fasziniert, wie das Papier an meinen Fingern klebte. Nicht digital. Echtes Papier. Wie … ungewöhnlich. Und so rau. Mom hatte sie mir ausgedruckt. Ich überflog die erste Seite. Ein Sternekoch also. Wozu benötigte der ein Double? Ich zupfte ein wenig an der Ecke des pinken Klebezettels, der oben am Titelblatt befestigt war, als Mom zurück ins Großraumbüro stürzte. Natürlich blickten alle auf.

»Krisenmeeting. Jetzt. Viele neue Klienten. Kommt ihr?« Mehr als diese abgehackten Sätze verschwendete sie nicht. Moms Blick flitzte zwischen allen Anwesenden umher. Sofort wurde ich misstrauisch.

Selbst Bronco, die Golden-Retriever-Hündin meines Lieblingskollegen Caleb, spitzte die Ohren. Ihre Gummikrabbe plumpste zu Boden und stieß ein Quieken aus. Aber das hörte Mom nicht mehr, denn sie hatte sich umgedreht und war zurück in den Flur gehastet, wo der Teppich das Geklacker ihrer High Heels dämpfte.

»Mein Horoskop hatte recht.« Mit einem ähnlich lauten Quieken wie das der Spielzeugkrabbe sprang Caleb auf. »Oh, ihr großen Oscar- und Cosmopolitan-Götter, ich bekomme heute meinen A-Promi, und gemeinsam bereiten wir das Double auf die Wochen vor den Oscars vor.« Caleb, seines Zeichens bekennender Astrologie-Fan, klatschte in die Hände. Er schien das wirklich ernst zu meinen. Gemeinsam mit Viola, die ich ebenfalls vom letzten Jahr hier kannte, sprintete er los in Richtung des großen Meetingraums.

Schulter an Schulter quetschten sie sich durch die Tür, sodass ein Abdruck von Calebs Fingern an der Glasscheibe zurückblieb. Besser ich nahm meine dritte Tasse mit mittelmäßig ausreichend gesüßtem Kaffee mit, damit ich in diesem Meeting wenigstens etwas zu tun hatte. Gut, dass ich eben in der Mittagspause ein Nickerchen auf meinem Bürostuhl eingelegt hatte, denn andernfalls wäre ich durch anhaltendes Schnarchen in Moms Krisenmeeting aufgefallen.

Kaum hatte ich mich hinter dem klobigen Schreibtisch hervorgeschält, wurde ich schon von hinten angerempelt. Zwar sah ich es noch kommen, war allerdings nicht in der Lage, die Katastrophe zu stoppen. Mit aufgerissenen Augen beobachtete ich, wie meine Kaffeetasse schwankte und sich ein Schwall der lauwarmen Flüssigkeit auf mein weißes T-Shirt ergoss. Direkt in den Ausschnitt. Verflucht.

»Oops«, erklang eine Stimme hinter mir. Suttons Stimme. »Du bist aber auch ungeschickt, Käse-Spätzchen.«

Meine Schultern bebten. Nicht provozieren lassen! Ich musste mich nicht umdrehen, um zu wissen, dass ihr Grinsen das Wort *hämisch* vor Neid erblassen ließ. Nachdem ich die Fingerspitzen an meinem braunen Rock abgerieben hatte, drehte ich mich dennoch zu ihr um. Ihre Model-Größe und die blonden Haare erweckten immer den Eindruck, als wäre Sutton einer Werbeanzeige für Beachlooks entsprungen. Jedenfalls, wenn man sich diesen überheblichen Ausdruck in ihren eng stehenden Augen wegdachte – und einen so was beeindruckte.

Sutton begegnete meinem Blick gelassen und strich sich in Zeitlupe ihre Extensions über die Schulter. Letztes Jahr hatte ich versucht, freundlich zu ihr zu sein. Auch weil ich erfahren hatte, was hinter ihrem abweisenden Verhalten steckte – aber Sutton machte es einem verdammt schwer … Ihr Blick glitt von meinem Kinn bis zu meinem Bauchnabel.

Mein Shirt! Entsetzt starrte ich an mir hinab. Um den Ausschnitt herum zog sich ein Kaffeefleck wie eine überdimensionierte Ansteckblume in die Länge. Ich zupfte an dem Stoff, der sich mittlerweile klamm auf meiner Haut anfühlte.

Nein, nein. Einfach nein!

Ehe ich etwas zu Sutton sagen konnte, das ich später bereute, stellte ich die Kaffeetasse ab und stürzte los in Richtung Toilette. Vielleicht konnte ich mein Outfit halbwegs retten.

Konnte ich nicht. Obwohl der Fleck blasser wurde, war immer noch deutlich zu erkennen, dass ich einen Unfall mit einer Kaffeetasse hinter mir hatte. Kurz vor einem Meeting mit dem gesamten Team. Super. Jetzt kam ich auch noch zu spät, und alle würden mich anstarren. Mich und die Katastrophe an meinem Ausschnitt.

Seufzend sah ich auf, in den Spiegel vor mir. Irgendwelche schwarzen Krümel klebten an meiner Wange. Automatisch hob ich eine Hand, um sie wegzuwischen. Doch das brachte absolut nichts. Moment mal … Ich beugte mich vor, näher an den Spiegel heran, denn meine leichte Kurzsichtigkeit ließ mich nicht scharf erkennen, was da in meinem Gesicht nicht stimmte. Bei näherer Betrachtung konnte ich jedoch sehr wohl ausmachen, was es war. Jemand hatte mir zwei schwarze Tränen, vermutlich mit Permanent-Marker unter mein linkes Auge gemalt. Ernsthaft? Und wieso war ich währenddessen nicht aufgewacht? Einen Moment war ich zu geschockt, um zu atmen. War mir zudem viel zu bewusst, dass ich mich allein im Miniwaschraum vor den Toiletten befand – nichts, was meine Platzangst besonders ruhig zur Kenntnis nahm. Und dann auch noch mit nicht abwaschbarem Marker im Gesicht. Dass sie sich das getraut hatte! Sicher eine von Suttons schäbigen Ideen. Auch das noch. Verfluchte Nickerchen, die ich mir wegen meiner nächtlichen Hackeraktivitäten angewöhnt hatte. Und die dazu noch viel zu tief waren.

Atmen, Kolly, atmen! Seufzend ging ich im Kopf meine Möglichkeiten durch. Mom würde sagen, dass ich nicht grundlos jemanden beschuldigen konnte. Ich hatte keine Beweise, dass diese Schmiererei auf Suttons Konto ging, und Mom hasste nichts mehr – abgesehen von meinen Hacker-Ausflügen ins World Wide Web –, wie wenn ich anderen die Schuld zuschob. Schadensbegrenzung – etwas anderes blieb mir nicht übrig, also beschloss ich, die schwarzen Tränen als neuesten Modetrend einzuführen, und stellte mich unter den Händetrockner, der mich samt nassem T-Shirt wie ein Fön durchblies. Währenddessen schwor ich mir einmal mehr, Mom diesen Sommer stolz zu machen. Den Job mit dem Koch-Double durchzuziehen. Immerhin hatte ich keine aufgeblasenen Schauspieler-Doubles an der Backe oder noch schlimmer: Band-Doubles, mit denen ich mich rumärgern musste.

Kurz darauf drückte ich die Eisentür auf, die zum großen Meetingraum führte, der vom Look her wie ein Spaceship eingerichtet war. Der Star-Wars-Meetingraum.

»Ah, endlich, Kolly. Ich dachte schon …« Mom kam ins Stocken, als sie einen Blick in meine Richtung warf.

Da ich beschlossen hatte, trotz meines Zustands so selbstbewusst wie möglich in dieses Meeting zu stolzieren, um Sutton keine Genugtuung nach ihrer kindischen Aktion zu verschaffen, schloss ich die Tür hinter mir und straffte die Schultern. Natürlich war nur noch neben Sutton ein Platz frei, und vermutlich hatte sie ihn mit Sekundenkleber oder Ähnlichem präpariert. Also blieb ich, wo ich war.

»Was hab ich verpasst?«

Mom räusperte sich. »Wir … wir …« Irgendwie schaffte sie es, bei meinem Anblick die Fassung zu bewahren, was ich ihr hoch anrechnete – unter diesen Umständen.

Viola zwirbelte an der Schleife vorn an ihrem Sechziger-Jahre-Stirnband, das sich von der Farbe kaum von ihren dunkelrot gefärbten Haaren abhob. Irgendwie hätte ich meine Finger auch gerne beschäftigt, doch genauso gut hätte ich mich in einem Löwengehege auf den Rücken werfen können.

Im Stillen ermahnte ich mich selbst, meine Hände nicht zu meinem Auge oder an meinen Ausschnitt zu heben. Vor mir saßen lediglich Mom und fünfzehn ihrer Mitarbeiter, unter denen unglücklicherweise eben Sutton Geelie war, die es aus irgendeinem Grund auf mich abgesehen hatte. Nun ja, im Prinzip wusste ich, was dahinter steckte …

Endlich fand Mom ihre Stimme wieder, wobei es weniger an meinem Aussehen, sondern vermutlich eher daran gelegen hatte, dass sie ihre Gedanken hatte ordnen müssen. Eine starke Stimme war jeder von uns von meiner Mutter gewohnt. »Es gab eine wahre Welle an neuen Anfragen, und wir haben die Klienten soeben auf die Mitarbeiter verteilt. Wir werden alle Überstunden machen müssen. Und wir fangen sofort damit an.«

Ich nickte und konnte mich gerade noch so davon abhalten, die Arme vor der Brust zu verschränken. Das hieß wohl, dass für mich die Klienten übrig geblieben waren, die niemand sonst hatte haben wollen. Wahrscheinlich wirklich die anspruchsvollen Kasobians. Typisch mein Glück.

Neben mir grinste Sutton mich an. Sie hatte ihren kirschroten Lipgloss erneuert und deutete auf ihren Ausschnitt. Ihre Lippen formten die Worte: *Du hast da was.*

Witzig. Wirklich witzig.

Aber angesichts der Tatsache, dass ich genau wusste, was sie so wütend machte, biss ich mir auf die Zunge und strich mir eine Haarsträhne aus der Stirn. Das, was Sutton neben meiner Verwandtschaft zu Mom rasend machte, waren meine dichten braunen Haare. Wohingegen sie, um einen ähnlichen Effekt von gesundem, vollem Haar zu erzielen, Extensions benötigte.

Mom ordnete ihre Papiere. »Du wirst, wie schon gesagt, das Double für einen Starkoch ausbilden und Bria bei ihrer ersten Klientin, einer Sängerin, unterstützen. Brauchst du eine Auffrischung der Körpersprache-Schulung, oder ist noch alles präsent bei dir?«

Koch. Bria beim Double einer Sängerin unter die Arme greifen. Na ja, hätte deutlich schlimmer kommen können. Das hörte sich fast schon nach einem zu ruhigen Sommer an. In Bezug auf Moms Frage schüttelte ich den Kopf. »Keine Sorge, ich kenne alle Abläufe der Agentur inklusive der Körpersprache-Schulung.« Wie schwer konnte das bei einem Koch und einer Sängerin schon sein?

»Gut. Immerhin hast du wirklich ein beinahe fotografisches Gedächtnis.« Und damit löste Mom das Meeting auf.

3 Lincoln

MARILYN MONROE SAGTE EINMAL, HOLLYWOOD IST EIN ORT, AN DEM SIE DIR TAUSEND DOLLAR FÜR EINEN KUSS BEZAHLEN UND FÜNFZIG CENTS FÜR DEINE SEELE.

Eine Woche zuvor

Meine Finger glitten über den Umschlag. Ohne ihn zu öffnen, wusste ich, was darinstehen würde. Einen Moment wirkte alles so fern. Das Geschrei meiner Mutter und das Jammern von Gus, das aus der Küche drang. Ebenso wie das Gehupe der Autos auf der Schnellstraße. Doch all das war jetzt egal. Es hätte mich nicht gewundert, wenn aus einer der ausgebleichten Ecken meines alten Kinderzimmers eine Fanfare ertönt wäre. Einfach, weil es der Moment war, den ich so lange herbeigesehnt hatte.

Oben ertastete ich mit der Fingerkuppe eine Kerbe im Umschlag. Aber das war Nebensache. Fehler hatte alles und jeder auf dieser Welt. Selbst meine liebsten klassischen Romane, die mit von der Sonne verblichenen Seiten auf dem Schreibtisch lagen. In der Küche schepperte es, als hätte meine Mutter die Bratpfanne viel zu kräftig auf die Tischplatte geschmettert. Kurz zuckten meine Muskeln, ich war schon im Begriff aufzuspringen, aber da hörte ich die Zimmertür meines kleinen Bruders zuknallen. Inzwischen konnte er auf sich selbst aufpassen. Sich selbst in Sicherheit bringen. Trotzdem … Der

Inhalt dieses Umschlags konnte alles für uns ändern. Für Gus und mich. So viel stand fest. Eigentlich hätte ich jetzt zittern müssen, weil so viel von diesem Stück Papier abhing. Doch die Ruhe, die mich erfasst hatte und von meinem Unterbewusstsein ausging, wusste es. Ich wusste es.

Es konnte nur eine Zusage sein.

»Kaylee-Lynn ist für dich am Telefon, Lincoln!«, schrie meine Mutter aus der Küche und hustete sich im Anschluss die halbe Lunge aus dem Körper. Jedenfalls klang es so. »Hat wohl gehört, dass du zurück aus dem Bau bist.« Sie lachte, hustete, lachte.

»Sag ihr, dass ich ausgewandert bin!«, rief ich. Wenn ich momentan auf eins verzichten konnte, dann auf irgendwelche Ex-Freundinnen, die mich ablenkten.

Gerade wollte ich den Umschlag öffnen, als eine Taube draußen am Fenster gurrte, lautstark flatterte und sich auf der Backsteinfensterbank niederließ. Sie neigte den Kopf und betrachtete mich, begleitet von einem weiteren Gurren. Ich starrte zurück – einfach, weil der Flashback so heftig war wie ein Gongschlag neben meinen Ohren. Aber das konnte nicht derselbe Vogel sein, der mich zwei Jahre fast jeden Tag im Jugendgefängnis besucht hatte. Oder war er es doch? Nein … das mussten dreißig Meilen sein, die er hätte zurücklegen müssen. Dreißig Meilen, die mich und Pepper Pidgeon trennten. Dreißig Meilen von dort bis zu meiner Fensterbank. Wie hätte er mich finden sollen? Dennoch stand ich auf, schob das Fenster einen Spalt nach oben und klemmte meinen Teller mit den Brötchenkrumen darunter, sodass der Vogel gut darankam. Die Taube hatte nur minimal mit den Flügeln gezuckt und meine Aktion beobachtet. Jetzt raschelte sie mit ihren Federn, um gleich darauf die Krümel aufzupicken.

Ich trat einen Schritt zurück. Mit dem Ringfinger meiner rechten Hand rieb ich über meinen kleinen Finger. Alles an diesem Leben fühlte sich unwirklich an. Alles – außer dieser Brief.

Langsam senkte ich den Blick wieder auf den Umschlag. Dann riss ich ihn auf, holte den Brief heraus und überflog die Zeilen. Es war die offizielle Zusage für den Job. Mein Vorstellungsgespräch hatte Dexter und Miranda direkt überzeugt – nichts anderes hatte ich erwartet –, aber jetzt hatte ich es endlich schwarz auf weiß.

Kurz dachte ich an diesen verhängnisvollen Tag im Untersuchungsgefängnis zurück. An den Tag, an dem ich im Fernsehen diese Dokumentation über Doubles gesehen hatte, die dafür bezahlt wurden, so zu tun, als wären sie die Stars. Die das Original vertraten, wenn es selbst keine Lust auf ein Event hatte oder krank zu Hause saß. In derselben Sekunde hatte ich es gewusst. Dass das ein Job war, den man auch mit meinem unterirdischen Lebenslauf ausüben konnte. Weil es nur ums Aussehen und ums Faken ging. Mein Herz hatte wie verrückt geklopft, und ich hatte es vor mir gesehen, wie ich genau damit genug Geld verdienen konnte, um Gus und mich aus diesem festgefahrenen Leben herauszuholen. Ihm mehr zu ermöglichen, mehr Türen zu öffnen, als es mir bisher in meinem Leben gelungen war. Ein ganz neues Leben, für das wir das alte für immer hinter uns lassen konnten. Weil wir schlichtweg keine Alternative hatten.

Vor Aufregung, dass mein Traum nun greifbarer war, begannen meine Schultern zu beben, was die Taube mit einem sanften Gurren kommentierte. Beinahe so, als wollte sie mich beruhigen.

Ich blinzelte, dachte daran, wie ich zu diesem Casting gegangen war, das ich vor ein paar Wochen in einem Forum für Schauspieler entdeckt hatte – obwohl meine Bewährungshelferin Sadie mir davon abgeraten hatte. *Showcasting für Doppelgängerwettbewerb* hieß es. Aber aus der TV-Dokumentation hatte ich gewusst, dass das oft nur ein Deckname für das Casting eines echten Doubles für einen Prominenten war. Nicht, dass das ein Top-Secret-Geheimnis gewesen wäre, aber die echten Fans sahen es einfach nicht gern, wenn statt ihres Idols bei einem Event eben nur das Double auftauchte. Obwohl die ganze Welt wusste, dass Stars auch mal Burnout haben oder krank sein konnten. Nur, dass ausgerechnet vom eigenen Star ein Double existierte, das verdrängte man als Superfan lieber. Und für diesen angeblichen, einmaligen Wettbewerb hatten sie Doubles für mehrere Sänger sowie Bands gesucht, unter anderem auch für *The Tinfoil Phantoms*. Drei Wörter, die schon damals mein Herz höherschlagen gelassen hatten. Wenn ich jedes Mal einen Dollar für den Spruch »Du siehst diesem Sänger Graeson von *The Tinfoil Phantoms* so ähnlich« bekommen hätte … hätte ich jetzt … sechs Dollar in der Tasche.

Und dann hatte es begonnen. Mein erstes richtiges Vorstellungsgespräch, und es war praktisch keine Konkurrenz vor Ort gewesen, um für Graeson vorzusprechen. Außer für ihn hatten zur selben Zeit auch die Doubles für Biggy und Zac – die anderen zwei Bandmitglieder der *Tinfoil Phantoms* vorgesprochen. Mit Rae und Shy war unser Doppelgänger-Trio noch am selben Tag vervollständigt worden.

Die beiden waren anständige Jungs, vielleicht ein bisschen zu relaxed, zu selbstsicher, zu arrogant. Aber genau das machte es ihnen sicherlich leicht in dieser verdammten Stadt voller Möchtegerns – meiner Heimat. Immerhin hatte dieser Rae über einen Scherz von mir gelacht, und Shy hatte direkt ein Bier mit uns trinken gehen wollen. Also hatten wir das getan, und nicht nur Raes Humor hatte dazu beigetragen, dass ich abschalten konnte, sondern auch die Tatsache, dass Shy nie um einen Spruch verlegen war, wenn ihn ein Mädchen interessierte.

Es war der beste Abend seit Langem gewesen mit diesen beiden Schauspielschülern, die gerade nach L.A. gezogen waren. Wahrscheinlich weil ich vorher immer mit den falschen Leuten abgehangen hatte, aber bei unserem Barhopping war mir die ganze Zeit durch den Kopf gegangen, dass ich bei diesen zwei Jungs nicht krampfhaft aufpassen musste, dass sie nichts Dummes anstellten. Ich rieb mir über die Stirn, verdrängte die Gedanken an die schlimmste Nacht meines Lebens. Axe und seine Jungs würden dafür noch ein paar Jahre absitzen müssen.

Aber ich war frei. Endlich.

Ich überflog den Brief, las den letzten Satz zwei Mal. Ognito Inc. bot mir den Job als Graeson Woollards Double an – schon ab Mitte Mai! Also in einer Woche. Und der Lohn dafür war beträchtlich. Ziemlich viele Nullen pro Monat. Und das ohne Ausbildung oder Studium. Ein Frisur-Makeover und ich würde wie dieser geschniegelte Sänger aussehen. Dazu kam, dass diese Band Alumasken trug, die die rechte Hälfte ihres Gesichts bedeckten. Und am Ende des Sommers nach einer großen Tournee ging die Band nach Vegas, um dort dauerhaft zu spielen.

Ich könnte also problemlos Gus mitnehmen und gemeinsam mit ihm ein neues Leben beginnen. Mom würde es ganz sicher nichts ausmachen, und das Sorgerecht konnte ich mir erkämpfen. Schließlich war Mom Alkoholikerin, weshalb ihr kein Richter, der auch nur einen Funken Verstand besaß, Gus überlassen würde. Und sein Vater war nicht besser. Ich hatte mich informiert. Meine Chancen, das Sorgerecht für meinen kleinen Bruder zu bekommen, wären nicht schlecht mit einem festen Job. Dazu war meine Akte nun wieder lupenrein, dank dieses Gesetzes, dass Polizeiregister gelöscht wurden, wenn man als Minderjähriger verurteilt worden war. Es war schon fast zu einfach.

Ich konnte mir ein leichtes Grinsen nicht verkneifen. Da schwebte sie vor mir: meine Zukunft in meiner Hand. In Form eines Briefs.

Etwas kratzte an meiner Tür, und nur einen Moment später kam Gus hereingestürzt, ohne vorher anzuklopfen. Tränenspuren zeichneten sich auf seiner Haut ab. »Ich brauche deinen Boxsack, Linc.« Seine Stimme glich eher einem Schluchzen. Einem jammernden

Welpen. »Kann ich ihn haben? Bitte?« Mit dem Ärmel wischte er sich über die Stirn.

Kein Neunjähriger sollte die Aggressionen seiner Mutter gegenüber an einem Boxsack auslassen müssen.

Trotzdem deutete ich auf meinen Boxsack, der in der Ecke hing. Er war an so vielen Stellen mit Panzertape geflickt, dass das rote Leder darunter kaum noch zu sehen war. »Na klar.« Das Leben war nicht fair. Gus hatte so viel mehr verdient als eine arbeitslose Mutter, die ständig neue, ebenfalls arbeitslose Typen mit nach Hause schleppte.

Es würde das letzte Mal sein. Mein Blick fiel auf den Brieftext. So viele Nullen, so viel Geld. Und ich musste mich lediglich an drei Regeln halten.

Erstens: So tun, als wäre ich Graeson Woollard. Und dafür außerhalb des Jobs ab sofort eine Perücke tragen, um unerkannt zu bleiben.

Zweitens: In der Zeit, in der ich ihn doubelte, mit keinem Mädchen zusammenkommen.

Und Drittens: Nichts mit einer Mitarbeiterin oder einem Mitarbeiter der Double-Agentur anfangen.

Leichter konnte man kaum viertausend Dollar im Monat verdienen. Wirklich nicht. Ich legte meinem Bruder eine Hand auf die Schulter, verstrubbelte ihm dann die dunkelblonden Haare. »Willst du heute Nacht bei mir schlafen? Ich hole deine Matratze rüber.«

Gus schniefte laut, zog die Nase hoch, ehe er mich auf Hüfthöhe umarmte.

4

Kolly

WAS IST, WENN SICH DAS LEBEN NUR DESWEGEN MANCHMAL SO HOLPRIG ANFÜHLT, WEIL ES IN DEN NÄCHSTEN GANG SCHALTEN MUSS?

»Sorry, Schatz«, sagte Mom abschließend, als ob sie mir gerade nicht die vernichtendste Nachricht des Tages überbracht hätte. Ich starrte auf die neue Akte vor mir auf dem Tisch.

»Keine Sorge. Bria wird sich um den Koch kümmern, und ich werde eine neue Praktikantin für sie als Support einstellen.« Und damit rauschte Mom davon.

In meinen Ohren klingelte es. Wieso musste Selma ausgerechnet jetzt schwanger werden? Und dazu nach ihrem Arztbesuch in ihrer Pause – nur Minuten nach unserem Krisenmeeting direkt ins Krankenhaus eingeliefert werden und uns im Stich lassen? Natürlich hoffte ich, dass es nichts Schlimmes und mit dem Baby alles okay war, bloß warum heute? Jetzt hatte ich ihre Klienten am Hals. Eine Band, denen das halbe Land zu Füßen lag. Und keine Geringere als ich sollte ihre Doubles ausbilden. Fantastisch. Und das allerschlimmste: Die Doubles würden heute zum ersten Mal in der Agentur auflaufen. Heute! Warum konnte ich nicht den Koch und dessen Double behalten? Im Geiste sah ich schon vor mir, wie arrogant und selbstverliebt sowohl diese Sänger als auch ihre Doubles sein würden. Wahrscheinlich wurde man nach einer gewissen Anzahl von geschriebenen Autogrammen einfach so. Womöglich konnten sie nicht mal was für ihre Allüren.

Mit dem Gummiende meines Ognito-Inc.-Kugelschreibers tippte ich wieder und wieder auf die Schreibtischplatte, während ich mit meinem Daumennagel über die Ränder des Metallclips fuhr. Um meine Nerven zu beruhigen, baute ich den Kugelschreiber auseinander, wieder zusammen, wieder bis auf jedes Einzelteil auseinander … Auf die Recherche zu dieser Band hatte ich ebenso viel Lust wie auf eine Ganzkörperenthaarung. Durchgeführt von Sutton.

Ab und zu rubbelte ich über die Stelle unter meinem Auge. Bloß leider ohne Ergebnis, wie ich nach einem unauffälligen Selfie feststellen musste. Abgesehen davon, dass sich meine Haut um die aufgemalten Tränen jetzt auch noch rot verfärbte, als hätte ich eine Allergie entwickelt.

»Ach, Kleines.« Caleb ließ sich mit dem Hintern auf meinen Schreibtisch fallen. Gerade noch so konnte ich mein internetloses Tablet in Sicherheit bringen, sonst hätte sich Caleb direkt auf das Gesicht von Shy gesetzt, der Biggy Heighat doubeln sollte. »Mach dir nicht zu viele Sorgen.« Er nahm meine linke Hand in seine bronzefarbene und schaute mir dabei tief in die Augen. »Das wird ein toller Sommer für dich. Du wirst auf die echten Bandmitglieder treffen und deren Hammer-Villa in den Hills besuchen. Den Gerüchten nach haben die sogar eine eigene Hüpfburg und ein Bällebad UND eine Gokart-Bahn.« Seine Augen glänzten, während er sich mit gespielt vor Aufregung weit aufgerissenen Augen in die Faust biss. »Denk an all die Partys, auf die du gehen wirst.«

Da hatte wohl jemand seine Nase in mein Band-Exposé gesteckt.

»Ja, weil das genau mein Ding ist. Promis anhimmeln.«

Wenn ich eine bekannte Sängerin geworden wäre, hätte ich es auch so gehalten. Wann immer möglich hätte ich mein Double zu Events geschickt. Erst recht, wenn es für Promis in der Öffentlichkeit aktuell so gefährlich wie nie war. Kurz hob ich den Kopf, um die durchlaufende Nachrichtenzeile auf dem Bildschirm über der Tür zum Flur zu lesen. Unter der Nachrichtensprecherin verkündeten die weißen Buchstaben: *Kein Promi mehr sicher? Alec Wildwin mit Paintball-Gewehr beschossen.* Ein Bild wurde eingeblendet, das den Schauspieler mit orangener Farbe auf der Lederjacke zeigte.

Ich lehnte mich auf dem Bürostuhl zurück, dessen Lehne nachgab und ein Knarzen ausstieß. »Und wenn diese Band so toll ist, warum hast du sie dir dann nicht selbst geschnappt?«

Caleb schürzte die Lippen. »Tja, momentan sind die Hollywoodstars einfach die coolere Option, tut mir leid, Zwerg. Die Oscars!« Caleb tat so, als würde er sich mit beiden Händen eine Krone auf den Kopf setzen. »Und wenn wieder ein Prinz reinkommt, will ich vorbereitet sein. Kann mich nicht mit diesem langfristigen Sommerengagement aufhalten. Viola hat mir den letzten Prinzen vor der Nase weggeschnappt.«

»Tja, Karma.« Sutton schritt mit ihrem Tablet bewaffnet an uns vorbei und hatte nur einen abfälligen Blick für Caleb übrig. »Mit dieser Igelfrisur lassen sie dich nicht mal in die Nähe eines echten Prinzen. Man könnte meinen, du kämst aus der schlimmsten Ecke von West-Adams, Caleb, und nicht Kolly.«

Selbstverständlich hatte sich Sutton diese Vorlage zum Seitenhieb gegen uns beide nicht verkneifen können. Zwei auf einen Streich. Ich seufzte, hielt mein Handgelenk mit dem Trackerarmband dann direkt an ihr Tablet. Sutton fluchte lautstark. Tja, da war wohl ihr Internet erst mal weg. Ich konnte noch erkennen, wie der Einloggen-Bildschirm erschien, bevor Sutton sich und ihr Gerät eilig in Sicherheit brachte.

»Diese Frisur mache ich gerade wieder hip!«, rief Caleb ihr nach, um direkt im Anschluss an seinen Stachelhaaren zu zwirbeln und dann extra laut an mich gewandt hinzuzufügen: »In den letzten drei

Monaten bin ich übrigens regelmäßig zum Axt-Weitwurf-Training gegangen.«

Diese unterschwellige Drohung schien Sutton jedoch völlig kaltzulassen.

Caleb stieß einen dramatischen Seufzer aus und drehte sich wieder zu mir. »Zurück zu der Band, nein danke. Nach diesem Country-Girl letztes Jahr hab ich echt die Schnauze voll. Ständig musste ich springen und ihr Double ranschaffen, wenn das Original einen Seitensprung kaschieren wollte.«

O ja, ich erinnerte mich. Letzten Sommer hatte ich Caleb dabei geholfen, die Kopie dieser Sängerin in der Öffentlichkeit zu zeigen. Einmal hatte ich sogar in einen Designermantel und Sonnenbrille gehüllt mit ihr Sushi essen gehen müssen. Nur damit ihr Ehemann nicht bemerkte, dass sie eigentlich bei ihrem Liebhaber im Bett lag. Es war der fürchterlichste Abend meines Lebens gewesen, und ich war froh, dass Mom beschlossen hatte, für derlei Aufträge nicht mehr zur Verfügung zu stehen. Allerdings hatten wir damit eine gut zahlende Klientin verloren, und Dexter war an die Decke gegangen.

Meine Augen scannten die Bilder und Infos über die Band. *The Tinfoil Phantoms*. Graeson, Zac und Biggy. Ausgerechnet Dexters Band. Er war nicht nur Graesons Dad, sondern auch der Bandmanager. Auf sämtlichen Videos und Fotos trugen die Bandmitglieder Aluminiummasken, die einen Teil ihres Gesichts bedeckten. Ein bisschen wie ein spaciges Phantom der Oper. Ihr Markenzeichen, aber das wusste ich wie jeder andere Amerikaner natürlich längst. Die Artikel, die Caleb aufrief, zeigten immer mehr Polizisten und Bodyguards um die Jungs herum. Wahrscheinlich zurecht. In letzter Zeit waren sie schon mal von Fans angegriffen worden. Irgendwelche Frauen hatten versucht, sie in einen weißen Lieferwagen zu zerren. Aber Letzteres war glücklicherweise schnell bemerkt und verhindert worden. Offensichtlich wollte irgendwer diese drei Kerle ganz für sich haben. Oder Lösegeld von ihrem Management. Und dann waren da noch die Hater. Fantastisch. Und ich würde ihre Lockvögel den Sommer über an der Backe haben.

Ich tippte auf mein Tablet, das mir sofort den Lebenslauf von diesem Rae ausspuckte, der Zac Stein doubeln sollte. Eigentlich gut zu merken. Beide hatten drei Buchstaben im Vornamen. Rae würde sich in Zac verwandeln … und Shy doubelte Biggy – beide Namen endeten auf »y«. Zum Schluss kamen noch Lincoln, der Graeson doubelte. Also eigentlich war es schon fast zu einfach, sich diesen Quatsch zu merken.

Ich überflog Lincolns Lebenslauf, der deutlich knapper ausfiel als die der anderen beiden Jungs. In den letzten zwei Jahren hatte er als Freiwilliger beim Wiederaufbau in Haiti geholfen. Nachdem der Wirbelsturm Andrew die Insel schwer getroffen hatte. Hmm. Ich zupfte an meiner Lippe. Hatten sie diesem Sturm nicht den Namen Matthew gegeben? Ein Flüchtigkeitsfehler? Oder … Ich besah mir diesen Typen genauer, der da vollkommen starr in die Kamera blickte. Er sah natürlich ziemlich gut aus – aber das taten sie ja fast alle in Hollywood. Nichts, was mich mehr beeindruckte als eine Pusteblume am Bordsteinrand. Ich neigte den Kopf. Irgendwas war da in seinen grünen Augen. Als ob er gewisse Dinge mit diesem herablassenden Blick überspielen wollte … Nun ja. Was ging es mich an?

Doch bevor ich mir noch weitere Gedanken um meine neuesten Doubles machen konnte, stöckelte Mom erneut an mir vorbei.

»Mom«, sagte ich aus einem Impuls heraus, und zwar hektisch, da ich befürchtete, nicht mehr als zwei Sekunden Zeit zu bekommen. »Ich und gleich drei Doubles? Das schaffe ich nie.«

Tatsächlich verlangsamte meine Mutter ihren Stechschritt, aber nur ein klein wenig. Kaum merklich – jedenfalls für das ungeübte Auge. Ihr Blick fiel auf den Kaffeefleck auf meinem Shirt. »Kolly, ich bitte dich. Heute ist genau der Tag, an dem wir einen guten Eindruck hinterlassen müssen.«

Automatisch wanderte meine Hand zu meiner Zauberwürfelkette. Genau deshalb musste Mom doch einsehen, dass ich ungeeignet war, die Band zu betreuen. Also, da nahm ich doch lieber acht Köche statt drei von sich überzeugte Fake-Rockbandmitglieder.

Mit der Hand, in der sie ihr Smartphone hielt, deutete sie auf mich. »Aber du hast recht. Caleb wird dir helfen. Caleb, zieh dir die Akten. Dexter bringt die Doubles nachher für ein erstes Kennenlernen vorbei.« Ihre Hand schwenkte zu ihm. »Und such Kolly ein Firmenshirt raus. Sofort.«

»Was?«, keuchte Caleb. »Wir beide?« Zuerst erschrocken, wechselte sein Gesichtsausdruck zu Entrüstung, sobald er den Kopf zu mir drehte.

»Ja. Kolly hat dich doch letzten Sommer bei Jennifer Tafts Double unterstützt. Ihr wart ein gutes Team.«

Oh, oh. Mit meinem Daumennagel drückte ich eine Kerbe in meinen Oberschenkel. Genau die Art Doubles, auf die ich am allermeisten verzichten konnte, und dann auch noch drei davon – zusätzlich hatte ich damit Calebs Sommer ruiniert. Ich begegnete Calebs Blick ausdruckslos, betete dabei im Inneren den Binärcode zu *Alles wird gut* herunter.

01000001 01101100 01101100 01100101 01110011
01110111 01101001 01110010 01100100
01100111 01110101 01110100

Das machte das Ganze nur ein bisschen besser. Ein Mini-Byte.

Wenig später hatte sich mein Lieblingskollege allerdings schon wieder gefangen und versuchte, sich seelisch und moralisch auf die neue Herausforderung einzustellen – gemeinsam mit mir in der Teeküche.

Während ich noch mit Caleb darüber stritt, wer die längere Stange Lakritz aus der Tüte gezogen und damit die Wette gewonnen hatte, wurde es im Flur auf einmal laut.

Neugierig ließ Caleb die Lakritzstange fallen und sprintete aus der Teeküche. Gerade noch so bekam ich sie zu fassen und konnte somit verhindern, dass das Stück Lakritz auf direktem Wege in Broncos Maul wanderte. Ehe ich Caleb folgte, tätschelte ich der Hündin, die bereits mit aufgesperrtem Maul vor mir saß, entschuldigend den Kopf.

Im Großraumbüro hatten sich sämtliche Mitarbeiterinnen und Mitarbeiter an der Glastür zum Flur versammelt, sodass ich nicht erkennen konnte, was vor sich ging.

»Die Band-Doubles«, flüsterte Viola, von der ich nur den Schopf ihrer dunkelrot gefärbten Haare ausmachen konnte.

Caleb hüpfte auf und ab wie ein K-Pop-Star in einem Musikvideo.

Eine Tür schlug zu, und kurz darauf sah ich Dexter aus Moms Büro auf uns zukommen. Gefolgt von Mom.

Bria tauschte einen Blick mit Sutton, klammerte sich dann wie Mom an ihr Tablet, wobei sie sich mit den Fingernägeln in ihren braunen Haarsträhnen verhedderte. »Moment, ist das Dexter Woollard – der Rockstar?«

»Ex-Rockstar«, sagte ich. »Und er ist hier Teilhaber.« Das »unglücklicherweise« konnte ich mir geradeso verkneifen. Genauso wie: »Er kontrolliert nur gern.« Das würde Bria, die erst seit Kurzem in der Agentur arbeitete, selbst noch herausfinden. »Vor ein paar Jahren hat er Mom geholfen, die Agentur aufzubauen. Aber nach seiner Hüft-OP hat er sich aus dem Business zurückgezogen«, fuhr ich fort. Nun ja nicht ganz, was für uns alle offensichtlich war.

»Und außerdem managed er die echten *Tinfoil Phantoms*, unter denen auch sein Sohn ist, richtig? Die Band, die jetzt von uns Doubles bekommt?« Bria wandte sich zu mir um.

»Ja, Teilhaber sein, erfordert nicht allzu viel Zeitaufwand«, sagte Caleb. Den abfälligen Tonfall in seiner Stimme konnte nur wahrnehmen, wer ihn besonders gut kannte. »Außer er entscheidet, bei der Ausbildung der Doubles mit dabei zu sein, wie heute. Er hat diese Doubles sogar gemeinsam mit Miranda gecastet.«

Wirklich? Um das bestmöglichste Double für seinen Sohn Graeson, den Leadsänger der Band, auszuwählen? Mein Blick glitt über Moms Teilhaber, den ich ein Jahr lang nicht mehr gesehen hatte. Dexter Woollard war in der Tat immer noch ein gut aussehender Mann. Allerdings zeigten sich nach dem Autounfall, den er mit Anfang vierzig gehabt hatte, scharfe, verbitterte Züge in seinem Gesicht. Genau genommen hatte ich ihn auf keinem Bild im Netz oder in der Akte seiner Band oder sonst irgendwann lächeln sehen. So groß, wie er war, und mit den dunklen Haaren hätte er auch ein Telenovela-Star aus Südamerika sein können. Dazu kam, dass er früher mal ziemlich erfolgreich Rocksongs gesungen sowie selbst geschrieben hatte – wie er jeden wissen ließ, der es hören wollte oder auch nicht.

Moms Kiefermuskeln zuckten, was irgendwie nicht zu ihr passte, dann wurde mir die Sicht auf sie erneut versperrt. Ich neigte den Kopf. Generell verhielt sie sich in letzter Zeit zunehmend seltsam. Hatte das alles was mit unseren neuen Klienten zu tun?

Die anderen schubsten sich gegenseitig, um die besten Plätze vorn an der Tür des Großraumbüros zu ergattern.

Na toll. Also spannten wir mal wieder. Ich schob mir eine der Lakritzstangen in den Mund und quetschte mich an zwei Mitarbeitern in Marvel-Shirts vorbei. »Kann man eigentlich noch auffälliger neue Doubles ausspionieren?« Man hätte meinen können, die anderen würden gerade zum ersten Mal drei attraktive Doubles zu Gesicht bekommen. Irgendwie blieb ich mit dem Ärmel an einer Handtasche hängen und musste mich mit einem Ruck befreien, stolperte bei der Aktion jedoch weiter vorwärts. Leider geriet ich dermaßen aus dem

Gleichgewicht, dass ich stürzte. Zwar versuchte ich, mich noch an Suttons Rock festzuhalten, die quietschte, als ich ihn hinten halb herunterriss, doch auch das konnte meinen Sturz nicht aufhalten. Ich landete auf den Knien in der ersten Reihe vor meinem ganzen Team. Direkt vor Moms Füßen, die von drei Bodyguards flankiert wurde. Ich hob den Blick. Um mich herum verstummte alles. Nein, keine Bodyguards, wie ich gleich darauf feststellte. Das waren die Doubles. Meine Doubles. Breitschultrige, gut aussehende Anfang Zwanziger …

Und alle starrten mich an.

Vor Schreck verschluckte ich mich an den Lakritzresten in meinem Mund und fing an zu husten. Das da – ich erkannte sie von den Fotos wieder – waren die leibhaftigen Doppelgänger der Band *The Tinfoil Phantoms*. Und diese Kopien waren nicht mal schlecht, musste ich zugeben. Dieselbe Arroganz wie bei den Original-Bandmitgliedern schimmerte in ihren Augen …

Niemand sagte was, und niemand tat mir den Gefallen, den Blick abzuwenden. Lediglich die Doubles stießen sich gegenseitig mit den Schultern an, waren offenbar schon recht vertraut miteinander. Damit das Husten endlich aufhörte, zog ich mich mit einer Hand an einem Marvel-Shirt nach oben, während ich mir mit der freien Faust gegen die Brust schlug.

War ich ernsthaft immer noch Mittelpunkt dieser Menschentraube? Und warum verging die Zeit auf einmal so quälend langsam?

Blinzelnd gelang es mir immerhin, mich halbwegs zu sammeln, weswegen ich die drei Neuankömmlinge in Ruhe mustern konnte. Ihre Namen … Wie waren ihre Namen noch mal?

Der Blick des dunkelhaarigen Typen mit den ausgeprägten Kieferknochen blieb an meinem Ausschnitt hängen, genauer gesagt auf dem Ognito-inc.-Schriftzug.

»Nettes Wortspiel.«

Stimmt. Der Firmenname. Moms geniale Idee. Ich reckte das Kinn und widerstand dem Drang, an meinem Shirt zu ziehen. Lincoln. Der Typ hieß Lincoln wie der Präsident und die Automarke, fiel mir wieder ein. Sein Blick brannte sich in meinen, und mir wurde tatsächlich heiß. Wie einem Fangirl. Was natürlich gar keinen Sinn ergab, denn das hier war nicht der Originalsänger, und selbst dann hätte er mich kaltgelassen. Nicht, dass das in irgendeiner Weise von Bedeutung gewesen wäre …

Der Junge neben ihm mit der bronzefarbenen Haut und den zwei Millimeter kurz geschorenen Haaren war Rae. Noch nie zuvor hatte ich so hellblaue Augen gesehen. Ein wenig, wie wenn man nur eine ganz geringe Menge blauen Sirup in ein Glas Wasser mischte, sodass es kaum auffiel. Ein Diamant-Ohrstecker blitzte in seinem linken Ohrloch, und durch seine rechte Augenbraue zog sich eine rasierte Linie. So was war wohl angesagt heutzutage. Aber was wusste ich schon?

Hinter den beiden versuchte sich das dritte Double daran, unbeteiligt auszusehen. Als hätte er nicht unbedingt Lust, angestarrt zu werden. Daran würden wir definitiv arbeiten müssen. Seine dunkelblonden Haare waren immerhin wie bei seinem Original auf dieselbe Art und Weise frisiert. Mit einem Lockenstab in kleine Löckchen gebracht, die nach oben abstanden und an den Seiten kürzer waren.

Lincoln grinste mich an, was mich sofort misstrauisch werden ließ. »Ich wusste gar nicht, dass ihr auch Doubles von Tony dem Clown in der Agentur habt«, bemerkte er, wobei sein Blick über mich glitt. Von meinem linken Augenwinkel mit den aufgemalten Tränen über mein rotes Ognito-Inc.-Shirt, das nicht so wirklich zu meinem braunen Rock passen wollte.

Mein Kopf schoss nach oben. Ernsthaft? Dieser … muskelbepackte … empathielose … Fake-Promi! Und plötzlich lief die Zeit wieder normal ab. Fand er das etwa witzig? Hitze strahlte von meinem Nacken über meinen ganzen Oberkörper aus, während er immer noch den Blickkontakt zu mir aufrechterhielt. Als wollte er sichergehen, dass ich diejenige war, die zuerst wegschauen würde. Dabei stachen seine Augen unter den braunen Haaren hervor wie zwei Jade-Edelsteine.

»Das war nur ein Scherz. Wegen dem hier.« In seinen Augen blitzte etwas, während er einen Zeigefinger an seine eigene Wange führte. Natürlich sah allein die Bewegung bei ihm unverschämt gut aus. Dazu die breiten Schultern, der muskulöse Nacken, wahrscheinlich boxte er oder drückte jede Menge Gewichte in seiner Freizeit. Allerdings schien er weder eine Kinn-OP, Nasenkorrektur oder ein Bleeching gehabt zu haben. Das erkannte ich normalerweise auf zwanzig Fuß Entfernung.

Am liebsten hätte ich etwas ebenso Freundliches entgegnet, doch ich riss mich zusammen. Sonst würde Mom mir auch noch das Tablet wegnehmen. Das hier waren Moms Doubles. *Meine* Doubles. Und diesen durchtriebenen Lincoln würde ich schon in seine Schranken weisen. Schönlingen, die versuchten, mich aufs Kreuz zu legen, hatte ich nicht nur einmal das Instagram-Konto gehackt und ... es wieder zurückgegeben, weil ich nicht so fies hatte sein wollen.

Ich verdrehte die Augen und begegnete dann Lincolns Blick so gelassen wie möglich. Er war lediglich das Double von Graeson Woollard, Dexters Sohn. Allerdings war er nicht so braun gebrannt, wie ich es vermutet hätte, nach zwei Jahren Aufbauhilfe auf Haiti. Genau genommen wirkte er eher blass auf mich.

»Das ... ist meine Tochter Kolly«, stellte mich Mom vor.

Hinter mir hörte ich Sutton einen Huster ausstoßen, der verdächtig wie *Käse-Spätzchen* klang.

»Sie wird euch gemeinsam mit Caleb in eure neuen Rollen einweisen und eure Ansprechpartnerin sein. Selma musste uns leider kurzfristig verlassen.«

»Ja, genau«, griff ich Moms Einführung auf, obwohl ich bei jedem Wort innerlich gewürgt hatte. »Am besten ihr legt erst mal eure Sachen ab, nehmt euch einen Kaffee und dann treffen wir uns im Meetingraum *Hulk*. Die grüne Tür da. Nicht zu verfehlen.« Ich deutete in Richtung Flur.

Lincolns Mundwinkel hoben sich erneut. »Alles, was du sagst, Tony der Clown.«

5 Kolly

SIE SAGEN, WENN DU DEINE VERGANGENHEIT NICHT IN DER VERGANGENHEIT LÄSST, ZERSTÖRT SIE DEINE ZUKUNFT. ABER WAS, WENN DICH DIE VERGANGENHEIT IMMER WIEDER EINHOLT?

Wieder mal merkte ich, wie ich innerlich kurz davor war, zu explodieren. Wieso machte diese Begegnung so viel mit mir? Der überwältigende Drang, zu kündigen und davonzustürmen oder noch Schlimmeres, Peinlicheres zu tun, überkam mich. Plötzlich schien ich diejenige zu sein, die zum ersten Mal im Leben ein arrogantes Double vor sich hatte. Ich musste mich beruhigen, atmen. Für Mom. Für die Agentur.

Die Jungs gingen vor. Dexter streckte sogar einen Arm aus, um wie ein Museumsführer auf die grüne Tür zu deuten. Nicht zu fassen, wie er sich aufspielte. Konnte er nicht einfach die Doubles in Ruhe lassen und sich in seinem Manager-Job für die Originalband als Boss gefallen?

Ein Kribbeln breitete sich auf der Haut meiner Oberarme aus, und ich spürte deutlich, wie Lincoln mich musterte, ehe er den Meetingraum betrat. Davon würde ich mich allerdings nicht verunsichern lassen.

Okay, ich würde das hinkriegen. So was von.

Über meine Schulter warf ich einen Blick zu Caleb, der gerade

Raes Hinterteil intensiv musterte, ehe auch dieses Double im Meetingraum verschwunden war, dann ruckte sein Kopf zu mir. Wir sollten ihnen folgen, ja sicher.

»Äh, holt einer von euch Kaffee für unsere Gäste?« Schnell schob ich mich an den Kolleginnen und Kollegen vorbei bis zu meinem Schreibtisch, wo ich mir die Mappe mit den Unterlagen griff.

»Sicher«, sagte Viola. »Für dich stelle ich den Karamellsirup aufs Tablett.«

»Du bist die Beste.« Ich sah auf, um sie anzulächeln. Ein kleiner Lichtblick im Haifischbecken. Mein Atem ging blöderweise immer noch viel zu schnell. Genau wie mein Herzschlag.

Irgendwo hörte ich Sutton schnauben.

Glücklicherweise lösten sich so langsam alle anderen aus ihrer Starre und nahmen wieder ihre Plätze an den Schreibtischen ein.

Als ich mit wackeligen Beinen – warum auch immer konnte ich die aufgewirbelten Emotionen in mir nicht runterdrehen – auf meinem Weg zum Hulk-Meetingraum dem Blick meiner Mom begegnete, erfasste mich ein ganz anderes Gefühl in meinem Magen. Mom hatte wieder diese abwesende Miene aufgesetzt, als würden Sorgen tonnenschwer auf ihr lasten. Und schon wieder so zerstreut … Und genau in diesem Moment beschloss ich, dass ich diesen Tag schaffen würde, und nicht nur diesen. Dass ich unseren Auftrag meistern und meine Mutter stolz machen würde. Dass alles wieder werden würde wie früher.

Dexter Woollard hatte seine Designerschuhe, in denen er steckte, entspannt auf dem Tisch abgelegt. Überkreuzt. »Das soll also der beste Ersatz für Selma sein?« Er hob die Augenbrauen, dann glitt sein Blick von mir und Caleb zu meiner Mom. Wir drei standen vor ihm und den Doubles, wobei Caleb sich gerade abwandte, um den Beamer mit seinem Laptop zu koppeln.

Ich atmete tief ein. Einfach nicht reagieren. Alles in Ordnung. Binärcodes runterbeten.

Mom umklammerte das Tablet fester, sodass es aussah, als würde sie die Blutzufuhr für ihre Finger abquetschen. »Caleb und meine Tochter Kolly haben letzten Sommer das Double von Jennifer Taft ausgebildet. Sie verfügen also über ausreichend Erfahrung in der Musikbranche.« Streng genommen hatte das hauptsächlich Caleb getan, und ich war lediglich ein paarmal eingesprungen, hatte das Double in Mimik sowie Gestik unterrichtet, doch ich würde Mom vor Dexter keinesfalls korrigieren.

Ganz langsam, was etwas Höhnisches an sich hatte, legte Dexter den Kopf in den Nacken. »Ah, ist das nicht genau die Sängerin, die euch kurz vor ihrer Halloweenparty gekündigt hat? Nun, *ausreichend Erfahrung* würde ich das wirklich nicht nennen.«

»Nein. Da bist du leider nicht auf dem aktuellen Stand. In der E-Mail an dich hatte ich den Sachverhalt detailliert dargelegt. Wahrscheinlich hast du die Details überlesen.« Mom sah Dexter scharf an. »Tatsächlich hatten wir Jennifer Taft empfohlen, mit ihrem Management ein neues Double zu suchen. Wir konnten die Zusammenarbeit aus moralischen Gründen leider nicht fortführen.«

»Moral?« Dexter neigte den Kopf, als hörte er dieses Wort zum ersten Mal.

Neben ihm tippte Shy auf seinem Handy herum, das bei jeder Berührung leise Kampfgeräusche von sich gab. Überaus nervtötend. Was Rae ebenfalls zu denken schien, dessen Augenlider zuckten. Nur Lincoln starrte mich komplett regungslos an. Blinzelte dieser Typ eigentlich auch mal?

»Moral hat es in Hollywood praktisch noch nie an den Türstehern vorbeigeschafft. Meine Güte, Miranda … Wegen ein paar Seitensprüngen kündigt man doch nicht direkt eine gut zahlende Klientin.«

Wieder zuckte Moms Kiefer, als würde sie mit den Backenzähnen knirschen. »Tja, glücklicherweise sind wir die einzige Double-Agentur in Kalifornien, daher können wir uns das durchaus erlauben.«

»Oh, das würde ich nicht unbedingt als Vorteil sehen.« Dexter verschränkte die Arme hinter dem Kopf wie bei einer Stretching-Übung. »Niemand sonst glaubt offenbar, dass man mit unserem Geschäft langfristig Profit machen kann. Ehe man alles wegen einer einzigen Klage verliert.«

»Nein«, sagte Mom ruhig, »wir haben keine Konkurrenz, weil niemand glaubt, gegen uns in den Wettbewerb treten zu können. Und du als Teilhaber müsstest das wissen.«

Ich musterte Dexter, bereit Mom ein High Five zu geben – mit den Augen, um diesen Triumph über ihn zu feiern. Meine Mutter hatte diese Agentur aufgebaut. Aus dem Nichts. Vor gar nicht allzu langer Zeit. Eine Bomben-Geschäftsidee. Dexter hatte lediglich seine Kontakte und etwas Startkapital beigesteuert. Normalerweise interessierte er sich einen Dreck für das Tagesgeschäft – also sollte er lieber seine eigene Professionalität infrage stellen, statt Mom so offen anzugehen. Lediglich seine Bemerkung mit der Klage irritierte mich. Was sollte das?

Doch Dexter kräuselte seine Mundwinkel, als wüsste er es besser. »Ich kenne die Zahlen der Agentur, Miranda.«

Musste das sein? Hier vor den Doubles? Oh, ich wünschte diesem Typen würden seine blöden Sprüche ausgehen. Genau wie sein Klopapier, Haarwuchsmittel und die Batterien für seinen Rasierer!

Rechts von mir raunte Lincoln Rae etwas zu, als wären die beiden Best Buddies. Dabei kannten sie sich bestimmt erst seit Kurzem. Lincoln zeigte ihm was auf seinem Handy, das mir selbst aus der Entfernung verdächtig nach meinem Instagram-Profil aussah. Ganz leicht neigte ich den Kopf, um einen besseren Blick auf das Display erhaschen zu können. Was nicht gerade leicht war, da die beiden am Tisch saßen und ich schräg daneben stand.

Lincoln räusperte sich.

Oh JavaScript. Er hatte mich erwischt. Schnell fixierte ich wieder Dexter.

Trotzdem sah ich, wie sich Lincoln mit einem überheblichen Lächeln an die Nase tippte. »Könnten du und deine kleine, niedliche Nase euch aus unseren Privatangelegenheiten raushalten?«

Das hatte er gerade nicht gesagt? Holy Bug. Ich presste die Lippen aufeinander, beschloss aber, nicht auf diese Provokation einzugehen. In mir begann es schon wieder zu kochen.

Tief durchatmen, Kolly!

Früher in der Schule hatte es mich verletzt, wann immer jemand Witze über meine Himmelsfahrtnase gemacht hatte, aber jetzt kümmerte es mich ebenso wenig wie Dexters Meinung über die Agentur. Okay, vielleicht versetzte mich die allgemeine Situation mit den drei Doubles ein wenig unter Stress, aber heute Abend würde ich meine Finger einfach beruhigen, indem ich weiter …

Siedend heiß fiel mir ein, dass ich absolut nichts programmieren durfte. Unter keinen Umständen. Nicht mal einen kleinen Abstecher ins Darknet konnte ich einlegen, um ein paar korrupte Geschäftsleute auffliegen zu lassen. Verflucht. Das war alles nicht mehr drin. Jedenfalls solange ich keine Lösung für dieses verdammte Trackerarmband gefunden hatte. Mit den Fingerspitzen fuhr ich über das weiche Ende des Plastikarmbands. Wieder erschien der harte Blick des Richters vor meinem inneren Auge. Diesen Sommer durchzustehen, würde mich womöglich viel mehr kosten als gedacht.

Mein Blick glitt zu Lincolns grünen Jade-Augen, die mich unter seinen dunklen Haarspitzen hinweg anblitzten. Viel, viel mehr als gedacht. Dass dieser Blick mich kaltließ, wäre eine Lüge gewesen, und in diesem Moment hasste ich ihn und mich dafür.

Rae wischte sich mit zwei Fingern über die Lippen, schaute vom Handydisplay zu mir. »Du hast recht, das ist sie, Linc, oh no!« Er schlug sich die Faust vor den Mund, um seinen Lacher zu dämpfen. Seine Schultern zuckten, wie ich es schon öfter bei Rappern gesehen hatte, die sich über andere lustig machten.

Ich atmete tief ein. Hoffentlich hatte Caleb gleich alle Unterlagen sortiert und den Beamer zum Laufen gebracht, damit es hier losging.

Rae sah mich direkt an. »Was? Wolltest du nicht, dass wir das sehen? Dann musst du dein Profil auf privat stellen.«

Ja, das sollte ich wirklich. Oder näher an Lincoln herantreten, damit der Jammer ansprang. Allerdings hatte ich größtenteils nur Fotos von mir beim Programmieren dort drauf und zwar so, dass dabei ein Matrix-Video aus grünen Zahlen über meinen Bildschirm lief und man nicht erkennen konnte, was genau ich da tat. Dazu ein paar Bilder mit Sawyer.

Inzwischen hatte sich selbst Shy meinem Instagram-Profil gewidmet und ließ sein Spiel links liegen.

»Ist das etwa dein Freund? Wie niedlich.« Mit hochgezogenen Augenbrauen hielt Lincoln mir das Foto von Saywer und mir hin. Das Bild, das wir am Strand aufgenommen hatten und das ich auch gerahmt auf meinem Nachttisch stehen hatte. Einer der letzten unbeschwerten Momente unserer Highschool-Zeit. Wir beide Arm in Arm auf einem Strandhandtuch, mit riesigen Eiswaffeln und je einem genauso großem Grinsen bewaffnet. Bevor wir umgezogen waren. Immerhin wussten sie nicht, dass Sawyer und ich in unserer Freizeit Verbrecher auffliegen ließen. Das hatte mir schon manchmal den ein oder anderen hämischen *Kinderdetektivin*-Kommentar eingebracht.

Lincolns Oberlippe zuckte, ehe er mit der Zungenspitze über seine Schneidezähne fuhr.

Oh, dieser unverschämte … In meinem Nacken begann es wieder, heiß zu pochen. Das würde der härteste Sommer aller Zeiten werden.

»Käse-Spätzchen«, sagte Mom wie aus dem Nichts. »Schaust du mal, ob du Viola mit den Getränken helfen kannst?«

Nein, das hatte sie nicht getan … Hatte sie etwa gerade vor all diesen Leuten meinen peinlichen Spitznamen ausgesprochen? Meine Schultern hörten auf zu beben, dafür stand ich jetzt genauso steif da wie meine Mom, sah sie an, als könnte ich die Zeit zurückdrehen, wenn ich es mir nur fest genug wünschte. Aber das hatte noch nie funktioniert.

»Bitte?«, fügte Mom hinzu, und erst jetzt blinzelte ich. Meine Augen fühlten sich an, als hätte ich das seit einem Jahrhundert nicht getan.

»Ich hätte gern einen Gin Tonic«, murmelte Shy, ohne von seinem Smartphone aufzublicken.

»Zwei Vodka Lemon für uns.« Grinsend zeigte Lincoln von sich auf Rae, der ihm gerade was zugeflüstert hatte.

»Alles klar.« Ich drehte mich zu ihnen um. »Also dreimal stilles Wasser ohne Eis. Kommt sofort.«

Rae hob seine rasierte Augenbraue, was mir irgendwie Genugtuung verschaffte. Diese drei Möchtegern-Stars würden mich nicht kleinkriegen. Da hatte ich es schon mit ganz anderen aufgenommen. »Dir mache ich besser einen doppelten Espresso?« Im Hinausgehen drückte ich Moms Arm.

Kolly

6

SIE SAGEN, MUSKELKATER SEI EIN GUTES ZEICHEN DAFÜR, DASS DAS TRAINING EFFEKTIV WAR UND DIE MUSKELN WACHSEN. ABER WAS IST, WENN MAN DEN MEISTEN MUSKELKATER IM MITTELFINGER HAT?

»Du glaubst es nicht«, zischte ich Viola in der Küche zu. Sutton hatte eben den Raum verlassen, und ich hatte den starken Verdacht, dass sie außen an der Wand der Teeküche lehnte, um zu lauschen. »Noch unverschämter hätten diese Doubles nicht sein können.«

Viola schob sich eine dunkelrote Haarsträhne über die Schulter und zog dann den Karamellsirup aus dem Regal. »Na warte mal ab, bis du die echte Band kennenlernst.«

Also das konnte ich wirklich kaum erwarten. Ich verdrehte die Augen.

»Aber das ist normal. Die Doubles müssen von Natur aus ein ähnliches Wesen wie die Stars haben«, fuhr Viola fort.

Eine Tatsache, die mir durchaus bewusst war. »Sag mal, wenn ich für dich die ganzen Termine und Abrechnungen mache, könntest du doch auch noch meine Band und die Doubles übernehmen?« Mit einem Augenaufschlag, der in Filmen immer funktionierte, sah ich in ihre Richtung.

»Äh, Kolly, du solltest vielleicht mal deine Augen untersuchen lassen. Oder versuchst du gerade, unschuldig dreinzuschauen? Kommt etwas schräg bei dir.« Damit meinte sie vermutlich, dass sie mich eher als knallharten Computerfreak sah. Wenn überhaupt. Das war wohl die Beschreibung, die andere im besten Fall für mich übrig hatten. Im schlechtesten war ich sicherlich die Außenseiterin, die nirgends so richtig reinpasste.

Ihr Blick zuckte kurz zu meinem braunen Rock. »Ich glaube, ich hab dich noch nie zuvor in so was gesehen. Hast du letzten Sommer nicht jeden Tag Military-Hosen getragen?«

Stöhnend zog ich die Kühlschranktür auf und schnappte mir eins der Sandwiches, auf denen mein Name prangte, damit ich mir die ganze Woche keine Sorgen ums Mittagessen machen musste. Das war für Mom, die bisher keine Pause hatte machen können und dringend was essen musste. »Schon, aber dieses braune Teil finde ich ganz okay, und ich wollte Mom eine Freude bereiten«, sagte ich an Viola gewandt.

Sie nickte, immer noch ziemlich irritiert.

Während ich für Mom einen doppelten Espresso aus der Maschine zog, stapelte Viola die große Thermokaffeekanne mit heißem Wasser, drei Flaschen kaltes Wasser sowie Geschirr, Karamellsirup und Zucker auf dem Silbertablett. Zusammen verließen wir die Küche, marschierten an Sutton und den anderen vorbei, die uns – beziehungsweise mich – intensiv beobachteten. Fantastisch. Sicher zerrissen sich nicht nur die Leute hier, sondern ebenso die Doubles im Hulk-Meetingraum den Mund über mich. Nur war das wirklich mein kleinstes Problem.

Bevor ich mit dem Fuß die Tür umständlich ins Schloss drücken konnte, da ich Moms Essen noch in den Händen balancierte, schlüpfte Bronco herein, ihre Plüschkrabbe im Maul. Tatsächlich schien sie damit zu spielen, denn die Hündin legte schnaufend den Kopf in den Nacken und warf die Krabbe immer wieder hoch, ließ dabei aber nicht von ihr ab, sodass das Stofftier nur ein wenig in ihrem Maul nach vorn rutschte. Ein typischer Move für die Hündin, die diese Krabbe gewöhnlich mit Leib und vier Pfoten verteidigte. Mit so viel Leidenschaft, die ich sonst nur beim Hacken entwickelte. Wenn man mich ließ …

Ich atmete tief ein. Hoffentlich würde Bronco Lincoln und Rae anknurren und am Ende sogar Dexters Hose ansabbern.

»Mom?« Ich hielt ihr das Sandwich hin, doch sie winkte kopfschüttelnd ab.

»Nicht jetzt.«

Na gut, dann vielleicht später? Vorsichtshalber platzierte ich das Sandwich auf der Tischplatte direkt vor ihr. Da sie immer noch stand und nur die Doubles samt Dexter saßen, nahm ich den Platz rechts neben ihr – zwischen Mom und Lincoln ein. Stehend selbstverständlich.

Gerade wollte ich mich mit Caleb, der auf Moms anderer Seite die Hände hinter dem Rücken verschränkte und gebannt auf diesen giggelnden Rae starrte, wegen der Einführungspräsentation absprechen, als mich jemand von hinten schubste. Etwas Flauschiges kitzelte mich in den Kniekehlen. Bronco drückte sich an mir vorbei, hielt vor Lincoln inne und warf ihm ihre Krabbe in den Schoß. Dann hechelte sie ihn an. Misstrauisch kniff ich die Augen zusammen. Das machte dieser Hund sonst nie. Was bedeutete, dass sie diesen arroganten Arsch mochte? Aber warum?

Mein Blick fand den von Lincoln. »Sag mal, hast du ein Würstchen in deiner Hose versteckt?«

Rae prustete los, und auch Shy sah entgeistert von seinem Handy hoch.

Lincoln hingegen verzog keine Miene.

Lincoln

Das hatte sie gerade nicht wirklich gesagt? Innerlich lachte ich wie schon lange nicht mehr, aber äußerlich gab ich mir alle Mühe, eine gelassene Miene zur Schau zu stellen. Etwas, das sie allem Anschein nach noch mehr durcheinanderbrachte. Verdammt niedlich.

»Wo soll ich ein Würstchen an meinem Körper versteckt haben?«, bohrte ich nach, während ich den Hund streichelte. Zugegeben etwas fies von mir, aber so konnte ich gleich testen, wie locker diese Angestellte mit den aufgemalten Tränen drauf war, deren Hacker-Instagram-Profil ich irgendwie wirklich beeindruckend fand.

Kolly warf die Hände in die Luft, drehte sich zum Fenster, ehe sie sich wieder mit mir befasste. Das Lachen der Jungs ignorierte sie. »Nein, ich meine ein echtes Würstchen. Weil der Hund dich so anhimmelt.« Mit glühend-rosa Wangen deutete sie auf den Retriever. Ihre Stupsnase, die was von einer Sprungschanze hatte, zuckte. Kolly war zwar nicht im klassischen Sinne schön, aber sie hatte irgendwas an sich. Trotz dieses burschikosen Outfits.

Ich hob eine Augenbraue. »Tja, da muss ich dich leider enttäuschen. In meiner Hosentasche habe ich kein Würstchen versteckt. Vielleicht solltest du mal einen Arzt aufsuchen.« Großer Gott, hatte ich das laut gesagt?

Kolly musterte mich entgeistert, und sofort tat es mir leid, wie fies ich zu ihr gewesen war. Was vor allem daran lag, dass ihre Augen von jetzt auf gleich dieses Funkeln verloren.

Ich stockte. Konnte einem ein winziges Funkeln so fehlen? Vor allem, wenn ich sie seit gerade mal ein paar Minuten kannte? Zugegeben: recht beeindruckende Minuten, in denen sie meinen Sprüchen stets etwas entgegenzusetzen gehabt hatte. Aber was erwartete ich von ihr, von mir und von diesem Sommer? Schließlich hatte ich einen Vertrag unterschrieben, in dem stand, dass ich diesen Job verlieren würde, wenn ich etwas mit einer Agenturmitarbeiterin anfing. Blinzelnd schüttelte ich den Kopf. Nicht, dass ich mich für diese Kolly interessierte … Spätestens wenn sie von meiner Vergangenheit erfuhr – gerade sie als offensichtliche Rächerin im Darknet … Nein, keine Chance. Ein weiterer Grund, sie so wenig wie möglich in mein Leben zu lassen.

Die Golden-Retriever-Hündin hob den Kopf und sah mich strafend an. Noch jemand, der sauer auf mich war. Und das nur, weil ich es gewagt hatte, meine Hand von ihrem Fell zu nehmen.

Kolly

Würstchen. Also wirklich. Solche Witze machte man doch sonst nur in der Middle School. Peinlich, aber was sollte ich tun, außer den Vorfall zu ignorieren? So tun, als wäre das nie passiert. Zum Glück hatten Mom, Dex und Caleb nichts davon mitbekommen. Und die Jungs hatten sich auch wieder gefangen.

Bronco hob den Kopf und sah zu Lincoln auf – vielleicht hatten wir ein paarmal zu oft Würstchen gesagt. Begeisterungsheischend hechelte sie ihn an, doch Lincoln starrte in meine Richtung. Und das weit weniger begeistert, als Bronco es bei ihm tat. Wenn ich seine Betreuung abgab, und ich war mir sicher, irgendwer würde sich finden, wäre es für uns beide eine Win-win-Situation. Draußen im Flur lungerten einige der Mitarbeiterinnen auffällig lange vor der Glaswand herum, die neben der Tür eingelassen und etwa halb so breit wie die Tür selbst war.

Mom seufzte, hatte die Schaulustigen also auch entdeckt. »Ich denke, wir alle sollten uns heute Abend in Ruhe bei einem Abendessen kennenlernen. Am besten bei uns zu Hause, um halb acht – ohne Schaulustige. Aber jetzt erklären euch Kolly und Caleb zuerst einmal den Ablaufplan der nächsten Tage.«

Ein Abendessen bei uns? Alles, nur das nicht. Zugegeben eine nette Idee und wahrscheinlich vertrauensfördernd für Mom und Caleb gegenüber den Doubles. Das hatte sie auch mit der Countrysängerin und vor Kurzem mit diesen TikTok-Stars gemacht. Nur … bei uns zu Hause? Wie sollte ich mich da unauffällig aus der Affäre ziehen? Die Ausrede, dass der Verkehr zu heftig war, würde schon mal wegfallen.

Statt zu antworten, streckte sich Dexter lediglich und nickte.

»Dexter, wie wäre es, wenn du deine Schuhe vom Tisch nimmst?«, sagte Mom gefährlich ruhig.

Stolz wallte in mir hoch. Sie würde es diesen Möchtegerns zeigen. An ihrem Hinterkopf standen ihre blonden Haare ein wenig ab, so wie bei vielen Anime-Figuren. Eventuell verwandelte sie sich gerade in die Super-Version ihres Ichs.

»Tut mir leid, Miranda. Seit dem Unfall muss ich die immer hochlagern, sobald meine Hüfte anfängt zu schmerzen.« Sein Grinsen wirkte so klebrig auf mich wie eins dieser Kaubonbons, die Sawyer immer zwischen den Zähnen hatte, bloß eben nicht auf diese gute Art.

Mom schwieg, aber nur für eine Sekunde. »Weißt du was, Dexter? Am besten gehen du und ich in mein Büro und besprechen da die Details. Caleb und Kolly haben hier alles im Griff und werden den Doubles einen kleinen Pep-Talk geben, bevor wir ab morgen richtig loslegen, ja?« Ohne wirklich eine Antwort abzuwarten, marschierte sie schon auf die grüne Tür zu.

Okay, am besten zeigte sie diesem Möchtegern-Pitbull auch gleich ihre beeindruckende Marvel-Requisiten-Sammlung samt den Äxten und Schwertern in ihrem Büro.

Tatsächlich folgte ihr Dexter, die Hände in die Hosentaschen gesteckt. Sein Blick lag auf Moms langen Beinen, als er aus der Tür ging. Es kostete mich einiges an Willenskraft, keinen entsprechenden Kommentar von mir zu geben.

Einatmen, ausatmen …

In kürzester Zeit spielte mein Hirn etwa zwei Dutzend Szenarien durch, wie wir diese Band schnellstmöglich wieder loswurden oder an wen ich diesen Job weiterreichen konnte. Blöderweise rechnete ich mir in keiner dieser Szenarien eine Eintrittswahrscheinlichkeit von mehr als dreißig Prozent aus.

»Hey, Hacker-Girl«, sagte Rae hinter mir.

Echt jetzt? Mit zusammengepressten Lippen drehte ich mich zu ihm um. Rae hielt eine der Wasserflaschen fest umklammert, die erste war bereits leer. »Habt ihr vielleicht einen Flaschenöffner? Die hier will nicht.«

Wortlos streckte ich eine Hand danach aus, worauf er mir die störrische Flasche reichte.

Shy gähnte, zwirbelte dann an seinen Löckchen herum, die ihm vorn etwas tief in die Augen fielen. Allerdings glaubte ich mich zu erinnern, dass sein Original, der Bassist Biggy, seine Haare ein Stück länger trug. Eventuell mussten wir das noch anpassen.

Mit hochgezogenen Augenbrauen löste ich den Schraubverschluss der Flasche, zog den Deckel ab und hielt Rae, dessen Mund nun ein kleines bisschen offen stand, das Wasser hin.

Caleb räusperte sich. »Nun, erst mal ein herzliches Willkommen. Heute geben wir euch einen Überblick über die Ausbildung, die ihr erhalten werdet, und wie unsere Zusammenarbeit danach aussehen wird.«

Da Caleb jetzt mich ansah, fuhr ich nach einem Räuspern fort. »Es versteht sich sicherlich von selbst, aber wir werden euch darin schulen, die perfekte Kopie eures Originals abzugeben. Von Körperhaltung, über Mimik und Gestik bis zur Stimme. Das alles umfasst unser Training. Außerdem werden wir gleich morgen mit einem gestellten Interview starten, um zu sehen, wo ihr in puncto Auftreten in der Öffentlichkeit steht.«

Caleb tippte auf die Fernbedienung des Beamers, woraufhin der Wochenplan an die Wand geworfen wurde. »Bis zur anstehenden Tournee und dem darauffolgenden langfristigen Engagement in Vegas wird nicht mal Dexter euch von den Originalen unterscheiden können.« Seine folgenden Worte schienen nicht exakt dieselbe Wirkung auf die Jungs zu haben wie auf ihn, denn ich sah sie mit jedem Satz von Caleb ein wenig mehr dahindämmern.

Daher versuchte ich als Nächstes, die Aufmerksamkeit der Jungs mit dem Wochenplan zu fesseln, der gar nicht mal so unspektakulär daherkam. Darunter fielen schließlich unser Hiking-Ausflug, eine Homestory in der Villa der Band sowie ein Red-Carpet-Auftritt. Aber nicht mal das oder das Fotoshooting am Montag entlockte ihnen einen müden Augenaufschlag.

Nein, keine Reaktion der Band-Doubles. Okay, dann mussten wir es wohl anders angehen …

Ich griff mir die immer noch geschlossene Sandwich-Packung, warf sie, ohne zu zögern, auf Shy, der am wenigsten aufpasste. Er erschrak so heftig, als ihn die Plastikverpackung an der Schulter traf, dass er fast sein Smartphone fallen ließ.

Sogar Broncos Ohren zuckten, sie sah kurz auf, vergrub dann aber wieder leise aufseufzend die Nase in Lincolns Schoß.

»So könnte es kommen«, sagte ich, straffte dabei die Schultern. »Wenn ihr nicht aufpasst, könnten euch diese Hollywood-Anarchisten, die auf Twitter gegen die Promis zur Meuterei aufrufen, erwischen. Mit einer Bierdose, einem Ziegelstein oder Schlimmerem. An eurer Stelle würde ich bei Calebs Sicherheitsunterweisung gleich aufmerksam zuhören. Das ist ein wichtiger Teil der Ausbildung. Wir bereiten euch nicht nur darauf vor, wie ihr eure Originale perfekt imitiert, sondern eben auch, wie ihr euch in Gefahrensituationen verhalten müsst, alles klar?«

Shy kratzte sich im Nacken. »Boah, bitte sag jetzt nicht, dass du uns auch noch in Karate oder so unterrichten willst, Hacker-Girl.«

»Ich muss dich bitten, Kolly respektvoller anzusprechen«, forderte Caleb ihn auf. Zwar glänzte seine Stirn, und seine Wangen glühten, doch seine Stimme klang fest. Ich warf ihm ein dankbares Lächeln zu.

Rae drehte sein Wasserglas in der Hand, setzte einen unschuldigen Gesichtsausdruck auf. »Wie denn? Käse-Spätzchen?«

Daraufhin prustete Lincoln eine nicht unwesentliche Menge Wasser zurück in sein Glas. Komischerweise störte mich seine Reaktion am meisten. Und dass es mich störte, störte mich erst recht.

Caleb räusperte sich, während ich noch überlegte, was alles möglich wäre, wenn ich noch hacken dürfte ... Und wenn mein Blick nicht auf Lincoln kleben würde wie auf einer Fliegenfalle. Was bitte stimmte nur nicht mit mir?

»Meine Anrede war eine Form von Respekt. Humor lasse ich nur Leuten zukommen, die ich beachte.« Shy hatte sich so weit über die Tischplatte gebeugt, dass er schon darauf lag. Die Arme ausgestreckt und mit nach oben gedrehten Handflächen. »Wer hat denn nun hier das Sagen? Du oder die Kleine?«

»Kolly«, antwortete Caleb knapp, im selben Moment, in dem ich »Ich« sagte.

»Im Ernst jetzt?« Shy drehte die Handflächen wieder nach unten. »Ich meine, sie ist zwar Mirandas Tochter, aber ich kann mir nicht vorstellen, dass sie uns irgendwas beibringen kann – außer wie man als Tony der Clown rumrennt. Zumindest nach dem, was wir bisher gesehen haben, wirkt sie nicht mal besonders professionell. Also, was kann sie schon groß machen? Uns unsere Termine vorlesen, uns dahin bringen, wo wir hinmüssen, und Kaffee kochen?«

Gerade hatte ich mir das Sandwich zurückgeholt, da fiel es mir bei

Shys letztem Satz fast wieder aus der Hand. Sogar Bronco stieß ein Knurren aus.

»Shy!« Lincoln neigte sich nach vorn, um an Rae vorbeiblicken zu können. »Reiß dich zusammen.«

»Wieso? Stehst du auf sie, oder was?« Shy wackelte mit den Augenbrauen, was man selbst unter seiner Löckchenmähne erkennen konnte. Aus seinem Handy krachten die Schüsse eines Videospiels. Am liebsten hätte ich das Teil aus dem Fenster geworfen. Und seine Frage überhört …

An Lincolns Hals pochte eine Vene. »Lass einfach diesen Quatsch und hör Kolly zu, damit wir hier weitermachen können.«

Nun mischte sich auch Rae ein. Offenbar hatte er Sorge, dass die Situation sonst eskalierte. »Linc hat schon recht, so kannst du nicht über Kolly reden.«

Broncos Knurren verstummte erst, als Lincoln wieder eine Hand auf ihren Kopf legte. »Sorry, das war unter der Gürtellinie«, murmelte er mir zu. »Aber Shy weiß das.«

Hm, vielleicht sollten wir Bronco mit zu unseren Trainingseinsätzen nehmen. Sie schien zumindest auf einen der Jungs eine beruhigende Wirkung zu haben.

Caleb räusperte sich und erklärte dann mehr zu Verhaltensregeln, die wir von den Doubles erwarteten – und die fast nie jemand einhielt.

Währenddessen schielte ich auf meine Zettel, auch, um mich davon abzulenken, was gerade geschehen war. In meinem Nacken brannte es, als meine Finger durch die Seiten flogen. Hatte mich Lincoln Brody verteidigt? Nein, darüber wollte ich jetzt nicht nachdenken.

Wie auch immer. Ich sollte mich auf den Ausbildungsplan konzentrieren. Heute die Einweisung. Morgen Vormittag die wichtigsten Infos über die Originalband weitergeben, Mimik-und-Gestik-Einführung, nachmittags der traditionelle Spaziergang in den Hollywood Hills als Teambuilding-Maßnahme mitsamt eines kleinen Motivationtalks. Und am Ende ein gestelltes Interview – die erste Herausforderung für die Truppe. So was liebte Mom. Und am Montag ein Fotoshooting zum Üben. Danach würden wir die echte Band am Dienstag in ihrer Villa besuchen, und die Doubles sollten noch am selben Tag für sie einspringen, wenn eine Homestory über die Band fotografiert werden sollte. Die echte Band wollte den Tag nämlich lieber mit einem Videospielmarathon verbringen, anstatt auf den Möbelstücken in ihrer Villa für ein Magazin zu posieren. Konnte ich irgendwie nachvollziehen. An Tagen, an denen es uns nicht gut ging oder draußen schlechtes Wetter war, verbrachten Sawyer und ich auch gern gemeinsam Zeit am Computer, um zu zocken. Einmal hatte ich sogar bei einem kleinen Videogames-Turnier den zweiten Platz belegt und von dem Preisgeld Sawyer und mir leistungsstarke Rechner besorgt. Damals … in West-Adams. Bevor es Mom dort zu gefährlich geworden war und sie die Agentur gegründet hatte, um sich ein besseres Leben für uns aufzubauen.

Mit dem Zeigefinger kratzte ich mir über die empfindliche Haut hinter meiner Ohrmuschel. Bis zur Homestory oder spätestens zum Red-Carpet-Auftritt danach mussten die Jungs die Körpersprache ihrer Originale komplett verinnerlicht haben. Ein hartes Stück Arbeit lag vor mir – wenn ich das korrekt einschätzte. Aber auf was ich am allerwenigsten Lust hatte, war die Reise nach Kanada für ein Konzert der Band und die ganzen öffentlichen Auftritte. Die *Tinfoil Phantoms* hatten wirklich einiges an Terminen zu absolvieren – auf die sie offensichtlich nicht allzu scharf waren. Gut, ich auch nicht unbedingt, aber ich wurde ja dafür bezahlt. Wobei »Bezahlter Auftritt beim Red-Carpet-Event zum Release einer neuen Schokoladensorte« in meinen Ohren gar nicht so schlecht klang.

Und das Geld, das mir Mom für diesen Sommer zahlte, würde ich hundertpro in Technik investieren, um meine Spuren im Netz noch besser zu verwischen. Ich würde den Sommer überleben und danach weiterstudieren und im Netz Wege finden, um übergriffige Politiker und wer weiß noch wen in ihre Schranken zu verweisen. Und dann würde ich diese drei Doubles längst vergessen haben.

Ich sah auf.

Direkt in zwei leuchtend grüne Jade-Augen.

7 Kolly

WAS, WENN ES GAR NICHT SO SCHLIMM IST, IN DEN SEILEN ZU HÄNGEN? WENN NUR DIE RICHTIGE PERSON VORBEIKOMMEN MUSS, UM EINEN ANZUSCHUBSEN, DAMIT MAN BIS ZUM HIMMEL SCHAUKELN KANN?

Offenbar war Caleb fertig mit seiner Rede, denn niemand sagte ein Wort. Aber alle sahen mich an, als müsste ich etwas hinzufügen. Natürlich hatte ich kein Stück mitbekommen, was zuletzt besprochen worden war. Und unter ihren Blicken lief mein Nacken heiß an, was sich zu einem Kribbeln bis in meine Schulterblätter ausbreitete.

Ich räusperte mich. »Genau. Und hier sind eure Wochenpläne. Wir werden euch in alles einweisen, was es über euer Original zu wissen gibt, inklusive Körpersprache und Gestiken. Reden werdet ihr in den seltensten Fällen während eures Engagements, ausgenommen wenn Fragen von der Presse kommen. Das eloquente Verhalten gegenüber Reportern trainieren wir natürlich mit euch – lange Rede, kurzer Sinn: Euer Ausdruck muss sitzen.« Diese Rede hatte ich schon öfter von Caleb gehört und auch selbst schon das ein oder andere Mal runterbeten dürfen. Allerdings noch nie vor jemandem wie Lincoln, dessen Anwesenheit ständig dieses unangenehme Kribbeln auf meiner Haut auslöste. Ich schob mir eine Haarsträhne hinters Ohr.

»Und auf die korrekte Körperhaltung legen wir sehr viel Wert.«

Caleb nickte in Richtung Shy, der darauf mit einer abfälligen Grimasse antwortete. »Dexter Woollard ist Perfektionist, und wir bezahlen euch gut, damit ihr das bestmöglichste Ergebnis liefert.« Calebs Brustkorb hob und senkte sich, während er Shy niederzustarren versuchte.

Bei der Erziehung von Shy würden wir uns vermutlich noch die Zähne ausbeißen. Irgendwie fand ich den Gedanken ungeheuer amüsant. Schließlich war Caleb doch ein Fan von Herausforderungen und hatte sogar Bronco von einem kläffenden Wadenbeißer zu einer aufmerksamen, folgenden Hündin trainiert.

Er und Shy lieferten sich einen Anstarr-Wettbewerb.

»Was?«, sagte Shy schließlich.

Doch Caleb bedachte ihn nur mit einem überlegenen Blick, bevor er sich Rae zuwandte, der gerade sein weißes Shirt hob, um sich mit dem Saum die Stirn abzutupfen. Ein beeindruckendes Sixpack blitzte unterhalb des Stoffes hervor. Tja, das besaß der Original-Sänger Zac nicht. Besser, wir versteckten das gut.

Ich räusperte mich, war mir dabei bewusst, wie intensiv Lincoln mich anstarrte. Nur auf eine andere Art und Weise als bei unserem Kennenlernen im Flur. Was sollte das? Misstrauisch schielte ich aus dem Augenwinkel zu ihm nach unten, blätterte währenddessen in meinen Unterlagen, um meine Finger zu beschäftigen. »Hier stehen ein paar erste Tipps in Bezug auf die Körpersprache eures Originals drauf. Während des Spaziergangs morgen werden wir die Gestiken mit euch verinnerlichen, also bereitet euch bitte zu Hause darauf vor.« Alle Infoblätter legte ich getrennt auf einen Stapel und schob sie je einem der Doubles zu.

Statt sich den Unterlagen zu widmen, tippte Lincoln mit den Fingern der freien Hand, die nicht damit beschäftigt war, Bronco zu tätscheln, auf die Tischplatte. »Kolly …«

Ich drehte den Kopf so, dass ich ihn direkt ansehen konnte.

Doch genau in dem Moment klopfte es. Sutton öffnete die Tür, ohne dass einer von uns sie hereingebeten hätte. »Ein gewisser Sawyer Benson ist da. Für dich, Kolly.« Sie musterte mich, wobei ihre Mundwinkel zuckten, sobald ihr Blick über die aufgemalten Tränen auf meiner Wange glitt.

Ich atmete tief durch die Nase ein, beherrschte mich aber. Keine Stichelei, Kolly. Nicht in Suttons Tinder-Profil hacken, einfach schweigen …

Sutton hingegen klimperte mit den Wimpern, knickte dann ein wenig zu auffällig mit dem High Heel um und musste sich an der Türklinke festhalten. Dabei glitt ihr der komplette Papierstapel – so dick wie ein Lexikon – aus der Hand. Holy Bug! Was hatte sie da kopiert? Die Liste ihrer Verehrer samt Postleitzahlen? Das roch ja geradezu nach einer geplanten Aktion. Ich kniff die Augen zusammen. Während ich mich noch fragte, was das sollte, sprang Rae auch schon auf, stürzte zu der leise wimmernden Sutton und half ihr dabei, die Zettel aufzuheben. Beim verfluchten JavaScript! Wie geplant …! Das war also Suttons Masche, um bei Jungs zu landen? Peinlich.

»Verzeihung«, piepste sie in viel zu hoher Stimmlage, die nicht ganz zu ihrem Schlafzimmerblick passen wollte. »Ich hatte gestern beim Surfen einen Unfall. Seither ist mein linker Knöchel etwas schwach.«

»Du surfst?« Rae sah von dem Papierchaos auf, über dem beide knieten. »Ich auch. Zeig mir mal deinen Fuß, ich bin ausgebildeter Sanitäter.«

Mit schief gelegtem Kopf und aufgerissenen Augen drehte sich Caleb zu mir um. So als würde er mich darum bitten, irgendwas zu unternehmen. Ich gestikulierte allerdings nur mit angehobenen Handflächen zurück. Ganz offensichtlich hatte Sutton Rae gegoogelt und war so an die Infos gekommen, die sie nun wie zufällig ausspielte. Oder sie hatte in seinen Bewerbungsunterlagen geschnüffelt.

Rae war Sanitäter, das wusste ich aus seiner Akte, und dazu ein Wassersportfan. Sicherlich war sein Instagram-Profil voll von entsprechenden Fotos. Manchmal machten sie es einem echt zu einfach … Und Sutton kannte alle Tricks.

Nach einem tiefen Atemzug drückte ich Caleb meine Mappe an die Brust. »Das war's fürs Erste. Bis heute Abend bei mir zu Hause. Seid bitte alle pünktlich. Falls ihr noch Fragen habt, Caleb übernimmt und teilt euch die Adresse mit.«

Ich ertrug dieses Theater keine Sekunde länger. Wir waren sowieso durch für diesen Nachmittag. So was von durch.

Unglücklicherweise kreuzte Mom im Großraumbüro meinen Weg, warf mir einen fragenden Blick zu. Aber was sollte ich tun? Umkehren? Nein. Mit hoch erhobenem Kinn hängte ich mir meinen Rucksack über die Schulter und marschierte in Richtung Empfangstresen, wo mich Sawyer erwartete. Das Projekt »Mom zeigen, dass sie sich auf mich verlassen konnte« würde erst nachher starten. Es ging einfach nicht anders.

»Hey! Ich hab gedacht, ich bringe dir einen Wrap und Iced Latte vorbei.« Mein bester Freund hob eine Papiertüte sowie eine Papptragehilfe bestückt mit zwei Bechern. Bei meinem Anblick stutzte er allerdings. »Ist irgendwas passiert?« Seine Nase kräuselte sich.

»Nein, nichts. Schon gut.« Ich nahm ihm die Papiertüte ab. »Das ist ein aufgemaltes Tattoo. Bist du extra hier rausgefahren, wegen mir?«

Sawyer fuhr sich durch die Wuschelhaare. »Absolut. Und keine Sorge, um Mom kümmert sich heute Astrid.«

Astrid pflegte Sawyers Mom? Ihre alternde Nachbarin? Sicherlich nur eine Übergangslösung, denn nicht mehr lange und sie würde eine professionelle Pflegekraft benötigen. Leider war Sawyers Mom in eine tiefe Esssucht gefallen und konnte nun kaum mehr allein aus ihrem Fernsehsessel aufstehen. Früher war das anders gewesen. Da hatte Sawyers Mom viel gelacht und uns Kirschkuchen gebacken. Ich blinzelte die Erinnerungen an unsere Kindheit in West-Adams fort, verpasste mir einen Gehirnfreeze vom Iced Latte und biss ein wenig auf dem Strohhalm herum, bis ich meine Gedanken wieder unter Kontrolle hatte. Seit Jahren verfluchte ich diesen Tag, der Mom inspiriert hatte, eine Agentur aufzumachen. Leider erinnerte ich mich nur zu gut daran. Daran, wie alles gekommen war …

Hastig wischte ich die Erinnerung fort. »Du hast Glück, ich hab gerade Feierabend gemacht. Lass uns im Park essen. Wann nimmst du den Bus zurück?«

Sawyer drückte die Tür zum Treppenhaus auf. »So spät wie möglich. Oder ein Uber. Wenn ich gegen sieben Uhr losfahre, müsste ich allerspätestens um neun zu Hause sein und könnte Mom ins Bett bringen.«

Ein guter Plan. Ich rang mir ein Nicken ab. Zwei Stunden mit Sawyer, bis ich zu diesem Abendessen um halb acht gehen musste. Das war fast zu viel des Guten. Ich lächelte meinen besten Freund an. Um mich etwas mehr als zwei Stunden zu sehen, nahm er so viel in Kauf.

Tatsächlich war das Abendessen nur schwer zu ertragen. Mom hatte mich gebeten, eine Bluse anzuziehen, und ich hatte es getan, weil ich noch ihren enttäuschten Blick im Kopf hatte, als ich heute die Agentur etwas früher als eigentlich üblich verlassen hatte. Jetzt kratzte mich das verdammte Ding – die Bluse, die ich leidenschaftlich hasste – am Hals, während ich im dritten Anlauf versuchte, ein Stück grünen Spargel mit meiner Gabel aufzuspießen.

Mom und Dexter starrten sich schon die ganze Zeit an, als hofften sie, der jeweils andere würde am nächsten Bissen ersticken.

Außer dem Besteckgeklapper von sieben Personen war nichts zu hören. Bestimmt schon zwei Minuten lang hatte niemand mehr etwas gesagt. Seit ihnen der Business-Smalltalk ausgegangen war. Vielleicht sollte ich mir doch eine gute Ausrede einfallen lassen, um zu verschwinden. Shy hatte sich so tief in seinen Stuhl gefläzt, als wäre er Hauptdarsteller in einer Brennpunktserie, während mir Rae aufmunternd zuzwinkerte. Seit der Sache mit der Flaschenöffnung verhielt er sich viel offener mir gegenüber – fast freundschaftlich. Noch wusste ich nicht, wie ich das finden sollte.

Lincoln, der mir direkt gegenübersaß, kaute so provozierend langsam, dass es mich fast aufschreien ließ. Und er beobachtete mich, als wollte er herausfinden, was bei mir nicht stimmte. Ohne aufschauen zu müssen, spürte ich, wie seine Blicke immer wieder zu mir zurückkehrten. Ansonsten hörte man lediglich das Ticken der Kaminuhr, von der ich nur hoffen konnte, dass sie die anderen noch mehr nervte als mich. Vielleicht würden sie dann schneller verschwinden. Jeder sollte so eine tickende Uhr besitzen, die Gäste so früh wie möglich zum Gehen überredete. Leider tat sie das vorerst nicht. Sowohl die Doubles als auch Dexter wirkten nach dem Hauptgang wie an ihren Stühlen festgeklebt.

Als Maribel, unsere Haushälterin, den Nachtisch abräumte, witterte ich meine Chance. Bei meinen letzten Bissen hatte ich mir die perfekte Ausrede einfallen lassen, um Mom und Caleb den Rest des Kennenlernens allein zu überlassen. Ohne mich als Backup. Ich öffnete gerade den Mund, als Mom mir zuvorkam.

»Habt ihr euch bereits mit den Gestiken und der Mimik der Original-Band vertraut gemacht? Kolly, warum gibst du ihnen nicht ein paar Geheimtipps?« Mom tupfte sich mit der Stoffserviette über die Lippen, ein Auge immer auf ihrem Tablet, als könnte dort jede Sekunde die Nachricht von einem Lottogewinn aufpoppen. Genau genommen klammerte sie sich, seit sie die Agentur führte, an das Ding wie an einen neugeborenen Sohn.

Meine Finger wanderten zu meiner Zauberwürfelkette an meinem

Hals, bevor ich realisierte, was ich da tat. Wenn wenigstens Sawyer hier gewesen wäre. Aber gut, dann brachte ich Lincoln eben Graesons Breitmaulfroschgrinsen bei und hatte immerhin etwas zu lachen.

»Ach, Miranda. Wieso an einem schönen Abend wie diesem an die Arbeit denken?« Dexter schob seinen Stuhl zurück und angelte gleichzeitig nach dem freien schräg neben ihm. Da er an der Stirnseite Mom gegenübersaß, nahm er bei der Aktion nicht mal für eine Sekunde den Blick von ihr. »Früher warst du entspannter, zum Beispiel als ich dir unter die Arme gegriffen habe, um die Agentur aufzubauen. Willst du uns nicht einen Kaffee anbieten und vielleicht eine Zigarre?«

Angewidert ließ ich die Hand sinken. Er übertrieb über die Maßen. Oder? Und wie dreist konnte man sein? Wollte er damit vor allen Gästen andeuten, Mom hätte ihren Erfolg ihm zu verdanken? Und dann noch auf diese anzügliche Weise? Meine Stirn schmerzte, bis ich merkte, wie angestrengt ich sie in Falten gelegt hatte.

Holy Bug! Jetzt konnte ich mich unmöglich verdrücken.

»Meine Mutter hat diese Agentur aus dem Nichts aufgebaut. Es war ihre eigene Idee, die …«

Mom wandte sich zu mir um und bedeutete mir mit hochgezogenen Augenbrauen zu schweigen. Also klappte ich den Mund wieder zu. Schon klar, sie hatte die Lage selbst im Griff.

»Dexter, ich bin dir wirklich dankbar für alles, was du getan hast, um diese Agentur mit mir aus dem Boden zu stampfen. Wir sprechen gern noch mal unter vier Augen über die letzten vier Jahre und all die Klienten, die ich betreut und zufriedengestellt habe, aber das ist der falsche Moment.«

Lincoln räusperte sich leise, wie um meiner Mutter Beifall zu spenden.

Dexter deutete ein Nicken an, das nicht ehrlich beeindruckt

wirkte, sondern irgendwie fake war. Dazu schien er auf keins von Moms Argumenten eingehen zu wollen. Stattdessen prostete er ihr mit dem Wasserglas zu.

Doch Mom atmete einfach nur ein und signalisierte Maribel, zu ihr zu kommen. »Bitte bring uns Coke und Scotch, ja? Und eine Zigarre für Dexter.«

»Ah, immerhin!« Dexter zeigte wieder sein überhebliches Grinsen.

Ich biss mir auf die Lippe, während ich mit dem Zauberwürfel an meiner Kette spielte.

»Könnten wir kurz unter vier Augen reden?«

Hm? Erst mit Verzögerung bemerkte ich, dass Lincoln mich angesprochen hatte.

»Nein, Lincoln«, sagte Caleb an meiner Stelle. »Wie Miranda gesagt hat, kommen wir jetzt zu einem wichtigen Teil eurer Ausbildung. Und dabei bleiben wir alle schön sitzen.« Er sprach es eine Spur giftig aus, als wollte er ein nerviges Kleinkind rügen.

»Lass nur.« Ich faltete die Serviette auf meinem Schoß und legte sie dann ordentlich vor mir auf dem Tisch ab. »Lincoln und ich helfen schnell Maribel mit den Getränken, ehe wir loslegen. Möchte noch jemand einen Espresso?«

Mom wollte, außerdem Lincoln und Rae. Insgeheim beschloss ich, auch Shy einen mitzubringen, der einmal mehr teilnahmslos auf seinem Stuhl zusammengesunken war.

Rae spielte an seinem Ohrring, und ich spürte seinen Blick auf mir, als ich zusammen mit Lincoln durch den Flur schlenderte. Genau wie Caleb, das konnte ich aus dem Augenwinkel deutlich erkennen.

8

Kolly

WER BARFUSS LÄUFT, DEM KANN MAN NICHTS IN DIE SCHUHE SCHIEBEN, HEISST ES. ABER WIE SCHWER KANN ES SEIN, EINE SCHICHT SCHULD AN FÜSSE ANZUKLEBEN?

»Also?« Um Lincoln nicht ansehen zu müssen, nahm ich den Siebträger aus der Espressomaschine, den ich selbstverständlich beim letzten Mal nicht gereinigt hatte … Für das Abklopfen des getrockneten Kaffeepulvers ließ ich mir extra viel Zeit. Vielleicht weil in meinem Kopf all die unschönen Andeutungen, die Dexter über meine Mom gemacht hatte, widerhallten. Vielleicht aber auch, weil ich mir Lincolns Präsenz *zu* bewusst war. Wenn ich es mir genau überlegte – warum hatte ich da nicht schon viel früher daran gedacht? –, grenzte es schon an eine Meisterleitung, was Mom aus der Agentur in vier Jahren gemacht hatte. Aber damals mit sechzehn war mir das nicht wirklich bewusst gewesen, was es alles für diese Firmengründung brauchte … Was hatte Mom bloß getan, um Ognito Inc. so groß zu machen? Waren dafür lediglich harte Arbeit, Schweiß sowie Dexters Kontakte und Geld nötig gewesen?

Lincoln zögerte ein paar Sekunden, wartete, bis Maribel die glitzernde Scotchflasche zu den Colaflaschen auf das Tablett gestellt hatte und Richtung Wohnzimmer verschwand. Dann erst wandte er sich mir zu. »Große Güte, Kolly, diese Küche ist geräumiger als meine ganze Wohnung. Und alles polierter weißer Marmor?«

»Ja, meiner Mom gefällt's.«

Wie beiläufig rutschte Lincoln gegen die Arbeitsplatte gelehnt ein wenig näher heran, während ich den Siebträger wieder einrasten und den ersten Espresso durchlaufen ließ. Über mir flackerte eine Glühbirne in dem Retroleuchter, den Mom auf einem Flohmarkt entdeckt hatte. Ja, Lincolns Blick sagte eindeutig, dass diese Küche nicht wirklich zum Rest des Hauses passte, in dem es wie eine hochmoderne Version von Schöner-minimalistisch-Wohnen aussah.

»Du wolltest mit mir reden?« Mit dem Kinn deutete ich auf den ersten fertigen Espresso, ehe ich den zweiten vorbereitete. Uns blieben noch drei Espressi Zeit.

Nur mit Verzögerung löste Lincoln seinen Blick von der dunkelbraunen Flüssigkeit, die daraus hervorlief. Die Maschine röhrte, sodass uns niemand würde belauschen können, so viel war sicher.

»Ja, also wegen vorhin ...« Seine Augen fanden meine, und irgendwas darin schien mich festzuhalten. Seine Pupillen huschten von links nach rechts und wieder zurück, ehe er sich seine braunen Haare aus der Stirn schob. Auf einmal sah ich einen ganz neuen Lincoln Brody vor mir. Und ich mochte diese neue Version.

»Ich wollte mich bei dir entschuldigen, Kolly.«

Entschuldigen? Und er benutzte meinen richtigen Namen? Ungläubig blinzelte ich ihn an.

»Du und ich sollten eine gute Basis für unsere Zusammenarbeit finden. Wie ich mich heute Nachmittag dir gegenüber verhalten hab, war mehr als kindisch. Und ich möchte nicht, dass du mich mit Shy auf eine Stufe stellst. Sein Spruch ging absolut gar nicht.«

Okay, das kam unerwartet ... Allerdings tat die Entschuldigung gut, genauso wie dieser wachsame Blick, mit dem er mich bedachte, so als würde es ihn wirklich interessieren, wie ich auf seine Entschuldigung reagierte. Andererseits konnte ich meine Kämpfe selbst ausfechten und brauchte ihn nicht, um Shy in die Schranken zu weisen.

Schweigend stellte ich Espresso Nummer zwei auf das Tablett, klopfte den Siebträger aus, beobachtete, wie der Kaffeesatz in den Auffangbecher bröselte, ehe ich neues Pulver reindrückte und den Siebträger wieder einrasten ließ. Ich widmete mich dem Prozess so sorgfältig und gewissenhaft wie möglich, nur, um ihn nicht ansehen zu müssen.

Wieso brachte mich dieses Gespräch dazu, meine Fassung zu verlieren? Das hier neben mir war lediglich Lincoln Brody. Ein Double, das mit einer verdammten Perücke, Sonnenbrille und Baseballcap vor meiner Tür erschienen war. Die er inzwischen natürlich abgelegt hatte – aber plötzlich wünschte ich mir diese lächerliche Verkleidung zurück, die etwas Abstand zwischen uns gebracht hatte.

»Können wir noch mal von vorn anfangen?« Mit der Zunge fuhr er sich über die Schneidezähne. Jetzt erst wurde mir klar, dass das keine überlegene Geste war, sondern eher eine unsichere. Wahrscheinlich ein Tick von ihm. Aber weshalb sollte er sich gerade jetzt unsicher fühlen? Hatte er Angst, seinen Job zu verlieren? Nein, das war Quatsch. Er war das perfekte Double für Graeson Woollard. Wenn, dann würde ihn Mom nur bei einem wirklich gravierenden Fehler rauswerfen, oder wenn er sich unter falschen Angaben beworben hätte.

Meine Hand zitterte, als ich die nächste Espressotasse aus der Maschine nahm.

Ehe ich ihm jedoch antworten konnte, schoss mir ein heißer Schmerz durch die Hand. Holy Bug! Mir war der Espresso über die Hand geschwappt.

»Ach, verflucht«, raunte Lincoln, machte mir Platz, damit ich bis zum Spülbecken durchkam, wo er schon mal das Wasser aufdrehte. Blöderweise verschwamm jetzt erst recht alles vor meinen Augen, und meine Hand schwankte zu sehr, um dauerhaft unter dem lauwarmen Wasserstrahl zu bleiben. Kurz und schmerzlos packte Lincoln mein Handgelenk, hielt es im richtigen Winkel fest – bestimmt, aber doch sanft.

Beinahe wäre mir ein *Danke* rausgerutscht.

»Was machst du für Sachen?« Er bedachte mich mit einem nachsichtigen Blick. Nur mit Mühe verkniff ich mir jeden Kommentar dazu, genoss einfach das kühlende Wasser.

»Oh, Kolly!« Maribel stürzte auf mich zu, erkannte die Lage, schoss davon, eher sie kurz darauf mit einem Kübel Wasser zurückkehrte.

»Danke.« Ich tauschte den Wasserstrahl gegen das Wasserbad und seufzte auf, als das kühle Nass den Schmerz ein wenig linderte.

Lincoln beobachtete mich, was ich unter halb geschlossenen Lidern wahrnahm. Was hatte er auf einmal für einen Beschützerinstinkt entwickelt? Das war es doch, oder? Wirkte nur etwas merkwürdig, nachdem ich auch den abweisenden Lincoln in der Agentur kennengelernt hatte.

»Deine aufgemalten Tränen sind weg«, bemerkte er jetzt.

»Ja.« Ich hielt die Augen weiterhin geschlossen, lehnte mich mit der Hüfte gegen die Arbeitsplatte. Gleich würde ich einen Krampf im Oberarm bekommen, kein Zweifel. »Mom hat mir mit ein paar Hausmittelchen geholfen, sie abzuschrubben.«

Er nickte, als würde das absolut Sinn ergeben.

Sobald sich Maribel von uns entfernt hatte – obwohl ich ihr stumm signalisierte, dass sie bleiben sollte –, nahm Lincoln das Thema wieder auf. Leider. In seinen grünen Augen zuckte es. Fast, als wollte er mich hypnotisieren oder sich sammeln. Er sah mich mit diesem intensiven und doch etwas unbeholfenen Blick an, wobei seine Pupillen nach links und wieder nach rechts sprangen. Irgendwas machte das mit mir …

»Wegen Shy. So wie ich ihn kennengelernt hab, wird er sich dir gegenüber alles rausnehmen, bis du ihm Grenzen aufzeigst.«

Was? Ich kam nicht mit.

»Aber du musst einfach nur mal auf den Tisch hauen. Das hilft, glaub mir.«

Wie bitte? Ich blinzelte wieder. »Lass mich raten: Du hast zu Hause eine jüngere Schwester, die du ebenso vor bösen Jungs beschützt?« Die Worte hörten sich schärfer an, als ich geplant hatte.

Er sah mich an, als hätte ich ihm eine verpasst, und sofort tat es mir leid, was ich ihm an den Kopf geworfen hatte. »Einen jüngeren Bruder. Aber das hat damit nichts zu tun.«

Oh. Kurz fühlte ich mich schlecht, weil sich nach meinen Worten alles in seinem Gesicht verändert hatte. Selbst dieser Anflug von Aufmerksamkeit für mich, den er eben noch gezeigt hatte, war fort. Und ich konnte nicht sagen, ob ich darüber erleichtert war oder ob ich es vermisste, so angesehen zu werden. Vielleicht beides.

Dass er einen Bruder hatte, hätte ich eigentlich wissen müssen, schließlich stand das in seiner Akte. Nur hatte ich das im Eifer des Gefechts komplett vergessen. Allerdings erklärte das auf jeden Fall seinen Beschützerinstinkt. Zwar war Sawyer nicht mein leiblicher Bruder, aber schon in der Grundschule hatte ich ihn vor anderen Kindern, die sein Pausengeld hatten klauen wollen, beschützt. Genau genommen hatte ich seine Mobber verprügelt und dafür dann Ärger kassiert. Und das nicht nur einmal.

»Es war bloß wegen Shy und was er sich dir gegenüber rausgenommen hat«, begann er wieder mit dem Thema, das ich schon versucht hatte, abzuhaken.

»Spar dir das, ich brauche weder Mitleid, noch bin ich das hilflose Mauerblümchen in Not. Oder geht's darum, dass du dir ein gutes Arbeitsklima zwischen uns im Team wünschst? Da kann ich dich beruhigen. Ich bin durchaus in der Lage, die Situation professionell zu handlen.« Wieso brachte mich das eigentlich so in Rage, dass er mir unterstellte, ich bräuchte Hilfe im Umgang mit Shy? Eigentlich hätte es mir egal sein können.

Lincoln schwieg, starrte mich an, weshalb ich mich genötigt fühlte, fortzufahren: »Glaub mir, ich hasse Shy nicht, genau genommen empfinde ich rein gar nichts für ihn. Wir machen einfach weiter wie gehabt. Ich komme mit allen Menschen klar. Gut, abgesehen vielleicht von Verbrechern, die ihrer Strafe entgangen sind …« Aber die jage ich in meiner Freizeit im Darknet, fügte ich in Gedanken hinzu.

Mitten in der Bewegung – Lincoln hatte gerade zu einer weiteren Geste ausgeholt – hielt er inne. War er unter meinen Worten zusammengezuckt? Ich presste die Lippen aufeinander. Irgendwie brachte es mich ganz schön durcheinander, wie Lincoln mich ansah, und das konnte ich nicht gebrauchen. Sonst würde mir gleich der nächste Kaffee die Hand verbrennen.

Ich hob mein Kinn. »Ich wollte sagen: Danke für deinen Rat, aber das ist nicht nötig. Allerdings gefällt mir der Gedanke, dass wir auf professioneller Ebene gut zusammenarbeiten.« Hitze durchflutete mich. Eigentlich hatte ich etwas ganz anderes sagen wollen. Vielleicht lag es daran, dass Lincolns Blick auf mir brannte und mir heiß wurde, als würde ich vor einem Publikum im Scheinwerferlicht stehen. Vermutlich war das aber lediglich auf die Verbrühung zurückzuführen.

Nachdem Lincoln einen Moment blinzelnd auf mich hinabgestarrt hatte, nickte er, als hätte er genau diese Reaktion erwartet. »Okay. Dann zeig mal deine Hand her.« Er schnappte sich ein Geschirrtuch und hielt es mir hin.

Mit Verzögerung, aber auch weil ich hoffte, damit das Gesprächsthema wechseln zu können, zog ich meine Finger aus dem Kübel, legte sie in das gefaltete Geschirrtuch. Es war das grün-karierte mit den Enten, das ich Mom vor über zehn Jahren zu Weihnachten geschenkt hatte.

»Oje.« Lincoln beugte sich ganz tief darüber, strich über meinen Daumen. »Das ist echt eine üble Verbrühung. Wir sollten das mal

Rae zeigen. Er kann das besser beurteilen. Vielleicht hat er die richtige Salbe dazu parat.«

Das bezweifelte ich – andererseits fühlte es sich jetzt auch nicht so schlimm an, als dass ich einen Arzt aufsuchen müsste.

Voller Zuversicht strich Lincoln über meinen Daumen, beiläufig irgendwie. Ein bisschen weltfremd. Lag das daran, dass er zwei Jahre auf Haiti gelebt hatte? Rae hatte außerdem wohl kaum irgendeine Ausrüstung dabei …

Wie auch immer. Raus aus der Küche klang gut. Dennoch machte mich diese Bewegung ganz kribbelig und ließ mich bleiben, wo ich war. Mit den Augen folgte ich seinen Fingern auf meiner Haut. Auf und ab, auf und ab. Als würde er gar nicht merken, was er da während seiner Begutachtung tat, und erst recht nicht, was das für eine Wirkung auf mich hatte. Wieso überhaupt? Wieso kribbelte es in meinem ganzen Körper? Höchstwahrscheinlich, weil mich einfach noch nie ein Junge so angefasst hatte. Schnaubend versuchte ich, mich von ihm loszumachen, doch er hielt mich fest. Wieder fand sein Blick meinen, und ein Schauer breitete sich über meinen ganzen Körper aus. Aber das lag bestimmt auch nur an der Verbrühung.

»Steck die Hand lieber zurück ins Wasser. Ich hole Rae.«

Wenn er dann verschwand … Bitte schön. Ich tauchte meine Hand in den Kübel, versuchte ihn mit einem ebenso kühlen Blick in seine Schranken zu weisen, wie das Wasser meine Wunde. Schließlich hatte ich absolut keine Lust darauf, dieses Gespräch fortzusetzen! Lincoln war nichts weiter als ein Schauspieler – auch wenn er im Gegensatz zu den anderen beiden keine offizielle Ausbildung darin besaß. Ein Double im Dienst meiner Mutter. Eine Fake-Persönlichkeit, der ich keine Macht über mich einräumen würde.

Nachdem Lincoln mit Rae in die Küche zurückkehrt war und Letzterer irgendwas von kleinflächiger Verbrühung gefaselt hatte, verschwamm alles vor meinen Augen. Die Gedankenspirale in meinem Kopf hörte einfach nicht auf, sich zu drehen. Tausend Möglichkeiten, hundert verschiedene Szenarien, die mich in den kommenden Tagen mit den Band-Doubles erwarten würden, sah ich vor mir, während Lincoln mir im Badezimmer eine Salbe auftupfte. Ein Szenario unangenehmer als das andere. Nein, Doubles zu betreuen war ganz sicher kein Job für mich.

Dazu noch Dexters wissender Blick, als ich mit Lincoln aus dem Badezimmer zurück ins Wohnzimmer kam. Wo er mir mit der Salbe aus dem Schrank geholfen hatte, die Rae uns rausgesucht hatte. Wieso hatte sich Rae auch sofort wieder verdrücken müssen? Dazu mit diesem Grinsen auf dem Gesicht? Ich erwischte mich dabei, wie ich auf meinem Oberschenkel Morsecodes klopfte. S.O.S. Schnell drückte ich meine Finger zu einer Faust zusammen und starrte auf meinen Schoß hinab. Eine Faust auf der einen Seite, eine verbundene Hand, die leicht pochte auf der anderen.

Danach ging es tatsächlich noch mehr als eine Stunde um Erwartungen von Dexter an die Doubles (Einarbeitung als perfekte Kopien ihrer Originale und sich in der Öffentlichkeit vermummen, damit man sie nicht für die echten Bandmitglieder hielt – dazu keine Dates wegen der Verwechslungsgefahr …) und die anstehenden Termine von nächster Woche. Interviews, Shootings, Homestory, Red-Carpet-Event, danach das Konzert in Kanada … Meine Gedanken schweiften immer wieder ab.

Allerdings bekam ich sehr wohl mit, wie Lincoln mich nur noch gelegentlich mit einem Blick bedachte. Dabei strengte ich mich an, ihn nicht zu oft aus dem Augenwinkel zu mustern. Nach der Aktion eben fiel es mir umso schwerer, ihn einzuschätzen. Er hoffte also auf eine gute Zusammenarbeit? Bei unserem ersten Aufeinandertreffen hatte das weniger den Anschein gemacht. Aber nun diese intensiven Blicke von ihm … Seltsam … Aber vielleicht hatte er in Haiti so viel

Schlimmes erlebt, dass er innerlich sensibler war, als ich angenommen hatte?

Nur am Rande bekam ich mit, wie sich unsere Gäste verabschiedeten. Sofort nutzte ich die Gelegenheit, um nach oben in mein Zimmer zu verschwinden.

Lincoln

Das Uber, das Rae und ich uns geteilt hatten, setzte zuerst ihn ab, was mir nur recht war. Er musste nicht mitbekommen, in welchem Viertel ich wohnte, auch wenn mir das mittlerweile nichts mehr ausmachen sollte. Bloß: Ich gehörte nicht hierher und hatte es noch nie getan. Die Fabriken am Straßenrand waren längst außer Betrieb und von Obdachlosen bewohnt, deren blaue und schwarze Zeltplanen man bei Tageslicht überall sehen konnte. Aber irgendwann würde Rae zwei und zwei zusammenzählen. Genau wie die Agentur. Und da war es besser, wenn das später als früher geschah. Wenn Miranda – oder noch schlimmer Dexter – herausfand, dass und wegen welchem … Vorfall ich in einem Jugendgefängnis eingesessen hatte und deswegen jetzt wieder bei meiner Mutter lebte, würde es sehr schnell vorbei sein mit ihrer Freundlichkeit mir gegenüber und dem Job. Dass ich meinen Lebenslauf gefälscht hatte, würde alles nur noch schlimmer machen.

Ich biss mir auf die Lippe, lehnte meine Schläfe gegen das kühle Glas des Taxis. Ein einzelner Stern leuchtete am Nachthimmel. Vielleicht war es auch ein Flugzeug, keine Ahnung. Im Taxi lief ein indisches Lied, wahrscheinlich aus einem Bollywood-Film, was nicht gerade zu meiner Entspannung beitrug. Das würde sich aber gleich ändern, wenn ich meinen Boxsack bearbeitete.

Wie Kolly mich angesehen hatte … Mit diesem gefährlichen Glitzern in den Augen. Sie wollte meine Hilfe nicht. Aber ich würde ihre brauchen. Die einzige Chance, so lange wie möglich für Ognito Inc. zu arbeiten, war, mich mit Kolly gutzustellen. Sie konnte mich verteidigen und vor ihrer Mutter Partei für mich ergreifen, wenn alles rauskam. Das hatte ich daran erkannt, wie sie mit ihren Kolleginnen und Kollegen oder auch dem Hund umging. Ich musste Kolly einfach nur auf meine Seite bringen. Und hoffen, dass sie mit meiner Vergangenheit klarkam. Nein, sie würde mich trotzdem verachten, so viel stand fest – nach allem, was sie an diesem Abend angedeutet hatte über Verbrecher als ihre erklärten Feinde. Also musste ich darauf hoffen, dass sie wirklich so professionell war, wie sie sich gab. Auch wenn sie mich danach mit anderen Augen wahrnehmen würde. Mehr würde niemals zwischen uns sein können. Blöderweise bekam ich dieses Bild einfach nicht aus dem Kopf, als sie immer wieder von ihrer Hand zwischen uns zu mir aufgesehen hatte.

Ein stechender Schmerz breitete sich in meinen Unterarmen aus, und ich realisierte, dass ich meine Hände so sehr zu Fäusten geballt hatte, dass meine Sehnen vor lauter Überspannung zu reißen drohten. Ich ließ locker und schüttelte mich leicht. Trotzdem konnte ich sie einfach nicht aus meinem Kopf verbannen.

Kolly Sterling.

Und was für ein Leben sie führte. In einem großen Haus wie ihrem gab es sicher keine Probleme. Außer vielleicht, dass ihnen mal die Milch ausging.

Ich schloss die Augen. So ein Zuhause wünschte ich mir für Gus. Deshalb durfte ich diesen Job keinesfalls verlieren. Durfte nicht zulassen, dass sie mich ablenkte und unter Umständen vielleicht sogar noch meinen Job kostete, der uns eine Zukunft gab. Um uns ein neues Zuhause aufzubauen. Nur für Gus und mich.

Kolly

»Käse-Spätzchen?«

Gerade als ich eine Stunde einfach nur auf meinem Bett gesessen und ins Nichts gestarrt hatte, obwohl ich an dem Störsender für mein Trackingarmband hatte schrauben wollen, klopfte Mom an die Tür. »Ach, Liebes. Warum sitzt du hier im Dunkeln?«

Dunkel? Oh, ja, jetzt wo sie es sagte. Zwar erhellten die Straßenlaternen mein Zimmer ein wenig, allerdings so minimal, dass mein sonst so farbenfrohes Zimmer ganz grau wirkte. Selbst die bunte Raupe, die ich im Fenstererker auf der Bank platziert hatte, war kaum zu erkennen. Ich zupfte an meiner Bettdecke. Warum ich so aufgewühlt war, konnte ich mir selbst nicht erklären.

»Meine Hand tut noch etwas weh.« Ich hob meinen Arm, so als würde das irgendwas bedeuten.

Mom nickte. »War ein anstrengender Abend, nicht wahr? Ist etwas in der Küche vorgefallen? Ich meine, außer diesem Unfall mit der Espressomaschine?« Sie setzte sich auf die Bettkante, strich über meine Patchwork-Tagesdecke. Genau über die Stelle, auf der das Bild von mir und Sawyer unter einem sehr schiefen Weihnachtsbaum abgedruckt war. Sie versuchte, es beiläufig klingen zu lassen. Aber ich wusste, was sie dachte. »Du hast mir nicht das Notfallzeichen gegeben, und Lincoln ist ein anständiger Junge, also muss ich mir wohl keine Sorgen machen?« Sobald Mom aufsah, bemerkte ich das Glitzern in ihren Augen.

Ich schüttelte den Kopf, was Mom mit einem Lächeln quittierte. Und das stimmte sogar. Unser Geheimzeichen, wenn Gefahr drohte oder etwas Schlimmes vorgefallen war und wir nicht offen sprechen konnten, war, am Ohrläppchen zu ziehen und der anderen Person dabei in die Augen zu sehen. Also Mom oder Sawyer in meinem Fall.

»Lincoln hat sich für sein Verhalten heute in der Agentur entschuldigt«, sagte ich, um die merkwürdige Stille zwischen uns zu durchbrechen. »Er möchte, dass wir ein gutes Arbeitsverhältnis haben.«

»Oh, wie charmant und nett. Und für die Zusammenarbeit ist das doch bestens. Ihr werdet ein überragendes Team abgeben.« Mom nickte beflissen, strich dabei eine Falte auf der Decke glatt, die immer wieder nach oben sprang. »Und wegen Shy: Ich denke, dass da irgendetwas hinter diesem grantigen Verhalten steckt. Aber vielleicht können wir ihm helfen, diese Maske abzulegen.« Meine Mutter sah mich unverwandt an, als würden wir über ein Thema reden, das ihr am Herzen lag, wobei im Prinzip sie den Löwenanteil der Unterhaltung bestritt. »Weißt du, aus Selbstschutz spielen sehr viele Menschen nur eine Rolle. Und bei Shy ist es eine, bei der er andere mit seinen Worten verletzt. Vergiss nicht, dass das mehr über ihn aussagt als über dich. Er wird lernen müssen, sich selbst zu finden, bevor er diese Maske ablegen kann. Wer fake ist, wird im Leben verlieren.«

»Komisch, dass diese Weisheit ausgerechnet von dir kommt.« Ich lächelte sie an, ehe ich das Offensichtliche aussprach. »Wo du doch eine Fake-Promi-Agentur besitzt.«

Moms Augen blitzten auf, und ihre Schultern zuckten, bis sie es nicht mehr zurückhalten konnte und zu kichern begann. »Da hast du recht.« Sie rubbelte sich über die Nase. »Aber ich sehe es eher als Hilfe zur Selbsthilfe. Manchmal hilft eine außerkörperliche Erfahrung, um die Dinge klarer zu sehen.«

»Du meinst, sich selbst bei einem öffentlichen Auftritt zu sehen … beziehungsweise das eigene Double … ist heilsam?«

»Genau. Da erkennt man manchmal, was wirklich wichtig im Leben ist.«

Hm, wirklich wichtig … Ich dachte an Sawyer und unsere Hackerangriffe auf rechte Parteien. Das war wichtig … Dafür brauchte ich kein Double von mir, um das zu erkennen.

Mom schien aufzuatmen. »Es freut mich jedenfalls zu hören, dass du mit den drei Jungs klarkommst. Oder klarkommen wirst. Und Caleb ist ja auch noch da. Ihr werdet sicher viel Spaß haben diesen Sommer.«

Na, da war ich mir nicht so sicher, verkniff mir allerdings jeden Kommentar.

Mom griff in die Tasche ihres Blazers. »Ich habe dir übrigens etwas mitgebracht. Die magst du doch so gern.« Sie reichte mir drei Streichholzschachteln. Nein, keine normalen, sondern die mit den Knobelrätseln. Tatsächlich meine Favoriten, vor allem, um meine Finger zu beschäftigen, bevor ich das Programmieren für mich entdeckt hatte.

»Danke.« Ich nickte, nahm sie an mich und strich mit den Fingerspitzen darüber. »Das kann ich gut gebrauchen, sonst wird übermorgen ziemlich lang für mich.«

Sie nickte. »Vergiss aber nicht, dass du am Sonntag von zehn bis fünfzehn Uhr deine Sozialstunden ableisten musst. Den Nachmittag hast du dann frei.«

Wow, ein freier Nachmittag die Woche, womit hatte ich *das* verdient? Mit meiner unverletzten Hand rieb ich mir über die Stirn.

»Jetzt schau nicht so. Immerhin leistest du diese Stunden in einer Katzenauffangstation ab, ist das nicht nett? Sobald du dort fertig geputzt hast, darfst du die Kätzchen sicher streicheln.«

Hatte sie schon mal erwähnt, ja.

Wir verfielen beide in Schweigen, und auf einmal konnte ich nicht anders, als an Lincoln zu denken. Wie er mit Bronco umgegangen war und wie sie ihn angeschmachtet hatte. Mist, warum waren meine Gedanken ausgerechnet zu dieser Szene von heute Nachmittag abgeschweift?

Mom seufzte vor sich hin, starrte jetzt selbst aus dem Fenster. Ich musterte sie. An wen oder was sie wohl dachte? Gern hätte ich sie zu ihrer Vergangenheit mit Dexter befragt, aber der Tag war schon schwer genug gewesen.

»Ich denke, ich gehe heute früh ins Bett«, sagte ich daher nur. »Morgen steht der Ausflug mit den Doubles an, und ich will ausgeschlafen sein.«

»Natürlich, Käse-Spätzchen.« Mom schien ihren eigenen Gedanken nachzuhängen, lächelte mich aber tapfer an.

Vielleicht dachte sie an Dexters Gemeinheiten ihr gegenüber. Ich wollte zu gern fragen, was damals zwischen ihnen abgelaufen war, brachte es aber einfach nicht über mich. Morgen, vielleicht morgen.

9 Kolly

HABT IHR SCHON MAL DARÜBER NACHGEDACHT, DASS EUER COMPUTER EUCH NUR FRAGT, OB IHR EIN ROBOTER SEID, WEIL ER EINEN FREUND SUCHT?

Am nächsten Morgen wachte ich mit Handtuchturban auf dem Kopf auf. Nach der Unterhaltung mit Mom hatte mir letzte Nacht schlichtweg die Kraft gefehlt, mein Haar daraus zu befreien. Immerhin zeigte sich, nachdem ich den Verband vorsichtig entfernt hatte, keine Brandblase an meiner Hand. Die Haut ziepte lediglich etwas.

Wie betäubt schlüpfte ich in meine Schuhe. Sobald ich mich aufgerichtet hatte, setzte ich ein strahlendes Lächeln auf und sah mich genau neunzig Sekunden im Spiegel an. Spiegel-Kolly lächelte zurück. Zuerst total schief und unecht, doch nach etwa einer Minute hatte Spiegel-Kolly das Grinsen so gut angepasst, dass die Maske perfekt saß. Eigentlich ein Trick von Sawyer, den er mir im Kindergarten beigebracht hatte.

In der Agentur ging ich Lincoln aus dem Weg, rief mich von meinem Handy selbst auf dem Agenturtelefon an und tat, als wäre das Gespräch ungeheuer wichtig. Caleb schluckte es, funkelte mich nur gespielt böse an und kümmerte sich die erste Stunde allein um unsere Doubles. Blöderweise kam mir Mom irgendwann auf die Schliche, und als sie dann zum zweiten Mal energisch Richtung Meetingraum deutete, murmelte ich eine halbherzige Verabschiedung in den Hörer und begab mich in die Höhle der Möchtegern-Stars.

»Oh, Kolly, ich hatte schon Angst, dass Sutton antanzt, um dich zu ersetzen«, beschwerte sich Caleb bei mir, ehe ich ganz zur Tür herein war. Am Ansatz seiner Stachelhaare glitzerte bereits Schweiß.

Ich hob beide Schultern, zwinkerte ihm zu, wenn auch ein bisschen nervös. »Jetzt sag bloß, dass du Hilfe beim Abspielen der Bandvideos brauchst.« Ich warf einen Blick auf die Powerpoint-Präsentation, die er aktuell weiterklickte. Die Standardversion für Erstlinge. »Wie wär's mit zehn Minuten Pause, Jungs, bevor wir mit Mimik weitermachen? Draußen scheint die Sonne.« Gut, das tat sie eigentlich immer, aber meine Geste, die in Richtung Rasen vor dem Fenster deutete, war unmissverständlich.

Niemand sagte etwas. Kurz kreuzte sich mein Blick mit Lincolns, doch dann hörte ich nur noch das Stuhlbeingeschabe und sah, wie die drei nach draußen verschwanden. Ich atmete aus.

»Die Tipps für Arrogant-dreinschauen-und-damit-die-Pressemeute-abwehren haben sie nicht mehr nötig. Check.« Caleb tat so, als würde er eine unsichtbare To-do-Liste abhaken.

Ich goss mir einen Kaffee ein, feuerte drei Stück Zucker sowie Sirup hinterher und ließ mich auf einen freien Stuhl sinken. »Nachher bei unserem Spaziergang durch die Hills …«, begann ich, wurde aber direkt von Caleb unterbrochen.

»Ja, das dachte ich auch. Wir sollten die Gruppe am besten teilen. Ich gehe mit Rae, und du übernimmst die anderen zwei.«

»Äh, wie wär's mit: Nein, auf keinen Fall?« Ich sah von der Keramiktasse auf, die ich gerade zweimal im Kreis gedreht hatte. »Und hör auf, Rae anzuflirten. Wie dürfen nichts mit Doubles anfangen. Denk an den Vertrag. Rae würde diesen Job verlieren, und du hast ihn doch gehört. Sein Sanitäterjob hat ihn fast in den Burnout getrieben. Der Double-Job ist besser bezahlt als alle anderen Jobs, die man ohne ein Studium ergattern kann. Nimm ihm das nicht weg, nur weil du eine Nacht deinen Spaß willst.«

Caleb sah betreten drein. »Hast ja recht.«

»Ich hab *immer* recht«, sagte ich und grinste ihn an.

»Von wegen«, erwiderte Caleb nonchalant, fuhr dann aber ernster fort: »Hast du gehört, dass Dexter gesagt hat, dass er die Doubles mit nach Las Vegas nehmen will? Ab da sind wir raus. Die *Tinfoil Phantoms* sollen ein Jahr lang jeden Tag auftreten, aber Dexter will sie mindestens einmal die Woche durch Playback und Doubles ersetzen. Bis dahin müssen wir sie natürlich perfekt vorbereitet haben.«

Seufzend sah ich nach draußen, wo Shy vor dem Fenster rauchte. Den Kopf in den Nacken gelegt, redete er ganz offensichtlich mit einer Taube im Baum. Wahrscheinlich sogar mehr Worte, als er bislang an mich verschwendet hatte.

»Perfekt?«, wiederholte ich. »Das wird nicht leicht. Aber gut, lass uns weitermachen. Holst du die Jungs rein, ich kümmere mich schnell um die Essensbestellung.« Während Caleb den Jungs vom Fenster aus zurief, dass es weiterging, angelte ich etwas umständlich nach dem Handy in meiner Blazertasche, um für die Mittagspause in zwei Stunden Pizza und Pasta zu bestellen. Dinge, die die Jungs laut ihren Akteneinträgen essen konnten – bei Shys Allergien musste man da wirklich vorsichtig sein …

Sobald die drei Doubles wieder mehr oder weniger aufmerksam vor mir saßen, räusperte ich mich. »Das hier sind die auffälligsten Merkmale eurer Originale.« Mit der Fernbedienung schaltete ich auf die nächste Seite um. »Graesons breites Grinsen, …«

»Wie ein Breitmaulfrosch«, unterbrach mich Lincoln, wobei er sich auf seinem Stuhl zurücklehnte.

»Wenn du so willst.« Ich hob beide Augenbrauen, ehe ich fortfuhr: »Biggys hoch erhobenes Kinn und die Dauerkaubewegungen von Zacs Kiefer. Schaut euch bitte das folgende Video an und versucht, die entsprechende Mimik zu imitieren.«

Ich spulte das Video ab, und entgegen meiner Erwartungen taten alle drei Jungs, worum ich sie gebeten hatte. Wahrscheinlich, weil sie wussten, wie gut sie dafür bezahlt wurden. Aber nicht gut genug, um ihr aufsässiges Benehmen mir gegenüber sein zu lassen. Gut, sicherlich hatte Dexter sie dazu ermutigt. Denn die echte Band ließ sich gewiss auch nichts sagen.

»So?« Lincoln deutete auf das Breitmaulfroschgrinsen in seinem Gesicht.

Unwillkürlich musste ich lächeln. Weil es einfach zu niedlich und unbeholfen wirkte. »Fast. Wenn du noch um die hundert Stunden übst, könnte es halbwegs hinhauen.«

Rae gluckste, während vor meinen Augen das Breitmaulfroschgrinsen verblasste.

»Das war ein Scherz«, erklärte ich, worauf sich etwas in Lincolns Augen änderte. Ein warmes Lächeln löste das Breitmaulfroschgrinsen ab.

Nach dem Essen – ich hatte kaum mehr als zwei Bissen Pasta hinunterbekommen, einfach weil ich keine Lust auf eine Wanderung mit drei anstrengenden Doubles hatte – streifte Shys Hand meine, als er eine Pappschachtel anhob. »Fertig, hm?« Diese Höflichkeit gepaart mit der Hilfsbereitschaft machte mich sofort misstrauisch. »Stehen dir übrigens sehr gut – diese dünnen, eng anliegenden Shirts, die du immer trägst. Müsste ich natürlich mal nackt sehen, aber ich denke …«

»Dass du jetzt besser mal die Klappe hältst, bevor ich dir diese Plastikgabel in den Hintern ramme?«, unterbrach ich ihn.

Also wirklich.

Rae prustete los, tarnte den Lachanfall nach einem eisigen Blick von mir allerdings als Husten.

»Oho.« Shy kicherte. »Ganz schön viel Pfeffer, du hattest recht.« Er hob eine Hand, und Rae schlug nach kurzem Zögern ein. Sein Ohrring schimmerte heute rosa und passte daher farblich zu seinem

Poloshirt. Auf irgendeinem Foto hatte ich das auch schon mal an Zac aus der Band gesehen. Dexter hatte sich also in der Tat Mühe mit den Requisiten gegeben.

Ich fing Lincolns Blick auf. Lag da etwa Besorgnis in seinen Augen? Was? Dachte er immer noch, ich könnte es nicht mit diesen kindischen Typen aufnehmen?

Genervt wandte ich mich an die Runde. »Los geht's, als Nächstes steht der Ausflug an. Und vielleicht schafft ihr es ja, euch wie eure Originale zu benehmen. Denkt daran, dass wir bei unserem Ausflug an eurer Mimik arbeiten, Posieren üben und am Ende ein erstes Interview nachstellen, um zu sehen, wo ihr steht.« Um meinen Worten Nachdruck zu verleihen, warf ich die Plastikgabel in hohem Bogen in den Mülleimer, wo sie in einem Nudelberg stecken blieb. Daraufhin kassierte ich immerhin ein halbwegs beeindrucktes Grinsen von Caleb.

Mom hatte keine Zeit mitzukommen, Sutton wollte, aber ich wies sie darauf hin, dass ihr Klient um ein persönliches Treffen mit ihr im Nagelstudio gebeten hatte. Darauf erntete ich einen Blick aus zusammengekniffenen Augen von Surfergirl-Sutton. Ich spürte, wie sie uns hinterhersah – bis wir in den Eingangsbereich abbogen.

Caleb wedelte über den Empfangstresen gebeugt mit dem Schlüssel des Firmenwagens, was wohl hieß, dass er fahren würde.

Den größten Teil des Weges, den wir mit dem Wagen zurücklegten, schwiegen alle, obwohl ich das Gefühl hatte, dass Lincoln mehrmals ein Gespräch mit mir anfangen wollte. Doch jedes Mal, wenn ich zu ihm sah, strahlte er die Allüren des echten Graeson Woollard aus, gespielt oder nicht, Lincoln wollte offensichtlich doch Abstand zu mir. Was mir natürlich recht war.

Ich schielte schräg hinter mich, wo er mit geschlossenen Augen im Sitz saß. Nein, gerade war er sicher nicht scharf darauf, mit mir zu reden. Wahrscheinlich hatte ich mir das nur eingebildet. Mein

Nacken kribbelte, und ich fürchtete schon, meine Platzangst könnte sich in diesem vollbesetzten Auto melden. Ein Zeichen, dass mein Körper nach einer Auszeit verlangte, doch immerhin das blieb mir heute erspart.

Kurz hielten wir bei einem Fastfoodrestaurant, wo ich für alle von uns je eine Limo besorgte – die Jungs wollten nichts anderes – und für mich zusätzlich einen Eiskaffee. Da die Jungs bereits ihre Perücken und Baseball-Caps trugen, liefen wir im Drive-Thru keine Gefahr, für die echte Band gehalten zu werden. Danach trank ich abwechselnd aus dem einen und dem anderen Becher und atmete zwanzig Minuten später erleichtert auf, als wir auf den Parkplatz am Fuße der Hollywood Hills einbogen.

Calebs Monolog über die Aufgaben, die wir während des Spaziergangs zu absolvieren hatten, endete auf einen Schlag, sobald die Jungs die vielen Touris auf dem Parkplatz bemerkten. Jetzt würde sich zeigen, ob sie die Videos über ihre Originale auch richtig angesehen und meiner Unterweisung vorhin zugehört hatten. Am Ende würde ich ihnen Feedback geben und alle Verhaltensweisen mit ihnen proben – bis zum Umfallen.

Gerade so verkniff ich mir ein Grinsen.

Shy rieb sich über die Augen, warf einen Blick durch die Scheiben. »Äh, Menschen?«

»Ja.« Übertrieben gut gelaunt drehte ich mich zu ihm um. »Ganz viele sogar. Homo sapiens, Zweibeiner, um genau zu sein. Dort vorne sehen wir auch ein seltenes Exemplar mit drei Beinen.« Ich deutete auf einen Rentner, der sich auf einen Wanderstock stützte.

Daraufhin sah Shy drein, als hätte er große Lust, mir den Eiskaffee aus der Hand zu schlagen. Wobei er eigentlich immer so aussah, wenn ich es mir genau überlegte. Stattdessen strich er über die schwarzen Löckchen seiner Perücke, bis sie wieder in Form lagen. Selbst bei ihr legte er großen Wert auf den Sitz seiner Haare.

Rae, der wie Lincoln eine blonde Perücke mit Mittelscheitel trug, lehnte sich nach vorn. »Er meint, ob das nicht etwas riskant ist. Wir zu dritt … Man könnte glauben, dass wir die Original-*Tinfoil-Phantoms* sind. Von Weitem zumindest.«

»Ihr tragt keine Alumasken, aber dafür Perücken.« Extra laut schlürfend sah ich von Rae zu Shy. Lincoln ließ ich aus. »Die Masken heben wir uns für das Shooting auf.« Ich klopfte auf meinen Rucksack, wo es raschelte. Repliken der Originalmasken der Band. »Und dir und deinen Löckchen setzen wir sogar noch eine Basecap auf. Wenn du Caleb und mir zugehört hättest, wüsstest du das. Nur wenige Menschen kennen die echten Bandmitglieder ohne Maske, und tatsächlich nimmt man dank Perücken und Sonnenbrillen und so im normalen Leben keine Promis auf der Straße wahr. Vor allem nicht, wenn man keine erwartet und nicht von der Presse ist.« Tatsächlich hatte das, seit es die Agentur gab, immer gut funktioniert.

»Selbst in den Hollywood Hills?«, fragte Lincoln, doch ich überging das, wies ihn nicht mal an, mit dem Fußgewippe aufzuhören, das mich rasend machte. »Raus mit euch, oder denkt ihr, ich trage euch den Hügel hoch?« Ich deutete auf die Tür.

Anstatt die Verriegelung zu bedienen, fuhr sich Shy noch mal durch den lockigen Pony. »Ach, das wäre mir nicht unbedingt unrecht. Ich so ganz eng an deinen Rücken geschmiegt?«

Shys gespielt anzügliche Stimme ließ mich die Augen verdrehen. Allerdings hatte ich längst verstanden, dass das nur ein Spiel für ihn war. Kolly mit dummen Sprüchen aufziehen. Bloß … Wie lange wollte er noch unsere Zeit damit verschwenden? Caleb und Rae waren bereits ausgestiegen. Ich atmete tief ein, fest entschlossen, ihn weiterhin zu ignorieren.

»Komm schon, Kolly, sag nicht, du magst kein Löffelchen?«

Bei seinem letzten Wort wurde Shy so hart von Lincoln gegen die Schulter geboxt, dass er um ein ganzes Stück in Richtung Fenstertür kippte. »Was, Linc? Ich meinte kuscheln. Löffelchen zum Einschlafen!« Offensichtlich genervt schnallte sich Shy ab.

Bei allen Hollywoodsternchen, warum konnte der Typ nicht einfach genauso schüchtern sein, wie sein Name vermuten ließ? Stattdessen musste ich mich mit einem Möchtegern-Draufgänger herumschlagen. Ja, dieser Name hätte viel besser zu ihm gepasst. *Daredevil.*

Kolly 10

SIE SAGEN, DER WEG IST DAS ZIEL. UND WENN DAS STIMMT UND DER WEG SCHÖN IST, SOLLTE MAN DANN ÜBERHAUPT NACH DEM ZIEL FRAGEN?

Klappernd fiel die Autotür ins Schloss, woraufhin ich mir so lässig wie möglich den Rucksack mit den kleinen Wasserflaschen über die Schulter warf.

»Also dann. Vergesst nicht, was wir besprochen haben. Jeder erfüllt seine Aufgaben. Seine Quests sozusagen.« Caleb grinste und schloss dann hastig zu Rae auf, der schon vorgegangen war.

Toll, ich verdrehte die Augen. Diesen Platz hatte ich mir eigentlich sichern wollen. Neben Shy oder Lincoln zu laufen … Nein, da bildete ich lieber das einsame Schlusslicht.

Tatsächlich waren am heutigen Samstag viele Familien unterwegs. Menschen … Innerlich schüttelte es mich. Wie immer hätte ich ein Knobelspiel oder einen Programmiercode einer Menschentraube wie dieser vorgezogen – nur dass Letzteres diesen Sommer eher nicht funktionieren würde. Verdammtes Armband. Stattdessen wanderte ich mit Hunderten anderen Leuten und den Doubles durch die Hollywood Hills. Ein klassisches Ausflugsziel, gerade für Touristen. Aber die Menge würde sich auf den zahllosen Wegen zerstreuen. Und wir waren dank unserer Riesensonnenbrillen, die sogar blau verspiegelt wie Skibrillen waren, vor Blicken geschützt. Wenn uns überhaupt jemand einer Musterung unterzog, würden alle sicher glauben, wir wären eine schräge Touristengruppe aus der Schweiz – mit unseren dunkelblauen Basecaps.

Ich drehte an dem Zauberwürfel an meiner Halskette, und mein Blick fiel auf die Doubles. Lincoln hatte mit Abstand die breitesten Schultern. Sogar breitere als Caleb. Und Caleb war streng genommen ein Bär von einem Mann. Ich schlürfte an meinem Rest Eiskaffee, warf die Verpackung dann in einen Recyclingeimer. Was für ein Glück für Lincoln, dass er dem Originalsänger so sehr glich. Bei seinem Lebenslauf war es ganz sicher schwer, einen anständigen Job zu finden. Im Geiste sah ich seine Akte vor mir. In einem schlimmen Viertel von San Diego aufgewachsen, nur mit seiner Mutter und später einem kleinen Bruder. In ein ebenso schlimmes Viertel nach Los Angeles gezogen. Nur knapp geschaffter Highschool-Abschluss. Danach Kellnern und dann dieser ominöse freiwillige Einsatz auf Haiti. Bis er zu unserem Casting gekommen war. Es hatte lediglich einen neuen Haarschnitt und etwas Bräune im Sonnenstudio gebraucht für den Job. Gut, ein Tattoo am Rücken, das wir bei Oben-ohne-Shootings oder so überschminken mussten, aber ansonsten …

Mit Schrecken bemerkte ich, wie ich immer noch ungeniert Lincolns V-förmigen Rücken betrachtete, und sah schnell weg.

Eine Taube hopste neben dem Weg über einen Stein. »Oh, hallo, Mister Vogel.« Hatte ich das gerade viel zu laut gesagt?

Natürlich drehte sich Lincoln zu mir um. »Wie bitte?«

»Vögel muss man grüßen«, sagte ich mit einer Spur Trotz in der Stimme, wobei ich mir verbot, den Blick abzuwenden, um ihn stattdessen so niederzustarren wie er mich. »Alles andere bringt Unglück.«

Lincoln zog die Augenbrauen zusammen, als würde eher *ich* Unglück bringen, aber na ja.

Shy drehte sich halb zu uns, um Lincoln anzusehen und mich ganz offensichtlich zu ignorieren. Er schüttelte den Kopf. »Sonst noch ein irrer Aberglaube, von dem wir wissen sollten?« Ganz leicht drehte sich Shy weiter zu mir, sodass sich mein Spiegelbild für einen winzigen Augenblick in seiner Sonnenbrille reflektierte.

Lincoln stieß seine Handfläche so hart gegen Shys Schulter, dass der einen Ausfallschritt nach links machen musste. Jede Menge rotbrauner Staub wurde dabei aufgewirbelt. »Verkneif dir bitte jegliches Wortspiel in Bezug auf Vögel.«

»Ich wollte überhaupt nicht …!« Shy warf die Arme in die Luft – auf eine Art, dass ich ihm gar nichts mehr abkaufen würde, egal, was jetzt kam. »Ehrlich jetzt, Linc. Mich interessiert nur, was Kolly noch so an Aberglauben auftischt.«

Einatmen, ausatmen. Nett zu den Doubles sein.

»Äh«, sagte ich, warum auch immer. Diesem Typen schuldete ich keine Antwort. Andererseits wollte ich meine Mom stolz machen, und vielleicht war ich alles einfach falsch angegangen. Ab jetzt würde ich es freundlich versuchen. Auch wenn diese Jungs teilweise immer noch in der Pubertät festzustecken schienen und dummes Zeug erzählten. Ich atmete tief ein. Egal. Mit Freundlichkeit fing man Waschbären, nicht wahr?

»Äh, wenn man Insekten tötet, gibt es am nächsten Tag schlechtes Wetter«, sagte ich lahm, nahm damit die Frage wieder auf. Das waren die zwei Aberglauben, die ich von Sawyers Familie übernommen hatte – sie hatten sich tief in meine Kindheitserinnerungen eingebrannt.

Zwar öffnete Shy den Mund, doch es dauerte noch zwei Herzschläge, bis er etwas antwortete. »Daran glaubst du wirklich? Vögel muss man grüßen und Insekten dürfen nicht getötet werden?«

Ich fing Lincolns Blick auf, der mir so intensiv in die Augen sah, als wollte er ergründen, ob ich ihnen nur etwas vorspielte oder ob ich *echt* war.

Mit einem Mal drehte er sich wieder um, gerade nachdem sein Blick von meinem Gesicht kurz zu meinen Füßen geglitten war.

»Okay, Jungs, ihr passt auf, wo ihr hintretet, keiner zerquetscht ein Insekt!«

Meinte er das jetzt ernst?

Achselzuckend setzte sich auch Shy wieder in Bewegung.

Zwanzig Minuten später keuchte ich nur noch in einigem Abstand den Jungs hinterher. Offensichtlich waren sie nicht gewillt, auf mich, die Vogelflüsterin, zu warten. Beim ersten Aussichtspunkt hinter einer Kurve warteten sie dann doch auf mich. Shy und Rae sahen mir sogar entgegen. Und jetzt wandte sich auch Lincoln zu mir um. Weg von der Skyline L.A.s, die unter uns zu bestaunen war. »Hast du Wasserflaschen in deinem Rucksack?«

»Ja, hab ich.« Mit schwitzigen Fingern öffnete ich den Reißverschluss, zog vier Flaschen hervor, auf die ich die Anfangsbuchstaben der Jungs geschrieben hatte. Und eine fünfte, unbeschriftete für mich. Caleb und ich wollten uns beim Tragen eigentlich abwechseln. So viel dazu.

»Gut.« Caleb stieß einen Rülpser aus und das, obwohl seine Flasche keine Kohlensäure enthielt. »Dort hinter der Höhle nehmen wir den besonders felsigen Weg bis zu den Klippen. Und von da vorbei an den Felsspalten. Da geht fast niemand lang, weil es nun ja … etwas gefährlich ist, aber wenn ihr aufpasst, wo ihr hintretet, passt das schon. Dafür haben wir dann oben ausreichend Privatsphäre. Ich bin schon dutzendmal da entlanggegangen, und bisher haben es alle Doubles überlebt.« Caleb war der Einzige, der über seinen Witz lachte.

Das konnte ich nur hoffen, aber Caleb riskierte gewöhnlich nie etwas, das uns eine Klage einbringen konnte.

Also sammelte ich die Flaschen wieder ein. Shy ließ sie so achtlos fallen, dass ich in die Knie gehen musste, um sie aufzufangen. Die Sonne brannte in meinem Nacken, und ich verteufelte mich, dass ich nicht daran gedacht hatte, einen Handventilator mitzunehmen. Inzwischen klebte mein weißes Shirt an mir. Und wenn schon. Shy hatte nach einem Wet-T-Shirt Contest gefragt, nicht wahr? Ich schob mir eine nasse Haarsträhne aus der Stirn.

»Soll ich dir den abnehmen?«

Hm? Ich sah auf, direkt in Lincolns grüne Augen. Er hatte eine Hand ausgestreckt und wies auf den staubigen Rucksack, der früher einmal schwarz gewesen war.

»Danke, geht schon.« Ich warf mir das schwere Teil über die Schulter, wobei ich mich bemühte, keine Miene zu verziehen.

Lincoln nickte lediglich, setzte seine Sonnenbrille auf und folgte seinen Kollegen, die mit Caleb vorausgegangen waren.

Nach ungefähr dreißig Schritten hatte ich das Gefühl, vor Hitze nicht mehr atmen zu können. Umständlich angelte ich nach der Packung Taschentücher, die ich in der Seitentasche des Rucksacks verstaut hatte. Lincoln sah kein einziges Mal mehr über seine Schulter zurück zu mir. Ob es ihn wurmte, dass ich sein Angebot abgelehnt hatte, meinen Rucksack zu tragen? Aber ich konnte das selbst. Ich war nie die Sorte »Püppchen in Not« gewesen.

O Mann, heute Abend würde ich so was von Gesprächsbedarf haben und Sawyer sich noch wünschen, mein Handyakku würde sterben.

11 Kolly

MAN SAGT, DASS MAN SICH SELBST ERST GEFUNDEN HAT, WENN ZURÜCKBLICKEN NICHT MEHR INTERESSANT IST. ABER WOZU GIBT ES DANN RÜCKSPIEGEL?

Was machte es schon, dass Shy und Lincoln mich ignorierten? Dann gingen sie wenigstens, so hoffte ich jedenfalls, im Geiste die Lektionen durch.

Caleb unterhielt sich weiterhin mit Rae, während er uns über den felsigen Weg bis zu den Klippen führte. Man musste höllisch aufpassen, nicht umzuknicken. Nein, hier dachte man eher nicht über Unterrichtslektionen nach. Besser, ich wartete noch ein wenig, bis ich mir die Jungs dazu vorknöpfte.

»Okay, da hinten an der Felsspalte, wo die breite Aussichtsplattform ist, führen wir das Probeinterview durch. Und das Shooting. Dort sieht uns niemand so leicht vom Weg aus.« Caleb gestikulierte mit seinem Fotostativ, das er gerade aus unserem Rucksack gezogen hatte. Ein Interview außerhalb der Komfortzone. Nicht innerhalb der Agenturräume. Und mit Doubles, die vom Aufstieg aus der Puste waren. Genau die Art von Albtraum, dem Mom entgegenfieberte. Die erste Stresssituation für die Doubles. O ja, die Aufnahmen würde sie heute Abend bei einem Glas Wein sichten. Mit einem Lächeln im Gesicht. Zweifellos.

Zeit für meine schlüpfrigen Fragen. Allein der Gedanke daran entlockte mir ein Grinsen. Oh, wenn ich könnte, würde ich sofort ein Selfie mit drei ziemlich besiegt aussehenden Typen mit Sonnenbrille machen und auf meinem Instagram-Kanal hochladen.

Beschwingt nahm ich die letzten Schritte aufwärts. Die Hitze machte mir überhaupt nichts mehr aus bei dem Gedanken, wie sehr Shy gleich schwitzen würde. Wind wehte mir die Haarsträhnen ins Gesicht, die sich aus meinem Pferdeschwanz gelöst hatten.

»Vorsicht, da geht's ziemlich steil runter«, kam es von Lincoln, der mir plötzlich extrem nah war und nach meinem Ellenbogen griff.

»Ja, schon klar.« Ich entzog ihm meinen Arm. Glaubte er wirklich immer noch, ich würde ohne Hilfe nicht klarkommen? Kopfschüttelnd stellte ich den Rucksack ab, lehnte ihn an die Absperrung vor der Felsspalte. Das Ding war etwas breiter als ein Sarg und ziemlich tief.

Schwankte eigentlich der Boden oder nur meine Knie? Vermutlich lag das daran, dass ich schon lange keinen Berg mehr hochgekraxelt war. Und Sport hatte ich auch ewig nicht gemacht. Abgesehen von E-Sport.

»Bist nicht so ganz auf der Höhe, hm?«, rief Shy mir zu.

»Gut genug, um dir in den Hintern zu treten, wenn du deine Sprüche nicht sein lässt. Und jetzt her mit den Sonnenbrillen.« Wow, meine Stimme hatte fast gar nicht gezittert, wofür ich mir innerlich gratulierte. Aber das Beste war, dass Rae wieder eine Faust vor seinen Mund hielt, sich nach vorn beugte und gluckste. Ja, jetzt lachten sie noch …

»Gut«, sagte ich, sobald ich die Sonnenbrillen im Rucksack verstaut hatte, »stellt euch vor die Kamera.« Als wollte ich einen Schwarm Moskitos verjagen, scheuchte ich die Jungs zu Calebs Stativ.

»Lediglich ein unwesentlicher Seitenhieb? Kein Sandwich dabei, das du mir an den Kopf werfen kannst? Wie enttäuschend.« Shy bedachte mich mit einem Blick, den er vor dem Spiegel geübt haben musste. So schauten ausschließlich Models oder Schauspieler, um ihr Gegenüber außer Gefecht zu setzen. Durchdringender Blick, Schokoladenseite, langsames Nach-oben-Schauen, Schlafzimmeraugenaufschlag.

Wie viel Vertuschungsarbeit wäre wohl nötig, wenn ich ihn hier und jetzt von der Klippe schubste? Nachdem ich mich in die Überwachungskameras auf unserem Weg gehackt hatte …

Oh. Ich starrte auf das Trackerarmband an meinem Handgelenk. Oder auch nicht. Also Plan B.

»Ich bin sicher, nach diesem Interview wirst du mich mit ganz anderen Augen sehen«, sagte ich zuckersüß.

Daraufhin schwieg Shy, was ich als zweiten kleinen Sieg für mich verbuchte. Wahrscheinlich fragte er sich ernsthaft, was genau jetzt kommen würde.

Während ich mich noch ein winziges bisschen freute, bemerkte ich, wie Lincoln mich beobachtete. Die Hände in die Hosentaschen geschoben, als würde er der Situation am liebsten entkommen wollen.

Bloß, da mussten wir jetzt alle durch …

»Benimm dich einfach, Shy«, sagte Lincoln. Ganz ohne Emotionen. Es klang mehr nach einer Anweisung.

»Lincoln, dich hätten wir gern in der Mitte.« Caleb spähte durch seine Spiegelreflexkamera, die er auf das Stativ geschraubt hatte. »Du bist derjenige, dessen Stimme der von deinem Original am ähnlichsten ist.«

Damit hatte er recht. Etwas ungelenk, aber dennoch souverän fächerte ich mir mit den Notizblättern, auf dem die Fragen standen, Luft zu, während sich die Jungs tatsächlich ohne Widerworte aufstellten.

Payback-Time. Nach einem tiefen Atemzug baute ich mich genau neben der Kamera auf. »Erste Frage: Freut ihr euch schon auf die kommende Tour?«

Lincoln blinzelte. Offenbar hatte er mit schwierigeren Fragen gerechnet. Die würden noch kommen. Mein linker Mundwinkel zuckte. Die würden so was von kommen. Er hatte ja keine Ahnung.

»Wir freuen uns immer auf jede Tour und besonders auf unsere Fans.«

»Kannst du das noch etwas konkretisieren?« Mit den zusammengerollten Notizen tippte ich mir gegen die Schläfe. Die Jungs standen in der prallen Sonne – wie clever von Caleb.

Währenddessen zuckte ein Muskel an Lincolns Kiefer. Offensichtlich witterte er eine Falle. »Unsere Freude ist grenzenlos.«

Caleb, der durch die Kamera linste, hüstelte, wischte sich dann den Schweiß aus dem Nacken. »Versuch es bitte noch etwas blumiger. Kreativer.« Er wedelte mit der Hand.

»Professioneller«, fügte ich hinzu. Das diabolische Grinsen konnte ich mir nicht verkneifen. Wahrscheinlich sah ich gerade aus wie der Grinch mit blauer Sonnenbrille.

Lincolns Stirn verzog sich zu einem leichten Kräuseln, während Rae mich anstarrte, als könnte er es nicht fassen, was für ein Film hier lief.

Ja, auf dieser Seite der Macht zu stehen, fühlte sich gar nicht so schlecht an. Meine Mundwinkel hoben sich noch ein wenig mehr – bis zum Anschlag sozusagen. »Wenn ihr euren Fans etwas mit auf den Weg geben könntet, was wäre es?«

»Knutschflecken«, schlug Shy nach kurzem Überlegen vor. Gelangweilt wie immer.

»Ja, so was kommt immer gut vor laufender Kamera.« Ich deutete auf ebendiese. »Das gibt sicher ein dickes Lob von Dexter.«

»Jo.« Shy schob sich die Perückenlöckchen aus der Stirn, die natürlich sofort zurück an ihre angestammte Stelle fielen. »Geben wir halt nur dir Knutschflecke mit auf den Weg.« Er formte einen Kussmund.

Ich verschränkte die Arme vor der Brust, pulte währenddessen mit der Zunge nach einem Krümel, der auf einem Backenzahn feststeckte. Für eine Sekunde oder zwei verhakte sich mein Blick mit Lincolns. Ein bisschen kam ich mir dabei wie das berühmte rote Tuch vor. Und Lincoln war der Stier, der mich so durchdringend mit bebenden Nasenflügeln musterte.

Wie auch immer. Ich legte die Stirn in Falten. »Glaub mir, keiner von euch wird mir je derart nahe kommen, dass das in irgendeiner Form möglich wäre.«

Komischerweise hoben sich auf einen Schlag sämtliche Augenbrauen um mich herum. »Challenge accepted«, sagte Shy.

Darauf ging ich nicht ein, vor allem deswegen nicht, weil sich uns Schritte näherten. Mit einer Handbewegung gab ich den Jungs zu verstehen, sich in Richtung des Abgrunds zu drehen. Ich dagegen machte ein paar Schritte auf die Felsspalte zu, als wollte ich mir ansehen, wie tief es da runter ging. Sehr tief, um genau zu sein. Während ich auf die Schritte hinter uns lauschte, lehnte ich mich gegen die hüfthohe Absperrung. Das Holz knirschte ein wenig unter meinem Gewicht. Gelächter drang an meine Ohren. Flaschen wurden gegeneinandergestoßen. Dann hörte ich das Flattern von Schärpen. Ein Junggesellinnenabschied. Auch das noch. Hoffentlich erkannten sie die Jungs nicht beziehungsweise hielten sie nicht für die Originalband. Denn jetzt trugen sie keine Sonnenbrillen mehr. Auch wenn die Chance dafür gering war: Vorsicht war besser, als sich nachher ärgern zu müssen.

Caleb tat wieder so, als müsste er an seiner Kamera Einstellungen vornehmen, um die Stadt unter uns zu fotografieren. Und Lincoln, Rae und Shy standen ziemlich weit vorn an der Klippe, die Hände in den Hosentaschen. Ein bisschen so wie auf einem Kinoplakat. Irgendwie surreal. Gerade sah sich Lincoln nach mir um, ohne jegliche Regung auf seinem Gesicht, ehe er sich wieder dem Ausblick auf die

Stadt zuwandte. Drei gut gebaute Jungs in Jeans und Shirts, die ihr breites Kreuz betonten.

Ich blinzelte gegen meine trockenen Augen an, lächelte in Richtung der in Schlangenlinien laufenden Frauen. Die Braut hob sich durch einen Schleier und weiße Shorts von ihren Freundinnen ab, während der Rest der Gruppe schwarze Outfits trug. Zudem hatten sich alle rosa Schärpen umgehängt, die im Wind flatterten. Ein nicht ganz ungewohnter Anblick bei den Touri-Spots in L.A.

»Vorsicht«, sagte ich. »Da vorn ist es nicht trittsicher.« Ich deutete auf den schmalen Pfad, wo kleine Felsen auf dem Weg das Spazierengehen erheblich erschwerten. Und dazu der Abgrund, der rechts klaffte und nur hüfthoch gesichert war. Hoffentlich ging das gut. Die Braut schob sich ihre fuchsroten Haare zurück und winkte mir zu, verschwendete allerdings keinen Blick in Richtung Abgrund.

Ich sah ihnen nach, wobei ich einen Schluck Wasser aus meiner Flasche trank und mir noch ein paar Tropfen davon über die Stirn strich. Puh.

»Okay, weiter geht's.« Calebs Zungenschnalzen hörte ich nur wie aus weiter Ferne, als ich den Frauen hinterhersah.

»Hey, kleine Rampennase, träumst du?«, rief Shy mir zu.

Von Weitem sah es so aus, als würde Lincoln seine Augenbrauen zu einem einzigen Strich zusammenziehen. »Hör auf, sie so zu nennen.«

»Exakt«, sagte Caleb, der sich bemüht lässig mit dem Arm auf seinem Stativ abstützte. »Die echte Band verhält sich stets respektvoll gegenüber ihren Mitmenschen.«

Shys Stirnfalten waberten wie die Meeresoberfläche, was man trotz seiner wirren Locken erkennen konnte. »Sie ist ein Mensch?«, hakte er nach. Als ob das ein gänzlich absurder Gedanke wäre.

»Wirklich witzig.« Ich hob mein Kinn. »Aber ihr solltet euch eure Schlagfertigkeit für das Interview aufheben.«

Rae schob seine Hände zurück in die Jeans, fixierte mich mit seinen stechenden hellblauen Augen. »Ich hab gedacht, dieser Ausflug soll uns als Team zusammenschweißen?«

»Unter anderem.« Ich winkte mit meinen zusammengerollten Notizzetteln. »Und jetzt lasst uns mit dem Interview weitermachen.«

Teambuilding, hatte Mom gesagt ... Bisher war nichts davon zu spüren, dass uns dieser Tag sonderlich weit brachte. Es fühlte sich eher so an, wie mit Piranhas auf einem Betriebsausflug zu sein.

Rae blinzelte mich an. »Du siehst aus, als würdest du uns eine Geschlechtskrankheit an den Hals wünschen.«

»Ich hatte da mehr an Piranhas gedacht ...«

Ehe ich den Satz fertig ausgesprochen hatte, warf Rae den Kopf in den Nacken. »Oh, der war gut!«

Immerhin einer von ihnen schien meinen Humor zu verstehen. Vielleicht war Rae doch gar nicht so ein unverschämter Möchtegern, wie ich dachte.

Allerdings war es jetzt Zeit, Shy in die Mangel zu nehmen. Ich räusperte mich. »Nun, Biggy«, sprach ich ihn mit seinem Double-Namen an. »Über dich sagt man, dass du keine Lust hast, an Songs zu arbeiten, und stattdessen deine Zeit mit Computerspielen verschwendest, stimmt das?«

Shys Mund klappte auf, aber er brachte keinen Ton hervor.

Irgendwie befriedigend. Auffordernd klopfte ich mir mit der Notizzettel-Rolle in die Handfläche.

»Jeder braucht doch ein Hobby«, sagte Shy schließlich leise.

»Hast du es schon mal mit Stricken versucht?«

Jetzt brach Shy unter meinem Blick vollkommen zusammen, sah sich nach seinen Kumpels um, als könnten die ihm helfen.

»Nichts gegen Stricken«, sagte Rae gut gelaunt, woraufhin Shy tief einatmete. Langsam schien er den Ernst der Lage zu begreifen. Vorbereitet auf Interviews war er noch lange nicht.

Nachdem mir ein paar Minuten später der Schweiß in Strömen

den Nacken hinabrann und die Sonne wieder so richtig knallte, ging ich zum ersten Mal auf Shys Gebettel ein. »In Ordnung. Wir belassen das Interviewtraining heute dabei. Eure Mimik war so gut wie gar nicht vorhanden, daher will ich, dass ihr euch noch mal daran erinnert, was ich euch vorhin über die Originale beigebracht hab. Beim Abstieg bis zum Parkplatz führt ihr bei jeder Kurve die Mimiken aus. Klar?«

»Was ist mit *deinen* Kurven?«, rief Shy.

»Seit wann hast du Ahnung von Kurven, Shy? Ich meine, abseits von Mario Kart?« Rae hob eine Hand, damit ich bei ihm einschlagen konnte, was ich zögerlich tat.

Danach beschloss ich, den Quatsch, der aus Shys Mund kam, einfach zu ignorieren. Wenn ich nicht drauf einging, würde ihm bestimmt bald langweilig werden. Stattdessen zuckte ich mit dem Kopf und hob das Kinn, wie Biggy Heighat es oft tat. »Das hier ist kein Ferienlager, Jungs. Wir bereiten euch auf den wahrscheinlich lukrativsten Job eures Lebens vor. Den wollt ihr doch sicher nicht vermasseln?«

Tatsächlich schwiegen mich die drei an. Bis letztendlich Lincoln ein Nicken andeutete. Mein Blick fand seinen, und schon wieder konnte ich mich kaum von seinen grünen Augen lösen. Es war wie verhext, nein, wie hypnotisiert! Nach einem tiefen Atemzug gelang es mir, mich loszureißen. »Möchte jemand was trinken, bevor wir gehen?« Warum auch immer, wahrscheinlich wegen der Hitze, fühlten sich meine Beine auf einmal ganz wackelig an, als ich zu meinem Rucksack stakste, den ich im Schatten an die Absperrung gelehnt hatte. Selbstverständlich wollten alle eine Abkühlung – also warf ich den Jungs ihre markierten Flaschen zu.

Caleb gab ihnen ein kurzes Briefing zu den Shootings, die die nächsten Tage noch anstanden, und ich wühlte weiter in meinem Rucksack. Wo war meine unmarkierte Flasche? Hatte ich sie verloren? Wenn ja, wie konnte eine Flasche aus einem Rucksack verschwinden? Vorhin hatte ich etwas getrunken, genau hier … Stimmt, ich hatte die Flasche danach nur an den Rucksack gelehnt und nicht hineingepackt. Mist. Konnte sie in die Felsspalte gerutscht sein? Vorsichtig lugte ich hinein. Das Ding war in etwa so lang wie ein kleines Auto, so breit wie mein Arm lang war und abgrundtief tief. Mein Wangenmuskel zuckte. Selbst wenn ich am Abgrund stand, witzelte mein Unterbewusstsein noch …

Aber ja, jetzt entdeckte ich die Wasserflasche mit der blauen Banderole. Sie war tatsächlich in die Felsspalte gerollt und direkt auf einem schmalen Vorsprung liegen geblieben. Vielleicht kam ich ja mit meiner Hand ran, wenn ich mich nur genügend streckte?

»Was machst du da, Kolly?«, hörte ich Lincolns Stimme, als ich bereits ein Bein über den Holzzaun geschwungen hatte.

»Ich hole nur schnell meine Flasche, keine Sorge.«

»Die Absperrung ist nicht ohne Grund da.« Komischerweise klang Lincolns Stimme auf einmal alarmiert, als würde ich Gefahr laufen, von einem Hai gefressen zu werden. »Kolly!«

Jetzt übertrieb er aber. Zudem machte mich das Geschreie nervös. Meine Finger zitterten – aber wahrscheinlich war das nur der Wassermangel. Ja, ich musste dringend etwas trinken. Aber nichts davon wollte ich vor den Jungs preisgeben. Also schwang ich mich betont gelassen über den Zaun, sah dabei Lincoln mit einem – wie ich hoffte – professionellen Zähneblecken an. »Ach, bitte, es wird schon nichts passieren. Ich bin vorsichtig.«

Kaum hatte ich den Satz beendet, rutschte ich ab. Echt jetzt? Kleine Steinchen flutschten einfach unter meinen Fußsohlen weg. Und da ich mich nur noch mit einer Hand festhielt, hatte ich keine Chance. Ich gab dem Rutschen nach, versuchte, mich noch mit der anderen Hand an einem Strauch festzukrallen, rutschte aber immer weiter. Hinein in die Felsspalte.

»Kolly!«, brüllte Caleb. Ich hörte die anderen schreien, konnte mich aber gerade nur auf das Geräusch des rutschenden Kieses unter meinen Füßen konzentrieren.

Mit den Schuhspitzen versuchte ich, mich an den Wänden der Felsspalte abzustützen, festzuhalten. Doch keine Chance. Zudem gelang es mir nicht, meine schwitzigen Finger länger um die Holzabsperrung zu krallen. Ein Finger nach dem anderen rutschte ab. Zwar war Lincoln fast bei mir, streckte schon eine Hand nach mir aus, doch zu spät. Mit den Fingernägeln krallte ich mich in den abrutschenden Kies. Scheiße! Ich rutschte immer weiter hinab, griff auf dem Weg nach allem, was ich zu fassen bekam, aber ohne Erfolg.

Lincoln schwang sich jetzt ebenfalls über die Absperrung.

Nein, verflucht.

Wenn er auch abrutschte und wegen mir im Krankenhaus landete, oder Schlimmeres! War er nicht ganz bei Trost? Immerhin hielt er sich an der Absperrung fest, schob sich mit Bedacht in der Hocke auf mich zu. Glücklicherweise fand ich im selben Augenblick mit meinem rechten Fuß einen Felsvorsprung. Die Rutschpartie stoppte.

»Alles in Ordnung«, keuchte ich. »Hier ist ein Vorsprung.« Mit wild schlagendem Herzen drückte ich mich gegen die Wand. Meine Handballen pulsierten. Wahrscheinlich hatte ich sie mir bis aufs Blut aufgeschabt.

Caleb schrie auf, als meine Flasche vom Vorsprung rollte. Klackerdiklack. Direkt in die dunklen Tiefen unter mir. Oh. Es dauerte zwei Atemzüge, dann hörte man den Aufprall der halb leeren Plastikflasche und das damit verbundene Knistern.

Lincoln

»Warte, ich helfe dir!«

Natürlich wartete Kolly *nicht* auf mich, kein Stück. Sie zog einfach weiter ihr Ding durch. Hätte mich auch gewundert, wenn es anders gewesen wäre. Aber mal im Ernst, wie unfassbar! Wie konnte man nur so eigensinnig sein? Erst brachte sie sich unnötig wegen einer Wasserflasche in Gefahr, und jetzt weigerte sie sich, Hilfe anzunehmen. Ich schob mich weiter auf sie zu, immer darauf bedacht, nicht denselben Fehler wie sie zu begehen und in die Felsspalte zu rutschen, die – so vermutete ich –, brutal tief war.

»Uh, sehr belastend für meine Nerven«, meinte Rae hinter mir, tat ansonsten aber nichts, als Kommentare zum Geschehen abzugeben.

Meine Füße fanden Halt, auch wenn einige Kieselsteinchen unter mir wegrutschten. Direkt auf Kolly zu.

Kolly hob den Kopf. »Würdest du das bitte lassen?!«

Sie schnauzte mich an? *Mich*?

»Du bringst meine Konzentration durcheinander.«

»Eigentlich wollte ich dir nur helfen«, sagte ich. Bloß schien sie das gar nicht zu hören. Sie starrte nach unten, wackelte, als versuchte sie, mit den Füßen unter sich Halt zu finden.

»Kolly?« Ich rutschte noch ein wenig weiter zu ihr, streckte meine Hand aus. Da mir die blonden Strähnen meiner Perücke im Weg waren, zog ich sie mir kurzerhand vom Kopf und warf sie hinter mich. »Komm schon, nimm meine Hand.«

Sie reagierte nicht. Stattdessen sah sie nach unten, als würde der Abgrund sie hypnotisieren. Meine Gedanken rasten und standen gleichzeitig still. Was, wenn Kolly hier und heute etwas passierte? Verunglückte, ehe wir uns richtig kennenlernen konnten? Ich durfte zwar nichts mit ihr anfangen, aber das änderte nichts daran, dass sie etwas an sich hatte, das mich nicht losließ. Ich wollte sie kennenlernen – auf professionelle Art und Weise selbstverständlich.

»Nimm meine Hand. Wir kaufen dir unten am Berg frisches Wasser. Oder du trinkst von meiner Flasche.«

Keine Reaktion. Das durfte doch echt nicht wahr sein. In dieser Situation wäre mir persönlich alles egal gewesen. Ich hätte meinen Stolz hinuntergeschluckt, wenn nötig sogar alle meine Geheimnisse aus dem Sack gelassen. Nun ja – ich war ganz offensichtlich nicht die verbissene, verschlossene Kolly, denn die weigerte sich weiterhin, meine Hilfe anzunehmen.

12 Kolly

FRIEDRICH NIETZSCHE SAGTE: »WENN DU LANGE IN EINEN ABGRUND BLICKST, BLICKT DER ABGRUND AUCH IN DICH HINEIN.« DOCH WAS, WENN DER ABGRUND EINEM ZUZWINKERT?

»Nimm meine Hand«, sagte Lincoln. Und mir wurde bewusst, dass es das dritte Mal war, dass er das sagte. Bloß hatte ich viel zu lang wie gebannt in den Abgrund geschaut, anstatt darauf zu reagieren.

»Sei nicht albern.« Ich schüttelte den Kopf. Allerdings konnte ich kaum verbergen, dass ich zitterte. Aber mit einem festen Untergrund unter meinen Schuhsohlen fühlte ich mich wieder sicherer. Immerhin – das konnte ich nicht leugnen – war es süß, wie er sich um mich sorgte. Absolut unberechtigterweise natürlich. Ich zog mich hoch, stützte mich ab, rutschte einmal fast wieder nach unten, als meine Fußspitze keinen Halt fand, lehnte aber jedes Mal ab, als mir jemand helfen wollte. »Wirklich, ich schaff das allein.«

»Sie schafft das allein«, echote Shy.

Ohne darauf einzugehen, schob ich mich Stück für Stück nach oben. Klar hätte ich mir von den Jungs helfen lassen können. Von Lincoln, der mit unergründlicher Miene auf mich herabstarrte und dessen Anwesenheit ich mir viel zu deutlich bewusst war. Aber gerade sein Blick machte mich noch nervöser. Außerdem war ich sozusagen sein Boss und wollte nicht, dass es so aussah, als benötigte ich seine Hilfe. Ich war stark – ich hatte alles im Griff.

Als ich mich am Ende nach oben gekämpft hatte und auf dem Bauch über den Rand schob wie eine völlig entkräftete Robbe auf einer Eisscholle – und wahrscheinlich sah ich dabei auch ähnlich elegant aus –, schüttelte Lincoln den Kopf. »Du hättest dir einfach helfen lassen können.«

Noch ehe er ganz ausgesprochen hatte, rutschte ich ein ganzes Stück zurück.

»Scheiße, Kolly!«, schrie Lincoln mit Panik in der Stimme.

Wieder hielt er mir seine Hand hin, und dieses Mal ergriff ich sie. Ich hatte gar nicht gemerkt, dass ich die Luft angehalten hatte, aber jetzt atmete ich aus.

Während Lincoln den Blickkontakt zu mir hielt, zog er mich nach oben, an sich, umfasste schließlich meine Hüfte. Ich war ihm plötzlich so nah, dass ich seinen durchtrainierten Oberkörper viel zu deutlich wahrnahm. Die Stelle an meiner Hüfte, auf der seine Hand lag, kribbelte – was ich zu ignorieren versuchte. Keuchend hielt ich mich mit einer Hand an ihm und mit der anderen an der Absperrung fest. Lincoln keuchte ebenfalls, sah mich an. Unsere rasselnden Atemzüge synchronisierten sich irgendwie. Warum starrte ich so? Lag das daran, dass er seine Perücke verloren hatte, wie mir jetzt erst auffiel? Ich öffnete den Mund, schloss ihn dann aber wieder. Bis eine Fliege um meinen Kopf kreiste und mich wieder zur Besinnung brachte. Was tat ich hier eigentlich?

»Danke«, murmelte ich, ehe ich mich aus seinem Griff löste und über den Zaun kletterte. »Du hast deine Perücke verloren.«

»Gern geschehen«, sagte Lincoln leise und sprang mir geradezu leichtfüßig hinterher.

Auf einmal klang er wieder so, als hätte ich etwas falsch gemacht. Ich? Hatte ich etwa den ganzen Tag mit anzüglichen, frauenverachtenden Sprüchen geglänzt? Gut, das war hauptsächlich von Shy gekommen, aber er hatte … Nun ja, es stimmte schon. Lincoln hatte widersprochen. Oder ärgerte es ihn, dass ich ihn auf die fehlende Perücke hingewiesen hatte?

Egal. Ich pustete mir die schweißnassen Haare aus den Augen.

»Lass uns wenigstens nach deinen Handflächen sehen. Hast du ein Erste-Hilfe-Kit dabei?« Lincolns Brust hob und senkte sich.

»Ja.« Nachdenklich wies ich auf den Rucksack.

Ohne zu zögern, riss Lincoln ihn auf, holte ein Desinfektionstuch und eine Mullbinde hervor. Rae assistierte ihm, doch ich konnte die ganze Zeit über nur auf Lincolns Hände auf meiner Haut starren. Verlangsamte sich gerade die Zeit?

Und das war der Moment, in dem ich das Klicken hörte. Ich sah nach rechts, wo es auch schon giggelte. Die Gruppe Mädels vom Junggesellinnenabschied hatte ich gar nicht kommen sehen. Und ganz offensichtlich hatten sie gerade ein Foto von mir geschossen.

»Hier gibt's nichts zu sehen. Alles in Ordnung«, maulte ich sie schärfer an, als ich es geplant hatte. Aber auf noch mehr Gespräche hatte ich jetzt wirklich keine Lust. Nicht nach diesem Absturz. Shy, Rae und Lincoln standen einfach nur stumm neben mir. Immerhin hatten wir ihnen nicht die Masken ihrer Originale aufgesetzt. Blöderweise trug Lincoln weder Sonnenbrille noch Perücke wie die anderen zwei.

Die Mädels schienen aber nichts zu bemerken und zogen kichernd an uns vorbei.

»Kolly, willst du was von meinem Wasser?«, fragte Caleb, als sie nicht mehr zu sehen waren, und hielt mir seine Flasche hin.

Ich befeuchtete mir die Lippen, starrte Lincoln an, der mich musterte. Sicherlich sah mein weißes Shirt aus, als wäre ich durch eine Jauchegrube gerobbt, und komischerweise nahm ich mich auf einmal vor meinem geistigen Auge aus Lincolns Perspektive wahr. Vielleicht konnte ich mich deshalb nicht von ihm und seinem durchdringenden Blick lösen. »Nein danke«, sagte ich schließlich lahm.

»Gehen wir einfach zum Auto. Da sind noch Wasserflaschen drin.« Es war genug für heute. Ich war raus.

Niemand sagte etwas, weshalb ich mit einem Räuspern Schleim und Staub aus meinem Hals aushustete und danach in etwas motivierterem Tonfall hinzufügte: »Wer möchte ein Eis oder einen Milchshake? Wir könnten uns auch Pizza holen.«

Lincolns Finger an seiner rechten Hand zuckten.

Shy beugte sich zu ihm und flüsterte für alle deutlich hörbar. »Ein Eis? Ernsthaft?«

Nach einem tiefen Atemzug schnappte ich mir meinen Rucksack und drückte ihn Caleb in die Hand. Ich hatte noch nie im Leben etwas ernster gemeint. Caleb nickte mir zu, und ich gab ihm zu verstehen, dass ich vorgehen würde. Nicht, dass ich nicht gewollt hätte, dass sie mich und mein verdrecktes Outfit von vorn sahen, das war mir egal. Aber so würde ich das Tempo vorgeben und gleichzeitig Stärke und Entschlossenheit demonstrieren. Das hoffte ich zumindest.

13 Kolly

WARUM FINDET MAN ALS ANTWORT AUF DEN SINN DES LEBENS SO VIELE UNTERSCHIEDLICHE GLÜCKSKEKSSPRÜCHE?

Dieser Samstag würde definitiv auf ewig als der mit Abstand schlimmste Tag meines Lebens in die Geschichte eingehen. Caleb hatte zwar auf dem Rückweg versucht, die Stimmung zu heben, aber es hatte nichts gebracht, und ich hatte mich – sobald wir wieder in der Agentur waren – hastig aus dem Staub gemacht. Doch die Ereignisse ließen mich nicht los. Selbst am Sonntag konnte mein Gehirn nicht ganz abschalten. Ich wachte mit dem Gedanken auf, dass ich Lincoln, Rae und Shy nicht gut genug gebrieft hatte, was das Shooting am Montag anging. Hatten sie den Zeitplan im Kopf sowie das sportliche Trainingskonzept für ihren freien Tag heute verinnerlicht? Wobei Rae am besten kein Sixpack-Training mehr machen sollte. Und morgen mussten sie sich mit Liegestützen vor dem Oben-ohne-Shooting warmmachen. Oben-ohne-Shooting … Obwohl ich das Ganze als lächerlich abtun wollte, wurde mir heiß, vor allem als ich mir einen wenig bekleideten Lincoln vorstellte.

Ich glitt mit den Beinen aus dem Bett in eine sitzende Position, rieb mir über die Stirn. Dass sich mal solch unsinnige Gedanken durch meine Gehirnzellen graben würden, hätte ich früher nicht für möglich gehalten. Ich zog mir mein Haargummi aus dem Dutt und schob es mir über das Handgelenk. Schön wäre es, einfach einen Tag ohne Gedanken an diese Doubles verbringen zu können. Und ohne daran, was gestern passiert war. Ich seufzte und zupfte an meiner Halskette, ehe ich aufstand.

Wie betäubt wankte ich unter die Dusche. Obwohl ich mich gestern lange gewaschen hatte – viel länger, als ich es sonst tat, da ich angesichts des Wassermangels hier in Kalifornien nicht unnötig Wasser verschwenden wollte –, fühlte es sich immer noch so an, als würde eine Schicht aus Staub und Schweiß auf meiner Haut und in meinen Haaren kleben. Es tat gut, mit geschlossenen Augen unter dem kühlen Wasserstrahl zu stehen. Auch wenn es mehr ein Rinnsal war und ich so kurz wie möglich duschte.

»Käse-Spätzchen«, rief meine Mom vom Erdgeschoss aus. »Du kommst zu spät. Beeil dich.«

»Mhm.« Stöhnend trocknete ich mir das Gesicht ab. Richtig, mein Einsatz in der Katzenrettungsstation. Aber mir blieben noch fast vierzig Minuten, das war durchaus machbar.

Ich schlüpfte in meine Tarnhose und in ein schwarzes Shirt, schnappte mir eine Sonnenbrille sowie meinen Rucksack und rief auf dem Weg die Treppe hinunter ein Uber.

»Danke, Mom.« Sie schob mir einen Eiskaffee in meinem Lieblingsbecher über die Küchentheke zu. Die Eiswürfel klapperten darin.

»Donut oder Waffle?« Sie sah mich an – mit einem schmalen Lächeln im Gesicht. Das war merkwürdig. Wieso starrte sie mich überhaupt so an, als würde sie mich nicht wiedererkennen? Stimmte etwas nicht? Ich fuhr mir über den Pferdeschwanz.

»Donut. Danke.«

Zusammen mit dem Donut in einer Aludose hielt Mom mir ihr Tablet hin. Und jetzt verstand ich, was das sollte. Meine Finger, die sich gerade nach dem Donut ausgestreckt hatten, wanderten zum Tablet. Mir wurde schlecht, als ich das Bild darauf betrachtete.

Scheiße …

»Wie?«, keuchte ich.

»Gestern muss jemand die Jungs erkannt haben. Als *The Tinfoil Phantoms* – fälschlicherweise«, sagte Mom tonlos. »Wie konnte das passieren? Lincoln trägt auf dem Bild keine Perücke.«

Der Junggesellinnenabschied. Verfluchtes JavaScript! Insgeheim hoffte ich, dass sie heute alle unter einem mörderischen Kater litten! Sie hatten doch tatsächlich ein Foto von mir geschossen und es an die Presse verkauft. Darauf sah ich mich selbst, wie ich über die Absperrung an der Felsspalte kletterte. Lincoln starrte mich wütend an, und Rae und Shy standen teilnahmslos hinter der Absperrung. Die Schlagzeile unter dem Bild lautete: *Vorfall in den Hills mit* The Tinfoil Phantoms. *Assistentin stürzt ab.*

Verdammte Presse. Und ja, wegen mir hatte Lincoln seine Perücke verloren. Weil er mich hatte retten müssen. Ich überflog den Text. Nur etwa die Hälfte davon stimmte. Es hieß darin, dass eine Assistentin der Band in die Felsspalte gefallen sei und ihr niemand zur Hilfe geeilt wäre.

»Das stimmt so überhaupt nicht«, murmelte ich.

Draußen hupte es. Der Uber-Fahrer war da.

»Wie konnte das passieren?«, wiederholte Mom. Sie sah mich so an, als hätte sie es irgendwie auch nicht anders erwartet und wäre mehr sauer auf sich selbst, statt auf mich.

»Aber …«, murmelte ich. »Wir waren vorsichtig. Die Jungs haben eigentlich zu den Perücken noch Sonnenbrillen und Basecaps getragen. Und wieso hat das niemand geschnallt, dass es bloß die Doubles waren? Wo war die echte Band?«

»Darum geht es nicht. Die Presse druckt, was Auflage verspricht, und die echten lungern in letzter Zeit nur noch in ihrem Hauskino herum, wo sie Tag und Nacht Videospiele zocken, laut Dexter.« Kurz schloss Mom die Augen. »Er ist nicht gerade begeistert von der Situation, wie du dir vorstellen kannst.«

Wieder hupte es vor der Haustür.

»Aber … wird Dexter alles abblasen?« Und würde es mich freuen oder nicht, wenn wir den Auftrag verloren und damit die Bürde, die drei zu betreuen? Ich wusste selbst nicht, was ich mir wünschte. Jedenfalls nicht, dass mich Mom so enttäuscht ansah.

»Nein, er hat schon alles zu gut arrangiert. Aber das darf nie wieder vorkommen.« Meine Mutter schüttelte den Kopf. Ihre Perlenohrringe reflektierten das Morgenlicht. »Und jetzt geh. Heute Abend kochst du.«

»Okay. Es tut mir leid. Wirklich, Mom«, sagte ich, als ich den Schokodonut mit hängenden Schultern in meinen Rucksack stopfte. Momentan würde ich sowieso nichts runterbekommen.

»Ich weiß, Käse-Spätzchen.« Sie seufzte so resigniert, dass es einen unangenehmen Nachgeschmack in meinem Mund hinterließ.

Ich nickte nur, und da der Uber-Fahrer gerade zum dritten und wahrscheinlich letzten Mal hupte, verließ ich eilig die Küche. Erleichterung durchflutete mich. Wir würden den Auftrag nicht verlieren.

Im Auto spielte ich ein bisschen an dem Zauberwürfel an meiner Halskette. Die ganze Fahrt über hatte ich nichts anderes zu tun, als meinen Gedanken nachzuhängen. Ich hatte Mist gebaut. Weil ich nicht zugelassen hatte, dass Lincoln mir half. Beziehungsweise zu spät und mich dann wieder von ihm abgewandt hatte.

Als wir noch etwa zehn Minuten vom Ziel entfernt waren, schickte ich Sawyer eine Nachricht, der mir schon einen Screenshot meines Pressebilds mit einem Fragezeichen-Emoji geschickt hatte. Glücklicherweise sah man mich auf dem Foto nur sehr undeutlich und von schräg oben, sodass mich nicht viele Menschen erkennen würden, aber Sawyer hatte es natürlich geschnallt, dass ich die Person in der Felsspalte war.

Schnell versicherte ich meinem besten Freund, dass alles in Ordnung war. In meinem Rucksack ertastete ich eins der Sherlock-Holmes-Knobelspiele, die Sawyer und ich uns im Fünfziger-Pack gekauft hatten. Ich musste meine Finger beschäftigen, und Hacken kam nicht mehr infrage. Also zog ich die Streichholzschachtel heraus. Ein kompliziertes Rätsel, bestehend aus mehreren Holzstäben, war zu lösen, was ich in unter einer Minute hinbekam. Trotz zitternder Finger.

»Genau zweiundzwanzig Dollar«, sagte der Uber-Fahrer.

Schweigend reichte ich ihm fünfundzwanzig und stieg aus. Was für ein Tag. Am liebsten hätte ich im Netz zwei bis drei Nazi-Websites gehackt oder ein paar Verbrecher, die ihren Haftstrafen entkommen waren, solange durchleuchtet, bis ich weitere Verbrechen hätte zur Anzeige bringen können. Stattdessen stand ich jetzt vor einem heruntergekommenen Haus, das ein wenig so aussah, als gehörte es in eine der abgeranzten Straßenecken von West-Adams und nicht nach Shadow Hills. Im Grunde war es ein Bungalow, von dem die weiße Farbe abblätterte. Hispanische Bauweise mit Veranda, dessen Bretter allerdings mehr als morsch wirkten. Das Sonnendach, das mit Palmenblättern ausgelegt war, hatte auch schon bessere Tage gesehen. Auf einem rostigen Schild, das jemand an der Veranda angenagelt hatte, stand: *Wenn du nicht mehr weiterweißt, umarme die Katze.*

Und auf der Stufe daneben lag ein Schild mit der Aufschrift: *Katzenrettungsstation Shadow Hills*

Der Uber-Fahrer brauste davon und ließ mich dabei in einer Staubwolke zurück, was ich sehr passend für meine derzeitige Lebenssituation fand.

Na gut, das sah sicher übler aus, als es war. Dieser Tag konnte unmöglich noch schlimmer werden, als er angefangen hatte, richtig? Ich machte einen Schritt nach vorne, und mein Fuß sank augenblicklich in irgendwas ein. Etwas Weiches. Bevor ich es sah, wusste ich es bereits. Ich war in einen besonders weichen Hundehaufen getreten.

Und im selben Augenblick schoss ein riesiger schwarzer Hund auf mich zu. Ein zotteliges, scharf bellendes Exemplar. Holy Bug!

»Lucifer!« Eine Mädchenstimme kreischte. »Lucifer, aus!«

Ein wirklich passender Name für einen Hund dieser Fellfarbe und Größe. Da mir keine Wahl blieb, ging ich in den Angriffsmodus über. Ich stellte mich seitlich zu dem auf mich zurennenden Hund auf, machte mich dabei so groß wie möglich. Jetzt keine Angst zeigen, Kolly ... Komischerweise fiel mir das bei Tieren nicht schwer.

Offensichtlich verunsichert, verlangsamte der Riesenzottelhund sein Tempo. Seine Ohren zuckten.

»Aus, Lucifer!«, schob ich hinterher, wobei ich ihm nicht direkt in die Augen, sondern leicht an ihm vorbei sah. »Sitz!«

Er blieb stehen, stieß sogar ein kleines Jaulen aus und setzte sich dann tatsächlich auf die Hinterläufe.

Bei allen Java-Programmierern ... Das gab mir immerhin die Zeit, mir die Schuhsohle an einem Stein abzustreifen.

»Oh, hi.« Keuchend kam ein Mädchen hinter dem Hund zum Stehen. Glänzende Haut, unglaublich lange Beine, ein buntes Tuch als Stirnband, das ihre dunklen Haare zurückhielt. Sie musterte mich mit ihren riesigen braunen Augen. »Du musst Kolly sein.« Sie packte Lucifer am Halsband. »Ungezogenes Baby, du!«

»Ja, bin ich. Also Kolly, nicht das ungezogene Baby.« Ich wischte mir die schwitzigen Handflächen an der Hose ab. Mir fiel auf, dass das Mädchen wie ich eine Tarnhose trug, aber dazu ein gelbes, bauchfreies Top mit der Aufschrift BYE BOY – und auf ihr Haarband hatte sie eine Sonnenbrille mit roten Gläsern gesteckt.

»Das ist er also – der leibhaftige Lucifer?«

Das Mädchen neigte den Kopf, wobei die Haarspitzen an ihrer linken Seite ihre Schulter berührten. »Eigentlich heißt er Angel, aber ich fand Lucifer passender. Er ist erst seit einer Woche bei mir. Passt gut auf mich und die Kätzchen auf, nicht wahr?« Sie tätschelte den struppigen Hundekopf, woraufhin Lucifer anfing, wie ein Wolf zu heulen.

Ich lächelte.

Sie tat es mir nach, winkte mir mit einem Strahlen im Gesicht zu, wie es gute Gastgeberinnen gewöhnlich taten, ehe sie mir eine Hand entgegenstreckte. »Ich bin Lexi Hayride und führe den Laden hier.«

Den Laden. Ich nickte. Sie war von links aus dem Garten gekommen, hinter den wild wuchernden Büschen. Ich ergriff ihre Hand. »Angenehm.«

Lexi strahlte immer noch. »Du bist also die Hackerin.«

Ja, das war ich. »Und du ziemlich jung, um den Laden hier zu leiten.« Mist, wo war das hergekommen? Sofort bereute ich es, diesen Gedanken ausgesprochen zu haben.

»Vielleicht.« Sie lächelte unverbindlich, schien sich aber nicht im Mindesten gekränkt zu fühlen. »War übrigens eine coole Aktion von dir, hab alles gegoogelt.«

Ich stimmte in ihr Grinsen ein, obwohl meines etwas schiefer daherkam. Also wusste sie nur zu genau, weshalb ich hier war.

»Und jung ist relativ – ich bin zweiundzwanzig. Meine Mom ist vor Kurzem gestorben, daher schmeiße ich die Tierrettung tatsächlich allein. Im ersten Stock ist meine Wohnung. Und ja … Mein Onkel hat einen Pub, in den einige Anwälte gehen, und somit ziemlich viele Kontakte. Er hat eventuell arrangiert oder vielleicht auch nicht, dass mir jemand mit Sozialstunden hilft, der nur eine minderschwere Tat begangen hat.« Sie strahlte, als hätte sie gerade einen grandiosen Masterplan wie den zur Rettung des Planeten preisgegeben.

»Mhm.« Ich zuckte mit den Schultern und war mit einem Mal gar nicht böse, auf welche Art und Weise mich das Schicksal hierhergebracht hatte. »Ich mag Katzen, und es ist besser, als Müll aufzusammeln.«

Unter vollem Körpereinsatz schnippte Lexi mit den Fingern und deutete auf mich. »So lob ich mir das. Wir werden bestens miteinander auskommen.«

Das taten wir tatsächlich, wie sich nach ein paar Minuten herausstellte, in denen Lexi mir ihre Schützlinge vorstellte. Aktuell päppelte sie über zwanzig Katzen auf, die meisten waren wenige Wochen alt und ohne Mutter gefunden worden. »Wir kümmern uns auch um die Kastration von Straßenkatzen, aber es hört einfach nicht auf.« Im Gehen drehte sich Lexi zu mir um. »Ständig bringen Leute verwaiste Kitten zu mir, und ich komme kaum hinterher mit dem Vermitteln. Früher hat meine Mom in Supermärkten Fotos von den Katzen aufgehängt. Damit sie ein neues Zuhause finden konnten. Aber die Zeit fehlt mir jetzt. Manchmal hilft meine Nachbarin Mrs Larson aus, wenn ich wegmuss. Dann passt sie für ein paar Stunden auf die Katzen auf – aber das ist nicht das Gleiche.«

Ich strich über die bunt gemusterte Strickdecke am Empfangstresen, auf dem sich die älteste Katze der Station – Mr Popsicle – niedergelassen hatte. Lucifer und Mr Popsicle waren Lexis eigene Tiere, den Rest pflegte sie nur gesund und vermittelte sie weiter, wie ich erfuhr. Tatsächlich kam es mir so vor, als bräuchte Lexi Hilfe von mindestens drei Leuten, dem Zustand der Zwinger nach zu urteilen. Nicht, dass es nicht so aussah, als würde sie sich keine Mühe geben, schließlich lagen überall Spielzeug und weiche Bettchen oder Decken für die Katzen parat. Aber es schien viel zu viel Arbeit zu sein.

»Sag mal, kannst du nicht eine Website für uns programmieren, Kolly? Das würde so vieles erleichtern.«

Ich hob den Kopf, hörte auf, Mr Popsicles rotes Fell zu streicheln. »Äh, ich würde gern, aber …« Ich hielt ihr mein Armband hin. »Das Ding hier verhindert, dass ich mich in irgendwas hacke oder Codes programmiere. Im Prinzip kann ich nur noch Google verwenden, und auch da muss ich aufpassen, welche Seiten ich aufrufe, weil jeder Schritt im Netz nachverfolgt wird.«

»Dios mío«, murmelte Lexi. Sie strich sich über den Kopf und schob sich dabei fast ihre Sonnenbrille vom Scheitel.

Mr Popsicle maunzte, weshalb ich damit fortfuhr, ihn zu kraulen. Offensichtlich beruhigt, warf er sich auf die Seite, schloss genüsslich die Augen. Genau genommen beruhigte sein Schnurren auch meine Nerven, weswegen ich nur allzu gern bei ihm blieb.

»Aber ich könnte Flugblätter und Fotos aufhängen, wie deine Mom«, bot ich an. »Vielleicht sogar offline eine einfache Website zusammenbasteln, aber da müsstest du mithelfen.«

Daraufhin zuckten Lexis Augenlider. Hatte ich etwas Falsches gesagt? Wahrscheinlich war es besser, ihre verstorbene Mutter nicht zu oft zu erwähnen. Ich biss mir auf die Lippe.

Lexi schwieg, stützte sich mit den Unterarmen auf dem Empfangstresen ab. »Ich bin ziemlich nutzlos, was die Erstellung von Websites angeht, aber wir können es probieren.« Ihr Blick wanderte zu ihrer Katze, wobei sie mit ihren sonnengelb lackierten Nägeln auf die Decke tippte.

Wieder maunzte es, und ich brauchte kurz, um zu erkennen, dass das Geräusch nicht von Mr Popsicle gekommen war.

Ein sehr kleines, mageres Kätzchen strich um meine Beine, braun getigert, aber mit weißen Pfötchen.

»Bacon!« Lexi beugte sich zu uns. »Bist du schon wieder ausgebüxt? Muss ich die Umzäunung höher bauen oder dich umquartieren? Und wo steckt dein Bruder?« Lexi spähte in den dunklen Gang in Richtung Küche und danach an mir vorbei zur Gartentür. »Ach, Potato, kommst du uns auch besuchen?«

Ein weiteres Kätzchen quetschte sich durch die Eingangstür. Genauso getigert wie Bacon, nur ohne weiße Pfoten.

»Die zwei sind echte Ausbrecherkönige.« Lexi lächelte mich an, und ich war dankbar für den plötzlichen Themenwechsel. »Am besten fängst du damit an, ihren Offenstall zu säubern. Sie sind gerade erst aus der Quarantänestation raus, und ich hab noch keine gute Unterbringung für sie gefunden.« Lexi erklärte mir die Quarantäneregeln für neue Katzen – man durfte sie nicht direkt zu den anderen lassen, falls sie eine Krankheit mitbrachten. Außerdem zählte sie auf, wer zurzeit im Inkubator Sauerstoff bekam und welche Katzen ich nicht betreuen sollte, da sie an FIP litten. Einer Bauchfellentzündung, die Lexi zufolge hoch ansteckend war. »Geht leider fast immer tödlich aus. Die Babys haben kaum eine Chance.« Lexi hielt mir die Tür auf. »Aber ich gebe trotzdem alles.«

Ich nickte, während ich an kleine, sterbende Kätzchen dachte und kein Wort mehr rausbekam.

Das Reden übernahm Lucifer, der sich kläffend an uns vorbeiquetschte, um ebenfalls in den Garten zu gelangen, wobei er mich fast zu Fall brachte.

»Holy Bug!«, entfuhr es mir. »Dieser Hund!«

Lexi kicherte, setzte dann ihre flammend rote Sonnenbrille auf. »Im Schuppen findest du die Besen und alles, was du sonst noch brauchst. Wenn du etwas trinken willst: Im Büro steht ein Wasserspender. Fang mit dem Zuhause von Bacon und Potato an.«

Nachdem ich Bacon auf den Arm genommen hatte, trat ich hinter Lexi ins Freie.

Lexi zeigte auf einen Hasenzaun, der eine kleine Fläche auf dem Gras abgrenzte. Abgesehen von etwas Spielzeug und einem Katzenklo war dieser Katzenzwinger leer. Gut – das Katzenstreu hatten die beiden Gauner großzügig auf dem Rasen verteilt. Irgendwelche aufsaugenden Pellets, die in das improvisierte Pappklo gehörten, um die Racker an ein Katzenklo zu gewöhnen.

»Ich muss mir was Neues für die zwei einfallen lassen.« Lexi nahm mir Bacon ab und setzte dann beide Kätzchen zurück. »Pass auf, dass sie nicht wieder abhauen. Immerhin schaffen sie es nicht über den Gartenzaun zur Straße, aber ins Haus … jedes Mal.«

Gut, dann also hier anfangen. Gerade nahm ich mir einen Besen und fing an zu kehren, als etwas an meinem Hosenbein zog. Potato und Bacon hatten sich darin verbissen und schüttelten ihr Köpfchen. Bacon warf sich sogar auf die Seite und trat mit den entzückenden Pfötchen, die aussahen, als würde er weiße Socken tragen, nach meiner Hose. Wenigstens würden mich die Katzen ablenken. Von diesem Artikel über mich, von Moms enttäuschtem Blick und diesen grünen Augen, die mich so intensiv anstarrten, dass sie mein Innerstes aufwühlten. Meine Fingernägel gruben sich fester um den Besenstil und in das Fleisch meiner Handballen. Warum beim verfluchten JavaScript dachte ich überhaupt an Lincoln?

14

Kolly

MAN SAGT, DASS EIN KÄTZCHEN SELBST DAS KÄLTESTE HERZ ZUM SCHMELZEN BRINGT. DOCH WAS, WENN KATZENPFÖTCHEN VON MEINEM HERZ GEFRIERBRAND BEKOMMEN?

»Also du bildest Doubles aus?« Lexi reichte mir eine Portion Macaroni and Cheese. »Hoffentlich machen deine Nerven das mit.«

Wir hatten uns neben die Kitten-Umzäunung gesetzt. Potato spielte mit meinen Schnürsenkeln, und Bacon klammerte sich an mein Shirt, begierig darauf, zu erfahren, was ich in meiner Suppentasse vor ihm versteckte. Seine Nase zuckte so niedlich in der Luft, dass ich ihm einen kurzen Blick gewährte. Lucifer hatte seinen Kopf auf Lexis Schulter gelegt, was für beide nicht wirklich bequem aussah, trotzdem wirkte es vertraut.

Die Nudeln waren schon kalt, aber das spielte keine Rolle. In den letzten zwei Stunden hatte mir Lexi bei jeder Arbeit geholfen, was ich absolut nicht erwartet hatte. Noch dazu gut gelaunt. Und ich hatte ihr so ziemlich alles über mich und meine Arbeit in der Double-Agentur meiner Mom erzählt, was mich selbst verwunderte. Nun ja, ohne den Namen der Band zu nennen, für die ich aktuell die Doubles ausbildete. Aber irgendwie war Lexi so erfrischend, und sie redete mit mir, als würde sie das alles interessieren. Ein Gefühl, das ich so noch nie gehabt hatte, wenn es um Freunde ging. Abgesehen von Sawyer. Ihm hätte es hier auch gefallen. Wir hatten sogar

Nummern ausgetauscht, Lexi und ich, und sie hatte mir bereits ihre Lieblingsmemes geschickt.

»Ja, die Doppelgänger sind echt schlimmer zu hüten als diese kleinen Rabauken.« Seufzend hielt ich Bacon vor mein Gesicht, um meine Nase kurz in sein Fell zu drücken, was er mit einem Schnurren kommentierte.

Lexi gluckste. Zuerst fürchtete ich, sie hätte sich verschluckt, doch dann verstand ich, dass sie lachte. »Sorry!« Entschuldigend wedelte sie mit ihrer Gabel in der Luft. »Ich stelle mir das nur gerade vor, wie du mit diesen aufgemalten Tränen vor diesen heißen Kerl gestolpert bist.«

Stöhnend schloss ich die Augen. »Ich hab nie behauptet, dass er besonders heiß ist.«

Lexi zog die Augenbrauen hoch, wobei die Sonnenbrille auf ihrer Nase leicht runterrutschte. »Gesagt vielleicht nicht, aber ich hab's dir angesehen.«

Was? Vor Schreck verschluckte ich mich an meinen Nudeln. Sah man mir das an? Aber wieso? Schließlich fand ich Lincoln größtenteils anstrengend. Gut, er war attraktiv, aber vor allem anstrengend. »Sicher nicht. Er geht mir eher auf die Schaltkreise mit seinem Beschützer-Getue. Eigentlich will ich nur, dass dieser verfluchte Sommer endet. Dass dieser Sommerjob vorbei ist.« Dass ich wieder programmieren durfte und dass mich Mom nicht mehr so traurig ansah. »Er hat mir sogar Ratschläge gegeben, wie ich mit den anderen Jungs umgehen soll, stell dir das mal vor.«

Lexi stellte ihre leere Tasse auf einem der wenigen saftig grünen Flecken im Gras ab, griff dann nach ihrem Strickzeug, das direkt daneben lag. Angesichts der kleinen Katzen irgendwie mutig. »Finde ich schon gentlemanmäßig nett von ihm. Möge seine Weste immer weiß bleiben.«

Wollte Lexi damit andeuten, dass sie auf seiner Seite stand? In diese

Richtung hatte ich unser Gespräch nicht lenken wollen. Glücklicherweise hüpfte gerade ein Vogel im Baum über uns herum, und ich legte den Kopf in den Nacken. »Oh, hallo, Mister Vogel.« Der obligatorische Blick von Lexi folgte, und daher erklärte ich wie immer, dass es Unglück brachte, einem Vogel zu begegnen und ihn nicht zu grüßen.

In Zeitlupe schüttelte Lexi den Kopf, sah mich an, während sie ein paar Maschen mit ihrer smaragdgrünen Wolle strickte. »Du bist echt merkwürdig. Aber zu deinem Glück mag ich merkwürdig.« Nach einem Kichern schlug sie die Beine übereinander und fuchtelte mit ihrem Strickzeug herum. Sofort stürzten sich die Kätzchen auf die Wolle.

»Und Military-Hosen – die magst du auch.« Grinsend deutete ich zuerst auf meine, dann auf ihre.

Daraufhin wurde ihr Lächeln noch breiter. »Das ist korrekt. Aber jetzt muss ich nach Taco sehen. Steht nicht gut um den kleinen Mann. Und in etwa dreißig Minuten bekommen wir einen neuen Patienten rein. Eine Frau bringt ihn aus dem Valley zu uns hoch. Der kleine Kater soll sich in einem besonders schlechten Zustand befinden.«

Ich nickte. »Verstehe. Dann mache ich einfach … weiter?«

»Eigentlich reicht es für heute«, sagte Lexi, obwohl es noch lange nicht Nachmittag war. »Was hältst du davon, wenn du ein bisschen mit Potato und Bacon spielst, bis der Neuzugang kommt? Sie müssen ein wenig mehr sozialisiert werden, bevor wir sie in ein neues Zuhause vermitteln können.«

Der Gedanke, dass Potato und Bacon schon bald ausziehen würden, kribbelte unangenehm in mir. Obwohl ich die Katzen erst seit knapp drei Stunden kannte, hatte ich sie bereits von den Schnurrhaaren bis zu den niedlichen Pfötchen lieb gewonnen. Ich strich über Potatos Kopf. »Ich hoffe für dich, dass deine neue Mama ganz viele Schuhe mit Schnürsenkeln hat.«

Lexi lachte, hob dann ihre leere Tasse zum Himmel. »Mögen Potato niemals die Schnürsenkel ausgehen.«

Ich hob ebenfalls meine Tasse, um den Wunsch für Potato zu wiederholen. »Viel Spaß mit Taco, die beiden sind bei mir in guten Händen.«

»Daran zweifle ich nicht, Kolly.« Lexi nickte mir zu, sammelte unser Geschirr ein und verschwand mit Lucifer im Haus.

»So, also wir drei, ja?« Ich sah die Kätzchen an, die mich aus ernsten Augen ebenfalls anstarrten. »Dieses Doppeldate ist ganz nach meinem Geschmack, meine Herren«, versicherte ich ihnen. »Wollen wir jetzt *Fang den Wurm* spielen?«

Wir wollten. Also schnappte ich mir den neonorangefarbenen Wurm an der Schnur und ließ ihn durchs Gras gleiten. Potato und Bacon stießen niedliche hohe Maunz-Laute aus und sprangen hinterher, rannten sich gegenseitig um, bissen den Wurm beinahe in zwei Hälften und jagten ihn so lange, bis sie eine Pause einlegen mussten. Wir holten uns Wasser und starteten eine zweite Runde, bis ein Wagen vorn bei der Veranda über den Kies rollte.

Lexi musste den Besuch auch gehört haben, denn sie stürmte geradezu in den Garten, eine Katzentransportbox in der Hand. Der Neuzugang. Was hatte sie gesagt? Besonders schlechter Zustand? Sanft setzte ich Bacon und Potato samt ihrem Spielzeug innerhalb der Umzäunung ab und folgte Lexi.

Ich schloss die Gartentür hinter uns, nahm dann den schmalen Weg an der Hauswand entlang. Es roch süßlich, nach einem billigen Parfum. Außerdem scharf nach etwas anderem. Irgendwo im Haus bellte Lucifer.

»Miss Hayride?« Eine Frau etwa Mitte vierzig, die Haare in einem ordentlichen Dutt hochgesteckt, tauchte hinter der Kofferraumklappe ihres Autos auf. Vorn auf dem Beifahrersitz saß ein verschreckt wirkender Teenager. Ein Mädchen, das sich nicht rührte, aber so aussah, als würde sie am liebsten in ihren überdimensionalen Hoodie eintauchen. Gerade zog sie sich die Kapuze tiefer in die Stirn.

»Jep.« Lexi, auf einmal um zehn Jahre gealtert, so schien es, nickte ihr zu. Auftritt Lexi in ihrer professionellen Business-Form. »Wir hatten telefoniert? Sie bringen Charlie?«

»Ja.« Die Frau hob etwas aus dem Kofferraum. Es war eine blaue Babybadewanne. Und etwas maunzte ganz kläglich darin. Sofort schloss sich eine eiskalte Faust um mein Herz. Das hier musste ein schwerverletztes Kätzchen sein, ich wusste es, bevor ich es sah.

Lexi warf einen Blick in die behelfsmäßige Transportbox. »Wissen Sie, was mit ihm passiert ist?«

Die Farbe wich aus den runden Wangen der Frau. »Meine Schwester behauptet, der Hund sei es gewesen, aber ich denke, ihre fünfjährige Tochter hat die Katze gegen eine Wand geworfen.«

Ohne ein Wort zu sagen, stellte ich mich ganz nah zu Lexi und riskierte ebenfalls einen Blick. Ein dünnes getigertes Kätzchen maunzte uns kläglich an. Es war dünner als Potato und Bacon, hatte riesige bernsteinfarbene Augen und war vollkommen verdreckt.

»Die Hinterbeine sind gelähmt«, flüsterte Lexi mehr zu sich selbst als zu uns. »Wahrscheinlich eine Verletzung an der Wirbelsäule.«

»Der Tierarzt sagte, wir sollten ihn einschläfern lassen, aber dann hab ich im Gemeindezentrum einen Aushang von Ihnen gesehen.«

Ich warf dem Mädchen im Auto einen Seitenblick zu, sah aber nicht viel mehr als einen silbernen Nasenring unter ihrer Kapuze hervorblitzen.

Lexi nickte geschäftig, drückte mir die Transportbox in die Hand. Bevor sie nach dem Kätzchen griff, zog sie sich blaue Plastikhandschuhe über. »Wir werden mit ihm in die Tierklinik meines Vertrauens fahren und sehen, was die Spendengelder hergeben. Vielleicht gibt es eine Chance für ihn.« Sie nahm Charlie ganz vorsichtig hoch, der protestierend miaute, begutachtete ihn von allen Seiten, wahrscheinlich suchte sie nach weiteren Anzeichen, dass er eine Katzenkrankheit hatte. Das Kätzchen strampelte mit den Vorderpfoten, nur seine Hinterläufe hingen schlaff nach unten. »Normale Tierärzte schlagen viel zu einfach und früh Euthanasie vor, weil andere Therapien verdammt teuer sind.«

Der kleine Charlie miaute, als ginge es um sein Leben, und fixierte dabei mich. Als sollte ich etwas tun. Mir wurde noch ein bisschen kälter. Jemand hatte diesem kleinen Wesen alles genommen, ihn einfach gegen die Wand geworfen. Von heute auf morgen alles geändert. Schnell stellte ich die Box ab, drehte mich zum nächstgelegenen Busch um und würgte die Macaroni von eben raus. Und bei jedem einzelnen Würger schwor ich mir, alles dafür zu tun, dass dieses kleine Wesen wieder würde laufen können.

An diesem Abend saß ich lange auf meiner Fensterbank, schaute in den dunkler werdenden Himmel, während ich abwechselnd an Lincoln, Lexi und an Charlie dachte.

Lexi hatte Charlie in einen Inkubator gesteckt, nachdem wir ihn vorsichtig gebadet hatten. Genau wie für Taco, der im Inkubator neben Charlie untergebracht war, sah es nicht gut für Charlie aus. Wenn überhaupt, würde ihn eine aufwendige Operation retten können, meinte Lexi. Gemeinsam hatten wir beobachtet, wie Charlie sich auf die Vorderbeine gestützt nach links und wieder nach rechts schleppte. Das Hinterteil starr, wobei es so aussah, als würde der kleine Kater auf seiner rechten Pobacke sitzen – ohne jegliche Kraft in den Hinterläufen.

Eine sehr kostspielige Operation – so viel war sicher. Und Lexis Spendengelder waren fast aufgebraucht. Seit ihre Mutter keine Flugblätter mehr verteilte, wurde kaum jemand auf die private Katzenrettungsstation aufmerksam, die sich ausschließlich durch Spenden finanzierte. Wie viel Geld konnte ich dafür auftreiben? Ob Mom aushelfen würde?

Beim Frühstück schob mir Mom schon wieder ihr Tablet zu. Kommunizierten wir jetzt nur noch auf diese Weise? Doch als ich das Bild sah, fiel mir das Stück Croissant aus dem Mund, das ich gerade abgebissen hatte. War das … Ich beugte mich tiefer über den Bildschirm. Nein, es war nicht Lincoln, sondern der echte Graeson auf dem Bild. Erleichtert atmete ich auf.

»Wo wurde das aufgenommen?«

»Am Flughafen. Gestern Abend«, sagte Mom.

Auf dem Bild erkannte man, wie Graeson Woollard in Sonnenbrille und beigem Mantel aus einem Auto stieg. Nein, flüchtete. Eine Frau mit Sonnenbrille und wilden blonden Locken versuchte, ihn am Aussteigen zu hindern.

Neuer Entführungsversuch von Graeson Woollard durch Fans – lautete die Schlagzeile.

»In Hollywood ist gerade jede Menge los, hm?«, murmelte ich. Immerhin stand in dem Text, dass alles glimpflich ausgegangen war, Graeson entkommen konnte und man nach den Entführern fahndete.

»Ähm, Mom, wegen meinem Job in der Katzenrettungsstation …«

»Ja, Käse-Spätzchen?« Meine Mutter nahm das Tablet an sich, um es in ihrer riesigen schwarzen Handtasche zu verstauen. »Du hast noch gar nicht erzählt, wie es dort gestern war.«

»Gut, gut. Es ist nur so, sie haben einige schwere Fälle, und wir brauchen Spenden für die Tierarztrechnungen.«

»Oh«, machte Mom, was fast genauso klang wie früher, wenn sie meine Schulausflüge nicht hatte bezahlen können. Dann hatte sie oft einen Sessel oder ein Küchengerät verkauft, damit ich doch teilnehmen konnte.

»Wie viel brauchst du?« Mom kramte in ihrer Handtasche. Irgendwie starr und gebückt.

»Zwanzigtausend«, sagte ich lahm.

Mom hörte auf, nach ihrer Geldbörse zu suchen.

War das zu viel? Hätte ich lieber zehntausend Dollar sagen sollen?

Mom hob den Kopf sah mich an. »Kolly ... Das ist sehr viel Geld.«

Ich deutete auf die Villa um uns herum.

»Das Haus ist noch lange nicht abbezahlt, Kolly. Und seit ich zweimal Schadensersatz zahlen musste ...«

Die Augen von meiner Mom wirkten auf einmal stumpf. Jeder Glanz war daraus gewichen. Klagen, Schadensersatzzahlungen ... Wie viel hatte Mom mir verheimlicht? Hatte sie mir unsere heile Welt vorgespielt, um mich nicht zu verunsichern? War sie deshalb in letzter Zeit nervöser als sonst?

»Der Agentur geht es nicht gut«, sagte Mom schließlich. »Ich wollte es dir eigentlich nicht erzählen, aber du bekommst es sowieso über kurz oder lang heraus. Neulich konnte ich nicht mit dir zum Gericht gehen, weil ich selbst einen Termin hatte, in dem es um eine Klage ging, die gegen uns erhoben wird.«

Bitte? Jemand verklagte die Agentur?

»Jennifer Taft.« Mom seufzte.

Oh, jetzt wurde mir auch klar, weshalb Dexter so viele Anspielungen bezüglich der fremdgehenden Countrysängerin gemacht und wieso er von »verklagen« gesprochen hatte.

»Sie verlangt eine Entschädigung dafür, dass wir sie in einem wichtigen Moment ihrer Karriere im Stich gelassen haben. Die Klausel, dass sie ohne uns nicht mit dem Double, das wir ihr zur Verfügung gestellt haben, weiterarbeiten darf und wir ihr dazu aus moralischen Gründen gekündigt haben, fechtet sie natürlich an«, fuhr Mom fort.

Jennifer Taft. Ausgerechnet. Ich dachte an meinen letzten Sommerjob, bei dem ich Caleb bei der Arbeit mit ihrem Double assistiert hatte. »Wie stehen unsere Chancen?«

»Könnte besser sein«, antwortet Mom. »Sie ist ein Promi. Falls wir die Entschädigung und die Gerichtskosten zahlen müssen, könnte uns das alles kosten.«

Innerlich wurde mir eiskalt, während es in meinem Kopf heiß pochte. So schlimm stand es um die Agentur? Mein Blick fiel auf mein Trackerarmband. Dazu musste Mom noch mit meinen Verfehlungen klarkommen … In diesem Moment schwor ich mir, sie nicht hängen zu lassen. Diesen Sommer durchzuziehen, damit meine Band-Doubles der Agentur Geld einbrachten. »Aber Dexter zahlt doch sicher gut? Und die ganzen anderen Promis, die dazugekommen sind?«

»Ja, das ist ganz in Ordnung.« Wieder schweifte Moms Blick ab. Also war es nicht genug. Auf wie viel uns Jennifer Taft wohl verklagte? Nein, ich wollte es gar nicht wissen.

»Ich werde Leute entlassen müssen und nur noch die großen Kunden annehmen können. Und wenn das nicht hilft … Na ja, dann ziehen wir vielleicht zurück nach West-Adams.« Sie lächelte zaghaft. »Und du gibst neben deinem Studium sozial benachteiligten Jugendlichen Programmierunterricht. So wie du es wolltest.« Auf einmal schimmerten Tränen in Moms Augen.

Die frühere Kolly hätte das tatsächlich gewollt. Warum stemmte ich mich jetzt also mit jeder Faser gegen diese Idee? Noch vor wenigen Tagen wäre mir jeder Grund recht gewesen, um zurück zu Sawyer zu ziehen. Dennoch rutschte ich von meinem Stuhl und nahm Mom in die Arme. »Bitte verheimliche mir so was nicht mehr, okay? Ich kann dir doch helfen.«

Mom schmiegte ihre Wange an meine Schulter, schwieg jedoch.

Zwanzig Minuten später saßen wir im Auto. Heute stand das

Shooting an, und ich hatte alles an Requisiten in eine Reisetasche gestopft.

Mom erklärte, was sie sich vom Shooting erwartete: schöne Bilder, auf denen man die Doubles für die echte Band hielt und die man in einem Magazin abdrucken konnte. Professionelle Aufnahmen, die einem selbst die größten Fans als echt abkaufen würden.

Okay, das bekamen wir hin.

Wir sammelten die Jungs und Caleb ein. Zu meinem Missfallen stand auch Dexter auf dem Parkplatz vor der Agentur. Mom winkte Lincoln und Shy in unser Auto, weswegen wir immerhin nicht mit Dexter in einem Wagen zur Shooting-Location fahren mussten. Der durfte Caleb und Rae Gesellschaft leisten. Aber dass Lincoln auf einmal direkt hinter mir saß, erzeugte ein nervtötendes Kribbeln in meinem Nacken.

Kolly 15

SIE SAGEN, DASS MAN NUR MAN SELBST SEIN MUSS, DAMIT ANDERE EINEN MÖGEN. DOCH WAS IST, WENN DIE BESTE VERSION VON EINEM ANDERE BIS INS MARK ERSCHÜTTERT?

Ich drehte das Radio auf – vor allem, um mit niemandem reden zu müssen. Es lief Countrymusik, was Shy mit einem Schnauben kommentierte.

Nicht mal das Wetter schien gute Laune zu haben, denn der Himmel leuchtete in den unterschiedlichsten Grautönen und wurde immer dunkler. Mich begann es zu frösteln, weshalb ich die Beine anzog und die Klimaanlage runterdrehte.

Zwar versuchte Mom zaghaft, ein Gespräch in Gang zu setzen, aber niemand ging darauf ein. Shy zwirbelte an seiner Perücke, während Lincoln einfach nur aus dem Fenster starrte. Daher verfiel Mom in einen Monolog über die angespannte Lage sowohl mit den Fans der Band als auch mit dieser Hate-Bewegung, die aktuell Anschläge auf Stars verübte. »In Downtown L.A. haben sie den Ferrari von Robin Dwayne Jr. mit Farbe überschüttet, sodass er nicht mehr fahren konnte. Die Windschutzscheibe war komplett orange.«

Dazu äußerte ich mich nicht, starrte einfach nur auf den Highway vor uns und auf die unzähligen Werbetafeln. Am liebsten hätte ich es der echten Band nachgemacht, mich vor diesem Shooting gedrückt und ein Double für mich engagiert. Ich biss mir auf die Unterlippe.

Hinter mir war ich mir der Präsenz von Lincoln nur zu bewusst. Meine Finger wanderten zu meiner Halskette, drehten die kleinen Würfel hin und her, während mein Herzschlag so laut in mir widerhallte, dass er Moms Stimme zu übertönen schien.

Zehn Minuten zu früh kamen wir bei der Lagerhalle an, die Mom gemietet hatte. »Hey, Marshall!« Mom warf ihre Tasche auf einen Stuhl. »Bitte sag mir, dass alles läuft.«

Der Fotograf ließ seine Kamera sinken, das Geblitze aus den zwei Leuchten hörte auf. »Miranda, meine Liebe. Wie du siehst, stehen wir hier vor einer absoluten Katastrophe. Ich werde sofort umdrehen und wieder gehen müssen.«

Mom lachte, gab ihm dann einen Kuss links und einen rechts. Sie war in ihrem Element, was ein wenig den Druck von meiner Brust nahm. Die beiden mussten ungefähr im selben Alter sein, Marshall und sie. Tatsächlich sah er eher wie ein Regisseur aus, mit seiner riesigen Brille und der Lederjacke, und erinnerte mich gleichzeitig irgendwie an Elvis Presley. Und ganz offensichtlich teilten er und Mom Insider-Witze. Stirnrunzelnd beäugte ich die beiden, während ich den Steamer, Handtücher, Putzmittel für unser Set und Getränke aus der Reisetasche zog, um alles ordentlich auf dem Tisch am Fenster aufzubauen. Lincoln beobachtete mich, doch Shy hatte lediglich Augen für die Harley, die am Set stand.

Mit langen Schritten betrat Dexter kurz hinter uns die Halle. Rae folgte ihm, nur Caleb schien noch den Wagen zu parken. Als Dexter in die Hände klatschte, zuckte Marshall zusammen, warf meiner Mutter dann einen vielsagenden Blick zu, aus dem ich schloss, dass Marshall unseren lieben Dexter bereits kannte.

»Alles klar, Jungs, dann zeigt mal, was ihr draufhabt.«

Bevor sich allerdings jemand bewegen konnte, rief Dexter: »Moment mal.« Er sah sich in der Lagerhalle um. »Wo steckt das weibliche Model?«

Mom, die gerade mit Marshall eine geflüsterte Unterhaltung geführt hatte, drehte sich zu Dexter um. »Weibliches Model? In deinem Briefing stand, dass du eine Harley Davidson haben willst – mehr nicht.« Mom wies auf das Motorrad, das blank poliert auf einem ausgerollten weißen Papierdings stand, das man für Shootings als Hintergrund benutzte. Sowohl die Harley als auch der Boden mussten während des Shootings unbedingt sauber und glänzend gehalten werden – was Calebs und mein Job sein würde, wobei wir gleichzeitig die Haltung der Doubles korrigierten.

»Ich bin mir ganz sicher«, sagte Dexter beharrlich, »dass ich erwähnt habe, dass noch ein weibliches Model gebucht werden muss.« Er gestikulierte in Richtung der Doubles. »Es müssen Funken fliegen. Ich brauche Emotionen!«

»Nun.« Mom faltete die Hände elegant vor ihrem Hosenanzug. »Wie du siehst, ist keines da. Wir werden ohne klarkommen müssen.«

Dexter öffnete den Mund, schloss ihn wieder, was mich an einen verwirrten Boxerrüden erinnerte. Schon wollte ich mich umdrehen und heimlich über diesen Anblick lachen, da fiel blöderweise mein Name.

»Kolly könnte doch …« Dexter gestikulierte in meine Richtung.

Wie bitte? Ich hörte ja wohl nicht richtig! »Nein, Kolly kann nicht«, sagte ich bestimmt.

Allerdings fiel mir gleich darauf ein, was Mom heute in der Küche gesagt hatte. Also konnte ich schlecht ablehnen – aber vielleicht noch mehr für uns herausschlagen. Und dann könnte ich einen Teil meines Honorars an Lexi spenden. So ein Shooting würde ich überleben, ich musste schließlich nur rumstehen und die Jungs hübsch aussehen lassen, oder?

Ich biss mir auf die Unterlippe. »Jedenfalls nicht umsonst«, erklärte ich in einem nachdrücklichen Tonfall. »Das kostet extra.«

»Von hinten macht sie ja einen ganz guten Eindruck«, meinte Dexter, als hätte er mich nicht gehört. Stattdessen strich er sich mit zwei Fingern übers Kinn.

»Dreitausend Dollar«, sagte ich. »Dann mach ich es.«

Ich konnte es nicht glauben. Zwar hatte ich mich zuerst gefreut, dass Dexter mir tatsächlich so viel Geld zahlen würde. Bloß, sobald ich begriffen hatte, welches Outfit ihm für mich vorschwebte, freute ich mich gleich viel weniger. Also trug ich jetzt außer meiner schwarzen Jeans Moms Halstuch zu einem Dreieck gefaltet als Top. Sonst nichts. Unfassbar. Außerdem hatte sie mir die Haare gebürstet und zwar so lange, bis sie wesentlich länger aussahen und ganz glatt an mir herunterhingen.

Mom starrte mich an, als würde sie mich gerade zum ersten Mal sehen.

»Bringen wir es einfach hinter uns.« Ich stand auf, schob mich an Mom vorbei und lief auf nackten Füßen zurück zu Marshall und den Jungs.

Als ich an der Softbox abbog, die das Set wirklich perfekt ausleuchtete, und die Leinwand samt Harley im Blick hatte, traf mich fast der Schlag. Lincoln, Shy und Rae trugen alle nur ihre Jeans, absolut nichts sonst. Ihre Haare waren mit Gel in Form gebracht worden und gerade strich Caleb etwas auf Raes Augenbrauen. Mit Schminke kannte ich mich nicht gut aus, aber das war doch … Wimperntusche für Augenbrauenhaare?

In Zeitlupe glitt mein Blick zu Lincoln. Zu einem oberkörperfreien Lincoln. Bei allen Programmiersprachen … Aus welchem Feuerwehrmann-Katalog war er bitte gefallen? Im Prinzip widerstrebte es mir, ihn so ungeniert anzuglotzen, aber ein anderer Instinkt von mir konnte sich einfach nicht beherrschen. Es fehlte nur noch, dass ich zu sabbern begann. Immerhin schien es ihm nicht unangenehm zu sein, wie ich ihn ansah. Genau genommen starrte er mich ebenfalls an. Ein bisschen, als hätte er mich noch nie zuvor gesehen. So wie Mom eben. Nur auf einer anderen Ebene …

Alles in mir prickelte unter seinem Blick, selbst meine Wimpern flatterten, weswegen ich eilig nach unten sah … direkt in die Region seines trainierten Oberkörpers. Diese ausgeprägten Bauchmuskeln … Brauchte man dafür einen Waffenschein?

Und was für einen Unsinn dachte ich da bitte schön? Innerlich verpasste ich mir selbst eine Ohrfeige, die sich gewaschen hatte. Ich tat das hier für Mom und für Geld. Es war ein Job. Einfach nur ein Job. Lincoln war ein Double, das ich nach Ende des Sommers höchstens noch in den Medien wiedersehen würde. Unsere Welten würden nie wieder kollidieren, und das war auch besser so. Ich hob das Kinn, stellte mir vor, dass ich mit Mom allein in dieser Halle war. Ich brauchte etwas zu tun, also ging ich meine imaginäre To-do-Liste durch.

»Müssen wir Lincolns Tattoo abdecken, oder fotografiert ihr ihn nicht von hinten?«, fragte ich schließlich lahm.

»Ja, übernimm du das ruhig«, rief Caleb mir zu, der immer noch mit Rae beschäftigt war.

Daraufhin drehte sich Lincoln zur Seite, um mir seinen Rücken zu präsentieren. Ein Rücken in ausgeprägter V-Form.

Ich schluckte. Aber was blieb mir anderes übrig? Also schnappte ich mir eine Dose mit Camouflage, die seinem Hautton nahekam, und einen kleinen Make-up-Schwamm. Ein Tribal-Tattoo, wie ich es schon oft am Strand gesehen hatte, doppelt so groß wie meine Hand – und dennoch ließ mich der Anblick schneller atmen.

Lincoln schwieg, beobachtete mich jedoch aus den Augenwinkeln, während ich sein Tattoo abtupfte. Ob es kitzelte? Und wieso interessierte mich das überhaupt? Darauf bedacht, mit meinen Fingern seine Haut nicht zu berühren, arbeitete ich mich bis nach unten vor. Wo ich eben noch viel zu schnell geatmet hatte, blieb mir plötzlich die Luft weg. Einfach weil mir seltsam bewusst wurde, wie nah Lincoln vor mir stand und dass ich ihn mit einem Schwamm berührte.

»Okay, Jungs, ihr macht ein paar Liegestütze, damit eure Muskeln stärker hervortreten. Caleb!« Meine Mutter winkte ihn zu uns. »Kannst du bitte Kolly etwas pudern? Mascara hast du dabei?«

»Das wird gehen.« Auf einmal stand auch Dexter neben mir, nahm mein Kinn in seine Hand, drehte es nach rechts und zurück. »Den Rest holen wir mit einem guten Bildbearbeitungsprogramm raus. Oder wir zeigen sie nur von hinten.« Er zwinkerte mir zu.

Selbstverständlich entwand ich mich sofort aus seinem Ekel-Griff. Na, vielen Dank auch. Ich machte einen Schritt von ihm weg und nahm mir Zeit beim Verstauen von Camouflage und Schwamm.

»Wo soll Kolly denn stehen?«, fragte Lincoln, der offenbar schon fertig mit seinen Liegestützen war. Eine feine Schweißschicht klebte an seinen Brustmuskeln. Ich musste wirklich dringend wegsehen. Andererseits hatte die Gesamtsituation etwas von einer Privatshow, bei der man einfach zuschauen musste.

Nachdem Caleb jedem der Jungs die berühmten Aluminiummasken der Band gereicht und danach seine Pasten und Was-auch-Immer auf meinem Gesicht verteilt hatte, schob er mich in Richtung des Hinterreifens der Harley. Einen Moment hatte ich Angst, dass er mich daraufsetzen wollte, und ich sah mich schon mit dem schweren Gerät umkippen, doch dann bugsierte mich Caleb einfach nach einigen »Hms« und »Ähms« in die andere Richtung, und zwar ganz nach links an Shy und Rae vorbei, vor Lincoln – und mit dem Rücken zur Kamera. »Leg ihm mal eine Hand auf die Schulter und sieh ihn an. Lincoln, du schiebst deine Hände in die Jeanstaschen, dann sind sie nicht im Weg. Ja, ich denke, das kommt gut«, sagte Caleb.

Seltsam, was er unter *gut* verstand. Ich schwitzte auf einmal erbärmlich, tat, was Caleb verlangte, und spürte die Muskeln unter Lincolns Haut. Konnten wir bitte die Klimaanlage einschalten?

»Ja. Das ist es.« Dexter schnippte mit den Fingern. »Und du, Grae… ich meine Lincoln, setz mal deinen Schlafzimmerblick auf. So als würdest du Conny verführen wollen.«

Was? Machte er das, um mich zu ärgern? Schließlich hatte Dexter vorhin noch meinen Namen gewusst.

»Kolly«, sagte Lincoln lahm. »Sie heißt Kolly.« Er blinzelte heftig, so, als wäre er nicht sicher, ob er überhaupt auf dem richtigen Planeten gelandet war.

Tja, so etwas hatte vermutlich nicht in seiner Jobbeschreibung gestanden. Zugegeben, in meiner auch nicht. Was taten wir hier?

Etwas veränderte sich in Lincolns Gesicht – irgendwie trat mehr Leben und ein Glitzern in seine Augen – was trotz der Alumaske, die die Hälfte seines Gesichts verdeckte, deutlich zu erkennen war. Holy Bug, den Verführerblick hatte er wirklich drauf. Ich schluckte. Beinahe konnte man meinen, das hier wäre echt. Genauso wie die Schmetterlinge in meinem Magen. Die hatten die Infomail wohl nicht erhalten, dass das Geflirte von Lincoln lediglich gespielt war. Glücklicherweise fing die Kamera nur meinen Hinterkopf ein, sonst hätte meine Gesichtsentgleisung das Bild ruiniert. Zweifellos.

Immer wieder redete ich mir ein, dass das hier nicht echt war. Lincoln war nicht echt. Er spielte lediglich Graeson. Es war alles nur Fake.

Lincoln leckte sich über die Unterlippe, woraufhin mir beinahe ein Keuchen entfahren wäre. Hatte er eine verdammte Schauspielschule besucht? Mein Kopf fühlte sich so heiß an wie Moms Glätteisen, mit dem ich ab und zu meine Kabel reparierte.

»Und Action.« Caleb klatschte in die Hände.

Im Ernst? Wie viel Action wollte er denn noch? Ich war bereits vollends bedient.

Ohne noch länger zu warten, begann Marshall mit den Aufnahmen. Es klickte. Die Softboxen sirrten, dann wurde das Foto mitsamt dem typischen Blitzen ausgelöst. Es piepte – ehe alles von vorn losging.

Caleb räusperte sich. Er hatte sich an den Rand des aufgebauten Sets zurückgezogen. »Kolly könntest du noch mehr Bewegung reinbringen? Streich mal mit deinen Fingerspitzen über Lincolns Bauchmuskeln.«

Ich musste mich verhört haben. Doch spätestens, als Lincoln ein leichtes Achselzucken andeutete und damit seine Zustimmung gab, streckte ich meine Hand aus. In Zeitlupe fuhr ich mit zitternden Fingern über die geforderte Körperregion. Harte Wölbungen schmiegten sich nacheinander an meine Haut. Kam er mir entgegen? Lincoln sah mir dabei so intensiv in die Augen, als wollte er eine Bombe entschärfen, oder Schlimmeres: ein ernstes Gespräch beginnen. Zitterte seine Unterlippe, oder bildete ich mir das nur ein?

»Bei deinem sexy Blick ist noch Luft nach oben, Lincoln!«, rief Dexter.

Es klickte ein paarmal, ehe sich etwas in Lincolns Gesicht veränderte. Ein sanfter Augenaufschlag, und dann … sah er mich an, als würde es ihn nach mir verzehren. So, als könnte er es nicht erwarten, meine Haut auf seiner zu spüren.

Etwas zog von innen an meinem Bauchnabel. Das war nur gespielt, nur gespielt … Wie ein Mantra sagte ich die Worte wieder und wieder in Gedanken auf.

Lincoln leckt sich über die Lippen. Oh, bei allen Schaltkreisen!

»Leg mal die Hand um ihre Hüfte«, dirigierte Marshall uns.

Was? Nein! Mit aufgerissenen Augen sah ich an mir hinab, spürte gleichzeitig, wie Lincoln die Anweisung umsetzte. Seine Finger auf meiner nackten Haut …

»Kolly, Kinn nach oben«, wies Marshall mich an.

Ich schloss die Augen. Am besten schaute ich nicht hin, ließ meine Augenlider geschlossen. Auch wenn ich dadurch leicht zu schwanken anfing. Mein Herz flatterte. Wie konnte ein bisschen Schauspielerei mich nur derart verwirren?

»Da müssen die Funken fliegen. Kolly, streng dich mehr an. Flirte mit ihm. Kopf zur Seite neigen«, bellte Dexter.

Ich funktionierte nur noch, setzte einen – wie ich hoffte – verführerischen Blick auf. Wir würden es einfach schnell hinter uns bringen. Obwohl ich mir sicher war, dass ich total lächerlich dabei aussah, hielt Lincoln meinen Blick fest. Und ich verlor mich immer tiefer in diesen hellgrünen Augen, die mich an einen verwunschenen See erinnerten. Kam gerade der Boden näher? Als ob er spürte, dass ich gleich wieder zu schwanken anfangen würde, verstärkte Lincoln seinen Griff an meiner Hüfte – hielt mich. Verdammt, warum fühlte sich das so gut an? Mein Körper schien mich verraten zu wollen. An die Scheinwelt von Hollywood.

Lincoln

Am liebsten hätte ich Dexter eine reingehauen. Seine ständigen, absolut dämlichen Anweisungen machten alles nur noch schlimmer. Wie nah Kolly mir war ... Wahrscheinlich hatte ich einfach zu lange keinen Umgang mehr mit Frauen gehabt, weshalb Kolly mir ... so unter die Haut ging. Ich konnte es nicht besser beschreiben. Jedes Mal, wenn ich Kolly ansah, rauschte eine Flut an Emotionen durch meinen Körper. Direkt in diesen blauen Augen zu versinken, machte irgendwas mit mir – viel mehr, als ich jemals zugeben würde. Holy Motherfluffer!

Und jetzt sah sie mich so glühend an, natürlich war alles nur gespielt für dieses Shooting, dennoch bohrte sich ihr Blick tief in meinen. Hitze breitete sich in meinem Nacken aus. Womöglich waren das nur die Scheinwerfer. Oder eben Kolly, die mich in ihren Bann zog. Als sie dann noch die Hand auf meine Körpermitte legte, ihre Finger über meinen Bauch gleiten ließ, geriet mein Körper völlig aus der Fassung. Ein Teil von mir wusste, dass das total hirnrissig war, aber irgendein anderer Teil in mir pochte heftig – und voller Verlangen nach ihr.

Ich musste mich zusammenreißen. Nicht an Kolly in meinen Armen denken, wie sie meinen Körper erkundete – Himmel, woher war das gekommen? Nicht daran denken. An etwas anderes ... Dennoch konnte ich nicht anders. Aus dem Augenwinkel verfolgte ich Kollys Bewegungen. Ihre Finger auf meiner Haut ... Die Berührung ließ mich schwach und stark zugleich zurück. Ich fühlte mich auf einmal, als könnte ich Bäume ausreißen, aber auch zu Boden gehen, wenn sich Kolly von mir zurückzog. So vieles war möglich. *Zu* vieles war möglich ... Ich musste meine freie Hand zu einer Faust ballen, die Fingernägel in mein Fleisch bohren, um mich halbwegs unter Kontrolle zu halten. Mein Unterkiefer bebte, weshalb ich kurz die Augen schloss.

»Flirte mit ihr, Lincoln. Zieh sie an dich. So!« Dexter demonstrierte etwas mit einer unsichtbaren Partnerin, aber ich sah kaum hin.

Kolly an mich ziehen? Sie trug dieses bauchfreie Stück Stoff, das ihre Mutter ihr hinter dem Rücken zusammengeknotet hatte. Wenn ich Kolly an mich zog, würde ich noch viel mehr von ihrer Haut an meiner spüren. Dann konnte ich für nichts garantieren. Aber das hier war ein Job. Ich spielte lediglich Graeson Woollard, und wenn Kolly wüsste, wer ich wirklich war ...

Wieder kämpften zwei unterschiedliche Emotionen in mir um die Oberhand. Gleichzeitig hatte ich Mühe, mich so weit unter Kontrolle zu halten, dass meine Hose nicht eng wurde. Besser ich dachte daran, wo ich landen würde, sollte ich den Job nicht behalten können. Ich atmete tief ein, sah alles vor mir. Die übelsten Viertel der Stadt, einen traurigen Gus ohne echtes Zuhause und ohne eine Zukunft, für die es sich zu leben lohnte.

Kolly setzte einen Fuß, der natürlich ebenfalls nackt war, zwischen meine Beine und drückte sich ganz leicht an mich. Ich dagegen konnte nichts tun, als einfach nur dazustehen und zuzuschauen, wie ihre niedliche Nase, die leicht nach oben zeigte, zuckte. In meinen Ohren rauschte es. Kolly besaß diese Ausstrahlung, um die sie sicher viele beneideten. Sie brauchte keine eng anliegenden Kleider, oder andere Hilfsmittel, damit jeder wusste, dass sie etwas Besonderes war, wenn sie einen Raum betrat. Anders konnte ich es nicht beschreiben. Kolly wirkte einfach. Sie bewegte sich so elegant und selbstbewusst wie sonst nur hochrangige Hollywoodstars. Und sie wusste, wohin es ging. Worauf ihr Leben zusteuerte.

Eine Erinnerung pochte ganz hinten in meinem Kopf. Dexter hatte uns nach dem letzten Abendessen mit hämischem Blick vorgelesen, was Kolly vor Kurzem verbrochen hatte. Sie war eine Hackerin und offenbar eine verdammt gute. Sammelte Beweise gegen Verbrecher, die davongekommen waren. Verbrecher wie mich. Natürlich hatte Dexter sie damit vor uns bloßstellen wollen, aber mich hatte diese Enthüllung eher beeindruckt. Mal ganz davon abgesehen, dass es für mich keine Neuigkeit gewesen war, schließlich hatte ich ihr Insta-Profil gesehen.

Ich nagte an meiner Unterlippe, rieb mit meinem Ringfinger über den kleinen Finger. Kolly war verflucht attraktiv. Das mit ihr sollte ich mir verdammt noch mal aus dem Kopf schlagen. Aus offensichtlichen Gründen. Dazu war sie eine Ablenkung, die ich nicht gebrauchen und laut unserem Agenturvertrag auch nicht haben konnte. Und ich brauchte diesen Job, brauchte das Geld für Gus und mich. Wenn sie herausfand, dass ich im Knast gewesen war – und mich anders ansah als zuvor … Sie würde gehen – sofort. Sicherlich. Ich war ihr erklärtes Feindbild. Und bei ihr würde es mich zerstören. Wieder und wieder sah ich Kolly in dieser Felsspalte vor mir und musste daran denken, wie mir der Schweiß ausgebrochen war.

Nach mehreren schnellen Wimpernschlägen hob Kolly eine Hand an meine Wange. Mit Verzögerung kamen bei mir Marshalls Worte an, die genau das von ihr verlangt hatten. Aber plötzlich wusste ich gar nichts mehr. Nicht, was ich hier tat, nicht, welche unsinnigen Gedanken durch meinen Kopf geisterten, und auch nicht, wo oben und wo unten war. Außer, dass Kolly der Grund für das Durcheinander in meinem Kopf war – das wusste ich mit Sicherheit.

16

Kolly

SIE SAGEN, LIEBE KOMMT VON HERZEN. UND DASS MAN NUR MIT DEM HERZEN GUT SIEHT. ABER WANN BITTE HABEN MENSCHEN DAMIT ANGEFANGEN, SO VIELE GEFÜHLE AUF DIESES EINE ORGAN ZU SCHIEBEN? WARUM IST ES NICHT DIE LEBER ODER DIE NIERE, MIT DER WIR LIEBEN?

»Zeigt doch mal etwas Emotionen, brüllt mal so richtig. Kommt schon, Shy, Rae!« In Dexters Tonlage lag eine Note, die mich ganz kribbelig machte. Nein, nicht kribbelig, sondern aggressiv.

Neben uns spannten sich Rae und Shy an, stießen animalische Laute für die Kamera aus. »Darf ich dich anschreien?«, brüllte Rae Shy an.

»Wenn du das Echo vertragen kannst?«, brüllte Shy zurück.

Rae stellte sich noch ein wenig breitbeiniger hin. »Wenn du meine Faust mit der Nase fangen kannst!«

Ich beobachtete sie aus dem Augenwinkel – wie die zwei offensichtlich so etwas wie Spaß hatten –, denn mein Blick hing weiterhin an Lincolns Augen. Selbstverständlich, denn Marshall wollte es so. Ich schluckte. Meine Finger auf Lincolns Schulter fühlten sich ganz schwitzig an.

»Wow, ein Schrei wie von einem Schmetterling.« Dexter applaudierte, wobei er Rae und Shy spöttisch zunickte.

»Haben wir das Ding bald im Kasten?«, fragte Lincoln.

Daraufhin lachte Marshall, als hätte Lincoln einen Witz gemacht.

»Kolly, schau bitte mal über deine Schulter direkt in die Kamera. Ja, genau so. Langsamer Augenaufschlag. Perfekt, und du, Lincoln, schmachte sie weiter an.«

Stumpf folgte ich den Anweisungen – obwohl stumpf ganz und gar das falsche Wort war, um den Sturm an Emotionen in meinem Innersten zu beschreiben.

»Rae, stütz mal ganz lässig einen Arm auf Shys Schulter ab.«

Rae tat es und fegte bei der Aktion Lincolns Maske von dessen Gesicht.

Ich versuchte angestrengt, nicht in Lincolns Gesicht zu sehen. Etwas umständlich setzte Rae ihm die Alumaske wieder auf.

»Okay, Lincoln, zieh Kolly ganz nah an dich.«

Wahrscheinlich war das der Moment, in dem einfach alles in mir versagte. Von jetzt auf gleich funktionierte ich in keinster Weise mehr, und in mir wallte Hitze wie nie zuvor auf. Nein, oder? Allein die Vorstellung davon, was gleich kommen würde …

»Ich äh … denke, ich brauche eine Pause«, sagte Lincoln.

Gut, das war mir recht. Er löste seine Hand von mir, drückte sich dann an mir vorbei – raus aus dem Scheinwerferlicht. Das war sowieso alles nur gespielt gewesen. War es doch, oder?

Ich sah ihm hinterher, fühlte, wie seine Präsenz verschwand. Warum auch immer blieb ich stocksteif stehen, spielte in Gedanken mehrere Möglichkeiten durch. Das war eine reine Stochastikanalyse. Wahrscheinlichkeitsrechnung. Darin war ich gut. Sehr gut sogar. Und ich kam schnell zu dem Schluss, dass es unwahrscheinlich war anzunehmen, dass all das eben echt gewesen war. Bloß änderte das nichts daran, dass sich mein ganzer Körper nach dieser gespielten Szene taub anfühlte. Was stimmte nur nicht mit mir und meinen Hormonen?

»Käse-Spätzchen?« Moms fragender Ruf holte mich aus meinen Tagträumen zurück. »Trink was. Wenn dir kalt ist, leg dir am besten meine Jacke um.«

Nein, kalt war mir sicher nicht. Aber ich schnappte mir ein Handtuch, das Marshall mir hinhielt, um mir den Schweiß von meinem Dekolleté abzuwischen. Eine willkommene Aufgabe für meine Hände, was mich zurück in die Realität beförderte. Endlich. Kaum hatte ich einmal tief durchgeatmet, kam Caleb angerannt, um mir eine neue Schicht Puder aufzutragen.

»Alle wieder bereit? Wir müssen weitermachen. Versuchen wir mal etwas anderes.« Marshall trieb uns an, als gelte es, den Zeitplan einzuhalten, den ich definitiv im Kopf haben sollte, aber nicht hatte. Nein – bei mir fühlte sich alles oberhalb meiner Nase wie leer gefegt an. »Setzt euch als Nächstes auf das Motorrad. Kolly ganz nach vorn.« Er wedelte mit seiner Kamera, die er vom Stativ abgenommen hatte.

Ohne zu zögern, schwang sich Shy direkt hinter mich auf die Maschine. Na toll. Da wäre mir praktisch jeder andere Bewohner dieses Planeten lieber gewesen.

»Na, ist es für dich auch so schön wie für mich?«, raunte er mir nach wenigen Sekunden ins Ohr.

Hoffentlich ein Witz. Denn sofort versteifte ich mich, und sämtliche meiner Muskeln spannten sich an. »Shy, wenn du mir noch näher kommst, werde ich die Drohung mit der Plastikgabel wahrmachen. Und vergiss nicht, wie einfallsreich ich sein kann.«

»Ich … ähm.« Shy brach ab und sagte lange nichts mehr, was mir tatsächlich etwas Auftrieb verlieh.

Ich lehnte mich nach vorn auf den Lenker, was Marshall als gelungene Pose lobte. Auch wenn ich diesen Job absolut unattraktiv fand, freute ich mich insgeheim darüber. Ich biss mir auf die Lippe. Und ich wusste ja, wofür ich es tat.

»Kolly, lächeln!«, rief mir Marshall zu, tauchte dann hinter der Kamera ab. Das Knipsen hörte allerdings sofort wieder auf. Gut, denn das Geblitze aus den Softboxen löste langsam, aber sicher Gesichtszuckungen bei mir aus. »Also irgendwie funktioniert die Dynamik zwischen Kolly und Shy nicht.«

Na, endlich merkte er es auch. Das hieß wohl, er würde mich aus der Situation retten. Puh, dem binären System sei Dank.

»Ja«, pflichtete ihm Caleb bei, der Marshall sowohl ein Handtuch als auch eine Flasche Wasser reichte, als wäre Marshall in einen Boxkampf verwickelt. »Mit Lincoln hat es mehr harmoniert.« Er gestikulierte mit der freien Hand. »Da haben Funken gesprüht.«

Caleb hatte keinen blassen Schimmer, mit was ich *ihn* gleich besprühen würde, wenn er nicht augenblicklich den Mund hielt. Ich musste mich beherrschen, die heiße Welle, die durch meinen Körper rauschte, auszuhalten – bis sie vorüber war. Das war alles nicht … echt.

Rae rutschte vom Motorrad und machte einen Schritt zur Seite. »Okay, Captain Obvious. Und du, Shy, zieh ab.« Mit hochgezogenen Augenbrauen starrte er Shy an.

Also glaubte er auch diesen vorgespielten Unsinn von Lincoln und mir? Das Blut rauschte in meinem Kopf.

»Stimmt.« Marshall kratzte sich am Kinn. »Gerade kommt eine Vision rein!« Er hob eine Hand, spreizte Daumen und Zeigefinger zu einem L, kniff ein Auge zusammen. »Ja, so könnte es gehen. Shy und Rae, ihr stellt euch hinter die Harley. Und Lincoln setzt sich zu Kolly, aber du, Kolly, drehst dich um, legst deine Beine über Lincolns, sodass ihr euch anseht.«

Bei dem Gedanken brach mir nur ein bisschen der Schweiß aus. Ich halb auf Lincolns Schoß? Am besten ich brachte es schnell hinter mich. Also drehte ich mich um, hielt mich dabei am Lenker fest, der immerhin ein wenig Kühle abstrahlte.

Wortlos glitt Lincoln, der inzwischen wieder zurückgekommen war, vor mich, so als würde er stupide seinen Job abliefern. Er sah mich an, dann meine Oberschenkel, dann wieder mir ins Gesicht, als ob er um Erlaubnis bitten wollte.

Meine Wangen glühten – das konnte ich deutlich spüren –, doch ich nickte. Obwohl sich mein Körper vollkommen taub anfühlte. Als Nächstes spürte ich seine Hände unter meinen Schenkeln, wie er mich an sich zog, meine Beine über seine legte …

Nein, ich konnte das nicht. Das war viel zu nah. Nicht mal für eine gespielte Shootingszene. Hastig rutschte ich vom Motorrad. »Mir wird übel, sorry, Leute. Hab wohl was Falsches gegessen.« Ich hielt mir eine Hand vor den Mund, rannte in gebückter Haltung los. Obwohl ich mich von den Scheinwerfern entfernte, brach mir jetzt erst so richtig der Schweiß aus.

Caleb sprang mir aus dem Weg, würgte bei meinem Anblick selbst, und glücklicherweise hielten mich weder Mom noch Dexter auf, weshalb ich hinter die nächste Pappwand sprang, wo ich versuchte, mein Herz auf eine normale Frequenz herunterzubringen. Was war nur los mit mir?

»Käse-Spätzchen?« Mom kam auf mich zugeeilt, reichte mir ein feuchtes Handtuch. »Leg dir das in den Nacken.«

»Danke, Mom.« Tatsächlich wurde mir jetzt wirklich schwindelig, nicht nur gespielt. Wahrscheinlich durch das ganze Gedankenkarussell. Wie in einem kitschigen Liebesfilm sah ich immer wieder zwei hellgrüne Augen vor mir, wenn ich die Augen schloss.

»Ja, dann eben nur die Jungs«, hörte ich Marshalls Stimme. »Rae, fass dir noch mal so sexy an die Maske, und Shy, setz dich bitte auf den Boden – mittig vor die Harley.«

Ich stieß ein Würgen aus.

»Soll ich dich nach Hause fahren, Schatz?« Mom beugte sich zu mir.

»Nein, ich rufe einfach ein Uber. Danke.« Ich wollte nur weg, steuerte den Ausgang an, wobei ich mir auf dem Weg mein Shirt und meinen Rucksack schnappte.

»Schau nicht so, Linc. Du weißt ja, jede Bombe kann man entschärfen«, hörte ich Shy sagen. »Bei Kolly reicht wie bei jeder Frau schon ein Abschminktuch.« Am Rande meines Blickfelds bekam ich mit, wie Shy, der über seinen eigenen Witz lachte, eine Hand hob, damit Lincoln einschlug.

»Kolly schminkt sich nicht«, antwortete Lincoln, aber da war ich schon halb draußen auf dem Parkplatz. Mein Herz klopfte mir bis zum Hals, und ich wusste nicht mal, warum. Immerhin erwischte ich direkt einen Fahrer, der nur zwei Minuten entfernt durch die Gegend cruiste.

Nur hatte ich absolut keine Lust, nach Hause zu fahren. Zuerst dachte ich daran, Sawyer zu besuchen, aber dann erinnerte ich mich, dass er heute Surfunterricht hatte. Aus einem Impuls heraus nannte ich dem Fahrer Lexis Adresse, lehnte mich im Sitz zurück und presste meinen fast leeren Rucksack gegen mein Gesicht. Holy Bug! War das alles gerade eben echt passiert? Fühlte sich mehr wie ein Videospiel an oder wie in einem Paralleluniversum gelandet zu sein. Konnte mir bitte, bitte jemand sagen, dass wir einen Ausflug in die Matrix unternommen hatten?

Auf dem Weg rief ich bei Lexi an, die natürlich zu Hause bei ihren Katzen war. Tatsächlich freute sie sich auf mich. Offensichtlich merkte sie mir an meinem Tonfall an, dass etwas zwischen mir und den Doubles vorgefallen war.

»Ich will alles wissen, Kolly. Alles. Lass ja nichts aus, wenn du da bist. Nicht die kleinste Kleinigkeit, ansonsten kann ich dir leider keinen Sirup mehr in den Kaffee schütten. Den trinkst du dann schwarz!«

Ihre Drohung entlockte mir ein kleines Lächeln. Blöderweise

schwitzte ich immer noch aus allen Poren, rieb mir alle zwanzig Sekunden über die Stirn. »Geht klar. Aber ich hoffe für dich, dass du etwas zu essen für mich hast, sonst muss ich dir gleich in die Hand beißen.«

17 Kolly

WELCHE FRAGE WÜRDEST DU STELLEN, WENN DU WÜSSTEST, DASS DIE ANTWORT »JA« WÄRE?

»Oh«, machte Lexi wenig später, wischte sich die Hände an ihrem grünen Croptop ab und kippte noch mehr Karamellsirup in meine Tasse. Weit mehr, als ich es je getan hatte. Andererseits war heute auch ein Tag wie kein anderer. »Aber eigentlich sieht's doch gut für dich aus. Drei heiße Typen, die …«

»Mich unglaublich nerven?« Ich hob beide Augenbrauen, während ich unentwegt an meiner Zauberwürfel-Halskette rumspielte. Ich hatte ihr alles erzählt und wieder nur den Namen der echten Band ausgelassen.

»Ähm, aber Lincoln ist nicht so nervig wie dieser Shy?« Sie setzte sich, räumte dabei die Hälfte ihrer Stricksachen mit dem Ellenbogen vom Tisch. Zwei Teetassenhandschuhe samt Schlaufe segelten zu Boden.

»Wahrscheinlich nicht, aber vor allem ist er eins: schwer zu durchschauen.« Ich nahm einen Schluck Karamell-Cappuccino nach Lexis Rezept, umfasste die Tasse mit beiden Händen, verbrannte mir fast die Pfoten, ehe ich so schlau war und in den Teetassenhandschuh schlüpfte, den Lexi angenäht hatte. Ein Handschuh, der mit einem gestrickten Band um die Tasse gelegt wurde. Ungefähr so skurril wie Lexi.

»Außerdem ist er nicht echt. Er spielt nur eine Rolle.«

Lexi runzelte die Stirn. »Kein Mensch ist unecht. Jeder ist genau das, was er sein will. Meistens jedenfalls.«

Kurz dachte ich daran, dass Lexi damit vermutlich recht hatte und ich Lincoln und Rae unrecht tat, aber dann konzentrierte ich mich wieder auf das beste Getränk der Welt. Hm, schmeckte immer wie eine klebrige, süße Umarmung. Jeder sollte sich von Karamell-Cappuccino trösten lassen. Ich nahm einen großen Schluck – und verbrannte mir die Zunge. Autsch!

Lexi lachte, als ich die Zunge rausstreckte, um das verbrannte Fleisch zu kühlen. Nachher würde ich dasselbe Gespräch noch mal mit Sawyer am Telefon führen, und vielleicht konnte ich ihn morgen sogar besuchen.

Komisch, aber auf einmal verspürte ich das seltsame Bedürfnis, die vergangenen Stunden mit meinen Freunden aufzuarbeiten – obwohl ich sonst nicht wirklich viel auf Tratsch und Klatschgeschichten gab und schon gar nicht bereit war, über so etwas wie Gefühle zu reden – wenn es um diese Doubles ging zumindest. Wobei Gefühle zu hoch gegriffen war. Peinlichkeiten und Schweißausbrüche traf es da besser.

Lexi goss sich selbst Kaffee nach. »Also bis zum Labour Day hast du die an der Backe?«

»Exakt. Genau wie dich.« Grinsend überkreuzte ich meine Beine und prostete Lexi zu, die den Kopf schüttelte, aber ein Lächeln dabei nicht verbergen konnte.

Wirklich, es fühlte sich so an, als würde ich Lexi schon seit Jahren kennen und nicht erst seit einem Tag.

»Und jetzt sag schon, Lex. Wie geht's Charlie? Und den anderen Kätzchen?«

Lincoln

»Okay, Jungs. Es geht weiter«, befahl Marshall. Wir würden ohne Kolly die letzten Bilder schießen. Das war gut. Denn dann würde mich niemand mehr durcheinanderbringen.

Wie lange hatte ich Kolly hinterhergesehen, nachdem sie davongerannt war? Ihre Übelkeit war nur gespielt gewesen, eindeutig. Automatisch hob ich eine Hand, um mit den Fingerspitzen über den Ausschnitt meines Shirts zu fahren, nur dass da nichts war. Rein gar nichts. Richtig, wegen diesem verdammten Oben-ohne-Shooting stand ich hier halb nackt in der Hitze der Scheinwerfer.

Offenbar hatte ich mich zu früh gefreut. Obwohl wir jetzt zu dritt vor der Kamera standen, konnte ich Kollys Präsenz praktisch noch fühlen. Die Leuchten brannten genauso heiß auf uns herunter wie eben noch Kollys Blicke auf mir. Verstohlene Blicke und dann direkte, gespielte – für die Kamera. Obwohl sie sich verdammt echt angefühlt hatten. Und ich konnte ihre Hand immer noch auf meiner Haut spüren, sah Kolly klar vor mir, wie sie mich anschaute – als wäre sie wirklich noch hier. Es knipste – viel zu laut und hell, sodass ich mehrmals blinzeln musste.

»Reiß dich mal zusammen, Mann«, wisperte mir Rae zu. »Du bist nicht bei der Sache. Er lässt uns länger hier stehen, weil du ständig abschweifst.«

Hm, ach ja. Marshalls Ermahnungen (Kopf hoch, zu mir sehen …) galten fast ausschließlich mir.

»Ist es, weil du von Kolly einen Korb bekommen hast?«, flüsterte Shy auf meiner anderen Seite.

»Sie hat mir keinen Korb gegeben«, zischte ich zurück.

»Aber sie ist vor dir geflüchtet.«

Das ständige Geblitze um mich herum und diese bohrenden Fragen halfen nicht gerade. Nicht mehr lang und meine Nerven würden freiliegen.

»Ihr ist schlecht geworden«, hielt ich dagegen, obwohl ich es selbst nicht glaubte.

Shy grinste. »Wegen dir. Nein, im Ernst, Alter. Du musst mal wieder Dampf ablassen. Heute Abend gehen wir in einen Club, und wir lassen so richtig schön die Sau raus. Danach geht's dir nicht mehr so nah, was für ein Spielchen Kolly mit dir abzieht.«

Von was für einem Spielchen redete er? Und ich würde ganz sicher kein Mädchen mit nach Hause nehmen, oder was auch immer Shy andeuten wollte. Schon wegen unseres Vertrags nicht.

»Shy hat recht«, kam es von Rae, woraufhin Shy und er ihre geballten Fäuste gegeneinanderstießen.

»Ja, genau so.« Marshall drückte schneller auf den Auslöser. »Und jetzt dreht euch mal um. Nein, du nicht, Lincoln. Die anderen. Rücken zu mir. Und legt eure Unterarme lässig auf Lincolns Schulter ab«, befahl Marshall.

Was hatte er nur immer mit unseren Rücken und Unterarmen? Aber bitte. Wenn wir dadurch schneller fertig wurden. Ich wollte nichts mehr, als mir kaltes Wasser ins Gesicht zu werfen, nach Hause zu fahren, auf meinen Boxsack einzuprügeln und Gus bei seinen Hausaufgaben zu helfen. Auf Mom konnte ich da nicht zählen.

Kolly

Ich griff nach der Packung Cornflakes, die Lexi samt Hafermilch vor mir auf den Gartentisch gestellt hatte. Mom und ich hatten die zuckrigen Dinger nie wieder gekauft, seit wir aus West-Adams weggezogen waren. Diese Mini-Donut-Cornflakes … herrlich. Ich ließ sie mir auf der Zunge zergehen, fischte dann mehrere pinke und gelbe heraus, um sie mir auf die Fingerspitzen zu schieben wie Ringe. Das klappte nicht mehr ganz so gut wie damals, aber immerhin schaffte ich es, sie über vier meiner Fingerkuppen zu drücken.

Lexi lachte. »Du wirst dir gut die Hände waschen müssen, sonst kleben Bacon und Potato gleich noch mehr an dir als gestern schon.«

Grinsend wackelte ich mit den Fingern. »Mach ich.« In meinem Bauch rumorte es. Aber nicht vor Hunger, sondern weil sich ein Gefühl von Nostalgie in mir breitmachte. Fingerringe aus Cerealien. Wie früher!

Weil ich nicht weiter nachdenken wollte, legte ich den Kopf in den Nacken, ließ mir die Sonne ins Gesicht scheinen. Viel besser als vorhin in der Lagerhalle. Hier oben auf Lexis Hügel war alles so entspannt. Was juckten uns die Probleme der Stadt unter uns?

Eine Weile redeten wir über Charlie – der tatsächlich eine positive Prognose vom Spezialisten erhalten hatte.

»Aber die Operation wird uns fünfzehn- bis zwanzigtausend Dollar kosten.« Lexi seufzte.

Ich seufzte. Mist, Mist, Mist. »Wie viel Zeit bleibt uns?«

»Maximal zwei Wochen.«

Ich schwieg, versuchte, alles auszublenden. Wie konnten wir das Problem lösen, das so unlösbar schien wie meine Chemiehausaufgaben aus der zwölften Klasse? Dennoch versicherte ich Lexi, dass wir das irgendwie hinbekommen würden. Aus ihrem angespannten Schweigen konnte ich allerdings ablesen, dass sie selbst nicht ganz daran glaubte.

»Äh, Kolly?« Bei Lexis sorgenvollem Ton schlug ich die Augen auf. »Meinst du, du könntest mich nachher mit deinem Uber mit in die Stadt nehmen? Mein Auto springt nicht an, und ich muss Geld sparen, wo ich kann.« Sie machte eine ausladende Handbewegung in Richtung Katzen.

Ich verstand. »Aber sicher, ich bezahle dir auch das Uber zurück«, sagte ich. »Kein Problem.«

Lexi strahlte, schob sich ihre Flammensonnenbrille in die Haare. »Das musst du nicht, aber danke dir.«

»Was hast du in der Stadt vor? Nicht etwa ein Date?«

»Hah, Date! Was war das noch mal?« Lexi tat gespielt verzweifelt. »Und wer hat für so was Zeit?«

Sie schon mal nicht – klar. »Was willst du dann machen?« Ich leckte den Löffel ab und ließ ihn klappernd in die Schüssel zurückgleiten.

»Eine Frau hat mich angerufen. Sie hat unter ihrer Hecke einen Karton mit jungen Kätzchen gefunden. Glücklicherweise war sie direkt mit ihnen beim Tierarzt und hat sie gefüttert. Aber sie kann sie nicht länger betreuen. Ich werde sie abholen.«

»Mhm«, sagte ich. »Noch mehr Kätzchen? Und die hier sind noch nicht vermittelt?« Da kam einiges an Kosten zusammen. Ganz zu schweigen von Charlies Operation.

Lexi schüttelte den Kopf.

»Okay, Lex, wirf mal den Computer an. Ich zeige dir, wie man eine Webseite erstellt.« Wenn sie sich ein Template runterlud und offline ging, ehe ich mich in ihre Nähe begab …

»Oh, geht das denn schnell?« Sie sah mich aus großen Augen an. »Ich weiß nicht, ob ich die Zeit dazu hab. Taco muss mit der Spritze gefüttert werden und braucht Medizin, und Charlie muss ich für den Tierarzttermin morgen noch …«

»Okay.« Ich hob eine Hand. »Womit kann ich dir dann am besten helfen?«

»Aber du arbeitest heute doch gar nicht?«

Ich winkte ab. »Ich bitte dich. Als ob ich dich damit allein lasse.«

Lexis Gesicht begann, noch mehr zu strahlen als gerade eben. Sie schob mir die Kaffeekanne hin. »Du bist echt meine beste Mitarbeiterin. Darauf kannst du einen pappsüßen Karamellchino nehmen.«

Ich grinste. Schon klar.

»Aber weißt du was?« Lexi spielte am Henkel ihrer Tasse herum, um die sie eine Blumenranke gehäkelt hatte. »Vielleicht sollten wir gemeinsam etwas unternehmen, was dir guttut. Du arbeitest ja praktisch tagsüber den kompletten Sommer durch.«

Ich biss mir auf die Lippe. »Du doch auch.« Nach kurzem Überlegen fügte ich hinzu: »Solange ich mit coolen Leuten wie Sawyer und dir abhängen kann, ist alles okay.«

Lexi nickte. »Bring ihn gern mal mit, wenn du magst. Dann macht dir die Arbeit sicher noch mehr Spaß.«

Gar keine schlechte Idee …

18
Lincoln

UND SOBALD DU DIE ANTWORT HAST, ÄNDERT DAS LEBEN DIE FRAGE. DOCH WIE VIELE FRAGEN KANN EIN EINZIGES LEBEN AM ENDE AUFWERFEN?

Ich hatte mich also überreden lassen. Eben noch waren wir in dieser Lagerhalle am Shooten gewesen, dann hatte ich zu Hause für Mom und Gus gekocht, einen von Moms Lovern vor die Tür gesetzt, trainiert, und jetzt stand ich hier. Mit Rae und Shy in einem verrauchten Club, der noch dazu komplett dunkel war.

»Let's go.« Shy stieß mich an. »Mission *Ein heißes Mädchen für Linc finden* startet.«

Rae klopfte mir so hart auf die Schulter, dass mein Drink überschwappte und ich mir schon Sorgen über den Sitz meiner Perücke machte. »Wie soll ich bei dem Licht hier überhaupt was erkennen, Leute?« Selbst wenn ich wollte. Aber es gab Wichtigeres im Leben als einen Flirt. Ich blinzelte heftig. Nicht daran denken, einfach die Vergangenheit ruhen lassen, Linc.

»Gut, dann spülen wir dir den heutigen Tag eben mit Tequila aus dem Kopf.« Shys Kinn zuckte in Richtung Bar.

»Jungs!«, rief Rae, deutete mit dem Finger auf Shy und mich. »Wer bin ich?« Er räusperte sich, ehe er in verstellter, viel höherer Stimme, die ich insgeheim seine *Clown-Stimme* nannte, fortfuhr: »Wer von euch hat ein Wiener Würstchen in seiner Hose versteckt?« Er riss die Augen auf, wie Kolly es immer tat, und schüttelte entsetzt den Kopf.

Shy musste sich an mir festhalten, so heftig wurde er von einer Lachsalve geschüttelt.

Ich presste die Lippen aufeinander, musste aber dennoch grinsen. »So hat sie das gar nicht gesagt.«

»Komm schon.« Wieder stieß Shy mich in die Seite. »Little Miss Himmelfahrtsnase ist schon irgendwie hot, aber von der Sorte gibt's viele. Besser, du suchst dir eine mit weniger Problemen – und in weniger anstrengend.«

Problemen? Was wusste Shy von Kollys Problemen? Augenblicklich spannte ich mich an. »Weißt du da mehr? Außer diesem Quatsch, den Dexter über sie erzählt hat?« Mist, war mir das gerade echt rausgerutscht? Eigentlich hatte ich das Thema fallen lassen wollen.

»Na ja.« Shy war schon neben Rae an der Bar, quetschte sich zwischen ihn und zwei Jungs mit Baseballcaps. »Irgendwas hat sie. Kommt mir manchmal wie zwei Persönlichkeiten vor. Mal professionell und beinahe freundlich und dann wieder tief in sich versunken. Und dazu diese ›Ich könnte alle deine Passwörter hacken und ein Fake-Tinderprofil für dich erstellen‹-Aura. Äh nö. Mir persönlich wäre das auf Dauer zu anstrengend.«

»Ja, unser Shy hier«, sagte Rae, der dem Barkeeper drei Finger gezeigt hatte, »mag es lieber gaaanz einfach und ist selbst so tiefgründig wie ein Ein-Cent-Stück.«

»Eindimensional ist gut!« Shy schnappte sich den Salzstreuer. »Macht alles supereasy.«

»Was glaubt ihr, übersteht Kolly den Sommer, oder wandert sie in den Jugendknast?« Rae sagte es so beiläufig, dass mir kalt wurde. Jugendknast – an diesen Ort wünschte ich nicht mal meinen schlimmsten Feind.

»Sie muss sich lediglich an die Regeln mit dem Nicht-Hacken halten. Das wird nicht so schwer sein«, sagte ich lahm, während meine Gedanken rasten. Selbst ohne Alkohol fühlte sich mein Hirn wie ein

Karussell, bestückt mit lärmenden Chihuahuas auf Red Bull, an. Mir wurde schwindlig.

Rae zahlte die drei Tequila-Shots. »Die erste Runde geht auf mich.«

Während ich mein Shotglas in der kleinen Pfütze Kondenswasser auf der Theke drehte, bemerkte ich ein Mädchen mit kurzen roten Locken, die auffällig oft in Raes Richtung sah.

»Auf uns und diesen geilen Job!«, sagte Rae.

»Und all die Mädchen, die dieser Job mit sich bringen wird!« Shy hob sein Glas, lachte lauter, als ich es je zuvor bei ihm gehört hatte. »Groupies!«

Wenn sie meinten. Ich bezweifelte, dass unser Arbeitsvertrag das hergab, lächelte aber dennoch und stieß mit ihnen an, ehe ich Gin Tonics für alle orderte. Im Grunde waren die zwei noch Kinder. Sie wussten nichts vom Leben da draußen. Nichts von Gerechtigkeit und welche Monster in diesem Land lebten. Einen Moment wünschte ich mir, so unbeschwert wie Shy und Rae sein zu können. Auch wenn ich wusste, dass es die beiden nicht uneingeschränkt leicht hatten.

»Jo, Linc, siehst du die Kleine da hinten?« Shy deutete mit dem Kopf zur Ecke der Theke. Ein Mädchen, ganz in Schwarz gekleidet, wobei ihr Kleid im Verhältnis zu den anderen im Club nicht ganz so kurz war, mit glatten schwarzen Haaren, spielte an einem ihrer Ohrringe – und lächelte mich dabei an.

»Sie ist nicht unbedingt klein«, murmelte ich zurück, woraufhin Rae stöhnte.

»Darum geht's nicht. Sie steht auf dich, sieh sie dir an.«

Das tat ich ja. Sie wirkte nett und war süß. Und offenbar interessiert. Allerdings berührte sie nichts in mir. Löste weder positive noch negative Gefühle in mir aus. Aber vielleicht war genau das ja perfekt. Einen Abend nichts fühlen, nichts denken. Sich einfach nur treiben lassen, und dann würden mich auch die Jungs in Ruhe lassen.

Rae schubste mich in ihre Richtung. Wieder schwappte mein Gin

Tonic über, und ich stellte ihn auf der Theke ab. Okay, ablenken lassen … Warum nicht?

Ohne unseren Blickkontakt zu unterbrechen, ging ich langsam auf das Mädchen zu. »Hi, ich bin Linc.« Ich lächelte sie an. »Du bist mir von da drüben aufgefallen, und ich hab mich gefragt …« Ich rieb mir über den Nacken. »Ob du Lust hast, mit mir was zu trinken? Ich lade dich ein.«

Sie lächelte dumpf und ein bisschen scheu. »Hi, Linc, ich bin Norma.« Der Name passte gar nicht zu ihr, genauso wenig wie ihre eintönige Stimme, aber sie schien nett zu sein.

»Irgendwie kommst du mir bekannt vor, kennen wir uns?« Sie musterte mich intensiver. Hoffentlich nicht. Es war dunkel hier drin, und ohne Maske erkannte man nicht wirklich Graeson Woollard in mir – fand ich.

»Ich denke nicht. Was trinkst du, Norma? Und hast du vielleicht ein paar Freundinnen dabei, die was mit meinen Jungs trinken würden?« Ich lächelte breiter, hoffte, sie damit abzulenken. Was mir auch gelang.

Zwanzig Minuten später lachte Shy ein wenig zu laut über die Scherze der Mädchen und schüttete dabei seinen Drink auf Normas Kleid.

Mein Augenlid zuckte. Oh no. Schon sah ich Norma komplett ausflippen. Also doch kein ganz so unbeschwerter Abend. Ich zupfte an einer Strähne meiner Perücke, die erstaunlich echt wirkte.

Doch zu meiner Überraschung winkte Norma einfach ab, als sich Shy entschuldigte. »Kein Problem. Das Kleid ist ja eh schwarz. Aber puh, ich glaube, ich müsste mal an die frische Luft.« Sie sah mich an.

Rae gestikulierte mit dem Ellenbogen.

Shys Kopf zuckte.

Seufzend verzog ich den Mund. »Soll ich dich begleiten?«

»Gern.« Norma hakte sich bei mir unter, schmiegte sich an meine

Seite, was mich kurz innehalten ließ. Diese Bewegung erinnerte mich an Kolly und wie sie sich beim Shooting heute an mich gedrückt hatte. Das Glas in meiner Hand zitterte. Glücklicherweise griff Rae im selben Moment danach. »Das nehm ich dir ab. Viel Spaß, Linc.«

Ich warf ihm einen durchdringenden Blick zu. Was glaubte er, was Norma und ich draußen vor der Tür tun würden?

19 Kolly

ES HEISST, GEDULD SEI EINE TUGEND. BLOSS WAS, WENN MAN NICHT LÄNGER WARTEN KANN, UM EINE KATASTROPHE ZU VERHINDERN?

Der Uber-Fahrer setzte Lexi und mich um kurz nach neun bei der angegebenen Adresse ab. Unglücklicherweise schien niemand zu Hause zu sein.

»Das gibt's doch nicht. Lady, bitte machen Sie auf!« Zum wiederholten Mal hämmerte Lexi gegen die Holztür. Hinter uns quietschte der billige Maschendrahtzaun im Wind. Mittlerweile war es ziemlich dunkel geworden, obwohl es in L.A. dank der vielen Lichter natürlich nie komplett dunkel war.

»Hallo?«

»Sie ist nicht da, Lex.« Seufzend trat ich einen Schritt zurück.

»Ich ruf sie noch mal an.« Lexi fischte ihr Smartphone aus der Messengertasche, die sie sich umgehängt hatte.

»Hast du doch schon.« Ich lugte um die Häuserecke. Das Haus und die weißen Latten, mit denen es verkleidet war, hatten schon mal bessere Tage gesehen. »Wir könnten nachsehen, ob die Katzen im Garten sind?«

»Dann wandern wir wegen Hausfriedensbruch in den Knast«, murmelte Lexi, die wie wild auf ihr Handydisplay einhämmerte.

Ich neigte den Kopf. »Wer von uns beiden hat noch mal gute Connections zu einem Richter?«

Jetzt erst sah Lexi von ihrem Handy auf. Ihr Blick fiel auf mein Handgelenk mit dem Tracker. »Und wer von uns beiden ist auf Bewährung?«

»Ganz genau!« Ich hob eine Hand und tat so, als würde ich mit einem Richterhammer auf einen unsichtbaren Tisch vor mir schlagen. »Deswegen gehst du.«

Lexi blinzelte mich an. Ihr Blick huschte zur verlassenen Straße, der funzeligen Laterne in der Nähe, zum Maschendrahtzaun, der bis zum Nachbarhaus reichte, und zurück zu mir. »Also gut.« Stöhnend reichte sie mir ihre Tasche. »Halt das mal.« Dann schwang sie sich, ohne sich noch mal zu mir umzudrehen, über den klapprigen Zaun, drückte sich an einem Dornenbusch vorbei und verschwand hinter dem Haus im Garten. Nichts war zu hören außer ein paar Insekten. Kein Hundegebell.

Um mir die Zeit zu vertreiben, malte ich mir im Kopf aus, wie ich es beim nächsten Fotoshooting, das bald in der Villa der Band anstand, schaffen konnte, Lincoln so oft wie möglich aus dem Weg zu gehen. Sicherlich würde ich kein zweites Mal als Model einspringen – nein, im Gegenteil! Vielleicht konnte ich Mom bitten, die Betreuung der echten Band zu übernehmen, statt die Doubles im Auge zu behalten. Die echten *The Tinfoil Phantoms* wollten meinen Informationen nach das Wochenende im Keller mit ihren Spielekonsolen verbringen, während oben in der Villa das Team eines bekannten Onlinemagazins das Fotoshooting mit den Doubles umsetzen würde. Wenn die echte Band etwas brauchte, Fragen hatte, zum Stand des Shootings oder so … Ich würde mit Freuden den ganzen Tag an der Kellertür stehen – oder auch mitspielen. Weit weg von Lincoln und seinen Blicken. Wieso sah er mich überhaupt immer so an? Manchmal genervt und manchmal so, als würde er etwas in mir suchen, tief in meinen Augen graben. Als wollte ich ihn übers Ohr hauen oder so.

Wieder mal wanderten meine Finger zu dem Würfel an meiner Halskette. Das passierte immer, wenn ich nervös war.

»Sheesh!« Ich hörte Lexi fluchen, ehe ich sie um die Ecke sprinten sah. Ein Hund bellte.

Holy Bug! Ein Hund im Garten – und dem Bellen entnahm ich, dass er nicht erfreut über Lexis Anwesenheit war. Ich lehnte mich an den Zaun, spähte in die Dunkelheit. Sollte ich hinterherspringen? Ich wog meine Möglichkeiten ab. Hund, Lexi, Hausfriedensbruch, Gefängnis ... Ach, scheiß drauf! Ich schwang ein Bein über den Zaun. Und gerade da sprintete Lexi mit einem Karton im Arm auf mich zu. »Nimm sie mir ab! Schnell!«

Ich verstand, rutschte zurück über den Zaun, streckte stattdessen beide Arme aus.

Lexi warf mir die miauende Bananenkiste zu und flog dann im Bocksprung über den Maschendrahtzaun. »Weg hier!«

Ein weißer Hund mit seltsam verformter Schnauze sprang jetzt auf der anderen Seite gegen den Maschendrahtzaun und kläffte wütend. Und das war die Untertreibung des Tages.

Ja, nichts wie weg hier, bevor die Nachbarn noch auf die Idee kamen, nachzuschauen, wieso der Hund so außer sich war. Dennoch prustete ich los, eierte mit dem ganzen Gepäck Lexi hinterher, konnte gar nicht mehr aufhören, vor Erleichterung zu lachen. »Geschafft, du hast es geschafft!«

Wir hielten erst an der übernächsten Straßenkreuzung an.

»Ich kann nicht mehr.« Ich japste nach Luft.

»Lass mich nach den Katzen sehen«, verlangte Lexi. »In meiner Tasche ist eine Coladose, bedien dich ruhig.«

Vorsichtig setzten wir die Bananenkiste auf dem Gehsteig ab. Die Laterne über uns schien mehr Schatten als Licht zu spenden, dennoch erkannten wir zwei bunt gemusterte Kätzchen, sobald wir den Karton anhoben.

»Glückskatzen!« Ich lächelte. Dreifarbiges Fell. Sie blinzelten uns entgegen. Weiße Bäuchlein und am Rücken und Kopf waren beide fast identisch braun-rot gemustert. Ihr Karton stank allerdings erbärmlich. Und ihre Augen waren vollkommen verklebt. Ich war sofort verliebt. Und besorgt.

»Ein totes drittes Kätzchen lag neben dem Karton. Vielleicht von diesem Köter zerbissen, wer weiß«, murmelte Lexi.

Oh. Das war … Wie konnten Menschen so sein? »Die Frau wollte sich doch um die Kleinen kümmern?«

»Tja, manchmal kommt Menschen etwas Wichtigeres dazwischen. Und sie ist nicht die Erste, die im Vorfeld so tut, als würde sie sich um die Katzen kümmern, und dann ist praktisch das Gegenteil der Fall.«

Ich nickte. Menschen, Abgründe. Und wie liebevoll Lexi die kleinen Babykatzen, die kläglich miauten, betrachtete. So langsam begann ich zu verstehen, warum sie es liebte, allein mit dreißig Katzen in einer einsamen Straße oben in Shadow Hills zu leben.

Mit flinken Fingern zog Lexi sich Handschuhe über, um die beiden zu untersuchen. »Gib mir mal was von der Notfalllösung. Dieses Milchgemisch in den Spritzen.«

Nach kurzem Suchen reichte ich es ihr.

»Ich rufe euch ein Uber.«

»Nein, nicht nötig, wir nehmen den Bus. Der braucht auch nicht viel länger. Die zwei hier sehen ganz gesund aus. Bis auf die Flöhe und ihre Augen. Wir schaffen es mit dem Bus nach Hause.«

»Mit dem Bus?« Da würde sie am Ende aber noch ein ganzes Stück laufen müssen. Doch Lexi ließ sich nicht davon abbringen, blieb stur dabei, dass ich genug getan hätte.

Also wollte sie nicht ständig von mir eingeladen werden, und ich respektierte das.

»Na gut, aber ich bringe euch wenigstens bis zur Bushaltestelle.

Vielleicht finden wir auf dem Weg noch eine saubere Kiste für die Racker.«

Tatsächlich stapelten sich kurz vor der Bushaltestelle Getränkekartons an der Ecke zu einer dunklen Seitengasse.

Zu meinem Missfallen strahlte uns von der Bushaltestelle an der beleuchteten Werbeanzeige ein Plakat entgegen, das die Tourdaten von *The Tinfoil Phantoms* verkündete. Genau die mit Masken halb verhüllten Gesichter, die ich jetzt nicht gebraucht hatte. Ich zog die Nase hoch.

»Schau, da hinten.« Ich lief vor, während Lexi die völlig versiffte Bananenkiste samt Babykatzen hinter mir herschleppte.

Sobald wir die Kiste abgestellt hatten, wurde das Miauen lauter. Die Passanten um uns herum schauten schon. Ein paar rauchten vor der Bar nebenan, und auf der anderen Seite stand ein Dutzend Mädels vor einem Nachtclub an. Ich schnappte mir eine Weinkiste, die mit Holzwolle ausgelegt war. »Geht das?«

»Besser wäre ein leichterer Karton.« Lexi schob sich die Haare aus der Stirn. Ihre sonst so korrekt in einer Linie geschnittenen Haare waren etwas durcheinandergeraten. Die Spitzen auf der linken Seite hatten sich in ihren Ohrringen verfangen.

Ich zog die Kiste aus dem Stapel, die sich zum Glück trocken anfühlte. Blöderweise fing es jetzt auch noch an zu regnen. »Schnell, leg sie rein.« Hastig stopfte ich die Holzwolle in einen leichten Karton, der zuvor Getränkedosen beherbergt hatte. An der Seite hatte er zwei breite Löcher, um die Finger hineinschieben zu können.

Nachdem Lexi die Babykatzen hineingehoben hatte, schloss ich den Deckel und legte meine Jacke obendrauf, weswegen ich jetzt wieder nur mein Shirt und darunter Moms Halstuch als Top trug. Niemand von uns hatte an einen Regenschirm gedacht. »Schnell, wir rennen zur Bushaltestelle«, schlug ich vor.

Lexi nickte, hastete bereits los.

Aber irgendwas ließ mich innehalten. Warum auch immer, ich sah mich noch mal nach hinten um. Die Zeit schien langsamer zu verlaufen, ja, sogar die Regentropfen in der Nacht träger zu Boden zu fallen. Wie eine Erscheinung stand er hinter mir. So urplötzlich, dass es eigentlich nur eine Illusion sein konnte. War es aber nicht. Ich starrte Lincoln an. Lincoln! Mein Blick traf seinen. Er war es – mit seiner blonden Perücke. Was bei allen Bots machte er denn hier?

»Oh, da kommt schon der Bus!«, rief Lexi, doch ihre Worte drangen nur dumpf zu mir durch. Ich sah Lincoln an, und er sah mich an. An seiner Seite klebte ein Mädchen in einem schwarzen Kleid. Nein, sie klebte nicht an ihm, es war eher so, dass sie sich mitsamt ihrer ausladenden Oberweite an ihn schmiegte wie Potato an meine Füße, wenn er meine Schnürsenkel ins Visier nahm.

Offensichtlich kamen Lincoln und das Mädchen aus dem Nachtclub. Und es wirkte, als wollten die beiden sich ein ruhigeres Plätzchen suchen für … Das wollte ich mir gar nicht erst vorstellen. Gerade glitt ihre Hand in seine, und sie schmiegte sich noch enger an ihn. Wie sie ihn anhimmelte … Mein Hals wurde ganz trocken. Wobei mir das eigentlich egal sein sollte. Warum auch immer konnte ich mich nicht von dem Anblick lösen. Auch wenn ich einfach umdrehen wollte und auch sollte, anstatt die beiden anzustarren.

Das fremde Mädchen schaute jetzt auch zu mir herüber, offensichtlich verwirrt darüber, dass Lincoln stehen geblieben war.

Ich wagte kaum zu atmen. Irgendwie schien das diese unwirkliche Begegnung nur realer zu machen.

Uns trennte die Gasse sowie ein paar Mülltonnen, dennoch konnte ich deutlich erkennen, wie steif er dastand. Das hier sollte mir egal sein. Nein, eigentlich sollte es mir ganz und gar nicht egal sein, denn Lincoln hatte einen Vertrag unterschrieben, in dem er zusicherte, keine Freundin zu haben. Gut, das mussten auch nicht unbedingt seine Absichten für diesen Abend sein … Mir wurde schlecht bei diesen Überlegungen, und das war der Moment, in dem ich mich zusammenriss. Ich musste gehen, sollte gehen, würde abhauen. Also drehte ich mich um und rannte Lexi hinterher, was sicher wie eine kindische Flucht wirkte, aber eigentlich wollte ich nur schnell Lexi Tschüss sagen. Und natürlich weit weg von Lincoln sein.

»Kolly?« Lexi hielt die Bustür für mich auf. »Alles okay?«

»Lass uns fahren«, keuchte ich, scheuchte Lexi mit der Kiste in den Bus.

»Musst du denn auch in die Richtung?« Lexi runzelte die Stirn, stieg aber ein. Hinter mir schlossen sich die Türen, weshalb ich schnell mit der App ein Ticket löste. »Nein, aber ich wollte hier weg.«

Lexi ließ sich auf einen Dreier-Sitz im Gang nieder, stellte den Karton auf dem mittleren Platz ab. »Hat jemand versucht, dich auszurauben? Du siehst ganz schön durcheinander aus.«

Wirklich? Ich lachte auf, was selbst in meinen Ohren blechern klang. Gar nicht nach mir. Und irgendwie fühlte ich mich auch nicht wie ich. Eine unnötige Traurigkeit schoss wie Gift durch meine Adern, und ich wusste nicht mal, warum. So was passierte mir doch nie. Dann hatte ich eben Lincoln gesehen, wie er ein Mädchen abschleppte. Na und? Weshalb fühlte ich mich nur so … leer? Gebrochen irgendwie?

Schluss mit diesen Gedanken. Ich ließ mich neben den Katzenkarton fallen, strich über meine Jacke, die obendrauf lag und ein paar Regentropfen abbekommen hatte. Immerhin schien es den Babykatzen gut zu gehen.

Dann erzählte ich Lexi alles. Nun ja, wie immer *fast* alles.

»Kolly … Er ist ein Mann. Und na ja, die verhalten sich oft nicht ganz erwachsen in ihren frühen Zwanzigern.«

Nicht erwachsen? Ich sah sie an, wohl wissend, dass Lexi auch in ihren frühen Zwanzigern war.

»Und außerdem«, fuhr sie fort, »weißt du doch gar nicht, ob er sie wirklich abschleppt. Im Zweifel für den Angeklagten und so.«

Ich seufzte. Denn im Grunde hatte sie recht. Und es sollte mir egal sein. Das, was ich heute beim Shooting gespürt hatte, war nicht echt gewesen. »Er kann letztendlich machen, was er will, solange er nicht die Band gefährdet und single bleibt.« Ich sah aus dem Fenster. Und natürlich solange er seine Tarnung aufrechterhielt. Hatte er wirklich vorgehabt, mit diesem Mädchen … nach Hause zu gehen? Wie leicht konnte diese Perücke verrutschen, wenn man nicht aufpasste und die Partnerin in den Haaren wühlte oder daran zog? Beinahe fahrlässig.

Zwar regte mich das und anderes mehr auf, aber das sagte ich nicht laut. Nachdenklich drehte ich an meinem Zauberwürfel. Am besten, ich stieg an der nächsten Haltestelle aus.

»Von hier aus nehme ich mir ein Uber, Lex. Du kommst klar?«

Sie nickte, spähte dann sofort wieder in die Kiste.

»Schreibst du mir später, wie es den Babys geht und was der Arzt zu Charlies OP sagt?«

»Ja, und du schreibst mir bitte jedes Detail aus deinem spannenden Leben.« Lexi wandte noch mal den Kopf. Die Bustüren glitten auf. Ich seufzte innerlich und winkte Lexi mit einem verbissenen Lächeln zum Abschied zu. »Werde ich. Kommt gut heim.«

20 Lincoln

GRUSSKARTENSPRÜCHE BESAGEN, DASS EIN MENSCH ERST WIRKLICH TOT IST, WENN MAN IHN VERGESSEN HAT. ABER WAS BEDEUTET DAS FÜR DIEJENIGEN, DIE JETZT SCHON EINSAM UND VERGESSEN SIND?

Als ich aufwachte, dachte ich zuerst an Kolly. Etwas regte sich neben mir im Bett. Es war nicht mal mein Bett. Aber ich wusste nicht sofort, wo ich mich befand und wie ich hierhergekommen war. Gestern nach dem Club … Ich rieb mir über die Augen. Meine Stirn fühlte sich klebrig an. Kolly hatte mich mit Norma gesehen, und ihr Gesichtsausdruck. Wie enttäuscht sie mich angestarrt hatte. Dabei war das egal, ja, vollkommen egal. Wir waren nur Arbeitskollegen – Kolly und ich. Nicht, dass mit Norma irgendwas gelaufen wäre. Ich hatte mich ziemlich schnell nach Kollys Abgang von ihr verabschiedet. Dennoch nagte ihr Blick immer noch an mir.

Meine Bewährungshelferin sah mich manchmal ähnlich an. Über die Ränder ihrer Brille hinweg. Wie ein Insekt, das es nicht wert war, unter Menschen zu leben. Aber nein, so viel Negativität legte Kolly nie in ihre Blicke, musste ich zugeben.

Neben mir bewegte sich die Bettdecke, und Shys Wuschelkopf tauchte darunter hervor. »Wie spät ist es? Alter, du hast mir übrigens im Schlaf ins Gesicht geschlagen! Und geredet. Von Kolly und von einer Sadie? Wer ist denn Sadie?«

Wirklich? Oh.

Ohne zu antworten, setzte ich mich auf und schwang meine Beine aus dem Bett.

»Soll ich dich das nächste Mal vielleicht zu ihr bringen? Dann haust du mir nachts wenigstens nicht auf die Fresse. Jetzt sag schon, Linc, wer ist Sadie? Ist sie heiß?«

Nein, Sadie, meine Bewährungshelferin – oder wie ich sie nannte: Sadie, die Sadistin – war alles andere als heiß. Außer falls *einschüchternd* das neue *heiß* war.

»Danke, ich komme klar.« Ich stand auf und suchte im Klamottenberg auf dem Teppich nach meinem Handy.

Shy versuchte, das Gespräch zurück auf Norma zu lenken und darauf, wie ich »so eine heiße Braut«, seine Worte, nicht meine, einfach hatte in den Wind schießen können, doch das Thema war für mich abgehakt. »Ist es okay für dich, wenn ich zuerst unter die Dusche springe?«

Nach seinem Nicken flüchtete ich regelrecht ins Bad. Unter der Dusche kam mir wieder und wieder Kollys enttäuschter Blick vor dem Club in den Sinn, auch wenn ich versuchte, ihn auszublenden. Vielleicht waren es wirklich meine Hormone, denn in diesen enttäuschten Kolly-Blick mischte sich auch immer wieder ihr Duft oder die Art, wie sie sich beim Shooting an mich gedrückt hatte. Puh, ich musste echt aufhören, diesen Gedanken zu verfolgen, sonst würde ich ziemlich lange unter der Dusche stehen.

»Weißt du, du musst Kolly einfach mal flachlegen, dann ist das vorbei mit deiner Verwirrung.« Shy leerte die Cornflakespackung, ohne zu fragen, ob ich noch was davon wollte. »Eure Vibes beim Shooting waren echt krass, da ist definitiv eine Anziehung zwischen euch. Aber wenn ihr erst mal in der Kiste wart, ist sie entzaubert, und du kannst wieder klar denken.«

Entzaubert? »Das geht nicht.« Ich rutschte näher an den Tisch heran. In Shys Schauspielerwohnheimzimmer standen lauter nicht zusammenpassende Möbelstücke, und mein Stuhl war eindeutig zu hoch für den Küchentisch. »Überleg doch mal. Wenn man uns erwischt, würde man mich feuern, und ich brauche den Job. Meine Mom ist arbeitslos, und ich will nicht, dass mein kleiner Bruder … nichts hat.« So wie ich damals.

»Und genau deshalb …«, Shy leckte den Löffel ab, deutete dann damit auf mich, »dürft ihr euch natürlich nicht erwischen lassen. Und es sollte besser eine einmalige Sache bleiben. Wird sonst nur viel zu kompliziert.«

Ich stöhnte. Was für ein Unsinn kam jetzt wieder aus Shys Mund?

»Verführ sie. Sag ihr was Romantisches, wie dass ihr Romeo und Julia seid, verbotene Liebe und so. Danach liest sie dir jeden Wunsch von den Augen ab. Das war dann ein verdammt geiler Sommer, und du bist die Gedanken an sie los. Rufst sie nie wieder an.«

Funktionierte so etwa Shys Welt? Wer hatte ihn so verletzt, dass er jetzt Mädchen ausnutzen musste, und das auch noch für cool hielt?

»Alter …«, begann ich, sprach aber nicht weiter. Stattdessen widmete ich mich kopfschüttelnd den Cornflakes, die wir mit Wasser aßen, weil Shy es versäumt hatte, Milch zu besorgen. »Aber jetzt im Ernst. So verhält man sich nicht. Ich würde das Kolly nie antun können. Das war'n Scherz, oder?«

Shy zuckte bloß mit den Schultern. »Mein ganzes Leben ist ein Scherz.«

Ich hakte nicht nach, dafür kannten wir uns noch nicht lange genug.

Kolly

Missmutig zupfte ich an dem navyblauen Rock. Mom hatte mich dazu überredet. Obwohl sie wusste, dass ich, wenn überhaupt, nur braune Röcke trug. Aber sie meinte, wir sollten uns dem angesagten Magazin gegenüber so professionell wie möglich geben. Also trugen wir heute zueinander passende Outfits. Sie einen dunkelblauen Hosenanzug mit weißer Chiffonbluse, ich einen Rock in derselben Farbe und ebenfalls eine luftige Chiffonbluse mit kurzen Ärmeln und einer Schleife am Kragen. Da ich gestern durch meine Flucht vom Set schon eine töchterliche Enttäuschung abgegeben hatte, ertrug ich es einfach. Immerhin waren wir zu zweit, und es würde noch eine Weile dauern, bis Dexter und die Doubles eintrafen.

Während ich mir verbot, an Lincoln zu denken – und vor allem daran, wo und wie er die Nacht verbracht hatte –, starrte ich auf mein Handy. Entsetzte Smileys tauchten in der Nachrichten-App auf. Sawyer kommentierte mein Morgenselfie an ihn, auf dem mein Outfit zu sehen war. Genau deshalb hatte ich ihm das Foto geschickt. Auf Sawyer war Verlass. Seine Smileys hoben meine Stimmung ein bisschen, und ich stieg neben Mom in die Gondel.

Wer bitte hatte an seinem Hang in den Hills schon eine Gondel, die Gäste vom Parkplatz bis nach oben zur Villa brachte? Ja, genau – unsere Klienten. Die Band *The Tinfoil Phantoms*, die alle drei in dieser Villa wohnten, die offensichtlich zu viel von allem hatte. Okay, kein Problem. Das war lediglich eine Gondel, kein Aufzug. Und sie bestand hauptsächlich aus Glas – nichts, was mir oder meiner Platzangst bedenklich vorkommen sollte. Dennoch zählte ich im Binärsystem zur Sicherheit bis zwanzig, um mich abzulenken. Ruckelnd fuhr uns die Gondel am untersten Stockwerk vorbei, dann zum mittleren und hielt oben am Haupteingang.

An jedem Stockwerk, das in den Berg gehauen war, gab es einen Pool oder einen Whirlpool zu bestaunen. Hinter dem Haupteingang lag sogar ein riesiger Infinity-Pool, und überall auf dem Rasen waren die merkwürdigsten Modern-Art-Kunstwerke verstreut. Ich entdeckte einen Schneemann mit einer Geige, einen Dalmatiner, der einen kleinen Menschen Gassi führte, und eine Godzilla-Statue, die unter seinem rechten Fuß Gartenzwerge platt drückte. Genau mein Humor. Obwohl es schon etwas drüber war. Ich erinnerte mich daran, dass es hier sogar eine Gokart-Bahn, eine Hüpfburg und ein Bällebad geben sollte. Ein schräger Impuls in mir verlangte sofort, dass wir uns dieses Bällebad ansehen sollten.

Mom tippte auf dem Tablet herum, knibbelte dann an der schwarzen Lederhülle.

»Das wird sicher super. Sie werden sehr zufrieden sein«, versuchte ich, sie zu beruhigen.

Nur glaubte ich selbst nicht so ganz daran. So weit waren die Jungs noch nicht in ihrer Ausbildung. Obwohl die Bilder vom Motorradshooting gar nicht mal schlecht aussahen. Blöderweise wurde mir immer noch heiß, wenn ich an die Fotos dachte, auf denen mir Lincoln viel zu nah war. Ihn kümmerte es wahrscheinlich weniger. Schließlich hatte er gleich in ähnlicher Weise mit diesem Mädchen in der Stadt weitergemacht. Ich presste die Lippen aufeinander. Besser, ich hörte auf, darüber nachzudenken.

Mom fuhr sich mit einer Hand über die Augenbraue. »Das wird es sicher, Käse-Spätzchen. Ich hoffe nur, Dexter schafft es bald mit den Doubles aus dem verflixten Stau.«

»Werden sie. Du kennst doch Dexter. Der boxt sich da schon durch.«

Mom lächelte mich an. Wow, das … war lange nicht mehr vorgekommen, und plötzlich verspürte ich den Wunsch, dieses Wunder noch mal zu wiederholen. Aber nicht, indem ich heute mit vollem

Körpereinsatz glänzte. Glücklicherweise hatte Mom mir erlaubt, mich während des Shootings im Hintergrund zu halten, was meinem Plan, Lincoln aus dem Weg zu gehen, entgegenkam. Bloß sollte ich dafür Dexter assistieren, der den Doubles alles zu seiner Vision erklären wollte, bevor das Kamerateam eintraf.

Auf jeden Fall würde das ein langer Tag werden. Mit Lincoln und Dexter. Aber vor allem mit Lincoln. Hastig blinzelte ich die Bilder von gestern Vormittag und gestern Abend aus meinem Kopf.

Nachdem die Gondel quietschend angehalten hatte, griff ich mir – zugegeben etwas übertrieben – an die Brust und atmete mehrmals tief ein und aus. Alles war gut, nichts passiert. Kein Grund für Platzangst. Mom und ich wechselten einen Blick, stiegen aus der Gondel und klingelten an der Tür.

Eine Frau mit grauen Strähnen im dunklen Haar öffnete uns die Haustür. »Hallo, Mrs Sterling und Miss Sterling. Ich bin Almeda, die Haushälterin.« Sie verneigte sich. »Mr Dexter Woollard hat mich informiert.«

Okay? Vor mir hatte sich vermutlich noch niemals im Leben ein Mensch verneigt. Ob diese Almeda Dexter mochte? Vermutlich zahlte er hier alles und wusste über jede Bewegung Bescheid. Schließlich war er Graesons Dad und zudem Manager der Band. Ich sah auf ihr freundliches Gesicht hinunter. Der mütterliche Blick in ihren Augen machte sie auf jeden Fall sehr sympathisch. Ihre Schürze spannte ziemlich über dem hellblauen Kittel, aber jeder konnte die Lebensfreude, die von ihr ausging, spüren, da war ich mir sicher.

»Mr Dexter hat mir viel von Ihnen beiden erzählt und wie sehr Sie ihn in den Weißkohl getrieben haben.« Zwar hielt sich Almeda eine Hand vor den Mund, konnte damit ihr Grinsen aber nicht vollständig verbergen.

»Zur Weißglut?«, verbesserte Mom halbherzig, die ihr Grinsen auch nicht mehr verbergen konnte. »Stets zu Diensten.«

Leider konnte ich nichts zu diesem Gespräch beitragen, da ich damit beschäftigt war, eine Lachsalve zu unterdrücken. Dexter hätte ich wirklich gern in den Weißkohl getrieben. Bei allen Schaltkreisen, ich musste aufhören, mir Dexter mit einem Weißkohl auf dem Kopf vorzustellen. Jetzt gleich.

»Sí, sí, sí!« Almeda kicherte. »Weitermachen.«

Oh. Ich verstand. Wahrscheinlich würde Almeda heute die Einzige von uns sein, die einen guten Tag hatte, indem sie sich über Dexter amüsierte.

Mom warf einen Blick über ihre Schulter. »Sollen wir die Gondel wieder hinunterschicken? Sicher kommt Dexter gleich mit den Doubles.«

»Ach.« Almeda winkte ab. »Der soll laufen.« Offenbar scherzte sie, denn gleich darauf drückte sie auf einen Knopf, woraufhin sich die Gondel am anderen Ende des runden Vorplatzes in Bewegung setzte. Der Vorplatz und die Eingangstür, die nach Osten ausgerichtet und eher im spanischen Stil gestaltet waren, wollten nicht so recht zum Rest des Hauses mit den spiegelnden Glasfassaden passen.

»Bitte treten Sie ein.« Almeda machte einen Schritt zur Seite, nahm uns die Taschen ab und auch Moms Blazer, den sie allerdings nur unter Protest hergab.

»Bitte, Mrs Sterling, es ist Sommer und die jungen Herren immer locker angezogen.«

»Nun, ich kann ihn einfach wieder überstreifen, wenn die Filmfirma anrollt. Sie geben uns dann Bescheid, Almeda?«

»Sicher, sicher. Ich sage den jungen Herren, dass Sie da sind. Möchten Sie einen Kaffee?«

Mom schüttelte den Kopf, aber ich nickte. »Wäre ein Iced Latte machbar? Und haben Sie Karamellsirup im Haus?«

»Machbar?« Almedas Augen leuchteten. »Für mich alles und erst recht so eine winzige, einfache Bestellung. Kleinigkeit.«

»Danke!« Ich mochte sie jetzt schon.

»Nichts danke!« Obwohl sich Almeda abwehrend gab, sah ich die Freude in ihrem Gesicht. Sie führte uns durch den gewaltigen Flur, durch den ein kühler Luftzug ging, bis zur Küche. Ein Junge, nur mit Badeshorts bekleidet, schloss gerade den enorm großen Kühlschrank. Aus seinen Haaren und der Shorts tropfte Wasser. Ich warf einen Blick nach rechts, wo sich das Wohnzimmer durch bodentiefe Glasfenster in Richtung Garten und Pool öffnete. Die Schiebetüren standen offen. Weiße Gardinen wehten in der Brise – genau wie meine Haarspitzen, die in meinem Mund landeten und die ich mir mühsam daraus herauspulen musste. Im Pool schwammen mehrere Gummibasketbälle zum Aufblasen, und ein Basketballkorb stemmte sich am Rand gegen den Wind. Überall konnte ich nasse Fußabdrücke erkennen, sowohl drinnen als auch draußen. Der Junge beachtete uns nicht, rührte in seinem Glas voller Eiswürfel und Milch. Von hinten sah er Shy zum Verwechseln ähnlich. Bei genauerer Betrachtung war er allerdings deutlich dünner. Biggy Heighat, der Bassist der Band.

»Almeda, wir haben keinen Cream Cheese mehr«, sagte er, ohne aufzusehen.

»Oh, kein Problem, Mr Biggy.« Almeda winkte ab. »Im Vorratsraum ist noch ganz viel davon. Auch Ihre Lieblingssorte.«

Für eine Millisekunde blickte sich Biggy nach uns um. Tatsächlich waren seine Locken oben auf dem Kopf insgesamt länger als bei Shy. Die Seiten trug er jedoch exakt gleich kurz rasiert. »Und?« Seine Miene blieb unergründlich.

»Cream Cheese. Ich eile«, fügte Almeda hinzu und wandte sich ab – nur um vollkommen entspannt, praktisch in Zeitlupentempo, tiefer in die Villa zu schlendern.

Ohne ein weiteres Wort stiefelte auch Biggy los, vorbei an der Kücheninsel bis zu einer Treppe kurz hinter der offenen Küche, die nach unten führte.

»Videospielmarathon«, flüsterte mir Mom zu.

»Unhöflich«, flüsterte ich zurück, sah sie von der Seite an. Anstatt einem Videospielmarathon beizuwohnen, hätte ich den Vormittag ja lieber im Bällebad verbracht. Was die Villa wohl noch an coolen Gadgets bereithielt? Jedenfalls war das ein unglaubliches Zuhause. Und der Ausblick erst! Hinter dem Infinity-Pool öffnete sich der Blick auf die Stadt. L.A. lag uns wieder mal zu Füßen. Bei dem Gedanken musste ich unwillkürlich lächeln, obwohl ich für schicke Villen sonst keinen müden Augenaufschlag übrig hatte.

Zu meinem Leidwesen brachte Almeda nicht nur den Cream Cheese, sondern auch Dexter, Caleb und die Doubles zurück ins Wohnzimmer. Dexter ließ Almeda noch nicht mal Zeit, Biggys nasse Hinterlassenschaften wegzuwischen, stattdessen warf er ihr sein Jackett zu. »Kein Problem, Mr Woollard, ich kann fangen«, sagte sie dumpf mit dem Gesicht unter dem Futter. Dann legte sie sich die braune Jacke ordentlich über den Arm und zwinkerte mir zu.

Währenddessen hob Rae eine Hand, um mir und Mom zuzuwinken. Shy sah sich auffällig um, machte ein paar Schritte auf den Garten zu. Neben ihm starrte Lincoln mich einfach nur an. Mit einem Blick, den ich schwerer lesen konnte als Calebs handschriftliche Notizen.

Lincolns Anwesenheit veränderte etwas in der Atmosphäre im Raum. Unwillkürlich dachte ich an das letzte Mal, als ich ihn gesehen hatte. Gestern Abend, mit dieser hübschen Frau am Arm …

»Wir brauchen einen Plan für die körperliche Verfassung von Shy«, flüsterte Mom mehr zu sich selbst. »Dexter hatte recht.«

Wie? Als mein Blick auf Shy fiel, der gerade Lincoln in die Seite stieß und auf den Pool zeigte, so als würde er hier einziehen, fiel es mir wieder ein. So hart es klang, aber Shy würde abspecken müssen. Doch wer von uns sagte ihm das?

»Lange coole Mäntel fürs Shooting?«, schlug ich vor. »Die kaschieren, dass Shy breiter ist.«

»Uns wird nichts anderes übrig bleiben«, sagte Mom tonlos. »Notfalls Bildbearbeitung. Oder aufgeknüpfte Hemden, das geht immer. Hast du den Steamer eingepackt? Die Hemden werden Knitterfalten haben. Und bei Rae müssen wir das Sixpack kaschieren, besser er trägt es nur halb aufgeknüpft.«

»Äh … den Steamer?« Hatte ich natürlich nicht. Unter der ganzen Anspannung hatte ich das Ding nicht mehr aus der Lagerhalle abgeholt, wo es nach dem Shooting liegen geblieben war. Es war keine Zeit gewesen. Und ich hatte nicht an einen Ersatz gedacht. Sofort wurde mir wieder heiß. Ich hatte einen Fehler gemacht. »Vielleicht hat Almeda ja einen Steamer oder zumindest ein supergutes Bügeleisen.«

»Gute Idee, Käse-Spätzchen.«

In dem Moment fühlte ich Lincolns Blick auf mir, weswegen ich Mom nicht mehr darum bat, sich diesen Kosenamen zu sparen. Vielmehr war ich jetzt damit beschäftigt, Lincoln zu ignorieren. Ich starrte zur Seite, Richtung Pool. Hier zu leben, musste ein Traum sein. Und mindestens genauso realitätsfremd. Das hier war nicht das normale, das echte Leben. Das hier war fake.

21 *Kelly*

ES HEISST, ALLE TRÄUME KÖNNEN WAHR WERDEN, WENN WIR DEN MUT HABEN, IHNEN ZU FOLGEN. DOCH WAS, WENN MAN NOCH NIE IN SEINEM LEBEN MUTIG WAR?

In der Spiegelung der Terrassenfenster fiel mir auf, dass Mom Dexter mit zusammengezogenen Augenbrauen betrachtete.

»Woah, der Pool!« Rae strich sich mit beiden Händen über die kurz geschorenen Haare. Glücklicherweise würden wir hier nichts ändern müssen. Seine Stoppeln waren genauso kurz wie Zacs, den ich erst gestern auf der Werbeanzeige für die Tour der Band gesehen hatte.

»Können wir, bevor wir anfangen, eine Arschbombe reinmachen?«

Meinte Shy das ernst? Als ob Dexter dem zustimmen würde.

Irgendwo hinter mir schob Caleb Kisten über den Boden, um seine improvisierte Garderobe einzurichten.

Ich räusperte mich, doch Dexter schien gerade eine Vision oder so zu haben, denn er sah sich überall in dem riesigen Wohnzimmer samt Küche um, tippte sich ans Kinn, anstatt auf die Jungs einzugehen. »Das wird nicht gehen«, murmelte er. »Wir brauchen hier mehr Chaos. Mehr kreatives Chaos.«

Wie bitte? Aber vielleicht war das meine Chance. »Dexter? Kann ich dir bei irgendwas helfen? Soll ich eine Liste mit Wünschen der Band zusammenstellen, wie sie die Fotos haben möchten?« Vielleicht konnte ich dann einfach untertauchen.

Dexter schüttelte den Kopf. »Die habe ich schon, Holly.«

Richtig. Die hatte Mom zusammengestellt. Ich presste die Lippen aufeinander, verzichtete jedoch darauf, ihn wegen meines Namens zu korrigieren.

»Sie heißt Kolly«, schaltete sich Lincoln ungefragt ein. Allerdings sah er mich nicht dabei an. Toll, als ob ich nicht selbst den Mund aufbekommen hätte, um für mich einzustehen. Konnte er nicht wie Shy und Rae auch ... am Pool spielen? Moment mal, was machten die beiden da? Mit aufgerissenen Augen verfolgte ich, wie die zwei zum Beckenrand sprinteten und sich auf dem Weg dorthin die T-Shirts über den Kopf zogen.

Nein, nein! Ich gestikulierte zu Mom, die Rae und Shy am nächsten war, doch sie sah nicht in meine Richtung.

»Kolly, ja. Gut, dass du fragst. Ich denke, du bist genau die Richtige, um hier ein wenig Chaos reinzubringen.«

Was? Hatte ich Dexter gerade richtig verstanden? Aber das musste warten. Denn die Jungs schleuderten schon ihre Schuhe von sich.

»Holy Bug.« Ich hechtete los. »Macht eure Haare nicht nass! Wir haben gleich die erste Anprobe ... Stopp!«

Zwar hopste Rae noch ein Stück auf einem Bein, während er sich die Hose auszuziehen versuchte, doch dann blieb er stehen, hielt sogar Shy am Arm zurück. »Tut uns leid, Kolly!« Tatsächlich hatte Rae ein zerknirschtes, schiefes Lächeln aufgesetzt. »Du hast recht. Kommt nicht wieder vor.«

Hm ... Misstrauisch blinzelte ich gegen das Sonnenlicht an. Möglicherweise hatte er eingesehen, wie kindisch die Aktion war.

»Du und Lincoln«, sagte Dexter wie aus dem Nichts ganz nah bei mir. Wie? Hatte ich irgendwas nicht mitbekommen? Das Blut rauschte so laut in meinen Ohren, es konnte durchaus sein, dass ich da ganze Sätze überhört hatte. Mein Blick glitt zu Lincoln, der mit verschränkten Armen an der Kücheninsel lehnte.

»Ihr zwei, genau. Bringt hier ein bisschen Flair rein. Etwas Chaos, das die Jungs sympathisch macht.« Dexter stemmte die Hände in die Hüften. »Das hier wird das Hauptthema der Serie sein. Das Wohnzimmer. Der Dreh- und Angelpunkt unserer kleinen Bandfamilie. Dort, wo sich die Jungs die meiste Zeit über aufhalten.«

»Äh«, warf ich ein. »Gerade eher nicht, oder? Sind sie nicht genau jetzt im Keller und zocken im Heimkino? Gehen ihrer Lieblingsbeschäftigung nach?«

Dass das offenbar ihr Lieblingsort im Haus war, überging Dexter geflissentlich. »Ihr zwei. Holt ein paar dieser Actionfiguren aus dem Spielzimmer oben auf der Galerie. Irgendwo im Haus steht auch ein lebensgroßer Iron Man. Der muss hier hingestellt werden, ja, genau hier. Das macht uns authentischer. Vielleicht noch ein paar witzige Kissen auf dem Sofa?«

»Getragene Unterhosen geben immer viel Flair ab.« Lincoln nickte ernst.

Entweder hatte Dexter ihn nicht gehört, oder er ignorierte ihn so wie ich.

»Mhm?« Ganz leicht zuckte Dexter zusammen. »Ja, sehr schön. Macht nur.«

Also Ersteres. Beim binären Zahlensystem – wie sollte ich diesen Tag überstehen? Dank meiner eisernen Selbstbeherrschung schaffte ich es, ein Augenrollen zu unterdrücken. In diesem Moment sehnte ich mich mehr als alles andere nach einem ruhigen Sommertag mit Sawyer. Oder mit Lexi und den Katzen. Oder vielleicht sollte ich wirklich beides kombinieren? Sawyer fragen, ob wir uns bei Lexi treffen wollten? Sicherlich würde er mitanpacken und den Katzen helfen.

»Nimmst du die getragenen Unterhosen oder ich?«, raunte mir Lincoln zu.

Ohne es zu wollen, musste ich bei seiner Frage schmunzeln. »Das war deine geniale Idee, ich stehle dir da sicher nicht den Orden, den du für diesen Einfall zweifellos verliehen bekommen wirst.«

Kurz starrte mich Lincoln einfach nur an, und ich überlegte schon, ob ich ihn durch irgendeine Äußerung verletzt haben könnte, doch dann zeigte sich ein breites Lächeln auf seinen Lippen. »Also … viel Spaß mit Iron Man.«

Am Ende schleppten wir Iron Man zu zweit ins Wohnzimmer, denn der stellte sich als verflucht schwer heraus.

Neben ein paar Kissen von Marvel und anderen Filmen hatte Mom noch einen Videospielsessel mit Controller herausgesucht, sodass es wirkte, als würde die Band nur eine einzige Konsole und Controller besitzen. Hm, nein, das würde uns niemand abkaufen.

Lincoln und ich schoben Iron Man vor die Kücheninsel, banden ihm die Küchenschürze um, die uns Dexter reichte – für sympathisches Chaos-Flair. »Wir brauchen mehr Controller«, erklärte ich mit einem Nicken zum Fernseher. In diesem Moment drückte mir Almeda meinen Iced Coffee in die Hand, was ich mit einem dankbaren Nicken quittierte. Wie himmlisch er schmeckte. Einfach perfekt.

»Richtig. Geh am besten in den Keller und klopf bei den Jungs. Sie haben Dutzende da unten rumliegen. Folg einfach dem Geschrei und dem Geräusch von Maschinengewehren. Letzte Tür im untersten Geschoss.« Dexter wedelte mit einer Hand zur Treppe.

»Ich begleite dich.« Lincolns Stimme zitterte kaum merklich.

Als ich mich zu ihm umdrehte, fuhr er sich etwas fahrig durch die dunklen Haare.

Dexter stieß einen abschätzigen Schnalzlaut aus. »Nein, dich müssen wir langsam in die Garderobe bringen. Keine Zeit zu verlieren.«

Achselzuckend wandte ich mich um. Dann eben so. Wie schwer konnte das sein, drei Gamern zwei Controller abzunehmen? Gut, wenn man es so formulierte … Blöderweise ertappte ich mich dabei, wie ich Lincoln hinterhersah, der von Dexter in die Umkleide nahe der Kellertreppe geführt wurde. Hatte Lincoln mir etwa einen Hilfe suchenden Blick zugeworfen? Wollte er um Rettung vor Dexter flehen, oder – mein Herz machte einen kleinen Satz, was natürlich absolut unsinnig war – wollte er mit mir reden? Wegen gestern Abend? Vielleicht irgendwas erklären? Energisch schob ich den Gedanken fort. Das spielte alles absolut keine Rolle. Selbst wenn das Mädchen von gestern seine Cousine oder so gewesen wäre. Zugegeben, eine sehr anhängliche Cousine …

Mit Dexters Wegbeschreibung fand ich immerhin schon mal den engen Flur. Beige Wände, beiger superweicher Teppich und Stimmen, die sich Befehle zuriefen, als müssten sie in eine Schlacht ziehen.

Natürlich tat sich nicht auf magische Weise eine Tür zu einem zweiten Spielzimmer voller Controller auf, sondern nur ein Billardraum, weshalb mir nichts anderes übrig blieb, als an der letzten Tür zu klopfen, aus dem der ganze Lärm drang. Einfach eloquent durchziehen. Videospiele waren doch genau mein Ding, und den Rufen nach zu urteilen, spielten sie Sawyers Lieblingsspiel. *Call of Ashes*. Das war meine Welt. Mein und Sawyers Spiel. Nichts, was millionenschweren Superstars vorbehalten war. Also straffte ich die Schultern. Das da drin waren auch nur Menschen, ganz normale Jungs. Und wie bei meinem Zusammenprall mit den Kasobians verspürte ich auch jetzt keine Scheu vor Promis.

»Hey, Jungs, kann ich reinkommen?« Ich wartete kurz. Das Geschrei ebbte nicht ab. Sie brüllten wenn möglich sogar noch lauter.

»Linke Flanke!«

»Randy Mandy macht alles kaputt!«

Aha.

Ich drehte am Türknauf, steckte meinen Kopf ins Zimmer hinein. Tatsächlich war das Heimkino wie ein nach unten abfallender Kinosaal gestaltet, und ganz vorn auf dem Boden saßen die drei Jungs, die mir von so vielen Plakaten in der Stadt entgegenlächelten. Oder von den Gesichtern ihrer Doubles. Nur dass sie in diesem Augenblick nicht lächelten. Graeson, Zac und Biggy lungerten umgeben von Chipspackungen am Boden vor drei flauschigen, aber niedrigen Sesseln herum. Alle starrten zu mir statt zur Leinwand, wo gerade ein Monster mit Tentakeln mit einem Fleischermesser auf einen Cowboy einstach.

»Hi.« Ich hob eine Hand. »Dexter schickt mich. Wir brauchen noch zwei oder drei Controller für das Shooting.«

Zac, der einen Kuh-Onesie trug, deutete auf die Wand. Die Ähnlichkeit mit Rae war verblüffend. Bis er den Mund öffnete. »Da drin.« Oh. Zac trug neuerdings eine feste Zahnspange? Mir wurde heiß und kalt zugleich. Wieso hatte Dexter das nicht erwähnt? Wir hatten für diesen Fall keinerlei Requisiten im Gepäck. Holy Bug! Ich würde Dexter den Hals umdrehen.

Aber erst mal nickte ich nur höflich und steuerte die gezeigte Wand mit dem Regal an, in dem sich auch einige Schubladen befanden. In der Ecke daneben poppte ein Popcornbehälter fröhlich vor sich hin. Sie hatten hier sogar eine kleine Küche? Eine schicke noch dazu – aus schwarzem Marmor mit dunkelbraunem Holz.

Mich hätte es nicht gestört, wenn sie weitergespielt hätten, doch das taten die Jungs nicht. Stattdessen spürte ich ihre Blicke in meinem Rücken. Ob sie Angst hatten, dass ich eins von ihren Spielen mitgehen ließ? Nein, oder? Lächelnd wandte ich mich noch mal zu ihnen um, winkte, ehe ich eine von den drei riesigen Schubladen öffnete. Niemand sagte was. Von mir aus. In der obersten Schublade entdeckte ich lediglich Spiele und passende Sammelfiguren, teilweise noch originalverpackt. Nett. Ich bückte mich nach der unteren Schublade, bis mir einfiel, dass ich ja einen Rock trug. Also schoss ich schnell wieder in die Höhe.

Einer der Jungs hustete.

Okay, nicht bücken. Oder mich einfach nie wieder zu so einem

Ding überreden lassen. Notiz an mich selbst. Ich versuchte mich an einer ungelenken Kniebeuge und zog die unterste Lade auf. Kabel. Ein krasser Kabelsalat.

»Es ist die mittlere«, erklang eine weiche Stimme, die man wirklich glatt mit Lincolns verwechseln konnte. Nur dass sie eben sanfter klang. Weniger verbittert. Hm, über diese Erkenntnis dachte ich einige Sekunden nach, ehe ich auch eine Spur verbittert »Danke«, knurrte. Das hätte Graeson echt früher erwähnen können …

Ich schnappte mir zwei graue und einen gelben Controller, schob die Schublade mit dem Knie zurück in die Ursprungsposition. Zeit, zu gehen.

»Du bist die Tochter von Dexters Ex, richtig?«

Kolly 22

**SIE SAGEN, IMMER WENN WIR LACHEN,
STIRBT IRGENDWO EIN PROBLEM.
ABER BEDEUTET DAS NICHT
IM UMKEHRSCHLUSS, DASS IMMER
WENN EIN PROBLEM AUFTAUCHT,
EIN LACHEN STIRBT?**

Hm? Ich hielt inne. Hatte Graeson mich das wirklich gefragt?

»Hi, ja, ich bin Kolly.« Mein Lächeln erstarb. Noch mal einen Schritt zurück. Hatte Graeson gerade gesagt, dass meine Mom die *Ex* von seinem Vater war?

»Du nennst deinen Vater Dexter?«, fragte ich, obwohl ich so viel anderes sagen wollte.

»Ist ihm lieber so. Ich glaube, er möchte gern so tun, als wäre er immer noch dreißig. Aber das ist schwer, wenn man einen zweiundzwanzigjährigen Sohn hat, der einen Dad nennt.«

Er lächelte. Irgendwie bitter – was die Ähnlichkeit zu Lincoln verstärkte. Nur dass Lincoln vermutlich niemals ein weißes T-Shirt mit einem T-Rex darauf getragen hätte. Ein T-Rex, der lächelte, eine Lichterkette um den Körper trug sowie einen Weihnachtsstern auf dem Kopf hatte. Und darunter stand: Tree-Rex.

Okay, ich hatte es gewusst. Gewusst, dass hier fast identische Kopien von Lincoln, Rae und Shy herumliefen – oder eben Videospiele zockten. Dennoch war es was anderes, sie live vor mir zu sehen. Lincolns Original zu sehen …

»Ihr spielt auf Seite der Menschen?« Ich nickte in Richtung der Leinwand.

»Ja.« Graeson riss die Augen auf, und Zac verschluckte sich an seiner Cola. »Du spielst auch? Willst du einsteigen? Dieser eine Randy macht uns echt fertig.«

Oh, das kannte ich. Leute, die random vom Computer ausgewählt und mit ins Team gepackt wurden, nannten Sawyer und ich auch Randys.

Biggy starrte mich einfach nur stumm an. Eigentlich wie sein Double Shy – wenn er nicht gerade was total Unverschämtes von sich gab.

»Äh, würde ich gern, aber ich muss arbeiten.« Ungelenk, vor allem da ich drei Controller in den Armen balancierte, deutete ich mit dem Ellenbogen nach oben.

»Dann vielleicht nachher in deiner Pause?«, schlug Graeson vor.

Dieses Lächeln … So warm hatte mich Lincoln noch nie angelächelt. Jedenfalls nicht so gelöst. Bei Lincoln war es irgendwie anders … Etwas zog von innen an meinem Bauchnabel.

»Ja, vielleicht.« Mit einem Lächeln, das meine Wangen merkwürdig unter Spannung setzte, nahm ich die Treppenstufen zwischen den Kinosesseln nach oben. »Viel Spaß euch noch.« Das eben … hatte ich mir nicht nur eingebildet, oder?

Hinter mir setzte der Sound des Spiels wieder ein. Und Biggy jammerte: »Echt jetzt? Wieso spawnt der Zombie genau hier?«

Seine weinerliche Stimme erinnerte mich an Sawyer, bevor er in die Pubertät gekommen war. Damals, als wir die Einkäufe für ältere Nachbarn erledigt und jeder einen Dollar dafür bekommen hatten. Nur manchmal hatten die älteren Damen die Münzen verwechselt und Sawyer nur vierzig Cent statt vier Quarter gegeben. Genau dann hatte er diese Stimmlage ausgepackt.

»Ja, bis nachher, Kolly«, rief Graeson mir hinterher.

Ich schloss die Tür hinter mir, musste schon wieder grinsen.

Als ich mich und die Controller zurück ins Wohnzimmer balanciert hatte, sah ich gerade noch, wie Dexter wie ein schwarzer Blitz an mir vorbeifegte. O nein, was war denn jetzt los? Er stürzte auf Shy und Rae zu, die mit aufgeknöpften Hemden am Kühlschrank standen.

»Shy! Kein Sandwich für dich. Wenn du Hunger hast, iss einen Apfel.«

»Was? Das ist nicht dein Ernst, Dexter?«

»Doch. Biggy ist fast halb so dünn wie du.« Dexter griff sich den Obstkorb. »Hier.«

Das mit der Figur stimmte natürlich, aber konnten wir das nicht … anders kaschieren? Bei Liveauftritten würde sich das natürlich schwieriger gestalten als bei einem Shooting – war allerdings nicht unmöglich, oder? Ich drückte Lincoln die Controller in die Arme, ignorierte dabei seinen fragenden Blick und die Tatsache, dass er mich viel zu lange musterte. Stattdessen drehte ich mich zur Kücheninsel um, wo mein halb geleerter Iced Coffee stand.

Dexter diskutierte immer noch mit Shy. Nur Mom konnte ich nirgends entdecken. Ich musste dringend mit ihr über die Zahnspangen-Sache reden. Im Augenwinkel bemerkte ich, wie Lincoln mich weiterhin anstarrte. Was hatte er bloß? Doch darüber konnte ich mir momentan keine Gedanken machen. Ich musste Mom finden. Wo steckte sie nur? Ob ich draußen nach ihr suchen sollte?

Nachdem Shy einige Sekunden lang den grünen Apfel böse angestarrt hatte, beugte er sich zu mir. »Kannst du Biggy nicht was ins Essen mischen? So ein Kalorienpulver, mit dem sie Schweine mästen?«

»Äh, wie wär's mit Nein?« Ich zog die Augenbrauen in die Höhe.

Links von mir seufzte Dexter gequält auf. »Hach, das passt einfach nicht.«

Ich sah auf. Was kam denn jetzt?

Dexter drehte sich zwischen der hinteren Sofaecke im Kreis. »Keine Harmonie! Das muss alles wieder weg.«

Mir schwante Böses. »Was alles?« Meine Stimme klang lauernd, doch Dexter überging das. »Alles. Die Superhelden. Es funktioniert einfach nicht. Weg mit den Kissen und dieser furchtbaren Bommeldecke!«

Die *furchtbare Bommeldecke* hatte er vor zwanzig Minuten noch als grandiosen Einfall seinerseits gelobt, die das Wohnzimmer erst so richtig wohnlich machte. Ich kniff die Augen zusammen. Meine Stirnmuskeln zuckten. »Dieses Mal nimmst du die Beine«, knurrte ich in Lincolns Richtung.

Also schleppten wir Iron Man zurück nach oben auf die Galerie, die das Wohnzimmer zur Hälfte umspannte. Weil ich noch über die Sache mit Shy und Biggy nachgrübelte, schwieg ich.

»Ist irgendwas im Keller vorgefallen?«, fragte Lincoln wie nebenbei, als wir unseren eisernen Freund zurück an seine angestammte Stelle geschoben hatten.

»Was?« Was wollte er damit andeuten? Ich schüttelte meine Haare auf, schob mir dann zwei Strähnen hinter die Ohren. Was dachte er denn? Das da unten waren zwar offiziell angesagte Bandmitglieder, aber im Herzen eher Nerds, und sie wussten, wie viele Menschen sich gerade in der Villa aufhielten. Als ob es in irgendeiner Sekunde gefährlich für mich hätte werden können. Aber natürlich verstand ich, weshalb er so dachte. Boybands hatten schließlich einen gewissen Ruf. Aber die Wahrscheinlichkeit, dass diese drei Nerds über mich herfielen, lag bei … grob geschätzt einem Prozent. Allerhöchstens.

Lincoln ließ mich nicht aus den Augen, beobachtete jede meiner Bewegungen … Machte er sich etwa Sorgen um mich?

Ich stutzte. »Warum fragst du?«

»Na ja, als du runtergegangen bist, haben die Jungs unten ziemlich seltsame Sachen gerufen, und dann war es mit einem Schlag ganz schön still. Ich wollte schon nachsehen, ob alles okay ist.«

Oh, das war irgendwie … süß. Auch wenn ich ihm mehr als einmal klargemacht hatte, dass ich seine Hilfe nicht brauchte.

Ich zwang mich zu einem Lächeln. Was sich seltsam anfühlte. Einerseits wollte ich es, andererseits fühlte ich mich automatisch extrem verwundbar, wenn ich so für ihn lächelte. »Sie spielen nur ein ziemlich heftiges Spiel.«

Seine Augenbrauen zogen sich zusammen. »Hoffentlich bekommst du davon keine Albträume.«

»Ich? Von *Call of Ashes*?« Ich brach in Gelächter aus. »Das spiele ich quasi jeden Sonntag vor dem Frühstück.«

Lincolns Miene verdüsterte sich. »Ich kenne solche Typen, die nur rumschreien und Mädchen anpöbeln«, murmelte Lincoln, als wir die Treppe wieder nach unten ins Wohnzimmer nahmen. »Drei Jungs am Grölen, und dann kommt ein hübsches Mädchen mit kurzem Rock zur Tür herein …«

Moment, hatte mich Lincoln als hübsch bezeichnet? Irgendwie fühlte ich mich dadurch ein wenig geschmeichelt, und dieses Gefühl war mir so gar nicht vertraut, weswegen ich es schnell fortwischte. »Das sind ganz harmlose Nerds. Gut, dieser Biggy hat nicht mit wirklich mir gesprochen, aber die anderen beiden waren höflich.« Kurz dachte ich darüber nach, wurde jedoch sofort von meinen Grübeleien abgelenkt. Denn am Treppenende erwartete uns Dexter mit verschränkten Armen.

»Lincoln, du musst in die Maske, schnell. Kolly, hast du ihm erklärt, wie er posieren soll?« Sein Blick durchbohrte mich geradezu.

»Äh.« Wenn er mich nicht sinnlos irgendwelche Sachen hätte hin- und herschleppen lassen, hätte ich das sicher getan.

Lincoln war allerdings schneller und diplomatischer. »Hat sie. Mach dir keine Sorgen.«

Unsere Blicke trafen sich. In Zeitlupe hob sich Lincolns Mundwinkel, so als würden wir ein Geheimnis teilen, das Dexter nichts anging. Ganz automatisch imitierte ich seinen Gesichtsausdruck, woraufhin sich sein Gesicht weiter aufhellte. Und auf einmal sah ich nur noch dieses Lächeln. In diesem lächerlich schönen Gesicht. Und dieses Mal wirkte es sogar fast gelöst. Frei irgendwie. Jedenfalls viel echter als die Situation gestern zwischen uns in der Lagerhalle. Und *echt* gefiel mir.

Kolly 23

MAN SAGT, DIE KARRIERELEITER ERKLIMMT MAN NICHT MIT DEN HÄNDEN IN DEN HOSENTASCHEN. DOCH WAS, WENN DIE LEITER IN WIRKLICHKEIT EIN HAMSTERRAD IST?

»Wie erfreulich.« Dexter trat einen Schritt zurück.

Einen Moment wusste ich nicht, was er damit meinte. Sicher nicht, dass ich Lincoln so ungeniert angestarrt hatte – dann fing ich mich wieder. Cool bleiben, Kolly.

»In dem Fall kannst du ja die Controller zurückbringen«, fuhr Dexter fort, »und die Jungs haben über das Haustelefon nach Eiswürfeln gefragt. Übernimmst du das? Almeda ist nirgends aufzutreiben.«

»Haben die da unten keine Eismaschine?«, brummte Lincoln, dessen Gesicht sich verdüstert hatte.

»Doch, aber die ist kaputt.« Dexters Augen wurden schmal. »Und ich würde darum bitten, meine Anweisungen nicht zu hinterfragen.« Ohne ein weiteres Wort an uns drehte er sich um, hinterließ nichts als ein paar Abdrücke im Hochflor-Teppich.

Lincoln und ich verdrehten gleichzeitig die Augen, und er flüsterte etwas, das nach »Menschen …« klang.

Ich lächelte. Bis mir wieder einfiel, dass Graeson gesagt hatte, Mom wäre Dexters Ex. Das konnte nicht sein. Oder? Innerlich würgte ich, während ich mich dem Kühlschrank näherte. Mom und dieser menschenverachtende Sadist? Davon hatte ich jedenfalls nie etwas mitbekommen – falls es so gewesen sein sollte. Oder war Dexter vor seinem Unfall ein ganz anderer Mensch gewesen?

Während Lincoln mich noch schräg ansah – womöglich zeichneten sich meine Gedanken auf dem Gesicht ab –, machte ich mich an die Arbeit. Gerade als ich genug Eiswürfel in einen Champagnerkübel gekippt hatte, hörte ich Caleb und Sutton miteinander flüstern. Sutton? Ich spähte um die Ecke, erkannte die beiden im Eingangsbereich. Was bei allen Schaltkreisen tat Sutton in der Bandvilla?

Offenbar dachte Caleb dasselbe, denn er redete auf sie ein, blockte sie geradezu ab. »Nein, nicht heute.«

»Nur eine Stunde, oder zwei. Sei nicht so. Ich könnte mir so viel abschauen. Für das Shooting bei meinen Klienten nächste Woche.«

»Du bist nur hier, um die Band zu treffen und um mit Rae zu flirten, gib's zu.«

»Nur, wenn du dasselbe zugibst, Caleb. Du stehst auch auf ihn!«

Oh no. Da verschwand ich wirklich lieber wieder im Keller, bevor ich mich in dieses Gespräch einmischte. Schnell schnappte ich mir den Eiskübel, auf dessen silbernen Deckel ich die Controller stapelte. Den letzten packte ich mit der freien Hand, wobei er sich fast an meinem Trackerarmband verhakt hätte. Dieses blöde Teil … Ich konnte es kaum erwarten, dass man es mir wieder abnahm oder ich alternativ einen Weg fand, es zu überlisten … Damit ich wenigstens ein bisschen programmieren konnte. Die Website für Lexi zum Beispiel. Wenn wir ein Crowdfunding für Charlie einrichten könnten, ja, das wäre fantastisch. In Gedanken ging ich durch, auf wie viele Weisen man den Programmierblocker umgehen könnte – und war selbst überrascht, als ich auf einmal wieder vor dem Kinoraum stand.

»Hi?« Dieses Mal klopfte ich bestimmter als vorhin. »Ich hab Eis für euch.«

»Komm rein«, hörte ich Lincolns, nein, Graesons Stimme.

Graeson, es war bloß Graeson. Kein Grund, dass ich mich auf einmal so mulmig fühlte, als würde ich Lincolns Schlafzimmer betreten. So ein Unsinn.

»Ah, die Eiswürfel.« Graeson winkte mich zu sich. »Danke dir, Kolly.«

Die drei hatten die seitlichen Lampen gedimmt, sodass es nun dunkler als vorhin war. Trotzdem konnte ich sie alle gut erkennen. Zac saß mit seinem Kuh-Onesie in einem Kreis von Popcornkrümeln. Hinter Biggys Kopf hüpfte wieder und wieder ein Phönix in einem Kreis auf und ab, ein ziemlich farbenfrohes Strategiespiel, das sie da gerade spielten. Und dabei waren sie völlig entspannt. Am liebsten hätte ich mich tatsächlich dazugesetzt und mit ihnen gezockt, statt mich oben von Dexter herumkommandieren zu lassen.

»Wir halten dir immer noch einen Platz frei.« Mit seinem Controller deutete Graeson auf die freie Stelle Teppichboden zwischen ihm und Biggy.

»Das wäre schön, aber ich muss arbeiten.« Mit einem entschuldigenden Lächeln bog ich ab und platzierte den Eiskübel auf der kleinen Küchenzeile, ehe ich die Controller in die Schublade gleich daneben packte. Ein kühler Windzug strich über meinen Nacken.

»Kann ich sonst noch was für euch tun?« Eigentlich eine seltsame Frage, und ich hatte bisher nie geglaubt, sie irgendwann mal zu stellen. Aber irgendwas ließ mich hoffen, einfach hier aushelfen zu können, statt oben. Gleich würde diese Produktionsfirma anrücken.

»Wir haben alles.« Biggy stopfte sich schmatzend ein halbes Eclair in den Mund.

Ich grinste. Diese zusätzlichen Kalorien würden Shy freuen.

Aber Graeson lächelte wieder dieses sanfte Lächeln, das nur für mich bestimmt zu sein schien. »Wie weit seid ihr oben?«

»Eure Doubles werden gerade zurechtgemacht. Ich denke, in etwa dreißig Minuten kommt das Kamerateam.«

»Uuuh.« Zac fuhr sich mit Daumen und Zeigefinger übers Kinn. »Sag mir, dass ich heiß bin.«

»Hm?« Ich blinzelte ihn an.

»Mein Double.« Er wedelte mit dem Controller. »Sag mir, dass Zac-Zwei der Heißeste da oben ist.«

»Äh, ich bin mir nicht sicher, wie die richtige Antwort auf diese Frage lautet.«

Daraufhin lachte Graeson – lange und laut.

Zac zeigte ebenfalls ziemlich viel Zähne … und Zahnspange. Holy Bug! Ich sollte wirklich wieder nach oben gehen und Mom helfen. Vielleicht konnte ich sie bei unserem Zahnspangen-Problem unterstützen.

»Also dann.« Ich zupfte an meiner Zauberwürfel-Halskette.

Schneller als ich schauen konnte, sprang Graeson auf. Blöderweise reagierte mein Herz sofort darauf und schlug so heftig in meiner Brust, als wäre es auf die doppelte Größe angewachsen. Als er so direkt vor mir stand, fiel mir auf, dass er ein Stück kleiner als Lincoln war, aber nur minimal. Der Tree-Rex auf seinem Shirt lachte mir entgegen, und seine graue Jogginghose saß sehr tief. Ein völliger Kontrast zu Lincoln, der oben aktuell wie ein Showpony gestriegelt wurde.

»Gibst du mir deine Nummer?« Er neigte den Kopf ganz genauso, wie ich es in einem Video gesehen hatte und es Lincoln noch beibringen wollte. Ganz leicht richtete er dabei den Blick auf seine Fußspitzen, ehe er den Kopf wieder nach oben hob. Im nächsten Moment konfrontierte er mich mit einem Augenaufschlag, für den ein Waffenschein ausgestellt gehörte.

»Nur falls wir noch mal deine Hilfe brauchen. Diskret, damit niemand da oben was von unserem Versteckspiel bemerkt.«

Wie? Oh, richtig. Doubles oben, Band unten … Schon okay, oder? Schließlich war es rein geschäftlich und nicht wirklich so, als ob er mit mir flirten würde. Also tippte ich meine Nummer in Graesons Handy und stellte danach meins auf Vibration um, bevor ich es zurück in die versteckte Tasche in meinem Rock gleiten ließ. Graesons Blick folgte der Bewegung.

»Okay, dann bis später, Kolly.«

Ich nickte, winkte den Jungs zu und stakste auf wackeligen Beinen zur Tür. Wahrscheinlich war das lediglich der Tatsache geschuldet, dass mich die viele Aufmerksamkeit eines Superstars so durcheinanderbrachte. Auch wenn das Blödsinn war. Und jetzt hatte er meine Nummer. Bloß, warum machte ich da so eine große Sache draus? In meinem Kopf schwirrte es. Klar, diese Jungs, die erschreckend identisch aussahen und dann doch wieder nicht, konnten einen schon aus dem Gleichgewicht bringen. Und dabei wusste ich, wie verquer und durchtrieben Hollywood mitsamt seinen Stars aus jeder Branche war.

Sobald ich die Treppe nach oben erklomm, hörte ich, wie Caleb mit den Doubles in dem Zimmer, das uns als Garderobe diente, redete. Da ich zunächst das Zahnspangen-Problem lösen wollte, schob ich mich daran vorbei bis ins Wohnzimmer. Dort arrangierte Almeda gerade Häppchen auf Silbertabletts, nahm sich aber Zeit, mir zuzulächeln.

Mom fand ich im Garten, wo sie gerade mit sich selbst redete. »Wir sagen, er war gerade erst beim Kieferorthopäden und bekommt morgen eine neue. Nur heute haben seine Zähne frei.«

Ich hörte auf, mir meine Haarsträhnen vor die Nase zu halten, um daran zu schnüffeln – ja, verdammt sie rochen wirklich nach Popcorn –, und sah auf. Das hieß wohl, Mom war schon einen Schritt weiter als ich. Ich hob einen Daumen, sah zu, wie sie die Sache handelte. In drei oder vier Tagen würden wir für Rae eine abnehmbare Fake-Spange bekommen. So hätte ich es auch gemacht. Spezialanfertigung für die Werbebranche – natürlich. Ich seufzte. Willkommen in Hollywood.

Dexter warf uns einen Blick aus hochgezogenen Augenbrauen zu, wie um uns wissen zu lassen, dass wir es verbockt hatten. Wir! Er hätte uns einfach ein paar mehr Infos liefern können. Oder ein früheres Treffen mit den Originalen – was er allerdings für Zeitverschwendung hielt. So ein Blödmann. Am liebsten hätte ich Mom auf Dexter angesprochen. Was früher zwischen ihnen gewesen war, aber das war kein guter Zeitpunkt dafür. Also entschied ich mich, zu den Doubles zurückzugehen. Vielleicht konnte ich ihnen helfen, in ihre Rolle zu finden. Für die perfekte Täuschung. Innerlich verdrehte ich die Augen.

Alle drei saßen im Ankleideraum auf Regiesesseln. Allerdings stand auf jedem der Sessel der Name »Biggy« – wahrscheinlich ein Scherz von ihm. Auch dieser Raum wirkte überladen, und was die ganzen weißen Federboas über den Fenstern sollten, erschloss sich mir nicht. Caleb schmierte gerade Paste in Shys Haare, während Rae und Lincoln auf ihren Smartphones herumtippten. Allerdings sahen beide kurz auf und lächelten mich an, sobald sie mich bemerkten. Shy wiederum konnte die Abscheu gemischt mit Verzweiflung, die er ganz offensichtlich wegen seiner Haarbehandlung verspürte, nicht sonderlich erfolgreich verbergen.

Ah, eine schöne Foltermethode. Ich grinste ihn an, ging keine Sekunde auf seinen flehenden Blick ein. Er würde schön hier sitzen bleiben. Alle drei Jungs trugen ausgefallene Hosen, die sicherlich von einem Designer stammten, aber für meinen Geschmack in einen Zirkus gehörten. Vor allem Raes, auf deren Seite ein pinker Pailletten-Streifen glänzte. Dazu hatte Mom den Weiße-Hemden-Plan umgesetzt. Oder zumindest Caleb damit betraut. Alle drei trugen die Hemden aufgeknöpft, und sie waren tatsächlich schon knitterfrei gebügelt. Bei Rae konnte man den Ansatz eines Sixpacks an seiner Körpermitte erkennen. Photoshop würde das richten. Fans nahmen es gemeinhin nicht besonders gut auf, wenn sich herausstellte, dass ihre geliebte Band Playback sang oder sie sonst wie betrog. Und Doubles, die eine Homestory über die Bandvilla schossen, fielen definitiv in diese Kategorie. Was schon irgendwie logisch war.

Gespielt lässig lehnte ich mich neben dem Spiegel gegen die Wand. »Wollt ihr noch irgendwohin?«

Shys Oberlippe zuckte. Seinem Blick nach zu urteilen dachte er gerade über diverse Foltermethoden für mich nach.

Ich seufzte. »Ach, Shy, ehe ich es vergesse: Ich hab gerade gesehen, wie Biggy sich ungefähr achthundert Kalorien einverleibt hat.« Mit beiden Daumen deutete ich auf meinen Magen.

Allerdings zuckte Shys Augenlid nur ein klein wenig nach dieser brisanten Info. Ein wenig mehr hatte ich mir da schon erhofft …

»Du warst schon wieder unten bei der Band in deren Heimkino?« Lincoln, der am nächsten bei mir an der Tür saß, drehte seinen Kopf mit einem Ruck zu mir. »Konntest du die Sachen nicht einfach vor ihre Tür stellen?«

»Äh, ja. Ist mein Job, wie gesagt. Ich hab nur kurz gefragt, ob sie irgendwas brauchen.« Also echt jetzt. Konnte Lincoln das Thema nicht mal gut sein lassen?

Offenbar nicht, denn seine Augenbrauen zogen sich schon wieder zusammen, so als würde er meine Entscheidungen doch stark infrage stellen.

»Sie brauchen jemand, der sie diskret informiert, was hier oben passiert, und ihnen ihr Zeug bringt. Eis und so.« Obwohl ich ihm wirklich keinerlei Erklärung schuldig war, zuckte ich mit den Schultern. »Und sie haben mich lediglich eingeladen, mit ihnen zu zocken, sonst nichts.« Um meine Aussage zu unterstreichen, fasste ich mir ans Herz, konnte gleichzeitig nicht glauben, dass ich Graeson vor seinem Double verteidigte. In was für eine surreale Situation brachten mich diese Typen eigentlich?

Dazu schwieg Lincoln, lediglich seine Nasenflügel bebten, ansonsten saß er stocksteif auf seinem Regiestuhl. Seine Designerhose glich einer überteuerten Jogginghose mit grau marmoriertem Muster.

Ich schielte auf sein tief aufgeknöpftes weißes Hemd, dann wieder nach oben in seine Augen. Das erinnerte mich an etwas. »Die erste Outfit-Reihe, die ihr vorführt, ist also die Siegfried-und-Roy-Gedächtnis-Kollektion?«

Dafür kassierte ich von Caleb einen dramatischen Seufzer. »Das ist keine Kollektion, sondern – ach, vergiss es einfach, Kolly. Und ja wir werden die Outfits noch wechseln, schließlich werden mehr als zwei Bilder geschossen.«

Gut, heute war also niemand bereit, auf meine dummen Witze einzugehen, kein Problem.

»Tja, ich schau mal, ob ich Almeda helfen oder Dexter aus dem Weg gehen kann.« Mit einem entschuldigenden Grinsen deutete ich über meine Schulter zur Tür und ignorierte dabei Lincoln, der mich immer noch intensiv beobachtete. »Du hast ja alles im Griff, wie man sieht, Cal.«

Der nickte, wobei er sich nicht die Mühe machte, in meine Richtung zu sehen, sodass ich meine Flucht ungestört fortsetzen konnte.

Lincoln 24

SCHWERE ZEITEN HABEN AUCH ETWAS GUTES, SAGT MAN. UND IRGENDETWAS VON WAHREN FREUNDEN, DIE SICH DANN ZEIGEN. ABER WAS, WENN DIE SCHWEREN ZEITEN EINFACH NIEMALS AUFHÖREN? WER BLEIBT DANN?

Diese Band … hatte versucht, Kolly zum Mitspielen zu überreden? Na klar. Sicher total unschuldig …

»Ich bin fertig, oder?«

Caleb hatte sich in den letzten Minuten nur noch mit Rae beschäftigt – mich nicht mal mit einem Seitenblick bedacht. Ich zog an meiner lächerlich überteuerten und kratzenden Hose. Auf den ersten Blick wirkte sie gemütlich, auf den zweiten fühlte sie sich unbequem an – was ich auch noch von anderen Aspekten meines Lebens behaupten konnte. Ich schielte in Richtung Dexter, der eine Hand am Türrahmen abgestützt hatte.

»Ja, schon. Nur …«, sagte Caleb, doch Rae unterbrach ihn. »Linc, tu das nicht. Lass es einfach!«

Klar, Rae war natürlich nicht entgangen, dass ich Angst hatte, die Band … würde Kolly an die Wäsche gehen. Drei superreiche Typen, die es gewohnt waren, alle Frauen in ihrer Nähe zu bekommen. Und dann kam Kolly, hübsch, sexy und in ihrem eng anliegenden Rock zu ihnen ins Heimkino spaziert, wie auf dem Silbertablett. In einem Keller … Allein der Gedanke machte mich nervös.

»Linc!«, wiederholte Rae. Selbst Caleb und Shy starrten uns jetzt an.

Kopfschüttelnd winkte ich ab. Als ob ich bei der Nummer, die diese ach so tollen Stars vor unseren Augen abzogen, ruhig bleiben könnte. Ich musste gehen. Immerhin hielt Dexter mich nicht auf, weswegen ich einfach die Treppe nach unten nehmen konnte.

Im Untergeschoss musste ich den Kopf einziehen, so tief hing die Decke. Links erkannte ich ein offenes Billardzimmer und geradeaus vor mir eine geschlossene Tür, hinter der das Gebrülle immer noch auf voller Lautstärke lief. Eigentlich ziemlich ähnlich wie die Verhältnisse abends im Gefängnis. Nur dass sich dort die Rufe »Stirb!« und »Aus dem Weg, Alter!« nicht auf Videospielfiguren bezogen hatten. Laut Dexter sollten wir die Band erst später kennenlernen, womit er vermutlich ein Red-Carpet-Event oder eine Show gemeint hatte, wo wir backstage Plätze tauschen würden. Denn die Jungs wollten in dieser Woche ihre Ruhe haben, weshalb wir mit Videos als Vorlagen arbeiten mussten. Ziemlich egoistische Verhaltensweise, aber das war mir egal. Wie im Bau war es wichtig, einen starken ersten Auftritt hinzulegen. In einer Situation, in der man selbst die Oberhand hatte. Genau genommen würde ich zwei Fliegen mit einer Klappe schlagen, wenn ich jetzt unangekündigt auftauchte.

Ich klopfte, versuchte, meine Stimme professionell und gleichzeitig beiläufig klingen zu lassen. »Ein Telefonanruf für Graeson.«

Das Schreien verstummte, dafür hörte ich stampfende Schritte wie in dem Indoor-Spieleparadies, in das ich Gus zu seinem letzten Geburtstag gebracht hatte. Allein und schon ein klein wenig zu alt dafür war er dort herumgestampft.

»Ja?« Ein Typ mit dunklen Haaren und grünen Augen öffnete die Tür. Exakt meine Frisur. Ich hatte extra meine Haare rauswachsen lassen müssen, bis Dexter zufrieden gewesen war.

»Oh. Du.« Sein Blick huschte über mich. Nach unten und wieder hoch zu meinem Gesicht. Eine Fingerspitze musste dieser Graeson kleiner als ich sein.

Vielleicht lag es an der schlechten Luftzufuhr hier unten, aber etwas drückte auf meinen Brustkorb, stach in meine Lunge. Das war also der, den ich spielen sollte. Die Witzfigur, die aktuell versuchte, Kolly um den Finger zu wickeln. Meine Intuition sagte mir das, nach allem, was Kolly berichtet hatte. Ich kannte solche Maschen. Und Kolly hatte nicht bemerkt, worauf dieser Graeson es abgesehen hatte. Bevor ich selbst wusste, was ich tat, hatte ich ihn schon am Kragen seines kindischen Dinosaurier-Shirts gepackt und in den Flur gezogen – von da weiter ins Billardzimmer.

»Geht's noch?«, keuchte Graeson in meinem Schwitzkasten. »Was soll das werden?«

Schnaubend stieß ich ihn zur Seite, wo er gegen den Billardtisch taumelte. »Du hörst mir jetzt sehr genau zu!« Dann baute ich mich vor ihm auf – noch so etwas, das ich im Bau gelernt hatte. »Du wirst dich Kolly gegenüber professionell und respektvoll verhalten. Keine Spielchen. Sie ist tabu, klar?«, knurrte ich. Wir waren weit genug vom Heimkino weg, daher machte ich mir keine Sorgen, dass uns jemand hören könnte.

»Ach, darum geht's.« Mein Ebenbild fuhr sich durch die Haare und legte dann den Kopf in den Nacken, um laut zu lachen. Es klang hohl. Genauso unecht wie die Pose, mit der er sich allem Anschein nach versuchte, lässig gegen den Billardtisch zu lehnen. Wahrscheinlich sollte mir seine Haltung vermitteln, dass er mächtig genug war, um sich einfach alles zu nehmen, was er wollte. »Du stehst auf sie, oder?«

»Nein. Wir sind nur Freunde.« Ich spannte meine Muskeln an. Okay, streng genommen waren wir das nicht, wir arbeiteten zusammen, und selbst wenn ich Gefühle für sie hätte, konnte ich unmöglich mit ihr zusammenkommen. Zwischen uns stand nicht nur mein

Arbeitsvertrag, sondern auch meine Vergangenheit. Aber das ging Graeson gar nichts an. Obwohl der Typ wie ich aussah, konnte ich ihn einfach nicht riechen. Gerade nach seiner letzten Bemerkung. Wie eine Schlange wand er sich unter meinem Blick, wobei er sich oberflächlich betrachtet natürlich gelassen gab.

»Wäre wohl auch keine gute Idee, oder? Du bist vertraglich verpflichtet, in der Zeit, in der du als ich herumläufst, mit keinem Mädchen was anzufangen.«

Ja, diese Klausel war mir bekannt. Und beim Unterzeichnen war sie mir absolut machbar vorgekommen – bloß hatte ich da noch nicht Kolly gekannt und das, was sie in mir auslöste. Aber wie gesagt, war das absolut irrelevant und etwas, das nie passieren würde. Kolly und ich in einem Bett … Ich musste dringend an was anderes denken.

Obwohl ich mich nicht bewegt hatte, nickte Graeson. »Dann ist ja gut. Und wenn es dich beruhigt, Kolly und ich sind auch nur Freunde.« Er zwinkerte mir zu.

Freunde … ja klar. Sie war zweimal kurz hier unten gewesen, und ich konnte mir lebhaft vorstellen, wie Graeson, Zac und Biggy um sie herumgeschwänzelt waren. Mein Blick glitt über die verschiedenen Spieltische bis zum Motorrad-Simulator. »Habt ihr überhaupt jemals Frauenbesuch hier?«

Das schien Graeson amüsant statt beleidigend zu finden, denn er zeigte dieses Breitmaulfroschgrinsen, das Kolly mir vor unserem Ausflug in die Hills versucht hatte beizubringen. Die Wanderung in den Hills. Mir wurde immer noch ganz anders, wenn ich an ihren Unfall und ihre Sturheit dachte.

»Also, mein Freund, da können wir gern eine Ausnahme machen.« Offensichtlich hatte ich etwas nicht mitbekommen, denn jetzt klopfte mir Graeson auf die Schulter, als wären wir Kumpels und nicht mehr im Ansatz in einen Streit verwickelt. »Du und die anderen Doubles kommt einfach zu unserer nächsten Party. Wir laden diskrete Mädels ein, die vorab Verschwiegenheitserklärung unterschreiben, dann kannst du deinen Spaß mit ihnen haben. Ob sie dann denken, dass du ich bist oder nicht, ist mir egal.« Er klopfte mir ein letztes Mal auf die Schulter, ehe er sich einen Schritt von mir zurückzog – was auch besser für ihn war. Das hatte er gerade nicht im Ernst angeboten?

»Aber, Mann …« Graeson schnalzte mit der Zunge. Sein Blick glitt wieder über mich. »Dieses spießige Hemd geht gar nicht. Damit lässt du dich, ich meine *mich*, bitte nicht fotografieren.«

Meine Rede, aber Dexter war nicht zu bremsen gewesen.

»Pass auf, wir tauschen.« Schon zog er sich das Shirt über den Kopf. »Komm schon.« Graeson musterte mich, hob eine Augenbraue, weil ich mich immer noch nicht bewegt hatte. »Wäre es dir lieber, ich gehe hoch zu Kolly und bitte sie, dich neu einzukleiden?«

Ich schnaubte. Nicht unbedingt, wie ich dieses Gespräch hatte enden sehen, andererseits würde ich wahrscheinlich von diesem Polyestermist, den mir Miranda und Dexter aufgedrängt hatten, Ausschlag bekommen … Ich zog mich ebenfalls aus und dann dieses dämliche Dinoshirt an. Besser als Polyester.

»Und als Bonus wird das Dexter so richtig schön ärgern, wenn er bemerkt, dass die Idee auf mein Konto geht.« Auf Graesons Gesicht zeigte sich ein verbitterter Zug, gefolgt von einem Schimmer in seinen Augen, was ich als Wuttränen interpretierte. Ganz ähnlich wie bei Gus, wenn er nach einem besonders miesen Tag mit seinem Vater nach Hause kam. Und ganz plötzlich tat es mir leid, dass ich Graeson gepackt und geschubst hatte.

25 Kolly

MAN SAGT, KLUGE LEUTE LERNEN AUCH VON IHREN FEINDEN. DOCH WENN DAS STIMMT, WAS SOLL MAN VON ARROGANTEN ZICKEN LERNEN?

Sie waren da. Ich erkannte es daran, dass sich Mom die Haare aufschüttelte und dann mit dem Tablet unter den Arm geklemmt zur Haustür stakste.

Und an Dexters erneut aufblühender Wichtigtuerei. »Wieso tut er mir das an?« Dexter warf den Kopf in den Nacken.

»Was ist los?«, erkundigte ich mich. Eigentlich sollte mir Dexter nicht leidtun, aber ich konnte nicht anders und musste einfach nachfragen.

»Lincoln ist wie vom Erdboden verschwunden«, zischte mich Dexter an, als wäre das meine Schuld. »Ich habe im Heimkino angerufen. Da ist er nicht.«

Okay, es war nicht unbedingt eine erfreuliche Angelegenheit, wenn das zu fotografierende Objekt abgetaucht war – aus Dexters Sicht.

In diesem Moment kam Rae den Flur entlang auf uns zu. »Äh, habt ihr Shy gesehen? Ich dachte, er ist auf dem Gästeklo, aber Fehlanzeige.« Es fiel ihm etwas schwer, zu sprechen, was eindeutig an der aufgeklebten Zahnspange lag, die Caleb improvisiert hatte. Also doch diese Art von Lösung …

Moment … Wie? War überhaupt noch jemand auffindbar? Dexters Blick glitt zu mir. Nein, ganz und gar nicht erfreulich, wenn gleich zwei Doubles fehlten.

»Rae, du suchst auf diesem Stockwerk und oben in der Galerie. Check auch den Garten und die Kartbahn. Dexter und ich übernehmen die unteren Stockwerke.« Niemand widersprach. Exakt in dem Moment, als Almeda und Mom die Haustür öffneten, sprinteten wir los.

Irgendwie hoffte ich, dass wir Lincoln vielleicht doch einfach mit der Band beim Zocken fanden – auch wenn ich das insgeheim nicht wirklich glaubte, nach den abfälligen Bemerkungen, die Lincoln über die Band übrig gehabt hatte. Allerdings hatte es schon merkwürdigere Freundschaften unter Männern gegeben, oder nicht? Also raste ich in den Keller, während Dexter hinter mir im ersten Untergeschoss abbog.

In meinen Ohren rauschte es. Die zwei hatten doch keine Dummheiten angestellt? Trotz der Gedankenflut in meinem Kopf hörte ich, wie jemand hinten im Flur schwer atmete. Links von mir flutete Sonnenlicht den Boden, fiel durch den Bogengang, in dem die Jungs irgendwelche Spieltische lagerten und Flipperautomaten wie in einer Arcade-Spielhalle aufgestellt waren.

Schnaufend, als hätte er einen Asthma-Anfall oder eine Panikattacke, beugte sich Lincoln über den Billardtisch. Die Hände rechts und links am Rahmen abgestützt. Oh, verflucht, das musste eine Panikattacke sein! Ich verlangsamte mein Tempo nicht, stürzte auf ihn zu.

»Hey, was ist los?« Oder hatte er sich vielleicht verletzt? »Lass mich dich ansehen.« Sicherlich nicht gerade die feine Art, aber was blieb mir übrig?

Ich packte ihn an der Schulter und drehte ihn zu mir herum. Lincolns Augen waren verquollen, und seine Lunge rasselte bei jedem Atemzug. Tatsächlich atmete er zu schnell, als würde er hyperventilieren. Das warme, erleichternde Gefühl darüber, dass ich ihn gefunden hatte, sackte nach unten in meinen Magen. War Lincoln in ernster Gefahr? Musste ich einen Krankenwagen rufen?

»Was ist passiert?« Mein Blick huschte über ihn und sein aufgeknöpftes Hemd, und ich legte meine Hand an seine Wange. Ja, er fühlte sich heiß an und atmete immer noch hektisch. »Atme ganz ruhig ein und aus. Okay?«

Rasch drückte ich ihn so gegen den Billardtisch, dass er nicht umkippen konnte. Dann atmete ich übertrieben laut in normalem Tempo ein und aus – das hatte ich in einem Film gesehen. Man musste der hyperventilierenden Person zeigen, wie man normal atmete, und außerdem – meine andere Hand legte ich auf sein Herz – eine Hand auf seinen Brustkorb pressen. Sein Herz schlug so schnell, dass ich jeden einzelnen Schlag deutlich spüren konnte. »Lincoln?«

»Hm?« Seine Stimme klang belegt, und der Augenaufschlag, den er aufsetzte, war herzerweichend. Gleichzeitig fühlte ich ein wenig Stolz auf ihn, dass er diese Geste von Graeson schon so gut imitieren konnte. Dieser Augenaufschlag – er musste geübt haben. Seine Atmung verlangsamte sich tatsächlich, während ich weiter mit ihm atmete. Ihm das Tempo vorgab, auf das er sich konzentrieren konnte.

»Hey.« Sobald er zwei aufeinanderfolgende, ruhige Atemzüge genommen hatte, strich ich mit meinem Daumen über seine Wange. »Klar, wenn ich dieses lächerliche Outfit tragen müsste, würden mir auch die Tränen kommen«, sagte ich leise, bemüht, ihn aufzumuntern, was mir auch gelang. Jedenfalls hüstelte er, als wäre er kurz davor aufzulachen. Aber dann schloss er nur die Augen, verharrte ganz still. Schmiegte er sich etwa an meine Hand? Das … Ich presste die Lippen aufeinander – das war eine Seite an ihm, die ich bisher nicht gekannt hatte. So verletzlich.

»Was ist passiert?«, wiederholte ich meine Frage.

»Hmm?« Er schien mich nicht gehört zu haben, schlug aber mit einem Mal die Augen auf.

Ein bisschen fühlte ich mich wie in einer Zaubershow. Von jetzt auf gleich starrten mich diese irisierend grünen Augen an und zwar so intensiv – nein, *intensiv* war tausendfach untertrieben. Langsam ließ ich meine Hand von seiner Wange nach unten sinken. Doch er packte sie im letzten Moment und hielt mich fest. Offenbar war er nicht gewillt, diesen Kontakt zu unterbrechen.

»Nur eine unliebsame Erinnerung …«, murmelte er. »Alles gut.« Sein Blick huschte nah unten, ehe er wieder meinen festhielt.

Offensichtlich war das nicht der Fall, doch ich schwieg, denn auf einmal prickelte alles, was zu meinem Körper gehörte – einfach, weil Lincoln mich so ansah. Ich blinzelte mehrmals, als ich ihn musterte. Die grünen Augen, starken Wangenknochen und vollen Lippen. Ein minimaler Bartschatten, kaum zu sehen und seine ausgeprägten Brustmuskeln unter seinem halbaufgeknöpften Hemd. Beim nächsten Atemzug schoss mir durch den Kopf, wie er in letzter Zeit versucht hatte, mich zu beschützen. Wie er es nur gut gemeint hatte, aber dann wieder diese unergründlichen, kalten Blicke auf mich abfeuerte. Irgendwie widersprüchlich. Seine Haare fielen ihm so weit in die Stirn, dass sie sein rechtes Auge verdeckten. Mit den Fingerspitzen schob ich die Strähnen zurück. Ohne es kontrollieren zu können, bemerkte ich, wie ich mich zu ihm beugte, jetzt schon beinahe an ihm lehnte. Mist. Das war schlecht. Wenn uns jemand sah … Lincoln konnte seinen Job verlieren … Ich lauschte. Glücklicherweise waren außer den Schreien der Band keine anderen Schritte oder so zu hören.

Etwas Weiches strich über mein Kinn. Erst mit Verzögerung begriff ich, dass es Lincolns Hand war. In meinem Inneren brodelte es. Wie viele Nervenenden liefen an meinem Kinn zusammen, dass mich diese sanfte Berührung so aus der Fassung bringen konnte?

Vor mir befeuchtete sich Lincoln die Lippen. Er hauchte meinen Namen. Das war zu viel. In meinem Magen explodierte etwas. Die Augen halb geschlossen, überbrückte ich die letzte Distanz zwischen uns, um ihn zu küssen. Genau, wie ich es bei ihm tat, zog er mich mit einer Hand an meinem Rücken zu sich, seine andere vergrub sich in meinen Haaren am Nacken. Lincoln! Außer diesem Namen war einfach nichts mehr in meinem Kopf. Als hätten meine Hormone mich überwältigt und meinen Verstand ausgeknipst … Selbst dieser letzte vernünftige Gedanke verpuffte sofort unter dem Schwall an Gefühlen, die in mir brodelten. Wie sich das anfühlte! Wie Lincoln sich anfühlte …! Ich drängte mich an ihn, vertiefte den Kuss, und er versuchte, mich hochzuheben, was ihm aber nicht gelang. Sein Kuss wurde wilder. Dann schoben sich zwei Hände unter meinen Hintern, drückten zu, ehe er erneut versuchte, mich hochzuheben. Etwas kitzelte mich im Nacken. War das ein kalter Windzug? Hatte jemand eine Tür geöffnet und war auf dem Weg zu uns? Ich stoppte den Kuss, lauschte.

»Mhmm«, brummte Lincoln verträumt.

»Warte mal.« Ich machte mich von ihm los, fuhr mir über die Lippen.

Wie hatte ich mich so gehen lassen können?

Mit klopfendem Herzen spähte ich nach rechts in den Flur. Gerade meinte ich, ein paar Jogginghosen um die Ecke verschwinden zu sehen. Mist! Ich schloss die Augen. Das konnte nur bedeuten, dass Zac, Biggy oder Graeson unbemerkt an uns vorbeigehuscht war. Wie hoch lagen die Chancen, dass er uns nicht beim Küssen gesehen hatte? Verfluchtes JavaScript! Ob er es melden würde? Dann konnte Lincoln schon heute seinen Job los sein. Ein Arm schlang sich von hinten um mich, doch ich machte mich endgültig von Lincoln los.

»Du musst nach oben zum Shooting, und ich sollte mich frisch machen, sonst werden alle merken, was passiert ist.«

Sah er zu zerwühlt aus? Rasch kämmte ich ihm mit den Fingern durch die Haare, zupfte an seinem Hemd. Glücklicherweise hatten wir es nicht verknittert.

»Es ist nichts passiert, okay? Du behältst den Job«, murmelte ich vor mich hin, zupfte währenddessen meinen Rock zurecht und mied seinen Blick.

Wieso sah er mich so an? So verwirrt, als könnte er nicht glauben, dass ich das gesagt hatte. In meinem Kopf rauschte es. Wie hatte ich mich zu so einem Gefühlsausbruch hinreißen lassen können? Das lag sicher nur daran, dass in letzter Zeit so viel Mist passiert war und ich wenig gute Momente gehabt hatte. Mit klopfendem Herzen strich ich mir mehrmals über die Haare. Wer von den Jungs konnte uns gesehen haben? Wahrscheinlich Biggy – ausgerechnet. Ich schloss die Augen. Oder Graeson. Zac hätte ich sicher an diesem Kuh-Overall erkannt. Wenn ich Glück hatte, konnte ich Graeson oder Biggy die Lage erklären und einen Deal mit ihm aushandeln oder so. Das würden wir hinkriegen. Mein Gedankenstrudel hob komplett ab. Beruhig dich, Kolly. Keine Panik. Mein Blick glitt zu meinem Rock. Kein Abdruck, keine Falte. Puh, noch mal Glück gehabt. Nun ja … außer wir hatten eine Petze unter uns.

Lincoln

Zehn Minuten zuvor

Der Typ konnte von Glück reden, dass ich nicht einer von der Sorte war, der seine Fäuste schnell fliegen ließ. Verdient oder nicht, offenbar war das sein wunder Punkt. Dennoch war Graeson nicht der Saubermann, den er zu geben versuchte, das war klar. Immer noch aufgebracht schloss ich meinen Reißverschluss. Draußen vor der Gästetoilette lief mir Dexter praktisch aus dem Nichts vor die Nase. »Linc, deine Abwesenheit kostet mich gerade ein Vermögen«, schnauzte er mich an. »Nach oben mit dir! In Position. Nein, halt. Weißt du, wo Shy steckt? Wir suchen ihn überall.«

Moment, was? Ein mulmiges Gefühl machte sich in meiner Magengegend breit. »Shy ist weg? Sucht Rae nach ihm?«

»Ja, oben. Und Kolly unten. Also, was ist jetzt?«, fuhr Dexter mich an.

Kolly war schon wieder im Keller? Ich stieß Dexter einfach aus dem Weg, der mir noch hinterherrief, dass das T-Rex-Shirt, das ich trug, gar nicht gehe, und ich mir gefälligst wieder das Hemd anziehen solle. Da war ich mittlerweile ganz seiner Meinung. Das T-Shirt spannte und roch nach verdorbenen Orangen. Aber das war erst mal nebensächlich. Wenn Kolly wieder in diese Grube voll hormongeschwängerter, spätpubertierender, superreicher Arschprompter gefallen war …

Mein Kiefer protestierte, als ich die Zähne heftig aufeinanderbiss. Egal. Im Laufschritt nahm ich die Kurve zur Treppe. Immerhin hörte ich keine Schreie, zumindest keine Schreie von Kolly. Aber verdächtig still im Kellergeschoss war es schon geworden. Ich flog mehr die Treppe hinunter, als dass ich lief. Der Teppich schluckte sämtliche Geräusche, und ich versuchte, extra leise aufzutreten, um an jeder Tür, an der ich vorbeikam, lauschen zu können. Irgendwer schien im Billardzimmer zu sein. Es hörte sich an, als würde ein Tisch verschoben werden. Ich schlich näher, mit angespannten Muskeln. Der Raum hatte keine Tür, weswegen ich durch den offenen Bogengang hineinspähen konnte. Und auf einmal sah ich Kolly von hinten – wollte schon ihren Namen sagen, als ich die Situation ganz erfasste und schwieg. Einfach, weil sämtliche meiner Körperfunktionen den Geist aufgaben.

Gerade beugte sie sich zu Graeson hin, drückte ihre Lippen auf seine, und er zog sie näher an sich. Schlimmer noch, er küsste sie zurück. Der Anblick war nicht zu beschreiben. Genau genommen fehlte mir die Kraft, überhaupt darüber nachzudenken. Von wegen, da lief nichts zwischen Kolly und diesem Star … In mir verkrampfte sich alles. Dann, als ich immer noch wie betäubt dastand, kehrte die Wut zurück. Ich hatte mir umsonst Sorgen gemacht. Kolly hatte diese Entscheidung getroffen, ich musste sie nicht beschützen, hätte es niemals tun müssen. Vielleicht hatte sie insgeheim gehofft, heute einen dieser Promitypen klarzumachen.

In meinen Ohren rauschte es, und ich schwankte leicht. Aber ich würde hier nicht wie ein Spanner stehen bleiben. Langsam trat ich einen Schritt zurück. Dann noch einen. Leise, wobei ich nicht mehr darauf achtete, welche Geräusche ich verursachte.

Meine Gedanken überschlugen sich. Wieder mal hatte ich mich in einem Menschen getäuscht. Wirklich, ich musste aufhören, Menschen voreilig in mein Herz zu schließen. Was hatte ich mir dabei gedacht? Dass Kolly mich mochte und mich einem Star vorziehen würde? Irgendwie hatte es so gewirkt, nachdem ich sie aus dem Felsspalt gezogen hatte und auch bei unserem Shooting am Montag mit der Harley. Wie man sich irren konnte. Als ob Kolly auf mich gewartet hätte. Aber konnte ich das von ihr verlangen? Frühstens in eineinhalb Jahren, allerfrühstens – würde mein Vertrag enden.

Oben bog ich nach rechts ab, stieß in der Biegung zur Küche schon wieder mit Dexter zusammen, der bei meinem Anblick die Hände in die Luft warf. »Dein Hemd! Spreche ich eigentlich Chinesisch?«

Sein Keifen hatte man vermutlich in der ganzen Villa gehört. Zuerst war ich versucht, mich zu weigern. Andererseits … wenn ich jetzt die Treppe hinuntertrampelte … Ich presste die Lippen aufeinander. Dexters Augen wurden noch schmaler, dann vollführte er mehrere abgehackte Bewegungen mit dem Kopf – wie ein Raubtier, das mir drohen wollte. Mit einem Nicken wandte ich mich um und steuerte zielstrebig die Garderobe an.

26 Kolly

ES HEISST, DER KRUMME BAUM LEBT SEIN LEBEN UND DER GERADE BAUM WIRD EIN BRETT. ABER KANN MAN NICHT AUCH AUS KRUMMEN BÄUMEN ZAHNSTOCHER HERSTELLEN?

Was hatte ich mir nur gedacht? Auf dem Weg durch den Flur entdeckte ich eine schmale Tür, die nach einer Gästetoilette aussah. Dankbar über diese Fluchtmöglichkeit stürzte ich hinein. Flackernd sprang die Lampe an. Kaltes bläuliches Licht durchflutete den kleinen Raum. Winzig … Sofort meldete sich meine Platzangst, wollte mich überreden, die Flucht anzutreten. Aber das kam nicht infrage. Ich presste die Zähne aufeinander, versuchte, mich auf was anderes zu konzentrieren.

Holy Bug! Mein Spiegelbild sah aus wie ein zerrupfter Pelikan, da konnte ich glatt streichen, so viel ich wollte. Was hatte Lincoln mit meinen Haaren angestellt? Egal, zuerst brauchte ich kaltes Wasser. So viel ich konnte, klatschte ich mir auf einmal ins Gesicht. Wieder und wieder, hielt mich dann eine Weile einfach nur am Waschbecken fest. Mein Magen krampfte sich zusammen. Das durfte nicht passiert sein. Nur weil ich … mich hatte hinreißen lassen. Meine Schuld. Ich hatte angefangen, den Kuss initiiert. Weil ich da irgendwas zwischen uns gespürt hatte. Seit dem Shooting am Montag oder vielleicht noch früher – es mir aber nicht hatte eingestehen wollen. Wenn Lincoln jetzt gefeuert wurde, schließlich war das bereits der zweite Fauxpas nach dem Vorfall bei der Felsspalte … Dann ging das auf mein Konto. Mein Gewissen. Shit … Würde Mom Lincoln feuern? Wie schnell konnte Dexter ein zweites Double von seinem Sohn auftreiben? Nun ja, groß, dunkelhaarig, durchtrainiert war sicher nicht allzu schwer in einer Modelkartei herauszupicken. Und mit farbigen Kontaktlinsen und den Alumasken der Band …

Mist. Mom und Dexter durften es nie erfahren.

Wie viel Zeit am Ende vergangen war, bis ich meine Haare in einen ordentlichen Pferdeschwanz gebunden hatte und bereit war, die Tür zu öffnen, wusste ich nicht. Allerdings hatte ich mindestens einmal Schritte im Flur gehört. Wahrscheinlich Zac, Biggy oder Graeson, der zurückkam, aber denjenigen, der Lincoln und mich gesehen hatte, würde ich unauffällig aushorchen, sobald das Shooting vorüber war. Wenn er jetzt zockte, konnte er in dieser Sekunde zumindest nichts ausplaudern.

Immerhin begegnete ich keiner Menschenseele im Flur, nahm in Ruhe ein paar tiefe Atemzüge. Aus dem Wohnzimmer vernahm ich die vertrauten Blitz- und Klickgeräusche. Dankbar dafür, dass ich heute nur Beobachter und nicht Teil des Shootings war, schlich ich in die Küche. Mom stand mit angespanntem Blick hinter der Kücheninsel, sah nach links, wo sich die Doubles lässig um den Fernseher platziert hatten. Shy lag dabei mehr auf dem Sofa, als dass er saß, und Lincoln kauerte vor ihm auf dem Boden. Sein Blick war auf den Boden gerichtet. Oh. Wahrscheinlich wirkte Mom deshalb so angespannt. Hatte Lincoln bisher gar nicht kooperiert? Wir waren doch die Videos mit Graesons Gesten durchgegangen, und eben im Keller hatte er ihn perfekt imitiert. Hatte ihn unser Kuss so aus der Fassung gebracht? Ob er auch mit dem Gedanken kämpfte, was geschehen würde, wenn Dexter davon Wind bekam? Das schlechte Gewissen überrollte mich wie Calebs Vorträge über die Oscar-Preisverleihung.

Dexter lief ebenfalls angespannt hinter der Fotografin auf und ab, mit Almeda im Schlepptau, die ihm ein Tablett mit Häppchen reichte.

Im Flur flüsterten Caleb und Sutton miteinander. Toll. Wie lange ging das schon so? Und wie lange wollte sie noch hier herumlungern? Ich zupfte an meiner Zauberwürfel-Kette.

»Okay, Graeson, schau vielleicht mal aus dem Fenster.« Die Fotografin presste ihre Lippen zusammen, wodurch der schwarze Lippenstift fast gänzlich verschwand. Eigentlich hätte sie auch als Model vor der Kamera arbeiten können. Oder als Beyoncé-Double. Wenn man sich den Gothic-Look wegdachte.

»Gute Idee.« Rae stieß Lincoln mit dem Fuß an, zweifellos, damit er wenigstens irgendeine Regung zeigte – was allerdings absolut nicht der Fall war.

Moms Blick flog zu mir. Ich nickte, umrundete den Küchenblock. Es war Zeit, dass wir eingriffen und Lincoln halfen, in seine Rolle zu finden. »Caleb!« Ich winkte ihm. »Komm mal kurz.«

Nachdem ich ihm erklärt hatte, was wir brauchten, flitzte er zu Dexter. Zwei Minuten später hatten Almeda und ich alle Anwesenden mit Getränken versorgt, während Dexter es geschafft hatte, Rockmusik über die Lautsprecher laufen zu lassen.

Tatsächlich half das dabei, die Stimmung zu lockern. Rae und Shy bewegten sich bereits zur Musik. Shy bückte sich nach einem aufblasbaren Basketball, den der Wind zu uns ins Haus gerollt hatte, und warf ihn zielgenau in Lincolns Nacken.

Ich atmete auf, als Lincoln endlich, endlich die Mundwinkel hob und Shy in den Schwitzkasten nahm. Der Auslöser der Kamera wollte gar nicht mehr aufhören zu klicken.

»Zu viel!«, schrie Dexter von der Galerie. »Zu viel Spaß. Aufhören! Eure Masken werden verrutschen.«

Niemand hörte auf ihn.

Lincoln zerstrubbelte Shy die Haare, was der unter Protest zu verhindern versuchte. Immerhin blieben ihre Alumasken tatsächlich an Ort und Stelle haften.

Ich merkte, wie ich mich langsam entspannte, auch wenn mir die Tatsache, dass Lincoln mich ignorierte, einen Stich verpasste. Während die Kamera und die Softboxen klickten, sah er überall hin, nur nicht zu mir. War er etwa so sauer, weil ich unseren Kuss unterbrochen hatte? Schließlich war es nur zu seinem Besten gewesen. Rae fiel rückwärts zu Boden, lachte und nutzte die Situation direkt für entspannte Posen auf dem Boden. Sowohl die Maske als auch seine Fake-Zahnspange funkelten im Scheinwerferlicht.

Während ich die Szene vor mir beobachtete, wurde mir eins klar: Ich würde mich emotional von ihnen fernhalten. Diese Lektion hatte ich soeben gelernt. Dann blieb mir nur noch, gleich mit Lincoln unter vier Augen zu reden. Darüber, was passiert war, und um einen Schlussstrich zu ziehen. Ein für alle Mal.

In der späten Mittagspause bat ich Almeda darum, der Band unten Essen bringen zu dürfen. Das war die Gelegenheit, herauszufinden, ob mich einer von ihnen mit Lincoln gesehen hatte. Vielleicht konnte ich sie unauffällig aushorchen, oder sie würden sich mit einer Äußerung selbst verraten, wenn sie mich sahen und losprusteten oder so. Mein Gesicht wurde allein bei dem Gedanken daran heiß. Ich atmete tief ein, lud mir von allem etwas auf drei Teller, ehe ich Warmhalteglocken darüber platzierte. Bitte, bitte lass das ein guter Plan sein.

»Nicht jetzt«, begrüßte Biggy mich, als ich das Tablett die Stufen im Kinosaal hinunter balancierte. »Ach fuck, jetzt bin ich tot.« Er warf seinen Controller in Richtung Leinwand.

»Dafür wirfst du aber noch ziemlich weit«, sagte ich, ohne das Ganze persönlich zu nehmen. Das waren Gamer und dazu sicher ziemlich isoliert von der normalen Welt da draußen. Eigentlich konnten sie einem leidtun. Man musste wahrscheinlich so werden wie Biggy, um überhaupt mit dem Druck klarzukommen, den ihr Job mit sich brachte.

»Danke, Kolly.« Graeson immerhin schien sich zu freuen, mich zu sehen. In seinen Augen schimmerte es, als würde er eine alte Freundin begrüßen. »Setzt du dich jetzt endlich zu uns?«

Hm, ja, wieso eigentlich nicht? Oben war schließlich auch Mittagspause. Wenn ich eine freundschaftliche Beziehung zu den Bandmitgliedern aufbaute, würde das das Verhandeln um Lincolns Schicksal vielleicht sogar erleichtern. Und so konnte ich in Ruhe herausfinden, wer uns beobachtet hatte.

»Nur wenn ich deine Pommes klauen darf«, sagte ich und war verwundert, wie selbstsicher das klang. So, als wäre ich ihr Boss.

Aber da Graeson und Zac lachten, nahmen sie mir das anscheinend nicht übel. Nur Biggy ignorierte mich, doch das war ich bereits von seinem Ebenbild Shy gewöhnt. Zac lachte … und das, ohne einen argwöhnischen oder zweideutigen Blick. Hieß das, dass nicht *er* Lincoln und mich im Billardraum bemerkt hatte?

Tatsächlich machte Graeson ein Spiel daraus, seine Schale Pommes vor mir in Sicherheit zu bringen, warf sich sogar einmal auf sie, als wäre sie ein Football, nur damit ich meine Finger nicht in die Nähe bekam.

Lachend pikste ich ihn in die Seite. »Hey, das sind nur Kartoffeln, keine Kronjuwelen.«

Zac prustete, spuckte seinen Energiedrink aus, direkt in Biggys Nacken.

»Alter!« Genervt wischte sich Biggy über die nasse Haut.

Doch Zac lachte immer noch. »Sie hat Kronjuwelen gesagt.«

»Ich meinte Edelsteine«, sagte ich ruhig.

»Ist klar.«

»Arrrrr!« Biggy schlug sich auf die Schenkel. »Hört auf! Ihr zwei seid unerträglich, wenn Mädchen in der Nähe sind. Und du: Bist du nicht dafür da, uns zu bedienen? Dann los, hol mir ein Handtuch und einen Kaffee.«

Ich runzelte die Stirn. War das sein Ernst?

27 Kelly

ES HEISST, DENKEN SEI DIE SCHWERSTE ARBEIT DER WELT. WAS WIEDERUM DER GRUND DAFÜR SEIN MUSS, WARUM SO WENIGE MENSCHEN ES ORDENTLICH TUN. KEINE WEITEREN FRAGEN.

Zwar öffnete Graeson gerade den Mund, um Biggy zurechtzuweisen, doch ich winkte ab. Mit ihm würde ich allein klarkommen. »Selbstverständlich, Master Biggy.« Ich zwinkerte ihm zu. »Iss du einfach dein Fast Food auf. Kaffee kommt sofort.«

»Warum sagt sie das so komisch?« Biggy wandte sich zu Zac um. Der zuckte nur mit den Schultern, während sich Graeson entspannt in meine Richtung lehnte. »Was immer du tust, mach weiter damit. Immerhin kommt Biggy dadurch mal raus aus seinem Schneckenhaus. Sonst redet er selten so viele ganze Sätze am Stück.«

Ich hob eine Augenbraue. »Wer sagt das? Graeson, der Psychologe?«

»Genau. Meine Fähigkeiten als Hobbypsychologe werden nur noch von meiner Sprachgewandtheit übertroffen. Wer, glaubst du, schreibt bei uns die Songtexte?« Selbst Graeson konnte dabei nicht ernst bleiben, genauso wenig wie Zac.

Wenig später stimmte auch Biggy in sein Lachen ein. »Als ob. Du schon mal nicht, Grae.«

»Hm, also gerade schreibt ihr ja nicht, sondern zockt. Bezahlt ihr irgendwen dafür? O nein, sagt mir bitte nicht, dass Dexter eure Songtexte schreibt.« Ich konnte mir nicht helfen und musste sie weiter damit aufziehen.

»Gott bewahre.« Sowohl Graeson als auch Zac beugten sich nach vorn und lachten.

»Dann hol ich wohl besser besonders schnell Kaffee, ehe ihr euch noch überarbeitet.«

»Har, harrr«, sagte Biggy, was jedoch deutlich freundlicher klang als sein Tonfall von vorhin. Immerhin schien es, als hätte keiner von den dreien etwas gesehen – wenn ich so in ihre Gesichter schaute. Niemand hatte eine anzügliche Anspielung fallen lassen oder überhaupt das Gespräch auf Lincoln gelenkt.

»Hey, Kolly!« Shy kam auf mich zugestürmt, als ich gerade oben in der Küche Löffel auf das Tablett zu den Kaffeetassen legte. »Hast du das gemacht, worüber wir gesprochen haben?«

Ich sah auf. Kurz war ich verwirrt, doch als ich Shys hungrigen Blick in Richtung der Häppchen bemerkte, fiel mir wieder ein, dass er mich gebeten hatte, Biggy zu mästen. »Wo um alles in der Welt soll ich jetzt Steroide oder anderes Zeugs zur Gewichtszunahme herbekommen haben?« Nicht, dass ich Biggy wirklich was ins Essen mischen würde.

War etwa immer noch Pause? Ich hatte es schon länger nicht mehr klicken und piepsen hören. Als ich mich umdrehte, bemerkte ich, dass Lincoln zu Shy und mir herübersah. Schnell wandte ich mich wieder zu Shy um – fest entschlossen, nicht an Lincoln zu denken. Konnte Shy mich unter diesem Löckchenpony überhaupt sehen? Caleb hatte viel zu viel Gel hineingeknetet, sodass seine Haare fast gar nicht mehr dunkelblond, sondern eher braun wirkten.

»Ihr Frauen habt doch immer alles in eurer Handtasche.«

Ich blinzelte zweimal in Zeitlupe. Ernsthaft? Leider ließ Shy sich dadurch nicht verscheuchen. »Wenn du so weitermachst, kippe ich

Abführmittel in Biggys Kaffee.« Nicht, dass ich davon was in meiner *Handtasche* hätte.

Shys tiefem Einatmen zufolge, kaufte er mir diesen Bluff tatsächlich ab.

»Kolly!« Zum ersten Mal freute ich mich, Dexter auf mich zusteuern zu sehen. »Lass Almeda das mit dem Kaffee machen. Du musst die Ausrüstung zum zweiten Set bringen.«

Topp, und schon war die Freude dahin. Vor allem auch, weil Dexter mich mit seiner persönlichen Assistentin zu verwechseln schien.

»Wir wollen als Nächstes unten an der Straße shooten. Vor der Gondel mit Blick auf die Villa«, fuhr Dexter fort. »Caleb ist noch mit Rae beschäftigt.«

Kurz schaute ich zu den beiden rüber. Caleb fummelte gerade an Raes Zahnspange herum. Ja, da würde ich jetzt definitiv *nicht* reingrätschen und Caleb den Spaß verderben.

Bilder mit der Villa im Hintergrund also. Aha, wir prahlten mal wieder. Oder waren auf dem besten Weg dahin. So verträumt, wie Dexter gerade dreinblickte, ähnelte er tatsächlich Lincoln und Graeson, wirkte auf einmal auch deutlich jünger.

»Wegen unserem Geheimrezept«, sagte Shy, doch ich brachte ihn mit einer Handbewegung zum Schweigen.

»Denk an das Abführmittel«, raunte ich ihm zu, ehe ich Almeda die Milch reichte, um gleich darauf zu meiner Mutter zu flitzen, die mich zu sich winkte. Zwar hätte ich lieber die Flucht angetreten, auch wegen Lincoln, aber wenn Mom mich brauchte … »Was soll ich tun, Mom?«

Sie nestelte an ihrer Tablethülle und wich ganz offensichtlich Dexters Blicken aus Richtung Küche aus.

»Caleb, geh du mit Kolly und Lincoln. Führ das Gespräch.« Mom vollführte eine seltsame Kopfbewegung, die Caleb jedoch zu verstehen schien. Im Gegensatz zu mir, denn ich verstand gar nichts mehr – außer, dass die beiden ohne mich etwas besprochen haben mussten. Misstrauisch kniff ich den Mund zusammen. Es klang fast so, als wollten sie Lincoln und mir eine Ansage machen? Nein, oder? Unmöglich … Sie konnten nicht wissen, was im Keller vorgefallen war. Auf einmal dröhnte es viel zu laut in meinen Ohren.

Wir packten nach Moms Anweisungen Blender und Requisiten auf einen Rollwagen und schoben sie dann zur Haustür, die uns Sutton aufhielt. Wow, jetzt versuchten wir also, hilfreich auszusehen? »Ah, ihr seid schon voll, hm?« Sie sah Caleb und mir dabei zu, wie wir die Gondel beluden. »Dann nehmen Lincoln und ich besser die nächste.« Sutton warf sich in Pose und die blonde Haarmähne zurück.

Insgeheim freute ich mich darüber, dass Lincoln immer noch ziemlich teilnahmslos im Türrahmen stand, nicht reagierte und gar nicht bemerkte, dass Sutton um seine Aufmerksamkeit buhlte. Warum auch immer sie jetzt hinter ihm her zu sein schien.

»Nein, Lincoln kommt mit uns«, sagte Caleb bestimmt. »Da ist noch genug Platz.«

Da war es wieder. Also wollte er irgendein Gespräch mit Lincoln und mir in der Gondel führen, und wenn ich das richtig interpretierte, würde es ein ernstes sein. Das konnte eigentlich nur eins bedeuten. Meine Finger begannen zu zittern, weswegen mir fast der Blender aus der Hand gefallen wäre, den ich in eine Tasche hatte packen wollen. Wollte Caleb mit mir und Lincoln über den Kuss reden? Holy Bug! Bitte nicht.

Im Gegensatz zu mir schaute Lincoln drein, als wäre er gar nicht hier. Abwesend – auch wenn da etwas in seinem Blick lag, was fast schon wie Enttäuschung aussah. Vielleicht auch Mutlosigkeit. Ob er noch gar nicht verstanden hatte, was gleich passieren würde? Oder hatte er sich bereits damit abgefunden, gekündigt zu werden?

Er stieg als Letzter in die Gondel, setzte sich langsam wie ein Zombie uns gegenüber, schaute aber weder mich noch Caleb an.

Caleb öffnete den Mund, als wir uns gerade ruckelnd nach unten in Bewegung setzten. »Lincoln, Miranda hat mich gebeten, bei dir ein Thema anzusprechen.«

Oje, oje. Aber wieso hielt er mich da raus und richtete die Worte lediglich an ihn?

Weder ich noch Lincoln reagierten in irgendeiner Form.

»Du erinnerst dich sicher an die Klausel im Vertrag. Keine Dates und …«, Caleb schüttelte sich, »Techteleien mit Mädchen, vor allem nicht, wenn ihr dabei Gefahr lauft, fotografiert zu werden. Oder eben enttarnt, wenn ihr bei wilden Knutschereien nicht auf eure Perücken achtet.«

Was? Knutschereien und Techteleien? Gab es diese Wörter überhaupt?

Und wollte er darauf hinaus, dass Lincoln und ich gerade eben in einem Haus geknutscht hatten, in dem sich dummerweise auch ein Kamerateam aufhielt?

Ganz langsam drehte Lincoln seinen Kopf und sah Caleb direkt an. Sein Pokerface hätte ich auch gern gehabt. Anstatt zu antworten, hob Lincoln lediglich eine Augenbraue. Dass er dazu in der Lage war. Ruhig und dann auch noch nur eine Braue! Ich brachte das ja nie zustande.

Betont cool versuchte ich, mir den unteren Pool genauer anzusehen, klammerte mich dabei am Sitz fest, was mich wahrscheinlich verriet, aber ich konnte nicht anders. Aus diesem Blickwinkel konnte ich eine Hüpfburg mit Bällebad erkennen. Aha. Also doch.

»Ihr wurdet gesehen«, fuhr Caleb fort.

Verdammt. »Caleb, es war meine Schuld …«, begann ich, bloß sagte er gleichzeitig: »Vor dem Nachtclub.«

Wie? Ich verstummte, doch jetzt sahen mich beide Jungs an.

»Was ist deine Schuld?«, fragte Caleb.

»Äh …« Über was sprachen wir hier?

»Nichts, nur dass ich ähm … egal.« Die Gondel hielt. »Sollen wir aussteigen?«

»Einen Moment noch.« Caleb hob einen Arm, als fürchtete er, Lincoln könnte abhauen. »Du wurdest mit diesem Mädchen am Arm fotografiert, und das Foto geht gerade auf Instagram viral. Miranda hat es vor ein paar Minuten entdeckt. Auf Social Media fragt man sich, ob der Junge mit der schief sitzenden Perücke Graeson Woollard ist und ob er an diesem Abend ein Groupie abgeschleppt hat.«

Was? Ich sah zwischen beiden hin und her. Dann ging mir ein Licht auf. Gestern Abend. Das Mädchen vor der Bar. Das hatte ich völlig vergessen. Oder verdrängt. Mein Herz pochte. Nicht, dass das in irgendeiner Weise von Bedeutung wäre in Bezug auf Lincoln. Nein, das waren lediglich der Stress und der Druck, unter dem ich stand. Aber immerhin schien es hier nicht um unseren Kuss zu gehen. Ich grub meine Fingernägel in das Fleisch meiner Handballen. Der Gedanke an dieses Mädchen, das Lincolns Hand hielt, war immer noch schwer für mich zu ertragen, obwohl es mir vollkommen gleichgültig sein sollte.

»Das verstößt gegen die Vereinbarung. Solange du bei uns unter Vertrag bist: keine Dates, keine Affären, keine Beziehungen.« Caleb schüttelte vehement den Kopf. Auf seiner Stirn glänzten Schweißtropfen. Genau wie bei mir – da war ich mir sicher. »Zum Schutz von Graesons Ruf können wir das nicht dulden, das verstehst du, oder? Das ist deine letzte Warnung. Noch ein Vorfall, und wir müssen dich durch ein anderes Double ersetzen.«

Lincoln schwieg. Nachdem er mehrere Sekunden lang immer noch keinen Ton von sich gegeben hatte, stöhnte Caleb genervt auf.

Holy Bug, das war seine oder besser gesagt Moms letzte Warnung? Was, wenn jetzt noch die Sache mit unserem Kuss herauskam? Um die angespannte Situation langsam aufzulösen, sammelte ich die ersten Taschen ein. Seine letzte Chance? Und warum wich er mir aus, wenn ich versuchte, Blickkontakt zu ihm herzustellen? Ich würde nichts verraten, nur das wollte ich ihm mitteilen. Und dass wir gleich noch in Ruhe reden würden.

Aber Lincoln strafte mich mit Nichtbeachtung, nachdem er einmal die Augen nach oben verdreht hatte. Gut, das hatte ich verdient. Wegen mir steckte er jetzt in diesem Schlamassel – kurz vorm Rauswurf. Wenn ich nicht so über ihn hergefallen wäre … Ich biss mir auf die Unterlippe, war mir bewusst, dass ich es nicht mehr rückgängig machen konnte.

»Verstehe.« Nach einem Seufzen drückte sich Lincoln die Maskenhälfte fester aufs Gesicht und stieg aus.

Caleb begann, das Equipment auszuladen, aber ich konnte das Gespräch nicht hier enden lassen.

»Lincoln!«, rief ich ihm hinterher. Ich stürzte ihm nach, wollte ihm mitteilen, dass ich dabei war, eine Lösung für uns zu finden. Für den Vorfall von vorhin.

Doch er blieb nicht stehen, schlenderte über die Einfahrt zum Metalltor und betätigte den Knopf. Das Tor schob sich knirschend zur Seite, gab den Blick auf eine Straße mit noch mehr Villen frei. »Ich werde mit meiner Mom reden. Und auch mit Graeson und den Jungs.« Nur falls sie doch was gesehen hatten. »Mach dir keine Gedanken.«

Bei meinen Worten blieb er endlich stehen, allerdings so steif, als hätte ich ihn bedroht. »Warum sollte mich das interessieren?« Er wandte sich halb zu mir um.

»Na ja, weil …« Sein Blick irritierte mich. Er wirkte so verbohrt … nein, verbittert. Achselzuckend ging er weiter bis zum Bürgersteig, drehte sich dann zum Haus um, als wollte er voraussehen, wo er gleich für das beste Bild stehen sollte.

Und da sagte man, Frauen seien schwer zu verstehen. Egal, ich würde das jetzt klären. Entschlossen marschierte ich auf ihn zu. »Wegen des Kusses«, wisperte ich eindringlich.

Selbstverständlich tat er so, als hätte er mich nicht gehört, und setzte seinen Weg fort. Offenbar wollte er Abstand zwischen mich und sich bringen, und ich konnte es ihm nicht mal verübeln.

»Hey, Kolly, würdest du mal helfen?«, rief Caleb mir nach, was ich jedoch ignorierte. »Wenn wir die Gondel nicht ausladen, kann ich sie nicht wieder nach oben schicken, um die anderen abzuholen.«

Nun ja, dann eben nicht. Oder sie benutzten einfach ihre Füße und die Treppen. Dennoch machte ich zähneknirschend ein paar Schritte rückwärts die Auffahrt hoch.

Ein weißes Auto hielt direkt neben Lincoln an. Verflucht, hatte niemand die Straße für das Shooting abgesperrt? Geistesgegenwärtig zog sich Lincoln die Maske ab und versteckte sie hinter seinem Rücken, wobei er sich zum Auto drehte.

»Entschuldigung!«, drang eine Frauenstimme aus dem Wageninneren. »Ich hab hier ein Problem und bräuchte Hilfe.«

»Ja?« Lincoln beugte sich zum Seitenfenster, das heruntergelassen worden war. Irgendein modernes E-Auto, nein, eher ein Transporter – da es eine Schiebetür besaß und zudem eine beachtliche Wagenhöhe.

Eine blonde Frau mit Sonnenbrille lächelte Lincoln an. Kurz zuckte ihr Blick zu seinem unteren Rücken. Das war merkwürdig. Und diese Frau mit den Locken hatte ich doch schon mal gesehen!

Ich stürmte los, ehe ich es mit Sicherheit wusste, aber ich roch den Braten. »Warte!«

Vielleicht weil ich gerufen hatte, sehr wahrscheinlich sogar, jedenfalls blinzelte Lincoln in meine Richtung.

Seitlich am Wagen glitt die Schiebetür auf. Zwei Frauen mit Sonnenbrille steckten ihren Kopf aus dem Wagen, eine sprang sogar heraus. Alles ging wahnsinnig schnell. Sie packten ihn rechts und links, zogen ihn in den Transporter.

Erst mit Verzögerung reagierte Lincoln, stemmte sich gegen sie. Die Alumaske fiel zu Boden.

»Hey! Lasst ihn los, oder ich rufe die Polizei!«, schrie ich, wobei mir klar war, dass keine Cops der Welt rechtzeitig eintreffen würden, um ihn zu retten. Also musste ich das übernehmen. Das mussten diese Hardcore-Fans sein, von denen Mom geredet hatte. Dieselben, die Graeson am Flughafen hatten entführen wollen. Denn die Frau mit den blonden Locken hatte ich auf dem Foto vom Flughafen gesehen.

»Finger weg von ihm!«

Kolly 28

ES HEISST, ADLER NEHMEN KEINE FLUGSTUNDEN BEI TAUBEN. BLOSS, HAT ÜBERHAUPT EIN VOGEL BEI DIESER ANGELEGENHEIT JEMALS NACHHILFE GEBRAUCHT?

Außer mir schrie niemand, aber ich war noch nicht nah genug dran, um etwas zu tun.

Lincoln tat währenddessen sein Bestes, um sich freizustrampeln, drückte sich mit einem Fuß am unteren Fahrzeugrahmen ab und warf sich nach hinten.

Endlich schaffte ich es auch zum Ort des Geschehens. »Geht's noch?« Mehr konnte ich einfach nicht sagen, packte stattdessen die Griffel der Frau, die Lincolns rechten Oberarm umklammert hielt. Allerdings wollte sie einfach nicht loslassen, als wäre sie eine Superheldin mit übernatürlichen Kräften. Wie konnte man nur so kräftig sein? Und warum musste Lincoln Graeson auch so verdammt ähnlich sehen? In diesem Moment verfluchte ich das Double-Business. Wenn Lincoln etwas zustieß …

Hinter uns – allerdings viel zu weit weg – hörte ich Caleb etwas brüllen. Wir mussten jetzt handeln, sonst war Lincoln vielleicht für immer weg. Der Gedanke erschütterte mich mehr, als er sollte. Okay, was konnte ich noch tun? Zwar wehrte sich Lincoln nach Kräften, aber die zwei Frauen schienen ebenso trainiert zu sein wie er. Das Einzige, das ich bei mir trug, war mein Handy. In einer fließenden

Bewegung zog ich es aus meiner Rocktasche, schlug wie mit einem Hammer mit der Unterseite auf das Handgelenk der Frau ein. Sie schrie, riss die Hand zurück – weg von Lincolns Oberarm. Mit einem Fauchen holte sie aus, versuchte ganz offensichtlich, mir ins Gesicht zu boxen, bloß hatte sie nicht mit Lincolns Ellenbogen gerechnet, der den Schlag abblockte. Blöderweise packte sie sofort wieder zu, zerrte mit Leibeskräften an Lincoln, der nun schon zur Hälfte in den Wagen gezerrt worden war.

Immerhin kam uns nun endlich Caleb zu Hilfe. Mit einem Schrei stürzte er sich mitten ins Geschehen. So kannte ich ihn. Während ich noch die Frau mit den blonden Strähnen im dunklen Haar abwehrte, knöpfte er sich die andere vor. Wahrscheinlich waren lediglich ein paar Sekunden vergangen, doch es kam mir wie eine Ewigkeit vor, bis endlich, endlich beide Frauen von Lincoln abließen. Wir stolperten rückwärts, und ich drückte alle Knöpfe an den Seiten meines Handys. Eben hatte ich die Zeit dafür nicht gehabt, hatte handeln müssen – aber jetzt war Caleb da. Die Frauen schrien etwas, das sich nach einem Codewort in einer anderen Sprache anhörte, die ich noch nie gehört hatte. Dann deutete die blonde Frau am Steuer auf die Schiebetür – wobei mir auffiel, dass sie ein Tattoo an einem ihrer Finger trug. Kleine Rosen passend zu dem Rosentattoo auf ihrem Oberarm. Eine Sekunde später brausten sie los, und kurz darauf löste mein Handy den Notruf aus.

Zwei Stunden nach dem Vorfall konnte ich es immer noch nicht fassen. Es war was ganz anderes, von so was zu hören, als live dabei zu sein. Zusammen mit den Doubles und der Band saßen wir in der großen Sitzecke am Eingang der Villa. Gerade war die Polizei gegangen, und Dexter hatte das Kamerateam längst vor die Tür gesetzt. Ohne die letzten Aufnahmen vor der Villa abzudrehen.

Lincoln hatte die Hände wie ein Dach über seiner Nase gefaltet, den Oberkörper weit nach vorn gebeugt. Ob er sich überlegte, zu kündigen? Nachvollziehen könnte ich es definitiv nach diesem Tag. Schräg hinter ihm stand Graeson, schielte auf sein Double.

»Zum zweiten Mal, und die Polizei stellt keinen Personenschutz.« Dexter klatschte sich auf die Oberschenkel.

»Na ja, die könntet ihr doch selbst zahlen«, warf Mom ein. Sie saß neben mir auf der Sofalehne, eine Hand auf meiner Schulter.

»Mach dich nicht lächerlich, Miranda. Das sind drei Frauen in den Zwanzigern. Wie gefährlich können die uns werden? Dafür verschwende ich kein Geld.«

Wirklich? Mein Blick huschte zu seinem Sohn, doch der hatte eine unergründliche Miene aufgesetzt. Mich hätte es verletzt, so etwas zu hören. Außerdem war es verdammt knapp gewesen. Ohne Hilfe hatte Lincoln sich nicht von diesen angeblich ungefährlichen Frauen befreien können.

»Jo, also dann.« Biggy kratzte sich am Haaransatz und stand auf. »Ich bin mal am Zocken, falls mich wer braucht.«

Shy sah so aus, als würde er sich am liebsten anschließen, sagte aber nichts.

Rae starrte Zac ungeniert an, der sich in immer kürzeren Abständen im Nacken kratzte. »Ja, ihr habt bestimmt noch Sicherheitsmaßnahmen in Bezug auf unseren G hier zu besprechen.« Zac stand auf. Die Nachmittagssonne reflektierte auf seiner Zahnspange. »Ich bin auch raus.«

»Aber was, wenn das nur Zufall war, dass es bisher immer Graeson getroffen hat?«, fragte ich. »Vielleicht sind sie hinter der ganzen Band her?«

»Er ist der beliebte Leadsänger. Natürlich geht es um ihn«, brummte Zac, ehe er wie Biggy in Richtung Keller verschwand.

Und Dexter hob lediglich den Kopf, um den beiden irgendwas wegen eines Bandprobetermins zuzurufen.

Nicht nur ich, sondern auch Lincoln sahen ihm verwirrt nach. Eigentlich hatte ich den Eindruck gehabt, dass Zac sich gut mit Graeson verstand.

»Vielleicht sollten wir auch die Biege machen«, schlug Caleb leise vor.

»Ja, geht nur.« Dexter deutete zur Tür, als würden wir ihn im Stich lassen. »Und du, Junge, veränderst draußen besser dein Erscheinungsbild. Du solltest auch eine Perücke tragen, wenn du wieder in die Öffentlichkeit gehst.«

Unfassbar. Das war Dexters Lösung?

Mom erhob sich. »Wir werden einen Selbstverteidigungskurs für unsere Doubles zahlen, kein Problem.«

Dexter lenkte nicht ein. Kein »Dann zahle ich eben die Bodyguards für meine Band und auch für die Doubles«.

Unglaublich. Doch obwohl die Doubles Blicke austauschten, schien sie das nicht weiter zu kümmern. Rae zuckte mit den Schultern, hob einen Daumen und grinste mich an.

»Ich sollte das nicht auf Instagram posten«, murmelte Sutton neben mir. »Nein, ich sollte *auf jeden Fall* darüber sprechen ... nein, das sollte ich *nicht*.«

»Sutton«, sagte ich gefährlich ruhig. »Verschwiegenheitsklausel.«

Ihr Kopf ruckte nach oben. Nach einem tiefen Einatmen blinzelte sie mich an. »Geht sowieso gerade nicht, weil ich zu nah bei dir sitze.« Sie schielte auf mein Armband.

Manchmal war das Ding echt nützlich. Aber was musste sich Sutton auch ausgerechnet heute zu den Doubles schleichen? Ich sah sie fest an, schlürfte dabei die Reste aus meinem Eiskaffee-Becher.

»Natürlich tue ich es nicht«, zischte sie mir zu. »Ich bin Profi.«

Dexter strich sich über seine Bartstoppeln, verdrehte dann unter Moms stechendem Blick die Augen. »Freitagabend beim nächsten öffentlichen Auftritt der Jungs auf dem Red-Carpet-Event wird so viel Security vor Ort sein, da werden wir keinen Extraschutz brauchen. Danach überlege ich mir noch mal, ob diese Ausgaben wirklich nötig sind.«

Dieser alte Knauser. Es ging hier um seinen Sohn. Ich konnte es einfach nicht fassen. Gut, wenn er nichts unternehmen wollte, würden wir es tun. Am Ende ging es auch um unsere Doubles. Um Lincoln! An seine Sicherheit verschwendete Dexter wohl keinen Gedanken. In dieser Sekunde beschloss ich, besonders gut beim Selbstverteidigungskurs der Jungs aufzupassen und noch viel wichtiger: ein paar Kontakte zu reaktivieren, die diese kriminellen Frauen aufspüren konnten. Wenn ich irgendwie jemanden darauf ansetzen könnte, Überwachungskameras zu hacken … Vielleicht konnte Sawyer … nein, am besten Indy. Indy mit den grünen Stoppelhaaren – begnadete Hackerin und inzwischen fast mit der Schule fertig.

»Caleb und du könntet ja auf dem Event ein Auge auf die Menge haben, um die Jungs zu schützen, nicht wahr?«, ergänzte Dexter, wobei seine Stimme nur so vor Überheblichkeit vibrierte.

Wie sehr konnte man eigentlich auf andere Menschen herabsehen? Dexters Vorschlag ließ meinen Puls nach oben schnellen. Unfucking-fassbar. Wut kochte in mir auf, die sich noch verstärkte, als Sutton Lincoln eine Hand auf die Schulter legte und ihm etwas zuflüsterte. Wieder mal verfluchte ich mein Hacking-Verbot. Was ich Sutton alles auf den Hals hetzen würde, wenn ich könnte. Sofort wanderte meine Hand zu meiner Zauberwürfel-Kette, und ich konnte nicht anders, als daran herumzuknibbeln. Während ich Suttons Geflirte beobachtete, drifteten meine Gedanken immer wieder zurück zu dem Moment, in dem ich dachte, dass Lincoln für immer in diesem weißen Van verschwinden würde. Kalter Angstschweiß brach mir allein bei dem Gedanken aus, dass so was noch mal passieren könnte. Ich schüttelte mich. Das durfte nicht sein. Ich musste hier raus. Ich brauchte Abstand. Jetzt sofort.

29 Kolly

ALLES, WAS DU WILLST, IST AUF DER ANDEREN SEITE DER ANGST, HEISST ES. ABER WIESO SOLLTE ICH ANGST VOR SCHOKOLADE HABEN?

»Ich bin nicht gerade die geborene Hackerin«, sagte Lexi und sah mich verunsichert an.

Weil Sawyer sich um seine Mutter kümmerte und daher noch keine Zeit gehabt hatte, hatte ich mir ein Uber zu Lexi gerufen. Ich musste mit jemandem reden, der kein Teil von Hollywood war. Kein Fake und niemand, der Klienten in Schutz nahm wie Mom. Nun schob Lexi mir ein halbes Sandwich zu, und der Geruch von einer Extraportion geschmolzenem Käse ließ meinen Magen jubilieren.

»Das musst du auch nicht sein.« Wie in einem Mafiafilm schob ich ihr einen Zettel zu, nahm erst im letzten Moment die Hand von dem Papierfetzen herunter. »Bloß eine Nachricht an diese Mailadresse senden. Wenn ich weg bin.«

Besser der Tracker und ich hielten uns, sobald sie das tat, nicht in der Nähe dieser IP-Adresse auf. Nur zur Sicherheit. Die Chance, dass ich mit einer Verwarnung davonkam, ging gegen null. Ein Verstoß diesen Sommer hieß: neun Monate Gefängnis. Nicht cool.

Lexi las sich die Nachricht an Indy durch. Natürlich war das nicht ihr echter, sondern lediglich ein Codename – ich wollte auch gar nicht Indys echten Namen wissen, aus Sicherheitsgründen. »Ich weiß nicht. Sie soll eine Überwachungskamera für dich hacken?«

»Jepp.« Ich wechselte das Thema. »Was hältst du davon, wenn ich meinen besten Freund Sawyer bitte, herzukommen? Er kann uns helfen, und er liebt Tiere.« Ich lächelte in Richtung des schnarchenden Luzifers, der nicht ahnte, dass Potato gerade mit seinem zuckenden Schwanz spielte. Irgendwie fühlte es sich goldrichtig an, meine Freunde zu connecten. Dann wären wir eine … Gruppe an Freunden. Der Gedanke löste eine angenehme Ruhe in meinem Innern aus.

»Na gut. Echt heftig, was heute bei dir los war.« Lexi neigte den Kopf, klopfte mit dem Löffel gegen die Wand des Bechers. »Und du und dieses Double, ja? War der Kuss etwa … gut?«

Ich hustete, woraufhin meine Kaffeetasse bedrohlich schwankte, zog dann eine Grimasse. »Wie kommst du darauf, dass wir uns geküsst haben?« Den Kuss hatte ich mit keinem Wort erwähnt.

Hinter uns sprangen flackernd die Lampions an, tauchten den Garten in ein wohliges, gemütliches Licht.

Lexi grinste, lehnte sich auf dem Gartenstuhl zurück, was wohl hieß, dass sie mich nicht so bald aus ihren Fängen lassen würde. »War so ein Gefühl.«

Oh, diese Gefühle hätte ich auch gern. Zwischenmenschliches durchschaute ich ja grundsätzlich nie. Das hätte Sawyer bestätigt. Vielleicht konnte Lexi mir einen Grundkurs darin geben. Ich starrte in die Ferne, in den rosa Abendhimmel, bevor ich erst mal die Nachricht an Sawyer mit Lexis Adresse tippte – auch um Zeit zu gewinnen. Dieser Ort – diese abgelegene Katzenrettungsstation … Hier oben wirkte Vergangenes und Problematisches irgendwie ferner. So, als ob Probleme weniger wiegen würden, wenn man von diesem Berg darauf hinabblickte. Natürlich vollkommener Unsinn, aber der Gedanke gefiel mir.

»Und?« Sie sah mich so durchdringend an, als wollte sie mir mit Röntgenstrahlen-Augen bis in mein Stammhirn spähen. »Wie gut küsst er?«

Hm? Darüber hatte ich noch gar nicht so genau nachgedacht. Einfach, weil danach alles so schnell gegangen war. »Also, wenn ich ehrlich sein soll, hatte ich es mir etwas anders vorgestellt. Mehr so Feuerwerksexplosion und Orchester in meinem Kopf. Aber es war ganz okay.«

»Ganz okay?« Lexi hielt sich ihren Handrücken vor den Mund. »Klingt jetzt nicht so besonders.«

»Besonders wäre Feuerwerk und Orchester«, sagte ich zum zweiten Mal, »so war es aber nun mal nicht.« Was, wenn ich es mir genau überlegte, auch viel besser war. So einen Kuss vermisste man nicht, wollte man nicht wiederholen. Obwohl er sich schon irgendwie heiß angefühlt hatte … Insgesamt war es so jedoch einfacher, mir Lincoln aus dem Kopf zu schlagen. Endlich würde ich mich nur auf den Job fokussieren können – nun ja, nachdem ich sichergestellt hatte, dass Lincoln nicht wegen mir gefeuert wurde.

Mein Handy vibrierte und unterbrach damit meine Gedanken. »Sawyer ist auf dem Weg hierher«, las ich von meinem Bildschirm vor. »Er freut sich darauf, dich kennenzulernen.«

Lexi lächelte, schwieg dann aber. Wann sie wohl das letzte Mal gleich zwei Freunde zu Besuch gehabt hatte? Eine Frage, die mich im Grunde genommen überhaupt nichts anging.

»Und jetzt?«, wollte Lexi nach einer Weile des Schweigens wissen.

»Jetzt kümmern wir uns um das Crowdfunding für Charlie. Also, wie viel hat der Doc aus der Tierklinik gesagt, kostet die OP? Was brauchen wir, damit Charlie wieder laufen kann?« Ich warf einen Blick unter den Tisch, wo Potato an meinen Schnürsenkeln herumkaute. Charlie sollte auch so herumtollen können wie die anderen Kätzchen.

»Achtzehntausend.«

»Wirklich? Dollar?«

»Nein, Marshmallows. Natürlich Dollar, und das ist schon der Freundschaftspreis, den ich von der sozialen Tierklinik bekomme.«

So viel Geld. Für zwei kleine Hinterbeine. Ich zuckte mit den Schultern. »Danach müssen wir ihn in *Million-Dollar-Baby* umbenennen.«

»Oder in *Kleiner Robo*«, sagte Lexi. »Wer weiß, wie viele Ersatzteile sie ihm einbauen.« Grinsend biss sie in ein Stück Baguette, kaute dann aber eine Weile nachdenklich darauf herum, wobei ihr Lächeln bei jedem Bissen mehr verblasste.

Armer Charlie. Aber wir würden ihm eine Zukunft schenken, und egal, wie viele Bauteile es brauchte: Wir würden ihm ein ganz normales Leben ermöglichen – wenn wir genug Menschen auftrieben, die etwas für seine Zukunft spendeten.

Lincoln

Weil Gus heute bei einem Freund übernachtete und ich absolut keine Lust auf Mom und ihren Lover hatte, bat ich Rae darum, bei ihm übernachten zu dürfen.

Der kratzte sich mit dem kleinen Finger über eine Augenbraue, pulte dann an seiner Nagelhaut herum. »Hast du irgendwie Redebedarf wegen Kolly? Aber nicht, dass du dann heute Nacht auf Kuscheltour gehst.« Für das breite Grinsen, das er sich dazu leistete, erntete er einen meiner Mörderblicke.

Rasch versicherte ich ihm, dass das Gegenteil der Fall sein würde. »Ich werde keinen Fuß von der Couch in deine Richtung strecken, nicht mal einen Zeh – keine Sorge. Und Kolly … Nein, keine Lust, über sie zu reden.« Das würde sie sicher auch nicht. Statt über mich würde Kolly mit ihren Freunden über Graeson und ihren gemeinsamen Kuss reden. Vielleicht sogar jetzt in diesem Moment. Ich biss die Lippen so fest aufeinander, bis ich Blut schmeckte.

Raes Stirn kräuselte sich. »Ich finde sie irgendwie witzig.«

Seufzend wartete ich, bis Rae sein Auto, einen Toyota Hybrid aufgesperrt hatte. Kurz sah ich mich auf dem Parkplatz der Agentur um, bevor ich einstieg. Kolly war nirgends zu entdecken, was mir auch lieber so war. Sie musste direkt von der Villa aus nach Hause gefahren sein, während Rae, Shy und ich bei Caleb ins Auto gestiegen waren.

Auch wenn mir nicht aus dem Kopf ging, wie sie eingesprungen war, um mich zu retten. Ohne zu jammern oder zu zögern. Kolly hatte die Kidnapper-Ladys in Schach gehalten. Gut, um ihren geliebten Star zu retten – denn irgendwie erinnerte ich sie ja unwillkürlich an *ihn*. Und ich war ihr Job. So langsam konnte ich nicht mal mehr mein eigenes Spiegelbild betrachten, ohne es zu hassen. Ob sich die beiden morgen wieder treffen würden? Die restliche Fahrt über sang Rae laut und schief irgendwelche Songs im Radio mit, während ich immer tiefer in meinen Sitz sank. Ähnlich verhielt es sich mit meinen Gedanken. Heute konnte ich dem trüben Gedankensog absolut nichts entgegensetzen.

Auf Raes Couch in Pasadena fiel es mir schwer, einzuschlafen. Etwa alle dreißig Sekunden fuhr ein Auto an seinem Wohnzimmer vorbei, dessen Scheinwerfer Lichter an die Decke warfen. Das Lichtspektakel war beruhigend und aufwühlend zugleich. Sehr belastend, wenn man es näher betrachtete. Aufgrund seiner Vorliebe für eine gewisse Fernsehserie über Nerds hatte Rae unbedingt nach Pasadena ziehen wollen, nicht so wie Shy und so viele andere angehende Schauspieler, die sich eher in den Schauspielschüler-Unterkünften nahe Hollywood drängten.

Meine Gedanken drehten sich im Kreis. Kolly hatte Graeson geküsst. Und wie. Noch nie hatte mich ein Mädchen so geküsst. In den zwei Jahren im Knast sowieso nicht, aber selbst bevor ich diese

Dummheit begangen und mit meinen Freunden mitgegangen war, an diesem verhängnisvollen Abend … Nein, da waren nur flüchtige Küsse dabei gewesen. Flüchtige Küsse, unkomplizierte Begegnungen, selten ein Wiedersehen. Abgesehen von Kaylee-Lynn, doch diese Beziehung hatte nur zwei Monate gehalten. Um nicht noch mehr ins Grübeln zu verfallen, vor allem nicht über meinen alten Freundeskreis, versuchte ich, nicht weiter an meine letzten freien Tage vor dem Vorfall zu denken. Schon vor Monaten hatte ich gelernt, dass es nichts änderte, rein gar nichts brachte, wieder und wieder Vergangenes durchzugehen, sich zu wünschen, dass man sich anders verhalten hätte und am liebsten die Uhr zurückdrehen würde. Alles aussichtslos. Und dennoch …

Ohne es abstellen zu können, sah ich Kolly Graeson küssen, mich küssen. Wieder und wieder – in einer Endlosschleife. Seine Hände, die auch meine waren, an ihrem Körper, die bis zu ihrem Po glitten. Ich rieb mir über die Augen. Warum tat ich mir das an, wo ich doch wusste, dass es nichts brachte? So würde das nichts mit Schlaf werden. Dabei brauchte ich den Schlaf.

Besser, ich dachte an etwas anderes wie zum Beispiel das nächste anstehende Event: die Red-Carpet-Party am Wochenende. Laut Plan würden wir um Mitternacht mit der Band die Plätze tauschen. Was für ein Aufwand, wenn man es sich genau überlegte. Nur um einen Sponsor nicht zu verärgern, der wollte, dass die Band bis zum Ende auf dieser Party blieb, bei der es um die Einführung einer neuen Schokoladensorte ging. Ein PR-Event also. Im Prinzip hatte ich nichts anderes von diesen oberflächlichen Abziehbildern erwartet. Wenn ich daran dachte, dass Biggy und Zac nicht schnell genug hatten wieder in ihren Spielekeller verschwinden können … Und an Graeson … Nein, an den dachte ich besser nicht. Sie selbst wollten natürlich nicht lange auf dieser Party bleiben. Und bei Dexters Entscheidungen … stellte ich schon lange keine Fragen mehr.

Egal, wie viel Geld ein Mensch haben konnte, offenbar schützte das nicht davor, ein totaler Geizhals zu werden. Gegen Dexter war Dagobert Duck die reinste Shopping Queen. Wenn wir am Ende noch die Unterwäsche von unseren Originalen auftragen mussten, würde mich das nicht wundern. Ich rieb mir über die geschlossenen Lider. Mit den Gedanken wieder bei einer niedlichen Nase, blitzenden Augen und einer ansprechenden, kurvigen Silhouette in einem dunklen Rock schlief ich schließlich ein.

Kolly

Mom kannte kein Pardon. Nicht mal einen freien Abend und schon gar keinen freien Tag wollte sie mir gönnen. Also hatte ich nicht nur einen Selbstverteidigungskurs gebucht, sondern auch mit den Jungs Smalltalk und Posieren auf roten Teppichen geübt – wobei ich es vermieden hatte, Lincoln anzusehen. Er hatte klar gezeigt, dass er nicht über den Kuss reden wollte, und ich hatte mich damit abgefunden. Ich würde ihm auf keinen Fall nachlaufen. Auch wenn ich nach wie vor der Meinung war, dass wir darüber reden mussten. Und jetzt, drei Tage nach dem Kuss, stand ich hinter ein paar Paparazzi auf dem roten Teppich. Es blitzte, und Leute schrien Befehle. Genau mein Revier. Ich zupfte an meiner Würfel-Kette, spürte einen Ellenbogen in meinen Rippen und taumelte zur Seite.

Ich legte den Kopf in den Nacken. Unglücklicherweise begann es jetzt auch noch zu regnen, und ich hatte keinen Schirm dabei. Zwei Regentage im Sommer? Das kam nicht gerade oft vor in L.A. Typisch mein Glück. Pünktlich waren die TTP auch nicht. So nannte ich sie jetzt. Statt die *The Tinfoil Phantoms*.

Irgendwo kreischten Mädchen vor Begeisterung. Ein sicheres Zeichen für einen A-Promi. Bisher hatte ich mehr B- und C-Promis über den roten Teppich schreiten sehen. Bei einer neuen Schokoladensorten-Releaseparty erwartete man auch weniger A-Promis. Dahinter steckte sicherlich irgendein Deal von Dexter. Ja, Dexter verdankten wir diesen Abend, und ich verwettete meinen frierenden Hintern darauf, dass Graeson und Co. genauso wenig Lust darauf hatten, hier zu sein – Dexter jedoch Geld dafür kassierte. Deshalb würden wir sie ja auch in zwei Stunden ablösen müssen. Unsere Jungs. Lincoln. Innerlich seufzte ich.

Das Geschrei kam näher. Definitiv Promis. Teenager stürmten heran, manche von ihnen trugen Alumasken im Gesicht. Pfff. So viel Aufwand und Identifikation mit drei Typen, die das sicher nicht wertschätzten. Und dann sah ich drei Gestalten mit Alumasken über den roten Teppich schlendern. Die Originale. Klar, denn ich wusste ja, wo sich die Doubles befanden. Noch in Moms Obhut, aber bald hier. Nur die Hälfte ihrer Gesichter war zu sehen, und ihre Augen. Kurz pochte mein Herz, und ich glaubte, Lincoln hätte sich unter die Band gemischt, doch natürlich – blöde Einbildung – war es bloß Graeson. Und selbst wenn, hätte das rein gar nichts bedeutet. Ich wischte mir über die Nase, von der ein Regentropfen perlte.

Die Jungs blieben mitten auf dem Teppich stehen. Bis zum Eingang der Location, wo die Veranstaltung stattfand, war es noch ziemlich weit. Lässig die Hände in die Hosentaschen gesteckt, posierten sie – geschützt vorm Regen durch ein schmales Vordach. Sofort drehten die Paparazzi auf, verlagerten die Aufmerksamkeit von einer Millionenerbin am Location-Eingang zu den TTP. Das Klicken der Fotoapparate überschlug sich fast. Und jeder mit einer Kamera schrie lauter als sein Nebenmann, dass die Jungs in seine Linse schauen sollten.

Ich verdrehte die Augen. So ein Theater um drei Halbstarke, die nun ja … ein Mikro halten und singen konnten.

Die Einzigen, die ruhig blieben, waren Graeson, Biggy und Zac.

Obwohl Biggys Ohren zuckten, wenn ich das richtig sah. Sicher konnte er es kaum abwarten, nach Hause zu fahren. »Ich auch nicht, Biggy, ich auch nicht«, wisperte ich.

Graeson wandte den Kopf, suchend irgendwie, und einen Atemzug später fand er meinen Blick. Trotz der Maske erkannte ich, wie er lächelte. Selbstverständlich tat ich nichts weiter, als einfach dazustehen. Was sonst? Es war schließlich Graeson. Niemand sonst. Blöderweise geriet mein Herzschlag auf einmal in Aufruhr. Was sicher nur daran lag, dass er wie Lincoln aussah, ich Lincoln geküsst hatte, wodurch ich seine Karriere gefährdet hatte und alles, was Mom heilig war. Wenn rauskam, dass ausgerechnet ihre Tochter einen Double geküsst hatte ... Besser nicht daran denken. Nicht zu vergessen, wie Lincoln beinahe entführt worden wäre. Wegen mir und unserem Streit. Heute musste einfach alles besser laufen.

Caleb winkte mir von der anderen Seite mit drei Fingern zu. Dort, wo gerade die nächste Promi-Gruppe den roten Teppich betrat. Das Zeichen, dass er nichts Verdächtiges gesehen hatte. Gut so. Mein Herzschlag beruhigte sich wieder, nachdem ich in Gedanken eine Nuller-und-Einser-Kombination abgespielt hatte. *Alles wird gut.* In Binärcode.

01000001 01101100 01101100 01100101 01110011
01110111 01101001 01110010 01100100
01100111 01110101 01110100

Nach einem tiefen Atemzug hob ich das Kinn. Okay, dann sollten wir endlich reingehen. Ohne auf Caleb zu warten, schlich ich zum Personaleingang. Verdammter Dexter, der kein Geld für Personenschützer ausgeben wollte, aber vorgeschlagen hatte, dass Caleb und ich ein Auge auf die Jungs und potenzielle Angreifer haben sollten. Innerlich schüttelte ich den Kopf. Das waren die denkbar einfachsten Maßnahmen, und das Ergebnis würde ebenso einfach sein. Wie wenn man eine Firewall auf das Allernötigste beschränkte.

Der Typ am Personaleingang nahm sich extra lange Zeit, um meinen Presseausweis zu kontrollieren, den mir Dexter gegeben hatte. Während ich im Regen stand und ihn ungeduldig in Grund und Boden starrte, strich er sich in aller Ruhe über den Bart. Diese Behandlung behielt er sich sicherlich für die Presse vor, während Normalos und Stars durchgewunken wurden.

Sobald er mich mit einer Bewegung seines Kopfs weitergewinkt hatte, hielt ich die Luft an. Warum fühlte ich mich auf einmal so, als würde ich in das Maul eines fleischfressenden Aliens laufen? Als ich das Gebäude betrat, konnte ich nicht anders, als kurz innezuhalten. Jemand hatte sich sehr viel Mühe gegeben, dass jede Person auf den ersten Blick verstand, welches Produkt gefeiert werden sollte. Die neue Tiant-Schokoladensorte in royalblauer Verpackung zierte in der Pappversion Strohhalme, wirbelte über TV-Screens, ja sogar die Animationsdamen auf ihren Podesten, die zu einer angenehmen Chillmusik lässig die Hüften schwangen, steckten in blauen und braunen Glitzeroutfits. Irgendwo spielte ein Jazzmusiker Saxophon. Selbstverständlich spazierten überall Kellner mit Snacks herum, die hauptsächlich aus Schokolade bestanden. Ich sah allerdings auch Salzbrezeln und Chillischoten halb in Schokolade getaucht. Ein fünfstöckiger Schokoladenbrunnen in der Mitte verströmte einen süßlich-heimeligen Duft – aber dafür war ich nicht hier.

Mit ausreichendem, aber nicht übermäßigem Einsatz meiner Ellenbogen gelang es mir, mich einmal quer durch die Menge an parfümierten, aber dennoch schwitzenden Körpern bis zum Haupteingang durchzuschlagen. Genau zur richtigen Zeit. Denn als ich beinahe alle Gästegrüppchen passiert hatte, öffnete sich die Eingangstür für die Jungs.

Graeson betrat das Gebäude als Erster. Strahlend und als der Star, der er war. Biggy fühlte sich offensichtlich viel weniger wohl in der Location und ließ Zac den Vortritt. Die blauen Reflexionen auf ihren Alumasken ließen die Jungs noch mehr wie Aliens aussehen als ohnehin schon. Immerhin hier drinnen schien niemand sonst eine Maske als Fanverkleidung zu tragen, was mir die Bodyguard-Aufgabe zusätzlich erschwert hätte.

Ich scannte die Umgebung. Nein, die Frauen aus dem Van erkannte ich nicht unter den Anwesenden. Da Caleb draußen die Eingänge im Auge behielt, musste ich hier drin allein zurechtkommen. Ich schlenderte ein wenig nach rechts, um in den kleineren Raum mit den Polster-Loungemöbeln zu spähen, konnte sie aber auch dort nirgends sehen. Was natürlich nichts heißen musste. Vielleicht agierten sie nicht mal nur zu dritt, sondern hatten ein ganzes Team an Entführern. Und vielleicht gehörten sie sogar einer größeren Gruppe an Fans an, die es einfach mal gepflegt übertrieben.

Dexter lehnte an der Bar, strich sich über den Schnurrbart und ignorierte mich, was mir durchaus recht war. Ein Getränk würde ich mir gönnen, sobald ich mir jeden der Anwesenden einmal genaustens angesehen hatte. Falls jemand mit Hintergedanken hier war, würde er oder sie sich sicher nicht ruhig verhalten, sondern sich öfter umschauen, wodurch die Person auffallen würde. Also streifte ich durch die Menge und suchte gezielt nach nervös wirkenden Gästen.

»Hier für dich«, erklang aus dem Nichts heraus eine Stimme, als ich gerade auf dem Weg zur Garderobe war, um mich dort umzusehen.

Ich sah auf. Graeson war an mich herangetreten.

»Den magst du doch so gern.« Er hielt mir ein Glas Latte Macchiato hin, der verführerisch duftete. Dazu lächelte Graeson wie der perfekte Gentleman.

Skeptisch sah ich zwischen ihm und dem Glas hin und her, nahm es ihm dann aber doch ab. In der Villa hatte er mich mit meinem Eiskaffee in der Hand auf der Couch sitzen sehen. Da hatte er ziemlich gut aufgepasst.

Sein Blick glitt über mich. »Kein Kleid? Heute ganz incognito unterwegs?« Er zwinkerte mir zu.

Das Wortspiel in Bezug auf die Agentur ließ mich tatsächlich ein bisschen grinsen. »Also wenn ich trotzdem einen Kaffee von dir bekomme, kann mein Outfit nicht so schrecklich sein.« Und unauffällig war mein schwarzer Hosenanzug mit dem grauen Shirt darunter in jedem Fall. Außer man öffnete ihn, denn dann blitzte einem ein verschmitzter Kermit der Frosch entgegen. Aber ich hatte eben mehr Nerdshirts und Military-Hosen als alles andere in meinem Kleiderschrank. »Und? Ist dir irgendetwas Ungewöhnliches aufgefallen?«, fragte ich und nahm einen Schluck.

»Immer am Arbeiten.« Gespielt entrüstet schüttelte Graeson den Kopf. Fast hätte man meinen können, er versuchte, hier vor aller Augen mit mir zu flirten … Gut, ihm war wahrscheinlich langweilig, da er heute Abend lediglich bei dieser Party als Stargast anwesend sein musste. Als Attraktion für die anderen Gäste, die nicht ganz so berühmt, aber wohl ebenso vermögend waren.

Da wir beobachtet wurden, und das nicht nur von einem Fan, wie ich annahm, senkte ich den Blick. »Ja, so locker wie du würde ich einen Entführungsversuch auch nehmen, wenn es mich betreffen würde.«

»Ach.« Graeson zuckte mit den Schultern, setzte dann wieder diesen vertrauten Blick auf. »Bisher sind diese Entführungsversuche alle gescheitert. Und was wollen mir Fans schlimmstenfalls antun? Mich zu Tode anbeten?«

Das konnte nicht sein Ernst sein? Blinzelnd sah ich zu ihm auf. »Du hast nie *Misery* von Stephen King gelesen, oder?«

»Gab's das mal als Film? Den Streifen, wo ein Schriftsteller von seinem größten Fan entführt wird?«

»Genau. Ging nicht gut aus.« Mit einem letzten aufmunternden Schulterklopfen für Graeson und einem gehobenen Glas Latte Macchiato zog ich weiter, wobei mir voll bewusst war, wie viele Blicke mir aus verschiedenen Richtungen folgten. An potenziellen Entführerinnen mangelte es hier drinnen nicht. Pardon: an Anbeterinnen. Wie viel einfacher wäre diese Suche, wenn ich vollen Zugang zum Internet gehabt hätte. Ich reckte das Kinn, ignorierte, dass Graeson mir leise hinterherrief. Nachdenklich zupfte ich an meiner Halskette, stellte den halb ausgetrunkenen Latte auf einem Stehtisch ab.

Im nächsten Moment rief Sawyer an, weswegen ich die drahtlosen Kopfhörer kurz von der Walkie-Talkie-App trennen musste, mit der ich mich mit Caleb verbunden hatte, um auf das Gespräch umzustellen. »Willkommen in meinem verkorksten Leben.«

»Kolly? Ist das deine neue Catchphrase?«

Ich seufzte, schob mich an einer Frau in einem ausladenden Tüllkleid vorbei, die meines Wissens nach eine entfernte Cousine der Kasobians war. »Wenn ich nur irgendwas catchen würde. Und bei dir so?«

»Wie, was catchen?« Sawyer klang verwirrt.

Nachdem ich noch einen letzten Blick zurückgeworfen und Graeson umringt von weiblichen Gästen entdeckt hatte, schlängelte ich mich an einem Kellner vorbei und bog in Richtung Garderobe und Toilette ab. »Hinweise. Du weißt doch.« Ich senkte die Stimme. »Diese Ladys, von denen ich dir erzählt hab.«

»Ah, verstehe. Die, von denen Lexi gesprochen hat. Kommst du da voran?« Nun senkte auch Sawyer die Stimme zu einem Flüstern.

»Nicht so wirklich.« In der Toilette lugte ich unauffällig in jede Kabine. Auch hier entdeckte ich nichts Ungewöhnliches. »Und wie läuft dein Treffen mit Lexi gerade?« In diesem Moment wünschte ich mich mehr als alles andere zu den beiden nach Shadow Hills.

»Super. Wir verstehen uns richtig gut. Okay, vielleicht heitert dich Folgendes auf: Lexi und ich haben eine Idee. Wir werden ein Sommerfest in der Katzenrettungsstation schmeißen, um Geld zu sammeln. Wir wollen die Gäste animieren, Patenschaften für die Kätzchen zu übernehmen. Bezahlte Patenschaften.« Sawyers Stimme platzte fast vor Stolz.

»Was? Das ist eine megagute Idee!« Und so ein Glück, dass ich die beiden connected hatte.

»Und wir haben Indy kontaktiert. Sie setzt sich sofort an die Recherche. Klickt sich durch Kameraaufnahmen.«

»Perfekt. Am erfolgversprechendsten werden die Aufnahmen von der Straße vor der Bandvilla sein und die am Flughafen, vom Tag der Entführung letztes Wochenende.«

Sawyer bejahte, erzählte mir dann von seinem Tag am Strand, während ich eine ganze Weile durch das Gebäude streifte – ohne irgendwas zu finden, was darauf hindeutete, dass jemand plante, Graeson oder ein anderes Mitglied der TTP zu entführen. Schließlich verabschiedete ich mich von Sawyer und konzentrierte mich wieder auf meine Aufgabe. Graeson versuchte noch zweimal, ein Gespräch mit mir anzufangen, doch ich machte ihm jedes Mal klar, dass ich lieber im Hintergrund bleiben wollte. Zu viel Aufmerksamkeit für mich war nicht gut.

Caleb, der jetzt, da alle Gäste anwesend waren, die Überwachung im ersten Stock übernommen hatte, gab mir ab und zu über den Knopf in meinem Ohr durch, dass er nichts Auffälliges bemerkt hatte. Immerhin.

»Wann können wir endlich abhauen?«, raunte mir wie aus dem Nichts Biggy ins Ohr. Er sah sich über seine Schulter hinweg um.

»In ungefähr dreißig Minuten.« Eigentlich hätte er das wissen müssen – oder er beschwerte sich einfach gern.

»Seufz«, sagte Biggy, strich sich den Pony in einer dramatischen Geste tiefer ins Gesicht, als wollte er einen Tarnumhang aufsetzen.

Mir fiel ein, was ich Shy versprochen hatte, also legte ich Biggy sanft eine Hand auf den Rücken. »An der Bar haben sie gerade den

Mitternachtssnack-Tresen aufgebaut. Hast du Lust auf Hotdogs oder Burger?« Nachher würde ich Shy berichten, wie viel sich Biggy davon reingezogen hatte.

Sanft bugsierte ich ihn in die erwähnte Richtung. Natürlich stießen wir am Büfett auch auf den Rest der Band, die sich gerade ihre Teller beluden. Eine Kellnerin reichte ihnen zwei Cocktails mit Schirmchen dazu. Schirmchen. Ernsthaft? Nirgends sonst hatte ich welche gesehen, also versuchte selbst sie, sich bei den beiden einzuschleimen? Ich betrachtete die geschäftig wirkende junge Frau, die sich gerade mit wippendem Pferdeschwanz weiter mit ihrem Tablett durch die Menge kämpfte.

Ein Kellner mit Schokoladenproben rempelte mich mit der Schulter an, hatte ganz offensichtlich nur Augen für Graeson. Na super. Ich rieb mir die schmerzende Stelle, wobei ich gleichzeitig einer Frau, die ihr Smartphone bereits gezückt hatte, den Blick auf die Jungs am Büfett versperrte. Niemand, absolut niemand wollte beim Essen fotografiert werden. Wieso sich Menschen über diese ungeschriebene Regel hinwegsetzten, war mir genauso rätselhaft wie die Tatsache, dass Menschen kreischten, wenn sie die TTP sahen.

Ich verkniff mir ein Lächeln, als Zac Graeson das rosa Schirmchen hinters Ohr steckte. Eine Geste, die mich stark an Rae erinnerte.

»Arggh, Cocktails ohne Alkohol.« Graeson verzog das Gesicht, wandte sich dann mit fragendem Gesichtsausdruck mir zu. »Willst du?«

Ich zögerte kurz, nahm ihm aber dann den Drink, den ich für einen Virgin Mojito hielt, ab. Während ich das Publikum, das sich um die Jungs gebildet hatte, genaustens im Auge behielt, nahm ich einen Schluck von dem tropischen Cocktail. Gleich würde der Austausch stattfinden. Am Hintereingang, abgeschirmt. Ob es verdächtig wirken würde, wenn sich Shy sofort wieder dem Mitternachtsbüfett an Biggys Stelle widmen würde? Zweimal Hotdogs? Mom hatte von einem unauffälligen Austausch gesprochen, aber sicher war Caleb in dieser Sache erfahren. Um beide Hände frei zu haben, leerte ich das Cocktailglas in den nächsten Minuten. Alles andere wäre Verschwendung gewesen.

Als ich das Glas eine Spur zu laut auf dem leeren Tablett eines vorbeihuschenden Kellners abstellte, kreuzte mein Blick den von Dexter. Einem Dexter, der die Augen zusammengekniffen hatte. Wirklich, man konnte es ihm nie recht machen, oder? Ich stieß ein leises Stöhnen aus, teils wegen Dexter, teils weil der Boden unter mir anfing zu schwanken, was doch recht merkwürdig war. Denn in dem Mojito war nur Saft und Limo drin gewesen. Aber selbst wenn: Von einem einzigen alkoholhaltigen Cocktail konnte man unmöglich beschwipst werden, oder lag es daran, dass ich das Mittagessen ausgelassen hatte, um den Selbstverteidigungstrainer zu engagieren? Den einzigen, den ich so kurzfristig hatte verpflichten können. Hastig hielt ich mich am Büfetttisch fest. Konzentration, Kolly. Fokus. Sicherlich würde ich mich gleich wieder vollkommen normal fühlen. Eine Sekunde später vibrierte mein Handy. Der Wecker, der mir anzeigte, dass es fünf Minuten vor zwölf war. Wortwörtlich. Der Austausch stand kurz bevor.

Mit sanfter Gewalt schob ich mich zwischen ein Mädchen, das offensichtlich gerade Mut fasste, um etwas zu sagen, und Graeson. »Es ist Zeit«, raunte ich ihm zu.

Dem mitleiderregenden Augenaufschlag, den er mir daraufhin schenkte, entnahm ich, dass er sich gern noch weiter durch das Büfett gefuttert hätte. Ich atmete tief ein, auch um meinen Körper auszubalancieren. »Zu Hause wartet sicher genug Popcorn auf euch.« Glücklicherweise lief die Barmusik so laut, dass niemand der Umstehenden hören konnte, was ich ihm zuraunte. Vermutlich dachten sie, ich würde ihm meine Telefonnummer diktieren.

Graeson verzog den Mund zu einem Schmollen, was wahrscheinlich der ein oder anderen Dame im Umkreis den Rest gegeben hätte, jedenfalls gepaart mit dem Funkeln in seinen Augen. Mich allerdings ließ es ziemlich kalt. Mit dem Kinn gestikulierte ich in Richtung Hintereingang, hatte dabei genug damit zu tun, nicht zu auffällig zu schwanken. War der Boden hier etwa uneben?

Zu meiner Erleichterung tauchte in diesem Moment Caleb neben mir auf. »Alles okay?«

»Mhm.« Hastig warf ich einen Blick auf Biggy, auf dessen Shirt ein Tomatensoßenfleck prangte. Konnte dieser Abend noch besser werden? Ein Fehler in der Matrix, der gleich besser behoben werden sollte. Shy würde in ein paar Minuten im selben Metallica-Shirt erscheinen, nur ohne Fleck … »Wir müssen beide Metallica-Shirts nass abreiben.« Ich wies auf meinen eigenen Ausschnitt, um Caleb zu verdeutlichen in welcher Region.

»Uhm«, machte Caleb, erfasste allerdings einen Augenblick später die Situation. »Wird gemacht. Ich gehe mit den Jungs vor.« Caleb, ganz wie ein Bodyguard gekleidet und mit Knopf im Ohr, stellte auch die bessere Option für diesen Auftrag dar. Im Gegensatz zu meiner Incognito-Tarnung, mit unauffälligerem Bluetooth-Knopf im Ohr.

Während ich die Lippen aufeinanderpresste, sah ich den Jungs nach. Wenn doch nur dieses elende Schwanken aufhören würde. Ich schloss die Augen, lehnte mich gegen die Bar, konzentrierte mich. Nur, dass ich mich – sobald ich sie wieder geöffnet hatte – in der Vergangenheit wiederfand. Biggy und Zac schaufelten sich vor meinen Augen Senf und geröstete Zwiebeln auf ihre Hotdogs. Nein, das mussten Shy und Rae sein. Wie lange hatte ich die Augen geschlossen gehabt, oder wie schnell hatte der Austausch stattgefunden?

»N'Abend, zugeknöpfte Chefin.« Rae zwinkerte mir zu, was ich unter seiner Maske nur erahnen konnte, aber dennoch sicher war, dass er es tat, biss dann ein Drittel seines Hotdogs auf einmal ab. »Steht dir, dieser Look.«

Jap, eindeutig Rae.

Ich besah mir Shys Metallica-Shirt. Es saß straffer als eben noch an Biggys Körper, aber Caleb hatte an den Fleck gedacht und an der entsprechenden Stelle Wasser darauf gegeben. Ach, was sollte es. Essen war viel zu schön, um verboten zu werden. Bloß, wo steckte Lincoln? Und was stimmte nur nicht mit mir?

»Sag mal, machst du auf Schluckspecht?«, erkundigte sich Rae undeutlich und mit extrem vollem Mund bei mir.

Weil ich genug andere Probleme hatte, streckte ich die Arme aus, tastete mich übers Büfett vorwärts und konzentrierte mich auf den Boden, statt Rae zu antworten. Alles war gut, gleich würde es mir besser gehen. Nur etwas essen … Eine Hand schlang sich sanft um meine Taille. Nanu? Zuerst war ich versucht, sie wegzuschlagen. Aus Reflex und weil ich nicht darum gebeten hatte. Allerdings bemerkte ich schnell, dass derjenige, zu dem die Hand gehörte, sich lediglich Sorgen machte, ich könnte umkippen. Ich sah auf, direkt in Lincolns Augen, die mich tatsächlich besorgt musterten. Sämtlicher Spott war daraus verschwunden. Dieses Mal wusste ich sofort, dass er es war. So viel Vertrautheit hatte ich noch nie in seinen Gesichtszügen gesehen, in diesen Augen, selbst wenn eins davon unter einer Alumaske halb verborgen lag.

Der Boden schien Wellen zu schlagen, und ich verlor den Halt. Bei allen Hollywoodsternchen!

»Kolly?« Seine Stimme – nur ein Flüstern. So heiser, fragend, als wollte er einem verletzten Vogel über die Straße helfen. Aber so hilflos war ich auch wieder nicht. Ich legte den Kopf in den Nacken, versuchte mich an einem Lachen, was grässlich misslang.

»Was ist mit dir? Fühlst du dich nicht gut?«

Ich biss die Lippen aufeinander, war versucht, ihm zu erklären, dass wir Abstand zueinander halten sollten, doch dieser Blick … Irgendein Knoten in meinem Magen schien sich aufzulösen, je länger er mich so ansah. Sein Atem strich sanft über meine Wange, was meinen Widerstand komplett zum Einsturz brachte. »Tatsächlich ist mir irgendwie schwindelig.« Mit dem Kinn deutete ich auf den verlassen dastehenden Cocktail von Zac, den er nicht angerührt hatte. »Dabei hab ich nur so einen getrunken.«

Zwar konnte ich nur einen kleinen Teil seiner Stirn sehen, doch ich war mir sicher, dass er sie in Falten gelegt hatte. Sorgte sich Lincoln etwa tatsächlich um mich? Und seit wann war er so unglaublich anziehend, dass ich nicht anders konnte, als eine Hand zu heben, um über seine freie Wange zu streicheln? Wir beide folgten mit den Augen meiner Bewegung. Was tat ich da? Irgendwo in meinem Inneren erkannte ich, dass es absolut unsinnig war und dass es so gar nicht zu mir passte.

Langsam rieb mir Lincoln über den Rücken. »Ich bin nicht sicher, aber ich glaube, jemand hat was reingemischt.«

»Absolut. Limo und Limette.« Ich nickte ernst. Mein Gehirn versuchte gerade noch, die Tatsache zu fassen zu bekommen, dass ich ein wenig lallte, da sackten mir auch schon die Beine weg. Alles drehte sich. Gleichzeitig schien eine Wagenladung Backsteine auf meinen Kopf niederzuregnen. Autsch. Ich kniff die Augen zusammen, hielt mich an Lincolns Schulter fest, der jetzt beide Arme um mich gelegt hatte. Wie fürsorglich. Als ich zu ihm aufsah, hatte ich sofort das Bild von *Vom Winde verweht* im Kopf. Genauer gesagt vom Filmplakat, auf dem Scarlett in Rhett Butlers Armen lag und ihn mit überstrecktem Hals anschmachtete. Inklusive geröteter Wangen. Großer Gott, was für unsinnige Gedanken bahnten sich da ihren Weg durch meine Gehirnwindungen?

»Kolly.« Wie er meinen Namen aussprach. Alarmiert irgendwie und nicht mehr so fragend wie eben noch. »Ich denke, jemand hat dir wirklich was in den Drink gemischt.« Lincoln sah sich um, als könnte uns jemand beobachten. Was zweifellos auch der Fall war.

»Nein, der Drink war für Graeson«, nuschelte ich.

»Das beruhigt mich nicht gerade«, murmelte Lincoln.

Ich schwieg. Irgendwie war Diskutieren gerade zu viel für mich. Vor allem, wenn mein pochendes Gehirn sich in eine flauschige, watteweiche Decke gehüllt hatte. Ich schloss die Augen, lehnte mich gegen Lincoln. So gut und sicher fühlte er sich an. War er schon immer so durchtrainiert gewesen? Unter halb geschlossenen Lidern sah ich zu ihm auf. Dieser Bizeps … Mit dem Finger fuhr ich über seinen Oberarm. Hart wie … ein harter Bizeps.

»Ähm.« Rae beugte sich zu mir. »Was ist mit ihr? Linc … äh Graeson?«

Ich machte mir nicht die Mühe, ihn darauf hinzuweisen, dass er auf seine Tarnung achten sollte.

»Ich denke, K.-o.-Tropfen, die eigentlich für Graeson gedacht waren«, murmelte Lincoln.

Oh … Obwohl ich versuchte, diese Information genauer unter die Lupe zu nehmen, entglitt sie mir direkt wieder.

»Wir müssen sie hier rausschaffen.«

»Nein! Zu auffällig«, protestierte ich. Und wer war *sie*?

30 Kolly

LEBE DEIN LEBEN, NICHT DAS DER ANDEREN, HEISST ES. DOCH DERJENIGE, DER DAS GESAGT HAT, HAT VERMUTLICH NIE ALS DOUBLE GEARBEITET.

»Shit.« Rae fluchte, woraufhin ich versuchte, ihm einen bösen Blick zuzuwerfen, bloß leider konnte ich ihn kaum fokussieren.

»Kolly?« Caleb stand plötzlich neben mir. Wie aus dem Nichts hergebeamt. Wie hatte er das gemacht?

»Vermutlich K.-o.-Tropfen«, raunte ihm Lincoln zu.

Daraufhin verfärbte sich ziemlich viel von Calebs dunkler Gesichtsfarbe ins Gräuliche. Oder es war das Licht.

»Ich bringe sie raus.« Caleb machte Anstalten, mich zu stützen. »Miranda?« Plötzlich hatte er wie ein Zauberer sein Handy in der Hand. »Wir haben ein Problem. Ich muss Kolly ins Krankenhaus bringen. K.-o.-Tropfen.«

»Nein. Du bleibst, wo du bist.« Ich hörte von irgendwoher Moms Stimme. »Ich bin auf dem Weg. Wir brauchen dich für den Schutz der Doubles. Ruf einen Krankenwagen. Aber lass Kolly bitte nicht unbeaufsichtigt. Sie darf nicht allein gelassen werden, hörst du?«

»Natürlich nicht.«

Rae strich sich über den Dreitagebart. »Du und ich könnten versuchen, herauszubekommen, wer diese Cocktails bestellt hat. Und dann schnappen wir sie uns.«

Ganz langsam nickte Caleb. »Aber wir rufen einen Krankenwagen für Kolly.«

»Ja, das solltet ihr.« Rae hatte sich mein Handgelenk geschnappt, zählte offensichtlich meine Herzschläge. »Ich bin zwar Notfallsanitäter, und aktuell geht es ihr gut, aber wenn es sich tatsächlich um K.-o.-Tropfen handelt, sollte das auf jeden Fall untersucht werden – auch um später Anzeige erstatten zu können. Fürs Erste sollten wir sie hier rausbringen und sicherstellen, dass sie in ihrer wehrlosen Position nicht in Gefahr gerät.«

Sowohl Caleb als auch Lincoln sahen Rae fragend an.

Ich zupfte fasziniert an Lincolns Ohrläppchen. So rosa! Lincoln war rosa! Sanft schob er meine Hand weg.

»… in einen Raum, abseits vom Trubel«, sagte Caleb gerade.

Mir fiel auf, dass sich die Jungs wie eine Mauer um mich aufgebaut hatten. Eine menschliche Mauer, an der ich lehnte. Ein Schluckauf begann mich zu schütteln, weshalb ich an Lincolns Brust auf und ab hüpfte. Wie lustig.

»Wenn ich diejenigen finde …« Lincoln knurrte, und sein ganzer Oberkörper vibrierte vor unterdrückter Wut. Mit einer Hand glitt ich über seine Brustmuskeln. So hart und männlich … Moment, was dachte ich da?

Rae räusperte sich. »Auf manche Menschen wirken K.-o.-Tropfen enthemmend, daher sollten wir Lincoln wohl zusätzlich vor Kolly schützen.«

Caleb gluckste, wenn auch leise. Dennoch hatte ich es gehört. Vor mir? Und wieso fanden Rae und Caleb das so lustig? Ich kniff die Augen zusammen, was allerdings schwieriger war als gedacht. Meine Augen fühlten sich so trocken an wie Raes Witze.

»Okay, ihr seht euch nach Verdächtigen um und schaut nach, ob es Shy gut geht.« Lincoln zog meinen Zeigefinger von seinen Lippen, auf denen ich herumgetippt hatte. »Ich bringe Kolly in einen ruhigen

Nebenraum und passe auf sie auf, bis der Krankenwagen kommt. Ich denke, nahe am Hinterausgang muss ein Pausenraum oder ein Erste-Hilfe-Raum sein. Da hab ich im Vorbeigehen was gesehen.«

Ja, wo steckte Shy eigentlich? Noch bei den Würstchen, oder zockte er an seinem Handy in einer versteckten Ecke? »Kommen wir auf dem Weg noch am Schokoladenbrunnen vorbei?« Ich sah hoffnungsvoll auf. Direkt ins grelle Licht, was ein Fehler war. Die Farben um mich verschwammen, genau wie die Musik auf einmal ganz undeutlich wurde.

Allerdings fühlte ich, wie Lincoln mich fester an sich zog. »Kannst du laufen, Kolly?«

»Kann absolut laufen, Lolly«, nuschelte ich.

»Alles klar.« Lincoln hob mich auf seine Arme, ohne weitere Fragen zu stellen. Einfach so.

Ich schnappte nach Luft. Allerdings begann sich unsere Umgebung jetzt in einem solchen Höllentempo um mich herum zu drehen, dass jedes Jahrmarktkarussell vor Neid erblasst wäre.

Irgendwer schien scharf einzuatmen. Ziemlich viele irgendwers um genau zu sein. Oder auch nur ich. Mehrere Male hintereinander. Wer wusste das schon?

Farben! Lincolns Arme, so kuschelig. Und wie er roch! Nach Früchten. Vielleicht war das nur ein Traum? Probeweise pikste ich ihm in die Wange. »Wer bist du, und was hast du mit dem grummeligen Lincoln gemacht?«

Sein Blick streifte kurz meinen, aber dann bogen wir in einen dunklen Gang ab. Er fragte eine Frau nach etwas, bevor er sich mit mir durch eine niedrige Tür drückte. Plötzlich war da grelles Licht, was mich jammernd die Augen zusammenkneifen ließ.

Und dann legte Lincoln mich auf einer Arztliege ab. »Ich will aber nicht zum Zahnarzt«, maulte ich, versuchte gleichzeitig, von der Liege runterzurutschen.

Blitzschnell packte mich Lincoln an der Schulter. »Das ist ein Sanitätsraum. Du ruhst dich aus. Bleib kurz liegen, ja? Ich hole dir ein Glas Wasser.«

Als Nächstes spürte ich nur Kälte neben mir. Lincoln hatte sich aus dem Staub gemacht. Die Wärme seines Körpers verblasste. Da das Licht über mir viel zu grell war, legte ich einen Unterarm über mein Gesicht. Bei allen Hollywoodsternchen, wieso war es hier drin so heiß wie in einem Backofen? Ich zerrte an meinem Blazer. Eine Naht riss, aber ich schaffte es, mir das Teil vom Leib zu reißen, ohne mich aufzusetzen. Auch wenn jetzt meine Schulter schmerzte. Immer noch viel zu heiß. Ach, egal. Ich begann, an meinem Shirt zu ziehen. Weil auch meine Füße zu jucken anfingen, streifte ich meine Schuhe ab, schleuderte sie von mir. Einer prallte an einem Keramikbecken ab. Ja, wenn ich die Augen zusammenkniff, sah ich da ein Waschbecken an der Wand – und jetzt einen Lincoln, der die Tür öffnete, mit einem Glas in der Hand.

»Was …?« Er schloss die Tür hinter sich, eilte dann zu mir. »Nein, nein – das Shirt lassen wir schön an, Kolly.«

»Mein Name ist Käse-Spätzchen«, protestierte ich. Mit vorgeschobener Unterlippe sah ich zu ihm auf.

Komischerweise zuckten seine Gesichtsmuskeln. »Ich denke, dein Ausweis würde eine andere Geschichte erzählen. Und Kermit auch.« Er musterte mich, schob mich auf der Liege zurecht, von der mein rechter Arm baumelte, ehe er mir eine Decke reichte.

Kermit? Ach ja, mein T-Shirt. Ich hob eine Hand. »Zu warm!«

»Okay, aber das ziehen wir lieber wieder runter. Darf ich?«

Ich schielte zu Kermit auf meinem Shirt, der eine Quietscheente an sich gedrückt hatte, aber jetzt sehr faltig aussah. Mein Bauchnabel dahinter lag frei.

»Nein, im Ernst.« Lincoln stieß einen leisen Seufzer aus, was ich irgendwie ziemlich witzig fand.

Ich breitete die Arme aus, wobei ich links gegen eine Wand stieß. »Adlerprotokoll ausführen!«

Daraufhin hörte sich sein Seufzen eher wie ein unterdrücktes Prusten an. »Ich nehme das als *Ja.*« Sanft zog er Kermit wieder nach unten. Zitterten seine Finger etwa dabei? Ich kniff ein Auge zusammen. Versuchte Lincoln, meine Haut nicht zu berühren?

»Ich bin nicht giftig«, flüsterte ich.

Lincoln stieß wieder dieses hüstelnde Prusten aus. »Da hab ich schon gegenteilige Meinungen gehört.«

Mein linkes Augenlid fing an zu zucken. Was sollte das denn jetzt heißen?

Doch ehe ich nachhaken konnte, hielt er mir ein Glas hin, richtete mich auf, sodass meine Lippen das Glas berührten. »Hier trink, aber in kleinen Schlucken.«

»Ich kann nicht, ich bin zu müde.« Um meine Behauptung zu stützen, übte ich mich darin, ihn mit großen Kulleraugen anzusehen.

»Ich helfe dir.« Lincoln beugte sich über mich – ziemlich seltsam in Anbetracht seines bisherigen Verhaltens. Zwar traute ich der Sache noch nicht ganz, nahm aber tapfer einen Schluck. Kühles Wasser, so lecker! Nie zuvor hatte ich etwas Besseres getrunken. »Her damit!« Ich riss ihm das Glas aus der Hand.

»Okay, okay!« Lincoln hob beide Hände, als wollte er vor mir kapitulieren. »Ich hab wohl Glück, dass du mir nicht in die Hände beißt.«

Hatte er. »Wieso?« Zwischen zwei Schlucken schielte ich unter halb gesenkten Lidern zu ihm nach oben. »Stehst du nicht drauf, wenn Menschen Biss haben?«

Blinzelnd sah Lincoln in eine andere Richtung. Und ich wurde auf einmal so müde. So müde! Wahrscheinlich nicht halb so grazil, wie ich es gern gewesen wäre, sackte ich zurück.

Lincoln

»Whoops!« Kolly kippte nach hinten.

Blitzschnell packte ich sie mit meiner linken Hand und mit der anderen das Glas, ehe es zu Boden fallen konnte. »Kolly?«

Ihre Augen hatten sich von jetzt auf gleich geschlossen, sie hing schlaff in meinem Arm, den Hals unnatürlich verrenkt. Diese Position musste echt wehtun. Vorsichtig legte ich sie auf der Liege ab, strich ihr die Haare aus der Stirn und rückte ihren Kopf halbwegs gerade. Wie niedlich sie selbst dann aussah, wenn sie weggetreten war. Als Nächstes hielt ich meine freie Wange an ihren Mund. Sie atmete noch, döste vermutlich, wie wenn man einen Rausch ausschlief. Wer immer das getan hatte, ich würde ihn zur Verantwortung ziehen. Mein Kiefer schmerzte, so heftig hatte ich die Zähne zusammengebissen. Kolly war ein Kollateralschaden, zwischen die Fronten geraten. Aus irgendeinem Grund machte mich das rasend vor Wut – vielleicht weil Kolly nichts dafür konnte. Und weil die echte Kolly über diesen erbärmlichen Zustand, in den die K.-o.-Tropfen sie versetzt hatten, äußerst entsetzt wäre.

Arme schlangen sich um mich – Kollys Arme. Da hatte ich mich wohl nicht schnell genug aus ihrer Reichweite entfernt, sondern weiterhin auf ihren Atem geachtet, der sanft gegen meine Wange schlug.

Kolly brummte etwas, bewegte sich so, wie wenn man sich im Bett eine bequeme Position sucht, ein Kissen an die Brust gepresst. Nur, dass das Kissen in diesem Fall ich war. Oh. Sanft versuchte ich, mich aus ihrer Umklammerung zu befreien. Doch sie schüttelte den Kopf, umklammerte meinen Hals fester, und dann küsste sie mich auf die Stirn – was mich innehalten ließ. Zwar konnte ich nicht genau benennen, was – aber irgendwas machte das mit mir. Von irgendwoher erklangen sanfte Klaviertöne. Ein DJ-Wechsel vielleicht, aber es passte zur ruhigen Stimmung im Raum. Auch wenn ich immer noch angespannt war. Selbst wenn laut Rae alles im grünen Bereich lag.

»Schönster Lincoln.« Kolly seufzte.

Hatte sie das gerade wirklich gesagt? Ich blinzelte. Das hieß, sie träumte gerade von mir? Und zog mich in ihrem Traum so nah an sich? Bei dem Gedanken zog sich in mir alles zusammen. Konnte man in Träumen etwas vollkommen anders finden als in der Realität? Oder bedeutete das, dass Kolly mich insgeheim mochte? Das kam … unerwartet. Gut, sie hatte mich gerettet und jemanden geküsst, der aussah wie ich – aber wie gesagt, Graeson war der Star, das Original und ich lediglich ein Doppelgänger. Schon seltsam, dass sie nicht seinen Namen gemurmelt hatte. Ihre Augenlider flatterten. Hellblaue Pupillen blitzten darunter hervor. Diese überirdisch schönen Augen, die mich schon bei unserer ersten Begegnung fasziniert hatten. Und auch jetzt verschlugen sie mir die Sprache. Vielleicht, weil wir allein in einem Raum mit einer Art Bett waren. Vielleicht, weil sie meinen Namen gemurmelt hatte und jetzt meine ganze Haut prickelte. Ich musste mich zusammenreißen, um nicht auch ihren Namen zu murmeln. Mit zusammengepressten Zähnen musterte ich sie von oben bis unten. Ich sollte gehen. Nur konnte ich sie auf keinen Fall allein lassen.

Kolly

Mein Kopf brummte wie ein schlecht gelaunter Shy. Shy! Lincoln! Wo war ich? Mit einem Ruck setzte ich mich auf, was dem Schmerz in meinem Kopf noch mehr Auftrieb verlieh. Was war das? Und wo? Ich sah mich um, entdeckte meine Mom neben mir. In einer Art Arztpraxis? Erst mit Verzögerung setzte bei mir die Erinnerung ein. Ich war auf einer Party gewesen, bis mir ganz seltsam geworden war … Lincoln hatte etwas von K.-o.-Tropfen gesagt … Und jetzt lag ich ganz eindeutig in einem Krankenhausbett. Holy Bug!

»Käse-Spätzchen?« Moms Kopf ruckte nach oben, als wäre sie aus einem Sekundenschlaf erwacht. Ihr Blick glitt über mich, als suchte sie mich nach versteckten Wunden ab. »Wie fühlst du dich?«

Ja, wie fühlte ich mich? Das war eine gute Frage. »Ziemlich zerstört. Wie von einem Wal im Bodyslam erwischt.«

Mom zwickte mich sanft in die Seite. »Ich weiß zwar nicht, seit wann wir Dexter als ›Wal‹ bezeichnen, aber es kommt mir durchaus passend vor.«

Mom machte Scherze? Über Dexter?

»Moment, Mom. Ist das eine Art Galgenhumor? Steht es so schlecht um mich?« Stöhnend ließ ich mich zurück auf die Matratze fallen. »Bin ich in einem Krankenhaus?« Und wieso war das Licht hier drin so dermaßen grell, dass es einem die Augäpfel frittierte?

»Leider ja, Käse-Spätzchen.« Mom drückte meine Hand. Ihr auf einmal wieder so besorgter Blick war kaum zu ertragen.

»Du bist sicher hier, um mir zu sagen, dass es Zeit für meine Schicht bei Lexi ist.«

»Nein, es ist vier Uhr morgens. Ich bin zu dieser Party gerast, weil dich jemand mit K.-o.-Tropfen vergiftet hat – und bin dann mit dem Krankenwagen mitgefahren.« Ihre Stimme wurde auf einmal ernst. »Die Jungs haben noch auf der Party nach dir gesehen und aufgepasst, dass niemandem sonst was in den Drink gekippt wird. Was für ein Skandal.«

»Die Jungs?« Bei dieser Frage fühlte sich mein Hals ganz trocken an.

Mom lehnte sich auf ihrem Stuhl zurück, den Blick so weich. Das letzte Mal hatte ich diese Art Blick als Kind auf mir gespürt. »Hauptsächlich Lincoln. Er wollte dir gar nicht mehr von der Seite weichen.

Gut, am Anfang hast du dich mit Händen und Füßen dagegen gewehrt, dass er geht. Hast dich ihm praktisch an den Hals geworfen.«

Sicherlich. Moment … An den Hals geworfen? »Wie genau meinst du das? Ich hab mich gewehrt?«

Mom strich mir über den Kopf. »Ich bin fast vor Angst gestorben nach Calebs Nachricht, aber als ich hergekommen bin und du nach Lincoln geschrien hast und Zeter und Mordio gleich hinterher, wenn er es wagt, dich loszulassen, war ich beruhigt. So schlecht konnte es nicht um dich stehen.« Mom gluckste. »Und Rae konnte mir ganz gut erklären, was mit deinem Körper passiert. Ich hab trotzdem darauf bestanden, dich von Ärzten untersuchen zu lassen. In deinem Blut wurden tatsächlich Reste von K.-o.-Tropfen gefunden. Glücklicherweise geht es dir aber den Umständen entsprechend gut.«

Vor meinem inneren Auge spielten sich ganz seltsame und vor allem peinliche Bilder ab. Nein, oder? Nicht wirklich! Was hatte ich Lincoln angetan? Schon wieder! Irgendwann würde er nach mehr Gehalt fragen, ganz sicher. Ich stöhnte. An seiner Stelle würde ich auf Schmerzensgeld pochen. Holy Bug! Und dass mir oder besser gesagt Graeson etwas in den Drink gemixt wurde – um ihn leichter entführen zu können –, war wirklich offensichtlich gewesen.

»Hm, Mom?«

»Ja, Käse-Spätzchen?«

»Eigentlich ist damit doch vollkommen klar, wie ungeeignet ich für den Job bin.« Ich biss die Zähne aufeinander.

»Netter Versuch, aber nein. Du bleibst. Und wolltest du nicht dein Bestes geben, um auf die Jungs aufzupassen? Sie brauchen dich an ihrer Seite.«

Kurz war ich versucht, zu erwähnen, dass das Sache der Polizei war – andererseits konnte die nicht überall zugleich sein und die Ognito-Inc.-Agentinnen und -Agenten fungierten in dieser Situation irgendwie auch als Bodyguards. Es war unsere Verantwortung, dass sowohl unsere Doubles als auch Auftraggeber am Ende des Tages sicher nach Hause gingen. Und ich hatte wirklich geschworen, auf Lincoln und die Jungs achtzugeben. Ich nagte an meiner Unterlippe. So wie sie heute Nacht auf mich aufgepasst hatten.

»Schon gut, schon gut, aber kann ich heute vielleicht frei haben?«

Mom lächelte. Ein ehrliches, gelöstes Lächeln. Ungewohnt, komisch und gleichzeitig so ehrlich, dass es in meinem Magen ziepte. »Na klar, Käse-Spätzchen. Heute musst du dich wirklich ausruhen.«

Ausruhen. Wieso verursachte dieses Wort bloß so ein schlechtes Gewissen in meinem Inneren?

31 Kolly

WER LANGSAM GEHT, KOMMT AUCH ZUM ZIEL, SAGEN SIE. DOCH WAS, WENN MAN LANGSAM IN DIE FALSCHE RICHTUNG LÄUFT?

Als ich am Montag in die Agentur kam, konnte ich es kaum fassen, dass ich wirklich den ganzen Samstag freibekommen hatte. Außerdem hatte ich es am gestrigen Sonntag geschafft, ein paar Stunden mit Lexi und Sawyer zu verbringen, wobei Sawyer so lieb gewesen war, Lexi mit den Katzen zu unterstützen, während ich schlapp im Gras gelegen hatte.

Selbst mit Kopfschmerztabletten dröhnte mein Kopf immer noch, aber insgesamt war ich einfach nur dankbar, dass nichts Schlimmeres passiert war. K.-o.-Tropfen konnten ganz anders ausgehen – waren alles andere als ein Spaß. Nur schlecht, dass wir den Täter oder die Täterin nicht gefasst hatten. Keine Beweise – nichts. Vermutlich im Klo runtergespült oder wer weiß wo versteckt. Diese extreme Fangruppierung war schlau, aber auch sie würden irgendwann einen Fehler machen, und dann … Mit den Gedanken immer noch bei der Party half ich Caleb, den Raum für das Selbstverteidigungstraining vorzubereiten.

»Autsch«, unterbrach Caleb meine Gedanken. Ein Tischbein war ihm auf den Fuß gekracht.

»Du sollst die Tische an die Wand schieben und dich nicht selbst geißeln«, sagte ich und zupfte an der dunkelblauen Sporthose, die auch halbwegs zu meinem dunklen Shirt passte. »Möglichst noch, bevor die Jungs kommen, oder spekulierst du darauf, dass Rae dich verarztet?«

»Sehr hilfreich, Kolly, ungefähr genauso hilfreich wie du Freitagabend nach Mitternacht.«

Ich zeigte ihm mein bestes Haifischgrinsen. »Oder wie du beim Verhindern, dass jemandem etwas in den Drink gekippt wird?«, fragte ich zurück.

Er nickte. »Gut, hatte schon Angst, für derlei Sprüche wäre es noch zu früh.«

Grinsend wollte ich ihm gerade eine entsprechende Erklärung an den Kopf werfen, dass ich nicht aus Zucker war, doch dazu kam es nicht mehr. Die Tür flog auf, und Viola, gefolgt von Bria, stürmte herein. Letztere schloss die Tür glücklicherweise direkt vor Suttons Nase, um sich dann mit dem Rücken dagegen zu lehnen.

»Wir haben ein Problem.« Während sich Viola über die Stirn rieb, zwirbelte Bria an ihrem seitlich geflochtenen Zopf, aus dem ein paar braune Strähnen heraushingen, als wäre sie durch einen Busch gekrochen, was mich sofort misstrauisch die Augen zusammenkneifen ließ. Bria hatte es sehr mit Regeln. Niemals würde sie auch nur mit einem Zeh aus der Reihe tanzen …

»Aha, deshalb euer aufgeregtes Getue – hätte man nicht geahnt«, sagte Caleb.

Bria, die sich an ihr Tablet klammerte wie an ihr liebstes Regelwerk, drehte den Screen in unsere Richtung. »Ein großes Problem.« Sie trat näher.

Eine Magazin-Cover leuchtete mir entgegen. Grelles Pink mit Fotos – eindeutig ein Klatschmagazin. Darauf war Lincoln zu sehen, mit leicht verrutschter Gesichtsmaske, der mich auf den Armen trug. Mein erster Gedanke war: O Mist, hoffentlich bekam er dafür keinen Ärger, denn die Maske zeigte viel zu viel, wenn auch nicht sein komplettes Gesicht. Dann las ich die Schlagzeile über seinem Kopf. Weiße Schrift mit schwarzer Outline. »Graeson Woollard – nur Gentleman oder neue Freundin?«

Holy Bug! Jemand – wahrscheinlich nicht nur eine Person – hatte uns am Freitag fotografiert, wie er mich in den Nebenraum getragen hatte, und die Fotos an dieses Magazin verkauft. Wusste Mom schon Bescheid? Und Dexter? Ich presste meine Lippen aufeinander.

Caleb atmete scharf ein. »Habt ihr Schadensbegrenzung betrieben?«

»Selbstverständlich. Bisher haben wir alle mit einem Statement hingehalten, auch aus Rücksicht auf Kollys gesundheitlichen Zustand.« Viola sah mir fest in die Augen. »Was für Bilder könnten noch von euch kursieren? Habt ihr euch geküsst?«

»Wie bitte?«, japste ich. »Natürlich nicht. Er hat mich lediglich getragen, weil mir jemand K.-o.-Tropfen verabreicht hatte. Du musst das klarstellen.«

»Er war also ein Gentleman.« Viola tippte sich ans Kinn, und ich konnte mir ungefähr vorstellen, was für eine Pressemeldung sie gleich in Dexters Auftrag an die Nachrichtenagenturen verschicken würde. »Blöderweise haben dich einige schon als das ›Mädchen in Not in der Felsspalte‹ erkannt. Wie erklären wir das?«

Auch das noch. Damit zog die Zufallsbekanntschafts-Nummer nicht mehr. »Gibt's noch weitere Katastrophenmeldungen?« Stöhnend rieb ich mir über den Nasenrücken. »Ein Tornado oder Dexter, der Hollywood im Godzilla-Kostüm in Schutt und Asche legt?« Letzteres wäre zumindest amüsant. Für mich.

»Erst mal nicht. Violas Blick glitt von meinem Scheitel bis zu meinen Fußspitzen. »Aber der Tag ist ja noch jung.«

»Jetzt klingst du ein bisschen wie Rae.« Ich beschloss, nicht um Verzeihung zu bitten. Schließlich war das Freitagabend absolut nicht meine Schuld gewesen, und Viola wusste das. Sie ließ lediglich die Analystin raushängen, um später keine unangenehmen Rückfragen zu kassieren. Andererseits hatte sie wahrscheinlich das ganze Wochenende Schadensbegrenzung wegen mir betreiben müssen.

»Also … eine Erklärung rausgeben, dass wir nur Freunde sind?« Nervös drehte ich an meiner Zauberwürfel-Kette, darauf bedacht, ansonsten keine Regung zu zeigen, die die anderen misstrauisch werden lassen könnte. Aber selbst wenn. Was hatte ich zu verbergen? Es war unsinnig, ein schlechtes Gewissen zu haben, nur weil Lincoln und ich … Ja, was eigentlich? Uns bei manchen Begegnungen zu nahe gekommen waren? Es einen schwachen Moment in der Villa mit einem Kuss gegeben hatte – von dem aber niemand wusste? Bis auf die eine Person, die uns gesehen, aber bisher geschwiegen hatte. Und ich konnte nur hoffen, dass das auch weiterhin so blieb. Nur, warum spielte mein Gewissen jetzt einen inneren Konflikt mit Handpuppen nach? Ich atmete tief durch, verscheuchte die teuflische Handpuppe, die mir mit erhobenem Mittelfinger zuwinkte.

»Die Freundschaftsschiene wäre das Beste. Solange wirklich keine weiteren Fotos von euch existieren.« Viola strich sich eine Haarsträhne hinters Ohr, die heute mehr rosa als rot war. Verblasst bereits. Und mit ihren zwei lockeren Zöpfen sah sie deutlich jünger aus als Mitte zwanzig.

Mein Herz setzte einen Moment aus. Es konnte unmöglich sein, dass irgendjemand unseren Kuss in der Bandvilla fotografiert hatte, oder?

Bria warf mir einen Blick zu, während sie bereits eine Hand auf die Türklinke legte. »Dexter ist aus verständlichen Gründen daran gelegen, dass alle Bandmitglieder single bleiben.«

Das war uns allen bewusst und damit eigentlich unnötig nochmals anzumerken. Eine festgeschriebene Regel, damit die Fans es sich in der Illusion gemütlich machen konnten, dass sie die – wenn auch geringe – Chance hatten, selbst einen der Jungs abzubekommen. Schon klar. Sogar Caleb verdrehte die Augen.

»Auch wenn eine Freundin Graeson vielleicht vor diesen aggressiven Fans retten könnte?«, hakte ich nach. »Vielleicht nicht jetzt, aber langfristig?« Wenn sich dadurch diese Kidnapper-Ladys zurückhielten?

Viola sah mich an, als wäre ich zu optimistisch für diese Welt. »Dexter und an etwas anderes denken als die große Kohle und Ruhm?«

Auch wieder wahr.

»Okay, dann werde ich diese ›Nur Freunde‹-Geschichte verbreiten.« Violas Stirn kräuselte sich, sobald sie bemerkte, dass Bria auf ihrem Tablet ein Foto von Lincoln, der mich auf den Armen trug, mit zwei Fingern vergrößert hatte. Holy Bug! Ich weggetreten und in Großaufnahme war nicht gerade ein graziler Anblick. Absolut das Gegenteil davon, gewissermaßen. Lief da eine Sabberspur aus meinem Mundwinkel? Besser, ich schaute nicht zu genau hin.

Ein Räuspern, dann schob sich Calebs Hand in meine. »Kolly und ich haben zu tun«, behauptete Caleb, wofür ich ihm dankbar war. Wir tauschten einen Blick.

»Das war's auch schon. Soll ich euch was für die Mittagspause kommen lassen?«

»Burger«, sagte ich schnell.

»Ist das eine gute Idee, wenn man Dexters Anweisungen in Bezug auf Shy …?«, warf Bria ein, die selbstverständlich sämtliche unsinnige Regeln von Dexter eins zu eins wiedergeben konnte.

»Ist uns egal.«

Brias scheues Lächeln verpasste mir sofort ein schlechtes Gewissen, und ich bereute, sie so scharf angefahren zu haben. »Sorry«, sagte ich mit einem entschuldigenden Achselzucken, »ich ertrage dieses Bodyshaming nur einfach keine Sekunde länger.«

»Amen.« Caleb klatschte in die Hände, woraufhin Bria nur noch minimal verschüchtert dreinsah. »Versteh ich.«

Lincoln würde mir später sicher für den Burger danken. Holy Bug, warum dachte ich jetzt ausgerechnet an ihn? Um auf andere Gedanken zu kommen, winkte ich Viola und Bria, ehe ich mich wieder dem Stühle-Rücken widmete. Auf jeden Fall würde ich ihm – und auch Rae – gleich dafür danken müssen, dass sie sich auf der Party um mich gekümmert hatten. Und danach würde mit Lincoln alles wie immer sein. Ein Danke – und fertig. Nicht wahr?

»Ich hab noch nie jemanden so angespannt und gleichzeitig akribisch genau Stühle an der Wand aufreihen sehen«, bemerkte Caleb in seiner neunmalklugen Art.

Ich ignorierte ihn und konzentrierte mich eher auf Bronco, die gerade in den Raum gehechelt kam, ihre Krabbe quiekend im Maul. »Na, hast du dich reingeschlichen?« Gefolgt von einem Zungenschnalzen tätschelte ich sie zwischen den Ohren. »Oder bist du auf der Suche nach deinem Liebling Lincoln? Dann sollten wir dich besser sofort nach draußen bringen, ich hab nämlich vor, ihm bei unserem Selbstverteidigungskurs so richtig den Hintern zu versohlen.«

Caleb prustete los, wobei ihm ein Stuhl entglitt.

»Was?« Ich lächelte schief. »Das ist praktisch ein Kampfsportkurs, und Bronco könnte parteiisch werden.«

»Ist klar.« Kopfschüttelnd wandte sich Caleb von mir ab.

Hektisches Getrappel im Flur kündigte die Doubles an. Als hätten die Angestellten noch nie zuvor Doubles gesehen. In einer Double-Agentur … Durch die Glasscheibe direkt neben der Tür konnte ich die neue Praktikantin Amara mit ihren wilden schwarzen Locken sehen, die hin und her tippelte. Offenbar versuchte sie, geschäftig zu wirken und der Double-Band von *The Tinfoil Phantoms* zufällig über den Weg zu laufen. Ich seufzte – genau in dem Moment, in dem Lincoln, gefolgt von Rae und Shy, durch die Tür trat. Ein Sonnenstrahl fiel auf Lincolns Gesicht, erhellte es im Bruchteil einer Sekunde. Ich hielt den Atem an. Es hätte sich bei ihm auch um einen wirklichen Star handeln können statt einem Double. Er, mit diesem markanten, ungeschliffenen Kinn und dieser Präsenz. Und …

Stopp. Was dachte ich da? Hatte ich zum Frühstück ein Croissant oder einen Gedichtband gefuttert? Also wirklich. Erstaunt über mich selbst und diesen unerwarteten Hormonschub schüttelte ich den Kopf, ermahnte mich, mich zusammenzureißen.

»Hi, Leute.« Rae hob eine Hand, wurde dann jedoch von Shy zur Seite geschubst.

Etwas flirrte, rauschte kurz, dann war eine TV-Moderatorin zu hören.

Jemand hatte den Screen neben der Tür eingeschaltet. Aber warum? Stirnrunzelnd sah ich mich um, entdeckte Sutton, die auf der anderen Seite der Glasscheibe stand – die Mundwinkel zu einem feixenden Ausdruck erhoben. Versteckte sie da eine Fernbedienung hinter ihrem Rücken? Ernsthaft? Selbst Amara schielte argwöhnisch in Richtung von Suttons Hinterteil …

»Nicht zu fassen«, murmelte Caleb, die Hände in die Hüften gestützte. Bronco winselte zu meinen Füßen.

»… fragt sich nicht nur halb Hollywood, wer die Unbekannte sein könnte«, las die TV-Moderatorin in ihrer monotonen Stimme vor.

Was? Das konnte doch nicht …? Eine Vorahnung so dunkel wie das Licht hinter einem Gullideckel überkam mich. Nein, oder? Auch im Fernsehen? Neben der Sprecherin war ein Bild eingeblendet. Niemand musste mir erklären, was es zeigte. Es war eindeutig. Ein Bild von dieser Nacht, auf dem Lincoln mich durch eine Menge an Partygästen trug. Von hinten. Danach wurde dasselbe Bild eingeblendet, das mir eben schon Viola und Bria unter die Nase gehalten hatten. Das mit der Sabberspur an meinem Kinn und den kleinen Spuckebläschen in meinem Mundwinkel.

»Graeson Woollard – ein strahlender Retter?«, lautete die dazugehörige Schlagzeile, die auf einem durchlaufenden Band eingeblendet wurde. Also bitte, das war doch keine Meldung im Fernsehen wert. Langsam musste der Presse echt langweilig werden. Ganz deutlich spürte ich Suttons Blick auf mir.

Gleichzeitig vibrierte mein Smartphone, das an einer Kette an meiner Seite baumelte. Sawyers Name leuchtete mir auf dem Touchscreen entgegen. Sicherlich hatte er es gerade auch im Fernsehen gesehen. Oder irgendwo gelesen. Wenn diese eine Sendung es zeigte, mussten es noch mehr Medien tun. Der Startschuss war gefallen.

Die Jungs sahen nicht mich an, sondern den Screen, was mir recht war. Geradezu erbärmlich recht, mit der gleichzeitigen Gewissheit, dass mir nur noch Sekunden blieben, bis sie es doch taten. Wenn überhaupt.

Zuerst wandte sich Shy ab, natürlich war es ihm in kürzester Zeit langweilig geworden. Ich drückte Sawyer weg, tippte auf die automatisierte Antwortmöglichkeit »Sorry, ich kann gerade nicht, rufe dich gleich zurück« und ließ mein Smartphone los. An seiner Kette schlug es mir mehrmals heftig gegen den Hüftknochen, wo es letztendlich still liegen blieb. Aber das war mir egal. Selbst die aufgestapelten Stühle am Rand des Meetingraums kauerten sich in gespannter Erwartung aneinander. Ein Stapelturm war kurz davor, umzukippen. In etwa so wie ich. Nein, rief ich mich zur Ordnung. So was passte nicht zu mir, ich hatte immer alles im Griff. Ausnahmslos.

Lincoln atmete tief durch die Nase ein, ehe er sich zu mir umdrehte, und ich wusste, dass ich mich wirklich noch bei ihm bedanken musste.

»Sleeping Beauty hat sicherlich auch gesabbert, bevor der Prinz sie wach geküsst hat«, warf Rae hilfreich ein und zwinkerte mir zu, als wären wir beste Freunde.

Zum ersten Mal in meinem Leben verstand ich diese eigentlich unsinnige Floskel »kalter Schweiß, der einem den Rücken hinunterläuft« – denn so ging es mir in ebendiesem Moment. Obwohl er mir eher heiß und kalt den Rücken hinunterlief. Noch so eine unsinnige Redewendung. Aber genauso fühlte es sich an. In einer Sekunde kalt, dann brannte mein Rücken schon wieder, als hätte ich zu lange in der Sonne gelegen. Lincolns Blick fand meinen. Stille breitete sich aus, was genauso unsinnig war. Niemand von uns hatte etwas getan, für das man sich schämen musste.

»Wie geht's dir?« fragte Lincoln leise, womit er mein Gedankenkarussell zum Stillstand brachte.

»Hm?« Ich riss die Augen auf, die sich auf einmal trocken anfühlten. »Seltsam fühle ich mich, danke. Ist nicht leicht, mir einzugestehen, wie hilflos ich neulich Nacht war, und dann diese Kopfschmerzen. Aber jetzt geht's mir besser.« Ich fasste mir an die Stirn. Holy Bug, was war nur los mit mir? Und wie führte ich mich auf? Ich seufzte, schloss kurz die Augen. »Danke übrigens für deine Hilfe. Wie geht's euch?«

Shy zuckte lediglich mit den Schultern, doch in Raes Augen trat ein ernster Ausdruck. So hatte ich ihn noch nie zuvor gesehen. »Wir haben uns Sorgen gemacht. Selbst Shy ist der Appetit vergangen.« Mit dem Daumen deutete Rae über seine Schulter zu Shy, der zusammenzuckte und dann die Unterlippe vorschob. Täuschte ich mich oder hatte sich keiner der Jungs heute rasiert? Nicht mal Rae, der sonst seine Kanten haarscharf nachzog wie sein Original?

Mein Blick verhakte sich mit dem von Lincoln. Bronco strich um seine Beine, doch er sah nur mich an. Kaum zu glauben eigentlich, dass wir hier einfach so standen – nach allem, was in letzter Zeit passiert war. Andererseits war das hier Hollywood, und die letzten Tage waren wirklich filmreif gewesen. Doch dann rief ich mir in Erinnerung, dass er am Ende des Sommers aus der Stadt verschwinden würde, mit der Band durch die Welt touren. Und bis dahin …

selbst wenn ich es wollte, besagte mein und sein Vertrag, dass wir uns nie wieder küssen durften. Zwar würde Mom mich deshalb nicht feuern – aber ihn schon. Calebs eindringliche Warnung klang noch immer in meinen Ohren nach. Also blieb uns beiden nur die Erinnerung an diesen einen gestohlenen Kuss im Keller der Bandvilla.

Neben mir musterte Caleb verstohlen Rae, und das war eindeutig der Grund dafür, dass er sich in den letzten Minuten so still verhalten hatte.

Ich atmete tief ein, wollte gerade etwas sagen, als es klopfte. Bria steckte den Kopf zur Tür herein. Hinter ihr sah ich Amara auf und ab hüpfen – wahrscheinlich, um einen Blick auf die Band-Doubles zu erhaschen. »Der Selbstverteidigungstrainer ist da. Marc.«

Oh, richtig. Ich atmete aus. Besser, wir fuhren einfach mit dem Tagesplan fort, als wäre nichts gewesen. »Dann legen wir los. Für unser Mittagessen hab ich Burger bestellt.« Ich zwinkerte den Jungs zu, doch keiner von ihnen zwinkerte zurück. Lediglich Bronco setzte sich bei dem Wort Burger auf die Hinterläufe und hechelte mich an.

Marc entpuppte sich als ein drahtiger Sportlehrer mit deutschem Akzent, der nie um einen frechen Spruch verlegen war, was ihn mir sofort sympathisch machte. Caleb offenbar auch, denn er hing geradezu an Marcs Lippen. »Könntest du mir diese Drehung noch mal ganz langsam zeigen?«, hakte er nach. »Die, mit der man sich aus dem Griff eines Angreifers befreien kann?«

Marc sah zu Caleb auf, der ihn noch um einen halben Kopf überragte. In seinen dunklen Augen blitzte es warm, und Calebs Brustkorb hob und senkte sich plötzlich doppelt so schnell als normalerweise. »Selbstredend. Also …« Marc trat noch näher an Caleb heran. »Es ist wichtig, keine Zeit zu verlieren. Wenn dich jemand beispielsweise an den Handgelenken packt, um dich festzuhalten, ist der Griff in der ersten halben oder viertel Sekunde noch nicht fest. Diese Zeit musst du nutzen, um dich mit aller Kraft dagegen aufzulehnen. Reiß deine Hände auseinander, bring ihn mit einem Schrei aus dem Konzept – alles, um deinen Angreifer zu irritieren.« Marc hob seine Hände. »Bereit?« Doch bevor Caleb den Mund halb geöffnet hatte, packte Marc schon zu. »Ein echter Angreifer legt auch einfach los«, sagte er und grinste dabei von einem Ohr zum anderen.

Caleb blinzelte, besann sich dann aber und zerrte angestrengt an seinem Arm. Doch dann begann er zu strahlen, als es ihm trotz zu später Reaktion gelang, seine Hände zu befreien. Er machte einen Schritt zurück, grinste, nur, um sofort wieder zu Marc aufzuschließen. »So?«

Marc neigte den Kopf. »Ja, so.«

»Gut.«

»Gut.«

Ihre Stimmen wurden sanft und noch sanfter.

Am Ende räusperte sich Shy. »Jetzt ich und Linc.«

Wortlos stieß sich Lincoln von der Wand ab, schlenderte in die Mitte des Raumes. »Wenn du das willst.«

»Greif mich an, los!«, forderte Shy, der sich wie ein Sumoringer nach vorn beugte, mit blitzenden Augen und einem herausfordernden Lächeln im Gesicht.

»Oh, oh«, murmelte Rae neben mir. »Das Grinsen wird Shy gleich vergehen.«

Und so war es auch. In den nächsten Minuten beobachtete ich einen ganz neuen Lincoln – wobei so neu nun auch wieder nicht. Aber ich hatte ihn selten so fokussiert und gleichzeitig entspannt gesehen. Wie er Shy auseinandernahm. Sowohl als Angreifer als auch in der Rolle des gespielten Opfers. Er entwand sich in geschmeidigen Bewegungen allen Angriffen, wich aus, duckte sich. Im Prinzip wirkte er wie ein selbstbewusster Schauspieler, der alle Aktionen seines Gegenübers vorhersehen konnte. Wie ein James Dean – wenn der Karatefilme gedreht hätte. Ganz anders als vor der Bandvilla, als ihn zwei Frauen bestimmt zwanzig Sekunden oder länger festgehalten hatten. Aber diese beiden hatten ihn nicht nur völlig unvorbereitet erwischt, sondern auch über einiges an Kraft verfügt – absolut unabhängig von ihrem Geschlecht. Ich neigte den Kopf. Als Angreifer schleuderte Lincoln Shy hin und her, zog ihn an sich, bis Shy die Luft wegblieb, unfähig noch einen Finger zu rühren.

»Okay«, keuchte Shy beim dritten Versuch, bei dem er in einem Schwitzkasten gelandet war. »Was ist die nächste Lektion?«

»Zuerst sollten Rae und Kolly die Angreifer-Situation üben, danach geht's weiter.« Marc winkte uns zu.

»Dann zieh dich mal warm an, Rae.« Ich hob beide Augenbrauen. »Denn ich bin im Begriff, deinen hübschen, kleinen …« Ich beendete den Satz nicht, nutzte stattdessen das Überraschungsmoment und griff ihn aus dem Nichts an.

Zu meinem Glück atmete Rae tatsächlich scharf ein und hatte danach einige Mühe, meinem Klammergriff an seinen Handgelenken zu entkommen. Strahlend wand ich mich zu Marc um, der mir ein beeindrucktes Kopfnicken schenkte. Ganz im Gegensatz zu Lincoln, der direkt neben ihm stand und irgendwie düster dreinsah.

»Haha!« Rae kam frei, nahm mich postwendend in den Schwitzkasten, nur um mich durchzukitzeln. »Du gerissene, kleine Kröte.«

Ich kicherte vor mich hin, wand mich, boxte ihn. Lincoln lachte auch weiterhin nicht, schaute nur noch düsterer drein als sonst, oder bildete ich mir das ein?

32 Kolly

WENN DU DEINEN FEIND KENNST UND DICH SELBST KENNST, SAGEN SIE, DANN BRAUCHST DU DAS ERGEBNIS VON HUNDERT SCHLACHTEN NICHT ZU FÜRCHTEN. – NEIN, FÜR MICH HEISST DAS, DASS ICH MICH SOGAR VOR DER ALLERERSTEN SCHLACHT FÜRCHTEN MUSS.

Als Nächstes war Rae dran, der wie aus dem Nichts »JavaScript!« rief, um seinen Angreifer zu verwirren, was Marc so sehr belustigte, dass er seinen Angriff tatsächlich abbrach. »Sehr gut, genau – mit welchen Mitteln auch immer – wehrt euch, lenkt die andere Person ab.«

Ich kicherte, hob dann eine Hand zum High Five, und Rae schlug glucksend ein.

Aus den Augenwinkeln bemerkte ich, wie Lincoln die Arme verschränkte. Ihm fiel es wirklich schwer, Spaß zu haben. Zweifellos. Er warf mir einen glühenden Blick zu – aber keinen von der warmen Sorte, sondern eher einen, der seinen Gegner in Schutt und Asche legen sollte. Doch ich bemühte mich, ihm umso gelassener zu begegnen.

Viola klopfte an die Glasscheibe und formte mit dem Mund die Worte »Burger sind da«.

Perfekt, mein Magen knurrte, und darüber hinaus konnte ich die Pause gut gebrauchen, um Sawyer anzurufen. »Mittagspause.« Mit diesem Wort ließ ich die Jungs mit Caleb und Marc allein, schnappte mir am Empfangstresen zwei Cheeseburger, ehe ich mich nach draußen auf die Rasenfläche vor der Agentur verzog. An einen Baumstamm gelehnt saß ich da, konnte seit Minuten zum ersten Mal richtig durchatmen. Was für ein Tag. Bloß, warum stresste mich ein Selbstverteidigungskurs so sehr? Wobei mich eher – wenn ich ehrlich war – gewisse Blicke gestresst hatten als der Kurs an sich. Blicke aus feurigen grünen Augen. Eine Weile telefonierte ich mit Sawyer, beruhigte ihn. Denn er klang aufgewühlt, und nach den Schlagzeilen konnte ich ihm das auch nicht verdenken. Er machte sich Sorgen um mich. Dann tauschte ich ein paar Textnachrichten mit Lexi aus, wobei ich versuchte, meine Mutter zu ignorieren, die aus ihrem Bürofenster immer wieder besorgt zu mir herübersah. Der Appetit verging mir dabei trotz allem nicht, und am Ende wünschte ich mir, ich hätte mir drei Burger geschnappt.

»Hey.« Jemand warf mit etwas zu. Einen eingewickelten Burger. Lincoln.

Wie gerufen. Lächelnd fing ich den Burger auf, das Handy ließ ich dafür einfach fallen.

»Geht's dir wirklich gut?« Er sah mich schief an. »Du wirkst heute gar nicht wie du selbst.«

»Könnte ich auch von dir behaupten.« Innerhalb einer Sekunde hatte ich das wertvolle Päckchen aufgewickelt und von seinem herrlich duftenden Inhalt abgebissen. Meine Stimme klang selbst in meinen Ohren zu schrill. Schließlich war nicht nur ich in der Presse gewesen, sondern auch er. Wobei natürlich alle Welt annahm, Graeson und nicht Lincoln auf den Bildern zu sehen.

»Bin schon bei meinem vierten.« Er nickte in Richtung meines Cheeseburgers. »Also hat mir die Sache nicht gerade auf den Magen geschlagen.« Er senkte den Blick, ehe er mich mit einem schuljungenhaften Augenaufschlag bedachte.

Sofort verschluckte ich mich an der Cheeseburger-Gurke und schlug mir mehrmals mit der Faust auf den Brustkorb. Doch das Husten wollte nicht aufhören.

»Äh, würdest du mir den Gefallen tun, nicht zu sterben?« Plötzlich war Lincoln bei mir, klopfte mir auf den Rücken. Und zwar heftig.

Hustend sah ich zu ihm auf. Jetzt fühlte sich auch mein Gesicht kochend heiß an. Nach zwei weiteren Hustern würgte ich ein Stück Gurke in meine Handfläche. Widerlich. Unauffällig versuchte ich, sie ins Gras gleiten zu lassen, war mir aber sicher, dass Lincoln alles mitbekommen hatte.

Mehrmals fuhr er sich mit der Zungenspitze über die Schneidezähne, so als wollte er etwas sagen, traute sich dann aber doch nicht.

Er mit seinem unwirklich schönen Gesicht …

Und er wusste, wie verflucht schön er war. Ja, geradezu lächerlich perfekt. Oder wusste er es nicht? Nein, er *musste* seine Wirkung auf Frauen und möglicherweise auch auf Männer einfach kennen. Vor allem wenn man seinen verflucht perfekten Augenaufschlag bedachte. Andererseits hatte er das bisher nie ausgenutzt – was vielleicht auch der Tatsache geschuldet war, dass es in seinem Arbeitsvertrag stand, dass er mit niemandem etwas anfangen durfte, solange er für Ognito Inc. arbeitete. Noch immer starrte er mich direkt an. Als würde er in mein Innerstes sehen. Die Luft lud sich auf, und ich hätte gelogen, wenn ich sagen würde, dass ich ihn in diesem Moment nicht hätte wieder küssen wollen.

»Kolly, ich muss dich etwas fragen … Ich … Also, es geht um den Kuss …«, begann Lincoln und biss sich auf die Unterlippe. Gepaart mit diesem niedergeschlagenen Blick sah er auf einmal so anbetungswürdig aus, dass etwas in mir schmolz. Am liebsten hätte ich ihn berührt. Allein der Gedanke daran ließ meine Fingerspitzen kribbeln.

»Du und Graeson …«, brachte Lincoln stockend hervor, doch noch ehe er weitersprechen konnte, näherten sich uns Schritte.

»Hier seid ihr.« Shys Stimme. Ich fuhr herum. Und da war auch schon das Publikum. Gerade jetzt, wo Lincoln endlich bereit zu sein schien, über unseren Kuss zu reden.

»Die Pause ist um.« Shy schob die Hände in die Hosentaschen, kam auf uns zugelaufen. »Braucht ihr eine Extraeinladung?«

»Wieso so aggressiv?« Stirnrunzelnd betrachtete ich ihn.

»Ich aggressiv?« Knapp vor mir blieb Shy stehen und pustete sich eine seiner Winzlocken aus der Stirn.

Okay? Woher kam das jetzt?

»Wenn einer aggressiv ist, dann unser guter Fake-Graeson hier.« Mit einem Ruck deutete Shy auf Lincoln – kein Stück schüchtern wie sein Name vermuten ließ.

Die beiden starrten sich gegenseitig nieder. Hatte ich etwas verpasst?

»Weil ich dich eben in den Schwitzkasten genommen hab.« Es war eine Feststellung. Eine ruhige Feststellung aus Lincolns Mund.

Ach, daher wehte der Wind? Verletzte Eitelkeit? Ich musterte Shy genauer.

Er presste die Lippen aufeinander. »Lernt man diese unfairen Techniken eigentlich im Knast oder auf der Straße?«

Seine Worte zerschnitten die schwüle Mittagsluft wie ein Buttermesser.

Lincoln ließ sich nicht anmerken, ob ihn Shys Worte getroffen hatten, und ich wusste nicht, was ich denken sollte. War das ein Spaß? Unsicher sah ich zwischen den beiden hin und her.

Nachdem eine Weile niemand mehr etwas gesagt hatte, kräuselte Shy seine Oberlippe. »Also hast du es von deinen Knastbrüdern gelernt. Hab ich's mir doch gedacht. Diese Techniken …« Er grinste schief, als hätte er die Entdeckung des Jahrhunderts gemacht.

Ich zog die Augenbrauen zusammen. Sein Ernst? Was wollte er damit sagen? Dass Lincoln gesessen hatte? Aber das hätte er uns mitteilen müssen. In seinem Lebenslauf … Nein, unmöglich, er konnte kein Krimineller sein. Allein bei dem Gedanken wurde ich innerlich ganz unruhig.

Lincoln stritt es nicht ab.

Und auf einmal schien die Zeit langsamer zu vergehen, während aus irgendeinem Grund das Herz in meiner Brust wie ein Schlagbohrer hämmerte. Lincoln war im Gefängnis gewesen? Warum? Dieses Mal wurde mir einfach nur kalt – im Kontrast zu alldem, was ich eben noch gefühlt hatte. Im Geiste sah ich seine Akte vor mir. Der zweijährige Einsatz auf Haiti. Das war mir gleich komisch vorgekommen, irgendwie ausgedacht und ohne große Kenntnisse des Wirbelsturms, der dort gewütet hatte. Aber das Schlimmste daran war, dass er mich hintergangen hatte. Dabei hatte ich ihm vertraut und gerade in den letzten Tagen eine echte Verbindung zu ihm aufgebaut. Was, wenn er noch viel mehr vor mir und vor Mom verheimlicht hatte? Und das, obwohl wir uns auf ihn verlassen hatten. Obwohl ich mich auf ihn verlassen hatte. Mein Atem ging viel zu schnell, während mir Tausende Gedanken durch den Kopf schossen.

Lincoln beobachtete mich, wie um meine Reaktion abzuschätzen.

Meine Finger fühlten sich taub an. Aber das war nichts im Vergleich zu dem Gefühlschaos, das sich nun in meinem Innersten ausbreitete. Meine Gedanken überschlugen sich. Eigentlich musste ich das meiner Mom melden, und außerdem: Lincoln hatte das verheimlicht, mich angelogen. Er war nicht der, der er vorgab zu sein. Hatte wegen eines Verbrechens gesessen. Moms Worte fielen mir wieder ein. *Lincoln lebt eine Lüge.* Wie alle Doubles. Obwohl ich etwas sagen wollte, blieb ich still. Ich fühlte mich … gefühllos. Vollkommen. Sämtliche meiner Gliedmaßen wollten nicht mehr funktionieren. Obwohl es nicht so sein sollte – das war mir klar. Eigentlich sollte es mir egal sein, und ich sollte es melden. Doch nichts von beidem traf zu oder würde ich tun.

Shy hob die Hände, wie um mich zu einer Reaktion zu bewegen. Und da dämmerte es mir: Das hier war sein Versuch, zu bewirken, dass Lincoln gefeuert wurde. Aber warum? Ich hatte bisher nicht den Eindruck gehabt, dass Shy und Lincoln nicht miteinander klarkamen. Eigentlich dachte ich, sie würden sich super verstehen. Warum wollte er jetzt, dass Lincoln gefeuert wurde? Oder zumindest eine Ansage von mir bekam. Und ja – eigentlich hätte ich etwas in dieser Richtung aussprechen sollen. Aber ich konnte nicht. Ich musste hier weg. Und es war sowieso Zeit.

Ich verdrängte sämtliche Gedanken und räusperte mich. »Also dann. Gehen wir.« Ungewohnt steif rappelte ich mich auf.

»Kolly …«, begann Lincoln. »Können wir bitte kurz unter vier Augen reden?« Seine Stimme brach.

Und ich – feige wie ich war, weil ich das jetzt einfach nicht ertrug – tat so, als hätte ich ihn nicht gehört. Die ganze Zeit über, beim Mülleinsammeln und auf dem Weg zum Eingang, spürte ich Lincolns und Shys Blicke auf mir, und immer noch war mir nicht so ganz klar, in welchem Spektrum sich meine Gefühle bewegten. Nein, nicht ganz. Ich wusste, dass ich mich taub fühlte und nichts mehr von Lincolns Lügen hören wollte. Er war nicht echt. Nicht so wie Sawyer, Lexi und ich. Nicht mal so echt wie Graeson.

Auf dem Bildschirm im Meetingraum lief wieder der Fernseher. Marc räumte seinen Fastfood-Müll weg, während er noch kaute, und Sutton hatte es sich zu meinem Missfallen mit einem Salat auf dem Schoß bequem gemacht. Die Beine über Kreuz thronte sie auf einem Tisch. Ich blinzelte. Immer wenn man dachte, es könnte nicht schlimmer kommen … Ein Lichtblick war allerdings, dass Sutton mich ignorierte und stattdessen dem Bildschirm ihre geballte Aufmerksamkeit schenkte. Einem Bildschirm, der immerhin einen anderen Bericht ausspielte als den über mich. Ich lehnte mich gegen einen Stapel Stühle. Soeben flackerte exakt die Parteizentrale, die ich vor

Kurzem gehackt hatte, über den Bildschirm. Eine Nahaufnahme davon. Was hatte diese Ekel-Partei jetzt schon wieder angestellt? Hinter mir betraten Shy und mit einigem Abstand auch Lincoln den Raum.

»… wollen das Recht von Frauen, nach ihrer Elternzeit zurück in ihren Beruf einzusteigen, kippen«, verkündete die Nachrichtensprecherin. »Für die freie Marktwirtschaft und um Frauen die Zeit zu geben, sich sechs bis zwölf Jahre um ihren Nachwuchs zu kümmern.«

Wie bitte? Reichte es ihnen mittlerweile nicht mehr, die queere Gemeinschaft zu terrorisieren? Meine Gefühle, die wegen Lincolns Enthüllung sowieso schon in völligem Aufruhr waren, brannten auf meiner Haut. Ich konnte es regelrecht fühlen.

»Im selben Atemzug beantragte die Partei, die Prügelstrafe in Schulen wieder einzuführen.«

Ich atmete scharf ein. Plötzlich war alles andere um mich herum vergessen. Nicht. Deren. Ernst!

Caleb und Rae schlenderten herein, schlossen die Tür hinter sich.

»Sind das nicht die, die du mit deinen Hackerfingern angegriffen hast?« Mit ihrer Plastikgabel deutete Sutton auf den Bildschirm. »Wegen denen du auf Bewährung bist?«

Hatte sie ernsthaft darauf gewartet, dass alle Doubles anwesend waren, um diese Enthüllung über mich preiszugeben? Ich blähte die Nasenflügel auf, ging in Gedanken meine Möglichkeiten durch. Sawyer hätte mich ermahnt, ruhig zu bleiben, an meine Bewährungsauflagen zu denken. Nein, Letzteres hätte meine Mom eher von sich gegeben. Sawyer hätte sich auf Sutton gestürzt.

»Was?«, hakte Sutton nach, den Mund zu einem breiten Grinsen verzogen. »Auf einmal hast du nicht den Mumm, zu deinen kriminellen Taten zu stehen?«

Nein, daran lag es nicht. Sondern eher daran, dass mir die Ungerechtigkeit in ihren Worten die Sprache verschlug. Mein Puls beschleunigte sich. Dazu die Wut auf Lincoln, weil er mich hintergangen hatte. Und das, obwohl wir in letzter Zeit so was wie Freunde geworden waren. Vielleicht sogar mehr als das, oder vielleicht hatte sich mein Unterbewusstsein mehr gewünscht. Und warum genau machte es mich so wütend, von Lincolns Lüge nebenbei von Shy zu erfahren? Weil Lincoln sein Geheimnis Shy anvertraut hatte und nicht mir? Aber das war Unsinn.

»Ich bin keine Kriminelle«, brachte ich zwischen zusammengebissenen Zähnen hervor. Generell war in diesem Moment alles an mir angespannt. »So war es nicht. Lediglich ein Kavaliersdelikt. Steck mich nicht mit Verbrechern in einen Topf.«

Lincoln zuckte unter meinen Worten zusammen, als hätte ich ihn geschlagen. Aber es war mir egal. Die Hände zu Fäusten geballt starrte ich auf den Bildschirm, versuchte, meine Gedanken darauf zu konzentrieren, was gerade abging. Das war eine Kampfansage an mich. Genauso gut hätte die Partei ein Schild malen können mit der Aufschrift: »Ätsch, Kolly – du wurdest für deinen Hackerangriff bestraft, und wir machen fröhlich weiter. Und du kannst nichts dagegen tun.«

Ehrlich gesagt, brachte mich *das* am meisten in Rage. Ich wurde wütend. So richtig wütend. Bei diesen News war es doch geradezu unmöglich, nicht in Aktion zu treten. Ich musste einfach handeln … Mit geballten Fäusten wog ich die Chancen ab, dass das Jugendgericht davon Wind bekommen würde – und was das für mich bedeuten könnte.

Mein Handy vibrierte, eine Nachricht von Sawyer. »Tu's nicht!« Ja, eindeutig. Er kannte mich besser als ich mich selbst. Und musste auch die Nachrichten gecheckt haben.

Lincoln starrte vom Screen zu mir und wieder zurück. Was er wohl dachte? Aber egal. Was kümmerte es mich? Ich nestelte an meiner Halskette herum. Viel eher sollte mich kümmern, weshalb er zwei Jahre gesessen hatte. Für was bekam man in seinem Alter zwei Jahre?

Denn so lange war er ja angeblich auf Haiti gewesen, also musste das die exakte Zeit seiner Haftstrafe gewesen sein. Wegen Körperverletzung? Oder vielleicht wegen Betrugs? Konnte er jeden um den Finger wickeln und danach übers Ohr hauen? Mir wurde schlecht. Aber das konnte ich nicht hier vor allen ansprechen. Nein, ganz und gar nicht. Eine leise Stimme in meinem Kopf fragte, ob es überhaupt etwas änderte, was Lincoln getan hatte, doch ich ignorierte sie.

»Also, machen wir weiter?«, presste ich hervor – fest entschlossen, Suttons provokativen Blicken zu entgehen. Warum war sie so dreist, ihr Mittagessen in unserem Meetingraum zu essen und dann auch noch gegen mich zu sticheln? Nein, halt – es war Sutton. Nichts anderes konnte man von ihr erwarten.

Marc zuckte zusammen, kaum merklich zwar, doch ich hatte es gesehen – ehe er sich mir zuwandte. »Natürlich.« Sein Zahnpastalächeln verrutschte nur minimal.

»Schön. Sutton, du wirst hier dann nicht mehr gebraucht.« Ich wies mit dem Kinn in Richtung Tür. Ohne zu blinzeln und ohne auf Calebs mitleidigen Blick einzugehen, mit dem er mich bedachte.

Wieder vibrierte mein Smartphone an meinem Hüftknochen. Lexi. Da mir eine Ausrede, den Kurs zu verlassen, durchaus recht war, hob ich entschuldigend das Handy. »Da muss ich rangehen.« Den Blick gesenkt drückte ich mich an allen vorbei. Nicht aus Scham, sondern weil mein Innerstes derart kochte, dass nur ein falscher Blick oder ein falsches Wort alles in mir zum Zerreißen gebracht hätte.

»Kolly?«

»Ja?«

»Ich bin's – Lexi.« Sie klang panisch, irgendwie hektisch.

O nein, bitte, es durfte einfach nichts Schlimmes passiert sein. Holy Bug! Wenn Lexi mir gleich eröffnete, dass Taco oder Charlie verstorben waren … Mein Magen krampfte sich zusammen, und ich hatte das Gefühl, mich gleich übergeben zu müssen.

»Was ist los?« Meine Stimme brach. Genau wie ich mich fühlte. Zerbrochen. Wie ein zusammengeklebter Tonkrug, dem zwei Teile fehlten. Mindestens.

»Charlie geht's schlechter. Eine heftige Infektion.« Lexi schniefte. »Ich muss ihn in die Tierklinik bringen. Kannst du vorbeikommen und auf den Rest der Bande achtgeben? Meine Nachbarin ist heute nicht in der Lage dazu, und Sawyer muss seine Mom betreuen.«

»Natürlich.« Ich sah auf die Uhr. Aber egal, wie spät es war, Notfälle wie dieser gingen vor. »Soll ich dir ein Uber rufen?«

»Nein, mein Auto läuft wieder.«

Immerhin. »Kannst du denn die Tierarztrechnung zahlen? Wie weit bist du mit der Spendenkampagne?«

»Nicht weit. Ich hab hier alle Hände voll zu tun und Sawyer ebenso. Mir bleibst nur du. Tut mir leid.«

Okay, klar. Vor allem mit den beiden Neuankömmlingen. »Kein Problem, ich bin auf dem Weg.« Mit einem flauen Gefühl im Magen dachte ich an Moms Reaktion, wenn ich jetzt einfach abhaute. »Okay, pass auf, ich rufe ein Uber und bin gleich da, in Ordnung?«

»Da… danke, Kolly.« Lexi schluchzte. Eine ganz ungewohnte Lexi. Also musste es schlecht um Charlie stehen, und sie hatte ihr Herz bereits an ihn verloren …

Mir wurde, wenn möglich, noch schlechter, als ich mir ausmalte, was die nächsten Stunden bringen konnten. Doch nicht mal dafür blieb mir Zeit. Hastig schnappte ich mir meinen Rucksack.

»Mom!« Ich stürmte geradezu in ihr Büro – selbstverständlich ohne anzuklopfen. Doch anstelle von Mom saß Dexter hinter ihrem Schreibtisch. Nein, das stimmte nicht ganz. Dexter saß nicht, sondern kauerte halb hinter Moms Schreibtisch, einen edlen Kugelschreiber zwischen den Zähnen, eine Hand tief in einer Schublade vergraben, die andere auf der Maus von Moms Computer. Meine Augen wurden schmal. »Was wird das?«

Dexters Augen standen meinen Schlitzen in nichts nach. »Was glaubst du? Ich muss etwas für deine Mom raussuchen, aber das geht dich nichts an.«

Aha. Das wäre das erste Mal, dass er etwas für Mom tat. Ich hob das Kinn. »Und wo ist sie? Wenn du was für sie erledigst, wirst du das ja wohl wissen.«

»Sie ist mit Bria zu einem neuen Klienten gefahren. Wieder eine Band.«

Großer Gott, davon konnte man ja schließlich nie genug haben. Dann würde ich Mom eine Nachricht schicken. Mom ... Ein Gedanke durchzuckte mich, so grässlich wie die Sechs-Tage-Arbeitswoche – nein, noch schlimmer. Ob sie wegen der schlechten finanziellen Lage der Agentur schon derart verzweifelt war, dass sie Dexter um Hilfe bat? Nein, oder? Alles in allem war Dexters Verhalten jedenfalls äußerst verdächtig ...

Aber dafür hatte ich jetzt beim besten Willen keine Zeit. Also verließ ich das Büro und flitzte den Gang entlang. Im Flur auf dem Weg zum Ausgang stieß ich mit der Schulter gegen etwas Hartes. Mist. Wie konnte mein Timing derart mies sein? Natürlich musste ich gerade jetzt auch noch in Lincoln hineinrennen.

»Können wir reden?« Seine Stimme klang brüchig, was mich zögern ließ. Wollte er das wirklich zwischen uns klarstellen, oder hatte er einfach nur Angst, ich könnte Mom von seiner Vergangenheit erzählen, woraufhin er diesen Job verlieren würde? Irgendwie ironisch, wenn man bedachte, dass ich nach unserem Kuss noch alles darangesetzt hatte, diesen Fehltritt zu vertuschen. Damit er weiter als Graesons Double arbeiten konnte. »Gerade ist es schlecht. Ich muss dringend zu Lexi und den Katzen.«

»Ich fahre dich. Dann können wir auf dem Weg dorthin reden.« Seine Augen sahen mich so flehend an, dass ich stutzte. »Ich bin heute mit dem Auto meiner Mom hier. Lass mich dir helfen.

Dann würdest du Zeit sparen, weil du nicht auf ein Uber warten musst.«

Und er hatte recht, kannte mich zudem schon viel zu gut. Zwar war ich zuerst versucht, abzulehnen, doch dann wurde mir bewusst, wie kindisch sich das anhören würde. Als wäre ich eingeschnappt. Wozu es streng genommen keinen Grund gab. Lincoln war nicht verpflichtet, seine Vergangenheit mir gegenüber offenzulegen. Er konnte mich so viel anlügen oder so viel vor mir verbergen, wie er wollte. Auch wenn mir das auf persönlicher Ebene einen Stich versetzte. Jedes einzelne gelogene Wort davon.

»Wo steht dein Auto?«, fragte ich, obwohl mir so viel mehr auf der Zunge lag.

Vorn am Empfangstresen lehnte Sutton, in ein Gespräch mit Viola vertieft und mit einem Stapel Papiere in der Hand, die sie vermutlich gleich fallen lassen würde, um Aufmerksamkeit zu erregen. »Wir nehmen den Hinterausgang«, bestimmte ich, ohne seine Antwort abzuwarten.

»Welchen Hinterausgang?« Lincoln hob beide Augenbrauen.

Statt zu antworten, packte ich ihn am Handgelenk, zog ihn hinter mir her bis zu Brias Schreibtisch, wo ich die Terrassentür öffnete, die über ein paar Treppenstufen nach unten zur Straße führte. »Ein Notfall!«, rief ich Amara zu. »Bis später.« Und dann hasteten wir auch schon los. Über die Terrasse und die Rasenfläche.

»Da vorn rechts.« Lincoln deutete auf die Straße.

Ich sprang über die Betonstopper bis zu einem klapprigen roten Ford, neben dem Lincoln gerade den Autoschlüssel zückte. »Gehört meiner Mom«, murmelte er, nachdem er meinen Blick bemerkt hatte. »Ich hab vor, mir von meinem ersten Gehalt was Schickeres zu gönnen.«

Ich sah zwischen dem Klappergestell und Lincoln hin und her. »Kannst du deine Perücke und eine Sonnenbrille anziehen?« Nach einem Blick auf den Rücksitz entdeckte ich dort beides sowie eine Basecap.

»Natürlich.«

Gut ... Sonst hätten sich die Paparazzi sicher gefragt, was für eine Karre Graeson Woollard da in Gottes Namen fuhr.

Komischerweise brannte mein Gesicht, als ich mich neben Lincoln auf den Beifahrersitz gleiten ließ. Wir waren also allein. Zum ersten Mal seit unserem Kuss im Keller.

Lincoln legte einen Arm um meinen Sitz, schaute nach hinten, um auszuparken. Die blonden Härchen auf seinen Unterarmen berührten meinen Nacken, oder bildete ich mir das nur ein?

»Also«, sagte er nach einer Weile. »Was ist hier wirklich los, Kolly? Hat es was mit mir zu tun, dass du geflüchtet bist? Wegen dem, was du eben über mich erfahren hast? Oder braucht deine Freundin dich wirklich?«

Bevor ich antwortete, atmete ich einmal tief aus. »Lexi muss dringend mit einer ihrer Pflegekatzen zum Tierarzt, und ich soll auf die restlichen Tiere aufpassen.«

»Oh. Ich helfe dir dabei.« Er sagte es so selbstverständlich, als hätte er das schon tausendmal gemacht.

»Danke«, sagte ich, ohne ihn anzusehen. »Wir müssen nach Shadow Hills.« In diesem Moment hätte ich wirklich dringend eins meiner Knobelspiele gebraucht, um meine Finger zu beruhigen. Hatte ich nicht noch eins in meinem Rucksack? Tatsächlich. Eines mit Holzperlen. Vielleicht würde ich es danach schaffen, mich so weit zusammenzureißen, um die Knastsache anzusprechen.

»Was ist das?« Die Reifen quietschten, sobald Lincoln das Lenkrad herumgerissen hatte und vorwärts die Straße hinunterschoss.

»Knobelspiel. Beruhigt meine Nerven«, antwortete ich knapp. Konnte ich bei seinem Fahrstil vermutlich auch doppelt gebrauchen.

Lincoln

Allein bei dem Gedanken, wie ich unser Gespräch auf das Thema, das ich ansprechen musste, lenken sollte, brach mir der kalte Schweiß aus. Und Kolly saß so nah neben mir, mit ihrem Holzkästchen auf dem Schoß. Ihre Finger spielten daran herum, schoben Holzkugeln hin und her. Himmel, wie sollte ich mich da konzentrieren?

»Was genau ist bei deiner Freundin Lexi los? Welche Katze hat … was?« Die Unterhaltung erst mal auf Lexi und die Katzenauffangstation zu richten, erschien mir am einfachsten.

»Charlie.« Kollys Stimme glich einem Seufzen. »Die Katze mit den bewegungsunfähigen Hinterbeinen. Liegt wahrscheinlich an einer Rückenverletzung, die ihm von einem Menschen zugefügt wurde.«

»Menschen.« Jetzt seufzte ich, wobei es sich für Kolly wahrscheinlich wie ein Knurren anhörte.

Immerhin zuckte einer ihrer Mundwinkel.

»Dann sollten wir uns wirklich beeilen. Er muss also in die Klinik?«

»Genau. Irgendein Infekt. Und wir hoffen, dass wir bald genug Geld für seine Operation zusammenbekommen. Damit er wieder laufen kann. Aber von den anderen Kätzchen bei Lexi befinden sich noch zwei weitere in einem kritischen Zustand. Lexi, mein Kumpel Sawyer und ich versuchen, eine Spendenkampagne aufzuziehen.«

Ich nickte. Kolly hatte auch einiges an Päckchen zu tragen. Und dieses Thema war mir prinzipiell lieber als meine Vergangenheit.

Es klickte. Kolly hatte ihr Knobelrätsel gelöst. Alle Holzkugeln nach Farben sortiert. In der kurzen Zeit. Nicht übel.

»Ich werde noch mal bei meiner Mom betteln müssen. Diese Tierarztkosten sind echt hoch.«

»Und wahrscheinlich bleibt Charlie nicht mehr unendlich viel

Zeit, oder? Wie lange kann seine Operation noch warten, bis es zu spät ist?«

»Nicht mehr allzu lange.« Kolly sah aus dem Fenster, dachte sicher an Charlie. O Mann. Schweigen breitete sich zwischen uns aus.

Es wurde Zeit, dass ich mich unserem Gespräch stellte. Und meinen Gefühlen. Weil ich mir einfach nicht mehr länger selbst etwas vorlügen konnte. Ich räusperte mich. Was für ein Mann war ich eigentlich, dass ich sie hier fast entführte, sie gerade nicht vor unserem Gespräch fliehen konnte und ich mich aussprechen wollte? »Hör mal, wenn du aussteigen willst, sag einfach Bescheid.« Am liebsten hätte ich hinzugefügt: »Wenn du dich unwohl im selben Auto mit mir fühlst«, schluckte diesen Satz dann aber hinunter.

Sie nickte, ohne mich anzusehen. Gut, immerhin. Mit langsamen Bewegungen schob sie ihr Knobelspiel zurück in ihren Rucksack, strich darüber und fuhr auch den Reißverschluss nach. So bedächtig. Und irgendwie machte es mich verrückt, aber nicht auf eine negative Art und Weise. Plötzlich – und ich hatte keine Ahnung, woher das Bedürfnis kam – wollte ich nichts mehr, als ihr eine dieser dunklen Haarsträhnen hinters Ohr zu schieben. Okay, und ihre niedliche Nase anzustupsen. Nein, was ich wirklich wollte, war, dass sie mich ansah – und mir vergab, dass ich sie belogen hatte. Ich schluckte. Was, wenn es ab jetzt immer so angespannt zwischen uns sein würde? Bis zum Ende des Sommers? Dieser Gedanke machte etwas mit mir. Wie wenn jemand vor meinen Augen meinen Boxsack zerfetzte. So, wie es Moms Ex-Freund getan hatte.

Schluss mit den trüben Gedanken. Ich richtete mich etwas auf. »Also wegen eben … ich wollte es dir noch sagen. Es ist wirklich nichts Dramatisches. Du musst keine Angst vor mir haben.«

Kollys Kopf schnellte zu mir herum. »Du glaubst, ich hätte Angst vor dir?«

Mit dem Handrücken fuhr ich mir übers Kinn. War das eine Fangfrage? »Okay, also keine Angst. Aber du fragst dich sicher, warum ich nicht früher ausgepackt hab. Und generell, weshalb ich meinen Lebenslauf gefälscht hab.« Wobei … Letzteres lag irgendwie auf der Hand.

»Du hast gedacht, wir schmeißen dich raus.« Kolly starrte geradeaus durch die Windschutzscheibe, als wären die Burgerläden Downtowns das Interessanteste, was ihr je zu Gesicht gekommen war.

»Hm, anfangs ja. Aber dann hab ich dich näher kennengelernt.« Unser Kennenlernen war mittlerweile elf Tage her – und hatte so viel für mich verändert.

»Weißt du, was wir auf jeden Fall verhindern müssen?«, fragte Kolly. »Dass Dexter davon Wind bekommt.«

Da hatte Kolly durchaus recht, auch wenn ich mit vielem, aber nicht damit als Einwurf gerechnet hätte. »So weit lassen wir es wohl besser nicht kommen.« Meine Stimme zitterte nicht, klang fast warm, was mich selbst überraschte. »Oder wirst du es ihm sagen? Oder deiner Mom?«

Kolly schüttelte den Kopf. »Jeder hat eine zweite Chance verdient – auf rein beruflicher Ebene. Der Job ist perfekt für dich, und das werde ich dir nicht wegen so was wegnehmen.«

Aus dem Augenwinkel musterte ich sie. Auf rein beruflicher Ebene? Das hieß, dass sie mir auf persönlicher Ebene nicht verzeihen konnte? Gut, das hatte ich verdient. Meine Laune sank auf den Tiefpunkt, und ich spürte, wie ich leicht am Steuer zusammensackte. »Kolly, ich hab niemanden umgebracht, entführt, beraubt oder zusammengeschlagen. Ich schwöre es dir.«

Nach meinen Worten schien sich ihr Körper zunächst anzuspannen, bevor sie tiefer in ihren Sitz sank. Hatte sie gerade geräuschvoll ausgeatmet, oder hatte der Motor gestottert? Die Frage, was genau vorgefallen war, dass ich die letzten zwei Jahre im Gefängnis verbracht hatte, lag in der Luft. Doch ich – auf einmal feige wie mein

Stiefvater – suchte erst mal im Seitenfach nach einem Taschentuch, um mir die Nase zu putzen.

»Du hast also niemanden umgebracht.« Kolly biss sich auf die Unterlippe. »Das ist doch schon mal was.« Sie strich sich einen imaginären Fussel von ihrer moosgrünen Hose und seufzte schließlich. »Aber ich darf vermutlich nicht groß reden. Ich wäre diesen Sommer auch fast im Gefängnis gelandet.«

»Ernsthaft?« Kolly und Knast? Wegen des Hackerzeugs? Unwahrscheinlich. Sie verarschte mich doch, oder?

»Ja, weil ich die rechte Parteiwebsite gehackt hab. Die, die eben im Fernsehen war.«

Moment – redete sie von diesem ominösen Beitrag eben im TV? Sutton hatte wirklich merkwürdige Kommentare dazu fallen gelassen, die ich als übertrieben abgestempelt hatte. Und Dexter hatte erzählt, dass sie gern Ärger als Hackerin machte. Aber Kolly war lediglich verwarnt worden, oder?

»Wirklich?« Plötzlich hatte ich Mühe, mich auf die Straße zu konzentrieren, weshalb ich froh war, dass die Ampel vor uns auf Rot umsprang.

»Yep. Kannst mir glauben. Deshalb darf ich bis zum Ende des Sommers keine Websites außer Google Maps oder vergleichbar Harmloses benutzen und muss die Sozialstunden bei Lexi ableisten. Und meine Mom will mich im Auge behalten. Daher der Ferienjob bei Ognito Inc.«

Jetzt wurde ein Schuh draus. Auf einmal ergab so viel mehr von ihrem Verhalten Sinn.

»Das heißt, du kannst dich in alle Systeme hacken?« Warum hatte ich auf einmal mein uraltes Facebook-Konto vor Augen? Aber nein, eine Krawall-Partei war durchaus sinniger.

»Ich finde wirklich, wir sollten das Gespräch von mir zurück auf dich lenken«, sagte sie, wobei sie starr nach vorn blickte.

Wow – ich wollte nicht sagen, dass ich Kolly ab sofort mit anderen Augen sah, aber etwas war plötzlich aufgetaucht, dass sie in ein noch vielfältigeres Spektrum tauchte. Wie wenn ich durch ein Kaleidoskop sah. Kolly strahlte ebenso sehr. In allen Farben.

»Du hast recht, und du verdienst, dass ich ehrlich zu dir bin.« Und genauso meinte ich es auch. Wobei: Kolly hatte so viel mehr verdient.

»Du musst rechts abbiegen ins Valley.« Täuschte ich mich, oder zitterten ihre Finger, als sie mir den Weg wies?

Moms verdammter Duftbaum mit seinem Ingwerduft trieb mir langsam die Tränen in die Augen, weshalb ich es nicht genau erkennen konnte.

Ich würde ehrlich zu ihr sein. Immer. Der Gedanke, dass ich mir ein *Immer* mit Kolly vorstellen konnte, durchfuhr mich wie ein Steakmesser. Woher kam dieser unsinnige Gedanke? Kolly hatte was mit Graeson – oder zumindest gehabt, und ich war nur sein Ebenbild. Und wer wollte schon eine Kopie vom Original? Andererseits konnte ich mir nicht länger vormachen, dass ich bloß aus geschäftlichen Gründen gern Zeit mit ihr verbrachte …

»Also, was hast du angestellt?«

»Um genau zu sein, war ich einfach zur falschen Zeit am falschen Ort.« Wieso ging mir die Erinnerung an diese eine Nacht von vor knapp drei Jahren immer noch so nahe? Es war ja nicht so, dass ich im Bau jede Nacht die Ereignisse wieder und wieder durchgespielt hatte, mit dem Wunsch, an dieser oder jener Stelle anders gehandelt zu haben. »Meine Freunde – nein, das waren sie eigentlich nicht. Die Menschen, mit denen ich zu der Zeit abgehangen hab, richtige Freunde waren sie definitiv nicht. Auf jeden Fall haben sie vor drei Jahren einen Plan ausgeheckt.« Automatisch spielte ich mit dem Ringfinger an meinem kleinen Finger herum. Wie fast immer, wenn ich die Aufmerksamkeit eines Publikums auf mir spürte. »Weil sie ein

Geheimnis daraus gemacht hatten und es mir als Mutprobe verkauften, wollte ich natürlich mitkommen. Ich war jung, wollte mich beweisen und meinen Platz in der Welt finden.« Beinahe hätte ich noch mehr von meiner damaligen Situation mit Mom, ihrem Lover und Gus preisgegeben, doch das gehörte nicht hierher. »Was ich nicht geahnt hatte, war, dass sie planten, ein älteres Ehepaar zu überfallen.« Ich atmete tief ein. Es musste raus, und Kolly musste es hören – sie verdiente die Wahrheit. »Sobald sie in das Haus eingebrochen sind, eine richtige Bretterbude, war mir klar, dass ich sie aufhalten musste. Also habe ich gebettelt, auf sie eingeredet und gedroht, aber nichts hat geholfen. Sie sind ins Haus eingestiegen, das eigentlich ruhig dalag, als wäre niemand zu Hause.« Der Teil, der jetzt kam, erforderte meine ganze Selbstbeherrschung. Ich merkte, wie ich wieder anfing zu zittern, und fuhr mir fahrig übers Kinn. »Sorry, ich muss das in Ruhe erzählen und will keinen Unfall bauen. Lass uns gleich bei Lexi weiterreden.« Ich leckte mir über die Lippen. Würde sie mich überhaupt ansehen? Wenn ich über die schlimmste Nacht meines Lebens sprach?

Kolly 33

SIE SAGEN, LIEBE IST NICHT ALLES, WAS WIR BRAUCHEN. ABER WIR BRAUCHEN SIE, UM ALLES ZU HABEN. WENN DAS WAHR IST, IST MAN ERST DANN KOMPLETT? LÄCHERLICH.

Ziemlich verantwortungsbewusst von ihm, dass er das nicht im fahrenden Auto besprechen wollte. Und weil ich realisierte, dass mein Bein unkontrolliert auf und ab wippte, konzentrierte ich mich darauf, diesen Tick zu unterdrücken. Aber was kam jetzt? Langsam drehte ich mich zur Seite, zog mein Bein unter mich. Ich wollte ihm die Chance geben, frei zu sprechen. Später. Also trank ich einen Schluck aus meiner Wasserflasche, sah aus dem Fenster, bat Lincoln, rechts abzubiegen, ehe ich die Flasche zurück in den Rucksack packte. Auch wenn ich kaum erwarten konnte, zu hören, was in dieser ominösen Nacht passiert war. Also zog ich schweigend mit bedächtigen Bewegungen den Reißverschluss zu und wartete. Bis wir oben in Shadow Hills kurz vor Lexis Haus hielten.

»Kolly, endlich!«, begrüßte mich Lexi am Zaun. Sie hielt eine Katzentransportbox in der Hand und versuchte, sich aus dem Garten zu quetschen, ohne dass Lucifer ihr nach draußen folgte.

»Geh schon, ich kümmere mich um alles.«

Kurz hielt Lexi inne, als sie bemerkte, dass ich nicht allein gekommen war. Lincoln, der die Straße hinunter geparkt hatte, damit Lexi schnell aus ihrer Einfahrt kam, hatte mich inzwischen eingeholt.

»Das ist Lincoln, einer meiner Doubles.« Jetzt war eh schon alles egal – nach den Fotos von uns von Freitag. Und es war sowieso klar, dass er mit seiner Perücke nicht einer der Angestellten der Agentur sein konnte.

Erkenntnis huschte über Lexis Gesicht, und sie musterte Lincoln eingehend.

Doch ich winkte ab. »Jetzt ab mit euch. Ich weiß ja, wie es hier läuft.«

Lexi setzte sich ihre Flammen-Sonnenbrille auf, rief mir noch einige Anweisungen für die Kätzchen im Inkubator zu, dann knallte ihre Autotür hinter ihr ins Schloss. Charlie hatte die ganze Zeit keinen Ton von sich gegeben. Kein gutes Zeichen. Ich rieb mir über den Nacken. In Bezug auf den kleinen Kater konnte ich gerade nichts tun. Wohl aber Lucifer begrüßen und nach den anderen Rackern sehen.

Kaum dass wir den Garten betreten hatten, stellte Lincoln Fragen zur Katzenrettungsstation, die ich beinahe alle beantworten konnte. Nachdem ich ihm die Quarantäneregeln dargelegt hatte, besorgte ich uns Wasser und Kaffee. Lincoln zuckte mit keiner Wimper, als ich ihm einen von Lexis gestrickten Teehandschuhen reichte. Ich selbst schnappte mir den pinken, um mir die Hände nicht an der Kaffeetasse zu verbrühen. »Dank mir später.«

Selbstverständlich umschwirrten uns Lucifer, Bacon und Potato, sodass wir ständig ein Kätzchen oder wahlweise eine Hundeschnauze an unseren Hosenbeinen kleben hatten, aber das war noch das Angenehmste an diesem Tag.

»Die zwei sind zu niedlich.« Lincoln tätschelte Potatos Kopf, der gerade seine Pfote zu mir streckte und dann im Spiel nach Bacon schlug, der sich auf meinem Schoß genüsslich dehnte.

Obwohl der Zucker in meinem Karamell-Cappucchino sich längst aufgelöst hatte, rührte ich noch gefühlt zwei Minuten länger in der

Tasse herum. Mein Herz schmolz beim Anblick von Lincoln und den Kätzchen in einem ähnlichen Tempo dahin. Allerdings kreisten meine Gedanken nicht nur um die Art und Weise, wie Lincoln mit Potato und Bacon umging, sondern auch um sein Geständnis. Was würde er mir gleich erzählen? Gut, er hatte niemanden umgebracht, aber war es dennoch etwas so Schlimmes, dass ich ihn danach mit anderen Augen sehen würde? So schlimm, dass ich es doch Mom sagen musste? Ich packte Lexis Teehandschuh fester. Am besten, wir tingelten nicht länger um den heißen Brei herum.

»Bist du so weit, darüber zu reden?«, fragte ich schließlich. Besser direkt, als herumzudrucksen, was sowieso nicht meine Art war. Immerhin war das hier ein guter Zeitpunkt. Er konnte ganz in Ruhe auspacken – mit einem Kätzchen auf dem Schoß.

Lincoln hob langsam den Blick, sah mich aus großen Augen an. So vertrauensvoll und gleichzeitig so verloren. Ein ganz anderer Lincoln als sonst. Und genau das versetzte mir einen Stich. Am liebsten hätte ich meine Hand auf seine gelegt. Allerdings wusste ich immer noch nicht, was genau vorgefallen und ob diese Geste daher angebracht war.

»Okay, wie gesagt, meine damaligen Kumpels wollten unbedingt in dieses verlassene Haus einbrechen. Und ich wusste instinktiv, dass es übel ausgehen würde und dass nur ich diese Jungs davon abbringen konnte, etwas wirklich Dummes zu tun.« Lincoln sank in sich zusammen. »Nicht nur, weil es eine Straftat war, sondern weil etwas richtig Unheilvolles in der Luft lag.«

»Und dann?«, hauchte ich. Die Anspannung in mir nahm zu. Unerträglich, wie er die Geschichte in die Länge zog. Wie genau hatte ihn dieser Abend ins Gefängnis gebracht?

Seine Augen wirkten glasig, als er sich räusperte und dann mit belegter Stimme fortfuhr. »Egal, wie sehr ich gefleht und mich ihnen in den Weg gestellt hab – sie waren angetrunken und fest entschlossen. Entschlossen, sämtliche Ersparnisse von dem älteren Ehepaar zu stehlen. Niemand außer mir hat verstanden, wie falsch das war.«

Mit welcher Art Menschen hatte Lincoln sich damals bloß umgeben? Die Luft um uns herum fühlte sich auf einmal so drückend wie in einer Sauna an. Allerdings wagte ich nicht, darauf hinzuweisen oder mir Luft zuzufächeln, denn ich wollte Lincoln einfach nicht von dem ablenken, was er zu erzählen versuchte.

»Das Problem war, dass wir in der Küche auf das Ehepaar gestoßen sind, das gerade Wein getrunken hat. Von außen hatte man das nicht gesehen, da die Küche mit altmodischen Rollvorhängen nach draußen abgeschirmt war und das Paar nur einen Kerzenleuchter angezündet hatte. Offensichtlich haben sie uns nicht gehört – vielleicht waren ihre Hörgeräte nicht eingeschaltet.

Die beiden sind enorm erschrocken – ungefähr genauso sehr wie ich –, und sie hatten natürlich sofort Angst um ihr Leben. Der Mann, vielleicht Mitte siebzig, hat sich vor seine Frau gestellt. Ich hab versucht, meine Freunde wegzureißen, aber auch das hat nichts gebracht. Weil die Frau angefangen hat, zu schreien, haben sie auf die beiden eingeprügelt – mit allem, was sie in die Finger bekommen haben –, und das wie in einem Rausch. Die Gruppendynamik, die sich in diesem Raum entwickelt hat, hat sich wie in einem schlechten Traum angefühlt. Einem Albtraum direkt aus der Hölle. Mir ist nichts anderes übrig geblieben, als die Polizei zu rufen.« Er seufzte. »Um es abzukürzen: Die Rentner sind später beide im Krankenhaus gestorben, und meine damaligen Kumpels haben mich beschuldigt, mitgemacht zu haben. Da ich die Polizei gerufen hatte, hab ich von allen die mildeste Strafe bekommen, bin aber jetzt trotz allem vorbestraft. Obwohl meine Akte nun versiegelt ist. Weil ich noch unter zwanzig Jahre alt war zum Zeitpunkt des Verbrechens.« Er senkte den Kopf. »Ich hätte einfach nicht mitgehen dürfen.«

Das hätte er wohl nicht. Mitgehen dürfen. Unfähig, etwas zu sagen, drückte ich seine Hand. Vor meinem inneren Auge zog ein schreckliches Bild nach dem anderen vorbei. Szenen, die er erlebt haben musste und sicher ebenso durch seine Erinnerungen geisterten. Einen ähnlichen Druck spürte ich auf meiner Brust. Wie fürchterlich. Nur weil er bei diesem Verbrechen dabei gewesen war. »Ich würde dir so gern etwas sagen, was dir hilft. Aber wahrscheinlich würde kein Wort von mir deine Situation ändern.«

Auf seinen Lippen zeigte sich ein schmales Lächeln. »Es hilft schon, dass du zugehört hast und mich nicht verurteilst.« Sein Adamsapfel hüpfte, woraus ich schlussfolgerte, dass der letzte Halbsatz eher als Frage gemeint war.

»Tu ich nicht.«

Der Glanz kehrte in seine Augen zurück. »Gut.« Wie bei einem Zeitraffer konnte ich dabei zusehen, wie wieder Farbe in Lincolns Wangen zurückkehrte, wie er sich aufrichtete und dann nach seiner Tasse mit Milchkaffee griff.

Ich nickte, spielte am Henkel meiner Tasse herum, dachte noch länger über seine Vergangenheit und seine Zeit im Gefängnis nach, die sicherlich auch kein Zuckerschlecken gewesen war. Im Grunde änderte es nichts. Er war immer noch er. Lincoln.

Irgendwann riss mich Lucifers Bellen aus meinen Gedanken. Ich warf einen Blick auf mein Handy. Immer noch keine Nachricht von Lexi. Langsam machte ich mir Sorgen. Jetzt, wo alles mit Lincoln geklärt war, kreisten meine Gedanken um Charlie. Wie gemein die Welt ihm mitgespielt hatte. Eine Welt, auf die er vor gar nicht langer Zeit erst eine Pfote gesetzt hatte.

Nachdem Lincoln einen Schluck genommen hatte, setzte er die Tasse vorsichtig auf dem Tisch ab. »Darf ich dich fragen, was bei dir diesen Sommer los ist? Ich meine, abgesehen von deinem Job und deinem Einsatz hier.« Mit einer ausladenden Handbewegung deutete er auf die Tiere. Bacon nutzte die Gelegenheit, um nach Lincolns Hand zu schnappen.

Spielte er darauf an, dass ich ebenfalls fast im Knast gelandet wäre? »Hmm.« Ich verzog den Mund, hielt dann den Armtracker an meinem Handgelenk in die Luft. »Dank diesem Ding hier läuft aktuell nicht so viel bei mir. Mein Leben hat sich durch diese Armfessel gewaltig geändert.«

Lincoln blinzelte. »Was bewirkt das? Stromschläge?«

Ich prustete los. »Schön wär's. Nein, es verhindert, dass ich mich irgendwo reinhacke. Das wäre ein Verstoß gegen meine Bewährungsauflagen.«

»Und wie kontrollieren sie, wo du online unterwegs bist?«

»Hier drin befindet sich ein Tracker und ein Jammer sowie ein Authenticator. Nach dreißig Sekunden Internetnutzung werde ich aufgefordert, mich per Authenticator-App einzuloggen. Könnte dir auch blühen, dass dein Internet plötzlich gestört ist, wenn du in meinem Dunstkreis online gehen willst.«

»Das … klingt wie in einem Science-Fiction-Film.«

Was sollte ich dazu noch sagen? Ich hob und senkte beide Schultern. »Es trackt mich und meine Onlinebewegungen. Außer ein paar einfache Dienste wie Nachrichten oder Maps sollte ich besser nichts öffnen.« Kurz dachte ich daran, wie einfach es wäre, Lexi mit einer Spendenwebsite zu helfen, aber Programmieren war mir strengstens untersagt. Vielleicht dachten die Richter, dass ich in augenscheinlich unauffällige Codes einer Website irgendwas Dubioses einbauen konnte … Was auch definitiv der Fall war. »Du bist nicht zufällig gut im Programmieren und könntest der Katzenauffangstation unter die Arme greifen?«

Ein oder zwei Sekunden lang spielte Lincoln an seinem Ringfinger herum, warf mir einen verstohlenen Blick zu, der mich tief im Inneren wie eine Feder kitzelte.

»Leider nicht. Aber vielleicht könntest du es mir beibringen?«

Obwohl ich bezweifelte, dass das möglich war, nickte ich. Lincoln würde wahrscheinlich nicht die Geduld aufbringen, und ich konnte schlecht riskieren, dass es aufflog, dass ich über ihn programmierte. Andererseits ... Charlie war das Risiko wert, oder nicht? Ich zupfte am Saum meines Shirts.

»Wenn du Zeit dafür hast? Wir könnten zumindest einiges offline vorbereiten.«

Lincoln hatte schon angefangen, heftig zu nicken, ehe ich den letzten Satz fertig ausgesprochen hatte. Der Blick, mit dem er mich bedachte, ließ meinen Hals trocken werden, weswegen ich schnell einen Schluck trank. Da Potato gleichzeitig nach unten sprang und vom Boden aus seine Krallen in meine Wade schlug, zuckte ich zusammen.

»Vorsicht!« Mit beiden Händen umfing Lincoln meine Tasse, berührte dabei meine Hand.

»Nichts passiert«, krächzte ich. Himmel, wie er mich ansah. Belustigt und irgendwie so, als würde ihm tatsächlich was an mir liegen. Mit dem Daumen streichelte er sanft über meine Haut. Wie er mich festhielt, mir so nahe war ... Und dieser Ausdruck in seinen Augen. Der konnte nicht gespielt sein, oder? Aber dann war der Moment vorüber. Das warme Strahlen in seinen Augen verblasste, als er sich zurückzog und nach Potato angelte, der jetzt Lincolns Bein als Kratzbaum missbrauchte. Was auch definitiv besser war, denn ein weiterer Kuss wie vergangenen Dienstag im Keller der Villa durfte nicht mehr vorkommen. Definitiv nicht. Obwohl ... Ich biss mir auf die Unterlippe. Hier oben in den Hills würde es niemand erfahren. Niemand außer ein paar Kätzchen würden zusehen ... Bei dem Gedanken flatterte mein Magen ... was definitiv eigenartig war.

Lincolns Lippen zitterten, ehe er sich in seinem Stuhl zurücklehnte. »Also, was sollen wir wegen den Kätzchen tun? In den nächsten Tagen steht noch einiges in der Agentur an, richtig? Und dann fliegen wir mit der Band nach Kanada zu diesem Konzert. An diesen Tagen wird es schwer, was für die Kätzchen zu erledigen.«

Oh, also hatte er sich unseren Stundenplan halbwegs eingeprägt? Und ja, zum Wochenende hin würde ich meine Sozialstunden hier wegen des ersten großen Auslandauftritts der Doubles aussetzen, den ich begleiten musste.

»Genau, Kanada nächstes Wochenende.«

»Meinst du, wir schaffen es vorher, die Website online zu bringen, um Spenden zu sammeln?«

Nicht nur das würde knapp werden, wir würden uns danach noch um Werbung dafür kümmern müssen. Die Leute mussten auf die Aktion erst aufmerksam gemacht werden.

»Könnte klappen. Wenn wir uns reinhängen.« Meine Stimme brach, weil ich nicht fassen konnte, wie sich dieser Nachmittag entwickelt hatte. Welche Achterbahnfahrt dieser Tag genommen hatte und wie Lincoln mich ansah. So hoffnungsvoll. Kurz dachte ich an den Tag, als wir uns begegnet waren … Es war, als hätte er sich damals selbst lediglich gedoubelt. Eine schroffe Version von sich selbst. Jetzt wirkte er viel mehr wie Graeson – nein, wie Lincoln. Wie Lincolns weiches Inneres.

Lincoln

War es zu viel gewesen, dass ich ihre Hand berührt hatte? Schaute Kolly deshalb so schockiert drein?

Während ich versuchte, Potato zu fassen zu bekommen, der wie ein Flummi um mich herumsprang und nach meinem Shirt schnappte, versuchte ich, meinen eigenen Atem zu beruhigen. Und meinen Herzschlag gleich dazu. Wusste Kolly eigentlich, welche

Ausstrahlung sie besaß? Geradezu übertrieben einnehmend und so selbstbewusst, wie es sonst nur echte Stars sein konnten? Ohne dass es bei ihr negativ rüberkam? Was mich aber am meisten erstaunte, war, wie verständnisvoll sie war. Nicht viele Menschen reagierten so wie sie auf meine Vergangenheit. Normalerweise bedachten sie mich mit abfälligen Blicken und Kommentaren wie »Du hättest bei deiner Freunde-Wahl wohl besser aufpassen müssen« oder »Warum bist du überhaupt in das Haus mit eingestiegen?«. Eine Person aus einem besseren Viertel der Stadt hatte mich sogar dafür gerügt, nicht sofort die Polizei verständigt zu haben. Aber, verdammt, damals hatte ich geglaubt, dass diese Jungs meine besten Freunde und die einzigen auf dieser Welt waren, die mich verstanden. Ich hatte wie sie sein wollen. Hart, brutal, überall gefürchtet. Und insgeheim gehofft, dass Moms Lover uns in Ruhe lassen würde, wenn er mitbekam, mit welcher Gang ich abhing. Keine von meinen jugendlichen Hoffnungen hatte sich je erfüllt. Genauso wenig wie meine Hoffnung, in der Double-Agentur mit einem gefälschten Lebenslauf durchzukommen. Doch im Prinzip konnte ich Shy nicht mal böse sein, dass er meine Vergangenheit offengelegt hatte. Vielleicht war es besser so, denn jetzt kannte Kolly auch meine dunkelste Seite.

Mein Blick glitt zu ihr. Vermutlich konnte Kolly einiges davon nachfühlen. Meiner Meinung nach hätte sie nach ihrer Hackeraktion einen Orden verdient und nicht das. Ich schielte auf ihr Handgelenk. Keine Bewährungsstrafe.

»Wir sollten den beiden Neuzugängen ihr Fläschchen geben.« Kolly stand auf, klopfte sich Potatos Tatzenabdrücke von der Hose.

»Haben sie noch keine Namen?« Mit Potato und Bacon auf dem Arm folgte ich ihr.

»Nein, Lexi und ich haben sie erst vor Kurzem gerettet. Für Namen hatten wir bisher keine Zeit.« Kolly schluckte, als ob sie keine guten Erinnerungen an diesen Tag hegte.

Auf einmal sah ich den Abend neulich vor Augen, als wir uns vor dem Nachtclub begegnet waren. »Moment, das war vor einer Woche, oder? Als ich dich an der Bushaltestelle gesehen hab?« Sie war auf ein Mädchen mit einem Karton zugerannt, die vor einem Bus gewartet hatte. War das Lexi gewesen? Sie hatte zu weit entfernt gestanden, dass ich es hätte sagen können. Aber jetzt, da ich sie vorhin kurz gesehen hatte, war ich mir ziemlich sicher.

»Exakt.« Ihre Stimme klang belegt.

Oh. Ob sie daran dachte, dass Norma an diesem Abend an meinem Arm gehangen hatte?

Kelly

Nein, an diesen Abend wollte ich wirklich nicht zurückdenken. Nicht an die Rettungsaktion, den bellenden Hund und nicht an Lincoln, der zusammen mit einem attraktiven Mädchen aus einem der Nachtclubs gekommen war. Meine Nase juckte, doch ich vermied es, mich zu kratzen. Zielstrebig steuerte ich den Küchenschrank an, schnappte mir eine Schale und zwei portionierte Milchbeutel aus dem Gefrierschrank.

»Hm, schon seltsam dieser Abend. Aber glaub nicht, was in den Klatschblättern steht, okay?« Seine Stimme klang belegt.

Ich hatte ihm immer noch den Rücken zugewandt, hielt jedoch inne.

»Dieses Mädchen, Norma … Ich hab sie nur nach draußen begleitet, weil ich eine Ausrede gebraucht hab, um ebenfalls früher die Bar verlassen zu können. Ich weiß, das klingt komisch, aber so war es.« Lincoln unterbrach sich, als hätte er zu viel gesagt. »Danach bin ich zu Shy nach Hause gefahren. Ohne weibliche Begleitung.«

Komischerweise war dieses Geständnis für mich völlig ausreichend. Obwohl er mir natürlich keine Rechenschaft schuldig war. Doch seltsamerweise sah ich plötzlich genau vor mir, wie dieser Abend abgelaufen war. Lincoln hatte mir keinen Anlass gegeben, an seinen Worten zu zweifeln. Und ehrlich gesagt, hatte mein Herz ihm die Sache schon längst verziehen – auch wenn das absolut nicht nötig war, wenn man es genauer betrachtete. Schließlich hatte Lincoln mir nie etwas versprochen.

»Meinst du …«, nahm Lincoln unser Gespräch nach einer Weile wieder auf, nachdem wir beide längere Zeit nur geschwiegen hatten, während ich die Milch erwärmte, »… wir könnten bei der Spendenaktion die Namensgebung versteigern? Eventuell auch Katzenpatenschaften?«

Gar keine schlechte Idee. So was in der Art hatte Sawyer auch schon vorgeschlagen. Langsam drehte ich mich zu ihm um. Bacon nutzte die Gelegenheit, um von Lincolns Schulter auf meine zu springen. »Mir gefällt, wie du denkst.«

Das Lächeln, das er daraufhin aufsetzte, war so einnehmend, dass man sich ihm einfach nicht entziehen konnte. Unwillkürlich lächelte ich zurück – und das, obwohl Bacon seine Krallen in meine Schulter schlug. »Das könnten wir gut auf Lexis neuer Website ankündigen. Vielleicht bereiten wir das aber echt offline vor.« Ich schielte auf mein Handgelenk, ehe ich ihm von Sawyers Plänen berichtete.

»Ein Sommerfest?« Lincoln, der Potato aus seinen Haaren klaubte, um ihn dann auf dem Küchentresen abzusetzen, lächelte mich an. »Vielleicht in Kombination mit einem witzigen Motto?«

»Mir gefällt wirklich, wie du denkst!«

Mit einem herzerweichenden Augenaufschlag widmete sich Lincoln Potato und dann wieder mir. Diese Augen … dieser Blick … Ich schluckte. Kein lebendiges Wesen auf der Welt konnte bei diesem Anblick kalt bleiben. Mit stockender Stimme erzählte ich ihm von

Lexis, Sawyers und meinen Plänen zum Sommerfest. Bei jedem meiner Worte schien sein Blick wärmer zu werden. Wie Lincoln mich ansah … Als würde er mir …

Es piepte. Das Geräusch ließ mich zusammenfahren, riss mich aus meiner Trance. Die Milch war fertig.

»Dann mal los zu den noch namenlosen Rackern?« Lincoln räusperte sich, pflückte mir Bacon von der Schulter. Seine Stimme klang belegt. »Du musst leider draußen bleiben, Sportsfreund.«

»Exakt.« Ich wies ihm den Weg zum Nebenraum mit den Inkubatoren. Den Plastikbehältnissen, in dem die Kleinen zusätzliche Wärme und Sauerstoff bekamen. Die Babys hatten schon ein bisschen zugenommen, tapsten aber immer noch unsicher auf der weißen Decke herum. Lexi hatte eine Schachtel aufgestellt – mit gepresstem Einstreu und zwei abgeschnittenen Babypinkel-Unterlagen. Es roch etwas streng, und aus jedem der drei Inkubatoren miaute es. »Momentan füttern wir sie alle drei Stunden. Bei kleineren Kätzchen muss man es sogar alle zwei Stunden machen.«

Lincoln nickte interessiert. »Die zwei sehen mehr aus wie kleine Kühe als wie Katzen.«

»Warte, bis sie anfangen zu trinken, dann erinnern sie dich eher an was anderes.« Ich lächelte, vor allem, als Lincoln mich verständnislos musterte.

»Nimmst du eins?« Erwartungsvoll hielt ich ihm eine der Miniflaschen hin. Lincoln, der immer noch das Desinfektionsgel auf seinen Händen verrieb, stutzte. Vielleicht hatte er geglaubt, ich würde ihm diesen Job nicht zutrauen. Dann hoben sich seine Mundwinkel.

Draußen kratzten Bacon und Potato an der Tür, doch aus Quarantänegründen durften sie diesen Raum wirklich nicht betreten.

Nachdem ich die zwei Babys mit Schmatzlauten begrüßt und ihnen versichert hatte, dass sie die zwei liebenswertesten Wesen auf dem gesamten Planeten waren, öffnete ich die Plastikscheibe. »Einfach die Flasche hochhalten und aufpassen, dass sie nicht nach draußen springen.«

»Geht klar.« Irrte ich mich, oder zuckten Lincolns Muskeln gerade in aufgeregter, gespannter Weise? Irgendwie amüsierte mich der Gedanke, dass die Kätzchen-Fütterung sein Highlight des Tages werden könnte.

Lincoln beobachtete mich, wie ich bei einem der Zwillinge die Flasche ansetzte. Sofort schnappte das winzige Kätzchen danach. Es war das kleine Weibchen, das etwas selbstbewusster als ihr Bruder war. In allen Lebenslagen. Minikrallen bewegten sich nach vorn – in Zeitlupe, strichen sanft über meine Finger. Umso hektischer schluckte sie, und ihre Ohren wackelten ungeheuer schnell.

Grinsend deutete ich darauf. »Wie die Rotorblätter eines Helis, oder?«

Lincoln lachte laut auf, wollte sich gar nicht mehr einkriegen.

»Hey, pass auf, dass dein Helikopter nicht rausfällt.« Ich wies auf sein Kätzchen, das sich ganz schön weit aus dem Inkubator wagte.

Lincoln kam meiner Bitte nach, und gleich darauf zuckten vier Öhrchen in schwarz-weiß-orangener Kuhfellmusterung wie Helikopter vor uns im Inkubator. Beinahe im Gleichklang. Wir grinsten uns an. Gab es etwas Niedlicheres auf der Welt?

34 Kolly

NICHT ALLE ENGEL HABEN FLÜGEL. MANCHE HABEN AUCH SCHNURRHAARE UND ZUCKENDE ÖHRCHEN. DEM HABE ICH NICHTS MEHR HINZUZUFÜGEN.

Draußen vor dem Haus bellte Lucifer. Ein Auto fuhr vor, Kies knirschte. Das Geräusch ließ die Baby-Katzen aufgeregt hin und her hopsen. Selbst Bacon und Potato hörten auf, an der Tür zu kratzen.

Zeitgleich nahm Helikopter Nummer zwei seinen letzten Schluck. Der weibliche Heli fiepte, das Bäuchlein so voll, dass es wirkte, als hätte er einen Spielball verschluckt.

»Lexi.« Hastig schloss ich den Inkubator und nahm Lincoln die Flasche ab. Welche Nachrichten würde sie wohl überbringen? Bitte, bitte nur Positives. Bitte keine niederschmetternden Nachrichten. Mit klopfendem Herzen sah ich zu Lincoln auf. Er hatte die Lippen aufeinandergepresst. Sorgte er sich etwa auch um Charlie?

Tatsächlich brachte Lexi keine guten Nachrichten. Sie hatte Charlie in der Klinik lassen müssen. Mit einem fiesen Infekt. Aber vorerst war er stabil laut den Ärzten. Eine Weile hörten wir ihr schweigend zu, ich schob ihr lediglich einen Kaffee hin und setzte ihr Potato auf den Schoß. Mehr konnte ich nicht tun.

Am Ende fragte mich Lincoln, ob ich mit zurück in die Stadt fahren wollte, und Lexi scheuchte uns vor die Tür.

»Morgen wieder zur selben Zeit?« Lincolns Frage ließ mich blinzeln. Meinte er das ernst?

»Aber sehr gern.« Lexi rang sich ein schiefes Lächeln ab, ehe ich es vermochte. »Ich freue mich über jede helfende Hand.«

Den Weg zurück zu mir legten wir in fast völligem Schweigen zurück. Ich dachte an Charlie und sah dabei zu, wie das Licht stetig abnahm, bis nur noch ein schmaler Streifen am Horizont zu sehen war. Hin und wieder schielte ich zu Lincoln rüber, an dessen Schläfe eine Vene pochte. Generell hatte er das Lenkrad so fest umklammert, als wollte er es herausreißen.

»Bist du irgendwie angespannt?« Am liebsten hätte ich die Frage direkt zurückgenommen. Schließlich war es offensichtlich, und wer bitte stellte eine Frage wie diese? Aber was war passiert zwischen dem Moment, als er lachend Bacons und Potatos Herzen gewonnen hatte, und diesem verschlossenen Lincoln von jetzt?

Lincoln

Angespannt? Ich presste die Zähne aufeinander. Wer würde in meiner Situation nicht angespannt sein? Nach diesem Tag und nach dem, was ich Kolly gestanden hatte. Erneut erfasste mich eine Welle der Erleichterung, dass sie mir zugehört hatte und immer noch mit mir sprach. Und noch viel mehr. Längst musste ich mir eingestehen, wie nahe sie mir wirklich ging. Viel näher als ursprünglich geplant. Der Ingwer-Duftbaum schaukelte, als wir um eine Kurve bogen. Bei nächster Gelegenheit würde ich den Mist entsorgen. Ich warf Kolly einen Seitenblick zu. Ihr Haar hing ihr wie ein Vorhang ins Gesicht. Sie hatte ein Bein unter sich gezogen. Das hier hätte auch eine Filmszene sein können. Und Kolly das Mädchen, das einfach zu fucking perfekt war. Während ich kaum einen Schritt vorwärts kam in diesem Leben, hatte sie eine Katzenrettungsstation unterstützt, eine

Drecks-Partei gehackt und auch noch alle Termine für ihre Doubles organisiert, obwohl das offenbar nicht das war, was sie wirklich beruflich machen wollte.

Weil vor uns eine Ampel umsprang, drosselte ich das Tempo. »Es war sehr beeindruckend, was du heute geleistet hast.«

»Geleistet?« Sie rutschte herum, eine simple Bewegung – und doch klopfte mein Herz wie wild.

»Bei den Katzen und eben allgemein.«

Sie sah mich immer noch verständnislos an.

»Du hast dein Leben im Griff«, stieß ich letztendlich die Wahrheit hervor. Und noch während ich die Worte aussprach, ging mir auf, dass ich genau bei dieser Eigenschaft so was wie ... eifersüchtig auf Kolly war.

Ihr Blick glitt über mich. »Nun ja, vielleicht seit ein paar Tagen ... Und du nicht? Ich meine, seit du zurück bist in deinem Leben, hast du das doch auch. Der Job als Double ...« Sie unterbrach sich.

Richtig, in diesem Job spielte ich eine Rolle, gab vor, jemand anderes zu sein. Streng genommen hatte ich nur Graesons Leben im Griff. Klar, ich bekam Geld dafür, ich ging einem halbwegs geregelten Alltag nach, aber das war's dann auch schon. Wenn Gus nicht wäre, würde ich heute Abend nicht nach Hause fahren, sondern wieder Rae anrufen. Aber es war Zeit, nach dem Rechten zu sehen. Heute kam Gus von seinem leiblichen Vater zurück. Der Gedanke bereitete mir Übelkeit. Gus kam von einer Hölle in die andere zurück, und nie wusste ich, wie schlimm sein Wochenende gewesen war und wie übel seine nächste Woche werden würde.

Die Ampel sprang auf Grün. Vielleicht konnte ich nächstes Jahr mein Leben so im Griff haben wie Kolly. Andererseits ... Nächstes Jahr um diese Zeit würde ich in Las Vegas leben. Und Vegas war nicht die Realität ...

Kolly

Lincoln setzte mich vor der Agentur ab. Einen Moment lang hatte ich das Gefühl, er wollte mich zum Abschied umarmen. Einen schrecklich schönen Moment lang bekam ich Panik. Panik davor, mich mit einer unbeholfenen Umarmung lächerlich zu machen, oder davor, was er zum Abschied sagen würde. Aber dann ließ er es doch bleiben.

Dennoch konnte ich nicht schnell genug aus dem Auto steigen, was im Grunde lächerlich war. Ich eilte los in Richtung Eingangstür und sah nicht zurück.

Abends im Bett dagegen blickte ich sehr wohl auf den Tag zurück, dachte darüber nach, was Lincoln von sich preisgegeben und wie er sich in Gegenwart der Kätzchen verhalten hatte. Mein Herz raste in meiner Brust, und ich hasste es.

Der nächste Tag hielt weitere ermüdende Selbstverteidigungslektionen bereit. Allerdings kreisten meine Gedanken die meiste Zeit um unsere geplante Websiteprogrammierung. Ein auf mehreren Ebenen nervenaufreibender Plan.

Zudem gab es keine Neuigkeiten von Charlie. Immerhin hieß das, dass seine Verfassung stabil war. Nur war das kein richtiger Trost. Und dann war der Tag auch schon wieder fast vorbei, und Lincoln hatte uns wieder zu Lexi hoch nach Shadow Hills gefahren.

»Bist du dir sicher?« Eine Frage, die man sich sonst eher vorm Altar stellte, kam jetzt aus Lincolns Mund. Wir saßen mit je einem Kaffee und Teehandschuhen bewaffnet – immer noch in unseren Sportklamotten – vor Lexis PC, allein, denn Lexi kümmerte sich um die beiden Kätzchen im Inkubator. Fast kam es mir so vor, als wäre es in den letzten Minuten enger in dem kleinen Raum hinter dem Empfangstresen geworden. Lincoln war mir auf einmal so nahe. Sowohl unsere Schultern als auch unsere Knie standen kurz davor, sich zu berühren.

»Für Charlie muss ich es tun.«

Er nickte.

»Okay, du loggst dich gleich in die Website ein.« In die, die wir zuvor offline erstellt hatten. Ich schob ihm einen Zettel zu. »Das ist eine Step-by-Step-Anleitung, wie man die letzten Klicks online macht und alles live stellt. Schau, ich hab die Buttons mit ausgedruckt. Ich gehe jetzt mit Lexis Handy in den Garten und rufe dich von da aus an.« Aus Sicherheitsgründen. Damit niemand nachweisen konnte, ich hätte mitgewirkt bei dieser Websiteerstellung – und damit Lincoln problemlos ins Netz kam. Zwar war das immer noch nicht ausgeschlossen, denn Lexi und ich hatten ganz offensichtlich eine Verbindung … aber nichts war im Leben ohne Risiko, richtig?

»Alles wird gut.« Seine Fingerspitzen berührten meine. Ich starrte darauf. Auf meine schwarz lackierten und seine gepflegten Hände. Etwas in mir entzündete sich in diesem Moment, und ich wusste nicht, was gerade gefährlicher war: Lincoln oder eher einem ans Internet angeschlossenen PC nahe zu sein.

Mit zitternden Fingern nahm ich eine Minute später seinen Anruf entgegen. Und er machte es einfach großartig. Nach wenigen Klicks und meiner Hilfe war die Spendenseite mitsamt Einladung zum Sommerfest live. Und dieses Mal klopfte mein Herz vor lauter Stolz auf Lincoln.

Am nächsten Abend feilte Lexi an ein paar Details zur Website, lud neue Katzensteckbriefe hoch, während Lincoln schon wieder im Garten den Zaun reparierte und dabei alle dreißig Sekunden einen Ball für Lucifer warf. Ich betrachtete die Szene, während ich das Gehege von Bacon und Potato reinigte.

»Vielleicht noch ein Bild mit dir und einem Zitat?«, schlug ich Lexi am Telefon vor. Dieses Mal benutzte ich Lincolns Handy.

»Ja, das würde der Seite noch einen persönlicheren Touch verleihen.« Lexis Stimme ging in einem Rauschen unter.

»Dein Wasser klingt, als kocht es über«, gab ich zu bedenken.

»O Mist, du hast recht, und dabei wollte ich euch doch Nudeln al dente kochen als Dank für eure Hilfe. Legen wir besser auf und decken den Tisch.«

Damit war ich mehr als einverstanden. Sobald ich die Küche betrat, sah ich, wie sich Lexi am Topf verbrannte. Hastig griff sie nach zwei selbst gestrickten Topflappen. Rote Wolle, und in der Mitte hatte sie zwei lilafarbene Katzenköpfe eingestrickt. Lexi und ihre Wollkunst.

Um ihr nicht im Weg zu sein, deckte ich im Garten den Tisch. Lincoln bot an, mir zu helfen, aber ich wehrte ab. Er hatte schon genug getan, und ich schaute viel lieber dabei zu, wie er mit Lucifer spielte. Der Hund liebte Lincoln, womit er sich in die lange Schlange an vierbeinigen Lincoln-Fans in diesem Haus einreihte.

Lexi kam mit einem Topf angerannt, über den sie eine Art Strickmütze gestülpt hatte. »Achtung. Haltet die Katzen und Lucifer fest!« Und schon drehte sie den Topf, ließ damit das Nudelwasser durch die Strickmütze abtropfen. Direkt in einen Busch. »Dem passiert nichts. Der mag heißes Wasser«, erklärte sie.

Eine Strickmütze zum Abtropfen von Nudelwasser? Ich grinste, tauschte einen Blick mit Lincoln, der sich offenbar ein Grinsen zu verkneifen versuchte. Hatte ich ihn jemals so gelöst gesehen?

35 Kelly

WER NICHTS ERWARTET, WIRD NICHT ENTTÄUSCHT, HEISST ES. ABER WAS IST MIT ALL DEN ERWARTUNGEN, DIE DIE GESELLSCHAFT AN EINEN STELLT?

Für den Flug nach Vancouver hatte Dexter einen Privatjet gemietet, aus mir unerfindlichen Gründen. Er hatte etwas von einem Gefallen geprahlt, dem ihm jemand schuldete, und ich hatte nicht nachgehakt.

Ich saß neben Mom mit dem Rücken zum Cockpit, uns gegenüber Dexter und Caleb. Links von ihnen hatten sich die Doubles auf dem Sofa ausgebreitet und neben uns im Vierersitz die TTP. Mein Blick glitt immer wieder zu Lincoln. Gestern hatten wir angefangen, Werbung für die Spendenaktion zu machen. Das allerdings bedeutete, dass er, wenn wir zurück nach L.A. kehrten, keinen Grund mehr hätte, mit mir zu Lexi zu fahren. Mit dem Fingernagel strich ich über das polierte Holz an meiner Armlehne, rund um die Aussparung für den Getränkehalter. Dieser Gedanke veränderte etwas in mir, löste ein unwohles Gefühl in mir aus, und meine Stimmung war nicht gerade auf dem Hochpunkt. Gleichzeitig fühlte ich mich, als wäre ich in einer Sardinenbüchse gefangen. Etwas, das meiner Platzangst gar nicht behagte. Ich musste mich weiter ablenken. Nur dieses Mal mit einem anderen Gedanken als den an Linc. Und dass ich ihn nun automatisch Linc statt Lincoln nannte …

»Was ist los, Käse-Spätzchen?« Mom ließ ihr Tablet sinken und folgte meinem Blick. »Du warst gestern wieder mit Lincoln in der Katzenrettungsstation, oder?«

»Äh … ja.«

Mom sah mich prüfend an. »Da läuft aber nichts zwischen euch, von dem ich wissen sollte, oder?«

Ruckartig riss ich die Augen wieder auf. »Mit Linc?«, flüsterte ich. Glücklicherweise rauschte es so laut im Flieger, dass wahrscheinlich nicht mal Caleb uns verstehen konnte, obwohl der zu uns herüberspähte und sicherlich versuchte, jeden Gesprächsfetzen aufzuschnappen. »Nein, natürlich nicht. Wir sind nur Freunde.«

Geschäftig vor sich hinnickend stöpselte Mom ihr Tablet an ein Stromkabel. »Gut, ich weiß ja, dass ich mich auf dich verlassen kann. Das ist auch besser so. Vergiss nicht, dass diese Jungs nicht nur ihre Körper an die ihrer Originale angeglichen haben.« Sie hielt inne, starrte aus dem Fenster. So viele Wörter lagen mir dazu auf der Zunge, doch ich ließ sie ausreden. »Jeder von ihnen spielt nur eine Rolle. Besser, wir bleiben im Zeitplan und müssen kein neues Double für Graeson finden, nur weil Lincoln seinen Vertrag bricht.« Wieder dieser nachdenkliche Blick von Mom, ehe sie seufzend aus dem Fenster sah. »Das wäre ein sehr schlechter Zeitpunkt.«

Dexter beobachtete uns aus zusammengekniffenen Augen, weshalb ich beschloss, diese Unterhaltung später fortzuführen. Im Hotel, ungestört.

Ich fing Lincs Blick auf, der mich mit gehobener Augenbraue musterte. Hatte er etwas von dem Gespräch zwischen mir und Mom mitbekommen?

Unglücklicherweise wollte Dexter einfach nicht damit aufhören, mich anzustarren. Im Gegenteil, er fixierte mich wie einen Endgegner in einem Videospiel. Seit ich ihn in Moms Büro gesehen hatte, benahm er sich noch merkwürdiger als sowieso schon.

Ich kniff ebenfalls die Augen zusammen und starrte zurück. Was war sein Problem? Generell stimmte irgendwas nicht mit ihm. Bei Gelegenheit musste ich unbedingt herausfinden, was er in Moms Büro gesucht hatte.

»Miranda …« Dexters Blick flitzte zur Band, ehe er in gedämpftem Ton fortfuhr. »Es hat gestern einen kleinen Vorfall gegeben. Biggy hat sich von seinem Selbstverteidigungskurs in der Villa abgeseilt, um sich bei Starbucks einen Matcha Tea zu besorgen. Ein Van kam angerast, zwei Frauen wollten ihn ins Auto zerren, wie bei Lincoln. Aber er konnte sich zurück in den Starbucks retten.«

Was? Schon wieder? Dieses Mal hatten sie Biggy angegriffen? Aber was hatte das mit Dexter und dem Büro meiner Mom zu tun? Und wieso erzählte Dexter uns das erst jetzt? Wieso hatte er es nicht für nötig befunden, uns sofort von diesem neuen Entführungsversuch zu berichten?

Mom räusperte sich. »Die Polizei muss endlich richtig ermitteln.«

Dexter nickte heftig. »Ja, dieses Mal ist Biggy ihnen noch entkommen. Dummerweise hat er danach im Starbucks seinen Becher vertauscht und einen allergischen Schock erlitten. Wahrscheinlich irgendein nusshaltiges Getränk. Da ich sein Notfallkontakt bin, hatte ich direkt einen Arzt am Handy, der seine ganzen Allergien wissen wollte.«

»Ah«, formte Mom mit dem Mund. »Und hat es Biggy sehr mitgenommen?« Wir alle schauten zu Biggy, der tiefenentspannt und wie ein Seestern ausgestreckt auf der Couch lag. Mit riesigen Kopfhörern auf den Ohren.

Ich spielte an meiner Halskette herum. Also hatte Biggy auch eine Nussallergie – genau wie sein Double Shy?

Der Pilot unterbrach meine Gedanken und informierte uns darüber, dass wir bald in den Landeanflug gehen würden, weswegen Mom sich eilig an mir vorbeidrückte, um zur Toilette zu gelangen. Und ich nutzte die Zeit, um den Anstarr-Wettbewerb mit Dexter fortzuführen.

Beim Anflug auf die Stadt, bei der wir einen Bogen um die Küstenlinie einlegten, beugte ich mich über Moms Sitz. Das war Vancouver? So viel Wasser, Berge und schicke Hochhäuser aus Glas am Hafen? Es war zwar noch früher Abend, aber so langsam gingen in den vielen Häusern die Lichter an. Was für ein Traum von einer Stadt. So viel Atmosphäre.

Mein Handy vibrierte. Eine Nachricht von Graeson? Versendet über das Wlan an Bord.

Atemberaubend schön, nicht wahr?

Woher hatte er meine Nummer? Doch dann fiel mir wieder ein, dass ich sie ihm in der Villa gegeben hatte – falls er etwas brauchen sollte. Sofort hob ich den Kopf und suchte seinen Blick. Graeson lächelte mich an. Ich starrte von den Buchstaben zu ihm, nickte dann. Was … und warum hatte er sich die Mühe gemacht?

Graeson wandte sich wieder seinem Smartphone zu. Kurz war ich ein bisschen beleidigt, dass er mir nur so kurz seine Aufmerksamkeit geschenkt hatte, doch dann vibrierte mein Handy ein weiteres Mal. Eine zweite Nachricht von ihm. Als ich erneut aufsah, starrten beide zu mir, Graeson und Linc, wobei sich Linc direkt wieder abwandte. Seine Kieferknochen zuckten, als hätte er schlecht geschlafen.

Vielleicht träumte ich das Ganze ja auch, denn alles fühlte sich so unwirklich an. Zwei Jungs, die wie Zwillinge aussahen, wenn man nicht allzu sehr auf die Details achtete. Was machte ich hier eigentlich? Das war nicht ich. Ich wartete normalerweise nicht auf Nachrichten von Jungs und freute mich auch nicht, wenn mir jemand schrieb.

Klopf, klopf

Ein Klopf-klopf-Witz von Graeson? Von mir aus.

Wer ist da?

Wo wann

Wo wann wer?

Queen Elizabeth Park, Samstag, acht Uhr abends, du und ich.

Ich blinzelte, ließ das Handy sinken. Zugegeben, das war smooth. Und ziemlich einfallsreich. Aber wieso wollte er sich mit mir in einem Park treffen? Und wollte *ich* das überhaupt?

Ich legte das Handy weg, ohne ihm zu antworten, grinste kurz in mich hinein, beschloss dann aber, so zu tun, als würde ich mich längst mit etwas anderem beschäftigen. Also öffnete ich meine Notiz-App. Bisher hatte ich nicht viel in der Datei notiert, die sich mit den ominösen Extremisten-Fans beschäftigte, aber jetzt fügte ich hinzu, dass es einen weiteren Angriff am Starbucks nahe der Villa gegeben hatte. Auf Biggy. Auch wenn irgendwas daran nicht so recht zu stimmen schien. Nachher würde ich mit Biggy darüber reden müssen. Und mit Indy – von der ich leider noch keine hilfreichen Infos erhalten hatte.

Mom quetschte sich auf ihrem Rückweg an mir vorbei. »Willst du einen Kaugummi, Käse-Spätzchen? Das ist besser für deine Ohren.« Ohne eine Antwort abzuwarten, zog sie einen aus dem Seitenfach ihrer Handtasche und reichte ihn mir.

Nach der Landung brachte uns ein kleiner Bus mit Luxusausstattung in ein ebenso luxuriöses Hotel. Selbstverständlich wollte Dexter direkt den Plan für das morgige Konzert und die After-Show-Party durchgehen, auf die die Doubles gehen sollten, doch Mom würgte ihn ab. »Gern morgen nach dem Frühstück. Heute ist es schon recht spät. Die Jungs werden nicht mehr aufnahmefähig sein.«

Und da hatte sie nicht unrecht, alle sechs waren ziemlich müde, das erkannte man sogar trotz der Sonnenbrillen, die die Doubles trugen.

Zac kratzte sich an der Nase, lehnte sich dann nach vorn. »Außerdem erscheint heute Abend ein neues Chapter von unserem Lieblingsgame. Wir haben keine Zeit.«

»Ausgebucht.« In einer hämisch-entschuldigenden Geste hob Biggy beide Schultern.

Lincoln

Irgendwas war seit heute anders zwischen Graeson und Kolly. Ich konnte nur nicht genau sagen, was. Im Flugzeug hatten sie eindeutig miteinander geschrieben. Und sich verstohlene Blicke zugeworfen. Beim Einchecken an einer privaten VIP-Rezeption nahe des Hintereingangs des Hotels musterte ich Kolly, als ich hinter ihr stand. Vor allem die eine widerspenstige Strähne, die etwas abstand. Führten die zwei eine geheime Beziehung seit dem Kuss und hatten sich schon auf diese Reise gefreut? Würde sich Graeson gleich in Kollys Hotelzimmer schleichen? Nein, das war Quatsch. Oder? Eigentlich hatte ich seit meinem Geständnis gegenüber Kolly das Gefühl gehabt, dass sie und ich … Was natürlich Unsinn war, wenn man meinen Arbeitsvertrag bedachte.

Ich fuhr mir über meine schweißnasse Stirn. Und warum interessierte es mich eigentlich? Tat es doch nicht, oder? Aber falls da doch was zwischen ihnen war, würde ich Kolly decken, damit sie keinen Ärger bekam. Denn auf keinen Fall wollte ich, dass das Lächeln auf ihren Lippen, das ich in den letzten Tagen so oft gesehen hatte, wegen irgendwas oder irgendwem verschwand. Erinnerungen blitzten in meinen Gedanken auf. An eine gelöste Kolly, die mit mir Kätzchen gestreichelt hatte. An die verstohlenen, zufälligen Berührungen unserer Finger und Knie.

Ich schluckte schwer. Wenn ich diesen Job nicht so sehr brauchen würde, hätte ich Dexter schon längst meinen zerrissenen Arbeitsvertrag ins Gesicht geworfen. Aber selbst wenn – Kolly würde immer das Original wählen, das war klar. Er konnte ihr etwas bieten. Graeson war jemand. Ich war niemand.

Mein Blick streifte Shy und Rae. Wir alle waren letztlich nur Schatten der Band, Typen, die diesen Job unbedingt brauchten. Mit streng im Vertrag geregeltem Privatleben. Aber bis ich die Gebühr für Gus' College zusammen hatte, würde ich diesen Job weiter machen und zwar so, dass ich nicht gefeuert wurde. Kein anderer Job würde Gus und mir ein Zuhause finanzieren und dabei noch so gut bezahlt sein, dass ich etwas zur Seite legen konnte. Ich presste die Lippen aufeinander, spielte an meinem Ringfinger herum. Es war nicht mal nötig, mich selbst zu ermahnen, mir Kolly aus dem Kopf zu schlagen. Denn es bestand schlichtweg nicht die geringste Chance auf eine gemeinsame Zukunft. Wenn, dann würde es eine Kolly und einen Graeson geben, doch niemals eine Kolly und einen Lincoln.

Gemeinsam mit Miranda und Caleb stieg ich in den Aufzug. Unglücklicherweise quetschten sich noch Graeson und Dexter herein, weshalb ich mich gegen die Wand drücken musste. Egal, zumindest würde uns dann niemand in der Lobby bemerken und Fragen stellen.

»Äh«, sagte Kolly. »Ich nehme lieber die Treppe.«

Oh – hatte sie Angst vor Fahrstühlen? Mir fiel ein, wie angespannt sie in der Gondel vor der Bandvilla gewirkt hatte. Litt sie unter Platzangst? Wahrscheinlich, denn sie hätte gerade so noch hereingepasst.

»Ich begleite dich«, platzte es aus mir heraus, ehe ich darüber nachdenken konnte. Vielleicht wollte mein Innerstes auch diesem vollgestopften Fahrstuhl entkommen.

Während Kolly mich ausdruckslos musterte, schälte ich mich aus dem Aufzug, hielt im letzten Moment mit der Hand noch die Türen auf, ehe sie sich zwischen uns schließen konnten. Dexter brummte irgendwas, doch es war mir egal.

Kolly ging vor, und ich folgte ihr schweigend in das Treppenhaus, das wahrscheinlich nur zu Fluchtzwecken diente. Die Stille zwischen uns fühlte sich entgegen meiner Erwartung nicht unangenehm an – eher wohlig, warm. Vertraut. Aus den Augenwinkeln warf Kolly mir immer wieder Blicke zu, bis wir den fünften Stock betraten.

Natürlich hatten die anderen längst vor uns unser Stockwerk erreicht, aber Graeson und Dexter lungerten noch auf dem Flur herum.

Ich nickte Kolly zu, die mitten im Gang stehen blieb und ihre Zimmerkarte zückte. »Bis morgen.«

Ein sanftes Lächeln, dann drückte sie die Tür auf. Wann war zwischen uns alles so seltsam geworden? Schließlich hatten wir gestern bei Lexi noch so viel Spaß gehabt.

Den ganzen Weg bis in mein Zimmer ganz hinten hörte ich Graeson und Dexter miteinander streiten. Und zwar so laut, dass ich heraushörte, dass Graeson sich dagegen wehrte, von seinem Vater sein gesamtes Leben kontrollieren zu lassen. Die Band hatte natürlich die Suiten in der Mitte des Flurs mit Blick aufs Meer bezogen, der Rest von uns die kleineren Zimmer außen, die auf die Berge hinausgingen – womit ich mehr als zufrieden war. Das ganze Stockwerk war für uns reserviert, also würden wir keinen Gästen begegnen, die sich über uns wundern konnten. Als ich meine Zimmerkarte an die Tür hielt, schielte ich in Kollys Richtung, die gerade vor ihrem Zimmer den

Koffer von einem Hotelpagen entgegennahm und nach Trinkgeld in ihrer Hosentasche fischte.

Ob Graeson gleich an ihrer Tür klopfen würde? Mist, ich konnte einfach nicht verhindern, dass meine Gedanken nur noch um sie kreisten. Wirklich, ich wusste, dass ich es einfach hinter mir lassen sollte. Dass ich jetzt in dieses Hotelzimmer gehen musste, und trotzdem wollte ich nichts lieber, als vor Kollys Tür zu campen und Graeson davon abzuhalten, bei ihr zu klopfen. Ich musste wissen, ob er tatsächlich zu ihr schleichen würde. Obwohl mir klar war, dass das vollkommener Blödsinn war.

Dennoch ließ ich die Tür zurück ins Schloss fallen, drehte mich um. »Warte!« Mit wenigen Schritten war ich bei Kolly und hielt dem Hotelpagen zwei Dollarscheine hin. »Geht auf mich.« Ich lächelte sie an.

»Nein, das musst du nicht.« Sie sah mich an, irgendwie entgeistert.

»Bevor der gute Mann hier noch länger warten muss.« Lächelnd zuckte ich mit den Schultern. Großer Gott, hatte ich das wirklich gesagt? Das klang überhaupt nicht nach mir. Mein Zukunfts-Ich würde nachher im Bett über diesen platten Spruch die Augen verdrehen. Und über diesen Blick von Kolly nachdenken, der mir gerade durch und durch ging.

Offensichtlich hatte der Hotelpage wirklich keine Zeit, denn er zupfte mir einfach die zwei Dollar aus der Hand. Seine weißen Samthandschuhe kitzelten mich an den Fingerknöcheln, und schon rollte er mit seinem goldenen Kofferwagen zur nächsten Tür. Oben an einem Haken am Wagen baumelte eine Reisetasche, aus der eine VR-Brille ragte. Und eine Plastikgitarre. Was hatten die *Tinfoil Phantoms* bloß alles mitgenommen?

Kollys Augen fanden meine. Dabei waren honigfarbene Sprenkel in ihrer Iris zu sehen, etwas, das mir bisher noch gar nicht aufgefallen war. Einfach nur wunderschön. »Willst du noch mit reinkommen?«

Mein Hals wurde trocken. Mit Kolly auf ihr Zimmer gehen? Aber wenn ich jetzt mit ihr diese Schwelle übertrat … Mein Atem beschleunigte sich. Mit Kolly allein in einem Hotelzimmer mit Bett … Nein, dafür war sie definitiv nicht bereit. Dafür war ich nicht bereit.

36 Lincoln

ES HEISST, DIE KUNST IM LEBEN SEI ES, IM ALLTÄGLICHEN DAS WUNDERBARE ZU SEHEN. DOCH KOLLY WAR KEINS VON BEIDEM. KOLLY WAR NICHT ALLTÄGLICH, UND KOLLY WAR MEHR ALS EIN WUNDER.

Sollte ich es wagen? *Konnte* ich es wagen? Was würde unweigerlich danach geschehen, wenn ich diese Schwelle überschritt? Würden wir uns wie Freunde verhalten, oder würde alles in mir danach schreien, sie zu küssen? Was aus so vielen Gründen nicht ging. Blinzelnd starrte ich auf meine Schuhe. Abgetragenes Kunstleder auf einem teurem Hotelflurteppich. Ich gehörte definitiv nicht hierher. Und erst recht nicht in Kollys Villa in L.A. Nicht in ihr Leben. Nicht in diese Rolle, in die mich das Leben gedrängt hatte.

»Nein danke. Ich muss noch auspacken.« Meine brüchige Stimme gab definitiv nicht viel mehr her als das, dennoch versuchte ich es weiter, deutete mit dem Daumen über meine Schulter. Dorthin, wo in etwa mein Zimmer lag. »Wir sehen uns morgen beim Frühstück.«

Kolly sah mich ausdruckslos an, oder steckte mehr hinter diesen erschlafften Gesichtszügen? Lag es an mir, oder war sie einfach verdammt schwer zu lesen? Jedenfalls konnte ich nicht mal erkennen, ob ihr meine Absage etwas ausmachte. Keine Ahnung, wie ich am Ende doch noch in meinem Zimmer gelandet war – vermutlich auf Autopilot mit anschließender Amnesie. Jedenfalls fand ich mich kurz darauf auf dem Fußende meines Bettes sitzend wieder. Die Hände gefaltet. Was war nur in mich gefahren?

Es klopfte. Eine unsinnige Sekunde lang dachte ich – nein, hoffte ich –, es wäre Kolly. Bis ich die Stimme des Pagen hörte, der meine Reisetasche brachte.

Ich öffnete die Tür, und ein Page, vielleicht achtzehn Jahre alt, hielt mir mit spitzen Fingern meine speckige Reisetasche entgegen, die an den Enden ausgefranzt war. Wahrscheinlich würde er gleich seine schneeweißen Handschuhe wechseln. Mit zusammengepressten Lippen zog ich einen Fünfdollarschein aus meinem Geldbeutel und streckte sie ihm hin.

Als er von dannen zog, konnte ich es mir nicht verkneifen, einen Blick in den Flur zu werfen. Auf Kollys Tür. Mist, das war nicht gut. Überhaupt nicht gut. Ich musste unbedingt damit aufhören. Wirklich, ich sollte einfach zehn Stunden schlafen, oder noch besser: erst eine Weile abschalten, indem ich mein Buch zu Ende las. Also schnappte ich mir die Ausgabe von *Der Fänger im Roggen*, die ebenso speckig wie meine blaue Reisetasche war, und schlug es auf. Ursprünglich hatte ich nur wissen wollen, wie es sein konnte, dass ein Buch aus einem Mann einen Killer machte, doch jetzt gefiel es mir. Meine Fingerspitzen glitten über die aufgerauten Buchseiten. In der Gefängnisbibliothek hatte ich das Lesen zu lieben gelernt. Es eröffnete einem so viele neue Welten außerhalb von Mauern und grauen Zukunftsaussichten.

Auf dem Weg zum Bett streifte ich die Schuhe ab. Auspacken würde ich morgen. Der Roman würde mir ein paar Minuten Frieden schenken. Für meinen Geschmack war es genau richtig. Es war gut und nicht das Mörderbuch, wie einem die Welt weismachen wollte. Seufzend ließ ich mich auf die Matratze sinken, atmete mehrmals tief den Duft der Buchseiten ein und ließ zu, dass sich mein Herzschlag bei jedem Wort, das ich las, langsam entspannte.

Kolly

Die Location für den Auftritt der Jungs erwies sich als altmodisches Theater, das sogar über niedliche Logen verfügte. Sah es so ähnlich nicht auf dem Wiener Opernball in Europa aus? In irgendeiner Zeitschrift hatte ich mal Bilder davon gesehen.

Dexter erklärte hochmütig, dass für die Angestellten von Ognito Inc. inklusive der Doubles die beste Loge reserviert sei, direkt gegenüber der Bühne, nur etwas höher gelegen. Ich tauschte einen Blick mit Mom. Die Doubles würden definitiv hinten in den Schatten sitzen müssen. Gemeinsam mit Caleb schlängelten wir uns an ein paar Lichttechnikern vorbei, die schweres Gerät durch den Saal rollten, und wurden der Aufnahmeleiterin Vienna vorgestellt, die locker die Schwester von Daenerys aus *Game of Thrones* hätte sein können.

»Leider ist das Catering nur bis zur Pause geöffnet. Ging nicht anders. Heute ist irgendein kanadischer Feiertag oder so«, fuhr Dexter fort.

Also würde er gleich verlangen, dass Mom, Caleb und ich Brote schmierten, oder was sollte diese Information?

»Schön.« Mom rückte ihre Handtasche auf der Schulter zurück. »Und wo wird die After-Show-Party stattfinden? Buchst du dafür einen Pizza-Lieferdienst? Für den Mitternachtssnack? Und können wir die B-Klienten von der Loge unauffällig dorthin schleusen, sodass es nicht auffällt, dass sie nicht direkt aus der Garderobe kommen? Für den Tauschmoment.«

Ich verdrehte die Augen über diesen Decknamen. B-Klienten statt Doubles. Damit niemand was merkte.

»Das ist das Beste an dieser Location.« Dexter klatschte so aufgeregt in die Hände, dass ich mich automatisch fragte, was er genommen hatte. »In diesem alten Theater wimmelt es nur so von unterirdischen Gängen. Von der Loge führt einer direkt hinter die Bühne, und dort könnt ihr selbstredend die B-Klienten wie Handpuppen auftauchen lassen.« Er lachte über seinen eigenen, extrem miesen Witz.

Handpuppen also. Das waren die drei für ihn? Doch ich verkniff mir jeglichen Kommentar. Angesichts der Tatsache, dass er nun Mom lasziv zuzwinkerte und an seinem schwarzen Hemd herumzupfte, das – zumindest meiner Meinung nach – einige Knöpfe zu weit aufstand und einen guten Blick auf seinen trainierten Oberkörper bot, wäre mir sowieso jedes Wort im Hals stecken geblieben. Der Typ besaß definitiv noch die alten Rockstar-Allüren der Achtziger.

»Gut, dann zeig uns den Weg.« Mom bedachte ihn mit einem scharfen Blick, was wohl hieß, dass dieses Gespräch für sie beendet war.

Ein paar Stunden später fand ich mich mit den Händen im Schoß in unserer Loge wieder. Mom meckerte gerade wegen meinen Flipflops, die mein schickes Outfit, bestehend aus schwarzem T-Shirt und ebenso schwarzer Jeans, ihrer Ansicht nach vollends zerstörten. Doch ich nahm die Geräusche um mich herum nur wie durch Watte wahr. Während sich der Saal mit Fans füllte, waren Caleb und die Doubles noch nicht aufgetaucht. Dexter hatte sich wichtigtuerisch in Richtung Garderobe begeben, was mir nur recht war. Aber wo steckten die Doubles? Komischerweise begann mein Herz zu rasen, und ein ungutes Gefühl machte sich in meinem Bauch breit. Keine Ahnung, warum, aber ich wusste, dass dieser Abend nicht gut ausgehen würde. War es auf einmal kalt geworden? Ich rieb mir gedankenverloren über meine Arme.

Dann – endlich! – öffnete sich die Tür hinter uns, und Caleb, Shy, Rae und Linc gesellten sich zu uns.

»Sorry, Miranda, übler Verkehr.« Caleb keuchte, schnappte sich dann erst mal ein Glas Sekt von einem Kellner.

Linc wich meinem fragenden Blick aus. War irgendwas vorgefallen? Musste ich mir Sorgen machen? Oder war es, weil er gestern nicht hatte in mein Zimmer mitkommen wollen …? Himmel, hoffentlich dachte er nicht, ich hätte vorgehabt, ihn zu verführen. Augenblicklich wurde mir noch kälter. Ich hatte ihn lediglich eingeladen, um ein bisschen abzuhängen, wie sonst bei Lexi. Zumindest redete ich mir das ein.

Und dass er abgelehnt hatte, war überhaupt kein Problem für mich.

»Gerade rechtzeitig. Gleich geht es los.« Mom setzte sich.

»Keine Vorband?« Shy griff sich ebenfalls ein Glas Sekt, während Rae und Linc sich je eine kleine Wasserflasche nahmen.

»Wenn du eben beim Briefing zugehört hättest«, sagte Caleb, »dann wüsstest du, dass dieses Konzert für ausgewählte kanadische Fans ist, inklusive After-Show-Party. Viele Influencer sind unter den Gästen. Daher geht's heute ausschließlich um die *Tinfoil Phantoms*.«

»Büfett gibt's leider nur in der Halbzeit«, warf ich hilfreich ein. Sagte man das überhaupt so bei einem Konzert?

Jedenfalls stöhnte Shy auf meine Worte hin auf und glitt dann in die letzte Reihe der gepolsterten Kinosessel.

»Keine Sorge, Caleb und ich besorgen euch ein oder zwei Sellerie-Sticks.« Ich zwinkerte ihm zu. Eine Geste, die Shy so ganz und gar nicht erwiderte. Stattdessen verdrehte er die Augen zur Decke und legte seine Füße auf der Lehne vor sich ab. Springerstiefel auf edlem rotem Samt. Ich verzog den Mund.

In diesem Moment dimmte sich das Licht überall im Saal.

»Wird auch Zeit«, murmelte Caleb direkt hinter mir. »Zeit, dass diesen Banausen mal gezeigt wird, wie man es richtig macht.«

Damit meinte er ganz eindeutig Shy, aber dass der sich in seinem

Leben noch jemals als lernwillig erwies, bezweifelte ich. Ich wandte mich der Zuschauermenge zu und ließ meinen Blick angespannt durch den Saal wandern. Auch wenn von den Gästen ziemlich sicher absolut keine Gefahr drohte, zumindest hatten das unsere vielen Background-Checks ergeben.

Weiße Lichter flammten auf, erloschen gleich darauf wieder, nur um dann erneut aufzuflammen. Das Publikum, das zu fast einhundert Prozent aus weiblichen Fans bestand, jubelte.

Als Nächstes setzte eine Lasershow auf der dunklen Leinwand ein, die vor der Bühne zu diesem Zweck angebracht war. Dann begann das Orchester im Graben vor der Bühne einen Mix aus den beliebtesten Songs der Jungs zu spielen. Gänsehaut breitete sich auf meinen Unterarmen aus, so gut war die Komposition, und ich war noch nicht mal ein Fan.

Nach einem Höhepunkt der Lichtshow, unterlegt mit einem epischen Klimax des Orchesters, was bei den Fans noch mehr Jubel auslöste – und sicher auch Gänsehautmomente –, wurde die Leinwand beiseitegezogen. Neonlichter kamen dahinter zum Vorschein, angebracht an überdimensionalen Würfeln. Und dann kamen die Jungs von *The Tinfoil Phantoms* mit blank polierten Masken auf Hoverboards auf die Bühne gerollt. Und zwar so, als würden sie das jeden Tag machen.

Okay, ich musste zugeben, das war nicht übel.

Den Bruchteil einer Sekunde hatte ich das Gefühl, Graeson würde zu unserer Loge spähen und lächeln. Mein Magen rumorte, was natürlich vollkommener Blödsinn war. Das da unten war Graeson, nicht Linc, und selbst wenn … Linc war nur ein Freund – und ich war nicht der Typ dafür, einem hübschen Lächeln zu verfallen. Um meinen Herzschlag zu beruhigen, nahm ich mehrere Schlucke Wasser auf einmal.

Lincoln

Die Atmosphäre im Saal konnte man ohne Zweifel als magisch beschreiben. Die *The Tinfoil Phantoms* spielten unbestreitbar … gut. Richtig gut sogar, das musste man ihnen lassen. Und die Fans unten schienen vollkommen hingerissen. Ich knabberte an meiner Oberlippe. Vielleicht waren es diese Songs über Liebe oder die Melodie, die meine Fingerspitzen auf und ab zucken ließen … Jedenfalls warf ich Kolly in immer kürzeren Abständen Blicke zu. Etwas zog mich zu ihr, und ich wollte plötzlich nichts lieber, als mich neben sie zu setzen und … mit meinen Fingerspitzen natürlich rein zufällig ihre Hand berühren. So ein Verlangen hatte ich nie zuvor verspürt, und vielleicht riss es mich deshalb fast um, war viel zu intensiv. Und das, obwohl ich bisher selten etwas für Romantik übrig gehabt hatte. Das Kribbeln in mir machte mich vollkommen fertig – dabei hatte ich keinen Sekt, sondern nur Wasser getrunken. Es hörte einfach nicht auf. Zwar zwang ich mich, an etwas anderes zu denken, doch das funktionierte nicht. Egal, wie sehr ich dagegen anzukämpfen versuchte, mein Innerstes wollte nichts mehr, als Kolly zufällig berühren – mich sofort neben sie zu setzen. Allein der Gedanke, wie das sein, sich anfühlen würde, brachte mich völlig aus der Ruhe. Atmete ich auf einmal schneller? Sollte ich es wagen? Es einfach tun? Neben Kolly war noch ein Platz frei – als wäre es meine Bestimmung, dort zu sitzen. Vielleicht konnten wir in der Pause noch mal in Ruhe reden? Nach dem nächsten Song, sagte ich mir – dann würde ich es tun.

Der nächste Song kam und ging. Ich konnte es nicht – mein Herz flatterte zu sehr. In meinem Kopf spielte ich immer wieder durch, was ich Kolly gern sagen wollte. Dass ich sie mehr als nur mochte und sie unter anderen Umständen – wenn die Agentur nicht wäre –

noch heute auf ein Date einladen würde. In meiner Vorstellung lächelte sie, vergaß Graeson und hatte nur Augen für mich. Geradezu übertrieben unrealistisch. Ich rieb mir über die Stirn. Ob Kolly mich jemals Graeson vorziehen würde? Würde sie mich wählen und auf mich warten?

Ich musste es wagen. Weil ich es sonst gar nicht geschafft hätte, stand ich mitten im nächsten Song mit einem solchen Ruck auf, dass mir Rae einen verwunderten Seitenblick zuwarf.

Kolly

Selbst Moms Füße wippten im Takt der Musik mit. Bei einem langsamen Song forderte die Band ihr Publikum auf, die Taschenlampen an ihren Smartphones einzuschalten. Ein Lichtermeer breitete sich daraufhin unter uns aus. Lichter, die mich eher an Kerzenflammen erinnerten. Und plötzlich war Linc neben mir, ließ sich auf den freien Sitz an meiner Seite sinken. Ausgerechnet jetzt. Meine Oberlippe zitterte.

Linc sah mich an, blinzelte heftig, nahm allerdings nicht den Blick von mir. Als ob ihn alles um uns herum nicht interessierte.

Und ich konnte plötzlich nirgendwo anders mehr hinsehen. Ein bisschen wie in einem schlechten Film, bloß konnte ich nichts dagegen tun. Er fühlte sich so vertraut an. So natürlich und selbstverständlich. Lincoln war einfach der unverschämt heißeste Mann unter der Sonne. Meine Atmung geriet ins Stocken. Holy Bug, ließ ich mich da gerade von einem Song und ein paar Lichtern dazu bringen … so viel zu fühlen? So viele Emotionen? Oder lag das an dieser Parallelwelt mit Originalen und Doubles, die im selben Raum präsent waren? Jedenfalls fühlte ich mich wie in einen kosmischen

Strom geworfen, der prickelte, mich liebkoste, umarmte, mich in die Tiefe stürzen ließ. Lincoln saß da, starrte mich an. Und dann – oder täuschte ich mich da? – näherten sich seine Fingerspitzen auf der Samtlehne meinen. Wie gebannt starrte ich auf unsere Hände. Ja, eindeutig. Gleich, gleich würde er mich berühren. Meine Haut prickelte in gespannter Erwartung. Wie wenn man eine Entladung so dringend spüren wollte … musste. Ich brauchte diese Berührung so sehr. Etwas so Simples wie Eindeutiges, das gleichzeitig Klarheit verschaffte, was da zwischen uns war. Zwar hielt mich seine Vertragsklausel zurück, andererseits war es hier drin dunkel, und ich musste einfach wissen, ob ich mir das alles zwischen uns nur eingebildet hatte.

Im selben Augenblick verebbte unter uns die Musik.

»Okay«, sagte Graeson. Ein Verstärker quietschte, dann hatte er eins der Mikrofone von den Ständern gezogen. »Das nächste Lied ist sehr persönlich für mich.«

Der plötzliche Abbruch der Musik und Graesons Stimme, die im ganzen Saal widerhallte, zerstörte den Moment zwischen Linc und mir. Graesons nächster Song … Noch persönlicher? Eben hatte es gewirkt, als hätte er bereits jedes Fitzelchen seines Selbsts den Fans preisgegeben. Nur am Rande registrierte ich, wie sich Dexter auf den Platz neben Mom gleiten ließ.

»Der Song ist neu, bisher hat ihn noch niemand außer uns dreien gehört.«

Das bezweifelte ich. Laut Dexter schrieb die Band ihre Songs nicht selbst. Oder war das der erste eigene? Doch so wie Dexter dreinsah, hatte auch er keine Ahnung von diesem Einschub im Programm.

»Da wir inzwischen die besten Freunde geworden sind, kann ich es euch erzählen«, fuhr Graeson ungerührt fort.

Unten war es still, nur ein wenig Geraune drang zu uns nach oben. Ein paar der Gäste kicherten.

»Ich hab den Song für einen besonderen Menschen geschrieben. Wie ihr wisst, ist das Showbusiness hart, und daher hab ich zuerst bestritten, dass wir zusammen sind. Aber jetzt möchte ich euch die Wahrheit sagen. Mit diesem Song, den ich für sie geschrieben hab, möchte es in die Welt hinausschreien. Ihr kennt sie schon aus den Schlagzeilen der letzten Tage, aber heute Abend lernt ihr sie persönlich kennen.« Graeson streckte den freien Arm in Richtung unserer Loge aus.

Nein, das tat er gerade nicht wirklich? Eine Vorahnung so kalt wie das Blut einer Schlange zischelte um meinen Verstand herum. Das meinte er nicht ernst! Alles in mir kribbelte. Aber auf eine ganz andere Art als eben noch mit Lincoln. Auf meinen Unterarmen stellten sich die Härchen auf. Ich musste mich irren. Und was für ein Plan steckte dahinter? Niemand in dieser Loge war mit Graeson zusammen. Allerdings war nur eine Person hier drin kürzlich mit ihm in die Schlagzeilen geraten.

Nein, nein, nein …

Ich spürte Moms Blick auf mir – wie sich Dexter zu mir wandte, scharf einatmete. Aber am schlimmsten war die Vorstellung, auf welche Art Linc mich gerade anstarrte. Krampfhaft mied ich den Blick in seine Richtung, schüttelte den Kopf. Eine Verwechslung. Ein Missverständnis. Sicher. Gleich würde ein Mädchen in der Loge neben oder unter uns aufspringen.

»Was tut er da?«, presste Dexter hervor.

Graeson sang, unterlegt mit sanften Gitarrenklängen. Eine Hymne an ein unbesiegbares Mädchen mit Witz, Herz und dem umwerfendsten Lächeln der Welt. Das sich wie eine Göttin bewegte und ihn zum Lachen brachte. Moment mal, was? Und sah er mich tatsächlich so? Nein, er musste jemand anderen meinen, musste einfach.

Die letzten Noten verklangen. Graeson hatte sein Gesicht unter der Maske verzogen, als würde er all das, was er gesungen hatte, wirklich spüren.

Ich fühlte mich, als würde ein Laster auf mich zurasen.

Und dann öffnete er die Augen, schien mich direkt anzusehen, obwohl das wegen der Scheinwerfer wohl eher nicht möglich war. »Kolly? Kommst du zu mir auf die Bühne?«

37 Kolly

DAS GEFÄHRLICHSTE AM VERRAT IST, DASS ER NIE VON DEINEN FEINDEN KOMMT – IST DIR DAS BEWUSST?

Ich. Kolly. Er hatte tatsächlich meinen Namen genannt. Am liebsten hätte ich laut aufgelacht. Ein verzweifeltes Lachen, aber mit einer Spur Erleichterung, denn nun war es raus. Er hatte meinen Namen ausgesprochen und keinen anderen. Damit hatten sich meine Befürchtungen bestätigt. Was zum Teufel stimmte nicht mit ihm? Wieso tat er in aller Öffentlichkeit so, als wäre da was zwischen uns? In Sekundenschnelle ging ich mehrere Möglichkeiten im Kopf durch. Da er laut seines Dads keine Beziehung eingehen durfte, nahm ich mal an, wollte er mit dieser Aktion rebellieren. Weil es bereits Schlagzeilen über mich und ihn gegeben hatte, verwendete er das jetzt zu seinem Vorteil. Er nutzte Lincs und mein Bild, das neulich durch die Presse gegangen war, um Dexter zu ärgern, oder? Ein anderer plausibler Grund fiel mir jedenfalls nicht ein.

Unten jubelten alle. Na klar, denn das waren ziemlich exklusive News, und auf so was standen Bloggerinnen …

Sekunden verstrichen, in denen ich nur den Kopf schüttelte.

»Geh«, wisperte Mom, während ich stocksteif dasaß. »Ich rede mit Dexter.«

Also hatte sie das Spiel auch durchschaut – was auch immer das Spiel war. Dexter dagegen starrte mich an, als wollte er mich mit seinen Blicken aufspießen.

Doch ich bewegte mich keinen Zentimeter. Immer noch versuchten mein Gehirn und ich, uns einen Reim daraus zu machen, was da soeben geschehen war. Was Graeson vor Hunderten von Influencerinnen, von denen womöglich einige das Konzert live streamten, verkündet hatte. Hatte ich ihm irgendwelche Signale gesendet? Nein, also musste es ein Trick sein. Aber wen wollte er hinters Licht führen? Seinen Dad oder doch jemand anderen? Die Presse? Die extreme Fangruppe? Letzterer Gedanke war mir selbst schon gekommen. Dass es sicherer wäre, wenn die Jungs nicht single wären, aber so …? Nein, so war es nicht okay. Nicht auf diese Weise. Wut vertrieb die Taubheit in meinen Gliedern. Wie hatte Graeson es wagen können?

Unter uns schwoll das Murmeln an. Dennoch konnte ich deutlich hören, wie Dexter seine Fingerknöchel knacken ließ. Wirklich jetzt?

»Bis Kolly bei uns ist, spielen wir ihren Lieblingssong von uns.« Graesons Lachen steckte das Publikum offenbar an, denn die Stimmung im Saal schlug sofort von argwöhnisch-verwirrt in belustigt-gespannt um.

Was? Dieser … Und welcher Lieblingssong? Gut, bei der ein oder anderen A-capella-Performance im Flugzeug und bei der Probe vorhin hatte ich mit dem Fuß mitgewippt, aber ich hatte nie was von einem Lieblingssong erwähnt. Ich würde ihn so was von zwingen, das sofort als Scherz zu bezeichnen und alles zurückzunehmen. Die Zähne so fest aufeinandergepresst, dass ich schon Kopfschmerzen bekam, stand ich auf. Nach einem letzten Blick auf Mom drehte ich mich zur Tür, im festen Bewusstsein, wie scharf Linc mich ansah. Fast, als wollte er mich rösten, doch das konnte durch die Dunkelheit in der Loge täuschen. Dexters ruckartige Bewegungen und Raes fragenden Blick konnte ich trotzdem deutlich erkennen. Oder wie Shy und Caleb mich ansahen. Wie Dexter aufstand und sich sein Smartphone ans Ohr hielt.

Den Kopf voll dunkler Gedanken hastete ich im Stechschritt

durch den Flur. Hier und da spähten ein paar neugierige Fans durch Türen und aus dem Treppenhaus, vermutlich, weil sie als Erste einen Blick auf mich erhaschen wollten. Ich drängte mich an ihnen vorbei, entschlossen, den Blick nicht zu senken. Und das, obwohl sie mir ihre Handykameras praktisch ins Gesicht drückten.

Ein schwarz gekleideter Aufnahmeleiter mit Headset winkte mich zu sich, nachdem ich die Sicherheitsleute passiert hatte. Offensichtlich waren sie alle schon durch ihre schicken Funkgeräte informiert worden. Ich presste die Lippen aufeinander. Siedend heiß fiel mir ein, dass von diesem Moment sicher morgen auch alle möglichen Bilder und Videos durch die Medien geistern würden. Nein, darauf konnte ich wirklich verzichten. Das würde Graeson nicht rückgängig machen können, selbst wenn er gleich alles als schlechten Scherz enttarnte.

Wortlos ging der Aufnahmeleiter vor mir her, tat hin und wieder so, als würde er etwas auf seinem Tablet ablesen, während wir durch einen langen Kellergang schritten. Das typische Flipflop-Geräusch hallte von den Wänden wider. Rohre zogen sich an der Decke entlang, und ich bekam wieder ein Gespür dafür, wie alt dieses Gebäude wirklich war. Mist, ich hatte vollkommen vergessen, dass es hier Geheimgänge gab. Das wäre die bessere Wahl gewesen. Wieso hatte ich nicht daran gedacht? Der Aufnahmeleiter allerdings auch nicht – oder er wusste davon nichts.

»Sie ist da«, murmelte der Aufnahmeleiter mit tiefer Stimme, hielt vor einer Eisentür an, hinter der die Musik lauter zu werden schien. Der Backstagebereich.

Was ich allerdings gar nicht ertragen konnte in dieser Situation, war, wenn sie mich jetzt hier allein mit meinen Gedanken warten ließen. Besser, ich klärte dieses Missverständnis sofort auf. »Ich gehe einfach mal rein.« Mit dem Ellenbogen voran schob ich mich an ihm vorbei.

Hinter der Tür standen jede Menge Assistenten mit Headsets in Grüppchen zusammen. Ich schluckte, konnte es überhaupt nicht ausstehen, mit so vielen Menschen im selben Raum zu sein – vor allem, wenn sie mich alle anstarrten. In diesem Bereich des Theaters roch es nach kaltem Zigarettenrauch, was meine Kopfschmerzen zusätzlich befeuerte. Mein Puls begann zu rasen – orientierte sich ganz offensichtlich an meinem Wutpegel.

Ich entdeckte Vienna, die schmallippige Assistentin mit den weißblonden Haaren, die am Seiteneingang der Bühne, eine Hand an der Wand abgestützt, zu mir herübersah. Meine letzte Station bis zu den großen Scheinwerfern. Zeit, diesen Mist aufzuklären.

Vienna bedeutete mir, neben ihr stehen zu bleiben, was vermutlich lediglich Schikane war, um ihre Macht zu demonstrieren. Von unserer Position am seitlichen Bühneneingang aus konnte man die Band gut sehen, wenn man sich nach vorn beugte, um an dem schwarzen Vorhang vorbeizuschielen. Die Jungs versanken gerade in einem Refrain, der ins Ohr ging, das konnte ich nicht abstreiten. Aber was auch gleich ins Ohr gehen würde, war meine sich anbahnende Schimpftirade, die ich mir natürlich für den Backstagebereich aufheben würde. Wenn Graeson Glück hatte.

Also tat ich, was sicher jede wütende Nicht-Freundin mit ihrem Fake-Freund tun würde. Ich lächelte Vienna an und betrat entgegen ihrer Anweisung die Bühne. Einfach so. Entwand mich blitzschnell Viennas Griff, so wie Marc es mir beigebracht hatte. Selbstverständlich fanden mich die Angestellten, die die Scheinwerfer bedienten, sofort, sobald ich den ersten Zeh auf die Bühne gesetzt hatte. Fans riefen durcheinander – vereinzelt hörte ich meinen Namen darunter –, und obwohl mich das Licht gleißend hell blendete, nahm ich wahr, dass Finger auf mich zeigten. Selbst die Band wandte mir jetzt den Kopf zu, wobei sie natürlich weiter performten.

Graeson schien wenig verwundert, dafür aber umso erfreuter zu sein, mich zu sehen. Sein Mundwinkel, der nicht von der Alumaske verdeckt war, hob sich. Was war er nur für ein verdammt guter Schauspieler?

Meine Zähne schmerzten – so sehr hatte ich sie aufeinandergepresst. Ziemlich sicher konnte jeder, der nur halbwegs in der Lage war, Emotionen abzulesen, erkennen, dass ich vor Wut kochte. Denn genau so fühlte sich mein Körper an. Jede einzelne Pore davon. Die Ironie daran war, dass – so vermutete ich – der ganze Saal dennoch mit mir hätte tauschen wollen. Auch wenn sie gewusst hätten, dass es nur eine gespielte Liebesbeziehung war. Einseitig gespielt.

Oh, ich würde das so was von richtigstellen.

Graeson gab den anderen ein Zeichen, woraufhin sie den Song langsam ausklingen ließen. Besser so, als wenn ich ihnen die Stecker zog. Das Strahle-Grinsen von Graeson wurde immer intensiver. Meinte er das Ganze etwa doch ernst? Oder machte ihm diese Scharade Spaß? Vielleicht dachte er an das Gesicht seines Vaters, und das war auch – Holy Bug – wirklich mein einzig positiver Gedanke, der mit dieser Aktion einherging. Sicherlich konnte sein Dad es noch weniger glauben als ich und würde später einen Tobsuchtsanfall bekommen.

»Da ist sie!«, rief Graeson in sein Mikrofon. Am liebsten hätte ich es genommen und es ihm um die Ohren geschlagen.

Er streckte mir einen Arm entgegen, woraufhin ein Seufzen durch den Saal erklang. Ich atmete tief ein und versuchte, nicht auszurasten. Was ich gleich sagen würde, musste professionell rüberkommen und eben nicht emotional. Nicht vor dieser gefüllten Halle und vor deren Live-Zuschauern auf Social Media.

»Komm zu mir.« Dieses unbeschwerte Lächeln … Wie machte er das? Als Uneingeweihte hätte ich ihm das ohne Zweifel abgekauft.

Damit man uns nicht hören konnte, zog ich Graeson, sobald ich ihn erreicht hatte, an der Schulter allerdings ein Stück zurück, murmelte in sein Ohr: »Was soll das? Ist das ein Spiel von dir? Ein Scherz? Du sagst sofort, dass es nur ein Scherz ist.«

»Bitte spiel mit«, raunte er mir zu. »Ich erkläre dir alles später. Es geht um Leben und Tod. Um mein Leben.«

Dabei wisperte er die Worte so eindringlich, dass mir ganz anders wurde. Um sein Leben? Wie das? Waren wir in einen perfiden Thriller oder so hineingeraten? Hatte das etwas mit diesen Entführerinnen zu tun?

»Bitte, Kolly. Nur heute, vielleicht bis zum Ende der Woche, danach kläre ich die Öffentlichkeit auf, dass es nur ein Bluff war, okay?«

Ein Bluff? Stirnrunzelnd sah ich ihn an. Himmel, bei der Hitze, die die Scheinwerfer abstrahlten, konnte ich keinen klaren Gedanken fassen. Und dann noch das laute Geraune des Publikums. Aber »Bluff« klang schon viel besser als »Beziehung«.

Ich verengte die Augen. »Eine Woche. Maximal. Und ich will nach dem Konzert alles wissen. Die Wahrheit. Alles!«

Mit einem Lächeln auf den Lippen verflocht Graeson seine Finger mit meinen. Einen winzigen Augenblick lang hüpfte mein Herz, verwechselte Graeson mit Lincoln, ehe ich mich wieder im Griff hatte. Dieses Herzhüpfen war wirklich der unsinnigste neuste Tick meines Körpers. Sicherlich eine Nebenwirkung meiner Internet-Abstinenz.

Graeson wandte sich wieder ans Publikum. »Ihr kennt Kolly schon aus den Medien, doch bisher haben wir es nicht offiziell zugegeben, Gefühle füreinander zu haben.« Während er sprach, strahlte Graeson heller als die Scheinwerfer. Schweiß rann ihm über die Stirn, dann nach unten über seine Lippen. Klar, auf der Bühne war es mit all den Scheinwerfern ja auch so heiß wie in einer Sauna.

Was für eine Show. Wie musste das von den Logen aus aussehen? Ich widerstand dem Drang, den Kopf zu heben. Was Mom und Linc wohl dachten? Bei allen anderen war es mir ziemlich egal. Dass es mir wichtig war, dass Linc nicht schlecht von mir dachte, lag daran, dass wir in den letzten Tagen so viel Zeit miteinander verbracht hatten. Caleb würde mich sicher feiern, wenn ich zurück in die Loge kam, aber Linc würde mich keines Blickes würdigen. Und Mom würde mich fragen, was ich ihr verheimlichte. Mit Lippen so schmal wie eine Nagelfeile. Ich konnte es förmlich vor mir sehen. Wieder erschien Lincs verbissener Gesichtsausdruck vor meinem inneren Auge. Schwankte der Boden unter mir, oder war ich das?

Einzelne Frauenstimmen kreischten verzückt. Als Reaktion darauf, dass Graeson meine Hand an seinen Mund hob und einen Kuss auf meinen Handrücken setzte, wobei er mir tief in die Augen sah. Dafür hatte er besser einen guten Grund. Immerhin küsste er mich nicht auf den Mund. Aber wenn ich nicht bald erfuhr, was dahintersteckte – welche Auf-Leben-und-Tod-Geschichte –, konnte ich nicht dafür garantieren, dass ich diese Scharade aufrechterhielt. Das hier war nicht ich. Und Sawyer und alle, die mich näher kannten, würden uns die Story nicht abkaufen. Niemals.

»Schluss damit«, raunte ich Graeson zu.

Er nickte. Wie großzügig von ihm. Aber jetzt verblasste der Glanz in seinen Augen. Lediglich einen Atemzug lang, dann kehrte die geschauspielerte Fröhlichkeit mit einem Flackern zurück. »Ich erkläre es dir gleich. Noch zwei Songs, dann tausche ich den Platz mit meinem Double, und wir reden, okay?« Er drehte mich so, dass er mich vor dem Publikum verdeckte. Nahm meinen Kopf in seine Hände, sodass es wirken musste, als würde er mich küssen. Stattdessen wisperte er heisere Worte in mein Gesicht, über das jetzt ebenfalls der Schweiß rann. »Es ist nur wegen diesen extremen Fans. Ich hab was über sie rausgefunden, aber das erzähle ich dir gleich. Du musst unbedingt den Mund halten. Klär niemanden auf, sonst scheitert mein Plan, der uns alle retten könnte, okay? Ansonsten geht das eventuell tödlich für die Band oder die Doubles aus.«

Kein Wort? Lebensgefahr? Damit musste er die Entführungen

meinen. Mir wurde noch schwindliger, wenn das überhaupt möglich war. »Ein paar Stunden kann ich wohl schweigen«, presste ich hervor.

Graeson lächelte mich erleichtert an, entließ mich damit aus seinem Griff.

Die nächsten Minuten bekam ich kaum mit, stakste zurück in den Backstagebereich, wobei ich um mich herum nur dumpfe Geräusche wahrnahm und weiter über die Sache nachdachte. Was konnte dahinterstecken? War diese gefährliche Fangruppe hier? Dabei hatte ich gedacht, man hatte nur Influencer eingeladen, deren Background-Checks durchgegangen waren? Oder glaubte Graeson, er würde sie so herlocken können? Egal, ich hatte keine andere Wahl, als ihm zu vertrauen. Schließlich war ich für sein Double verantwortlich, und ich wollte wirklich nicht, dass Linc etwas zustieß. Oder den anderen Doubles. Bei dem Gedanken daran, dass ein Fan fälschlicherweise Linc entführen und in eine abseits gelegene Hütte verschleppen könnte – so wie in einem Thriller –, knickten mir fast schon wieder die Beine weg.

Vienna sagte etwas zu mir, doch ich war viel zu sehr in meinen Gedanken versunken, um zu verstehen, was. Ich sah niemanden wirklich an. Gesichter verschwammen zu grauen Masken über schwarzen Klamotten. Ich musste hier weg. In jeder Minute, die verstrich, würde sich die Nachricht weiterverbreiten, dass ich angeblich mit Graeson Woollard zusammen war. Aber das sollte mich nicht kümmern, richtig? Es sollte mir egal sein, wie man mich ab jetzt bewerten und auf Social Media kommentieren würde. Und eigentlich war mir so was immer egal. Nur warum jetzt nicht? Ich konnte mir selbst nicht erklären, was plötzlich anders war. Lag das etwa daran, dass ich mittlerweile richtig tief in diese Hollywood-Parallelwelt hineingerutscht war? Kopfüber und mindestens knietief. Nein, abgrundtief.

Zwei Security-Mitarbeiter geleiteten mich ohne ein Wort zum Flur, blieben auch dort an meiner Seite. Auf meine Frage, ob wir einen Geheimgang benutzen konnten, schüttelten sie den Kopf. Beide bedachten mich mit konsequentem Schweigen, bis ich die Loge erreicht hatte. Was auch besser war. Denn auf dem Weg dorthin versperrten mir immer wieder Mädchen den Weg, die ein Foto oder Video von mir drehen wollten. Ungefragt selbstverständlich und wahrscheinlich für Klickzahlen oder um das Material an die Presse zu verkaufen. Pressefotografen waren heute nicht eingeladen, also witterten die Gäste eine Chance auf schnelles Geld. Oder auf den Ruhm, es als Erste auf ihrem Blog zu bringen. Alles auf meine Kosten. Ich biss die Zähne zusammen. Blitzlicht blendete mich. Na toll. Das würde ich definitiv nur eine begrenzte Anzahl an Tagen aushalten.

Einer der Security-Typen öffnete mir die Tür zur Loge, während der andere irgendwas von »Paket ausgeliefert« in sein Headset brummte. Das hatte ich mir gedacht – die beiden waren nicht aus Freundlichkeit mitgekommen, sondern weil sie jemand beauftragt hatte. Wahrscheinlich Vienna auf Graesons Wunsch hin.

In der Loge standen alle, statt zu sitzen. Caleb hatte die Hände vor sich gefaltet, genau wie Mom. Shy und Rae lehnten an der Wand rechts von mir, und alle starrten mich an. Natürlich auch Dexter, dessen Frisur aussah, als hätte er sich mehrfach die Haare gerauft. Nur Lincs Blick ging über meinen Kopf hinweg, und sein Kiefer war fest angespannt. Im Prinzip hatte ich genau das erwartet.

»Ist das wahr?«, fragte Mom leise. Ihre Stimme klang, als hätte ich einen Mord begangen. Offenbar glaubte sie inzwischen doch nicht mehr, dass es nur ein Spiel war.

38 Kolly

ES HEISST, WER DEN WEG DER WAHRHEIT WÄHLT, STOLPERT NICHT. BEDEUTET DAS DANN, DASS MAN AUF DEM WEG DER NOTLÜGE NUR BEI JEDEM ZWEITEN SCHRITT STOLPERT?

»Es ist …« Himmel, ich hatte mir noch gar nicht richtig überlegt, wie ich, ohne zu viel zu verraten, alles erklären konnte. Ohne dass es Graesons Plan oder das Leben aller sechs Jungs gefährdete. »Es ist kompliziert«, sagte ich letzten Endes, als ich mir nicht noch mehr Zeit für meine Antwort lassen konnte.

»Kompliziert?«, echote Mom.

Caleb trat einen Schritt auf mich zu. »Warum hast du nichts gesagt?« Sein Gesichtsausdruck wechselte von Freude über neuen Tratsch zu Verletztheit, weil er es erst jetzt erfuhr.

»Ähm, das ist erst seit ein paar Stunden … so.« Mein Blick flitzte zu Linc, der die Augen schloss. Ihn so zu sehen, so verletzt, fühlte sich wie ein Stich in mein Herz an. Wie sollte ich jetzt noch mehr zu dieser angeblichen Beziehung zwischen mir und Graeson sagen?

»Habt ihr etwa …« Caleb hielt sich eine Faust an die Lippen. »… die letzte Nacht im Hotel miteinander verbracht?« Seine Stimme schraubte sich im Flüsterton ein paar Oktaven nach oben.

»Ich …«, röchelte ich. »Kann ich euch das später erklären?« Wie sollte ich aus der Nummer wieder rauskommen? Mit hämmerndem Herzen sah ich mich um, bemerkte Linc, der sich eine Hand an die

Stirn hielt, als litte er unter Kopfschmerzen. »Mir ist schlecht«, log ich. »Ich muss schnell mal zur Toilette.« Es ging einfach nicht mehr. Hier zu bleiben und halbseidene Wahrheiten zu verbreiten. Lügen, um genau zu sein. Notlügen. Und dass Lincoln da war und mich *so* ansah, auf diese Weise, machte es noch tausendmal schlimmer. Ich stürzte zur Tür hinter dem Tisch mit den Getränken, die in ein Minibadezimmer mit zwei Toiletten führte.

»Bestimmt schwanger«, hörte ich Shy sagen.

»So schnell geht das nicht«, sagte Rae.

»Was wissen wir schon, wie lange da was zwischen den beiden läuft?«

»Na ja, wie lange kennen sie sich …?«

Ich schlug die Tür hinter mir zu, beugte mich über das Waschbecken.

Atmen, Kolly, atmen! Das war nur ein vorübergehendes Arrangement. Genau wie dieser ganze verdammte Job, der bisher nichts als Ärger gebracht hatte.

Meine Hände zitterten bis hinauf zu meinen Ellenbogen. Das da draußen waren Fremde im Publikum. Es war noch nicht mal real, was wir hier mit den Doubles aufführten. Nichts davon. Was ich hier erlebte, lag meilenweit von meinem normalen Sawyer-und-Kolly-Leben entfernt wie nur möglich. Plötzlich schämte ich mich dafür, Sawyer in den letzten zwei Wochen am Telefon ständig vernachlässigt zu haben. Meinen Anker in die wirkliche Welt. Er war real – im Gegensatz zur Scheinwelt, die auf der anderen Seite dieser Tür auf mich lauerte.

»Käse-Spätzchen?« Mom klopfte, öffnete jedoch nicht die Tür. Wie nett von ihr. »Wir müssen los zur After-Show-Party. Kommst du nach?«

Ich atmete tief ein. »Gleich!«

Sie antwortete nicht mehr. Stattdessen hörte ich Schritte und dann die Tür schlagen. Der Plan sah vor, in drei Gruppen zu gehen, mit je einem Double. Damit niemandem auf dem kurzen Weg zwischen dem Geheimgang und der Garderobe auffiel, wer die Jungs waren – oder besser gesagt nicht waren. Zu viel Illusion war gefährlich – was ich selbst gerade aus eigener Erfahrung bestätigen konnte. Um mich zu beruhigen, ließ ich kaltes Wasser über meine Handgelenke laufen. Die Hitze in mir drohte immer noch, mein Gehirn zu frittieren. Als ich mit zitternden Fingern eine Hand nach den Papiertaschentüchern ausstreckte und an der Plastikklappe des Behälters herumfummelte, brach sie aus der Verankerung, fiel klappernd zu Boden. Natürlich, wieso sollte heute auch irgendwas so laufen, wie es laufen sollte?

Draußen ging wieder die Tür auf und zu. Gruppe zwei hatte sich auf den Weg gemacht. Was wahrscheinlich hieß, dass nur noch Rae und Caleb in der Loge warteten. Gruppe drei.

Logischerweise ließ sich die Plastikklappe nicht so einfach zurück an den Kasten mit den Papiertaschentüchern klemmen. Vielleicht lag es an meinen zitternden Händen oder daran, dass heute einfach ein Scheißtag war und mich jeder verarschen wollte. Ich konnte nicht anders und holte aus, ließ meinen Emotionen freien Lauf. Ich schrie, schrie mir die Wut aus dem Bauch. Die Wut auf mich, auf Graeson, auf diese Fake-Welt, darüber, dass niemand diese Extremisten-Fans gestoppt hatte und sie uns immer noch terrorisierten, darüber, dass mich in letzter Zeit alles aus der Spur brachte. Bevor ich selbst wusste, was ich tat, hatte ich bereits ausgeholt und die Plastikklappe gegen den Spiegel geschleudert. Meinen Schrei hätte man sicher bis unten gehört, wenn nicht eine Art Rausschmeißer-Musik der Band aus der Anlage gelaufen wäre. Selbstverständlich sprang die Klappe so ungünstig vom Spiegel ab, dass sie mir ins Gesicht flog, eine scharfe Kante schrammte genau über meine rechte Wange und hinterließ einen Kratzer. Einen tiefen roten … doch es war mir egal.

»Kolly?« Das klang nach Linc. Nach einem Linc mit alarmierter Stimme. Vor der Badezimmertür. »Alles okay?«

Ob alles okay war? Ich lachte hysterisch auf. Natürlich war alles okay. So okay, wie es nur sein konnte in einer Welt voller Fakes. In der jeder nur eine Rolle spielte. Nachdem ich einmal tief eingeatmet hatte, strich ich mir die Haare über die Schultern zurück, fixierte mein Spiegelbild. Immerhin war das Glas unversehrt. Zeit, rauszugehen und meine Rolle zu spielen. Graeson hatte angekündigt, mir nach dem Tausch alles zu erklären. Und das konnte ich – bei allen Hollywoodgöttern – kaum erwarten.

Linc trat einen Schritt zurück, als ich die Tür öffnete. Er war der einzige noch Anwesende, wie mir sofort auffiel. Die Loge mit gedimmtem Licht war bis auf uns beide leer.

»Was ist los? Was hat da einen solchen Krach …? Ist das Blut an deiner Wange?«

Ich mied seinen Blick, was mir allerdings nur für einen Atemzug gelang. »Das ist nichts. Nur ein kleines Missgeschick.«

Wenn ich er gewesen wäre, hätte ich nicht unbedingt diese Frage gestellt, obwohl … Die unverkennbare Sorge verflüchtigte sich nach meiner Antwort. Und seltsamerweise wünschte ich mir sofort zurück, dass er mich wieder so ansah. So ernsthaft besorgt.

Wir schwiegen. Eine Stille, die guttat und andererseits alle möglichen Szenarien in mir heraufbeschwor, wie sich dieser Abend noch entwickeln könnte. Wohin würde er uns führen? Noch tiefer in diesen Illusionsstrudel oder endlich hinaus? Was Linc jetzt wohl von mir dachte? Hinter meiner Stirn pochte es.

»Also du und Graeson?«

Was?

Lincoln

Ich hätte diese Frage nicht stellen sollen und wünschte mir sofort, sie zurücknehmen zu können. Warum hatte ich ernsthaft gedacht, dass Kolly und ich uns nähergekommen waren in der letzten Woche? Dass sie eine Kopie mögen könnte, wenn sie mit dem Original, das ihr so viel mehr zu bieten hatte, zusammen sein konnte?

Ich war ja so naiv gewesen. Am liebsten hätte ich mir selbst eine verpasst, um diese ganzen Emotionen, die in mir emporschossen, loszuwerden. Was war bloß in letzter Zeit los mit mir? Woher kam das? Hatte ich keine anderen Probleme? Warum verfolgte mich die ganze Zeit dieser Gedanke, dass Kolly und Graeson etwas miteinander anfangen könnten und …?

In dem Moment ging mir auf, dass das nicht mehr nur eine hypothetische, eventuell möglicherweise einmal eintretende Option war, sondern ein real gewordener Albtraum. Es war jetzt so. Sie waren tatsächlich ein Paar. Wahrscheinlich *das* It-Paar der ganzen Stadt. Sie würden Magazincover zieren – Kolly und Graeson, eng umschlungen. Shit. Aber ganz ehrlich: An Kollys Stelle hätte ich vermutlich ebenso gehandelt. Wenn man die Wahl zwischen einem superreichen Rockstar und einem Ex-Knasti hatte …

Der Gedanke fraß mich von innen auf, weswegen ich die Hände zu Fäusten ballte, bis ich den Schmerz in den Handballen spürte. Ich war frei und am Leben. Für Gus. Das musste reichen. Dieser Gedanke hatte mich so lange über Wasser gehalten. Auch hinter Gittern. Ich würde nicht zusammenbrechen, nur weil mich ein oder zwei Gedanken quälten …

Immer noch schwieg Kolly. Also würde sie nicht darauf antworten wollen?

»Es ist anders, als …«

»Bitte sag es nicht.« Ich schloss die Augen, rieb mit der Handfläche darüber. »Nicht diese ausgelutschte Floskel. Steh einfach dazu.«

»… du jetzt vermutest. Und ich verspreche, ich erkläre dir bald alles. Aber jetzt muss ich selbst mit Graeson reden.«

Ihre Augen waren geweitet, als würde ihr meine Reaktion wirklich was ausmachen. Wahrscheinlich nur Wunschdenken von mir, dennoch hielt mich dieser Hoffnungsfunke aufrecht. Für den Moment zumindest. Warum fühlte ich mich eigentlich wie im freien Fall, seit Graeson mit der Sprache über sich und Kolly rausgerückt war? Das stellte die unsinnigste Reaktion meines Körpers aller Zeiten dar. Toppte selbst die Sache mit der Plastikgabel in der Gefängniskantine.

»Dann will ich dir nicht im Weg stehen.« Ich trat zur Seite. »Geh zu ihm.«

Kolly blinzelte. »Der Plan sieht vor, dass du nicht allein zum Austauschort gehst. Das wäre zu auffällig.«

Ich stieß geräuschvoll die Luft aus meiner Lunge. »Du meinst auffälliger, als wenn ich, der Graeson erstaunlich ähnlich sieht, mit seiner festen Freundin allein durch die Flure läuft?« Zugegeben, ich hätte es auch weniger hart formulieren können, doch jetzt war es raus.

Zuerst sah Kolly aus, als hätte ich sie mit einem Burrito-Wrap geschlagen – wie bei dieser absolut unbegreiflichen TikTok-Challenge.

»Du hast recht«, murmelte sie, wobei ihr Blick jedoch hart blieb.

Klar. Kolly war keine von den sanften Augen niederschlagenden Frauen. Mein Atem ging viel zu schnell. Ich musste mich beruhigen, sonst würde ich nur auf einen dieser Plüschsessel einschlagen – in Ermangelung eines Boxsacks.

»Geh du zuerst«, brachte ich zähneknirschend hervor. »Geh zu ihm.«

39 Kelly

DU KANNST IMMER AUFGEBEN, ALSO WARUM AUSGERECHNET JETZT DAMIT BEGINNEN?

»Nein, du solltest zuerst gehen.« Obwohl ich mir plötzlich nichts mehr wünschte, als dass mich Linc nach unten begleitete, nickte ich bekräftigend. Wirklich, ich kam allein klar – würde das absolute Schlusslicht bilden. Blöderweise hüpfte mein Magen bei dem Gedanken. Als würde in den dunklen Fluren ein zehnköpfiges Monster auf mich warten. Unsinn. Die Haut unter meiner Handfessel kitzelte, klebte schweißnass an dem Gerät. Seufzend hob ich eine Hand, um ihn hinauszuwinken. »Also dann. Bis später auf der Party. Wenn ich noch die Energie dafür hab.« Wer wusste schon, ob ich nach dem Gespräch mit Graeson in der Lage sein würde, soziale Interaktion mit anderen Menschen zu ertragen? Wahrscheinlich würde mich die Gesellschaft eines Zauberwürfels deutlich mehr locken.

Lincs Gesicht wurde wächsern, oder bildete ich mir das ein? Zögerte er, weil er doch anbieten wollte, mit mir zu gehen? Oder vorschlagen wollte, zumindest in den Katakomben auf mich zu warten?

Nein, nichts davon. Er atmete flach, blinzelte, ehe seine Augen so ausdruckslos schimmerten, als würde er seine Umgebung gar nicht mehr wahrnehmen.

»Vergiss nicht, dass das Catering schon geschlossen hat«, sagte ich, warum auch immer, als Linc schon halb durch die Tür war. Was dachte ich mir eigentlich?

Linc zeigte keine Reaktion auf diese sehr … informative Anmerkung, wenn man von seinen geballten Fäusten einmal absah.

Irgendein unsinniger Teil in mir wollte nicht, dass wir so auseinandergingen. Mein Herz flatterte wie bei einem Abschied für immer.

Wenn er sich noch einmal zu mir umdrehte, bevor er ging, würde alles gut werden.

Noch mehr unsinnige Gedanken, die aus dem Nichts auf mich einprasselten. Genauso gut hätte ich mein Horoskop lesen können, und ich hatte schon ewig kein Zukunfts-Roulette mehr im Kopf gespielt. Aber plötzlich glaubte ich daran. Mehr als an alle Horoskope und Tarotkarten zusammen.

Dreh dich um.

»Pass auf dich auf«, murmelte Linc – natürlich ohne einen Blick zurück. Dann zog er die Tür hinter sich zu.

Mein Herz sackte drei Stockwerke nach unten. Er ließ mich also stehen. Ließ mich allein in der dunklen Loge zurück. Zugegeben, ich hatte ihn darum gebeten, und so was machte mir normalerweise nichts aus. Heute schon – heute legte ich Wert auf Gesellschaft. Während ich auf meinen Fußballen vor und zurück wippte, fuhr ich über den Kratzer an meiner Wange. Heute war einfach kein normaler Tag. Nein, bei Weitem nicht. Tatsächlich war es eher der absolut schlimmste in meinem Leben. War ich je weiter von meinem Ziel entfernt gewesen, ein freies Leben zu führen, wo ich unauffällig im Darknet zwielichtige Parteien hochnehmen konnte? Aber glücklicherweise würde heute morgen schon wieder gestern sein, und dann würden Graeson und ich hoffentlich alles geklärt haben – und ich wieder in der Menge untertauchen können. Morgen.

Ein Klopfen, dann wurde die Tür aufgestoßen. War Linc zurück? Unwillkürlich hielt ich den Atem an.

Lincs Kopf drückte sich durch den Spalt. »Wo war noch mal der Geheimgang?«

Das Hochgefühl, das mir soeben noch ein Kribbeln in meinem Brustkorb beschert hatte, verschwand augenblicklich wieder. Natürlich war er nicht wegen mir zurückgekehrt.

»Den Gang runter, Richtung Fenster und dann die letzte Tür rechts. Sieht aus, als wäre es nur eine Abstellkammer, aber da ist noch eine weitere Tür, die zu dem Minitreppenhaus führt.« Meine Stimme klang dumpf. Doch Linc nickte nur, fragte nicht, was mit mir los war, sondern verschwand. Endgültig.

Ich atmete tief ein. Dann eben nicht. Dann würde ich eben gleich … Graeson für alles verantwortlich machen. Ich atmete erneut tief ein, ließ alle hässlichen Gedanken los. Zumindest versuchte ich es und zählte bis zehn, ehe ich ebenfalls in den Gang trat. Ein Security-Mitarbeiter nickte mir zu. Vom Haupttreppenhaus her hörte ich Lärm, Diskussionen mit noch mehr Security-Leuten. Wie gut, dass ich ungesehen verschwinden konnte.

Und das tat ich. Über denselben Weg, den schon Linc genommen hatte, und mein Herz schlug unwillkürlich schneller bei dem Gedanken. In einer anderen Welt hätten wir eine Chance gehabt – vermutlich. Aber nicht in dieser, nicht unter den gegebenen Umständen. Der Geheimgang spuckte mich im Kellergeschoss wieder aus, in einem ähnlichen Flur wie der ein Stockwerk über mir, der mich zur Bühne geführt hatte. In dem kargen grauen Flur fühlte ich mich wie in einen düsteren Gefängnistrakt versetzt. Rohre an der Decke – ein beengendes Gefühl.

Im Gegensatz dazu erstrahlte der Tresen vor der Catering-Küche blitzblank. Allerdings kam kein Licht mehr aus den Bullaugen der Küchentüren rechts von mir, und niemand war zu sehen. Aus einem Rohr aus der Decke tropfte es in einen Blecheimer, was Geräusche wie aus einem Horrorfilm verursachte. Obwohl der Flur nicht ganz menschenleer vor mir lag. An einer Ecke stand eine Frau ganz in Schwarz gekleidet, wahrscheinlich auch Teil der Security. Ich hielt auf sie zu, jetzt sicher, dass es dort, wo sie stand, rechts zu Graesons Garderobe ging. Sobald ich näher kam, zog sie sich ihre Hoodie-Kapuze tiefer über den Kopf, verschwand im Gang.

Moment mal, waren das nicht blonde Locken und ein Rosentattoo an ihrem Finger so wie bei der Entführerin? In meinem Kopf blinkten Tausende Warnlampen. Ganz eindeutig hatte sie nicht von mir gesehen werden wollen, und noch viel schlimmer: Sie war gerade in Richtung von Graesons Garderobe gerannt.

Verflucht!

Hastig tippte ich auf meinem Handy auf Moms Namen in der Chatfunktion, um sie anzurufen. Gleichzeitig setzte ich mich ebenfalls in Bewegung, sprintete um die Ecke. Mom ging nicht ran oder hatte keinen Empfang. Bei allen Schaltkreisen! Und wohin war diese Frau verschwunden? Welche der Türen war Graesons? Ich drehte mich einmal um die eigene Achse. Ging es noch mal nach links am Ende des Gangs?

Bevor ich mich entscheiden konnte, es im Laufen noch bei Caleb zu versuchen, rammte mich jemand. Ich stolperte gegen die Wand und ließ mein Smartphone los, das nun an der Kette gegen meinen Hüftknochen stieß. Der Aufprall ließ mich aufkeuchen, und ein scharfer Schmerz schoss mir durch den Arm, als ich herumwirbelte. Ich hatte sie nicht kommen sehen. Hatte nicht bemerkt, wie sie mir aufgelauert hatte, um mich zu überfallen. Die blonde Entführerin rammte mich erneut mit der Schulter, was mich allerdings nicht davon abhielt, nach ihr zu schlagen.

Zwar keuchte sie überrascht auf, erholte sich aber viel zu schnell und zog an meiner Handykette, während ich versuchte, zu fliehen. Die Handykette grub sich tief in die Haut über meiner Kehle, und ich bekam kaum noch Luft. Ich drehte mich, versuchte, das Band um meinen Hals zu lösen. Blöderweise wich Blondie – oder sollte ich besser die Ninja-Kriegerin sagen? – meinem Ellenbogen aus.

Doch davon ließ ich mich nicht entmutigen und setzte weiter alle Kraft in meinen Gegenangriff – ganz wie Marc es mir gezeigt hatte. Dabei erhaschte ich kurz einen Blick auf ihr Gesicht, konnte die Sommersprossen auf ihrer Nase erkennen. Sie wirkte nicht älter als fünfundzwanzig. Was lief bei ihr schief, dass sie so scharf auf Graeson war? Das war ungefähr mein letzter Gedanke, ehe Blondie mich gegen die Wand schubste, wo mein Kopf gegen den Beton schlug. Lediglich einen fiesen Schmerz nahm ich noch wahr, bevor mir die Lichter ausgeknipst wurden. Und alles, was ich dachte, war, wie einfallslos es von mir war, zu zögern und mich überrumpeln zu lassen.

Das Erste, was ich realisierte, als ich aufwachte, war, dass von Blondie zusammengeschlagen worden zu sein, kein Traum gewesen sein konnte. Denn ich lag am Boden, und mir tat alles weh. Als ich versuchte, mich aufzusetzen, wurde mir sofort übel, und alles drehte sich. Fantastisch. Zudem mussten im Flur die Lichter ausgegangen sein, weshalb ich nicht wirklich was erkennen konnte. Aber … ich rieb mir über die Arme. Warum war es so kalt geworden? Wie lange war ich ohnmächtig gewesen? Ich tastete an der Wand entlang, stieß mit den Fingern auf ein Metallregal. Ein Regal? So was hatte es nicht im Flur gegeben, was hieß … Dieses Biest musste mich weggeschleift haben. In irgendeinen Raum in der Nähe. In die Küche? Das lag nahe, denn weit hätte sie mich unentdeckt nicht bringen können. Ich tastete an mir herunter. Kein Handy. Sie musste es mir abgenommen haben. Verflucht! Also keine Lichtquelle und auch keine Möglichkeit, jemanden anzurufen. Mochte dieser blöden … Hoodieträgerin heute jemand mit spitzem Absatz auf den Schuh treten.

Seufzend ließ ich mich zurück auf den Boden sinken und begann, meine Zehen, die sich ziemlich taub anfühlten, zu massieren. Statt Zehen schien ich Eiszapfen zwischen den Flipflop-Zehentrennern zu tragen. Was …? Schlagartig wurde mir bewusst, wo ich mich befinden musste. In einem Kühlraum in der verlassenen Catering-Küche … Deshalb diese Kälte. Ich keuchte auf. Rötliches Licht ging von einer kleinen Lampe aus, von der ich annahm, dass sie zu einem Lichtschalter gehörte. Ich robbte darauf zu, richtete mich halb auf und betätigte den Schalter, nur um meine schlimmsten Befürchtungen bestätigt zu sehen. Ein kleiner Raum voll mit Kühlgütern in Regalen.

Scheiße. Schon schienen die Wände näher zu kommen. Bitte nicht … Natürlich kickte meine Platzangst voll rein, löste das Fiepen in meinen Ohren aus und beschleunigte meinen Herzschlag. Hastig zog ich mich an der Wand hoch, taumelte auf die Tür des Kühlraums zu. Ich musste mich auf was anderes konzentrieren als auf die Angst. Genau wie Marc es gesagt hatte. Handeln, nicht zögern. Also biss ich die Zähne zusammen. Die gute Nachricht war: Ich hatte immerhin Licht. Die schlechte: Die Tür ließ sich nicht aufdrücken. Die Entführerin hatte sie logischerweise verriegelt.

»Hey!« Mit beiden Fäusten hämmerte ich gegen die verstärkte Metalltür, die bereits eine Menge Beulen aufwies. Gleich würden noch so einige dazukommen. Und noch viel schlimmer: Egal, wie intensiv ich suchte, ich fand kein Thermostat, um die Kälte zu regulieren. Eine innere Stimme flüsterte mir zu, dass ich mein ganzes Leben lang genau vor dieser Situation Angst gehabt hatte. Das Horrorszenario für meine Platzangst. Was … mir natürlich auch nicht weiterhalf, im Gegenteil: mein Denken nur noch erschwerte.

Fluchend hämmerte ich noch eine ganze Weile weiter, obwohl längst klar war, dass alle Catering-Angestellten im Feierabend waren, so wie Dexter es gesagt hatte, und der Rest auf der After-Show-Party viel zu weit von der Küche entfernt, um mich zu hören. Ich warf einen Blick nach unten auf meine Flipflops. Meine Zehen hatten bereits eine ungesunde graublaue Färbung angenommen. Wahrscheinlich würde man mich erst am Montag erfroren hier drin finden. Wie lange konnte man bei diesen Temperaturen überleben? Vermutlich kein ganzes Wochenende. Zumindest meine Fußzehen würden abfrieren. Im günstigsten Fall. Und im ungünstigsten würde ich in drei Stunden an einer Unterkühlung sterben. Ich biss mir auf die Wange. Nein, nein, nein!

Zwei Minuten, so lange hielt ich durch, bis vor meinen Augen dank meiner Panik alles verschwamm und ich mir eingestand, dass ich mich in einer lebensbedrohlichen Situation befand. Meine Schultern zuckten unkontrolliert. Auch wenn ich es versuchte, das Zucken ließ sich nicht abstellen. Was aktuell allerdings mein geringstes Problem war. Ich sah mich um, überlegte fieberhaft. Hatten moderne Kühlhäuser für diesen Fall nicht alle irgendwelche Sicherheitsschalter, damit das nicht passierte? Einen Stromkasten, den ich ausschalten konnte? Notrufknöpfe? Tatsächlich entdeckte ich oben an der Tür einen kleinen Hebel. Ich stellte mich auf die Zehenspitzen, schob ihn hin und her, rüttelte dabei an der Tür. Nichts. Wieso tat sich nichts? Hatte meine Entführerin draußen eine Stuhllehne oder so vor die Tür geklemmt, wie es in Filmen oft geschah?

Ich fluchte und wünschte Blondie sämtliche fiese Hautausschläge an den Hals, die diese Welt zu bieten hatte, während ich mich weiter umsah. Konnte ich die Tür irgendwie aus den Angeln hebeln? Wenn ich eins der Metallregale auseinanderschraubte, vielleicht?

Lincoln

Die Erinnerung an Kolly auf der Bühne mit Graeson und wie er sie dort geküsst hatte, verfolgte mich den Weg bis zu unserem Treffpunkt in einem Raum ein Stockwerk tiefer nahe der After-Show-Party. Wie in Watte gepackt, überstand ich das Umstyling, warf immer wieder einen Blick zur Tür. Keine Kolly. Immer noch nicht. Sicherlich war sie noch bei Graeson, saß vermutlich in diesem Moment auf seinem Schoß, wo er seine Hände nicht von ihr lassen konnte … Ich atmete tief ein, ignorierte den stechenden Schmerz in meiner Brust. Das Licht der Glühbirnen, die am Rahmen des Spiegels angebracht waren, blendete mich.

»Du atmest, als würdest du dich auf einen Boxkampf vorbereiten.« Rae, die Beine lässig übereinandergeschlagen, saß auf dem Tisch mir schräg gegenüber, versuchte, einen Cola-Lolli unter seine Alumaske zu schieben.

»Und du siehst wie ein Kind an Halloween aus«, gab ich zurück.

Rae gluckste. Selbst Shy auf meiner anderen Seite stieß ein Lachen aus, was ihm die Stylistin sofort mit einer Brandwunde dankte. Der Arme hatte sich so hektisch bewegt, dass der Lockenstab sein Ohr berührt hatte. »Autsch!«

Die Stylistin schaute erschrocken drein.

»Schon gut, so was passiert«, sagte ich in meiner beruhigendsten Stimme. »Dafür verlierst du nicht gleich deinen Job.« Lana – so hieß sie – hatte uns bisher immer loyal und schweigsam gestylt. Sie war Teil der Crew und verschwiegen. Gut, Dexter bezahlte sie dafür, und noch dazu würde Dexter sie laut ihres Vertrags auf zwei Millionen Dollar Schadensersatz verklagen, wenn sie ein Sterbenswörtchen darüber verlor, dass Doubles der echten Band existierten.

Lanas Gesicht hellte sich auf, sobald sie meinen Blick auffing, dann nickte sie, ehe sie sich wieder Shys Löckchen widmete.

»Ich kann Kolly nicht erreichen.« Caleb sprach irgendwo hinter mir mit Miranda, Kollys Mom.

»Ich auch nicht.« Im Spiegel konnte ich erkennen, wie Kollys Mom sich durch die Haare fuhr.

Meine Backenzähne mahlten aufeinander. Ich musste mich zusammenreißen. Kolly befand sich lediglich allein mit Graeson in seiner Garderobe. Einatmen, bis fünf zählen, ausatmen. Warum nur kam mir die Situation bedrohlicher vor, als sie sollte? Sicherlich würde Kolly gleich auftauchen. Mit verschmiertem Lippenstift … Ich schluckte.

Die Tür schwang auf. Graeson stand so plötzlich neben Shy, dass ich schon glaubte, ich hätte ihn mit Gedankenkraft zu mir beordert. »Hat jemand von euch Kolly gesehen?«

Shy keuchte auf, sein Blick flitzte von Graeson zu mir – offenbar war er erschrocken über Graesons Auftauchen aus dem Nichts –, während Rae gelassen seinen Lolly aus dem Mund zog und sich an die Brust griff. »O Gott, es gibt sie doppelt.«

Niemand ging auf seinen Kommentar ein.

»Sag mal …« Miranda sprang so hastig zur Tür, um sie zu schließen, als fürchtete sie, Paparazzi könnten ein Foto von Graeson und mir im selben Raum schießen. »Du solltest doch in deiner Garderobe bleiben.«

Wobei Graeson keine Maske mehr trug und wohl eher für mein Double gehalten werden konnte.

Doch das war alles unwichtig in diesem Moment. Denn es lief mir eiskalt den Rücken runter. Kolly war nicht bei ihm? Ich tauschte einen alarmierten Blick mit Caleb.

Kolly 40

ES HEISST, HARTE ARBEIT FÜHRT AM ENDE ZUM ERFOLG. ABER WAS, WENN WIR ALLE MIT UNTERSCHIEDLICHEN WERKZEUGEN AUSGESTATTET STARTEN?

Die letzte verdammte Schraube wollte sich einfach nicht lösen! Mehrmals fuhr ich mit meiner Kreditkarte darunter, aber das führte nur dazu, dass meine Finger taub wurden und zu bluten begannen. Doch ich fühlte den Schmerz kaum, was sicher an dem Adrenalin lag, das durch meine Adern jagte.

Mittlerweile hatte ich jegliches Gefühl für Zeit verloren. Vielleicht war es bereits mitten in der Nacht? Wer wusste das schon? Ob Mom mich wenigstens suchte? Linc hatte nicht gerade den Eindruck erweckt, als würde er heute auch nur einen einzigen Gedanken an mich verschwenden. Oder vielleicht doch? Wenn, dann wahrscheinlich ausschließlich missmutige Gedanken. Aber irgendwann würde ihm auffallen, dass ich fehlte. Oder? Und was würde Mom tun, sobald ihr klar wurde, dass was nicht stimmte? Alles absuchen? Auch die verlassene Küche im Theater? Ich biss mir auf die Unterlippe. Mittlerweile spürte ich meine Füße kaum noch. Das Handtuch, das ich mir um den linken Fuß gewickelt hatte, war verrutscht, weswegen ich mich hinkniete, um es wieder zu befestigen. Unglücklicherweise hatte ich nur zwei kleine Handtücher und ein Geschirrtuch gefunden. Nichts, woraus ich mir eine wärmende Decke für die Schultern hätte basteln können.

Es war zum Verzweifeln. Sollte ich mich irgendwo zusammenkauern und mich, so gut es ging, wärmen, bis Hilfe kam, oder weiter daran arbeiten, die Tür aufzubrechen, aber damit schneller auskühlen? Ich entschied mich, mich wieder der letzten Schraube zu widmen. Selbst war die Frau, und wenn ich in Bewegung blieb, würde mir das hoffentlich helfen, warm zu bleiben. Meine Gedanken flatterten – genau wie mein Herz. Was, wenn niemand auf die Idee kam, die Küche zu checken, oder doch, aber nicht den Kühlraum, und ich nicht hörte, wie sie nach mir riefen? Dann konnte ich mich auch nicht durch Klopfzeichen verständlich machen. Mom, bitte schau hier nach: im Kühlraum!

Konnte man eigentlich gleichzeitig schwitzen und erfrieren? So fühlte es sich jedenfalls an, als ich angestrengt an der Mutter drehte. Die Haut unter meinen Fingernägeln stach und brannte – klar, denn ich hatte mir schon alle möglichen Metallsplitter daruntergejagt, im Versuch einen Weg nach draußen zu finden. Das Regalbrett auf Brusthöhe vor mir hatte ich fast vollständig abgeschraubt. Nur noch diese eine widerspenstige …

Vor Erschöpfung zitterten meine Knie. Wirklich, das Allerletzte, was ich wollte, war, in Selbstmitleid zu verfallen, doch angesichts dieser Situation … Ich rieb mir über die Nase. Nein, ich würde nicht anfangen, zu weinen! Das würde mich nicht weiterbringen. Besser, ich fand einen Hoffnungsschimmer in dieser Lage … Ich sah mich in meinem Gefängnis um, das nicht mal so groß wie unsere Garage war. Immerhin würde ich nicht verdursten, denn Wasser, Cola und weitere Getränke lagerten hier zur Genüge. Das Geschirrtuch entglitt mir, weil meine Finger so steif waren. Mist.

Doch nach gefühlten dreißig weiteren Versuchen ließ sich die widerspenstige Schraube endlich mithilfe meiner Kreditkarte drehen. Geschafft. Ich hielt mein Werkzeug, um die Tür aufzubrechen, in der Hand. Es konnte losgehen.

Mit dem Metallbrett versuchte ich, ähnlich wie bei einem Brecheisen, zuerst am Türrahmen anzusetzen. Das führte allerdings zu nichts, und ich fürchtete schon, das Metallbrett würde sich verbiegen oder brechen. Also versuchte ich es noch mal unten im Türspalt und dann am Scharnier, um die Aushebelungs-Idee umzusetzen. Zuerst wirkte es ebenso aussichtslos wie der Brecheisen-Versuch. Doch dann sah ich eine der Angeln ein winziges bisschen nach oben hüpfen. Vor Glück und Überraschung tat es mein Herz der Angel nach. Blöderweise bewegte sich danach erst mal nichts mehr.

Innerlich feuerte ich mich an. Noch mal, Kolly. Nur noch einmal! Einmal mehr, los!

Doch nichts. Die Angel hüpfte nicht mehr. Keinen Fingernagel breit. Meine Gedanken wurden träge. Ich musste mich ausruhen. Nur ganz kurz. Kraftlos ließ ich mich auf die Knie sinken. Ein Powernap oder so. Einen Moment die Augen entspannen …

Lincoln

Während ich zurück nach oben in die Loge sprintete, rasten meine Gedanken. Lana rief mir irgendwas hinterher, aber es dauerte ein paar Sekunden, bis ich verstand, was sie wollte. Achtlos riss ich mir die Maske vom Gesicht, um sie hinter mich zu werfen. Als ob das noch von Bedeutung wäre … Was, wenn Kolly etwas zugestoßen war? Sie würde niemals einfach so verschwinden, ohne jemandem Bescheid zu sagen. Mehrere Szenarien spielten sich vor meinem inneren Auge ab. Hatten eifersüchtige Fans sie verprügelt? War sie gestürzt und lag irgendwo in einer Pfütze ihres eigenen Bluts? Mein Herz pochte hart und kalt in meiner Brust. Wie ein steinernes Herz, das doch voller Leben war. Als ob es mehr wüsste als mein Verstand.

In meinen Ohren rauschte es, sobald ich die Tür aufstieß. Die Loge war leer, dunkel – nur die Tür schlug krachend gegen die Wand, aber sonst war nichts zu hören. Mit Ausnahme vom Geräusch eines fegenden Besens unter mir im Theaterraum. Dennoch versuchte ich es im Badezimmer. Ohne Erfolg. Keine Kolly. Mein Atem beschleunigte sich weiter, und das, obwohl ich nicht mehr rannte. Unglücklicherweise war kein Mitarbeiter der Location mehr zu sehen. Alle waren bei der After-Show-Party, aber ich würde alle befragen, ob sie Kolly gesehen hatten. Hastig nahm ich den Weg zum Geheimgang. Wenn ich hinter Kolly den Weg abging, bestand eine Chance, dass ich sie irgendwo entdeckte. Wenn ihr zum Beispiel schlecht geworden war und sie deshalb auf der Treppe kauerte – dann würde ich sie finden.

Kolly war nicht bei Graeson. Innerlich verfluchte ich mich für diesen Gedanken, der mir Erleichterung verschaffte, während ich rannte. Denn wenn sie sich bei Graeson aufgehalten hätte, würde es ihr wenigstens gut gehen. Aber so galt Kolly als verschwunden, und dieses nagende Gefühl, dass ich sie nie wiedersehen könnte, bohrte sich in mein Rückenmark.

Nein, alles, nur das nicht!

Im Geheimgang fand ich keinerlei Anzeichen dafür, dass Kolly hier gewesen war. Aber sie *musste* diesen Weg genommen haben. Panisch sah ich mich immer wieder nach allen Seiten um, wusste selbst nicht, nach was ich eigentlich suchte. Jedenfalls kaum nach Blutspuren, abgeknickten Zweigen oder Schuhabdrücken. Letzten Endes war es ein Geheimgang aus Beton. Nichts weiter. Meine Schuhe verursachten donnernde Geräusche, während ich in Highspeed nach unten raste.

Im Keller hörte man nur das Tropfen von einem Leck in einen Eimer Wasser. Ob Miranda und Caleb was erreicht hatten? Bitte, wenn es einen Gott gibt: Lass sie Kolly gefunden haben! Mit dieser Hoffnung sprintete ich zurück zu den anderen.

Die After-Show-Party war bereits in vollem Gange. Ein schwarz gestrichener Kellerraum mit Discokugel und Pappaufstellern der Band. Natürlich entdeckte Dexter mich sofort und kam auf mich zugestampft. »Was soll das Theater?« Er packte mich an der Lederjacke. »Du sollst doch Graeson spielen. Wo ist deine Maske?«

Hatte er es nicht gehört, oder war es ihm egal, dass Kolly verschwunden war? Auf einmal fühlte ich unbändige Wut in mir emporsteigen. »Kolly ist weg«, zischte ich. Und Gnade ihm Gott, wenn er schuld daran war. Wenn es seine ausgeflippten Fans waren, die er nicht im Griff hatte, weil er zu geizig für einen besseren Sicherheitsdienst war.

»Du wirst für diesen Job bezahlt.«

»Es gibt Wichtigeres als das.« Mit einem Ruck riss ich mich von Dexter los. »Hast du Kolly gesehen? Oder Miranda?«

Selbstverständlich dachte Dexter gar nicht daran, auf meine Frage einzugehen. »Hol sofort deine Maske. Die Gäste warten schon.«

Ich ignorierte ihn und sah mich weiter um. Immerhin erspähte ich den Security-Typ, den ich nach dem Konzert in unserem Flur an der Treppe hatte stehen sehen. Ohne mich noch mal nach Dexter umzusehen, steuerte ich auf den Mann in Schwarz zu. Genau wie bei Dexter durchzogen graue Stoppeln seinen Dreitagebart, was ihm jedoch einen sympathischen Touch verlieh. Vermutlich kam das auch durch seinen aufmerksamen Blick, mit dem er jeden bedachte.

»Hey.« Ich schob meine Hände in die Hosentaschen. Hoffentlich konnte er mir weiterhelfen. »Ich suche Kolly – du weißt schon … Graesons neue Freundin.« Zwar kostete es mich Überwindung, das über die Lippen zu bringen, allerdings war es die schnellste Option, um ihm zu erklären, wen ich suchte. Kurz zögerte ich, war versucht, zu verschweigen, dass sie verschwunden war, doch ich kam zu dem Schluss, dass wir unsere Chancen, sie zu finden, erhöhten, je mehr

Leute davon wussten. Es ging hier um ihr Wohlbefinden. Schluss mit Lügen und Geheimnissen.

»Wer will das wissen?« Der Typ hob beide Augenbrauen, musterte mich. Immerhin schien er mich nicht für Graeson zu halten, was schon mal gut war – irgendwie. Seine dunklen Augen bohrten sich in meine. Der freundliche Glanz darin war verblasst.

»Ich arbeite mit ihr zusammen – für Graeson. Und wir können sie nicht finden. Bitte, wenn du sie gesehen hast ...« Einen Atemzug lang presste ich die Lippen aufeinander. »Ich mache mir Sorgen, dass sie einem Angriff von eifersüchtigen Fans zum Opfer gefallen ist.«

Von einem Moment auf den anderen veränderte sich alles im Gesicht des Security-Mitarbeiters. »Im Ernst? Das ist ... nicht gut.«

Meine Rede. »Also?«

Ehe er antwortete, checkte er seine Uhr. »Vor ungefähr einer Stunde – nein, etwas mehr – habe ich sie die Loge verlassen sehen. Sie ist den Gang hinunter zum internen Treppenhaus geschlichen. Mehr kann ich dir nicht sagen.«

Damit meinte er wohl den Geheimgang. Verflucht, das half mir auch nicht weiter.

»Moment.« Etwas veränderte sich in seinem Gesicht. »Aber jemand hat ein Smartphone gefunden und bei mir abgegeben, und ich glaube, das könnte ihres sein. Jedenfalls hatte Kolly so eines, wenn ich mich nicht irre. Warte kurz.« Er verschwand in Richtung DJ-Pult.

Kollys Handy? Mein Herz pochte schneller als der Beat, der den Raum erzittern ließ. Und mir wurde ganz anders, sobald ich sah, dass der DJ dem Security-Mitarbeiter Kollys Handy mit der Kette reichte.

»Da bist du ja.«

Ich zuckte zusammen, als plötzlich Rae und Shy neben mir standen. Ich hatte keinen der beiden kommen sehen, starrte auch jetzt noch, ohne zu blinzeln, auf das Smartphone.

»Ist das ihres?« Der Securty-Typ hielt es mir hin.

»Nein, Kollys«, antwortete Rae an meiner Stelle, wobei der Security-Typ genau das hatte wissen wollen.

»Jungs, ihr müsst mir helfen.« Und ich musste mich an Raes Schulter festhalten, weil der Boden unter mir anfing, zu schwanken.

Kolly

Es war so kalt. So kalt!

Nein, kein Selbstmitleid, Kolly! Andere waren schlimmer dran.

Gleich würde ich aufstehen und einen neuen Versuch wagen. Mit letzter Kraft – aber insgeheim war ich mir sicher, dass da noch mehr ging – zog ich mich an der Tür hoch, die immer noch als mein Endgegner zwischen mir und der Freiheit stand. Aber nicht unüberwindbar, sagte ich mir. Ich durfte die Hoffnung nicht aufgeben.

Am Ende konnte ich nicht sagen, beim wievielten Versuch es passiert war, nur, dass sich die erste Schraube des zweiten Bretts irgendwann lösen ließ. Geschafft! Nun ja: noch nicht ganz. Zuerst musste ich noch das zweite Brett abbauen und dann natürlich mein Glück damit an der Tür versuchen. Denn das erste war inzwischen hoffnungslos verbogen. Vielleicht konnte ich mit dem verbogenem dem neuen etwas mehr Stabilität verleihen.

Meine Finger spürte ich kaum mehr, rieb sie ein paarmal an meiner Hose, um sie wieder warm zu kriegen. Aussichtslos. Egal. Keine Zeit verlieren, ich musste mich ranhalten, ehe es zu spät war.

Mut fassen! Schließlich konnte ich es Mom nicht antun, hier drin zu erfrieren. Und was würden Sawyer, Lexi und die Katzen ohne mich machen?

Nicht aufgeben. Niemals aufgeben.

Die Zeit verging, ohne dass ich wusste, wie viel. Wieder und wieder setzte ich mit dem Regalbrett an.

Eine Pause. Ich brauchte eine Pause. Keuchend und hustend ließ ich mich auf die Knie sinken. Meine Lunge rasselte. Na super. Ganz kuschelig.

Ich zog an den improvisierten Stiefeln aus Handtüchern. Eiszapfen statt Füße. Wie lange würden die noch durchhalten, bis sie abfroren? Wenn ich mein Handy bei mir gehabt hätte, hätte ich das googlen können. Irgendwann zerstörte die Kälte das Gewebe der äußersten Gliedmaßen unwiderruflich, das wusste ich. Dann konnte man Zehen und Finger nur noch amputieren.

Ich verzog das Gesicht. Hallo, gruseliges Kopfkino.

Aber wenn ich mir meine Finger so ansah, die ganz schön rot angelaufen waren, war klar, dass ich bereits stark unterkühlt sein musste.

Nicht daran denken. Nur ans Positive. An den Moment, an dem diese Tür aufschwang …

Noch ein Versuch. Wieder bewegte sich die Tür nur minimal nach oben.

Mist. Noch mal. Noch mal. Okay, beim nächsten Mal klappt es bestimmt …

Wieder verbog sich das Metallstück. Und zwar so sehr, dass ich das Brett nicht mehr als Hebel gebrauchen konnte. Ernsthaft? Jetzt konnte ich die Tränen kaum mehr zurückhalten, sank auf den Boden.

Zwei kaputte Bretter. Kein Fortschritt. Kein Handy.

Und ich konnte noch nicht mal mit diesem elenden Trackerarmband einen Notruf oder so absetzen. Das Ding kümmerte es nicht, dass ich gerade erfror. Und das Allerschlimmste war: Wenn ich jetzt starb, würde ich Linc niemals sagen können, dass ich nicht wirklich mit Graeson zusammen war … und der Welt auch nicht.

41

Lincoln

ES HEISST, ALLES IM LEBEN PASSIERT AUS EINEM GUTEN GRUND. MANCHMAL WÜSSTE ICH ECHT GERN, WELCHER DAS SEIN SOLL.

»Wir sollten uns als Nächstes den Eingangsbereich und die Straße vornehmen.« Rae tauchte hinter dem Vorhang der Bühne auf und nahm die Treppe zu uns nach unten. »Hier jedenfalls ist nichts.«

Ich rieb mir über die Stirn. Alle zwei Minuten vibrierte mein Smartphone. Dexter. Doch den ignorierte ich. Irgendwas sagte mir, dass wir in diesem Teil des Gebäudes noch nicht fertig waren. Dass sich Kolly hier irgendwo befand. Wo steckte sie nur, und was war geschehen?

»Die Küche …«, sagte ich lahm. »Die Küche haben wir noch nicht gecheckt.« Der vermutlich letzte Raum im Kellergeschoss.

Shy runzelte die Stirn, hielt für Rae die Tür auf. »Da ist doch niemand mehr um die Zeit.«

»Gerade deswegen«, sagte ich.

»Na ja.« Rae setzte ein zuversichtliches Grinsen auf. »Sollten wir Kolly dort nicht finden, können wir uns wenigstens eine Tüte Chips unter den Nagel reißen. Hatte schon schlimmere Abende.«

Ich bedachte ihn mit einem harten Blick.

»Okay, okay.« Rae hob abwehrend die Hände. »Das Kolly unauffindbar ist, ist wirklich furchtbar – bitte streich meinen dummen Spruch aus dem Protokoll.«

Anstatt zu antworten, straffte ich die Schultern. Es war schließlich nicht so, als ob ich aufmunternde Worte zu verteilen hätte. »Wir drehen da jetzt jede Pfanne um.«

Rae und Shy nickten, wobei es bei Rae deutlich enthusiastischer wirkte. Shy hingegen lutschte an einem Lolli und sah keinem von uns in die Augen. Aber an dieses Verhalten hatte ich mich inzwischen gewöhnt.

Nahe dem Eimer, der die Tropfen von der Decke auffing, wandte ich mich nach links zu den zwei Metallschwingtüren mit den Bullaugen. Selbstverständlich verriegelt. Der Anblick schickte unwillkürlich einen kalten Schauer meine Wirbelsäule hinab. Warum hatte ich nicht daran gedacht? Jemanden zu organisieren, der aufschloss, würde ewig lange dauern.

»Lass mich mal.« Shy schob sich an mir vorbei, zog etwas aus seiner Hosentasche. Ein Minitaschenmesser. Zuerst klappte er einen Flaschenöffner auf, danach einen Schraubenzieher. Ich tauschte einen Blick mit Rae. Wieso trug Shy so was mit sich herum? Wollte er wirklich …?

Ja, Shy wollte. In aller Seelenruhe – was aber insgesamt nicht mehr als dreißig Sekunden dauerte – drehte er die vier Schrauben an der rechten Tür heraus, ließ sie zu Boden gleiten, wodurch wir die Schwenktür nach innen aufdrücken konnten. Das Schloss hing weiterhin an seinem Riegel an der linken Tür. Hinter der Tür erstreckte sich eine typische Industrieküche mit grauen Fliesen aus dem Billighandel sowie metallene Arbeitsschränke. Es roch nach Chlor und kaltem Frittierfett.

»Hier ist niemand.« Rae öffnete eine Tür, die den Blick auf einen Lagerraum voller Kartoffel- und Zwiebelsäcke freigab.

Auch nicht? Mein Mut sank. Wo sonst konnte Kolly stecken?

»Moment.« Ich hob eine Hand, um den anderen zu bedeuten, stehen zu bleiben. »Ist das da noch eine Tür?«

Gerade als wir alle schwiegen, meinte ich, ein leises schabendes Geräusch von der anderen Seite der Tür wahrzunehmen. Eine Tür, vor der eine Leiter lag, sie wahrscheinlich sogar blockierte.

»Kolly?« Mein Herz hämmerte in meiner Brust. War sie das? Hatten wir sie gefunden? Aber das musste ein Kühlraum sein. Eine polierte Metalltür mit überdimensionalem Riegel zum Drehen. Mir wurde schlagartig übel.

Shy bückte sich und schob die Leiter beiseite, die die Tür tatsächlich blockiert hatte.

»Kolly?«, wiederholte ich, zerrte dabei so heftig an dem Riegel, dass ich mir fast eine Hand eingeklemmt hätte.

Gemeinsam mit Rae zog ich die Tür auf. Sie war so schwer, dass wir beide heftig daran ziehen mussten. Als wir es endlich schafften, blieb mir die Luft weg.

Kolly.

Vor uns auf dem Boden kauerte Kolly, die Arme um sich geschlungen und an ein halb abgebautes Regal gelehnt. Auf dem Boden lagen Schrauben verteilt und außerdem zwei verbogene Regalbretter. Um ihre Füße hatte sie Handtücher geschlungen. Doch am meisten schockierte mich ihre Gesichtsfarbe. Kollys Lippen schimmerten blau statt rosa, und ihre Hände karminrot.

»Scheiße, Kolly!«, fluchte ich. Ein Stein, mindestens so groß wie der Himalaya, fiel mir vom Herzen. Wir hatten sie gefunden. Lebendig. Jedenfalls noch.

Hastig bückte ich mich, hob sie auf meine Arme, um sie nach draußen zu bringen, in die Wärme, wo ich sie auf einen Küchentisch setzte. Kolly wirkte weggetreten, blinzelte träge zu mir nach oben. »Rae, du bist Sanitäter. Wie können wir ihr helfen?« Rasch zog ich meine Lederjacke aus und legte sie Kolly um die Schultern. Weil Kolly sich nicht aufrecht halten konnte, musste ich sie festhalten, damit sie mir nicht vom Tisch kippte.

Rae hatte seine Augen so weit aufgerissen, dass seine Augäpfel wie Golfbälle aussahen. »Passives Aufwärmen, warme Getränke.«

»Passiv?« Shy rieb sich über die Stirn, während ich Kolly schon über die Oberarme strich. »Was heißt das?«

»Sie sollte sich selbst nicht warm rubbeln. Andere müssen das tun.«

Kolly zitterte wie verrückt, weswegen ich sie fester an mich drückte. Zittern war gut, richtig? Das hieß, ihre Muskeln arbeiteten noch. Ich rubbelte fester über ihre Arme. Allerdings ließ sie die Augen geschlossen, was mir Angst machte. Und wir befanden uns immer noch in einem viel zu kalten Keller.

»Wir übernehmen das«, sagte ich bestimmt. »In der Garderobe der *Phantoms* werde ich sie aufwärmen, so gut es geht.« Dort hatte ich beim Durchsuchen eine Chaiselongue gesehen und eine Heizung. »Shy, du sagst Miranda Bescheid. Rae, du rufst einen Krankenwagen.« Ohne weiter Zeit zu verschwenden, hob ich Kolly hoch und sprintete so schnell es ging los. Alles um mich herum rauschte. Farben, Stimmen verschwammen, als ich bis zur Garderobe der Stars hetzte.

Später konnte ich nicht mehr sagen, wie ich genau mit Kolly auf den Armen dorthin gekommen war. Nur, dass Kolly zitterte und manchmal etwas murmelte, das sich nach meinem Namen anhörte, ansonsten aber weggetreten war. Andererseits gut, denn sie hätte mir niemals erlaubt, den Fahrstuhl zu nehmen. Selbst wenn es ihr so schlecht ging.

Rae zischte an mir vorbei, um die Heizung aufzudrehen. »Der Krankenwagen ist gleich da. Ich hab sie zum Hinterausgang an der Bühne bestellt. Von da ist es nicht weit bis hierher.«

Manchmal war es ein Segen, einen pragmatischen Freund wie ihn an der Seite zu haben.

Zu zweit zogen wir Kolly die Flipflops aus. »Warm rubbeln?« Fragend sah ich Rae an.

»Genau. Am besten legst du dich zu ihr, wärmst sie mit deiner Körpertemperatur, und ich hole eine Decke.«

Ich? Hinlegen? Zu Kolly? Sie mit meiner Körpertemperatur wärmen? Obwohl ich wusste, wie unangemessen das war, hüpfte mein Magen auf und ab. Es ging nur darum, sie aufzuwärmen. Ruhig bleiben. Also streifte ich ebenfalls meine Schuhe ab.

Rae zog eine Decke aus dem Schrank in der Ecke und nickte mir zu, als wollte er mir versichern, dass ich es nur aus einem Grund tat: mich zu Kolly auf die plüschige rote Chaiselongue zu legen – um sie zu wärmen, wie man das eben so tat, wenn jemand fast erfroren war. Wobei die Chaiselongue so schmal war, dass sie kaum Platz genug für uns beide bot.

Mit gemischten Gefühlen schlüpfte ich zu Kolly unter die Decke. Sie murmelte etwas, als wäre sie in einem Traum gefangen. Mein Innerstes zersprang beinahe, und plötzlich war ich mir sicher, noch nie im Leben so viel auf einmal gefühlt zu haben. Nicht mal damals in dem Haus des alten Ehepaars oder vor dem Richter. Ein Teil von mir zitterte jetzt ebenfalls, weil es sich so unwirklich anfühlte, neben ihr zu liegen. Andererseits kauerte nun auf ihrer linken Seite Rae am Boden, der ihr über die Arme rubbelte. Das erste Mal mit Kolly in einem Bett … Wenn ich mir das jemals vorgestellt hätte – und ja, das hatte ich tatsächlich, musste ich zugeben –, dann nicht so. Meine Gedanken kreisten immer wieder darum, was passiert war. Hatten eifersüchtige Fans Kolly eingesperrt?

»Sie wird doch wieder gesund?«, brachte ich stockend hervor.

Rae sah auf. »Mach dir nicht so viele Gedanken, das wird wieder. Kolly kann nicht länger als neunzig Minuten da drin gewesen sein, oder?«

»Vielleicht zwei Stunden«, sagte ich matt.

Der Gesichtsausdruck, den Rae daraufhin zeigte, gefiel mir gar nicht.

Während ich Kollys Haare nach hinten schob, um ihre Schultern warm zu rubbeln. Ihr Körper zitterte immer noch. »Was kommt nach den Armen? Beine?« Und wo blieb der Krankenwagen?

Neben mir rieb Rae ihre Finger. »Ja, den Rest regelt unsere Körperwärme.«

Was würde Kolly sagen, wenn sie erwachte? Im besten Fall würde sie mir eine scheuern und im schlechtesten? Sich vermutlich total erschrecken. Oder Schäden zurückzubehalten. Ich besah mir ihre Finger genauer. Sie wirkten blau, aber nicht schwarz und nicht geschwollen – immerhin. Wie kalt sie sich anfühlten. Ich nahm ihre linke Hand in meine, blies warme Luft darauf. Noch nie hatte ich Kolly so hilflos gesehen. Eine ganz neue Seite an ihr, und ich konnte nicht behaupten, dass mir das gefiel. Nein, die toughe, intelligente Kolly mochte ich tausendmal lieber als die Jungfer in Not. Nur dass sie dafür absolut nichts konnte, und sollte ich denjenigen erwischen, der dafür verantwortlich war …

Ich biss die Zähne aufeinander. Kolly hätte in diesem Kühlraum sterben können! In mir stieg so viel geballte Hitze nach oben, dass Kolly eigentlich allein davon genug hätte erwärmt werden müssen. Bevor ich selbst wusste, was ich tat, neigte ich meinen Kopf zu ihr, und platzierte einen sanften Kuss auf ihrem Handrücken.

Rae sah mich an, ich sah Rae an und dann Kollys Finger. Ich hatte mich hinreißen lassen.

»Wir haben einen Vertrag unterschrieben«, flüsterte Rae. »Bro, tu mir das nicht an. Tu *dir* das nicht an. Es ist der beste Job der Welt, und das vor allem, weil wir zwei so ein gutes Team sind.«

Der beste Job der Welt? Zweifelnd hob ich die Augenbrauen, nickte dann jedoch. Allerdings hatte Rae recht. Wir zwei waren ein verdammt gutes Team. Selbst Shy und ich, dem ich seinen Ausbruch und der damit verbundenen Enthüllung über meine Vergangenheit längst verziehen hatte. Und welchen Job außer Tellerwäscher könnte ich annehmen? Gus' trauriges Gesicht tauchte vor meinem inneren Auge auf. Ich musste ihm einen Platz in einer guten Schule besorgen, am besten in einem Internat. Und mit Mom sprechen. Ich biss mir auf die Unterlippe. Das Dringendste kam zuerst. Kolly musste aufwachen. Tatsächlich wurde ihr Murmeln lauter. Rae steckte gerade die Decke fester um ihre Körpermitte.

Kolly stöhnte, dann flatterten ihre Augenlider.

»Sie wacht auf.« Unnötig zu erwähnen, doch ich konnte mich nicht zurückhalten. Rae sah es selbst. Dennoch: Es war der schönste Anblick in meinem ganzen Leben.

»Linc?« Ihre Lider flatterten wieder – wie Schmetterlingsflügel.

Alles in mir wollte sie anlächeln, ihr eine Hand an die Wange legen, doch mein vernünftiges Ich tat nichts. Rein gar nichts, außer abzuwarten, während meine Gedanken Achterbahn fuhren. Was würde Kolly gleich erzählen? Und wo blieb der Krankenwagen? Ihre Hand bewegte sich in meiner. Ich hielt immer noch ihre Hand! Wieso fühlte sich alles zwischen uns so vertraut an? Und wieso war das so unsagbar falsch, weil es alles zerstören konnte, was ich mir aufgebaut hatte?

»Ja?«, fragte ich daher nur. »Wie fühlst du dich?«

»Hm … Mies. Wie ein Eis am Stiel.«

Das war so typisch Kolly, dass sich meine Mundwinkel unwillkürlich hoben. Auf einmal waren da Hunderte Fragen in meinem Kopf, auf deren Antworten ich brannte, aber ihre Gesundheit ging vor. »Ich schaue mal, wo der Krankenwagen bleibt – vielleicht finden sie uns nicht, und dann erzählst du uns alles.« Sanft legte ich ihre Hand auf der Decke ab, ehe ich aus dem Bett schlüpfte.

Erst jetzt schien Kolly zu bemerken, wo sie sich befand. Und dass ich seitlich neben ihr lag, während Rae auf dem Boden saß und ihre Hand hielt. »Äh, Jungs, vielleicht sagt ihr mir erst mal, was wir hier machen?«

Das überließ ich Rae. Die Worte in meinem Mund hatten sich sowieso mal wieder zurückgezogen. Besser, ich drückte alles durch meine Taten aus. Und da Rae sich bereits Sorgen machte, dass Kolly und ich uns zu nahe kamen, sollte ich wohl derjenige sein, der den Sanitätern den Weg wies.

Kolly

Mein Verstand war immer noch damit beschäftigt, zu verarbeiten, was passiert war, und dass ich mit Linc auf einem schmalen Bett gelegen hatte, während Rae am Boden gesessen hatte. What the fuck? Linc und Rae? Noch dazu fühlte ich mich völlig erschlagen und als hätte ich gerade eine Expedition zum Nordpol gemacht. Was hatte ich verpasst? Erst zwei Sekunden später setzte die Erinnerung ein, zog mich mit dem Magen voran in die Tiefe. Nein, nein … Das war mehr als ein Albtraum. Es hatte sich genauso in der Realität abgespielt. Ein Echo der verzweifelten Gedanken, die im Kühlraum in mich gekrochen waren, krabbelten an die Oberfläche. Nein, ich würde mich nicht runterziehen lassen. Zumindest nicht, bevor ich wusste, was hier lief.

Ich wandte mich an Rae. »Wie komme ich hierher? Wo sind wir?«

Rae schaute mich ernst an. »Die viel wichtigere Frage lautet, wer dich eingesperrt hat. In einer Kühlkammer. Wir mussten dich warm rubbeln.«

Auf meinen zweifelnden Blick hin hob er beide Hände. »Keine Sorge, ich bin ausgebildeter Sanitäter. Es war alles ganz unschuldig. Passives Aufwärmen, während wir auf den Krankenwagen warten.«

Weil ich mich ungeschickt versuchte, aufzusetzen, seufzte er. »Komm, ich helfe dir mit den Kissen.« Er griff über mich, zog sie rechts und links etwas nach oben. Himmel, wie sehr konnte so ein Polsterding unter einem nachgeben? Auf einmal lag Rae halb auf mir, seine Hand tief unten vergraben.

Es klopfte. Mein Herz machte einen Satz bei dem Gedanken, dass das Linc sein könnte, der zurückkam.

Worauf ich absolut nicht vorbereitet war, war, dass an seiner Stelle Mom in der Tür stand – und hinter ihr Dexter sowie ein Wuschelkopf, der nur zu Shy gehören konnte.

»Käse-Spätzchen?« Moms Blick fiel auf mich und dann auf Rae, der immer noch halb über mir lag, um an den Kissen zu zerren. Von ihrer Position musste es wie eine Umarmung wirken, was Moms aufgerissene Augen erklärte. Bevor ich antworten konnte, schlüpfte Mom zu uns ins Zimmer, zog hinter sich die Tür so heftig zu, dass sie beinahe Dexters Hand darin eingeklemmt hätte, den sie zusammen mit Shy ausgesperrt hatte. »Was macht ihr zwei hier?«, zischte sie. Wieso bitte klang Mom alarmiert? Wegen … Rae und mir in einem Bett? Okay, jetzt sah ich es auch. »Shy hat mich gerade informiert, was vorgefallen ist.«

»Äh, Mom, es ist nichts passiert. Rae wollte nur helfen, damit mir schneller warm wird.«

Offenbar um meine Aussage zu unterstützen, rappelte sich Rae auf. »Keine Sorge, Miranda. Alles gut.« Seine Mundwinkel hüpften, und seine Stimme klang viel zu hoch. Wieso klang Raes Stimme so hoch?

»Also stimmt es, was Shy erzählt hat? Kolly war im Kühlraum eingesperrt?« Mom fasste sich an die Brust und stürzte zu mir. »Mein armes Baby.« Ihr Gesicht wirkte aschfahl und heute mal so alt, wie sie wirklich war. Und dann drückte sie mich an sich. So fest, wie sie es bisher nur selten getan hatte.

»Ja …«, begann ich lahm. »Ich hab eine Frau, die irgendwie verdächtig war, durch die Gänge verfolgt. Eventuell war es dieselbe, die vor der Villa versucht hat, Linc in ein Auto zu ziehen. Sie hat mich angegriffen und mich mit dem Kopf voran gegen eine Mauer geschubst.« Ich zupfte an meiner Würfel-Kette, wollte die Bilder von diesem Zwischenfall am liebsten aus meinem Kopf verbannen. »Als ich wieder zu mir gekommen bin, war ich in einem Kühlraum eingesperrt. Danach weiß ich nur noch, wie ich versucht hab, mich warm zu halten und mit einem Regalbrett die Tür aufzubrechen.«

Moms Augen weiteten sich, und Rae rührte sich nicht mehr. Fast so, als wären die beiden jetzt die Eisstatuen und nicht mehr ich.

»Was?« Mom schnappte nach Luft.

»Ein Krankenwagen ist auf dem Weg hierher, Linc wartet draußen auf ihn. Ich bin selbst Sanitäter«, wandte Rae ein, »und denke …«

»Und ich denke, du gehst jetzt besser«, unterbrach Mom ihn.

Ich tauschte einen Blick mit Rae, der letzten Endes mit den Schultern zuckte. Klar, Mom war sein Boss.

Nach einem Klopfen öffnete sich die Tür. Shy streckte wortlos einen Pappbecher mit dampfendem Tee zu uns herein.

Rae stand auf, um ihm den Becher abzunehmen.

Währenddessen ertappte ich mich dabei, wie ich hinter Shy im Flur nach Linc Ausschau hielt. Allerdings war er nirgends zu sehen, und einen Augenblick später hatte Rae mir den Tee in die Hand gedrückt und war im Flur verschwunden. Die Tür fiel hinter ihm ins Schloss. Ich sagte kein Wort, wobei ich mir wie eine Verräterin vorkam. Blies lediglich in meinen Tee, der noch etwas zu heiß war. Nur gut, dass ich den Pappbecher schon anfassen konnte, ohne mich zu verbrennen. Erfrieren und verbrennen an einem einzigen Tag wäre auch etwas zu viel des Guten gewesen. Nun ja, ich konnte mich später immer noch bei Linc bedanken.

»Wo bleibt der Krankenwagen? Ich rufe Lincoln an.« Mom zückte ihr Handy.

Ich hörte es einmal tuten, ehe er ranging. »Ja? Ist etwas mit Kolly?«

»Nein, alles unverändert. Ist der Krankenwagen schon da?«

»Fährt gerade die Auffahrt hoch. Wir sind gleich bei euch.«

»Danke.« Ohne ein weiteres Wort beendete Mom das Gespräch.

Um sie nicht ansehen zu müssen, schniefte ich danach extra laut und lange in das Papiertuch.

»Schön«, sagte Mom. »Du scheinst nicht im Sterben zu liegen, wenn du noch wie ein Elefant tröten kannst.« Sie lächelte. Die Erleichterung war ihr deutlich anzusehen.

Ich verzog den Mund. »Mir ist nur noch ein wenig kalt.« Nachdem ich ihr ein schiefes Grinsen geschenkt hatte, nahm ich den ersten Schluck Tee und genoss die zuckrige, wohlig warme Flüssigkeit, die meinen Rachen hinunterrann. Früchtetee. Das Einzige, was sich immer noch wie eingefroren anfühlte, waren meine Zehen.

»Ach, Kolly.« Mom setzte sich zu mir aufs Bett, drückte mich an sich. »Was machst du bloß für Sachen? Keine Alleingänge mehr, ja? Wir werden das der Polizei melden. Und …« Sie unterbrach sich. »Was ist das bloß mit dir und den Jungs? Erst Graeson und jetzt …?« Sie sah zur Tür, was mich unruhig werden ließ. Was wollte Mom mir sagen?

Nachdem sie mir auf das Bein beziehungsweise die Decke darüber getätschelt hatte, seufzte Mom. »Die Doubles sind nicht echt. Es ist nur eine Rolle, nicht ihr richtiger Charakter. Das gilt auch für die echte Band.«

»Äh?« Worauf wollte Mom hinaus?

»So kommt es mir nicht vor«, wandte ich ein. Und selbst wenn, was hieß das schon?

»Sie leben eine Lüge, verstehst du? Sie sind nicht sie selbst, spielen lediglich eine Rolle. Wirklich, Schatz, ich mache mir Sorgen um dich.«

»Was?« Hastig setzte ich mich aufrechter hin. »Ich bin nicht an Graeson interessiert, das war bloß irgendein schlechter Plan von ihm, den er mir noch erklären muss, und auch Rae, Linc und ich sind nur Freunde.«

»Ein Plan? Ich habe mir schon gedacht, dass da mehr dahintersteckt. Und die Doubles und du seid also wirklich nur Freunde?« Mom neigte den Kopf, schwieg eine Weile. »Okay. Wenn ich ehrlich bin, habe ich auch nichts anderes von dir erwartet. Ich kenne dich doch. Aber sollte sich etwas ändern, muss derjenige gehen.«

Es gab nur einen, der mir eventuell gefährlich nahekommen könnte. Ich schluckte. Dieser Gedanke beruhigte mich kein bisschen. »Bitte sag niemandem was. Laut Graeson geht es bei seinem Plan um Leben und Tod.«

Mom sah mich zweifelnd an, nickte dann jedoch. »Übrigens wurde dein Handy gefunden.« Mom zog es aus ihrer Blazertasche.

Im selben Moment klopfte es an der Tür, und zwei Sanitäter, gefolgt von Rae und Linc, kamen mit einer Trage auf Rollen herein. Die Untersuchung danach bekam ich kaum mit, nur, dass den Sanitätern nichts Bedenkliches an mir auffiel und es nicht als erforderlich ansahen, dass ich mit ins Krankenhaus fuhr. Was mir natürlich recht war. Sie empfahlen mir, mich gut von außen und auch von innen mit heißen Getränken aufzuwärmen – also im Prinzip das, was auch Rae vorgeschlagen hatte. Und dann wusste ich nur noch, dass ich auf einmal unglaublich müde wurde. Ein Blick auf die Uhr über der Tür bestätigte meine Vorahnung, dass es bereits weit nach Mitternacht war. Mom stand an meiner Seite, drückte meine Hand. Und Linc stand ebenfalls immer noch an meiner Seite. Immerhin.

Der Sanitäter mit der Halbglatze rückte seine Brille zurecht. »Warm halten … Heizung laufen lassen.«

Mehr bekam ich nicht mit.

Kolly 42

SIE SAGEN, DU MUSST DIE VERGANGENHEIT LOSLASSEN, DAMIT DIE ZUKUNFT EINE CHANCE HAT. ABER WAS, WENN DEINE VERGANGENHEIT VON ALLEN KLATSCHBLÄTTERN DES LANDES BREITGETRETEN WIRD?

Am darauffolgenden Morgen kitzelten mich Sonnenstrahlen im Gesicht. Die Erinnerung an gestern holte mich für meinen Geschmack allerdings viel zu schnell wieder ein. Wie ich es gerade so ins Taxi und von dort in mein Bett im Hotel geschafft hatte. Und davor … Ein Gewicht lag auf meiner Hüfte, nein, ein Arm. Einen Moment hielt ich die Luft an. Das da in meinem Bett war doch nicht … Linc? Als ich mich zur Seite drehte, entdeckte ich allerdings Mom neben mir, die immer noch schlief. Genau konnte ich nicht sagen, was das mit mir machte. Was hätte ich bei Lincs Anblick getan?

Heftig blinzelnd nahm ich mehrere tiefe Atemzüge. So oder so, ich würde mich heute noch bei den Jungs bedanken müssen. Und eine Anzeige bei der Polizei aufgeben. Wenn das in Kanada an einem Wochenende möglich war. Seufzend dachte ich daran, dass die Doubles heute zu einer Kaufhauseinweihung gingen und wahrscheinlich schon bald aufbrechen mussten. Wieder so ein gestellter PR-Termin für die Zeitungen. Ob ich sie davor noch abfangen konnte, oder hatte Caleb sie bereits in ein Taxi verfrachtet? Ich sah auf die Uhr. Würde knapp werden.

Mein Hals fühlte sich staubtrocken an, und selbstverständlich schmerzte er wie bei einer Erkältung. Ich brauchte Wasser und einen warmen Kakao. Da Mom mich gestern noch in die Badewanne verfrachtet und mir danach ein Shirt und eine Schlafanzugshose von ihr angezogen hatte, warf ich rasch meinen langen Mantel in Holzfäller-Karomuster darüber – nachdem meine Füße den flauschigen Hotelteppich berührt hatten. Ohne Schuhe schlüpfte ich nach draußen. Der Teppich reichte, auch wenn das vermutlich leichtsinnig wegen der Unterkühlung war, die ich gerade erst erlitten hatte. Aber ich brauchte den Kakao jetzt. Keine Zeit, um mir Schuhe anzuziehen.

Der offene Raum mit dem Automaten im Flur war leicht zu finden, da ein rauschendes, zischelndes Geräusch aus der Richtung ertönte. Als ich um die Ecke bog, blieb ich abrupt stehen. Linc stand gerade vor dem Automaten und zog sich mit seiner Zimmerkarte einen Cappuccino. Daher das Rauschen aufgeschäumter Milch. Linc. Ausgerechnet.

»Hey.« Ich lehnte mich gegen die Wand, plötzlich unsicher, wie ich ihm gegenübertreten sollte. Ihn so früh zu sehen, kam unerwartet.

Ein Lächeln auf dem Gesicht – ganz wie ich es erwartet hatte – drehte er sich zu mir um. »Guten Morgen. Wie fühlst du dich?«

»Ganz okay, und als ob ich einen Kakao gebrauchen könnte.« Ich lächelte. »Bist du auf dem Sprung?« Er trug jedenfalls die Alumaske für seinen Einsatz in der Stadt. Kaufhauseinweihung. Mit viel Presserummel. Da passte ich gern, denn das bekamen sie heute ohne mich hin. Wenigstens diesen einen Tag wollte ich mich ausruhen, und das hatte auch der Arzt empfohlen.

»Dexter gibt mir sicher noch ein paar Minuten.« Er prostete mir zu. »Ich zieh dir schnell einen. Vielleicht können wir dann reden?« Seine Stimme klang so kratzig wie meine, wahrscheinlich hatte er sich ebenfalls erkältet. Wegen mir. Sofort machte sich ein schlechtes Gewissen in mir breit.

»Ja. Bitte.« Und wenn wir Dexter damit verärgerten, weil er auf Linc warten musste – umso besser. Ich rieb mir über die Oberarme. Reden. War es im Flur so viel kälter als auf den Zimmern?

»Oje, du frierst.« In einer fließenden Bewegung stellte Linc einen Becher unter den Automaten und war bei mir. Wie es gestern Rae getan hatte, wärmte er mich, indem er mir über die Arme rubbelte. So angestrengt und als wäre ich das Wichtigste heute. Auftrag hin oder her. Auch sein Blick rührte mich. Irgendwie schuldbewusst.

»Danke wegen gestern«, krächzte ich, und auf einmal fröstelte ich kein bisschen mehr. Stattdessen pochte mein Gesicht heiß, so nah, wie ich Linc war. Linc … Wie konnte man so ein schönes Gesicht haben? Selbst jetzt mit dieser Maske war es umwerfend schön. Einnehmend und so … vertraut.

»Dein Kakao ist fertig«, sagte er tonlos, machte allerdings keine Anstalten, sich zu bewegen. Lincs Lippen waren mir so nah, leicht geöffnet wie eine Einladung.

»Mhm«, machte ich. Welcher Kakao?

Linc neigte sich noch ein wenig tiefer zu mir, stieß dabei mit der Hüfte gegen mich. Nein, das war nicht gut, ging mir auf. Genau darüber hatte ich gestern mit Mom geredet. Wenn uns jemand sah! Dennoch hob ich eine Hand, strich über die Haut unter seiner Maske. Was taten wir bloß …? Ich hatte den Gedanken noch nicht mal zu Ende gefasst, da hörte ich Schritte auf dem Flurteppich. Mein Kopf schnellte herum, und auch Linc beugte sich zur Seite, um in den Flur sehen zu können. Graeson stand dort wie angewurzelt, starrte uns an.

Ich blinzelte. Moment mal. Der Graeson dort trug Lincs helle Jeans. Eindeutig. Hatte er die ausgeliehen …? Nein, Graeson war eigentlich nicht so breit gebaut, im Vergleich kleiner und sein Gesicht nicht so anziehend wie … Mein Blick glitt zwischen den beiden identisch aussehenden Jungs hin und her. Die Erkenntnis, dass das da im Flur Linc sein musste und halb an mich gepresst Graeson statt

Linc lehnte, ließ mich einen halben Schritt zurückspringen. »Graeson? Linc?« Ich zeigte auf denjenigen von beiden, der eine Maske trug. »Du bist Graeson!«

»Korrekt.« Er sah mich einfach an – offenbar war er sich keiner Schuld bewusst. Andererseits flackerte sein Blick, als ob ihn meine Reaktion traf … irgendwie enttäuscht.

Also hatte ich die beiden verwechselt? Wegen der Maske und der erkälteten Stimme? Aber Graeson musste doch verstanden haben, dass ich ihn für Linc gehalten hatte?

»Gehen wir jetzt auf mein Zimmer? Ich denke, Linc kann doch den PR-Job übernehmen. Dann können wir reden.« Graeson legte mir einen Arm um die Schulter, den ich sofort abschüttelte. Ernsthaft?

»Warte«, sagte Linc, kam mit energischen Schritten auf uns zu, um sich vor Graeson aufzubauen. »Das war die ganze Zeit dein Plan, oder? Du hast angeboten, selbst zu gehen, um mit Kolly das perfekte Paar bei der Kaufhauseinweihung zu spielen, oder? Bloß hast du dich spontan wieder umentschieden. Das macht dir Spaß, hm?«

O ja, auf einmal sah ich es auch. Das musste Graesons Absicht gewesen sein – deshalb trug er die Maske.

»Und wenn schon«, brummte Graeson. »Kolly doch auch. Sie hilft mir, meine Freundin zu spielen, damit wir diese elenden Entführerinnen endlich loswerden können. Mein Vater hätte mir sonst nie eine Freundin erlaubt, wenn ich ihn nicht damit überfallen hätte.« Er versuchte, nach meiner Hand zu greifen, doch ich trat noch einen weiteren Schritt zurück. So war das also? Gut, im Grunde hatte ich es mir gedacht, dass er mit unserer Beziehungslüge hoffte, dass diese gefährlichen Fans von ihm abließen, weil er nicht mehr »verfügbar« war.

Mein Blick wurde hart. »Kann es sein, dass du etwas übertrieben hast? Vor allem mit der Andeutung, dass es für euch alle um Leben und Tod geht, und eher um Letzteres, wenn ich nicht einwillige und dazu die Klappe halte?«

Schließlich gab Graeson es auf, meine Hand nehmen zu wollen, und seufzte. »Ich weiß doch, wie hilfsbereit du sein kannst. Wie neulich in der Villa, als du mich getröstet und dann geküsst hast.« Er grinste.

Was? Mein Mund klappte auf. In der Villa geküsst? Moment, sollte das heißen, Graeson und Linc hatten die Rollen getauscht? In meinem Kopf wirbelten die Gedanken durcheinander. »Was meinst du damit – in der Villa? Ich hab *Linc* in der Villa geküsst …« An diesem Gedanken hielt ich mich fest wie an dem sprichwörtlich letzten Strohhalm.

Die beiden sahen mich ausdruckslos an.

»Nein«, sagte Linc schließlich. »Du hast mich nie geküsst.«

Ich hatte ihn nie geküsst …? Warte, das hieß … Ich hatte sie verwechselt? Mein Atem ging auf einmal extrem schnell. Alles, was ich gedacht hatte, die Sorgen, die ich mir um Lincs Rauswurf gemacht hatte … waren unbegründet gewesen! Dafür hatte ich Graeson geküsst, gerade beinahe zum zweiten Mal, und er hatte gewusst, ja, er musste es bei beiden Malen zumindest geahnt haben, dass ich ihn für Linc gehalten hatte. Mein Atem beschleunigte sich noch mehr.

»Aber wieso? Und warum hattest du im Keller feuchte Augen?« Weshalb ich ausgerechnet das fragte, wusste ich selbst nicht. Vielleicht, um mir zu versichern, dass ich es nicht hatte wissen können. Verheulte Augen, kratzige Stimme … Wie hätte man sie da noch unterscheiden können?

Graesons Blick flackerte erneut. »Unwichtig. Lincoln hat einen wunden Punkt bei mir erwischt, aber das ist schnell vorbeigegangen.«

Etwas untertrieben, aber was machte das jetzt noch? Inzwischen war ich kurz davor, zu hyperventilieren. Ich wollte hier weg. Konnte nicht mehr. Wie oft hatte ich die beiden vertauscht? Wer war echt?

Was war echt? Hastig schnappte ich mir den Kakao, hielt eine Hand über den Becher und wandte mich zum Gehen. Dass mir der Kakao die Handfläche verbrühte, war mir dabei egal. Und auch, dass mir beide Jungs hinterherriefen, dass ich warten sollte. Aber worauf? Graeson wollte unser Date im Queen Elizabeth Park am Abend nicht aufgeben, wie er mir hinterherblökte. Ja sicher … So schnell ich konnte, stolzierte ich, ohne zu rennen, zurück in mein Zimmer. Dieses Business – alles daran – war fake. Wirklich … ich konnte es kaum mehr erwarten, wenn die Band nach Vegas zog, mitsamt den Doubles aus der Stadt verschwand. Was hatte ich mir auch gedacht? Ich war auf Graesons Geschwafel hereingefallen, mit dem er mich überredet hatte, seine Freundin zu spielen, und noch dazu hatte er mich glauben lassen, er wäre Linc. Ganze zweimal! Und hatte ich insgeheim auf eine Zukunft mit Linc gehofft?

Mein verräterisches Herz pochte, pochte und pochte den kompletten Weg zurück, selbst dann noch, als ich mich neben Mom ins Bett fallen ließ. Mein dummes, dummes Herz. Mom grunzte, rollte sich dann aber auf die andere Seite. Ich sollte sie wecken, wirklich. Sie verpasste gerade die Fahrt zum Kaufhaus. Dennoch konnte ich mich nicht dazu überwinden. Caleb und Dexter waren schließlich auch noch da. Also starrte ich einfach nur auf die Wand mir gegenüber. Auf die mit dem Gemälde, das einen Vulkanausbruch und fliehende Menschen zeigte.

Wie um alles in der Welt hatte ich Graeson mit Linc verwechseln können? Gut, im Prinzip war ich mir bewusst, dass genau das Lincs Job war – Graeson zu sein –, aber dennoch … Mein Herz zog sich zusammen. Ich sollte mir dringend einen härteren Panzer zulegen. So wie Sutton. Seufzend angelte ich nach meinem Handy, schrieb mit Sawyer hin und her, um seine Meinung zu dem Thema zu hören. Selbstverständlich regte sich Sawyer ebenso sehr auf wie ich. Und natürlich kehrten meine Gedanken immer wieder zu Graeson und Lincoln zurück, wobei jedes Mal ein kleiner Splitter von meinem Herzen abzubrechen schien. Worauf konnte ich mich im Leben noch verlassen? Und wenn ich an diesen Job in Moms Agentur dachte, überkamen mich ausschließlich negative Gefühle. Dieser Sommer konnte nicht schnell genug vorbeigehen.

Als wir Sonnntagabend endlich wieder in L.A. landeten, fuhr ich direkt nach Hause, ohne mich von Graeson oder Linc zu verabschieden. Beide hatten natürlich versucht, mit mir zu reden, aber ich hatte abgeblockt. Hatte auch nicht auf ihre Nachrichten reagiert. Und ich war natürlich auch nicht zu diesem dummen »Date« gegangen, um das Graeson mich geben hatte. Ich brauchte Abstand und nicht noch mehr Chaos.

Da Maribel heute frei hatte und ich keine Idee, was ich mit mir anfangen sollte, stellte ich mich in die Küche. Doch ich konnte mich kaum aufs Kochen konzentrieren. Ich starrte auf das blubbernde Nudelwasser, atmete den buttrigen Duft der Gemüsesoße ein. Bloß kreisten meine Gedanken weiterhin um Linc und Graeson.

»Mom! Ich fahre noch mal hoch zu Lexi«, rief ich aus einem Impuls heraus nach oben. Ich brauchte jetzt einfach jemanden, der mit dieser ganzen Sache nichts zu tun hatte, und ein paar kleine kuschelige Freunde, die ich mir an die Wange drücken konnte. Also schrieb ich ihr kurz eine Nachricht, um sicherzugehen, dass sie auch zu Hause war und Zeit hatte, schmiss dann den Löffel hin und drehte den Herd ab. »Nudeln sind in drei Minuten fertig!«

Das Uber war in Rekordzeit bei mir, fast, als wäre der Fahrer genauso rastlos wie ich, und ebenso rekordverdächtig oben in Shadow Hills.

Lexi war gerade dabei, Näpfe für das Katzen-Dinner vorzubereiten. »Da bist du ja.« Sie rieb sich die Hände an ihrer Schürze ab, stellte dann zwei Schalen mit Katzenfutter auf den Tresen, der bereits von maunzenden Kätzchen belagert wurde. »Ich hab mir nach deiner Nachricht Sorgen gemacht. Geht's dir gut?«

Sah ich gut aus? Mit hängenden Schultern betrachtete ich meine Sneaker.

»Ach, was sag ich da. Schließlich hab ich Zeitung gelesen, und darin stand, dass du mit Graeson Woollard zusammen bist.« Lexi seufzte, zog mich dann in ihre Arme. »Was ist denn passiert?«

»Lass uns erst mal die Meute füttern, dann erzähle ich dir alles.« Ich nickte in Richtung Potato, der mit zu Schlitzen verformten Augen immer wieder hoch zur Theke sprang, sie aber nicht erreichen konnte.

Ein paar Minuten später setzten wir uns mit Kaffee, Tee und Lexis Teehandschuhen in den dunklen Garten. Zwei Lichterketten verströmten eine behagliche Atmosphäre, und ein bisschen fühlte ich mich wie auf einer Finca in Spanien. Einer Finca voller miauender Katzen.

Ich schüttete Lexi komplett mein Herz aus – einfach alles, verpackt in kurze Sätze.

Lexi zupfte an ihrem Teehandschuh. Ein Loch klaffte in dem lilagrünen Muster. »Hollywood.«

»Ja.« Ich nickte. »Möge ganz Hollywood endlich mal ein Licht aufgehen.«

Lexi lehnte sich lachend in ihrem Klappstuhl zurück. »Ich denke, bei denen sind alle Lampen an. Aber schön, dass deine Verwünschungen nicht mehr so fies klingen wie früher.«

Ich überlegte einen Moment. »Stimmt. Hab mich da wohl an deinen kreativeren orientiert.« Ich räusperte mich, ehe ich meinen Kaffeebecher hob. »Möge allen Rockstars der Stadt heute ein Abendessen kredenzt werden, das schmeckt.«

Lexi beugte sich zu mir. »So gefällst du mir viel besser.«

Offensichtlich galt das auch für Bacon und Potato, die auf meinen

Schoß sprangen, sich eng aneinanderkuschelten und zu mir aufsahen. Vielleicht, ganz vielleicht war das hier alles, was ich brauchte. Einen Platz weit weg von Hollywood, Rockstars und Doubles.

»Übrigens …« Lexi stellte ihre Tasse ab, schlüpfte aus dem Teehandschuh. »Hier hat ein Mädchen geklingelt und nach dir gefragt. Angeblich für eine Schülerzeitung. Ich hab sie natürlich abgewimmelt. Bloß solltest du dich darauf gefasst machen, dass sie auch zu deinem Haus kommen werden. Fans.«

Was? Daran hatte ich noch gar nicht gedacht. O Mann, Graeson musste diese Lüge endlich aufklären. Wie lange würden seine Fans brauchen, um meine Adresse herauszufinden? Hatte mich jemand hier gesehen und …?

Es klingelte.

Mit hochgezogenen Augenbrauen sah Lexi auf ihre Armbanduhr. »Wer ist das denn?«

Hoffentlich kein Notfall. Aber wer sonst sollte hier um neun Uhr abends auftauchen? Die Solarlampe im Plastikflamingo vorn am Tor flackerte.

43 Lincoln

SIE SAGEN, ES IST NIE ZU SPÄT, DAS ZU WERDEN, WAS MAN HÄTTE SEIN KÖNNEN. ALLERDINGS GLAUBE ICH NICHT, DASS ES ALLEN MENSCHEN MÖGLICH IST, NETT ZU WERDEN.

Ein paar Stunden zuvor

Als Kolly mir auch im Flugzeug konsequent aus dem Weg ging – beziehungsweise ganz eindeutig nicht mit mir reden wollte –, überlegte ich, ob ich mich damit abfinden sollte, dass es hier endete. Obwohl es natürlich noch nicht mal richtig angefangen hatte, was immer das war, das da zwischen mir und Kolly … wie ein Versprechen in der Luft hing. Etwas, das zudem keine Zukunft hatte, wenn ich nach Vegas ging.

Doch wann immer ich an sie dachte, klopfte mein Herz heftiger. Vor allem, seit ich wusste, dass sie *mich* hatte küssen wollen. Sowohl in der Villa, als auch vor dem Kaffeeautomaten im Hotel. Gott, wenn ich daran dachte, wie sie schockiert in ihr Zimmer geflohen war, nachdem ich ihr gesagt hatte, dass wir uns nie zuvor geküsst hatten. Und ganz offensichtlich war sie nicht mit Graeson zusammen.

Der Gedanke hob meine Stimmung um ein Vielfaches. Ich war Kolly nicht egal – nein, ganz und gar nicht.

Und wenn ich eins nicht konnte, dann war das aufgeben. Nicht jetzt. Ich hörte auf, das Päckchen in meinen Händen zu drehen.

Eigentlich hatte ich es ihr vor Kanada geben wollen, damit ihr auf dem Flug nicht langweilig wurde, aber dann hatte es sich nicht ergeben. Und auch vor dem Rückflug nicht. Wieder sah ich zu ihr. Sie hatte sich zusammengerollt und tat so, als würde sie schlafen. Vielleicht konnte ich nach der Landung noch mal mit ihr reden.

Doch auch, als wir aus dem Flugzeug stiegen, bekam ich keine Gelegenheit dazu, denn Kolly machte sich direkt aus dem Staub. Also verabschiedete ich mich von den anderen und tat es ihr gleich. Zu Hause bei Mom versuchte ich, mich abzulenken, spielte mit Gus draußen Basketball, bis er ins Bett kroch, um vor dem Schlafengehen noch in seinem Lieblingsbuch zu lesen. Obwohl er es mittlerweile auswendig konnte. Die Geschichte von Alice im Wunderland. Ich rieb mir über die Stirn. Am besten besorgte ich lieber früher als später einen Bibliotheksausweis für ihn. Aber was jetzt? Während ich dem Himmel beim Dunklerwerden zusah, dachte ich an Kolly. Holte erneut das Päckchen hervor. Ich konnte sie ja auch einfach besuchen?

Ohne lange darüber nachzudenken, schnappte ich mir meinen grauen Hoodie und draußen den erstbesten Mietroller. Damit gelangte ich in nur ein paar Minuten zu Kollys riesigem Haus. Die Straßenlaternen leuchteten so grell und weißlich, dass man sich in diesem Stadtteil wie in einer Reality-TV-Sendung vorkam, und ich war mir sicher, dass hier schon einige Kamera-Teams gedreht hatten. Kopfschüttelnd stellte ich den Roller an einer Mauer ab und wollte gerade zur Haustür laufen, als eine dunkle Limousine vorfuhr. Instinktiv duckte ich mich hinter den nächsten Busch. Dunkle Bonzenautos verhießen selten etwas Gutes. Nicht, dass ich Gefahr lief, wegen Einbruchs verhaftet zu werden, aber ich hatte schon Unwahrscheinlicheres erlebt. Also wartete ich ab.

Einen Moment fürchtete ich, es wäre Graeson, der Kolly einen Besuch abstatten wollte. Doch dann stieg Dexter aus dem Heck des

Wagens. Erst dachte ich, dass er mit sich selbst redete, aber sobald er die Tür zuwarf, erkannte ich die kleinen weißen Airpods in seinen Ohrmuscheln. Er telefonierte.

»… dieses Mal etwas raffinierter. Niemand darf dadurch zu Schaden kommen, klar? Und jetzt muss ich Schluss machen.« Er zog sein Smartphone hervor. »Nein, die Bezahlung bleibt gleich, und ja, die Rolle gehört so gut wie dir.«

Ein Businessgespräch so spät am Abend? Ein neues Double? Aber doch hoffentlich nicht für die Band? Auf einmal wurde mir ganz eng um die Brust. Ich musste an mein Streitgespräch mit Graeson vor dem Kakaoautomaten denken, nachdem Kollys Zimmertür zugefallen war. Hatte Graeson ihm irgendwas gepetzt, um mich loszuwerden? Wollte Dexter mich ersetzen?

Ich sah zu, wie Dexter klingelte und wie Miranda ihm öffnete. Sie wirkte nicht gerade glücklich über seinen Anblick. Aus ihren Gesten schloss ich, dass er sich nicht angekündigt hatte und Miranda ihn nicht hereinlassen wollte.

Also beschloss ich, sie zu unterstützen. »Hey, Miranda, sorry, dass ich so spät dran bin.« Ich joggte die Auffahrt entlang auf die beiden zu.

Dexter drehte sich zu mir um. »Lincoln?«

»Jap.« Ich kam neben ihm zum Stehen. »Danke, dass du und Kolly zugestimmt habt, das Extratraining zu machen. Können wir loslegen?« Auf die Schnelle war mir nichts Besseres eingefallen.

Zunächst stutzte Miranda, blinzelte zu mir hoch. »Natürlich. Komm rein. Es ist schon alles vorbereitet«, sagte sie langsam, ehe sie sich wieder Dexter zuwandte. »Du siehst, ich habe wirklich keine Zeit für dich. Wir besprechen das morgen im Büro.«

Ich schlängelte mich an ihr vorbei, gab ihr so die Möglichkeit, die Tür einfach vor Dexters Nase ins Schloss zu werfen. Gut gespielt, Miranda.

»Puh.« Sie machte ein paar Schritte rückwärts, wobei ihre weiße Schlaghose um ihre Waden schlackerte. »Unglaublich ... Ich kann echt nicht mehr mit diesem Mann.« Sie atmete tief ein, schenkte mir dann ein Lächeln. »Danke, Lincoln. Was kann ich für dich tun? Kolly ist leider nicht da, aber möchtest du etwas trinken?« Sie strich sich eine blonde Haarsträhne hinters Ohr, die sich in ihrem Ohrring, der wie ein goldenes Windspiel aussah, verfangen hatte. Als die blitzgescheite Frau, die sie war, hatte sie bereits erkannt, weswegen ich hier hereingeschneit war.

»Kolly ist nicht da?« Typisch mein Glück. Irgendwie fiel es mir schwer, meine Enttäuschung zu verbergen. Meine Finger tasteten in der Tasche meines Hoodies nach dem Päckchen, fuhren über die Kanten der Würfelform.

»Sie ist zu Lexi gefahren. Soll ich dir die Adresse geben?«

»Nein danke, ich weiß, wo das ist.« Schließlich hatte ich letzte Woche fast jeden Tag dort verbracht. Das Problem war nur, dass jetzt keine Busse mehr fuhren ... In meinem Geldbeutel mussten aber noch genug Scheine für ein Uber sein. Mit dem Straßenroller würde es ewig dauern, und ich bezweifelte, dass er es überhaupt den Berg hochschaffte. Nur wieso war Kolly heute so spät dort?

»Okay, und wie wäre es mit einem Glas Cola, während du auf dein Uber wartest?« Miranda lächelte mich an.

Ich lächelte zurück, schielte durch das Glasfenster neben der Tür. »Ja, und bis Dexter endlich von eurem Grundstück verschwunden ist.« Der Typ stand immer noch in Mirandas Einfahrt, telefonierte offenbar wieder.

Selbstverständlich wies mich Miranda, während wir Cola tranken, noch mal freundlich auf meine Vertragsklausel hin. Allerdings lächelte sie mich dabei wärmer an als sonst. Vielleicht hatte ich etwas gut bei ihr, nachdem ich Kolly gerettet hatte? Ich versicherte ihr, dass ich den Vertrag nicht brechen und lediglich ein Missverständnis mit ihrer Tochter klären wollte. Sie nickte, und ab dem Moment konnte ich ihr nicht mehr in die Augen sehen. Was wollte ich eigentlich wirklich? Wenn ich das Geld nicht bräuchte, würde die Antwort darauf einfacher ausfallen.

Das Uber setzte mich in vollkommener Dunkelheit ab. Hier oben im Valley brannte nur eine einzige Straßenlampe im Umkreis von Lexis Haus. Schon beim Aussteigen hörte ich Kollys Lachen, wodurch sich mein Körper unwillkürlich entspannte. Wie konnte einen das Lachen eines anderen Menschen so glücklich machen? Seufzend dachte ich daran, wie ungerecht ich zu ihr in Kanada gewesen war. Nachdem Graeson die Frechheit besessen hatte, vor der gesamten Öffentlichkeit zu behaupten, sie wäre seine Freundin. Was offensichtlich eine Lüge war. Ich durfte echt nicht mehr daran denken, ansonsten würde mir das Blut wieder zu Kopf steigen.

Leichter gesagt, als getan, denn als ich mich Lexis Haus näherte, bemerkte ich, dass Graeson am Zaun stand, einen riesigen Blumenstrauß in der Hand. Und dass Kolly, die auf der anderen Seite die Arme verschränkt hatte, freudlos auflachte. »Ich kann diese Beziehungslüge unmöglich aufrechterhalten, nein.«

»Aber, Kolly, ich ...« Graeson besaß tatsächlich die Dreistigkeit, betreten dreinzuschauen. Da er in diesem Moment bemerkte, wie ich mich näherte, verstummte er jedoch. Schimmerten da Tränen in seinen Augen?

»Graeson, ich glaube, du verrennst dich da. Zwischen uns war nie etwas.« Kolly sah Graeson ungerührt an. Doch dann entdeckte sie mich, und ihr Blick blieb an mir haften.

»Du hast sie gehört«, sagte ich tonlos. »Wir sehen uns, Graeson.«

Mein Ebenbild atmete geräuschvoll ein. »Sag mir nicht, was ich tun soll. Und was willst du überhaupt hier?«

Darauf würde ich nicht antworten, war ihm sowieso keine Rechenschaft schuldig.

Graesons Gesichtszüge verzerrten sich, wahrscheinlich als Reaktion darauf, dass Kolly und ich einen intensiven Blick tauschten. »Ich werde mit meinem Vater reden. Du warst mir von Tag eins an ein Dorn im Auge. Wir finden ein besseres Double für mich, und das schneller, als ich mit den Fingern schnippen kann.« Und damit drehte er sich um, ließ seinen Blumenstrauß in den Staub fallen und stapfte davon.

Irgendwie ganz, was ich von ihm erwartet hatte. Dennoch bereiteten mir seine Worte Sorgen. Würde Dexter mich rauswerfen? Morgen schon?

Lexi kam angerannt, bedachte den Blumenstrauß mit einem missmutigen Seufzer, ehe sie mir das Tor öffnete.

Dann blickte sie mehrmals zwischen mir und Kolly – die nichts sagte und mich einfach nur ansah – hin und her.

Ich trat in den Garten und hob eine Hand, als wäre eben nichts gewesen. Was vielleicht auch besser so war.

»Was willst du hier, Linc?«, fragte Kolly schließlich.

»Hey, können wir reden?«

Kolly tauschte einen Blick mit Lexi, die sofort die Schultern hob. »Ja, äh, ich wollte sowieso gerade … Lucifers Nägel lackieren … Tut, was ihr nicht lassen könnt.« Mit diesen Worten verschwand sie im Haus, wofür ich ihr äußerst dankbar war.

Ohne mich anzusehen, führte mich Kolly zum Gartentisch, neben dem ein Lichterschlauch die Szenerie in eine märchenhafte Atmosphäre tauchte. Wie in dieser berühmten Szene von *Susi & Strolch*.

»Weshalb hast du dich extra hierher aufgemacht?« Kolly ließ sich auf einen Stuhl sinken. »Zu dieser Uhrzeit?«

Tja, wie erklärte ich das am besten?

Lexi brachte uns eine Flasche Limonade und zwei Gläser, verschwand danach wieder.

Bedächtig nahm ich die Flasche und schenkte uns beiden ein, ehe ich loslegte. »Nach der Sache in Kanada hatte ich das Gefühl, dass wir noch mal reden sollten.«

Sie sah mich aufmerksam an, blinzelte nicht mal. Großer Gott, wie lange konnte ein Mensch nicht blinzeln? Der Deckel kratzte auf dem Flaschenhals, als ich ihn wieder verschloss. »Also kurz gesagt: Ich möchte mich entschuldigen. Dafür, was ich in der Loge gesagt hab. Und wie ich zu dir war, als ich dich mit Graeson im Flur getroffen habe. Ich weiß, das war alles … ein Missverständnis, weil du ihn für mich gehalten hast.« Ich hob den Kopf, sah sie wieder direkt an. »Und in der Villa während dem Shooting hast du auch gedacht, er wäre ich.«

Kollys Blick flackerte. »Das stimmt. Die Verwechslung vom Shootingtag ist mir erst im Hotel in Kanada aufgegangen.« Sie schluckte schwer. »Und beim Kakaoautomaten hatte er die Maske auf, die du eigentlich hättest tragen sollen.«

Ich nickte mehrmals, wippte dabei mit dem gesamten Oberkörper vor und zurück. »Du hast geglaubt, wir hätten uns geküsst und dass mich das den Job kosten könnte, deshalb warst du so seltsam, als wir die Villa mit dieser Gondel verlassen haben. Aber Graeson hast du nie küssen wollen.«

»Ja«, hauchte sie.

Alles, was ich hatte wissen müssen. Die unterschiedlichsten Emotionen strömten durch meinen ganzen Körper, und in meinem Magen breitete sich ein angenehm kribbelndes Gefühl aus, was ich mir natürlich nicht anmerken ließ. Das hieß, dass Kolly tatsächlich *mich* hatte küssen wollen, nicht Graeson. In der Villa und im Flur. Immer nur mich. Niemals Graeson, niemals ihn. Ich wusste nicht, wann mich zuletzt eine Erkenntnis so glücklich gemacht hatte. Mir so sehr den Verstand geraubt hatte. Und das, was er auf der Bühne behauptet hatte, war eine dreiste Lüge gewesen, um diese gefährlichen Fans loszuwerden.

Ich senkte den Blick, betrachtete meine Knie. »Eigentlich wollte ich dir das schon auf dem Flug nach Kanada geben.« Ich zog das Geschenk hervor, musste es ihr jetzt überreichen, sonst hätte ich nicht garantieren können, sie nicht an mich zu ziehen, um sie zu küssen. Gott, ich wollte es so sehr.

Aber mit der Schachtel konnte ich mich und sie ablenken.

»Hm?« Kolly wirkte durcheinander. »Was ist das?«

»Mach es auf.« Meine Stimme klang ganz heiser.

Als Kollys Finger meine berührten, zitterte meine Hand. Weil sich die Berührung wie eine Liebkosung anfühlte, die mich tiefer erschütterte, als ich es wahrhaben wollte.

Während sie mich immer wieder verstohlen musterte, zupfte Kolly an der Schleife, klappte dann die Schachtel auf. Ihre Mundwinkel hoben sich. Genau wie ich es gehofft hatte. »Ein Knobelspiel?«

»Eigentlich hatte ich es dir schon auf dem Flug nach Kanada geben wollen, damit du dich an Bord nicht langweilst.«

Ihr Grinsen wurde breiter. »Du weißt aber schon, dass ich das in zehn Minuten gelöst bekomme?«

»Ohne Zweifel, aber ich dachte, dir würde gefallen, mir dabei zuzusehen, wie ich es versuche. Stundenlang.«

Kolly legte den Kopf in den Nacken und brach in schallendes Lachen aus. »Alles gut«, sagte sie dann immer noch glucksend zu Lucifer, der zu uns rübergeschlichen war, und kraulte den Hund zwischen den Ohren. »Nichts passiert. Unser Lincoln ist nur etwas albern.«

Mir wurde warm bei ihren Worten. So warm, dass ein Vulkanausbruch nichts dagegen war. »Und was wirst du jetzt in Bezug auf Graeson und eure Fake-Beziehung unternehmen?«, fragte ich nach einer Weile. Kolly hatte das Knobelrätsel bereits zweimal gelöst.

»Schwierig. Er hat es gerade erst verkündet, aber mir wäre es auch lieber, wenn ich ihn eher heute als morgen loswerde. Und nicht erst in einer Woche – zumindest hat er gemeint, dass wir bis dahin durchhalten müssen. Ich werde morgen noch mal mit ihm reden. Auch weil er dir gedroht hat. Ihn überzeugen, die Story sofort richtigzustellen. Eigentlich hab ich gedacht, dass er sicherer sein würde, wenn seine Fans glauben, dass ich seine Freundin bin. Aber jetzt bin ich mir unsicher, was das für mich bedeutet. Und langfristig wäre das sowieso keine Lösung.« Sie unterbrach sich, blickte nachdenklich in die Dunkelheit. »Wäre ich nicht seine Fake-Freundin, wäre ich vermutlich nicht in einem Kühlhaus gelandet, oder was meinst du?« Sie ließ das Knobelspiel sinken.

»Ich bin da voll bei dir. Und halte es für zu gefährlich, diese Lüge aufrechtzuerhalten«, sagte ich leise. »Heute ist dein Gesicht in fast allen Zeitschriften des Landes aufgetaucht.«

»Na ja, das wäre ja nicht das erste Mal.« Kollys Blick wurde abwesend, und es war deutlich zu erkennen, wie sie sich wieder in ihr Schneckenhaus zurückzog. Ganz offensichtlich wollte sie zu diesem Thema nichts mehr hören. »Ist es zu spät, das als Aprilscherz zu verkaufen?«

»Anfang Juni?« Mein schiefes Grinsen ließ sie immerhin wieder lächeln. »Ich mache mir nur Sorgen. Und wenn du Hilfe brauchst, ihn loszuwerden …«

»Danke«, unterbrach mich Kolly. »Das weiß ich sehr zu schätzen, aber ich denke, mit Graeson werde ich alleine fertig.«

»Natürlich.« Ich nickte.

Kolly zitterte.

»Frierst du?« Ich sah mich um, entdeckte eine Decke auf dem Stuhl zwischen uns. Natürlich wusste ich, dass sie es auch selbst hätte tun können, aber so ging es vermutlich einfacher und schneller. Also rutschte ich zu ihr, nahm die bunt gemusterte Flickendecke, um sie ihr um die Schultern zu legen.

»Danke«, murmelte sie. »Ist dir nicht kalt?«

Wenn sie wüsste, wie heiß mir war, wenn sie mich so wie jetzt ansah. Unter ihren langen Wimpern hindurch zu mir aufsah. Vielleicht weil mich ihr Blick ganz aus dem Konzept brachte, hatte ich immer noch nicht die Hände von ihren Schultern genommen. Und dann beugte ich mich zu ihr. Plötzlich empfand ich es als das Natürlichste der Welt, Kolly näherzukommen. Und sie hob mir ihr Kinn entgegen. In meinem Kopf fühlte es sich wie leer gefegt an, dann wurde ich von Tausenden Gedanken gleichzeitig überflutet, die eine Sekunde später in einem schwarzen Loch verschwanden. Kolly ... Kolly ... Alles in mir summte ihren Namen.

In Zeitlupe hob Kolly ihre Hände an meine Wangen, und ich wünschte mir, dass sich dieser Anblick und all diese Gefühle in meine Seele brannten wie bei einem Polaroidfoto. Damit ich die Erinnerungen samt der Gefühle jederzeit wieder aufrufen konnte. Wieder und wieder. Was konnte es Besseres geben?

Kratzige Decke, sanfte Finger. In meinem ganzen Leben hatte ich nichts Schöneres auf meiner Haut gefühlt, und vielleicht war das sogar der allerbeste Widerspruch der Welt ... die schönste Empfindung, die je über mich hinweggespült war. Nun ja, bis Kollys Lippen auf meine trafen. Denn das war der Moment, in dem etwas in mir explodierte. Sie ergriff die Initiative, überwand die letzte Distanz zwischen uns, aber nichts anderes hatte ich erwartet. Sie war Kolly. Die einzigartige Kolly, die wusste, was sie wollte. Die so sexy war.

Ich vertiefte den Kuss, wollte sie schmecken, auskosten. Verdammt, sie fühlte sich so gut, so vollkommen an. Wie in einem Rausch legte ich beide Hände an ihre Wangen, zog sie an mich, doch Kolly zog mich zurück wie beim Tauziehen. Gleichzeitig bekam sie es irgendwie hin, auf meinen Schoß zu rutschen, was einer akrobatischen Meisterleistung gleichkam. Wahrscheinlich war ich in meinem Leben noch nie so glücklich gewesen wie in diesem Moment.

Ein Schrei unterbrach meinen Versuch, Kolly noch näher an mich zu ziehen, und wir lösten uns voneinander.

»Was?«, japste Kolly atemlos. In ihrem Gesicht erkannte ich die Frage, ob sie sich Lexis Schrei nur eingebildet hatte. Doch nur eine halbe Sekunde lang, dann sprang sie auf – genau wie ich. Wie ein eingespieltes Team hasteten wir nach drinnen durch den langen Flur, bis wir Lexi fanden, die mit einem apathisch wirkenden Charlie auf den Armen in Richtung Küche rannte. »Charlie muss in die Tierklinik – sofort. Ist total weggetreten und ausgekühlt. Vielleicht eine Art Schock. Ich erhitze schnell das Heatpack, dann fahre ich los. Passt ihr auf die Bande auf? Dann muss ich nicht extra Mrs Buttler aus dem Bett klingeln.«

»O nein, schon wieder? Natürlich. Warte, ich helfe dir mit dem Heatpack.« Kolly rannte los.

Ich konnte gar nicht so schnell schauen, wie die beiden die Katze versorgten, in eine Transportbox steckten und wie Kolly ein Uber bestellte.

Bacon und Potato – wahrscheinlich von der Hektik wieder wach wie zwei Hyperschallraketen – sprangen immer wieder an Hosenbeinen hoch, weswegen ich es als meinen Job ansah, die zwei im Zaum zu halten.

»Euer Termin zur Kastration steht auch schon.« Lexi pflückte sich Bacon von der Jeans, der mir entwischt war. »Dieses freudige Gebären ist also äußerst unangebracht.«

Ich beugte mich zu Kolly. »Wenn sie noch Scherze machen kann, steht es sicher nicht so schlecht um Charlie, oder?«

Sie hob beide Schultern, sah Lexi nach, die in Richtung Gartentor verschwand. Wie lange würde sie weg sein? Ich tauschte einen Blick mit Kolly. Wie lange würden wir beide hierbleiben? Nur Kolly und ich?

»Bist du müde?«, fragte Kolly. »Soll ich dir einen Kaffee machen?«

Ich schüttelte den Kopf, da es nur eins gab, was ich jetzt wollte. Sanft berührte ich ihre Wange, und Kolly schmiegte sich sofort in meine Hand, eine vollkommen natürliche Bewegung. Als müsste es so sein. Immer wieder und jeden Tag.

Schon spürte ich ihren Körper an meinem, verlor mich in ihr und dem Gespür für Zeit und Raum. Zwar lösten wir uns einmal für eine gewisse Zeit, um nach den Katzen zu sehen, Bacon und Potato in ihr Nachtlager zu verfrachten, aber dann gab es wieder nur uns. Uns auf dieser karierten Picknickdecke im Garten. Verschlungene Gliedmaßen, hungrige Küsse, heißer Atem überall an meinem Oberkörper. Als ob wir diesen Ort nur für uns hätten und nur für diese eine Nacht. Und es war klar, dass wir morgen in der Agentur nicht genauso weitermachen konnten. Unausgesprochen schwebte diese Wahrheit zwischen uns. Morgen würde alles wie immer sein und diese Nacht nur eine süße Erinnerung. Wenn Graeson und Dexter mich nicht spontan ersetzten. Der Gedanke nagte an mir, aber ich wollte jetzt nicht an die beiden denken … *Kolly* … Ich seufzte ihren Namen an ihren Lippen, vergrub mein Gesicht an ihrem Hals.

Sie rollte sich auf mich, bedeckte meinen Hals mit einer Spur aus Küssen. »Ich will dich so sehr, Lincoln«, flüsterte sie. »Und keine Sorge, ich weiß genau, wer du bist.«

Großer Gott! Ihre Hände fuhren über die empfindliche Haut über dem Bund meiner Jeans, knöpften sie auf. Wenn ein Tag niemals enden durfte, dann dieser!

Während Kollys Finger mit Bedacht vorgingen, fingen meine an zu zittern. Zitterten, als ich ihr das T-Shirt über den Kopf zog, zitterten, als ich mit den Händen meine Spur an Küssen über ihre Körpermitte nachzog und erst recht, als sie sich mir entgegenbäumte – mit nichts als Unterwäsche am Körper. Diese Nacht mit Kolly war … unbeschreiblich. Es existierten schlichtweg keine Worte, nur Empfindungen, um zu beschreiben, was zwischen uns vorging. Atemlos wartete ich ab, bis sie mir zuflüsterte, dass sie keine Sekunde länger warten konnte, küsste bis dahin jede Stelle und jeden Leberfleck auf ihrer Haut. Ich fühlte mich fiebrig, fast wie betrunken, als ich in meine Hosentasche fasste und ein Kondom hervorzog.

»Bitte«, wisperte Kolly. »Ich will dich so sehr.«

Mein Gesicht brannte, mein ganzer Körper bebte – und hörte nicht auf, als ich mir das Kondom überstreifte, langsam in sie eindrang und Kolly ihre Beine um mich legte. Mit Kolly vereint zu sein, mit ihr im selben Rhythmus zu atmen und zu beben, war mit nichts auf der Welt zu vergleichen. Keine Worte würden dem jemals gerecht werden. Und ich konnte sie nur ansehen, ihren Namen hauchen und ihre Lippen mit meinen verschließen … bis zuerst ich explodierte und kurz danach sie.

44 Lincoln

TIEFGREIFENDE VERÄNDERUNGEN GESCHEHEN NICHT ÜBER NACHT, SAGT MAN. DOCH WAS, WENN VERÄNDERUNGEN IN EINER EINZIGEN NACHT TIEFER GREIFEN, ALS DU ES JE FÜR MÖGLICH GEHALTEN HAST?

Am nächsten Morgen reichte ich Kolly ihren gesüßten Kaffee. Sie hatte sich mit einer Pobacke auf dem Schreibtisch ihrer Mutter niedergelassen, was mehr als nur sexy aussah. Ich durfte weiß Gott nicht zu lange in ihre Richtung sehen, denn schon jetzt wurde mir ganz heiß. Am liebsten hätte ich meine Hand ausgestreckt und mit ihren Haaren gespielt. So wie heute Morgen beim Aufwachen in Lexis Garten. Wo wir unter den Sternen geschlafen hatten, bis Lexi irgendwann zurückgekommen war.

»Die Annulierung ist längst überfällig«, wiederholte Kolly gerade. »Wie lange soll ich noch seine Freundin spielen? Kannst du bitte noch mal mit Graeson reden?«

Unglücklicherweise klopfte es, und zwar so energisch, dass das nur eine Person sein konnte.

»Störe ich?« Selbstverständlich wartete Dexter nicht ab, bis einer von uns etwas einwandte – was wir definitiv getan hätten … unter anderen Umständen.

»Wir reden später darüber«, sagte Miranda. »Eure letzte Einheit Selbstverteidigungstraining beginnt.« Sie sah in einer übertriebenen

Geste auf ihre Armbanduhr, obwohl ich mir sicher war, dass sie genau wusste, wie spät es war.

Ich streckte eine Hand nach Kolly aus, was Dexter mit zusammengekniffenen Augen quittierte. Aber es war mir egal. Schließlich taten das auch Freunde. Und immerhin sprach er mich nicht an, was ich als gutes Zeichen wertete, dass er mich heute nicht kündigen würde.

Selbstverständlich grinste ich reichlich dümmlich, bis wir den Meetingraum erreicht hatten, in dem Caleb wie jeden Tag an unserem Trainer klebte wie Ahornsirup – und dabei nicht mitbekamen, dass wir dazugekommen waren.

Genau wie Kolly tat ich so, als suchte ich nach meinem Handy, und wartete ab, bis sie uns bemerkten. Das taten sie erst, als Shy und Rae zu uns stießen, die über irgendeinen Blödsinn lachten. Das Geräusch ließ Caleb und Marc auseinanderfahren. Ihre Turtelei war damit leider vorbei – ähnlich wie Kollys und meine Zeit abgelaufen war. Jetzt ging es wieder nur ums Geschäft. Mein Grinsen verebbte. Und wenn ich nicht gefeuert werden wollte, hielt ich mich besser daran.

Kolly

Die meiste Zeit des Trainings saß ich mit Rae auf einem der Tische am Rand des Geschehens, wo wir uns vor der Action drückten. Zu unseren Füßen kaute Bronco auf ihrer Krabbe herum, und ich dachte ununterbrochen an gestern Nacht. An Lincs und mein Geheimnis. Und ich wusste einfach nicht, wie ich mich fühlen sollte. Bei Weitem war das die unglaublichste Nacht gewesen, die ich jemals mit einem Mann verbracht hatte … Andererseits war sie von Anfang an mit einem Ablaufdatum versehen gewesen.

»Wie läuft es zwischen euch?« Rae zog die Beine an, nickte dann in Richtung Linc, der gerade so tat, als müsste er sich aus Shys Klammergriff befreien.

»Was meinst du?« Unwillkürlich verstärkte ich den Griff um die Tischkante. Eine raue Stelle pikste in das weiche Fleisch an meinem Ringfinger.

Rae neigte den Kopf. »Zwischen dir und Bronco.« Er seufzte. »Nein, zwischen dir und Linc natürlich. Irgendwas hat sich zwischen euch verändert. Habt ihr euch endlich eure Gefühle füreinander eingestanden?«

Kurz glaubte ich, vom Tisch zu rutschen. »Unsere was?«

Rae verdrehte die Augen. »Unsere was?«, äffte er mich nach. »Ich bitte dich. Absolut jeder kann erkennen, dass ihr euch voneinander angezogen fühlt. Was euch rettet, ist, dass ab jetzt die Öffentlichkeit und ab und zu auch Eingeweihte glauben, das gehört zum Programm. Wegen Graeson und eurer Fake-Beziehung. Jesus, Kolly, weißt du eigentlich, wie viel Geld man mit einer Verfilmung deines Lebens machen könnte?«

Ich sah ihn böse an. »Ist dein Netflix-Abo ausgelaufen, weil du zu viel Zeit hast, dir selbst Geschichten auszudenken?«

»Du Schlauste aller Programmiererinnen. Tatsächlich hat Shy das Passwort geändert … Ich soll mir endlich einen eigenen Account zulegen.« Rae verzog das Gesicht.

Da wurde mir einiges klar. »Okay, Mister Columbo, dann tu das, und investier keine Zeit in Dinge, die nicht wahr sind und nie passieren werden.« Mein Herz klopfte viel zu hart in meiner Brust, wenn ich daran dachte, dass letzte Nacht so was von ein Kündigungsgrund für Linc war.

Genau in dem Moment ging Linc zu Boden. Er schlug mit dem Rücken auf, schloss die Augen und sah dann direkt zu mir.

»So, so, da ist also nichts, ja?«

Während Linc sich wieder aufrappelte, warf ich Rae einen Seitenblick zu. »Du weißt genau, selbst wenn – dass es verboten wäre. Dass Linc seinen Job verlieren könnte.«

»Wir kommen der Sache also näher.« Rae grinste verschlagen, woraufhin ich versuchte, ihn mit dem Ellenbogen vom Tisch zu schubsen.

Geschickt wich er mir aus, hielt meine Arme fest, aber dafür hatte ich in diesem Kurs trainiert, weshalb ich meine Hände zurückriss. Unglücklicherweise verpasste ich mir dabei selbst einen Kinnhaken, und Rae brach in schallendes Lachen aus. »Lass uns nicht streiten, Käse-Spätzchen. Sondern gossipen.«

Oh, aber ich verspürte den Drang, mit ihm zu streiten – am besten mit einer Kitzelattacke. Kreischend versuchte Rae, meinen Fingern zu entkommen. Bis ein Räuspern uns unterbrach. Mom stand in der Tür. »Mittagessen ist da.« Ihr Blick streifte Rae und mich, und sie schmunzelte, ehe sie sich umdrehte.

»Was war das denn?«, wisperte Rae.

Mit gezuckten Achseln rutschte ich vom Tisch, warf Rae meinen besten »Tja, da wüsstest du wohl gern mehr«-Blick zu, machte mich dann aber aus dem Staub. Immerhin war Mom nun viel entspannter und vertraute mir vollkommen, was die Jungs betraf. Kurz wurde mir bewusst, dass sie mir in Bezug auf Linc nicht wirklich vertrauen konnte, und der Gedanke nagte an mir. Allerdings konnte ich auch nicht mit einem schuldbewussten Gesichtsausdruck um Mom herumschwänzeln, deshalb schob ich den Gedanken in den hintersten Winkel meines Bewusstseins. In einigen Tagen würde ich genug Mut gesammelt haben, um mit ihr darüber zu reden, was ich für Linc empfand.

Wow – heute hatte Mom indisches Essen kommen lassen. Das Curry sah so verlockend aus, dass ich mir viel zu viel davon auflud, was ich später definitiv bereuen würde, wenn ich keinen Platz mehr für den Orangen-Honig Kuchen hatte. Egal. Man lebte nur einmal.

Ich winkte Linc zu, bedeutete ihm mit vollem Mund, wie unglaublich das Zeug schmeckte. Und Linc winkte zurück, deutete dann aber auf Shy, der sich ungefähr die Hälfte des Currys in eine Schale schaufelte und damit die Schlange aufhielt. Selbst Bria hob eine Augenbraue.

Mein Handy vibrierte. Eine Nachricht, offensichtlich verschlüsselt gesendet – von Indy, meiner Hackerfreundin –, die ich natürlich sofort öffnete. Wenn sie etwa herausgefunden hatte …

> Das Rosentattoo der blonden Entführerin auf ihrem Oberarm ist offenbar ein Insider unter Schauspielerinnen in L.A. Sie könnte in die Stadt gekommen sein, um in Hollywood berühmt zu werden.

Eine Schauspielerin? Indy und ihre Recherchekünste. Sicherlich hatte sie das Tattoo auf einer Überwachungskamera gesehen. Denn sie hatte ein verpixeltes Bild eines Tattoos geschickt. »You've made it. You are here.« stand darauf – unter drei roten Rosen. Aber inwiefern half uns das weiter? Es gab Tausende Leute in dieser Stadt, die versuchten, auf die große Leinwand zu gelangen. Vielleicht war es auch nur ein Hobby von ihr?

»Oh«, sagte Rae auf einmal neben mir. Er kaute auf einem Stück Baguette herum, sprach offensichtlich mit seinem Handy. »Hast du das schon gesehen, Käse-Spätzchen?«

Langsam atmete ich tief ein und aus und drehte mich dann zu Rae um. Doch bevor ich ihn wegen des Spitznamens zurechtweisen konnte, fiel mein Blick auf das Handydisplay, das er mir entgegenstreckte. »Oh …«

»Ja. Oh.« Unnötigerweise tippte Rae mit dem Fingernagel auf den Tweet, scrollte dann weiter. Mehr von der Sorte kamen ans Licht. Alles, was ich nicht lesen wollte. Tweets über mich. Hässliche Tweets.

»Was?« Schmatzend beugte sich Shy zu uns. »Was seht ihr euch da an?« Seine Augen huschten über die Tweets und weiteten sich dann. »Kolly benutzt Graeson Woollard nur als Sprungbrett?« Er sah mich an, fragend irgendwie – als erwartete er ein Statement von mir.

»Ernsthaft?« In Zeitlupe schüttelte ich den Kopf.

»Na ja, hätte doch …« Shy unterbrach sich selbst, hustete, was sich allerdings unnatürlich schwach anhörte. Dann weiteten sich seine Augen, und er … lief tiefrot an.

Was in aller Welt?

Er griff sich an den Hals. Diese ungesunde Gesichtsfarbe und der erstarrte Blick … Mich überkam eine dunkle Vorahnung. Scheiße, hatte er etwa …? »Hast du einen allergischen Schock?«

Shy konnte nur noch schwach nicken, dann brach er zusammen. Immerhin hatte er sich zuvor auf Rae gestützt, weswegen der ihn mit meiner Hilfe auffangen konnte.

»Mom!«, schrie ich. »Was war in diesem Curry?«

»Nichts Gefährliches!« Mom musste es mitangesehen haben, denn sie war bei mir, bevor ich die Frage ganz beendet hatte. »Ich habe extra die Inhaltsstoffe gecheckt – wegen Shys Allergien.«

»Vielleicht hat er gerade eine ganz neue entwickelt?« Irgendwo hatte ich gelesen, dass so was möglich war. »Oder das Restaurant hat einen Fehler gemacht.« Wie auch immer, jetzt war eingetreten, was niemals hätte passieren dürfen. Gemeinsam verfrachteten wir Shy auf einen Stuhl. »In ersterem Fall hilft sein Epi-Pen eventuell nicht«, gab Mom zu bedenken. Dennoch mussten wir es versuchen. In dem Moment kam Linc zu uns, schnappte sich das kleine Set aus Shys Hosentasche. »Ich mach das. Hab schon zugesehen, wie das funktioniert.« Tatsächlich zögerte er nicht, sondern rammte die Spritze direkt in Shys Oberschenkel.

Shy rang nach Luft. Bloß wurde es nicht besser, eher schlimmer.

Linc und ich tauschten einen Blick. Etwas stimmte ganz und gar nicht. Vermutlich war da wirklich ein Inhaltsstoff im Curry, auf den Shy erstmalig reagierte.

»Wir fahren ins Krankenhaus, sofort!«, bestimmte Mom. »Caleb, hilf mir mit Shy.« Viola war ebenfalls sofort zur Stelle. Mom verbot mir und den anderen Doubles mitzukommen, da man uns erkennen konnte. Vor allem in dieser Konstellation.

Mehr als ihnen hinterhersehen blieb uns damit nicht. Und ich fragte mich unwillkürlich, ob es das letzte Mal war, dass ich Shy sah. Bitte nicht. Obwohl er mir wie kein anderer unglaublich auf die Nerven gehen konnte, gehörte er zu uns, hatte seine Momente, in denen er … weniger fies gewesen war als in anderen. Er durfte nicht sterben. Ich schluckte schwer, unterdrückte ein Schluchzen.

Linc griff nach meiner Hand. »Es wird schon alles gut gehen.«

Schließlich räumten wir das Essen weg, da niemand mehr Appetit hatte, und ich ließ mich auf meinen Schreibtischstuhl fallen. Seufzend legte ich die Stirn auf dem Schreibtisch ab. Nur eine Sekunde die Augen schließen. Zwar wusste ich, dass Linc mich beobachtete, aber in der Agentur konnten wir sowieso nicht zu viel Zeit am Stück miteinander verbringen, ohne dass es auffiel. Irgendwo in der Nähe unterhielten sich Rae, Caleb und Marc leise, doch ich verstand sie kaum, da sie direkt unter dem Bildschirm an der Tür standen, auf dem die Nachrichten liefen.

Eine nervige Melodie ertönte, dann verstummte das Gemurmel des Nachrichtensenders. Merkwürdig. Ich sah auf, erkannte die Twitter-Schrift auf dem Fernsehbildschirm – genau dieselbe tauchte in ebendiesem Moment auf jedem anderen Bildschirm auf unseren Schreibtischen auf.

»Was?« Alle in der Agentur redeten durcheinander, klopften gegen ihre Bildschirme.

Doch ich erkannte sofort, was Sache war. Wir waren gehackt worden, eindeutig. Jemand hatte sich Zugang zu unserem Netzwerk verschafft. Langsam scrollte eine unsichtbare Hand durch die Tweets auf unseren Screens. Exakt die Art Tweets, die mir Rae vorhin gezeigt hatte. Tweets, die meinen Namen beinhalteten. Tweets, die mich verspotteten.

Genervt atmete ich aus. Jemand wollte mich ganz eindeutig ärgern.

Bria kam auf mich zugeeilt. Mit Amara im Schlepptau. »Das warst du nicht selbst, oder?«

Ich schüttelte den Kopf. Als ob ich Lust hatte, mich selbst so zu verspotten. »Kolly Sterling steht im Verdacht, mit Graeson und Zac von *The Tinfoil Phantoms* gemeinsam eine Nacht in Kanada verbracht zu haben«, flimmerte gerade über alle Bildschirme.

Was? Sie meinten doch nicht etwa die kurze Zeit in der Garderobe, als Linc und Rae mich aufgepäppelt hatten? Und wieso klang das nach einem Verbrechen? Stöhnend lehnte ich mich zurück, woraufhin mein Stuhl quietschend protestierte. Wer bitte hatte uns gesehen und verpetzt? Die Sanitäter?

Bria warf einen Blick auf mein Handgelenk. »Dann rufe ich jetzt besser einen IT-Profi.« Ja, das wäre wirklich das Beste. Und wenn Rae und Linc bitte aufhören könnten, mir mitleidige Blicke zuzuwerfen … Gerade als ich alle anweisen wollte, ihre Computer vom Netz zu trennen, klingelte mein Smartphone. Moms Name leuchtete mir entgegen.

»Ist was mit Shy?«, japste ich, presste mir das Gerät so fest ans Ohr, als könnte die Verbindung sonst abbrechen.

»Noch am Leben.« Mom keuchte. »Die Ärzte brauchen aber dringend seine komplette Allergieliste. Leider hat er keine bei sich. Hat wohl das Original bei uns abgegeben und eine Kopie auf seinem Handy gespeichert, wobei er das Handy heute zu Hause vergessen hat, wenn ich das richtig verstanden habe.« Es raschelte in der Leitung, als würde sie sich zu jemandem umdrehen. »Ein Bluttest dauert zu lange.«

Auch das noch. »Okay, ich hole seine Akte aus deinem Büro.« Schon war ich aufgesprungen.

»Nein, das geht nicht.« Mom klang hektisch, was nichts Gutes verhieß. Also stand es schlimmer um Shy, als sie zugeben wollte? Von den Bildschirmen im Büro erklang eine lachende Mädchenstimme, die über mich redete. Wahrscheinlich einen Tweet zitierte. Doch ich wollte das nicht hören, hielt mir ein Ohr zu. Linc zückte sein Handy, filmte offenbar den Hackerangriff mit. Gut, immerhin hatten wir dann Beweise für die Polizei – aber jetzt ging Shy vor.

»Mein Büro ist verschlossen. Der Schlüssel hier bei mir«, sagte Mom. »Weil Dexter in letzter Zeit in meinem Büro herumgeschnüffelt hat.«

Das hatte ich auch mitbekommen. Nur dass uns das gerade nicht weiterhalf.

»Du, oder besser Bria – ihr müsst im Computer seine Akte raussuchen.«

»Äh«, sagte ich, drehte mich einmal um die eigene Achse. Sämtliche Agenturmitarbeiter klopften oder redeten auf ihre Bildschirme ein, doch kein Computer ließ sich erbarmen, etwas anderes als Twitternachrichten zu zeigen. »Das könnte ein Problem sein.«

»Wieso? Das darfst du doch sicher – daraus wird dir kein Richter einen Strick …«

»Nein, das ist es nicht.« Rasch schilderte ich Mom die Situation.

»Das heißt, ich muss mit dem Schlüssel zurückkommen.« Exakt, denn die Kundendateien waren aus Sicherheitsgründen vom Fernzugriff durch fremde PCs ausgeschlossen. Nur jemand, der sich in der Agentur befand, konnte darauf zugreifen. Sofern er das Passwort wusste.

»Es ist Rush-Hour«, meldete sich Caleb direkt hinter mir, offensichtlich hatte er zumindest einen Teil der Unterhaltung mitbekommen.

»Shit.« Ich sah auf die Uhr. Kurz vor drei. Caleb hatte recht.

Plötzlich stand Linc wieder neben mir und sah mich fragend an. Ich schluckte. Ich musste es einfach versuchen, es gab keine andere Möglichkeit. Wenn ich es nicht probierte und Shy starb, würde ich mir das nie verzeihen. Linc legte eine Hand auf meine Schulter – sicherlich spürte er den Zwiespalt in mir. Wie hin- und hergerissen ich mich fühlte. Es musste sein.

»Jungs, könnt ihr versuchen, die Tür zu Moms Büro aufzubrechen?«, schlug ich halbherzig vor. Wohlwissend, dass es eine Sicherheitstür war und wir kein Brecheisen zur Hand hatten. Aber ich musste nach jedem Strohhalm greifen.

Um mich davon abzuhalten … etwas sehr Dummes zu tun. Linc brummte ebenfalls etwas von *Sicherheitstür*, wodurch meine Hoffnung schwand.

Seit Wochen hatte ich diesen Plan B fest in meinem Hinterkopf verschlossen, ab und zu an seiner Umsetzung gearbeitet, und jetzt kam er zum Einsatz. Der Moment war gekommen. Hastig zog ich die unterste Schublade meines Schreibtischs auf, wo ich meinen Rucksack verwahrt hatte. Ich wühlte darin herum, bis ich das kleine Kästchen mit den zwei Störsendern fand. Bitte, meine Theorie musste einfach funktionieren. Der Plan musste aufgehen.

»Ähm, Kolly?«, warf Linc ein.

»Bitte sag jetzt nichts«, bat ich ihn, während ich die Störsender links und rechts von meinem Trackerarmband auf den Schreibtisch stellte. »Ich muss mich konzentrieren.«

Blöderweise betrat Dexter gerade mit einigem Gepolter das Großraumbüro. Er verlangte zu wissen, was vor sich ging. Immerhin schaffte Bria es, ihn auf die Seite zu nehmen und mit leiser Stimme auf ihn einzureden.

Die gute Nachricht war: Ich konnte es noch. Meine Finger flogen geradezu über die Tastatur, fanden beinahe blind bis in die Tiefen meines PCs und von dort ins Darknet – mithilfe meines Smartphones. Ich hatte mich nicht per Armband einloggen müssen, also funktionierte der Störsender. Bis hierher zumindest. Wie jede gute Hackerin hatte ich eine Hacking-Software auf dem Handy, mit der ich Zugriff auf meinen gehackten PC bekam. Schritt eins.

Glücklicherweise beschränkte sich Linc darauf, mir nur stumm zuzusehen. Genau wie Rae, Caleb und Amara.

Einmal hörte ich Amara ungläubig aufseufzen, ließ mich davon allerdings nicht irritieren.

Und dann war ich drin. Schoss hastig ein Foto und schickte die Allergieliste an Mom. Mein Herz klopfte. Bitte, es musste ganz einfach funktionieren. Jetzt nur noch mit Gefühl alles zurücksetzen und die Störsender entfernen …

In diesem Moment schwang die Eingangstür krachend auf. Schwere Stiefel donnerten den Gang entlang. »Kolly Sterling?«, fragte der Polizist, der das Großraumbüro zuerst betrat. Er hatte beide Hände oben in seine schusssichere Weste eingehakt. Eine lockere Geste, als ginge nicht allzu viel Gefahr von der Situation aus, und dennoch so elitär, dass klar war, dass er keine Ausreden durchgehen lassen würde.

Fuck. Ich war so was von geliefert.

Selbstverständlich drehten sich sämtliche Mitarbeiter zu mir um. Meine freie Hand wanderte zu den Störsendern, doch der vordere Polizist schnalzte mit der Zunge.

Es hatte also keinen Sinn, zu vertuschen, was ich getan hatte. Seufzend stand ich auf.

»Bitte, Sir, das können Sie nicht machen.« Linc sprang den Männern in Uniform in den Weg, wurde jedoch sogleich aus dem Weg geschoben.

»Mitkommen.« Der Polizist ganz vorn nickte mir zu, während seine Kollegen Linc darüber belehrten, dass er die Staatsgewalt nicht zu behindern hatte – jedenfalls, wenn er nicht hinter Gittern landen wollte.

Mist, verfluchter. Also hatte der Störsender doch nicht so gut funktioniert wie gedacht.

Im Kautionsvorraum zur Hölle, wie ich den Bereich auf der Wache getauft hatte, den ich schon von meinem früheren Besuch hier kannte, gingen fremde Menschen auf und ab, und ich konnte an nichts anderes denken als an die Falle, in die ich Trottel getappt war. Von einem mittelmäßigen Hacker erdacht und durchgeführt. Rückblickend erkannte ich, dass mich jemand hatte provozieren wollen, meine Anti-Hacker-Software zu benutzen. Damit ich gegen meine Bewährungsauflagen verstieß. Toll, klasse, Kolly. Von wegen ich hatte es noch drauf. Und bald würde ich gar nichts mehr draufhaben, sobald sie mich eingebuchtet hatten.

Andererseits hatte ich es getan, um Shy zu helfen, und wenn er keinen allergischen Schock erlitten hätte, hätte ich mich niemals dazu hinreißen lassen. Eine Verkettung unglücklicher Umstände … Hoffentlich hatte Mom mithilfe der Liste sein Leben retten können. Mit dem Handrücken wischte ich mir über die Stirn. Letzten Endes lief alles darauf hinaus, dass ich gegen meine Bewährungsauflagen verstoßen hatte. Ganz eindeutig waren das irgendwelche Fans der Band gewesen, die davon gewusst hatten und mich auf diese Weise aus dem Weg hatten schaffen wollen. Nur leider im ungünstigsten Moment. So ein Mist! Wie konnte man nur so viel Pech auf einmal haben?

Ich vergrub das Gesicht in den Händen. Und jetzt wusste ich nicht mal, wie es Shy ging. Niemand hier wollte mir antworten, wenn ich nach Shy oder Mom fragte. Eine Weile dachte ich an das geschockte Gesicht von Linc, der genau wie Caleb und Rae versucht hatte, vor den Polizisten Partei für mich zu ergreifen. Dieses Mal mussten ganz normale Fans dahinterstecken, nicht diese extreme Gruppe. Denn deren Spezialgebiet waren Entführungen und keine Hackerangriffe. Ich hatte die ganz normalen Fans unterschätzt. Die, denen ich ein Dorn im Auge war – wegen Graeson. Weil ich mich so sehr über mich selbst ärgerte und die Energie irgendwie kompensieren musste, wippte ich mit meinem ganzen Körper vor und zurück – was mir missmutige Blicke der anderen, die mit mir auf der Bank saßen, einbrachte.

Endlich nach gefühlten Stunden, in denen sie mir lediglich Wasser und ein Sandwich gebracht hatten, schickte mich ein weiblicher Officer in einen kleinen Raum, wo sie meine Aussage aufnahm. Oder besser gesagt: aufnehmen wollte. Ich weigerte mich selbstverständlich, wollte ohne Anwalt nichts sagen. Nicht ein Wort.

Am Ende tippte sie mehrfach mit ihrem Bleistift auf die Tischplatte. »Sie werden jetzt in Untersuchungshaft überstellt und morgen dem Richter vorgeführt. Das Prozedere im Gericht kennen Sie ja. Da Sie auf frischer Tat ertappt wurden, wie Sie gegen Bewährungsauflagen verstoßen haben, benötigen wir Ihre Aussage nicht zwangsläufig.«

Was? Ernsthaft? Ich presste die Lippen aufeinander. Gericht. Schon wieder.

Nicht mal meine Mom wollten sie mich anrufen lassen, da ich schon meinen einzigen Anruf für meine Anwältin verbraucht hatte. Morgen vor Gericht würde ich meine Angehörigen und Freunde sehen, die darüber informiert worden waren, wann meine Anhörung stattfand. Klasse. Also Mom und Sawyer im Gerichtssaal, obwohl ich das gern vermieden hätte. Ob Linc auch auftauchen würde? Ich biss mir auf die Unterlippe. Rae vielleicht noch und Caleb?

Die Nacht auf der Pritsche im Untersuchungsgefängnis von L.A. zu verbringen, konnte ich nicht empfehlen. Einen von zehn Sternen allerhöchstens – für diese Unterkunft. Mein Rücken fühlte sich am nächsten Morgen an, als ob sämtliche Wirbel ausgerenkt wären, und ich verbrachte mehrere Minuten damit, die Muskeln aufzulockern. Eine Wärterin erschien, die mir Handschellen anlegte und mich zum Gerichtsgebäude brachte. Immerhin nahm sie mir mit einem Spezialwerkzeug den Tracker ab. Erleichtert rieb ich mir über den Arm und über die Haut, die nun, da sie so viele Wochen lang unter dem Tracker gelegen hatte, viel heller war als der Rest von mir.

Lincoln 45

ES HEISST, MÄNNER HABEN DIE HOSEN AN. ABER SAGEN IHRE FRAUEN IHNEN NICHT IMMER ZUERST, WELCHE SIE WÄHLEN SOLLEN?

Mehrere Stunden zuvor

Der Gedanke daran, was Kolly in diesem Moment durchmachte, machte mich total fertig. Wieder und wieder. Von innen nach außen. Ehe ich mich zusammenriss – für sie. Doch kurze Zeit darauf ging alles wieder von vorne los. Wieso hatte ich sie nicht aufgehalten? Einen anderen Plan vorgeschlagen? Mich nicht selbst angeboten, ihre Hände zu spielen – für sie zu hacken, und warum in Gottes Namen hatte ich nicht durchschaut, dass es eine Falle war? Es war zum Verzweifeln. Ich saß in Mirandas Büro, wippte mit dem Oberkörper vor und zurück und konnte Dexters Gequatsche über Kollys Verhaftung und Shys Entlassung aus dem Krankenhaus keine Sekunde länger ertragen. Ich musste etwas unternehmen.

»Hey, Rae, kommst du mal mit?«

Rae blinzelte, nickte dann aber. Er vertraute mir, und sicherlich ahnte er, dass ich mich nicht ohne Grund verpisste. Miranda ließ uns kommentarlos gehen, in Gedanken sicher bei Kolly – genau wie ich.

Nur Dexter verdrehte die Augen, als wären wir sowieso zu nichts zu gebrauchen.

»Du hast einen Plan, oder?«, raunte Rae mir zu, als wir die Straße erreichten und auf seinen Wagen zusteuerten. »Wo soll's hingehen?«

»In die Villa der Band. Vollgas, okay?«

Rae runzelte die Stirn und warf mir dann seine Autoschlüssel zu. »Willst du fahren?«

Ich wollte. Und wie ich wollte, denn dann hatten meine Hände endlich was zu tun. Etwas Sinnvolles. Und es lag an mir und an niemandem sonst, so schnell wie möglich zum Ziel zu gelangen. Für Kolly, die auf einmal viel zu weit von mir entfernt in Untersuchungshaft saß. An einem Ort, den ich zu genau kannte, und ich wünschte niemandem, vor allem nicht Kolly, dort festzusitzen. Meine Gedanken kreisten immer wieder um die Ereignisse von heute Nachmittag. Als ich Kolly so viel für Shy hatte riskieren sehen – wie sie sich selbstbewusst durch die Tiefen des Computers gewühlt hatte. Sie war einfach unglaublich. Wusste, was wichtig im Leben war.

Ich legte den Rückwärtsgang ein, schoss aus der Parklücke. Und während ich die Straßen entlangzischte, fühlte ich mich, als wäre ein Knoten geplatzt. Kein Job der Welt würde mich von Kolly fernhalten – das schwor ich mir. Es war Zeit, mir einzugestehen, was mich wirklich die ganze Zeit von ihr ferngehalten hatte. Ich hatte mir selbst im Weg gestanden und mir eingeredet, dass dieser eine Job alles war, was ich konnte. Was nicht der Fall war. Und ich würde nicht mehr zulassen, dass mich irgendwas oder irgendwer davon abhielt, meine Gefühle für sie zu zeigen.

Immer wieder warf mir Rae kurze Blicke von der Seite zu, so, als wollte er irgendwas sagen. Doch er schwieg, wofür ich sehr dankbar war. Kurz vor unserem Ziel rief Lexi an. Miranda hatte mir ihre Nummer gegeben, und ich hatte ihr vor etwa einer Stunde geschrieben, was passiert war. Sicherlich machte sie sich ebenso große Sorgen um Kolly wie ich. Mit einem Kopfnicken bedeutete ich Rae, dass er das Gespräch annehmen und auf laut stellen sollte.

Kolly

Ich fühlte mich, als hätte mich das Universum nach Strich und Faden verarscht: Zum zweiten Mal in diesem Sommer saß ich nun in einem Gerichtssaal. Auf der Anklagebank. Immerhin hatten die Beamten mir keine Handschellen angelegt. Das hätte den absoluten Tiefpunkt für mich markiert.

Wie erwartet saßen Mom und Sawyer ganz vorn in dem vollgestopften Raum, hinter meiner Anwältin. Die Presse musste die Meldung über meine Verhaftung rasend schnell verbreitet haben, was mich vermutlich zum Stadtgespräch Nummer eins machte. Graeson Woollards Freundin vor Gericht … Nur dass ich weder Graeson noch eines der anderen Bandmitglieder im Raum sah. Oder ihre Doubles. Andererseits war der Raum so vollgestopft, dass ich es nicht mit Gewissheit sagen konnte. Aber im Prinzip war das egal. Sie konnten nichts für mich tun. Das konnte niemand. In ein paar Minuten würde ich in einem Transporter sitzen, der mich ins Frauengefängnis brachte.

Während Sawyer mir aufmunternd zunickte, starrte Mom auf ihre verschränkten Hände, als würde sie beten. Was ich ihr nicht verdenken konnte. Wie viele Jahre würde mir der Richter gleich aufbrummen? Wie würde sich mein Verstoß gegen die Bewährungsauflagen auswirken? Wieder ließ ich den Blick durch den Gerichtssaal wandern und konnte einfach nicht anders: Enttäuschung machte sich in mir breit. Darüber, dass außer den beiden niemand gekommen war. Mit einem Nicken begrüßte ich meine Anwältin, Miss Mongrove, und setzte mich genau wie bei meiner ersten Verhandlung Anfang des Sommers neben sie.

Wir alle standen auf, als der Richter in seiner Robe den Saal betrat, selbst die Gerichtsangestellten. Wie ein eingespieltes Team.

Wir begannen wie immer. Der Richter blickte über seine Lesebrille hinweg zu mir herab, fragte meine Personalien ab. Man wollte schließlich die richtige Kolly Sterling verknacken. Da wäre ich auch auf Nummer sicher gegangen.

Miss Mongrove brachte mehrere Punkte zur Sprache, die meine Strafe abmildern sollten, wie mein junges Alter und meine guten Absichten.

»Noch irgendetwas zu deiner Verteidigung, was du vorbringen möchtest?« Der Richter notierte sich etwas.

Eine wirklich gute Frage.

Die Tür schwang auf. Gerangel brach aus.

»Ruhe in meinem Gerichtssaal«, verlangte der ehrwürdige Richter.

Ein Blick über meine Schulter ließ mich aufatmen. Und ich begann zu lächeln. Lincoln stürmte die Treppenstufen nach unten. Konnte einem das Herz aus der Brust springen, nur weil man den schönsten Mann der Welt durch einen voll besetzten Gerichtssaal auf einen zusprinten sah? Hinter ihm konnte ich Rae sehen, gefolgt von Lexi. Das Schlusslicht bildeten Graeson, Zac und Biggy. Alle in ihren Masken. Der Richter blinzelte. Eine der jüngeren Gerichtsangestellten klappte den Mund auf. Klar, denn in ihrem Gerichtssaal stand von jetzt auf gleich eine der berühmtesten Bands des Landes. Ich hätte mich auch erschrocken. Fans kreischten – okay, das war vorhersehbar gewesen.

Die Tür öffnete sich noch ein weiteres Mal. »Halt! Ich bin ihr Manager.« Dexter natürlich.

Aber was sollte dieser Auftritt? Was wollten die fünf Jungs und Lexi hier? Mir beistehen? Bloß, was wollte dann Dexter? Sie aufhalten oder unterstützen, bei was immer sie vorhatten? Aber nein, irgendetwas heckten sie doch aus?

Ich kniff die Augen zusammen, innerlich platzte ich beinahe vor Freude. Und vor Glück. Weil sie da waren. An meiner Seite. Gut, bis auf Shy, aber der war bestimmt noch im Krankenhaus oder zu Hause. Wahrscheinlich, weil ich mich die letzten Tage über so gar nichts hatte freuen können, reagierte mein Körper jetzt vollkommen über – übertrieb so richtig. So richtig kitschig.

»Richter Jones«, sagte Linc. Woher kannte er den Namen? Die Information verlieh Linc jedenfalls den Anschein, dass er sich sehr gut auf diesen Moment vorbereitet hatte.

Ich stützte mein Kinn in meine Hand – begierig darauf zu erfahren, was als Nächstes passierte. Wie bei einer Gerichtssendung. Jetzt fehlte nur noch das Popcorn. Und eingeblendete Untertitel.

»Euer Ehren, ich hab Beweise dafür, dass Kolly Sterling hereingelegt wurde. Da es um Leben und Tod ging, hat sie sich in diesen Computer gehackt. Aber es war eine Falle.«

Graeson trat neben mich, nickte bekräftigend. »Das können Sie uns glauben, Euer Ehren.«

»Und Sie sind?« Richter Jones rückte sich die Perücke zurecht. Ich hatte mal gelesen, dass manche Richter diese immer noch bevorzugt trugen, damit sie in der Öffentlichkeit ohne Perücke nicht erkannt wurden.

Natürlich ließ es sich Dexter nicht nehmen, alle vorzustellen – bis auf Lexi, die das aber nach einer Pause selbst übernahm.

Stille breitete sich im Saal aus – ungefähr jeder Anwesende, der von dem Double-Geschäft nichts wusste, starrte von Linc zu Graeson, erst recht, als Letzterer seine Maske abzog. Wirklich heftig, wie ähnlich sie sich auch ohne Maske sahen. Jetzt war das allergrößte Geheimnis der Band raus. Und somit erklärte sich, weshalb Dexter gekommen war. Nicht wegen mir, sondern weil er noch ein kleines bisschen Kontrolle über die Band und Doubles aufrechterhalten wollte. Oder zumindest eine Illusion davon.

»Doubles. Verstehe.« Richter Jones nahm seine Brille ab. »Und um Leben und Tod ging es also?«

»Ja!« Lexi straffte die Schultern. »Und wir können beweisen, wer dahintersteckt. Darf ich Ihnen das Beweisvideo zeigen?«

Sie durfte. Richter Jones winkte sie nach vorn.

Gespannt rutschte ich auf meinem Stuhl nach vorn. Beweise?

In der Zwischenzeit räusperte sich Graeson. »Wir stehen alle hinter Kolly Sterling. Sie war sogar so selbstlos, mir einen Gefallen zu tun. Um meine Sicherheit auf der Straße zu gewährleisten, hat sie sich als meine Freundin ausgegeben. Auf meine Bitte hin.«

Raunen setzte im Gerichtssaal ein. Okay, das war die Wahrheit, die auch ich gebraucht hatte.

»Exakt«, schaltete sich Zac ein. »Sie ist der aufrichtigste Mensch, den ich kenne.«

»Sie sollten sie mal sehen, wenn sie in der Katzenrettungsstation mit anpackt«, meldete sich Lincoln zu Wort.

Ein bisschen kam ich mir wie in einer unwirklichen Parallelwelt vor, in der alle viel zu nett waren. Wie in einer gescripteten TV-Show. Zac hatte ein positives Wort über mich verloren? Der Einzige, der abgesehen von Dexter nichts sagte, war Biggy, der aber immerhin mitgekommen war.

Lexi baute sich mit ihrem Smartphone vor dem hohen Tisch des Richters auf. Mittlerweile kaute ich auf meinem linken Daumennagel herum. War das ein Bluff, oder hatten sie wirklich Beweise zusammengetragen? Meine … Freunde? Dunkel erinnerte ich mich daran, dass Linc im Großraumbüro die Bildschirme abgefilmt und auch Einspruch gegen meine Verhaftung erhoben hatte. Doch die Polizisten waren ihren Anweisungen gefolgt, ohne sich umstimmen zu lassen.

»Als Linc mir das Video von dem Hackerangriff gezeigt hat, den er mitgefilmt hatte, wusste ich gleich, dass ich die Stimme schon mal irgendwo gehört habe. Die, die die Tweets vorgelesen hat.« Lexi spielte für Richter Jones erst dieses Beweisvideo ab und danach ein anderes Video, von dem ich nur mitbekam, dass sie ein Mädchen befragte.

Den Handybildschirm konnte nur der Richter sehen. Das Mädchen, deren Stimme jedoch dieselbe wie vom ersten Video zu sein schien, druckste ein wenig herum, ehe es auf Lexis Fragen einging. »Okay, schon gut. Bevor du zu meinen Eltern gehst: Ja, ich wollte dieser Kolly eins reinwürgen, weil sie mir Graeson weggenommen hat. Als ich sie ständig zusammen mit ihm im Fernsehen gesehen hab, ist mir eingefallen, dass ich sie schon bei dir in der Katzenauffangstation gesehen hab, als meine Mom mit der Katze bei dir war. Und dann hab ich gelesen, dass sie vor Kurzem wegen einem Hackerangriff vor Gericht war. Also, was hätte ich tun sollen? Sie hat mir Graeson weggenommen!«

Meine Anwältin räusperte sich, aber niemand sonst sagte etwas, alle anderen lauschten viel zu gespannt.

Selbst Richter Jones, wie es schien.

Wieder Lexis Stimme, als sie im Video nachhakte. »Das heißt, du hast die Verbindung hergestellt, dass Kolly die Hackerin ist, die sich in die Parteizentrale gehackt hatte, momentan unter Beobachtung steht und außerdem dieselbe Person ist, mit der Graeson Woollard angeblich zusammen ist? Und noch dazu bei mir arbeitet.«

»Was meinst du mit ›angeblich‹?«

»Die Details zu Kolly und Graeson, auf die du so versessen zu sein scheinst, erzähle ich, sobald du alles zugibst.« Lexis aufgenommene Stimme klang fast gelangweilt.

Nach einer kurzen Pause keifte das Mädchen so laut, dass das Mikrofon kurz Zicken machte. »Ist ja gut, ich hab die Computer in ihrer Firma gehackt und gehässige Twitter-Kommentare darauf gestreamt. Ich hab gehofft, dass die Polizei sie auf frischer Tat erwischt, wie sie sich einhackt, um mich loszuwerden. Weil ich von ihrem Trackerarmband gelesen hab. Und so ist es ja dann auch passiert.«

Der Richter winkte dem Staatsanwalt, der bisher im Schatten gelehnt und an seinem Wasserglas genippt hatte, zu. »Neue Beweislage«, brachte er gleichgültig hervor. »Die Zeugin muss vorgeladen werden, und dann sehen wir weiter.«

Und das taten wir. Fünf Tage später, die sich wie drei Monate anfühlten. Immerhin hatte ich zu Hause übernachten dürfen, da bei mir wenig Fluchtgefahr bestand, wie Richter Jones verkündet hatte. Und in dieser Zeit war ich kaum eine Minute allein gewesen, weil alle meine Freunde ständig nach mir geschaut hatten. So viel Unterstützung hatte ich selten in meinem Leben erfahren. Und Shy hatte sich bestimmt dreimal bei mir bedankt, dass ich so viel für ihn riskiert hatte. Dreimal! Völlig untypisch für ihn. Der Arme hatte aber auch ein Pech gehabt, genau zur falschen Zeit eine neue Allergie zu entwickeln. Am Tag von Penelopes Hackerangriff.

Penelope und ihre Mutter – die ich bereits von dem Tag kannte, an dem sie Charlie bei Lexi abgegeben hatten – saßen dieses Mal auch im Gerichtssaal. Sagten aus. Zu meinen Gunsten. Genau wie am Tag unserer ersten Begegnung ertrank Penelope geradezu in ihrem überdimensionalen Hoodie. Aus ihren intelligenten Augen blitzte es immer wieder in meine Richtung. Keine Ahnung, was sie dachte – außer vermutlich an die gemeinnützige Arbeit, die sie nun leisten musste.

Am Ende konnte ich mein Glück kaum fassen. Zwei Jahre gemeinnütziger Dienst in der Katzenrettung für mich. Mehr nicht.

Der Richter sah daraufhin Lexi lange an. Und sie brach den Blickkontakt nicht.

Auch die anderen Bandmitglieder und Rae starrten mit gestrafften Schultern den Richter an. Sie alle, ging mir auf, standen hinter mir. Sowohl wortwörtlich als auch im übertragenen Sinne. Zum zweiten Mal in diesem Gerichtssaal. Dieses Gefühl, das auf diesen Gedanken folgte – kannte ich nicht. Es war genauso unwirklich wie wunderschön. Nein. Mit einem Mal packte mich die Erkenntnis, gegen die ich mich in den letzten Tagen gewehrt hatte. Das hier war *echt.* Nicht *fake*, wie ich bisher gedacht hatte. Es war, wie Lexi gesagt hatte: Kein Mensch war unecht. Nichts an dieser Szene war unwirklich. Die Jungs standen hinter mir – so wahr, wie ich hier saß. Wieso hatte ich das nicht vorher erkannt? Konnte das doch noch der beste Sommer meines Lebens werden? Mein Herz platzte beinahe.

Ich sah den Hammer fallen und hörte, wie Richter Jones etwas von »die Strafe wird zur Bewährung ausgesetzt« rief.

Linc sprang im selben Moment auf, hechtete in einem Bocksprung über die Absperrung zu mir. »Großer Gott, Kolly.« Er nahm mein Gesicht in beide Hände, zitterte dabei, als wäre ich nur knapp dem Tod entronnen, und dann küsste er mich. Einfach so. Vor allen. Als hätte ihn nie etwas zurückgehalten, genau das zu tun.

46 Lincoln

AUCH DIE KLEINSTE KATZE IST EIN MEISTERWERK. ENDE DER GESCHICHTE.

Einige Tage später

Sicherlich wäre mir in meinem bisherigen Leben nie in den Sinn gekommen, dass ich eines Tages inmitten eines Haufens voller Babykatzen sitzen würde, die ihr Köpfchen an mir rieben. Und doch tat ich heute genau das. Im Spätsommer im Valley. Nicht zu glauben.

Kolly lachte, und auch meiner Kehle entwich ein Brummen, das gut und gerne als Lachen durchgehen konnte.

Zu den Vorteilen, wenn man von flauschigen Wesen umringt war, zählte definitiv, dass man die Liebe um einen herum praktisch spüren konnte. Liebe von Kätzchen, so aufrichtig, weil sie sich freuten, dass ich mit ihnen spielte und sie kraulte. Und die Liebe, die Kolly auf einmal so offen für mich zeigte. Sie legte den Kopf in den Nacken und hielt Bacon in die Höhe, der aber auch wirklich witzig mit seinem Plastikhalstrichter aussah und das Leben ganz offensichtlich genoss, frisch kastriert, oder nicht.

»Hey?« Kolly tastete nach meiner Hand und drückte sie fest. »Alles okay?«

Ihr fragender Blick streifte mich, hielt mich fest, was mich bis in die letzte Zelle meines Körpers aufblühen ließ. So fühlte es sich an. Am liebsten hätte ich diesen Moment bis in alle Ewigkeit festgehalten, einfach weil er so perfekt war. Kolly, die lachte, mit geröteten

Wangen. Ihre dunklen Haare fielen ihr lang über die nackten Schultern, die ich am liebsten geküsst hätte – aber den Job hatte bereits die Sonne erledigt, und später am Abend würde dafür noch genug Zeit bleiben. Wenn wir allein waren. Wie konnte eine Frau einen derart umhauen? Einfach weil sie hier saß in ihren Jeansshorts und dem weißen Top. Dieses Mal kein Schwarz. Mit rosigen Lippen, von denen man denken konnte, sie wären geschminkt. Dabei wusste ich, dass sich Kolly heute Morgen im Bad nur kurz Wimperntusche aufgetragen hatte – oder wie man diesen schwarzen Kleber nannte.

Mir entfuhr ein Seufzer. »Weißt du eigentlich, wie stolz ich auf dich bin?«, fragte ich zurück. Und das war ich. Wirklich.

Um Kollys Nase herum schimmerte die Haut in der Sonne. Aber es war wahr, viel zu wahr, und es hatte mich blöderweise einiges an Zeit gekostet, das einzusehen. Bis ich selbst so weit gewesen war, die richtigen Entscheidungen zu treffen.

Kolly sagte nichts, lächelte mich einfach nur an.

»Okay … Ich sehe schon.« Lexi pflügte sich einen Weg durch den *Cuddle Puddle* – wie sie den Haufen Katzen nannte. »So, jetzt unterhalten sich mal die Erwachsenen.« Mit ein paar schnellen Bewegungen hatte sie die sechs kleinen Kätzchen in das Gehege neben uns gehoben und Lucifer sowie die älteren Katzen verscheucht. Alle Tiere, selbst die Helikopter-Zwillinge, waren fit genug für das Freigehege, was an sich ein kleines Wunder darstellte.

Schwer atmend – was natürlich nur übertrieben gespielt war – ließ sie sich neben Kolly ins Gras fallen. »Also ihr zwei wollt eine eigene Firma aufmachen?«

Kolly wandte sich ihr zu, lächelte, was einfach das Allerschönste an ihr war. Nun ja, neben einer Million anderer Dinge, die schön an Kolly waren.

»Richtig. Lincs Idee.« Kolly drückte meine Hand. »Wir wollen Jobs an Ex-Häftlinge vermitteln.«

»Ah, sehr sinnvoll.« Lexi nickte großmütig, und auch ich hatte das Gefühl, dass Business-Ideen erst so richtig Sinn ergaben und als genehmigt galten, wenn Lexi sie abnickte.

»Und darüber hinaus bringt Kolly denen, die es wollen, das Programmieren bei, um beruflich auf eigenen Beinen zu stehen.«

Wieder ein großmütiges Nicken. »Ja, das hat sie wirklich drauf. Die Spendenaktionswebseite war unsere Rettung.«

»Freut mich so sehr, dass wir Charlies Operation dadurch bezahlen konnten.« Kolly legte Lexi eine Hand auf die Schulter.

Ja, wirklich beeindruckend. Fast so beeindruckend, wie Kolly alles managte. Und das Zweitbeste war: Miranda hatte bereits ein neues Double für Graeson gefunden, das zum Labour Day startete – also war ich Ende des Sommers frei. Nicht nur, weil ich das mit mir und Kolly öffentlich gemacht hatte, wollte ich gehen. Miranda hätte mich sogar behalten, aber ich wollte diese Scheinwelt von Hollywood lieber heute als morgen verlassen. Und das Allerbeste: Ich hatte Kolly. Gott, wie sehr ich diese Frau liebte!

»Oh, hallo, Mister Vogel!« Kolly legte den Kopf in den Nacken und sah zu der Taube auf, die über uns im Baum gurrte. Eine Taube!

»Hallo, Kleiner«, begrüßte auch ich das Tier. Daraufhin wurden meine Augen noch ein wenig feuchter. Aus einem Impuls heraus, nahm ich Kollys Hand, verschränkte meine Finger mit ihren und küsste sie auf den Handrücken. Der verschmitzte Blick, den sie mir daraufhin zuwarf, brannte sich tief in mich.

Ein übernatürlich lautes Miauen ertönte. Lexi sah zu Bacon, der mit dem Plastikkragen nicht mehr über den niedrigen Zaun klettern konnte, und grinste uns an. Lexi, nicht die Katze. »Der Verstärker an der Katze macht sich bezahlt.«

Kolly

Vor wenigen Tagen

Mit einem mulmigen Gefühl trat ich auf Moms Büro zu. Und das hatte nichts damit zu tun, dass mir die gestrige Anhörung immer noch schwer im Magen lag. Ich wollte mit ihr über Linc sprechen und hatte keinen blassen Schimmer, wie sie reagieren würde. Ich atmete einmal tief ein und klopfte. Doch kein »Herein« ertönte. Trotzdem konnte ich eine Stimme hören. Eine *dunkle* Stimme. Was zur …?

Ein ungutes Gefühl machte sich in mir breit, und ich öffnete die Tür: Dexter saß hinter Moms Schreibtisch, sein Handy am Ohr, und beide Hände waren tief in irgendwelchen Akten vergraben. Schon wieder.

Er nickte mir zu, dachte aber nicht daran, sein Gespräch zu beenden. »Nein, ein nächstes Mal wird es nicht geben, wir sind hier fertig. Meine Empfehlung mit der Schauspielschule kannst du vergessen.«

Ich stemmte die Hände in die Hüften, um ihm zu bedeuten, das Gespräch zu beenden. Schließlich hatte ich noch ein Hühnchen mit ihm zu rupfen.

Doch Dexter winkte lediglich träge in meine Richtung. »Versuch es doch, aber du wirst keinen Fuß mehr in die Stadt setzen können, wenn ich mit dir fertig bin.«

Also wirklich, wem drohte er da?

Eine weibliche Stimme schrillte am anderen Ende. Offensichtlich erledigte sie meinen Job und brüllte ihn an. Schon hoben sich meine Mundwinkel. Bis, nun ja – bis ich die Frau meinen Namen schreien hörte.

»Was ist hier los?«, fragte ich gefährlich ruhig. »Wen lässt du da gerade hängen, und was hab ich damit zu tun?«

Das Schreien dauerte an, doch Dexter schwieg, starrte mich an, als wünschte er sich, dass ich mich in Luft auflöste. Ich kniff die Augen zusammen, als die Stimme irgendwas in mir rührte. Irgendwoher kannte ich sie. Ich musste daran denken, wie Indy mir eine Nachricht geschickt hatte, da sie glaubte, dass die Entführerinnen in einem der zahlreichen Häuser für angehende Schauspielerinnen lebten. Die, die in die Stadt kamen, um berühmt zu werden und an den Augenwischerei-Slogan glaubten, dass sie es geschafft hatten, nur weil sie in Los Angeles angekommen waren. Ich runzelte die Stirn, hatte mit einem Mal ein Bild von einer Frau mit blonden Locken und Rosentattoos, die Linc in einen Transporter zog, vor Augen.

Nein, oder?

Ohne Vorwarnung schnappte ich mir Dexters Handy, sprintete damit aus dem Büro. Ich musste einfach die Wahrheit erfahren. Jetzt und hier. Dexters Schimpftirade verfolgte mich, und ich hörte, wie er mir folgte. Knapp vor ihm erreichte ich den ersten Meetingraum, schlug die Tür hinter mir zu und verriegelte sie mit schnellen Handgriffen. Schwer atmend ließ ich mich auf einen Stuhl fallen, ignorierte Dexters Gehämmer und Geschrei an der Tür.

»So«, sagte ich ruhig in den Hörer. »Kann ich dir irgendwie helfen zu deinem Recht zu kommen?«

Dann machte ich ungefähr zwanzig Minuten nichts anderes, als einfach nur zuzuhören. Die beste Entscheidung der Woche. Und mit jedem Wort wurden meine Augen größer. Dexter hatte doch tatsächlich drei angehende Schauspielerinnen engagiert, um seinen eigenen Sohn zu entführen.

Mom kam nur wenige Minuten später, und ich erzählte ihr alles brühwarm. Das Gestotter von Dexter danach würde ich für immer in Erinnerung behalten. Und wie er auf einmal zehn Jahre älter aussah. Und dieser egoistische Hirnfurz war mal mit meiner Mom zusammen gewesen …

Es passte alles fast schon zu gut zusammen. Was Dexter an seltsamen Aussagen getroffen hatte, wie er in Moms Schreibtisch gewühlt hatte, selbst, was Linc belauscht hatte, als er neulich Dexter vor unserem Haus begegnet war.

»Versteht doch, ich wollte damit die Finanzen der Agentur retten … Alle Promis hatten nach den Entführungsversuchen Angst und haben Doubles bestellt. Und es gab richtig viel PR für die *Tinfoil Phantoms*. Die Anschläge im Frühjahr in Hollywood haben mich auf die Idee gebracht. Die auf die Autos der Schauspieler. Also wollte ich noch ein wenig mehr Schrecken verbreiten, und siehe da: Zahlreiche neue Klienten sind zu uns gekommen.«

Mom verschränkte die Arme vor der Brust. »Unseren Finanzen geht es gut – solange du kein Geld veruntreust. Mir sind in letzter Zeit viele suspekte Überweisungen aufgefallen …«

Daraufhin senkte Dexter den Kopf.

Geld veruntreut? Also sich selbst in die Tasche geschoben? Klar, Dexter lebte auf großem Fuß … dennoch klappte mir der Mund auf. Von welchen Summen sprachen wir hier?

Dexter murmelte etwas von Spielschulden und einer mittleren fünfstelligen Summe, die er Mom zurückzahlen würde.

»Unglaublich – die Jungs und ich hatten echt Angst um unser Leben.« Ich warf die Arme in die Luft, dachte daran, wie diese kleine Schauspielerin Medina mich im Kühlraum eingesperrt hatte – nur um mich für ein paar Minuten loszuwerden. Sie hatte nach eigener Aussage nicht damit gerechnet, dass die Tür von innen nicht aufgehen würde. Offenbar war nach ihrem Abgang eine Leiter umgefallen und hatte die Tür blockiert.

So viel Stress und Angst. Und alles nur wegen Dexter. »Aber du wolltest Geld und Aufmerksamkeit, richtig?« Das war auch eine Art von PR, in der er sich suhlen konnte.

»Es tut mir leid«, sagte Dexter, wobei es ihm schwerzufallen schien, diese Worte überhaupt auszusprechen. »Medina wusste nicht, wie schnell man in einem Kühlraum eine Unterkühlung bekommen kann. Ich habe mit ihr darüber gesprochen, dass es falsch war.«

Und das sollte mich jetzt besänftigen? Außerdem wusste ich das alles schon von ihr persönlich. Ungläubig sah ich ihn an und tauschte dann einen bedeutsamen Blick mit Mom. Immerhin hatte die Situation auch etwas Positives, das war uns beiden klar.

»Du wirst dich mit sofortiger Wirkung aus der Agentur zurückziehen. Von allen Geschäften und auch von deiner Teilhaber-Position«, forderte Mom.

»Ich vermute, Graeson wird, sobald er es erfährt, auch nicht mehr mit dir arbeiten wollen«, sagte ich. Der Gedanke war naheliegend. Dass Graeson es wahrscheinlich schon geahnt hatte, dass sein Vater da mit drinsteckte, ließ ich aus. An seiner Stelle hätte ich mich ebenfalls sofort nach einem neuen Manager umgesehen. Einem anständigen.

»*Und* du wirst der Presse ein Statement schicken, in dem du dich positiv über Kollys selbstlosen Einsatz für Graeson äußerst. Als Bestätigung dessen, was Graeson im Gerichtssaal gesagt hat.«

Am liebsten hätte ich Mom für diese Forderung ein High Five gegeben, gefolgt von einer festen Umarmung. Keine um unser Haus schleichenden Fans mehr. Aus. Vorbei. Aber das mit dem High Five würde ich mir für später aufheben. Oh, das würden wir auf jeden Fall feiern!

EPILOG

Kolly

Einige Wochen später

Was wir auch feierten, war das Sommerfest in der Katzenrettungsstation einige Wochen später. Und das so richtig, mit allem Drum und Dran. Die Deko ging größtenteils auf Lincs Konto. Gut, mit den Lichterketten hatte er eventuell etwas übertrieben.

Ich hakte mich bei ihm unter, lehnte meinen Kopf gegen seine Schulter. »Wahnsinn, unser Plan ist richtig aufgegangen, die Katzenpatenschaften nehmen immer mehr zu, und die Auktion für die Namensgebung der Helikopter-Katzen war ein richtiger Erfolg.« Ich deutete auf den riesigen Bilderrahmen, gefüllt mit allen Katzenbildern, den wir auf einer Staffelei platziert hatten. Gerade trug sich jemand als Pate für Mister Spock ein. Den kleinen schwarzen Kater.

Linc räusperte sich, doch ich bedeutete ihm, es nicht auszusprechen. Ja, das mit den Bildern und dem Rahmen war seine Idee gewesen. Aber Lexi und ich hatten sie umgesetzt. Er hatte unterdessen alles dekoriert. Die Wimpel, Lichterketten und Tischdeko im Stil einer Fiesta-Party konnten sich echt sehen lassen, vor allem die aus Papierservietten gebastelten Blumen.

Und überall so viele Menschen! Während Bacon mit Potato zu

meinen Füßen raufte, verliebte sich eine Familie nicht weit entfernt gerade in die hellgrau getigerte Peppermint.

»Wenn am Ende des Tages nicht alle Katzen ein neues Zuhause haben, fress ich …« Lincoln stockte in Ermangelung einer Idee, wie ich vermutete.

»Katzen-Nassfutter?«, schlug ich vor.

»Äh.« Linc sah mich an. »Einigen wir uns auf Trockenfutter?«

Damit war ich einverstanden. Ich winkte Leila aus der neuen Programmier-Lerngruppe. Und sie winkte zurück. Neben ihr saß Sawyer auf dem Rasen, beide Hände tief in Lucifers Fell vergraben.

Auch Caleb war gekommen.

Ich drückte Linc meinen Drink in die Hand. »Du entschuldigst mich?« Mit dem Kinn wies ich in Richtung Sawyer.

»Natürlich.« Linc küsste mich auf die Lippen. »Nimm dir alle Zeit der Welt. Ich bleibe hier und zähle die Minuten, bis du zurück bist.« Er lächelte mich an, als hätte er einen verbotenen Witz gemacht.

»Wow, gab's diesen Spruch gratis zu deinem Käsekuchen dazu? Bisschen cheesy, oder?«

Mit einem breiten Grinsen schloss Linc die Augen, verkniff sich ganz offensichtlich ein Lachen.

Zum Abschied gab ich ihm einen Kuss auf die Wange – das konnte ich mir einfach nicht verkneifen –, ehe ich es mir neben Sawyer im Gras gemütlich machte. Hach, frisch gemähtes Gras und ein langes, intensives Gespräch mit meinem besten Freund, was konnte es Besseres geben? Ich schielte zu Linc, der inzwischen Bacon im Arm hielt und über sein Köpfchen strich. Glücklicherweise war Sawyer kein Stück nachtragend, dass ich ihn so vernachlässigt hatte. Während wir redeten, ertappte ich ihn dabei, wie er immer wieder zu Leila sah, die an ihren schwarzen Haarsträhnen herumspielte, seinen Blick auffing und errötete. So war das also … Ich verbarg mein Grinsen, in dem ich mir Potato vors Gesicht hielt.

Am Ende des Tages stießen wir mit Cherrycoke auf den Erfolg des Sommerfests an.

»Neunzehn Adoptionen«, verkündete Lexi stolz. In ihren Haaren klebte Popcorn, und hinter ihr entdeckte ich Potato, der versuchte, auf die Popcornmaschine zu springen.

»Nun ja.« Ich befeuchtete mir die Lippen. »Einundzwanzig, wenn ich Bacon und Potato adoptieren kann.«

Weil Lincoln meine Hand drückte und ich es sowieso gern anders formuliert hätte, fügte ich ein »Wir« hinzu.

Lexi strahlte.

Ich strahlte und Lincoln auch. In der Gewissheit, dass unsere neue gemeinsame Wohnung viele flauschige Katzenpfötchen vertragen konnte.

»Das ist ja wohl längst überfällig.« Lexi hob ihr Glas. »Den halben Sommer hab ich auf diesen Satz gewartet.«

Hinter Lexi fiel Bacon vom Rad der Popcornmaschine.

»Und was ist mit Charlie?«, fragte ich in meinem unschuldigsten Tonfall, als Linc sich von uns entfernte.

»Was soll mit ihm sein?«

»Na ja … er ist deine Seelenkatze. Du bist ihm nicht von der Seite gewichen in den letzten Tagen, warst immer die halbe Nacht bei ihm in der Tierklinik.«

Lexi atmete tief ein. »Du hast recht. Und jetzt – nach den Einnahmen von heute – kann ich es mir tatsächlich leisten, ihn zu behalten.«

»Ist echt überfällig.« Ich nickte ernst und bleckte die Zähne, was sie erwiderte.

Dann wandte ich mich Linc zu, der gerade wieder mit Bacon und Potato auf dem Arm an meiner Seite auftauchte und mich an sich zog. Die beiden Kätzchen schnupperten neugierig in meine Richtung. Vermutlich wollten sie etwas von der Cherrycoke kosten.

»Ach ihr.« Meine drei Männer … Ich hätte es mir nicht besser wünschen können. »Und Gus wird die zwei auch lieben, wenn er uns in den Ferien besucht. Linc hat seinem Bruder einen tollen Platz in einem Sportinternat in Pasadena besorgt«, erklärte ich an Lexi gewandt.

»Ja, sobald wir uns in der neuen Wohnung eingerichtet haben, holen wir die Racker hier ab.« Lincoln streichelte erst Bacon und dann Potato über den Kopf, ehe er sich zu mir beugte.

»Uh, doch nicht vor den Kindern«, beschwerte sich Lexi und tat so, als würde sie den Minikatern die Augen zuhalten.

Doch ich ignorierte sie. Genoss einfach Lincs Lippen auf meinen. Ein Versprechen lag in der Luft. Auf eine Zukunft, die alles andere als fake war, sondern echt. Einfach echt.

DANKSAGUNG

Dieses Buchbaby hätte nie gecastet werden können, wenn nicht eine wunderbare Agentur es an einen genauso wunderbaren Verlag gedoubelt … äh, ich meine, vermittelt hätte.

Danke an meine Agentin Kathrin sowie an Kathrin und Nadja von Ravensburger und überhaupt an die komplette Marketingabteilung des Ravensburger Verlags. Ich kann euch nicht genug danken!

Einen weiteren *echten* Dank schulde ich ohne Zweifel Tamara Reisinger, die dieses Buchbaby ausgebildet … ich meine, lektoriert hat. Mit dir macht das immer superviel Spaß btw 😉.

Und zudem einen riesigen Dank an das sprachliche Lektorat von Svenja Kopfmann, das wirklich ruckzuck und so angenehm war!

Wie immer geht auch ein großer Dank an meine Original(!)-Testlesenden: Phillip, Jessica, Lisa, Denise, Elisa und Maren, die mir geholfen haben, an diesem Rohdiamanten zu schleifen, bis es blanker poliert war als das Hollywood-Zeichen. (Kleiner Spaß, das Hollywood-Zeichen wird meines Wissens nach nicht poliert.)

Und zu guter Letzt geht mein ungefilterter Dank an euch, liebe Lesende. Dass ihr zu diesem Roman gegriffen habt und überhaupt! Ich freue mich über einen Austausch mit euch und eure Meinungen zu dieser Reihe, z.B. bei Instagram, wo ihr mich unter @nina.mackay findet ♡

PS: Die Jammer-Technologie, die im Roman beschrieben wird, ist heutzutage noch nicht so ausgereift, wie die Autorin und das Gericht das gerne hätten. Aber womöglich bald ;)

LESEPROBE

aus

Nina MacKay

LEGEND ACADEMY

Fluchbrecher

Band 1

ISBN 978-3-473-40217-5

Mit einer Stricknadel und ziemlich viel Wut im Bauch auf einen Polizisten gedeutet zu haben, stellte sich rückblickend nicht gerade als eine der besten Ideen meines Lebens heraus.

»Ach, kommen Sie, es ist Cinco de Mayo.« Ich verschränkte meine Finger um die Cola-Dose, die sie im Verhörraum auf den Tisch gestellt hatten. Warum mussten die Angestellten im Police Department von Orange County ihre Klimaanlage eigentlich immer zwei Stufen zu hoch einstellen? Würden wir auf diese Weise den Planeten retten? Wohl eher nicht.

Während ich die leichte Gänsehaut auf meinen Unterarmen betrachtete, tippte ich mit den Fingernägeln gegen das Blech der Dose. Im Rhythmus meines Lieblingssongs.

Deputy Williams lehnte sich in seinem Aluminiumstuhl zurück und musterte mich abwartend. Da war er vermutlich nicht der Einzige; über uns war ich mir der Präsenz der Kamera nur zu bewusst.

»Miss McCoy«, sagte er mit einem Seufzen, »es ist ja nicht das erste Mal, dass wir Sie hier zu Besuch haben.«

»Soll ich mich nachher noch ins Gästebuch eintragen?« Ich zuckte mit den Schultern, setzte jedoch ein freudig-unschuldiges Lächeln auf. »Was soll ich sagen? Sie haben einfach die beste Cola-Marke weit und breit hier. Montana Brew.« Ich hob die Dose, wie um mit ihm darauf anzustoßen, und setzte sie wieder ab, ohne daraus zu trinken.

Deputy Williams presste die Lippen aufeinander.

Also nutzte ich den Moment, um fortzufahren. »Ehrlich gesagt fand ich das jetzt auch etwas übertrieben. Rektor Williams hätte nicht gleich die Polizei rufen müssen.«

»Finden Sie nicht? Wenn früh morgens die Drehtür der Schule aussieht wie … Was sollte das überhaupt darstellen?«

»Ein Strickkleid für eine überdimensionale Klopapierrolle. Als Inspiration dazu hat mir das Kunstwerk auf der Hutablage im Auto meiner deutschen Großmutter gedient. Aber musste Ihr Bruder es Ihnen direkt petzen?«

»Mein Bruder hat sich etwas zu oft von Ihnen und Ihrem Freund Tony auf der Nase herumtrampeln lassen. Abschreckungsmaßnahme. Und mussten Sie mir mit einer Stricknadel drohen?«

»Das war eher mein Beweis. Dass ich es war. Damit Sie mir glauben.«

»Sicherlich. Aber ich sage Ihnen jetzt mal was ganz im Vertrauen.« Er beugte sich über den Tisch, als wollte er sich mit mir verschwören. Im Licht der Leuchtstoffröhren und der grauen Wände wirkte selbst seine Latinobräune irgendwie fahl.

»Dieses Mal geht es nicht nur um eine Beschwerde gegen *Sie*, weil Sie unbescholtene Bürger belästigt haben …«

»Wie bitte?« Ich unterbrach ihn. »Wie Sie sehr wohl wissen, habe ich meine Notizen in höchstens fünfzig Briefkästen geworfen. Die Menschen in Laguna Hills und den umliegenden Städten sollten mir dankbar sein, weil ich sie darüber informiert habe, wer in ihrem Haus unter welchen Umständen zu Tode gekommen ist. Schlimmstenfalls wohnen sie in einem Haus, in dem es spukt, und wissen nicht mal, warum ihnen seltsame Dinge widerfahren.« Unbewusst tippte ich schneller gegen die Blechdose, bis ich sie abrupt losließ und mich in meinem Stuhl zurücklehnte.

Deputy Williams stöhnte, als hätte ich ihm soeben eröffnet, dass seine Schwiegermutter mit ihm in den Urlaub fahren würde. »Wie ich gerade sagen wollte, dieses Mal haben Sie sich nicht allein in Schwierigkeiten gebracht, sondern auch Ihren Freund, Tony Sinclair Álvarez. Der zugegeben hat, Teil Ihres Plans gewesen zu sein.«

»Wir haben nichts falsch gemacht«, hielt ich dagegen. Warum Sinclair vorhin an meine Seite hatte springen müssen, verstand ich immer noch nicht.

»Nein?« Die buschigen Augenbrauen des Deputys hüpften. »Dann haben Sie beide sich also nicht gestern Nacht unbefugt Zutritt zum Schulgelände verschafft, um die Drehtür mit einer Strickdecke zu bestücken?«

»Äh …« Unbefugt? Aber das war doch unsere Highschool.

Der Deputy ergänzte noch ein paar Fachbegriffe, die verdächtig nach »Hausfriedensbruch« und »Behinderung des täglichen Schulablaufs« klangen. Doch in meinem Kopf schwirrte es wie in einem Hornissennest. Ich begann zu ahnen, worauf das hinauslief.

»Was ich damit sagen will …« Er beugte sich noch ein wenig weiter über den Tisch, sodass die Kante sicherlich in seinen Bauch schneiden musste. »Ich muss diesen Vorfall melden, ihn in Ihre und Mr Álvarez' Schulakte eintragen, und in diesem Zusammenhang wird sich das Jugendamt einschalten, das den Aufenthaltsstatus Ihres Freundes prüfen lassen wird. Mir bleibt keine andere Wahl. Ich will das genauso wenig wie Sie.«

Der Gedanke ließ mich innehalten. Sinclair! Drohte der Deputy etwa, ihn zurück nach Mexiko zu schicken? Das konnte er nicht machen! Gerade Deputy Williams, der selbst Mexikaner war, wusste, wie schwer es Einwanderer in den USA hatten. Wie viele Ungerechtigkeiten sie in diesem Bundesstaat ertragen mussten, vor allem wenn ihr Asylverfahren ohne große Erfolgsaussichten ablief. Es war einfach nicht fair! Entsetzt starrte ich ihn an. An seinen flackernden Augen konnte ich allerdings erkennen, dass er es wirklich nicht tun wollte, dass ihm in diesem Fall jedoch die Hände gebunden waren.

Eilig drehte ich den Kopf nach links, kippelte mit meinem Stuhl nach hinten, damit ich einen Blick durch das Fenster in der Tür werfen konnte. Nach draußen in den Flur, wo mein bester Freund saß. Alles in mir schrie danach, ihn von hier fortzubringen. Wenn sie ihn und seine Mutter zurück nach Mexiko abschoben, weil er sich meinetwegen strafbar gemacht hatte …

Sinclair saß im Wartebereich vor dem Verhörzimmer auf einem blauen Plastikstuhl. Er hatte sich vornübergebeugt, und mit den ineinander verschränkten Händen und dem in Richtung Plastikbodenbelag gerichteten Kopf sah es so aus, als würde er beten. Trotz der eisigen Kälte im Police Department lockten sich seine dunklen Haare an den Schläfen. Er schwitzte.

»Also gut.« Mit einem durchdringenden *Klack* setzten die Stuhlbeine und ich wieder vollständig auf dem Boden auf. »Ich war das allein. Schreiben Sie in Ihre Akte, dass ich in die Schule eingebrochen bin. Ohne Hilfe von anderen Schülern. Wenn jemand einen Verweis bekommen sollte, oder so einen Schulakteneintrag, dann ich. Niemand sonst.«

Zu allem Überfluss setzte uns die Polizei einigermaßen pünktlich vor dem Schwimmunterricht in der dritten Stunde wieder an der Highschool ab. Wir hätten auch laufen können, aber typisch Kleinstadt ließ es sich Deputy Williams nicht nehmen, uns persönlich zu bringen.

»Äh, danke, Deputy.« Ich knallte die Tür zu und schob meinen Rucksack über eine Schulter, ehe ich mich noch mal vorn an das offene Beifahrerfenster lehnte. »Wenn ich behaupte, ich hätte zwei Paar Handschellen in meinem Rucksack mitgehen lassen, würden Sie uns wieder zurück aufs Revier fahren?«

Deputy Williams streckte sich über den Beifahrersitz, um mir ins Gesicht zu sehen. »Dein wievielter Versuch ist das jetzt, Graylee?«

Uh, wenn er anfing, mich zu duzen, war wirklich alles verloren.

»Komm schon.« Sinclairs Hand legte sich auf meine freie Schulter. »So schlimm ist der Schwimmunterricht nicht.«

Ich funkelte ihn an. Wenn man schwimmen konnte und keine Angst vor fiesen Wasserwesen hatte, die einen in die Tiefe zogen, dann sicher. Natürlich war mir klar, dass es in der Schwimmhalle keine Monster gab. Trotzdem hatte ich einen Heidenrespekt vor tiefem Wasser, und dummerweise verspürte ich seit einem gewissen Vorfall zusätzlich absoluten Ekel vor Bazillen. Und die sprossen ja auf Schwimmhallenböden geradezu wie Pilze.

Deputy Williams startete den Motor. »Ich hoffe, wir sehen uns nicht allzu bald wieder.«

»Machen Sie sich keine falschen Hoffnungen.« Ich zog eine Grimasse, trat dann aber vom Polizeiauto zurück.

Der Wagen, der wirkte, als würde ihn nur noch eine Schicht Farbe zusammenhalten, qualmte aus dem Auspuff, bevor er unter einigem Ruckeln davonbrauste.

Hustend wedelte ich mit der Hand vor meinem Gesicht herum.

»Du hättest das nicht tun sollen, eben auf dem Revier.« Sinclair sah mich aus diesen braunen Augen an, die mich immer an den traurigen Gesichtsausdruck des Gestiefelten Katers erinnerten.

»Gern geschehen, und jetzt lass uns nicht mehr darüber reden.«

»Nein, im Ernst. Das kann ich nie wiedergutmachen.«

»Musst du auch nicht. Für wen sonst, außer für dich, würde ich so was tun?« Mein Blick glitt über unser Publikum.

Zu meinem absoluten Missfallen bildeten sich immer mehr Schülergrüppchen um Sinclair und mich. Schüler, die miteinander tuschelten. Offenbar hatte sich herumgesprochen, wer für die Guerilla-Strickkunst von heute früh verantwortlich war.

»Verflucht.«

»Ach, lass sie doch reden«, sagte Sinclair, der meinem Blick gefolgt war und nun mit beiden Händen die Gurte seines Rucksacks umklammert hielt, weswegen er wie ein Siebtklässler wirkte, obwohl er wie ich diesem Stadium der Pubertät zum Glück schon seit fünf Jahren entwachsen war.

»Nein, das ist es nicht. Ich habe vergessen, ein Attest für Sport zu fälschen.«

Voll bekleidet, nur ohne meine Schuhe, setzte ich mich fünfzehn Minuten später auf die Bank in der Schwimmhalle der Schule. Der eklige Chlormief und Bazillen aus den letzten fünfzig Jahren hatten mich dazu gebracht, meine marineblauen Socken anzulassen, die nun kalt und nass an mir klebten. Toll. War das eine Schleimschicht, die sich an meinen Fußballen bildete? Und wollte ich das überhaupt so genau wissen?

»Schon wieder?« Mrs Langline baute sich vor mir auf, die Haare ordentlich unter einer Schwimmhaube, obwohl sie uns nur selten etwas vorschwamm. In der Hand hielt sie eine Trillerpfeife. »Hattest du nicht erst vor zwei Wochen deine Tage, Graylee?«

Mit den Fingerspitzen tippte ich unruhig auf die raue Holzoberfläche der Bank. »Zwischenblutung.«

»Ganz bestimmt. Und dein Attest?«

»Hat der Hund gefressen.« Ich richtete den Blick zurück auf meine

Füße, die ich versuchte, vom Boden fernzuhalten, so gut es eben ging. Letztlich gab ich auf und berührte mit den Fersen den verseuchten Schwimmhallenboden.

»Graylee, ich finde, du solltest dringend mal mit der neuen Vertrauenslehrerin sprechen. Mrs Zilba ist noch ganz jung und sehr nett. Du könntest mit ihr über den Vorfall von letztem Jahr reden, und vielleicht könnt ihr gemeinsam einen Plan erstellen, wie du deine Ängste in den Griff bekommst.«

Mrs Langline, ihres Zeichens Hobbypsychologin, analysierte also mal wieder.

»Kein Interesse.« Immer noch fixierte ich meine Socken. Irgendwer sprang nicht weit entfernt mit dem Hintern voran ins Becken, weswegen er einen Pfiff aus der Trillerpfeife kassierte.

»Ich weiß, du hattest es nicht leicht in letzter Zeit …«, fuhr Mrs Langline fort.

Ich hob eine Hand, einfach damit sie aufhörte, mich zu bemitleiden. »Schon gut, ich spreche mit der Vertrauenslehrerin. Wie wäre es mit jetzt gleich? Hier habe ich nichts zu tun, oder?«

Da Mrs Langline offenbar keine Einwände einfielen, erhob ich mich und stakste auf den Fersen aus dem Schwimmerbereich, wobei ich einigen schwarzen Haaren und undefinierbarem Glibberzeugs auf dem Boden auswich. Schwimmhallen. Gab es noch etwas Ekelerregenderes auf diesem Planeten?

Im Zimmer der Vertrauenslehrerin saß ich so ungünstig, dass mich die Sonne blendete. Aus dieser Perspektive konnte ich Tausende Staubflusen ausmachen, die in der Luft umeinanderwuselten.

Mrs Zilba zog die Kappe von ihrem Füller, schob sie wieder zurück, zog sie wieder ab. Eine Weile ging das so, wobei sie mich die ganze Zeit über schweigend betrachtete.

Und ich schwieg zurück. In einer Stunde und zehn Minuten war der Schwimmunterricht vorbei, und ich wollte keinesfalls vorzeitig in die Schwimmhalle zurückkehren müssen. Vor allem, da ich die verseuchten Socken bereits in einem Mülleimer entsorgt und keine Lust hatte, barfuß über den Boden zu staksen.

Mrs Zilba sah mich immer noch an. Vielleicht starrte sie auch nur so wegen des Spruchs auf meinem T-Shirt. Ich lehnte mich ein wenig weiter zurück, schob sogar meine Haarsträhnen aus dem Weg, damit sie einen guten Blick darauf werfen konnte. *Der Unterschied zwischen deiner Meinung und Pizza ist, dass ich die Pizza haben will* – stand in fetten schwarzen Großbuchstaben darauf.

Schließlich stieß sie ein Seufzen aus. »Direktor Williams hat mich gebeten, mit dir über deine Strickaktion zu reden und dir mitzuteilen, dass du zwei Wochen lang jeden Tag nach dem Unterricht den Müll auf dem Schulgelände einsammeln wirst.«

Oh, dann war ich ja genau richtig gekommen. Nicht.

»Hast du zu dieser Aktion noch etwas zu sagen, Graylee?«

Darüber wollte sie mit mir reden? Blinzelnd beugte ich mich nach vorn, sodass ich mit dem Kinn beinahe die Massivholzschreibtischplatte berührte. »Es war nur ein Scherz zum Cinco de Mayo. Und ich habe mich bereits auf dem Revier belehren lassen, mich sogar entschuldigt.« Meine Nasenflügel bebten. Was wollten sie denn noch von mir? War Müll aufsammeln als Strafe nicht genug? Aber wenigstens hatte ich Sinclair aus der Sache raushalten können.

»Du hast also ganz allein diese riesige bunte Decke gestrickt, bist durch ein gekipptes Fenster in die Schule eingestiegen und hast dann von oben die Strickdecke auf die Drehtür gezogen?«

»War vorher alles gut geplant und ausgemessen.« Mit dem Daumen kratzte ich mir über die Oberlippe. Was für eine Fangfrage kam als Nächstes?